Loreth Anne White

Keine

Das Buch

Das Versprechen auf einen Luxusurlaub in einem abgeschiedenen Resort mitten in der Wildnis hat acht Gäste zusammengebracht. Als ein heftiges Unwetter losbricht und die Gäste von der Außenwelt abschneidet, beginnen sie zu ahnen, dass dies keine Erholungsreise ist, sondern eine Falle. Jeder von ihnen hat ein Geheimnis. Jeder hat etwas zu verbergen. Und nun, während sich die Dunkelheit um sie schließt, wird deutlich, dass sie alle etwas zu fürchten haben – vor allem einander.

Mason Deniaud, Ermittler der Mordkommission, und Callie Sutton, Leiterin des örtlichen Such- und Rettungsteams, müssen sich den erbarmungslosen Elementen der Berge stellen, um die Eingeschlossenen zu finden. Doch nicht einmal Mason und Callie ahnen, wie kostbar die Zeit ist. Denn die Gäste der Forest Shadow Lodge werden einer nach dem anderen zur Strecke gebracht.

Die Autorin

Loreth Anne White ist eine mehrfach preisgekrönte Autorin, die sowohl Thriller als auch Mystery- und Romantic-Suspense-Romane schreibt. Sie stammt ursprünglich aus Südafrika, lebt jedoch mittlerweile mit ihrer Familie in den Coast Mountains an der Westküste Kanadas. An diesem Ort sagenhafter Abenteuer und Romantik kam sie auf den Gedanken, ihre Karriere bei der Zeitung aufzugeben und sich in die Welt der Romane zu begeben, in eine Welt der gefährlichen Männer und abenteuerlustigen Frauen.

Wenn sie nicht schreibt, findet man sie beim Schwimmen, Ski- oder Radfahren und beim Wandern oder Joggen mit ihrem schwarzen Labrador. Im Sommer ist sie häufig mit ihrem Mann unterwegs, sucht nach abgelegenen Campingplätzen und den besten Plätzen zum Fliegenfischen.

LORETH ANNE WHITE

KEINER WIRD LEBEN

THRILLER

Aus dem Amerikanischen von Diana Bürgel

Die amerikanische Ausgabe erschien 2019 unter dem Titel
»In the Dark« bei Montlake Romance, Seattle.

Deutsche Erstveröffentlichung bei
Edition M, Amazon Media EU S.à r.l.
38, avenue John F. Kennedy, L-1855 Luxembourg
Januar 2022
Copyright © der Originalausgabe 2019
By Cheakamus House Publishing
All rights reserved.
Copyright © der deutschsprachigen Ausgabe 2022
By Diana Bürgel

Die Übersetzung dieses Buches wurde durch Amazon Crossing ermöglicht.

Umschlaggestaltung: semper smile, München, www.sempersmile.de
Umschlagmotiv: © EVOK/M.Lindsay / Getty
Lektorat: Cathérine Fischer
Korrektorat: Manuela Tiller/DRSVS
Gedruckt durch:
Amazon Distribution GmbH, Amazonstraße 1, 04347 Leipzig /
Canon Deutschland Business Services GmbH, Ferdinand-Jühlke-Straße 7, 99095 Erfurt /
CPI Books GmbH, Birkstraße 10, 25917 Leck

ISBN: 978-2-49670-948-3

www.edition-m-verlag.de

Für meine Mutter und meinen Mann und für all die Ärzte und Pfleger, die sich um sie gekümmert haben, solange es gedauert hat, dieses Buch zu beginnen, zu schreiben und fertigzustellen. Und für meine geliebten Geschwister und Töchter von nah und fern, die mit dafür gesorgt haben, dass die Herdfeuer weiterbrennen. Ich liebe euch alle. Mehr als Worte je sagen könnten.

Jetzt

Manchmal ist das Einzige, wovor du dich fürchten musst ... du selbst.

Sonntag, 8. November

Bevor mir die Kellnerin das Frühstück bringt, nehme ich die Zuckerpäckchen aus dem Spender auf dem Tisch des Diners und stecke sie mir verstohlen in die Tasche. Ich schlinge das »Kluhane Bay Loggers' Special« mit drei Spiegeleiern hinunter, das sie vor mir abstellt, und rufe sie dann noch einmal zurück, um sie um mehr Brot zu bitten. Ich breche die Toastscheiben in Stücke und wische damit Speckfett und Eigelbreste vom Teller. Ich kippe den Kaffee hinunter und sehe mich dann rasch im Speiseraum des Diners um.

Er ist leer.

Die Kellnerin ist durch die Tür hinter der Bar verschwunden.

Ich trinke das Sahnekännchen aus. Inzwischen bin ich zum Platzen voll, trotzdem greife ich nach der weißen Serviette und wickle vorsichtig eine Brotrinde darin ein, die ich einfach nicht mehr hinunterbekomme. Ich stecke die Serviette in die Tasche meiner geliehenen Daunenjacke, wo auch schon die Zuckerpäckchen versteckt sind.

Im Diner ist es warm, trotzdem behalte ich die Jacke an. Weil die Kälte, die mir bis ins Mark der Knochen gedrungen ist, einfach nicht weichen will. Die Ärzte haben gesagt, dass es mir gut geht. Sie haben gesagt, dass ich Glück hatte. Sie haben alle das Gleiche gesagt – die Ärzte und Sanitäter, die Leute vom Such- und Rettungsteam. Ich glaube ihnen. Ich hatte unglaubliches Glück, und ich danke den Sternen, die mein Schicksal gelenkt haben, damit ich überleben konnte.

Und hier bin ich nun, davongekommen mit einem Verband um die Stirn, Kopfschmerzen und ein paar Schnitten und Prellungen. Am Ende war ich es, ich habe es geschafft.

Es kann nur einen geben.

Und etwas zu beenden bedeutet, etwas anzufangen, nicht wahr? War es nicht T. S. Eliot, der etwas in der Art geschrieben hat? Dass im Ende der Anfang ist und dass nur jene, die es riskieren, zu weit zu gehen, erfahren können, wie weit sie tatsächlich gehen können?

Vielleicht wird mir morgen wieder warm. Vielleicht klingt dann auch meine primitive Gier nach Essen ab.

Eine Bewegung vor dem Fenster weckt meine Aufmerksamkeit. Es ist die Polizistin. Constable Birken Hubble kommt auf dem Gehweg vom See herauf. Hubb wird sie genannt. Ihr Gesicht war das Erste, was ich gesehen habe, als ich in der winzigen Einrichtung, die in diesem entlegenen nördlichen Städtchen als Krankenhaus dient, wieder zu Bewusstsein gekommen bin. Sie gehört zu den drei Polizisten, die in Kluhane Bay stationiert sind. In diesem Ort, an dem ich mich wiedergefunden habe, nachdem mich der Helikopter aus dem klaffenden Maul der Wildnis gepflückt hatte.

Ich sehe ihr entgegen. Hubb ist klein, blond und kräftig, und ihr Waffengürtelgang erinnert eher an ein Watscheln. Ihr rotwangiges Gesicht wirkt von Natur aus fröhlich, und sie trägt eine Trappermütze mit pelzigen Ohrenklappen. Hinter der trügerisch sympathischen Fassade ist sie jedoch immer noch Polizistin. Mit dem Tragen von Janusmasken kenne ich mich aus. Vielleicht ist das der Grund, warum man ausgerechnet sie geschickt hat, um mich zu holen – sie glauben, dass mir ihr gegenüber vielleicht etwas herausrutscht. Sie glauben, dass ich etwas verheimliche.

Die Mounties hier in Kluhane Bay wollen mich noch einmal verhören, ganz offiziell, wie mir gesagt wurde. In dem winzigen Schindelgebäude, vom See aus ein Stück die Straße hinunter, das als Revier der Royal Canadian Mounted Police dient. Schon kurz nach meiner Ankunft im Krankenhaus, nachdem ich von den Ärzten und Pflegern stabilisiert worden war, haben sie mir zahllose Fragen gestellt. Ich habe ihnen alles gesagt, was ich konnte.

Langsam schwingt die Tür des Diners auf. Begleitet von einem kalten Windstoß tritt Hubb ein. Mit der Rückseite ihres großen, schwarzen Handschuhs wischt sie sich über die Nase, dann nickt sie mir zu. Ich bin der einzige Gast – kaum zu übersehen. Das Diner befindet sich im Erdgeschoss des einen Motels des Städtchens. In dem die Polizei mich untergebracht hat.

Ich stehe auf, ziehe die Handschuhe an, die man mir gegeben hat, und bitte die Kellnerin, mein Frühstück auf die Hotelrechnung zu setzen. Dann folge ich Constable Hubble hinaus in den beißend kalten Wind, der vom See herüberweht.

Während ich neben Hubb hergehe, tief in meine Jacke geduckt, lässt der Wind meine Augen tränen und meine Nase laufen. Ich taste in meiner Tasche nach einem Papiertuch, das ich zuvor eingesteckt habe. Stattdessen ziehe ich die Serviette heraus, und die Brotrinde fällt auf den gefrorenen Boden. Panik schießt in mir hoch, und rasch bücke ich mich nach der Rinde und hebe sie auf. Als ich sie sicher wieder in die Tasche stecke, würde ich am liebsten weinen vor Erleichterung. Stattdessen lache ich. Ich habe den Toast gerettet. Ich werde später nicht hungern müssen. Außerdem ist es wunderschön hier draußen – die Nebelschwaden und Wolkenfetzen, die gewaltigen, schneebedeckten Berggipfel um uns herum, die wunderbare Stille und Abgeschiedenheit dieser entlegenen Kleinstadt im Norden British Columbias.

Die ergreifende, unglaublich scharfe, fast unerträgliche Herrlichkeit der Welt, des bloßen Seins überwältigt mich. Es ist ein Gefühl, das meiner schlimmen Lage vollkommen unangemessen ist. Vor fünfzehn Tagen wurde ich in einen bodenlosen Abgrund geschleudert, direkt hinein in die schwarze Wildnis meiner eigenen Seele. Dort unten habe ich das Monster gesehen, und das Monster hat meinen Blick erwidert, und ich habe erkannt, dass ich selbst das Monster war.

Doch ich habe mich abgewandt vom anklagenden Blick dieser Augen. Mit Zähnen und Klauen habe ich mich zurück nach oben gekämpft und das Monster dort unten zurückgelassen. Weit, weit entfernt.

Ich wurde gerettet.

Die Reporter werden kommen. Kameras, Fragen, Urteile. Dieser Spießrutenlauf steht mir noch bevor. Doch in diesem Moment, an diesem klaren, windigen Schneemorgen am Ufer des Lake Kluhane, sind es nur Hubb und ich. Und ich habe eine Tasche voller Zucker und Brotrinde, nur für alle Fälle.

Nachdem wir das Polizeirevier betreten haben, führt mich Hubb in einen winzigen fensterlosen Raum mit schmutzig weißen Polsterpaneelen an den Wänden. In der Mitte steht ein am Boden verschraubter Tisch, Plastikstühle zu beiden Seiten. Mein Blick fällt auf eine kleine Kamera in der oberen Ecke des Raums.

»Sergeant Deniaud wird gleich bei Ihnen sein«, erklärt Hubb und schließt die Tür hinter sich. Fast sofort überfällt mich das Gefühl, ersticken zu müssen. Ich balle die Hände zu Fäusten und öffne sie wieder. Im Krankenhaus habe ich

Sergeant Mason Deniaud bereits kennengelernt. Er war Teil der Suchmannschaft, die dabei geholfen hat, mich aus den Wäldern zu retten.

Die Krankenschwester hat mir erzählt, dass Mason Deniaud neu in Kluhane Bay ist. Er ist ein erfahrener Großstadt-Cop, ein Ermittler der Mordkommission, der sich – aus Gründen, die von den Angehörigen dieser kleinen Gemeinschaft bisher noch nicht aufgeklärt werden konnten – für die Versetzung in dieses nördliche Provinzkaff entschieden hat.

Wieder mustere ich die Kamera. Ein tief in meiner Brust sitzendes ungutes Gefühl beginnt sich auszudehnen und zu pulsieren.

Die Tür schwingt auf.

Deniaud kommt herein, in den Händen hält er einen Stapel Papiere, ein Notizbuch und einen Stift. Sein dunkles Haar wird an den Schläfen von Silbersträhnen durchzogen. Er trägt eine RCMP-Uniform und eine kugelsichere Weste. Als Mordermittler in der Stadt hatte er sicher schicke Anzüge und Krawatten an. Seine Augen sind grau, sein Blick wirkt zugleich klug und abwägend. Und verwundet. Dieser Mann wurde verletzt. Seine ruhige Art verbirgt etwas Gefährliches und Dunkles, eine knisternde Strömung unter der Haut.

Was sind deine *Geheimnisse, Mason Deniaud?*
Welche Lügen erzählst du?
Denn wir alle lügen.
Jeder von uns, und wer behauptet, er würde es nicht tun, ist der größte Lügner von allen.

Ein Blitz blendet mich – eine Erinnerung. Blut. Entsetzen in den Augen eines anderen. Mein Herz schlägt schneller.

»Wie geht es Ihnen heute Morgen?«, fragt Mason und tritt an die gegenüberliegende Seite des Tischs. Er legt die Akten und das Notizbuch ab und streift sich dann seine RCMP-Jacke von den Schultern, bevor er sie über die Stuhllehne hängt. »Was macht die Kopfverletzung?«

Ich berühre den Verband an meiner Stirn und erwarte fast, dass meine Fingerspitzen wieder blutig werden. Fühle den rauen, tröstlichen Stoff der Bandage.

»Ich … Es geht schon viel besser, danke. Nur noch ein bisschen Kopfweh.«

»Konnten Sie im Motel einigermaßen schlafen?«

»Ja«, antworte ich. »Und Sie – haben Sie gut geschlafen?«

Sein Blick fliegt zu mir.

Er mustert mich.

Er schätzt ab, ob meine Frage auf unschuldiger Höflichkeit beruht oder ob ich auf subtile Weise seine Autorität infrage stelle – ob ich versuche, ihn menschlich zu machen, ihn weniger als Vollstrecker des Gesetzes zu sehen. Ihn mit mir auf eine Ebene zu bringen.

»Ja. Danke«, entgegnet er gelassen.

Die Falten in Mason Deniauds Augenwinkeln erzählen jedoch eine andere Geschichte. Ich glaube nicht, dass er gut geschlafen hat. Vielleicht ist die Schlaflosigkeit sogar Teil der neuen Normalität für diesen ehemaligen Ermittler der Mordkommission. Meine Fähigkeiten im Profiling sind nicht schlecht. Ich weiß alles über neue Normalitäten.

»Danke, dass Sie gekommen sind.« Er macht eine Geste hin zu dem Stuhl, der mir am nächsten steht. »Bitte, setzen Sie sich.«

Wieder werfe ich einen Blick zur Kamera hoch und lasse mich vorsichtig auf dem Stuhl nieder. Ich drücke die Handfläche auf die Tischplatte, doch der Drang, davonzurennen, wird immer stärker. Ein pulsierender, wuchernder Druck unter dem Verband um meine Stirn. Ich spüre das Pochen bis in die Zehen. Diese Klaustrophobie ist ebenfalls eine Art neue Normalität, nachdem ich so viele Tage und Nächte in den

Wäldern der Berge verbracht habe. Ich sage mir, dass allein in dieser Leistung echte Macht liegt. Ich bin jetzt machtvoll. Ich habe Dinge getan, die andere nicht tun konnten und nicht getan haben.

Ich habe überlebt.

»Kaffee?«, fragt er. »Tee, Saft, Wasser?«

Ich schüttle den Kopf.

Mason öffnet sein Notizbuch, überfliegt ein paar Zeilen hingekritzelter Aufschriebe, erklärt mir, dass diese Befragung aufgezeichnet wird, und bittet mich, meinen Namen für die Aufnahme laut auszusprechen. Dann sieht er mir direkt in die Augen und fragt: »Möchten Sie, dass noch jemand anderes anwesend ist?«

Ich schüttle den Kopf.

»Sind Sie sicher? Wir können jemanden von der Opferbetreuung herbitten, oder Sie könnten sich einen Berater …«

»Nein.«

Er mustert mich einen Moment. »Okay. Sie können jederzeit um eine Pause bitten.«

»Wer sieht uns zu?«, frage ich und rucke mit dem Kinn in Richtung der Kamera.

»Zwei Officer der RCMP.«

»Detectives?«

»Ja.«

Ich beiße mir auf die Unterlippe und nicke. Meine Handflächen auf der Tischplatte werden schweißfeucht, trotz der Kälte in meinen Knochen.

»Ich würde gern noch einmal im Detail durchgehen, was passiert ist, nachdem die Gruppe die Lodge verlassen hat.«

Ein weiterer Erinnerungsblitz. Das Krachen von Gewehrschüssen. Ein Körper, der an einer Schlinge um den Hals hin und her schwingt. Schreie – entsetzliche Schreie …

»Lassen Sie sich Zeit«, sagt er. Freundlich. Sanft. Ermutigend. »Und noch mal, geben Sie mir einfach Bescheid, falls Sie sich dazu entschließen, doch noch jemanden herrufen zu wollen.«

Neun kleine Lügner haben gedacht, sie hätten sich davongemacht.
Einer hat den Flug verpasst, dann waren's nur noch acht …

»Dann fangen wir am besten am Sonntagmorgen, dem 25. Oktober, an. Mit dem Treffen an der Anlegestelle für Wasserflugzeuge bei der Thunderbird Lodge.«

Starr erwidere ich den Blick seiner forschenden grauen Augen. Wie könnte dieser Mountie auch nur ansatzweise verstehen, was geschehen ist? Wie könnte das irgendjemand?

Wir sind zu einem von animalischen Instinkten angetriebenen Rudel geworden. Jede unserer Schwächen wurde übersteigert und verschärft durch Schuld und Angst und Hunger und Erschöpfung. Durch den schieren Willen zu leben. Zu überleben. Ein solcher Kampf verstärkt alle Persönlichkeitsanteile auf eine verstörende Art. Auf eine Weise, die man nie hätte vorhersehen können. Es hat unsere Realität verändert. Vielleicht habe ich nie richtig begriffen, was Realität ist, bis jetzt.

Jetzt weiß ich, dass die Realität etwas Fließendes und Flüchtiges ist, bedingt durch jene um dich herum. Aus dem Zusammenhang gerissen könnte niemand, der nicht selbst dabei war, begreifen, was du erlebt hast. Wie erklärt man jemandem, dass man innerhalb weniger Stunden vom Herzen der Zivilisation in die Dunkelheit der Wälder versetzt wurde? In das schwarze Herz eines grimmschen Märchens?

Ich räuspere mich. »An diesem Morgen am Dock waren wir zu acht«, beginne ich zaghaft. »Acht inklusive Tourguide.«

Die Suche

MASON

Freitag, 30. Oktober

Die Dunkelheit brach früh herein Ende Oktober in Kluhane Bay, besonders im langen Schatten der Granitberge, und wenn sie kam, war sie allumfassend. Kein sanfter, von Menschen gemachter Lichtschimmer über der Kleinstadt. Man konnte Kluhane Bay ja kaum als Kleinstadt bezeichnen. Der Ort war gemeindefrei. Es gab keinen Bürgermeister und keinen Stadtrat. Die Polizeiarbeit fiel einem winzigen Dreimannrevier zu, einer Außenstelle des Royal Canadian Mounted Police's North District in British Columbia, dessen Hauptsitz sich in Prince George befand.

Etwa sechshundert Menschen lebten das ganze Jahr über in Kluhane Bay. Sie bewohnten Holzhäuser, die sich entlang der wenigen windverwehten Straßen an die Ufer des Lake Kluhane duckten, eines der größten natürlichen Seen in BC. Die Sommer waren wunderschön und zogen Outdoor-Begeisterte in diese Gegend. Im Winter jedoch fror der See zu, und der heulende Nordwind fegte erbittert über das Städtchen. Es gab eine kleine Start- und Landebahn, einen neuen Gehweg am

Wasser, eine winzige Poststelle und ein paar weitere Geschäfte, die für den alltäglichen Bedarf dringend nötig waren, darunter ein Bäcker, eine Tankstelle und ein Motel mit einem Diner im Erdgeschoss. Jenseits der letzten Straßen des Ortes schnitten nur Ziehwege und Quadstrecken dünne Schneisen in die dichten, endlosen Wälder und die zerklüfteten Berge. Kluhane Bay war der Inbegriff der Isolation, und Sergeant Mason Deniaud spürte dies ganz deutlich, als er das Lenkrad seines allradgetriebenen Polizeitrucks mit beiden Fäusten umfasste und einen steilen, zerklüfteten Ziehweg hinauffuhr. Das Zwielicht schien sich in Übereinstimmung mit den Bäumen und den Wolken um ihn zu schließen.

Die Meldung war vor einer halben Stunde reingekommen.

Zwei Jäger waren zufällig auf die Absturzstelle eines Wasserflugzeugs gestoßen. Das Flugzeug war in die Bäume am Rand einer Schlucht gestürzt, die den Taheese River auf seinem Verlauf vom Taheese Lake her einengte und in weiß strudelnde Stromschnellen verwandelte. Den Jägern war es gelungen, per Funk einen Freund zu verständigen, der mit seinem Festnetztelefon die Polizeistelle in Kluhane Bay angerufen hatte. Handyempfang gab es hier nicht. Meilenweit – nichts. Eigentlich leitete Mason die Dienststelle, doch dies hier war kein Schreibtischjob. Constable Birken Hubb befand sich bereits vor Ort und nahm die Aussagen der Jäger auf. Sein anderer Officer Jake Podgorsky hatte seinen freien Tag.

Masons Scheinwerferlicht fiel auf eine weitere Wasserrinne. Der Ziehweg wurde nicht mehr genutzt – immer wieder verliefen tiefe Gräben diagonal darüber, um die Erosion abzuschwächen. Er fuhr die Furche in einem Dreißig-Grad-Winkel an. Sein Truck verlor an Zugkraft auf dem Hang. Sobald der erste Vorderreifen den tiefsten Punkt des Grabens erreichte, kurbelte Mason das Lenkrad in die entgegengesetzte Richtung. Vorsichtig fuhr er am anderen Ende wieder hinauf und aus der

Rinne hinaus. Das Heck seines Trucks hatte jedoch nicht ausreichend Manövrierraum, und sein Auspuff sowie die Stoßstange schrammten knirschend über den steinigen Untergrund. Mason fluchte.

Die Bäume rückten näher, während er immer weiter bergan fuhr. Zweige und Äste kratzten über seinen Truck wie Fingernägel über eine Tafel. Er musste an die Schule denken und an Jenny und Luke. Glasklar stand ihm mit einem Mal ein Bild vor Augen: Luke mit seinem kleinen Dinosaurierrucksack an seinem ersten Schultag. Masons behandschuhte Finger schlossen sich fester um das Lenkrad, während sein Puls beschleunigte. Er drängte die Erinnerung tief nach unten und warf einen Blick auf sein Navigationssystem. Der Fluss musste ganz in der Nähe sein. Die Tannen um ihn herum waren nun größer. Dicke, moosbewachsene Stämme. Der Nebel rollte von den Bergen herab und streckte seine Geisterfinger durch die Äste. Die Scheinwerfer schickten verschwommene Lichttunnel in die Düsternis. Vielleicht hatte er die falsche Entscheidung getroffen, als er diesen Posten angenommen hatte.

Eine Stelle so hoch im abgelegenen Norden war üblicherweise etwas für die Frischlinge, die direkt aus der RCMP Depot Division in Regina kamen. Für jemanden wie Mason – einen Cop mit zwölfjähriger Erfahrung im Bereich Schwerverbrechen – war es eine Friss-oder-stirb-Entscheidung gewesen. Mehr als ungewöhnlich. Er hatte selbst um diese Versetzung gebeten.

Er hatte die Wahl gehabt: entweder das, oder er wäre weiterhin auf direktem Weg auf ein Disziplinarverfahren zugesteuert. Oder, schlimmer noch, auf seine Entlassung.

Vielleicht hätte er einfach kündigen sollen. Ein Ende machen, solange er es noch konnte. Doch irgendetwas tief in ihm drängte ihn dazu weiterzumachen, nur noch ein kleines bisschen. Zeit zu gewinnen, um zum Nachdenken zu kommen, an einem ruhigen, sicheren Ort unter dem Radar. Vielleicht würde er ja wieder auf die Füße kommen. Vielleicht wäre er nach ein, zwei Jahren in dieser hinterwäldlerischen Provinz bereit dafür, wieder in Großstadtgefilde zurückzukehren. Zu echter Polizeiarbeit. Vielleicht würde er dann weiterleben wollen.

Der andere Teil seiner selbst – der zerstörerische Teil – flüsterte ihm jedoch ins Ohr, dass er sich etwas vormachte. Er war erledigt. Ein Ladenhüter. Niemand würde noch mit ihm arbeiten oder ihm je wieder vertrauen wollen.

Das hier ist deine letzte Chance.

Er fuhr um eine steile Kurve und erblickte Hubbs SUV vor sich, der unter den tief hängenden Ästen einer Douglasfichte stand und weiße Abgaswolken ins Dämmerlicht aufsteigen ließ. Die Fenster waren beschlagen, aber Mason konnte die Silhouetten von drei Insassen ausmachen. Vor dem Polizei-SUV stand ein schlammverkrusteter Geländewagen in Camouflagegrün. Eine leuchtende Jagdweste hing über dem Sitz. Mason parkte hinter dem SUV. Als er den Motor abstellte, stieg Hubb aus und kam mit schwankendem Gang auf ihn zu. Sie hielt die Arme in unnatürlichem Winkel abgespreizt, was wohl an ihrem Waffengürtel lag. Hubb war klein – etwa ein Meter siebenundfünfzig oder achtundfünfzig in ihren Stahlkappenstiefeln –, und der Waffengürtel sowie die kugelsichere Weste polsterten ihre ohnehin schon stämmige Figur noch weiter auf. Hubb mochte die Donuts aus der Bäckerei auf der anderen Straßenseite, dem Polizeirevier direkt gegenüber. Ihre Nase und ihre Wangen waren rot vor Kälte, ihre Augen strahlten wässrig hell.

»Hey, Boss«, rief sie, als Mason ebenfalls ausstieg.

Er zog den Reißverschluss seiner Uniformjacke bis zum Hals hoch. Das feuchtkalte Wetter in dieser Höhe kroch einem viel zu leicht unter die Kleider. Er hörte Wasser rauschen.

»Die Absturzstelle ist dort drüben.« Sie deutete auf eine dichte Baumreihe und einige herbstbraune Beerenbüsche. »Ich bin die Wasserrinne hinter dem Dickicht dort drüben hinuntergeklettert. Von da oben konnte ich das Wrack nicht richtig sehen, aber die Jäger sagen, dass das Heck des Wasserflugzeugs in den Fluss hängt. Das Vorderteil liegt auf einer glitschigen Felszunge.«

»Sind das die zwei, die das Wrack gefunden haben?« Mason nickte in Richtung der beiden Männer, die zusammengekauert im SUV saßen.

»Ja. Ich habe ihre Aussagen aufgenommen und sie gebeten, noch zu bleiben, falls Sie selbst mit ihnen sprechen möchten. Hab sie im Wagen gelassen. Im Warmen.«

»Irgendwelche Hinweise, dass das Wrack schon lange dort liegt?«, fragte Mason, während er auf die Bäume zuging, hinter denen sich die Schlucht verbarg. Hubb folgte ihm, ihre Stiefel knirschten auf den Steinen. Das Rauschen des Flusses wurde lauter. Feuchtigkeit stieg in Wolken hinter den Tannen auf.

»Sie haben gesagt, dass es jedenfalls noch nicht total verrostet und so ist. Sie glauben, der Absturz könnte vielleicht noch gar nicht lange her sein. Wer weiß? Neulich habe ich in den Nachrichten gesehen, dass ein Suchtrupp ein Wrack gefunden hat, das schon dreißig Jahre alt war. In der Nähe von Clearwater – sie sind drüber gestolpert, als sie nach einem anderen vermissten Flugzeug aus Alberta gesucht haben.«

Das war Hubbs Schwachstelle. Sie redete zu viel. Sie hörte einfach nicht mehr auf, und das machte Mason wahnsinnig.

Dort, wo Hubb mit fluoreszierendem orangerotem Absperrband eine Markierung angebracht hatte, schob er das Laub auseinander und bahnte sich einen Weg durch die Büsche. Schließlich hielt er sich am Stamm einer Hemlocktanne fest, beugte sich vor und versuchte, durch das Dickicht einen Blick in die Schlucht zu werfen. Sein Magen hob sich – genau vor seinen Stiefelspitzen fiel der Boden senkrecht ab. Etwa zwölf Meter unter ihm toste und donnerte das Wasser und schleuderte dabei einen Schleier aus winzigen Tröpfchen in die Luft, der alles einhüllte. Es wäre eine Untertreibung gewesen zu behaupten, er hätte Höhenangst. Diese Schwäche hatte Mason bisher verheimlichen können. Bis jetzt vielleicht. Ausgerechnet in dieser Situation, in der er sich vor seinem neuen Team beweisen musste und vor den Einwohnern des Städtchens. Die waren ohnehin schon misstrauisch, was seine Fähigkeiten anging, in dieser abgeschiedenen Wildnis zu bestehen.

»Ich habe Cal schon Bescheid gegeben«, erklärte Hubb hinter ihm fröhlich.

Über die Schulter hinweg sah er sie an. »Cal?«

»Kluhane Search and Rescue, kurz KSAR. Cal Sutton leitet die Such- und Rettungsmannschaft. Wir werden Spurensicherer brauchen, die Erfahrung beim Abseilen und im Umgang mit Wildwasser haben, wenn wir dieses Wrack da den Hang hochkriegen wollen. Ich kann auch noch das Transportation Safety Board, also die Behörde für Transportsicherheit, informieren.«

Er starrte sie an.

Ihre Wangen wurden noch röter. »Ich … äh, Ted – Sergeant Ted Newman, der vor Ihnen hier war –, wenn es um solche Bergungseinsätze ging, hat er das meistens mir überlassen, also habe ich, ähm …«

»Sie haben die Initiative ergriffen.«

»Genau, aber wenn Sie lieber …«

»Schon gut. Wir halten uns an die Routine. Fürs Erste.«

Bis ich lange genug hier bin und herausgefunden habe, wie zum Teufel der Laden läuft.

Sie schluckte, und das Lächeln verschwand aus ihren Augen. »Ja, Sir.«

Es waren große Fußstapfen, in die Mason hier treten musste. Er war erst vor zwei Wochen angekommen, und ganz offensichtlich war sein Vorgänger sowohl beliebt gewesen als auch respektiert worden. So sehr, dass die Bewohner von

Kluhane Bay eine ungewöhnliche Kampagne gestartet hatten, um Sergeant Ted Newmans Amtszeit in diesem Städtchen verlängern zu lassen. Doch nun hatten sie Mason. Der nicht in der Stimmung war, sich Freunde zu machen.

»Sind beim TSB denn irgendwelche Meldungen darüber eingegangen, dass in dieser Gegend ein Flugzeug abgestürzt ist oder vermisst wird?«, fragte er.

»Nein, Sir. Keine Meldungen über verspätete oder vermisste Flugzeuge in dieser Region in den vergangenen zwei Jahren. Die Ermittler des TSB stehen bereit und werden ein Team losschicken, sobald wir nähere Informationen haben.«

Einen der Tannenäste fest im Griff testete Mason zaghaft den überwucherten Boden unter seinen Füßen.

»Vorsicht, Sir. Unter dem Moos da geht es steil runter.«

Der Untergrund fühlte sich fest an. Langsam und behutsam verlagerte er sein Gewicht auf den vorderen Fuß und schob sich ein winziges Stück nach vorn. Er beugte sich etwas weiter vor. Nun konnte er einen Teil des Rumpfs erkennen und einen der Schwimmkörper. Verkehrt herum. Hellgelb mit blauen Details. Das Wasserflugzeug lag auf dem Rücken auf einem Felsvorsprung. Er konnte gerade noch einen Teil der Registrierungsnummer ausmachen, die in Druckschrift auf dem Rumpf prangte. Er schob sich noch ein wenig weiter vor. Der linke Flügel war gegen den Hang gekracht, das Heck hing in den Fluss, der sich weiß schäumend darum schloss. Mason fluchte leise und rief Hubb über die Schulter zu: »Wie haben die zwei das Flugzeug da unten überhaupt gefunden?«

»Sie haben einen Bären verletzt«, rief sie über das Tosen des Flusses zurück. »Streifschuss bei einem Schwarzbärenmännchen gestern Abend. Sobald es heute Morgen hell geworden ist, haben sie die Verfolgung aufgenommen. Er ist in die Schlucht hinuntergeklettert, und sie sind ihm nach.«

»*Da* runter?«

»Ich schätze, der Bär wollte eben unbedingt weiterleben.«

Und die Jäger wollten ihn wirklich unbedingt töten, wenn sie versucht haben, diese Felsen hinunterzuklettern.

»Haben sie jemanden im Wrack gesehen?«, rief er und beugte sich noch eine Spur weiter über die Kante, um zu prüfen, ob er im Cockpit jemanden erkennen konnte. Sein Arm zitterte. Sein Magen rumorte.

»Nein, Sir.«

Der Ast in seiner Hand krachte wie ein Gewehrschuss. Bevor Mason irgendetwas tun konnte, brach der Ast ab. Mason fiel, prallte vom Felsen ab und schlug gegen einen Busch, der aus einer Spalte im Stein wuchs. Er packte eine Handvoll Zweige, die ihm jedoch wieder durch die Finger glitten. Er rutschte und rollte über Steine und glitschiges Moos, ruderte wild mit den Armen auf der Suche nach Halt, griff blindlings nach Gestrüpp und Schösslingen, die sich an den Abhang krallten. Doch er fand nichts, woran er sich festhalten konnte. Hart schlug er auf der Felszunge auf, die über den brüllenden Fluss hinausragte. Er rollte weiter und prallte mit einem dumpfen Laut gegen den Flugzeugrumpf. Still lag er da, sein Herz hämmerte, alles drehte sich. Der Teil der Felszunge, auf der er zum Liegen gekommen war, neigte sich gefährlich abschüssig den schäumenden Fluten entgegen, und die Steinoberfläche war so glitschig wie nasse Seife.

Das Wrack gab ein metallisches Ächzen von sich, gefolgt von einem Knarren. Er spürte eine Bewegung an seinem Bein. Totenstill blieb er liegen.

»Sir! Alles in Ordnung, Sir? *Sergeant?*«

»Ich bin okay«, rief er nach oben. Adrenalin wurde durch seine Adern gepumpt. Langsam – ganz langsam – drehte er den Kopf zum Cockpitfenster. Ihm blieb das Herz stehen. Direkt vor ihm – so nah, dass er sie hätte berühren können, wenn er den Arm etwas bewegt hätte – hing eine Leiche kopfüber im

Pilotensitz, gehalten vom Sicherheitsgurt. Das Gesicht war weiß wie ein Fischbauch und aufgedunsen. Der Mund stand offen. Milchige Augen starrten ihn an. Das Haar war weißblond und sehr kurz geschnitten. Mason bemerkte einen Ohrring, und da begriff er – der tote Pilot war eine Frau. Aus seiner Perspektive konnte er sonst niemanden im Flugzeug erkennen, aber es war kein guter Blickwinkel. Er atmete tief durch, zählte bis drei und kroch dann zentimeterweise an der Felszunge hinauf, weg vom Rumpf und der Wasserkante dahinter. Das Flugzeug ächzte erneut. Metall schrammte über Stein, als die Maschine etwas tiefer ins tosende Wasser rutschte. Die Strömung zerrte nun stärker am Heck.

Mason drückte auf das Funkgerät an seiner Schulter. »Hubb? Hören Sie mich, Hubb?«

Er ließ den Knopf los und fluchte gedämpft. Wieder hatte sich das Flugzeug bewegt. Die Zeit dehnte sich. Sein Sichtfeld wurde schmal. In seinen Ohren setzte ein Summen ein. Schwindel. Er schloss die Augen und versuchte, die Panik zurückzudrängen, die seine Brust erfüllte, versuchte, sein Gleichgewicht wiederzufinden. Schweiß überzog sein Gesicht.

»Sir?«

Wieder drückte er auf sein Funkgerät. »Da ist jemand im Cockpit. Eine Pilotin, glaube ich. Tot. Holen Sie sich das Satellitentelefon. Rufen Sie den Coroner an und bestellen Sie ein komplettes SAR-Team her.« Er hielt inne, konzentrierte sich, versuchte das Adrenalin und die Panik in den Griff zu bekommen.

Stille.

Erneut aktivierte er das Funkgerät. »Hubb?« Keine Antwort. »Können Sie mich hören, Hubble?« Vorsichtig sah er nach oben. Doch die Bewegung verlagerte sein Körpergewicht und gab der Schwerkraft die Oberhand. Sie riss ihn hinab über das rutschige Moos. Wieder prallte sein Körper mit einem dumpfen

Geräusch gegen den Rumpf. Das Flugzeug stöhnte. Die Wellen schlugen höher um das Heck, zerrten und rissen daran.

Verdammt!

»Hey!«, kam ein Ruf von oben. »Sergeant Deniaud! Bleiben Sie still sitzen! Bewegen Sie sich nicht! Ich komme runter. Nicht bewegen!«

Er wagte es nicht. Wenn er wieder ins Rutschen kam, würde er mitsamt dem Wrack in das tosende Wildwasser stürzen.

Dicht neben ihm landete das Ende eines Seils auf der Felszunge. Er hörte, dass sich über ihm jemand bewegte. Steinchen, kleine Zweige und Erde rieselten auf ihn herab. Er schloss die Augen, um nichts hineinzubekommen.

Ein paar Sekunden später landete jemand auf dem flacheren, trockeneren Teil der Felszunge. Mason öffnete die Augen und sah Stiefel vor sich. Eine Hand, die ihm entgegengestreckt wurde.

»Können Sie meine Hand nehmen?« Es war die Stimme einer Frau.

Er schluckte und streckte den Arm in Richtung der Stimme aus. Die Kletterin packte sein Handgelenk. Erleichterung erfüllte ihn.

»Umfassen Sie mein Handgelenk – kommen Sie hin? So wird der Griff stärker, wie bei einer Kette.«

Fest umschloss er ihren Unterarm, sodass ihre Handgelenke dicht aneinanderlagen.

»Gut gemacht. Ich ziehe Sie jetzt zu mir. Versuchen Sie, sich mit den Füßen abzustützen. Verstehen Sie das? Graben Sie Ihre Zehen in den Felsen, um Halt zu haben.«

Er nickte. Während seine Retterin zog, fand er mit den Stiefeln tatsächlich etwas Bodenhaftung. Vorsichtig entfernte er sich zentimeterweise vom Wrack und kam der Frau immer näher. Dann erklang ein Ächzen vom Flugzeug. Es rutschte ab und stürzte in den Fluss. Unter lautem Schlürfen und Knirschen schluckten die schäumenden Wellen das Wrack, und schon war es in der Umarmung des strudelnden, tobenden Wassers verschwunden.

Mason erstarrte.

Scheiße.

Soeben hatte er ein abgestürztes Flugzeug mitsamt der toten Pilotin und einer ganzen Wagenladung an Beweisstücken im Fluss versenkt.

»Nicht hinsehen. Halten Sie den Blick auf mich gerichtet. Konzentrieren Sie sich nur darauf, zu mir zu kommen.«

Mit der Hilfe seiner Retterin schob er sich weiter Stück für Stück den glitschigen Abhang hinauf. Endlich, nachdem er mehrmals abgerutscht und tausend Tode gestorben war, schaffte er es auf den flacheren und trockeneren Teil der Felszunge. Die Frau half ihm auf die Knie. Er keuchte, und seine Kleider waren durchnässt von Schweiß und Flussnebel. Außerdem hatte es begonnen zu regnen. Sofort schlang sie ihm ein Gurtzeug um den Oberkörper und befestigte ein Seil daran.

»Sind Sie verletzt?«, fragte sie, nachdem er gesichert war.

»Nein.

»Sind Sie sicher?«

Er kniete noch immer auf dem Felsen, sah nun aber zu ihr auf. Sie trug Helm und Stirnlampe. Allmählich wurde es dunkel, und der Schein ihrer Lampe blendete ihn, weshalb er ihre Gesichtszüge unter dem Helm nicht richtig ausmachen konnte.

»Ich bin Cal«, sagte sie. »Callie Sutton. Kluhane Bay Search and Rescue. Es tut mir leid, dass wir uns nicht unter besseren Umständen kennenlernen konnten, Sergeant Deniaud.« Sie lächelte – so viel konnte er wenigstens erkennen. Ein breites, zähneblitzendes Grinsen.

Es ärgerte ihn. Callie Suttons offensichtliche gute Laune angesichts der Tatsache, dass er soeben ein flugzeuggroßes

Beweisstück in einen tosenden Fluss gestoßen hatte, war verdammt noch mal das Letzte, was er jetzt brauchte.

»Haben Sie irgendwelche Anzeichen dafür gesehen, dass es Überlebende gegeben hat?«, fragte sie.

»Nein. Aber sicher kann ich mir da nicht sein. Die Pilotin sah so aus, als wäre sie schon seit einer ganzen Weile tot.«

»Pilotin?«

»Es könnte auch ein Mann gewesen sein, aber der Ohrring hat mich eher an eine Frau denken lassen.«

»In Ordnung. Wir können morgen, sobald es hell wird, flussabwärts mit der Suche beginnen. Wenn ich meine Leute im Dunkeln hier rausschicke, riskieren wir damit Menschenleben. Besonders unter diesen Bedingungen. Ein Sturm zieht auf, und dieses Teilstück des Taheese ist bei Hochwasser besonders gefährlich. Kommen Sie, dann bringen wir Sie mal wieder da rauf. Ich habe oben jemanden, der uns sichert.«

Callie hakte noch mehr Seile und Karabiner in sein Gurtzeug ein. »Haben Sie so etwas schon mal gemacht?«

»Nein.« Bestimmt konnte sie spüren, wie er zitterte.

Sie gab ihm Anweisungen. Mason kämpfte den Schwindel und das alles übertönende Rauschen seines eigenen Bluts in den Ohren nieder, um sich auf ihre Erklärungen konzentrieren zu können.

»Bereit?«, fragte sie.

Er blinzelte gegen das Licht ihrer Stirnlampe an. »So bereit wie möglich.«

Kurz hielt sie inne, las die Furcht in seinen Augen, hörte sie in seiner Stimme. »Das wird schon«, sagte sie sanft. »Tun Sie einfach genau, was ich Ihnen sage.« Sie hob die Hand und machte eine ausladende Drehbewegung, ein Zeichen für denjenigen, der dort oben die Seile händelte. »Okay, holt uns hoch!«, rief sie.

Mason wurde hinauf in die Leere gezogen.

Ganz tolle Art, sich vor dem neuen Team zu beweisen, Deniaud. Pinkel dir jetzt bloß nicht noch in die Hose.

Zwölf Jahre lang war es ihm gelungen, seine Höhenangst vor seinen Kollegen zu verbergen, allerdings hatte er so das Gefühl, dass es von nun an bergab gehen würde. Um sich zu beruhigen, ließ er das Bild der Whiskeyflasche vor seinem inneren Auge entstehen, die in der einsamen Hütte am Ufer auf ihn wartete, die nun sein Zuhause war. Er sagte sich, dass er sie immer noch austrinken und in diesen gottverdammten See waten konnte, wenn ihm alles zu viel wurde.

Die Lodge-Gruppe

DAN

Samstag, 24. Oktober

Dan Whitlock saß hinten im Shuttlebus von Executive Transit. Zwei Stunden war seine Tourgruppe nun schon unterwegs, seit sie das Hotel am Flughafen Vancouver verlassen hatten. Zum x-ten Mal warf er einen Blick auf seine Armbanduhr.

Er brauchte eine Zigarette. Und einen Drink. Oder drei. Er sah durch die getönten Scheiben hinaus. Endlose Wälder und Berge zogen vorüber, während der Bus den gewundenen, allmählich ansteigenden British Columbia Highway 99 entlang ins Gebirge fuhr. Sie waren zu acht. Inklusive ihm selbst, Tourguide und Fahrer. Sie waren unterwegs nach Thunderbird Ridge, einem brandneuen Ski- und Golfresort nördlich von Squamish, das dieses Jahr zum ersten Mal für Skifahrer öffnen würde. Allerdings war immer noch Herbst. Zu spät zum Golfspielen, zu früh zum Skifahren. Frischer Schnee leuchtete auf den Berggipfeln, und es war kalt da draußen. Dan konnte Kälte nicht leiden. Früher einmal hatte er sie toleriert, aber damit war es jetzt vorbei. Mit neunundfünfzig schmerzten seine Gelenke davon. Die Gicht plagte ihn.

Ein weiteres Mal sah er auf die Uhr. Jetzt würde es nicht mehr allzu lange dauern. Zuerst würde er einen Abstecher in die Hotelbar machen oder sich wenigstens etwas aus der Minibar in seinem Zimmer genehmigen. Alkohol – wie auch alles andere auf dieser Vergnügungsreise – ging aufs Haus. Mit freundlicher Empfehlung der RAKAM Group, die diesen Trip finanzierte. Geplant war, dass ihre Gruppe in dem funkelnagelneuen Luxushotel in Thunderbird Ridge übernachten und morgen um zehn Uhr an Bord eines gecharterten Wasserflugzeugs gehen sollte, das sie zu einer Wellness-Lodge der Extraklasse mitten in der Wildnis fliegen würde. Wo genau sich ihr Ziel befand, war geheim. Irgendwo im Hinterland British Columbias. Dort würde man sie fürstlich bewirten und sie mit schwedischer Massage und Hot-Stone-Behandlungen verwöhnen. Sie konnten die Saunas am See genießen oder in ihren »architektonisch designten« Hütten vor dem Kamin sitzen und »schwelgen«, zehn Tage lang, umgeben von »nichts als Natur«, mitsamt Zimmerservice und offenen Bars. Dan hatte diese Reise im Juli bei einer Casino-Feier gewonnen.

Aus seinen Unterhaltungen mit den anderen Mitgliedern ihrer Gruppe beim Frühstücksbüfett im Hotel an diesem Morgen hatte er erfahren, dass das Forest Shadow Wilderness Resort & Spa noch nicht offiziell für Gäste geöffnet hatte. Der neue Hotelführer wollte sich mit einigen Unternehmen »zusammentun«, die Dienste in den Bereichen Hauswirtschaft, Catering, Sicherheit und Marketing für Nischenmärkte anboten. Zu diesem Zweck wurden mehrere Fachleute eingeflogen, damit sie das »Lodge-Erlebnis« selbst genießen und dann entscheiden konnten, ob sie ein Vertragsangebot unterbreiten wollten.

Dan kümmerte es nicht sonderlich, wer aus welchem Grund dort war. Er hatte den Gewinn angenommen, weil man einem geschenkten Gaul nun mal nicht ins Maul schaute. Nie.

Besonders nicht, wenn er einem mitsamt Alkohol, kulinarischen Hochgenüssen und Wörtern wie »schwelgen« präsentiert wurde. Er war ein abgehalfterter alter Privatdetektiv, der den Großteil seines Lebens damit zugebracht hatte, Klienten zufriedenzustellen, die für gewöhnlich aus irgendwelchen Drecklöchern gekrochen kamen, also könnte er sich so etwas wie dies hier niemals aus eigener Tasche leisten. Außerdem konnte es sich für ihn vielleicht als Glücksfall erweisen. Er würde mit reichen Leuten plaudern und ihnen Honig um den Bart schmieren – Leute, die Einfluss hatten. Was zu neuen geschäftlichen Möglichkeiten führen könnte. Auch reiche Leute taten schmutzige Dinge, und wer schmutzige Dinge tat, der brauchte einen Privatdetektiv wie ihn, um den Dreck wegzuputzen. Einen guten alten Schnüffler, der unter dem Radar blieb und sich am Rand der gesetzlichen Grenzen bewegte. Selbst private Ermittler einiger hochrangiger Anwaltskanzleien schanzten ihm ab und zu unter dem Tisch einen zwielichtigen Auftrag zu.

Die Frau auf dem Sitz vor ihm drehte sich um und lächelte. »Ich liebe Geheimnisse, Sie auch?«

Ihr Name war Monica McNeill. Eine perfekt geschminkte Brünette mit rauchiger Stimme Anfang fünfzig. Sie war mit dem zur Glatze neigenden Typen neben ihr verheiratet. Dr. Nathan McNeill, Professor für Mykologie an der University of Toronto. Monica war die Erbin mehrerer Unternehmen im Lebensmittelhandel. Sie hatte das Familienunternehmen in das Zeitalter der Vollwert- und Bioernährung geführt und mit ihrer Supermarktkette »Holistic Foods« ein Vermögen gemacht. Ihre Firma besaß nun »grüne« Supermärkte in praktisch jeder Stadt im ganzen Land. Holistic Foods verfügte auch über einen Cateringzweig. Was der Grund war, warum man sie auf diesen Trip eingeladen hatte.

Dan räusperte sich, auf einmal fühlte er sich unwohl unter ihrem musternden Blick. Attraktive Frauen hatten diese Wirkung auf ihn.

»Ja, sicher«, antwortete er. »Ich meine, wer nicht?« Natürlich liebte er Geheimnisse. Je dunkler, desto besser. Er verdiente sein Geld damit, anderer Leute Geheimnisse auszugraben. Die Macht der Geheimnisse war proportional zu der desjenigen, der durch ihre Enthüllung am meisten zu verlieren – oder zu gewinnen – hatte.

»Ich kann es gar nicht erwarten zu sehen, wo wir morgen landen werden.« Monicas Lächeln wurde noch strahlender.

Dan nickte und fragte sich, ob sie vielleicht gerade versuchte, ihn anzumachen. Er würde dieser Gruppe großzügiger gegenübertreten können, wenn er erst ein bisschen Alkohol intus hatte – die Wirkung des Schlückchens, das er sich an diesem Morgen aus der Minibar genehmigt hatte, war längst verflogen. Monicas Lächeln verblasste. Sie wandte sich wieder nach vorn und begann eine leise Unterhaltung mit ihrem pilzaffinen Ehemann.

Wer, der bei klarem Verstand ist, würde sich ausgerechnet auf Pilze spezialisieren?

Dan wandte seine Aufmerksamkeit der Observation seiner Mitreisenden zu. Dafür hatte er Talent.

Bart Kundera war der Fahrer. Ihm gehörte eine ganze Reihe dieser Busse und dazu eine Flotte von Limousinen. Bart war hinter einem Transportvertrag mit dem Forest Shadow Wilderness Resort & Spa her, zu dem gehören würde, dass er die Gäste zwischen dem Flughafen in Vancouver und der Anlegestelle des Wasserflugzeugs in Thunderbird Ridge hin- und herfuhr. Dunkelhaarig, dunkler Teint, mittelgroß. Kräftig gebaut. Ein Fitnessfreak, schätzte Dan. Er strahlte entspannte Selbstsicherheit aus und konnte gut mit Menschen umgehen. Netter Kerl. Optimistische Lebenseinstellung.

Dann war da noch Amanda Gunn, die als ihr Tourguide angeheuert worden war. Sie saß direkt hinter dem Fahrersitz. Glänzend schwarzes Haar, aufgetürmt zu einem kompliziert wirkenden Knoten auf ihrem Kopf. Mit langen, manikürten Fingernägeln wischte sie auf ihrem Tablet herum. Dünn wie ein Laufstegmodel – zu dürr für Dans Geschmack. Er mochte Frauen mit Brüsten. Ihr Mund gefiel ihm allerdings. Breit, blutrote Lippen und gebleachte Zähne. Ihre Augen waren dunkel und schimmerten feucht. Sie hatte sich eine Designersonnenbrille ins Haar geschoben, vermutlich eher aus modischen als aus funktionellen Gründen.

Neben Amanda, auf der anderen Seite des Mittelgangs, saß Katie Colbourne, eine Reisedokumentationsfilmerin, und nahm mit ihrer schicken kleinen Digitalkamera – wasserdicht, wie sie Dan versichert hatte – die Landschaft vor dem Fenster auf. Katie war umwerfend hübsch. Eine Wasserstoffblondine. Mitte bis Ende dreißig. Über ihr Low-Carb-Frühstück hinweg hatte sie den anderen erklärt, dass sie mit dem Drehen von Reisedokus begonnen hatte, nachdem sie ihre Karriere als Fernsehmoderatorin aufgegeben hatte. Inzwischen hatte sie ihren eigenen YouTube-Kanal. Sie behauptete, der Grund für diesen Karrierewechsel sei ihre neue Rolle als Mutter gewesen. Dan erkannte sie aus ihren Fernsehzeiten wieder – genau wie alle anderen. Vor über zehn Jahren war Katie Colbourne eine abendliche Konstante auf dem Nachrichtensender gewesen. Er wusste nicht mehr, was es gewesen war, aber es hatte irgendwelche Kontroversen um sie gegeben.

Hinter Katie blickte eine Frau namens Deborah Strong aus dem Fenster. Eine stille Brünette. Da war etwas an Deborah Strong, das Dan »stille Wasser sind tief« denken ließ. Sie besaß ein Unternehmen namens »Boutique Housekeeping«, was sie zur Kandidatin für den Hauswirtschaftsvertrag machte.

Deborah gegenüber saß eine stämmige Frau mit durchdringendem Blick und Augen, die so dunkel waren, dass sie fast schwarz wirkten. Jackie Blunt. Ende vierzig. Sie hatte etwas Beunruhigendes an sich. Die Art, wie sie ihn musterte, wenn sie glaubte, er würde es nicht bemerken. Er hätte schwören können, dass er sie von irgendwoher kannte. Außerdem hätte er darauf gewettet, dass sie einmal ein Cop gewesen war. Vielleicht musste man selbst einer gewesen sein, um so etwas zu erkennen. Vielleicht war das auch der Grund dafür, warum sie ihm so seltsam bekannt vorkam. Aus der Art, wie sie ihn taxierte, schloss Dan, dass auch sie ihn wiedererkannte. Allerdings schien Jackie Blunt alles und jeden mit entnervender Intensität zu mustern. Sie sog Mikroexpressionen und Hinweise auf und bunkerte sie für spätere Zwecke. Sie leitete ein Unternehmen in Burlington, Ontario, namens »Security Solutions«, und sie war ganz offensichtlich wegen des Vertrags für den Sicherheitsdienst eingeladen worden.

Es gab noch einen Gast, der in Thunderbird Ridge zu ihnen stoßen sollte: Dr. Steven Bodine, Schönheitschirurg und medizinischer Leiter der Oak Street Surgical Clinic. Morgen früh würden sie außerdem noch ihre Pilotin Stella Daguerre kennenlernen.

Amanda wandte sich auf ihrem Platz um und präsentierte den Passagieren ihr Hundert-Watt-Lächeln. »Fast da!«, verkündete sie.

Amandas übertrieben fröhliche kleine Frühstücksrede hallte in Dans Gedanken wider.

»*Es ist ein fantastischer Ort. Einfach atemberaubend. Der pure Luxus am Ufer eines funkelnden Sees inmitten unberührter Natur. Meilenweit in jede Richtung absolut nichts – nichts. Perfekt für Gäste, die nach Abgeschiedenheit und Privatsphäre suchen. Das Forest Shadow Wilderness Resort & Spa erfüllt alle Bedürfnisse unserer Zielgruppe, was auch eine Komponente für Schönheits- und*

Wellnesstourismus beinhaltet. Die RAKAM Group in Malaysia verhandelt derzeit mit zwei privaten Schönheitskliniken im Lower Mainland. Der Gedanke dahinter ist der, dass Gäste, die einen neuen Look anstreben – brandneue Brüste, eine schlankere Taille, ein jugendlicheres Gesicht –, am Flughafen in Vancouver von einem Transportunternehmen wie dem von Bart abgeholt und diskret in eine der besagten Kliniken gefahren werden. Wo sie die gewünschte Behandlung erhalten und daraufhin per Shuttle für eine Übernachtung in die mit dem Five Diamond Award ausgezeichnete Thunderbird Lodge gebracht werden. Von wo sie wiederum ein Wasserflugzeug am folgenden Tag ins Forest Shadow Wilderness Resort & Spa transportieren wird, wo sie sich erholen und entspannen können. Natürlich steht ihnen dabei die gesamte Palette der Spa-Behandlungen zur Verfügung, inklusive Schwimmbad, Dampfbad und Sauna am See, die nach alter skandinavischer Tradition mit Holz beheizt wird. Dazu eine Gourmetküche, inspiriert von der Kulinarik der Westküste, in der natürlich nur frische, natürliche Zutaten verarbeitet werden ...«

Was Dan für völlig bekloppt hielt. Was für ein Geschäftsmodell sollte das sein, wenn die Patienten nach dem Eingriff erst einmal eine zweitägige Reise hinter sich bringen mussten, bevor sie sich in der Natur erholen konnten? Aber was wusste er schon? Reiche Leute taten alles Mögliche, was für ihn absolut keinen Sinn ergab, und im Grunde war es ihm auch egal, solange sie die Kosten für diese Reise und seine Rechnung an der Hotelbar übernahmen. Der Bus wurde langsamer. Der Blinker tickte. Bart bog vom Highway auf eine frisch asphaltierte Straße ein. Ein großes Holzschild mit einem geschnitzten Adler wies ihnen den Weg: Thunderbird Ridge.

Durch das Fenster sah Dan eine dunkle Wolkenbank, die sich im Nordosten auftürmte. Der Wind fuhr durch die Bäume. Ein seltsamer Anflug von Nervosität rieselte durch seinen

Körper. Er brauchte einen Drink – das war alles. Zittrigkeit aufgrund von Alkoholentzug.

Doch während der Bus der sich in die Höhe windenden Straße folgte und die dunklen Tannen näher rückten, vertiefte sich seine Nervosität zu einer unbestimmten Angst.

Er hatte die Wildnis noch nie gemocht.

Die Lodge-Gruppe

STELLA

Samstag, 25. Oktober

Stella Daguerre ging noch einmal ihre Klarliste durch. Alles war in Ordnung. Sie beschattete die Augen und ließ den Blick über die umliegenden Berge schweifen. Sie visualisierte den Start und die Landung am Zielort, prägte sich das Notfallprotokoll und die Fluchtwege ein weiteres Mal ein, damit, nachdem sie erst auf dem Pilotensitz Platz genommen hatte, alles wie von selbst gehen würde, falls es während des Flugs zu unerwarteten Problemen kam.

Das Wetter war herrlich. Strahlend blauer Himmel, ein weißer Zuckerguss aus Schnee auf dem sie umringenden Amphitheater der Berge. Das Laub der Bäume zwischen den Tannen an den Gebirgsflanken war orangerot und golden gefleckt. Der Thunderbird Lake glitzerte im Sonnenlicht, und Stellas de Havilland Canada DHC-2 Beaver Mk.1 schaukelte sacht am Anlegedock. Allerdings füllte sich der Windsack allmählich, knarrend schwenkte er am Mast herum, als die Brise die Richtung wechselte und nun kräftiger aus Norden heranwehte.

Es war ein kalter Wind.

Er würde die gewaltige schwarze Wolkenfront herantreiben, die in der Ferne bereits zu erkennen war. Stella musste ihr stämmiges kleines Flugzeug schleunigst in die Luft und über die Bergkette kriegen. Seitenwinde in diesem Terrain konnten tückisch sein. Und tödlich. Sie warf einen Blick auf die Uhr. Und wurde ärgerlich.

Laut Amanda Gunn, der Kontaktperson der RAKAM Group – die Stellas Charterfluggesellschaft West Air angeheuert hatte –, sollten ihre Passagiere vor zehn Uhr morgens am Dock bereitstehen. Die Türen der Beaver standen wartend offen. Stella war bereit, das Gepäck einzuladen, ihren Vogel aufzuwärmen und ihren Passagieren eine rasche Sicherheitseinweisung zu geben. Mittlerweile war es allerdings schon 10.23 Uhr, und noch immer war weit und breit nichts von der Reisegruppe zu sehen. Spannung ballte sich in ihrem Bauch zusammen. Wieder warf sie einen Blick zum Windsack hinauf. Er flatterte und peitschte, während die Böen an Kraft gewannen. Stella griff nach ihrem Handy, doch gerade als sie Amanda anrufen wollte, fuhr ein glänzend schwarzer Minibus mit dem Logo der Thunderbird Lodge in eine Haltebucht oberhalb des Flugzeugdocks.

Erleichterung erfüllte sie, und sie steckte ihr Handy ein, als sich die Bustür öffnete und eine sehr schlanke Frau ausstieg. Der Wind zerzauste ihr dunkles Haar. Sie trug eine schwarze Jeans und eine dazu passende schwarze Lederjacke. Ein weißer, transparenter Schal bauschte sich um ihren Hals, und unter ihrem Arm streckte ein Clipboard. Als Nächstes stieg ein Mann in Hoteluniform aus und eilte zur Rückseite des Busses. Die Frau wies ihn an, das Gepäck auszuladen, und nach und nach tauchten auch die Passagiere auf. Schließlich kam die Frau die Stufen zum Dock heruntergeeilt und stöckelte vorsichtig auf ihren High Heels den Steg entlang.

»Amanda Gunn«, stieß sie ein wenig atemlos hervor, als sie bei Stella angekommen war. Sie offerierte ihr eine zarte Hand und ein monströs breites Lächeln. »Wir kennen uns schon vom Telefon.«

Stella konnte ihre Augen nicht sehen, weil sie sich hinter einer großen schwarzen Designersonnenbrille verbargen. Sie schüttelte Amandas Hand. Sie war kühl und glatt wie ein Babypo, was im harschen Kontrast zu Stellas eigenen rissigen Arbeiterhänden stand. Der Wind frischte erneut auf und wehte ihr eine Woge von Amandas Duft entgegen. Zu ihren Füßen wirbelten trockene Herbstblätter umher. Die Frau roch nach Parfüm und Mentholzigaretten. Sie war Stella auf Anhieb unsympathisch.

»Es tut mir *so* leid, dass wir zu spät sind«, fuhr Amanda fort. »Einer unserer Gäste ist über Nacht krank geworden und …« Sie warf einen Blick über die Schulter, um nach dem Hotelangestellten zu sehen, der den Gästen nun dabei half, ihr Gepäck die Treppe herunterzutragen. »Ich dachte, er hätte nur einen Kater.« Sie sprach rasch weiter, so als wollte sie alles erklären, bevor die Gäste sie erreichten. »Wir hatten gestern Abend eine offene Bar, und es sind immer ein, zwei dabei, die über die Stränge schlagen. Ich dachte, nach einer heißen Dusche und einem starken Kaffee würde er schon wieder auf die Beine kommen, also haben wir gewartet, aber ihn scheint wirklich etwas erwischt zu haben. Er sagt, dass er heute auf keinen Fall fliegen kann, also haben Sie einen Passagier weniger, fürchte ich.« Sie versuchte sich an einem weiteren Lächeln, das jedoch misslang.

Stella holte ihre Passagierliste. »Wer fehlt?«, fragte sie.

»Dan Whitlock«, sagte Amanda. »Ich habe einen Mietwagen angefordert. Ich nehme ihn mit zurück in die Stadt und setze ihn beim Arzt ab. Der Shuttlebus wird die Gäste dann in zehn Tagen wieder hier abholen.«

Stella überflog die Liste auf der Suche nach Dan Whitlocks Namen. Währenddessen näherte sich der Hotelangestellte mit zwei Taschen.

»Wohin soll ich das Gepäck stellen, Ma'am?«

Sie deutete auf den Steg neben dem Flugzeugheck, wo eine Ladeklappe offen stand.

»Soll ich die Taschen gleich einladen?«

»Noch nicht. Stapeln Sie einfach alles vor der Ladeklappe.« Sie wollte die Taschen noch einmal mit der Passagierliste abgleichen. Ihrer Erfahrung nach nahmen die Passagiere die Gewichtsbeschränkungen nicht ernst, die für Kleinflugzeuge galten, und versuchten oft, noch etwas zusätzlich hineinzuschmuggeln. Wenn man ein Flugzeug schlecht belud, konnte das zu tödlichen Unfällen führen, besonders während des Starts und der Landung, wenn das Gewicht einen massiven Einfluss auf das Verhalten des Flugzeugs hatte. Sie fand Dan Whitlocks Namen auf der Liste und strich ihn durch. »Haben Sie die Taschen gewogen?«, fragte sie Amanda.

»Gestern, bevor wir das Hotel in Vancouver verlassen haben, und noch einmal heute Morgen. Alles nach Vorschrift.« Amanda wirkte zusehends nervös. »Ich habe den Gästen erklärt, dass ihnen alles, was sie brauchen, zur Verfügung gestellt wird, angefangen von Biopflegeartikeln bis hin zu erstklassigen alkoholischen Getränken und sonstiger Verpflegung.«

Während sie sprach, versammelten sich die Passagiere um sie.

Anweisungen wurden erteilt, und Stella hakte jeden der anwesenden Gäste auf ihrer Liste ab: Bart Kundera – der Typ mit dem Transportunternehmen. Monica McNeill – die Cateringfrau. Nathan McNeill, Monicas Ehemann und ihr Plus eins auf dieser Reise. Deborah Strong – Hauswirtschaftsfrau. Katie Colbourne – Reisejournalistin und ehemalige Nachrichtensprecherin. Und Jackie Blunt – Security. Jackie hielt ihren Blick einen Moment zu lange, und Stella las eine Frage in den eindrucksvollen und eng beieinanderliegenden Augen der Frau. Irgendwie beunruhigte sie das, und ein Anflug von Sorge formte sich tief in ihrem Bauch.

»Kennen wir uns?«, fragte Stella.

Jackies Augen wurden schmal. »Ich glaube nicht.«

Doch die Art, wie sie das sagte, ließ Stella daran zweifeln, dass sie es auch so meinte. Während sie miteinander sprachen, ließ Katie ihren kleinen Camcorder über die Gruppe schweifen, woraufhin Jackie einen Schritt zurückwich und eine freundliche Miene aufsetzte.

»Dieser Ort hier ist einfach fantastisch, wie auf einer Verpackung für Schweizer Schokolade«, rief Katie und drehte sich langsam im Kreis, um die Kulisse der schneebedeckten Gipfel um sie herum einzufangen.

»Schweizer Schokolade hat nichts damit zu tun«, widersprach Monica. Ihre Stimme klang so rau wie bei einer Lounge-Sängerin. »Das hier ist ein echtes Stück vom Paradies. Und das direkt in unserer Nachbarschaft.«

»Nicht wahr? Was habe ich Ihnen gesagt?« Amanda präsentierte ihnen ein breites, strahlend weißes Lächeln, um ihre Kunden bei Laune zu halten.

Stella nickte dem Hotelangestellten zu, woraufhin dieser begann, das Gepäck einzuladen.

»Was für ein Flugzeug ist das?«, fragte Katie hinter ihrer Kamera hervor.

»Eine de Havilland Beaver Mk.1«, antwortete Stella. »Das kanadische Buschflugzeug schlechthin. Die Beaver ist Kult, ein echtes, nach dem Zweiten Weltkrieg entwickeltes Arbeitstier. Die erste Beaver ist in den Vierzigern in Toronto vom Laufband gerollt. Man hat sie den fliegenden Hundeschlitten des Nordens genannt.«

Während Stella erzählte, filmte Katie den glänzenden gelbblauen Flugzeugrumpf.

»Okay«, rief Stella. »Bitte versammeln Sie sich um mich und hören Sie mir zu. Regel Nummer eins, übertreten Sie nie die rote Linie auf dem Dock.« Sie deutete darauf. »Da wir in der Zeit ein wenig hinterher sind, beginne ich damit, das Flugzeug aufzuwärmen, dann gebe ich Ihnen eine kurze Sicherheitseinweisung. Prägen Sie sich die Regel mit der roten Linie gut ein. Eine Begegnung mit diesem Propeller würde Ihr Leben verändern – oder beenden.«

Blicke wurden getauscht, und die Stimmung veränderte sich leicht. Stella war froh, dass sie ihre Autorität behauptet und klargestellt hatte, dass in diesem Flugzeug sie der Boss war. Sie drehte sich zur Cockpittür um.

»Oh, Moment«, rief Amanda ihr nach. »Wir warten noch auf einen weiteren Gast.«

Stella hielt inne. Rasch zählte sie nach.

»Wir haben sechs Passagiere.«

»Ja, aber Dr. Steven Bodine kommt noch. Mit ihm wären wir sieben.« Amanda warf einen Blick auf ihre Designeruhr. »Er hat vor etwa zwanzig Minuten aus Squamish angerufen, also sollte er wirklich jeden Moment hier sein.«

Stella musterte Amanda ruhig, dann griff sie wieder nach der Liste. Sorgfältig ging sie alle Namen durch. »Auf meiner Liste steht kein Steven Bodine.«

»Er muss draufstehen.« Amanda kam näher, um ebenfalls einen Blick auf die Liste zu werfen.

»Ich sehe keinen Bodine«, wiederholte Stella.

»Er ist plastischer Chirurg in der Oak Street Surgical Clinic. Er ist sehr wichtig für diese Reise.«

Stella zog sie beiseite und senkte die Stimme. »Hören Sie, ich hatte sieben Passagiere auf meiner Liste, Dan Whitlock eingerechnet. Mein Flugzeug kann maximal acht Personen befördern, inklusive mir, der Pilotin. Ihr Chef hat das gewusst, als er mir den Auftrag erteilt hat. Ich habe es ausdrücklich betont. Wie kann es also einen zusätzlichen Passagier geben, obwohl die RAKAM Group nicht wissen konnte, dass Dan Whitlock krank werden und die Reise absagen würde? Wir hätten sie andernfalls gar nicht alle an Bord bekommen.«

Amanda wurde blass. Furchen erschienen auf ihrer Stirn. Leise, dringlich sagte sie: »Ich habe Ihnen die Liste doch geschickt. Ich bin sicher, dass Dr. Steven Bodine draufstand. Moment …« Sie blätterte durch die Seiten an ihrem Clipboard. »Hier – das ist meine Liste.«

Stellas und Amandas Listen stimmten nicht überein.

Aus dem Augenwinkel sah Stella, wie Jackie Blunt sie musterte und eindeutig versuchte, ihre Unterhaltung mitzuhören. Amanda warf ebenfalls einen Blick zu Jackie hinüber und drehte sich dann so, dass sie ihr die Sicht verstellte. Sie beugte sich noch ein wenig näher zu Stella vor. Der Wind fing sich in einer Fahne, die oben neben dem Shuttlebus hing, und die Flaggleine schlug klirrend gegen den Mast. Der Windsack füllte sich. Dringlichkeit knisterte in Stellas Adern. Sie blickte zu der dunklen Wolkenfront hinüber, die über die nördlichen Gipfel heranrollte.

»Da muss es ein Missverständnis gegeben haben«, flüsterte Amanda. »Hören Sie, es tut mir wirklich leid. Das hier ist meine erste PR-Veranstaltung mit diesem Unternehmen. Ich habe das Angebot von meiner Zeitarbeitsfirma vermittelt bekommen. Ich … ich bin ein bisschen nervös. Ich möchte alles richtig machen, verstehen Sie? Es könnte ein fantastisches Jobangebot werden, wenn sie beschließen, mich längerfristig unter Vertrag zu nehmen.« Sie schluckte. Vereinzelte Strähnchen lösten sich aus dem steif gesprayten Haarknoten auf ihrem Kopf und wehten ihr ums Gesicht.

Stellas Empfindungen dieser Frau gegenüber wurden ein wenig milder. »Da Dan Whitlock nicht kommt, macht es nichts«, lenkte sie ein. »Damit können wir arbeiten. Aber wenn Dr. Bodine nicht in den nächsten fünf Minuten für die Sicherheitseinweisung hier ist, dann fliegt er nicht mit. Okay? Mein Charterunternehmen. Mein Flugzeug. Meine Regeln. Sicherheit geht vor. Ich möchte auch, dass hieraus ein längerfristiger Vertrag wird, genau wie Sie, und soweit ich weiß, ist dies hier ein Test sowohl für Ihre als auch für meine Professionalität. Sozusagen Teil des Vorstellungsgesprächs.«

»Gut. Ja, natürlich. Ich rufe ihn noch mal an.« Amandas Stimme bebte leicht, während sie in ihrer Jackentasche nach dem Handy suchte. Sie wollte diesen Vertrag mit der RAKAM Group ganz eindeutig unbedingt haben.

Stella kehrte zum Cockpit zurück. Jackies dunkler und durchdringender Blick folgte ihr, und Stellas Eindruck, dass diese Frau sie von irgendwoher kannte, verstärkte sich.

Stella entriegelte den Hebel für die Kraftstoffvoreinspritzung unten neben der Tür und kletterte auf ihren Sitz. Vor dem Propellerblatt erstreckte sich der See in einem spitz zulaufenden V zwischen den Bergen. Sie kontrollierte den Öldeckel – geschlossen. Kraftstoffvorrat und Benzindruckanzeige – alles sah gut aus.

Sie pumpte den Hebel der Kraftstoffvoreinspritzung, verriegelte ihn und betätigte den Hauptschalter. Dann bewegte sie den Gashebel an der Mittelkonsole langsam vor und zurück, bevor sie den kleinen Schalter für den Anlasser betätigte. Der Anlasser heulte auf wie bei einem alten Auto. Sie schaltete die Magnetzündung hinzu, und der Motor der Beaver erwachte hustend und dröhnend zum Leben. Stella justierte den Gemischregler, bis der Motor rundlief und in ein rhythmisches, kehliges und beruhigendes Grollen verfiel. Das rotierende Propellerblatt wurde zu einem verschwommenen Kreis. Sie spürte, wie das Adrenalin in ihren Adern zu einer Art Summen anschwoll. Dies war ihr Element, hier fühlte sie sich sicher. Ihr Flugzeug. Endlich wieder fliegen.

Am liebsten wartete sie ab, bis sie fünfhundert oder sechshundert Umdrehungen pro Minute hatte und die Beaver schön warm gelaufen war.

Also stieg sie wieder aus, um mit ihrer Sicherheitseinweisung zu beginnen, doch in diesem Moment fuhr ein Cabrio mit brüllendem Motor in die Parkbucht. Alle drehten sich um, als der tiefgelegte silberne Jaguar quietschend hinter dem Hotelbus zum Halten kam.

Ein Mann stieg aus. Groß. Dichtes sandbraunes Haar, in dem der Wind spielte. Der Wind, der für Stellas Geschmack viel zu schnell an Kraft gewann. Wieder stieg Ärger in ihr hoch. Sie warf einen weiteren Blick auf ihre Uhr und betrachtete dann prüfend den Windsack. Eine Welle raschelnden Herbstlaubs fegte über das Dock. Der Mann beugte sich auf den Rücksitz des Cabrios, holte einen Rucksack heraus und schlang ihn sich über eine Schulter. Dann kam er auf sie zu, seine Wanderstiefel schlugen dumpf auf die Holzplanken, sein Gang war raumgreifend und selbstbewusst. Ein jungenhaftes Lächeln zeigte sich auf seinem gebräunten, mittelalten Gesicht. *Ein Peter Pan,* dachte Stella. *Mit einem chirurgischen Gottkomplex.*

»Oh, Gott sei Dank«, murmelte Amanda, während der Chirurg die Gruppe ansteuerte.

»Amanda? Sie *müssen* Amanda sein«, rief er laut.

Amanda schüttelte ihm die Hand. »Wie *schön,* Sie endlich persönlich kennenzulernen, Steven.« Die Erleichterung in ihrer Stimme war fast greifbar. Aus dem Augenwinkel sah Stella, dass Monica McNeill beim Anblick des Chirurgen jedoch wie zur Salzsäule erstarrt war.

Interessiert wandte sich Stella zu ihr um. Monica war blass geworden. Die Frau blickte zu ihrem Ehemann hinüber, der den

Mund öffnete, um etwas zu sagen. Doch dann schloss er ihn wieder und sah Monica nur finster an. Katie filmte, während Jackie und Bart an ihren Handys herumhantierten. Deborah schien eingeschüchtert von Dr. Steven Bodines Präsenz. Der Flugzeugmotor grollte. Stella wollte endlich los.

»Bitte mal herhören!« Amanda hob die Stimme. »Hiermit ist unsere Reisegruppe komplett. Das hier ist Dr. Steven Bodine, der die Oak Street Surgical Clinic leitet und deren Geschäftszweig der Schönheitsreisen ausweiten möchte.«

»Stella Daguerre.« Sie streckte die Hand nach seinem Rucksack aus. »Ich bin auf diesem Flug Ihre Pilotin.«

Der Blick des Chirurgen traf ihren. Stella spürte die Herausforderung des Alphamännchens. Sein Lächeln verblasste kaum wahrnehmbar, als er den Griff um seinen brandneuen Rucksack lockerte.

Während Stella das Gepäckstück verstaute, hörte sie Dr. Steven Bodine sagen: »*Monica?* Mein Gott, was für eine Überraschung. Das … das ist ja ewig her.«

»Steven«, erwiderte Monica tonlos. »Das hier ist mein Ehemann, Nathan.«

»Wir kennen uns bereits«, erklärte Nathan brüsk und ergriff Stevens Hand. »Von dieser Benefizveranstaltung, nicht wahr? Die Ihre Klinik für die Kinderstiftung organisiert hat. Der Gesundheitsminister war auch dort.«

»Ich schätze schon.« Ein rascher Blick auf Monica. »Gott, diese Veranstaltung hatte ich total vergessen. Es ist schon so lange her.« Er schob die Hände in die Taschen. »Was führt euch beide denn hierher? Das Essen?«

»Ein potenzieller Cateringauftrag«, gab Nathan knapp zurück. Monica räusperte sich und sah weg.

»Wir wissen immer noch nicht genau, wohin wir eigentlich fliegen, oder?« Steven wandte sich an Stella, die gerade die Gepäckklappe sicherte. »Stella?«, rief er über das Dröhnen des

Motors hinweg. »Können Sie uns jetzt sagen, wohin Sie uns bringen? Wo dieser geheime Ort liegt?«

Oh, der Ritter in schimmernder Rüstung, der die Gruppe rettet – sie anführt. Sich vor Mr McNeill und seiner Frau auf die Brust trommelt.

Sie wischte sich die Hände an der Hose ab. »Das bleibt eine Überraschung, die RAKAM Group möchte, dass ich dieses Geheimnis wahre.« Nun hob auch sie die Stimme. »Okay, alle mal herhören.«

Die Gruppe versammelte sich um sie. »Die Kabine ist klimatisiert, um für Ihre Bequemlichkeit zu sorgen. Jeder Platz ist mit einem Gurt ausgestattet.« Sie hielt einen davon hoch, um es zu demonstrieren. »Neben den Sitzen hängen lärmdämpfende Ohrhörer, mit denen man Musik hören oder sich miteinander unterhalten kann.« Punkt für Punkt ging sie die Sicherheitseinweisung durch. »Im unwahrscheinlichen Fall, dass das Flugzeug ins Wasser stürzt, besteht die verwirrendste Aufgabe darin, sich unter Wasser zu orientieren, auch wenn das Flugzeug auf dem Rücken liegt. Nehmen Sie sich, nachdem Sie Ihre Plätze eingenommen haben, also einen Moment Zeit, um sich einzuprägen, wo sich der Ausgang im Verhältnis zu Ihrem rechten Knie befindet.« Sie tippte sich auf den rechten Oberschenkel.

»Wenn der Ausgang rechts von Ihnen liegt, solange Sie richtig herum sitzen, ist er auch noch rechts von Ihnen, wenn sich das Flugzeug in irgendeiner anderen Position befindet.«

Kurz ging sie durch, wie man das Flugzeug unter Wasser verließ.

»Denken Sie daran, tief Luft zu holen, bevor Sie unter die Wasseroberfläche tauchen. Öffnen Sie die Augen. Orientieren Sie sich und lokalisieren Sie, wo sich der Notausgang befindet. Prägen Sie sich einen Bezugspunkt ein. Mit geschlossenen Augen können Sie das nicht. Falls Sie neben einem Notausgang sitzen, warten Sie ab, bis die Kabine zu drei Vierteln mit Wasser gefüllt ist, bevor Sie den Ausgang öffnen. Legen Sie erst dann den Gurt ab. Ziehen Sie sich mit Händen und Füßen durchs Wasser zum Ausgang und klettern Sie aus der Kabine. Blasen Sie Ihre Rettungsweste erst auf, wenn Sie sich nicht mehr im Flugzeug befinden.« Sie erklärte, wo man die Rettungswesten fand und wie man sie mit Luft füllte.

Sie wartete, während die Gesichter um sie herum zunehmend besorgt wurden. Gut. Sie mussten dies hier ernst nehmen und wirklich verstehen. Deborahs Blick huschte nervös über das Flugzeug. Sie hatte die Hände zu Fäusten geballt. Sie war diejenige, die am meisten Angst vorm Fliegen hatte, vermutete Stella.

Rasch erläuterte sie, wo sich der Notsender, der Erste-Hilfe-Kasten, der Feuerlöscher und die übrigen Sicherheitsausrüstungsgegenstände befanden. Dann führte sie vor, wie man in das Flugzeug ein- und wieder ausstieg.

»Und denken Sie daran, in *jedem* Notfall ist es von äußerster Wichtigkeit, ruhig zu bleiben. Panik ist *immer* am gefährlichsten.«

Während die Passagiere einstiegen, fügte sie noch hinzu: »Bitte nicht rauchen. Und bitte schalten Sie Ihre Handys auf Flugmodus.« Sie lächelte. »Willkommen bei West Air.«

»Oh, Moment!«, rief Jackie und eilte auf Amanda zu. Sie streckte ihr ein Handy hin. »Könnten Sie noch rasch ein Bild von uns allen vor der Beaver machen?«

Die Gruppe versammelte sich vor dem gelb-blauen Flugzeug.

»Alle mal lächeln!«, rief Amanda. Sie schoss ein paar Fotos. »Deborah, ein bisschen näher zu den anderen, bitte.« Amanda gestikulierte. Sie alle schoben sich ein Stück enger zusammen. »Sagen Sie *Cheese!*«

Alle lächelten. »Cheese!«

Amanda reichte das Handy zurück an Jackie, die darauf herumtippte, während die anderen schon einstiegen.

»Instagram?«, fragte Steven sie. »Posten Sie Ihr Foto mit den Hashtags Geheimnistour, Flug-in-die-Wildnis?«

Jackie sah auf. Ohne zu lächeln, sagte sie: »Facebook. Und ja, so was in der Art. Bevor wir keinen Empfang mehr haben.« Sie steckte ihr Handy ein.

Sobald sie alle an Bord und die Türen geschlossen und gesichert waren, löste Stella die Vertäuung und schnallte sich auf ihrem Sitz an. Sie lenkte das Flugzeug auf den See hinaus.

Als sie die geschützte Bucht verließen, raute der Wind die Wasseroberfläche auf, und das Flugzeug begann, auf den Wellen zu schaukeln. Sie justierte den Gashebel, wobei sie an die Passagierliste und den fehlenden Dan Whitlock dachte.

Es war 11.45 Uhr, als sie ihren Vogel in die Luft brachte und die Kraft der Seitenwinde spürte. Über Funk gab sie eine Meldung an die Zentrale von West Air durch.

Die Lodge-Gruppe

AMANDA

Amanda Gunn verließ den Fahrstuhl des Thunderbird Hotels und eilte den Gang des dritten Stocks entlang. Der dringliche Anruf des Hotelmanagers hatte sie erreicht, kurz nachdem sie die Tourgruppe am Dock verabschiedet hatte. Sie bog ab und wäre fast mit der massigen Gestalt des Managers zusammengestoßen. Er legte ihr die Hand auf die Schulter, seine Augen waren wässrig, seine Wangen rot. Er roch nach Schweiß.

»Es ist schrecklich, Amanda. Es tut mir so leid – er … er ist tot.«

Alles Blut wich ihr aus dem Kopf. Die Welt drehte sich. Sie stützte sich Halt suchend an der Wand ab und starrte ungläubig den Manager an, der sie aufgehalten hatte, bevor sie Dan Whitlocks Zimmer erreicht hatte. Sie konnte die Tür hinter seinem Rücken sehen. Sie stand einen Spalt offen.

»Was?«, fragte sie langsam.

»Dan Whitlock ist verstorben. Die Sanitäter haben alles versucht, aber er war schon tot, als sie hier eingetroffen sind.«

»Wie? Was … Ich meine, was ist mit ihm passiert?« Sie war davon überzeugt gewesen, dass ihr Tourgast nur einen schlimmen Kater hatte. Sie war verärgert, sogar wütend gewesen. Sorge packte sie, während sie versuchte, an dem Manager vorbei einen Blick durch die offene Tür in Dans Zimmer zu werfen.

Das muss ein furchtbarer Irrtum sein. Mehr nicht, nur ein furchtbarer Irrtum. Es kann nicht anders sein.

Sie konnte erkennen, wie sich zwei Rettungssanitäter über die hingestreckte Gestalt ihres Tourgasts beugten. Panik flackerte in ihr auf. Sie schob sich an dem Manager vorbei und betrat das Zimmer. Wie angewurzelt blieb sie stehen. Seine Haut war blassblau. Als hätte er keine Luft mehr bekommen. Das Herz schlug ihr bis zum Hals.

»Was ist passiert?«, fragte sie noch einmal, als sich ihr der Manager von hinten näherte. Sie fuhr herum, sah wütend zu ihm hoch. »So habe ich ihn vorhin nicht zurückgelassen! Ihm war nur schlecht, er musste sich übergeben. Ich … ich bin nur runter zum Flugzeugdock gefahren, um die anderen zu verabschieden – wie konnte das so schnell passieren?«

»Ich weiß es nicht.« Der Manager war aschfahl, abgesehen von zwei brennend roten Flecken auf den Wangenknochen. »Vor etwa vierzig Minuten ging es dem Gast wohl schlechter und er hat unten an der Rezeption angerufen. Die diensthabende Rezeptionistin sagt, am anderen Ende der Leitung hätte sich niemand gemeldet. Sie hat nur ein seltsames Atemgeräusch gehört. Dann hat sie jemanden hinaufgeschickt, um nach ihm zu sehen. Auf das Klopfen des Angestellten hin hat niemand aufgemacht, aber er hat ein Keuchen und Husten von drinnen gehört und eine Art Klopfen. Er hat die Tür mit der Generalschlüsselkarte geöffnet.« Der Manager hielt inne und musterte den untersetzten Mann am Boden. Er rieb sich die Stirn. »Der Gast – Dan Whitlock – war zusammengebrochen und hat mit beiden Händen seinen Hals umklammert, er konnte nicht atmen, ist blau angelaufen. Unser Angestellter hat sofort den Notruf verständigt, vom Telefon neben dem Bett aus.« Er deutete darauf. »Dann hat er mit den Wiederbelebungsmaßnahmen begonnen.

Die Sanitäter … sie sind gerade erst angekommen, aber sie konnten nichts mehr tun.«

»Aber … er hatte einen Kater, es war doch nur Kopfweh.« Amanda drückte sich eine Hand an die Stirn.

Ein Streich. Das muss es sein.

Dieser bizarre Gedanke setzte sich in ihrem Kopf fest. Leugnung. Alles, nur das nicht. Sie stürzte sich darauf.

Es ist ein Test – genau wie die Pilotin gesagt hat. Ein Teil des Vorstellungsgesprächs. Um zu sehen, ob ich mit einer Stresssituation klarkomme, in die sehr exklusive Gäste verwickelt sind, die ihre Privatsphäre schätzen. Um zu sehen, ob ich in der Lage bin, die Situation diskret zu handhaben, angemessen respektvoll und zurückhaltend. Falls mal jemand eine Überdosis nimmt oder so.

Langsam näherte sie sich Dan Whitlocks regloser Gestalt, um herauszufinden, ob er vielleicht gar nicht tot war und sie nur zum Narren hielt.

Doch dann umfasste einer der Sanitäter ihren Arm, um sie aufzuhalten.

»Lassen Sie mich los!«, fauchte sie und schüttelte ihn ab.

»Ma'am, bitte bleiben Sie zurück.«

Tränen stachen ihr in den Augen. »Können … können Sie mir sagen, was passiert ist?«, fragte sie, leise nun.

»Es scheint so, als hätte er einen anaphylaktischen Schock erlitten.«

Sie starrte ihn an. »Wie bei einer allergischen Reaktion?«

»Auf dem Boden neben seiner Hand haben wir einen gebrauchten EpiPen gefunden.«

»Er hat eine tödliche Schalentierallergie – das hat er gestern Abend beim Büfett selbst noch erzählt«, flüsterte sie fast. »Es stand auf dem Formular, das ich allen zum Ausfüllen geschickt habe. Ich war vorsichtig.« Sie fuhr zum Hotelmanager herum. »Sie haben es doch an das Küchenpersonal weitergegeben, oder? Dass er Allergiker war?«

»Natürlich. Auch das Servicepersonal beim Büfett wurde ausdrücklich darauf hingewiesen. Die Meeresfrüchte wurden sorgfältig von allen anderen Gerichten ferngehalten.«

Amandas Blick landete auf einem halb leeren Teller mit Rührei auf einem Tisch unter dem Fenster. »Er hat etwas zu essen bekommen. Er hat den Zimmerservice angerufen – wusste die morgendliche Belegschaft …«

»Ma'am«, fiel ihr der Sanitäter ins Wort. »Sie müssen das Zimmer verlassen. Der Coroner ist schon auf dem Weg. Sie müssen alles genau so lassen, wie es ist.«

»Coroner?«

»Das ist bei einem unerwarteten Todesfall Vorschrift.«

»Wird es eine Ermittlung geben? Wird der Coroner die nächsten Angehörigen informieren?«

»Sobald wir wissen, wer das ist, ja, und in Fällen wie diesem wird immer eine Ermittlung eingeleitet.«

Ihre Knie drohten nachzugeben. Sie konnte nicht schlucken. Absurderweise machte sie sich Gedanken darüber, wie sich dieser Vorfall wohl in ihrer Vita machen würde. Würde die RAKAM Group sie immer noch engagieren wollen? Was, wenn es irgendwie *ihre* Schuld war, dass er Schalentiere gegessen hatte? Oder irgendetwas, das auch nur entfernt in Kontakt mit Allergenen gekommen war?

Der Manager nahm sie am Arm, doch sie schüttelte ihn ab. »Ich muss meinen Chef anrufen.«

Sie stürmte aus dem Zimmer und eilte ein Stück den Gang hinunter. Dann blieb sie stehen und wählte die Nummer, die man ihr gegeben hatte, für den Fall, dass sie mit der RAKAM Group in Verbindung treten wollte.

Es läutete. Immer weiter. Dann erklang ein Klicken, gefolgt von einer Nachricht vom Band.

»Die von Ihnen gewählte Rufnummer ist nicht vergeben.«

Sie runzelte die Stirn, musterte das Display. Hatte sie sich verwählt? Sie versuchte es noch einmal.

Es läutete viermal, dann folgte wieder dieselbe Ansage. »Die von Ihnen gewählte Rufnummer ist nicht vergeben.«

Fassungslos ließ sie das Handy langsam sinken. Die Stimme der Pilotin Stella Daguerre hallte in ihren Ohren wider.

»Da Dan Whitlock nicht kommt, macht es nichts ... Mein Flugzeug kann maximal acht Personen befördern, inklusive mir, der Pilotin. Ihr Chef hat das gewusst, als er mir den Auftrag erteilt hat. Ich habe es ausdrücklich betont. Wie kann es also einen zusätzlichen Passagier geben, obwohl die RAKAM Group nicht wissen konnte, dass Dan Whitlock krank werden und die Reise absagen würde?«

Amanda wählte die Nummer ein drittes Mal.

»Die von Ihnen gewählte Rufnummer ist nicht vergeben.«

Die Lodge-Gruppe

DEBORAH

Deborah Strong sah aus dem Flugzeugfenster. Jenseits der gelben Flügelspitze ragten zerklüftete Berge aus einer Landschaft aus schimmernden Seen und funkelnden Flüssen empor. Auf den höheren Gipfeln lag eine unberührte Schneedecke. Brutale braune Lawinennarben zogen sich die steilen Flanken hinab. Dunkelgrüne Wälder erstreckten sich bis ins Endlose. Kein Anzeichen menschlichen Lebens. Es war wunderschön. Unnahbar. Feindlich. Das Flugzeug kippte in eine steile Kurve, und ihr Magen hob sich. Rasch wandte sie sich vom Fenster ab. Ihr war leicht übel, und sie wünschte, sie hätte diesen Frühstücksmuffin nicht so eilig heruntergeschlungen, weil er nämlich gleich wieder hochkommen würde.

Deborah saß ganz hinten im Flugzeug, direkt vor einem Stoffvorhang, der die Passagiere vom Gepäckabteil trennte. Neben ihr, am Fenster gegenüber, saß die Securityfrau Jackie Blunt. Jackie hatte eine sehr dunkle Ausstrahlung. Sie schüchterte Deborah ein. Ab und zu ertappte sie Jackie bei einem musternden Blick in ihre Richtung.

Katie Colbourne saß vor Deborah. Sie filmte aus dem Fenster. Rechts von Katie saß Bart Kundera. Er gefiel Deborah.

Er war auf jene auffallende Art gut aussehend, die bei einer etwas anderen Verteilung der Gene auch ins Hässliche hätte abrutschen können. So war die Lebenslotterie eben. Bart hatte gewonnen. Er strahlte etwas Positives aus. Ein angenehmes Lächeln. Er wirkte kompetent. Nett. So nett, dass Deborah unwillkürlich einen Blick auf seinen Ringfinger geworfen hatte. Er trug einen Ehering. Natürlich. Nicht, dass sie auf der Suche gewesen wäre, aber ihrer Erfahrung nach waren die Guten nun mal alle schon vergeben. Und viele der nicht so Guten auch. Mit den nicht so Guten kannte sie sich aus.

Das ältere Ehepaar, Nathan und Monica NcNeill, saß direkt hinter der Pilotin Stella Daguerre.

Stella war ganz Selbstvertrauen und Autorität. Eindeutig die Wesenseigenschaften, die sich Deborah bei einer Pilotin wünschte, die eine so schwere Kiste gelb-blaues Metall in die Luft brachte und folglich das Leben ihrer Passagiere in Händen hielt. Im Grunde überraschte es Deborah, dass dieses Ding überhaupt fliegen konnte, und nun, da sie erst einmal oben waren, fühlte sich der Flug sogar ziemlich elegant an, besonders da diese Luxusohrhörer das raue, kehlige Grollen des Motors und das Klappern der Metallteile komplett ausblendeten. Da war etwas an Stella, das sie auf eine gewisse Weise unwiderstehlich machte. Hübsch war sie nicht. Eher hager und stählern. Vielleicht lag es an ihren klaren grauen Augen, an ihrem kühlen Silberhaar, das sie sehr kurz trug, und an ihrer schlanken, athletischen Erscheinung. Das alles zusammen war es vielleicht, was sie so anziehend machte. Vielleicht lag es auch daran, wie sie in sich zu ruhen schien. An ihrer Selbstsicherheit und daran, wie entspannt sie die Rolle einer starken, leistungsfähigen Frau erfüllte. Deborah bewunderte das.

Stella war eine Frau, die sie gern zur Freundin gehabt hätte. Gleichzeitig war sie aber auch die Art von Frau, die Deborahs Empfinden nach über ihr stand und die sie vielleicht nie als ebenbürtig betrachten würde, falls Deborah jemals auch nur ansatzweise einen Annäherungsversuch wagen würde. Der Schönheitschirurg Dr. Steven Bodine saß auf dem Kopilotensitz neben Stella. Er hatte diesen Platz direkt angesteuert, ohne auch nur so zu tun, als wollte er ihn aus Höflichkeitsgründen vielleicht jemand anderem überlassen.

Deborahs Handy vibrierte in ihren Händen. Sie warf einen Blick auf das Display. Sobald sie sicher in der Luft gewesen waren, hatte sie auf ihren Social-Media-Accounts eines der Fotos gepostet, die sie beim Flugzeugdock geschossen hatte. Unter ihrem Post waren schon drei kleine Herzchen zu sehen. Bei diesem Anblick lächelte sie.

»Ich dachte, die Pilotin hätte uns angewiesen, unsere Handys auf Flugmodus zu stellen.«

Deborah riss den Kopf hoch, als diese Worte plötzlich in ihren Kopfhörern erklangen.

Jackie Blunt.

Sie starrte Deborah an. Einen seltsamen Ausdruck auf den rauen Zügen. Deborah verspürte wieder dieses ungute Prickeln im Nacken.

»Dann haben Sie also noch Empfang?«, fragte Jackie, und wieder drang ihre Stimme durch die Ohrhörer. Es fühlte sich zu intim an, als wäre die Frau direkt in ihrem Kopf. Deborah nickte, und Hitze stieg ihr in die Wangen. Sie war sowohl beschämt als auch wütend darüber, dass Jackie sie über ein Audiosystem bloßgestellt hatte, bei dem alle anderen Fluggäste mithören konnten.

»Habe ich vergessen«, gab Deborah leise zurück. Kühl. Dann schaltete sie ihr Handy aus.

Jackies Blick ruhte auf dem Handy in Deborahs Hand. Nein, nicht auf dem Handy, sondern auf der kleinen Tätowierung auf der Innenseite ihres Handgelenks. Rasch drehte sie die Hand um und sah weg. Ihr Herz pochte wild. Sie hatte das Gefühl,

Jackie hätte direkt in sie hineingeblickt und wüsste nun genau, wer sie gewesen war. Wo sie gewesen war. Was sie getan hatte. Die Worte der Therapeutin kamen ihr in den Sinn.

»Sie müssen sich nicht durch Ihre dunkle Vergangenheit definieren lassen. Sie haben es verdient, ein gutes Leben zu führen, genau wie alle anderen auch. Sie haben Buße getan. Sie haben ein Recht darauf, sich als ebenbürtig zu empfinden.«

Deborah vergegenwärtigte sich die Bedeutung dieser Worte. Sie hatte keinen Grund, sich vor Jackie Blunt zu fürchten. Keinen Grund, sich Stella Daguerre – oder irgendjemandem sonst – unterlegen zu fühlen. Sie hatte denselben Status und dasselbe Recht, hier zu sein, wie alle anderen auch. Sie wurde für einen exklusiven Hauswirtschaftsvertrag in Betracht gezogen, und sie hatte sich verdammt noch mal den Hintern aufgerissen, um so weit zu kommen. Sie hatte härter gearbeitet, als die meisten anderen jemals arbeiten mussten, weil ihr Ausgangspunkt nun mal mieser gewesen war als bei den meisten anderen. Sie hatte herausgefunden, dass sie gut war im Hauswirtschaftsgeschäft, gut darin, Angestellte zu führen, gut darin, die richtigen Leute für ihr Team zu finden. Gut darin, Kontakte zur Industrie zu knüpfen. Irgendwie hatte sie dabei auch noch einen wunderbaren Mann kennengelernt, mit dem sie den Rest ihres Lebens verbringen wollte. Und sie hatte ein Geheimnis. Sie trug sein Kind. Wenn sie wieder zu Hause wäre, würde sie es ihm sagen, und dann würden sie heiraten.

»Sie erinnern mich an irgendjemanden«, sagte Jackie leise an ihrem Ohr.

Deborah zuckte zusammen. Langsam kehrte ihre Aufmerksamkeit zu Jackie zurück. Die dunklen Augen der Frau wurden schmal, während sie Deborah musterte. »Kat… Kata… Katarina, hieß sie, glaube ich.«

Deborahs Herz setzte einen Schlag aus. Ihr Mund wurde trocken. *Blinzle. Atme. Sei normal.* Sie zuckte beiläufig mit den Schultern.

»War das einmal Ihr Name?«, fragte Jackie.

Atme.

»Nein.«

Trotzdem ließ die Frau sie nicht aus den Augen. Ihr Blick wanderte wieder hinab zu Deborahs Handgelenk.

Scheiße. Ich hätte es entfernen lassen sollen. Ich habe es gewusst. Wie kann das sein? Wie kann diese Frau Katarina kennen?

Deborah brach den Blickkontakt ab und sah aus dem Fenster. Doch ihre Augen tränten. Sie spürte ihren Puls in der Halsschlagader. Sie spürte Jackies Blick an ihrem Hinterkopf. Dieses eine Wort hatte alles verändert.

Katarina.

Wieder kippte das Flugzeug über den Flügel ab, und unter ihnen wurde die Sicht auf eine winzige Ortschaft frei – ein paar verstreute bunte Gebäude entlang des Ufers eines Sees, der sich bis in die Ferne erstreckte wie ein Ozean. Stellas Stimme kam durch die Ohrhörer, als sie die GPS-Koordinaten an ihre Zentrale durchgab. Deborah hörte sie sagen, dass sie gerade über Kluhane Bay hinwegflogen.

Ich bin Deborah. Ich bin Deborah Strong. Strong heißt stark. Ich bin stark. Ich bin eine Verlobte. Eine zukünftige Mutter. Ich habe noch nie von Katarina gehört. Ich leite ein erfolgreiches Unternehmen. Ich kenne keine Katarina …

»Macht es Ihnen etwas aus, wenn ich Sie filme?«, fragte Katie Colbourne, die sich auf ihrem Sitz umgedreht hatte.

Deborahs Herz schlug sogar noch schneller, ihr Gesicht wurde heiß. »Nein, natürlich nicht, nur zu«, antwortete sie so gelassen wie möglich. Sie alle hatten einen Vertrag unterschrieben, in dem sie zugestimmt hatten, dass sie fotografiert und gefilmt werden durften und dass die Fotos oder das Filmmaterial zu Werbezwecken verwendet werden konnte.

»Kann ich Ihnen ein paar Fragen stellen?«, wollte Katie wissen, beugte sich noch weiter um ihren Sitz herum und richtete die Kamera auf Deborahs Gesicht. Ein Vorhang aus flachsfarbenem Haar fiel über Katies Wange. Sie sah immer noch aus wie eine Fernsehmoderatorin. Hübsch.

Deborah drehte an ihrem Verlobungsring herum. »Natürlich.«

»Sie haben gerade ganz in Gedanken verloren aus dem Fenster geschaut. An was haben Sie dabei gedacht?«

Ich bin Deborah. Ich bin Deborah Strong. Strong heißt stark. Ich bin stark ...

Sie lächelte. »Ich habe gedacht, wie wunderschön es dort unten ist. Genau wie es auf den Autokennzeichen steht: ›Schönes British Columbia‹.«

»Sie sind Deborah Strong«, sagte Katie, vielleicht für ihre potenziellen Zuschauer oder auch für ihre eigenen Aufzeichnungen. »Sie führen ein eigenes Unternehmen?«

»Hauswirtschaft. Ein Service im Boutiquestil, üblicherweise für kleinere Luxuseinrichtungen.« Sie warf den anderen einen Blick zu. Sie wusste, dass sie alle über die Kopfhörer mitbekamen, was sie sagte, doch niemand zeigte Interesse.

»Sie sind in BC geboren und aufgewachsen?«

»Wie bitte?«

»Wurden Sie in BC geboren?«

Alarmglocken schrillten in ihrem Kopf. Angst breitete sich in ihrer Brust aus. *Nein, nein, ist schon gut. Deborah Strong hat nichts zu verbergen. Bleib nah bei der Wahrheit ...* »Eigentlich in Alberta, in der Nähe von Edmonton. Ich bin nach BC gezogen, als ich ... noch viel jünger war.«

Eine Pause entstand, während Katie darauf wartete, dass Deborah weitererzählte, doch sie schwieg. Sie spürte, dass die Securityfrau sie musterte, lauschte.

»Glauben Sie, es könnte Ihnen gefallen, immer wieder für einen gewissen Zeitraum an einem so entlegenen Ort zu leben?«

Ganz kurz schoss ihr der abstruse Gedanke durch den Kopf, dass Katie Colbourne vielleicht für die RAKAM Group arbeitete. Dass ihre Fragen und Filmaufnahmen zu einer Art erweitertem Vorstellungsgespräch gehörten und dass sie die gesammelten Informationen schließlich der Chefetage präsentieren würde.

»Wenn es sich ergibt«, antwortete sie vorsichtig. »Für einen gewissen Zeitraum.«

»Haben Sie Kinder?«

Sie räusperte sich. »Noch nicht.«

»Aber Sie sind verlobt?« Katie lächelte, ließ die Kamera sinken und schaltete sie aus. Ihr Blick wirkte freundlich. »Ich habe den Ring gesehen.«

Der Gedanke an Ewan – gepaart mit der Tatsache, dass die Befragung offensichtlich zu Ende war – beruhigte sie. »Er ist beim Militär, bei der Air Force. Stationiert bei der Canadian Force Base Comox.« Sie war stolz auf Ewan. Sie sprach gern über ihn. »Er ist immer wieder für längere Zeit unterwegs, also würde dieser Kontrakt gut zu unserer Lebenssituation passen. Wie ist das bei Ihnen?«, fragte sie, um das Gespräch von sich wegzusteuern. »Haben Sie Kinder?«

Katie strahlte. Auf einmal wirkte diese aalglatte Fernsehfrau sehr menschlich und offen. Ihr Lächeln wirkte verblüffend ehrlich. Dafür mochte Deborah sie auf der Stelle.

»Eine Tochter«, antwortete Katie stolz. »Sie ist gerade sechs geworden.«

»Wie heißt sie denn?«

»Gabby.« Katie öffnete auf ihrem Handy ein Foto und hielt es Deborah hin.

»Oh, wie hübsch.« Deborah nahm das Handy, um das Bild genauer betrachten zu können. »Sie sieht aus wie Sie.«

»Ich finde, sie sieht eher ihrem Vater ähnlich.«

Eine Erinnerung blitzte in Deborahs Gedanken auf. Ihr eigener Vater. Der sie durch eine grüne, blumengetupfte Sommerwiese jagte. *Du böses Mädchen! Komm her. Katarina, du kleine Ratte. Sofort.* Sie vertrieb das Bild.

»Sie werden ihr in den zehn Tagen, in denen Sie weg sind, sicher fehlen«, sagte Deborah und reichte Katie das Handy zurück.

»Ein Tag ist schon rum, bleiben nur noch neun.« Ein weiteres Lächeln. »Und ich vermisse sie bestimmt mehr als umgekehrt.« Katie schob sich das Haar aus den erstaunlich blauen Augen. »Früher war ich sehr oft beruflich auf Reisen, aber seit Gabbys Geburt trete ich kürzer. Deshalb habe ich auch beim Nachrichtensender aufgehört und mich auf Reisedokumentationen verlegt. Das war die beste Entscheidung, die ich jemals getroffen habe. Ich bin viel flexibler, mein eigener Boss, und mir bleibt mehr Zeit mit meiner Tochter.«

Das hatte sie ihnen allen schon beim Frühstück erzählt.

»Dann ist Gabby jetzt also bei Ihrem Ehemann?«

»Bei ihrem Vater. Wir haben uns ein Jahr nach ihrer Geburt scheiden lassen.«

»Oh.« Eine kalte Woge rauschte durch Deborahs Bauch, und ihr Bild von der glücklichen Katie Colbourne verrutschte etwas. Es war entmutigend. All die Aufregung, die Arbeit und die Gefühle, die nun mal dazugehörten, wenn man sich verliebte, sich ein gemeinsames Leben aufbaute und sich für Kinder entschied, dafür, Eltern zu werden. Und dann wurde all das wieder zerschlagen. Instinktiv legte sie sich eine Hand auf den Bauch, wo ihr kleines Geheimnis heranwuchs.

Stella Daguerres Stimme erklang in den Ohrhörern. »Wir nähern uns der Lodge. Wenn Sie gut hinsehen, können Sie das Gebäude schon zwischen den Bäumen am Ende des Sees erkennen.«

Aufregung kräuselte die Atmosphäre. Alle beugten sich vor, um aus ihrem Fenster zu sehen, als Stella das Flugzeug in eine weite Kurve lenkte, um ihnen die beste Aussicht zu bieten. Unter ihnen funkelte der lang gezogene, schmale See. Er füllte ein Tal zwischen zwei Bergketten, die zu beiden Seiten steil anstiegen. Dicht bewaldete Hänge, durchzogen von grauen Lawinennarben, die sich bis in den See erstreckten. Das Wasser schien tief zu sein, es war sehr dunkel – ein fast schwarzes Blau, auf dem goldenes Sonnenlicht glitzerte.

Eine Straße war nirgendwo zu sehen, nicht einmal ein Pfad um den See herum. Wieder verschlug es Deborah den Atem, weil nirgends das geringste Anzeichen von Zivilisation zu erkennen war. Das Flugzeug sank immer tiefer, während sie das Ende des Sees ansteuerten.

»Die Lodge liegt ganz hinten am nördlichen Ende.« Stella deutete darauf.

Steven Bodines tiefe Stimme erklang. »Können Sie uns jetzt den Namen des Sees verraten?«

»Taheese Lake«, antwortete Stella. »Etwas über zweiunddreißig Kilometer lang. Dabei ist er allerdings recht schmal, an der breitesten Stelle misst er nur zwei Kilometer. Am südwestlichen Ende fließt er in den Taheese River, der bis zum Lake Kluhane führt.«

»Dann war die kleine Ortschaft da hinten also Kluhane Bay?«, fragte Nathan.

»Genau«, bestätigte Stella. »Es ist wirklich ein sehr kleines Städtchen, aber während der Sommermonate wird es ein bisschen belebter dort.« Sie drückte die Nase ihrer Beaver nach unten, bis sie in einen steilen Sinkflug gingen. Deborah drehte sich der Magen um. Sie drückte sich die Hand fester auf den Bauch, um das Gefühl von Luftkrankheit zu lindern, während ihnen die Wellen des Lake Taheese entgegenzukommen schienen. Im Norden türmten sich dunkle Wolken auf. Auf einmal prallten Seitenwinde auf ihren gelben Vogel und er geriet heftig ins Schlingern. Deborah hielt den Atem an. Alle tauschten besorgte Blicke.

Die Stille wurde schwerer, während Stella darum kämpfte, das Flugzeug zu stabilisieren. Wieder flog sie in eine Kurve und setzte in einer lang gezogenen Spirale zum Sinkflug an. Die Flügel wippten in den Luftströmungen.

Die Berge und die Wildnis drehten sich um sie, und Angst und Ehrfurcht trafen Deborah wie ein Schlag in den Magen. Mit beiden Händen umklammerte sie fest ihre Knie und biss die Zähne zusammen. Der Wind erfasste sie ein weiteres Mal, und das Flugzeug geriet in eine heftige Schieflage.

»Ich weiß nicht, wie es mit Ihnen steht, aber ich freue mich jedenfalls auf diesen Willkommensdrink, von dem in der Broschüre die Rede war«, sagte Bart Kundera laut und brach damit einen Teil der Spannung.

Einige der anderen lachten. Etwas verkrampft.

Deborah sah kleine weiße Schaumkronen auf den Wellen eines besonders ungeschützten Teils des Sees.

»Oh, da!«, kam Monicas Stimme durch die Kopfhörer. »Ich glaube, ich sehe sie, die Lodge … ist sie das da, ganz am Ende dort drüben?«

Unter ihnen, am Fuß eines schwarzen Granitriesen, tauchte zwischen den dicht stehenden Bäumen der Umriss eines Gebäudes auf. Deborah hörte, wie Stella ein weiteres Mal die GPS-Koordinaten durchgab und die West-Air-Zentrale darüber informierte, dass sie sich im Zielanflug befanden. Sie berichtete auch über die Windstärke und erwähnte, dass die Sturmfront rasch auf sie zukam.

Während sie sich ihrem Ankunftsort näherten, nahm die Lodge allmählich Form an. Ein ungutes Gefühl stieg in Deborah auf. Die Lodge sah kein bisschen so aus, wie sie es sich vorgestellt hatte. Überhaupt nicht wie auf den Bildern in der Broschüre oder auf der Website.

»Es … sieht anders aus«, sagte Monica und sprach damit aus, was sie mit Sicherheit alle dachten.

»Das ist nicht die Lodge«, sagte Steven. Er wandte sich an Stella. »Das ist es nicht, oder?«

Stella schwieg, beide Hände fest um das Steuer gelegt, während sie weiter mit den Seitenwinden kämpfte.

Deborahs Puls raste. Sie schloss die Augen. Die Wellen kamen immer näher, und das Flugzeug wippte und bockte. Sie schickte ein stummes Gebet an alle Götter, die sie vielleicht hörten.

Hart prallten sie auf das Wasser. Deborah riss die Augen auf und schnappte nach Luft.

Das Flugzeug stieg wieder hoch, schaukelte, schlug erneut auf und sprang über die Wellen. Das Motorengeräusch veränderte sich. Sie hatten es geschafft. Sie waren unten. Langsam steuerte Stella das Dock an, das ein wenig schief zwischen Schilf und Binsen in den See hinausragte.

Am Rand eines Pfads, der vom Dock das Ufer hinaufführte, erhob sich ein Totempfahl wie ein Wächter zwischen dem See und dem Gebäude. Auf der Spitze prangte ein Rabenkopf. Der lange Schnabel war voller geschnitzter Zähne, und die Flügel waren weit ausgebreitet. Der Rabe stand auf einem stilisierten Bären. Auch der Bär hatte Zähne, die an die eines Menschen erinnerten, und er hatte die Zunge aus dem Maul gestreckt, wodurch er aggressiv und kampfbereit wirkte. Ein Stück hinter dem ersten Totempfahl war ein zweiter, etwas kleinerer errichtet worden. Von beiden Pfählen blätterte die Farbe ab, und sie wirkten verwittert und grau. Wie eine uralte Warnung erhoben sie sich vor den Fremden, die es wagten, dieses Ufer zu betreten. *Nicht willkommen.* Diese Worte schienen aus Deborahs Bauch aufzusteigen und wispernd in ihrem Kopf widerzuhallen. *Nicht willkommen.*

Alle waren still.

Stella machte einen angespannten Eindruck. Sie beugte sich vor und musterte den Ort, während sie das schiefe Dock ansteuerte.

Die Front der Lodge kam in Sicht. Es begann zu regnen. Auf einmal verdunkelte sich der Himmel. Der Schatten der über die Berge strömenden Wolken senkte sich auf sie herab, und ein peitschender Wind traf sie.

Das Gebäude war aus Holzstämmen erbaut. Zweistöckig. Die Stämme waren so verwittert und dunkel, dass das Haus in diesem Licht silbrig schwarz wirkte. Eine Reihe von Fenstern blickte von oben auf sie herab. Die dunkelgrünen Fensterläden wirkten wie Augenlider. Über der Eingangstür hing ein gebleichtes Geweih.

Brombeerranken umwucherten das Haus, und der Waldboden war mit Moos und Flechten bedeckt.

Bart sagte: »Das kann nicht stimmen.«

»Sieht aus wie das Overlook Hotel«, flüsterte Monica.

»Das was?«, fragte Nathan.

»Dieses Gruselhotel aus dem Buch von Steven King.«

»Nein, das da sieht ganz anders aus als das Hotel aus dem Film«, widersprach Bart. »Außerdem ist es viel kleiner.«

»So habe ich mir das Hotel beim Lesen immer vorgestellt«, gab Monica leise zurück. »Den Film habe ich nie gesehen.«

»Stella, was ist das hier für ein Ort?«, wollte Steven wissen, seine Stimme hallte laut und scharf durch die Kopfhörer. Deborah musterte Steven, der seinerseits die Pilotin nicht aus den Augen ließ. Der kühne und strahlende Chirurg, der Menschen auf seinem Operationstisch aufschneiden und sie hübscher wieder zusammennähen konnte, sah fast so aus, als hätte er Angst.

»Das sind die Koordinaten, die ich bekommen habe«, antwortete Stella ruhig. Sie steuerte die Längsseite des Docks an. Der Regen wurde stärker. Er prasselte auf das Dach und gegen die Fenster. Er tanzte auf dem Wasser und überzog die Oberfläche mit Pockennarben und Bläschen. Der Wind pfiff, während sich der Sturm allmählich aufbaute.

»Funken Sie jemanden an«, kam Jackies Befehl plötzlich aus der letzten Reihe.

Über die Schulter warf Deborah ihr einen Blick zu. Die Frau hatte ihr Handy eingeschaltet und suchte offenbar nach Empfang. Vergeblich. Ihre schwarzen, undurchdringlichen Augen waren zu Schlitzen verengt. Die Muskeln an ihrem Kiefer waren gespannt. Katie filmte schweigend aus dem Fenster. Deborah schluckte, als einer der Schwimmkörper gegen das moosüberwachsene Dock stieß. Es schien seit Jahren unbenutzt zu sein.

»Funken Sie jemanden an«, verlangte Jackie erneut, lauter diesmal. »Finden Sie heraus, was da los ist. Prüfen Sie nach, ob das hier der richtige Ort ist.«

»Ich habe unsere Koordinaten bereits durchgegeben.«

»Und was haben sie gesagt?«, verlangte Jackie zu wissen.

Stella wandte sich zu ihnen um. Bei dem Ausdruck auf ihrem schmalen, kantigen Gesicht sank Deborah das Herz.

»Es ist der richtige Ort. Das sind die Koordinaten, die West Air bekommen hat. Ich sollte Sie hierherfliegen.«

»Nein, das kann nicht sein«, widersprach Steven. »Ich habe mich nicht für … für das da angemeldet.« Er machte eine Geste in Richtung des schwerfälligen Gebäudes. »Sie müssen uns hier wegbringen. Fliegen Sie uns zurück. Sofort.«

Wie aufs Stichwort prasselte der Regen noch heftiger auf sie herab, und der Wind ließ Wellen über das Dock schlagen. Das Flugzeug geriet ins Schlingern.

»Sehen wir es uns doch einfach mal an, einverstanden?«, schlug Stella vor und schaltete den Motor aus. »Was auch immer das hier soll, ich kann auf keinen Fall zurückfliegen, solange der Sturm über uns ist. Ich fliege per Sichtflug, und dafür braucht man Tageslicht. Man muss etwas sehen, sonst krachen wir gegen die Berge.«

»Ja«, stimmte Bart ihr zu. »Sie hat recht. Sehen wir es uns doch einfach mal an.« Er löste seinen Sicherheitsgurt. »Vielleicht liegt das echte Spa irgendwo hinter den Bäumen oder so, oder in der nächsten Bucht. Vielleicht ist das hier eine Art Scherz.« Er klang selbst nicht überzeugt.

»Vielleicht hat man uns reingelegt«, warf Steven finster ein.

»Aber warum?«, fragte Monica.

Stella öffnete die Pilotentür. Der Wind blies kalt und nass heran.

Einer nach dem anderen kletterten sie aus der Beaver und traten vorsichtig vom Schwimmkörper auf die glitschigen, mit grünem Schleim überzogenen Planken des Docks. Deborah ging als Letzte von Bord. Steven hielt ihr die Hand hin, um ihr zu helfen.

Sie trat auf eine der Planken, doch als sie ihr Gewicht darauf verlagerte, rutschte das Holz so schnell unter ihrem Fuß weg, dass sie auf dem Dock aufschlug und ins Wasser rollte, bevor sie auch nur begriff, was geschah. Die Kälte des Sees raubte ihr den Atem. Der Schock machte sie blind. Wild schlug sie im brackigen Wasser mit den Armen, versuchte das Schilf zu fassen zu bekommen, ging unter, schnappte nach Luft. Eine Hand packte sie am Kragen ihrer Jacke, und schon wurde sie wieder aufs Dock gezogen. Sie saß auf dem Hintern, tropfnass, hustend und würgend. Vor Entsetzen füllten sich ihre Augen mit Tränen, und das Haar klebte ihr am Gesicht.

Stella beugte sich über sie. »Alles in Ordnung?«

»Ich … ich kann nicht schwimmen. Ich kann nicht schwimmen. Ich …«

»Schon gut, Deborah.« Stella legte ihr die Hand auf den Arm. »Sie sind wieder draußen – Sie sind jetzt in Sicherheit.« Zusammen mit Bart half sie ihr auf die Füße.

Deborah zitterte wie Espenlaub. Wasser lief aus ihren Kleidern und machte schmatzende Geräusche in ihren Schuhen. Sie konnte kaum Atmen vor Schreck und Kälte. Sie versuchte, einen Schritt zu gehen, keuchte dann aber auf vor Schmerz. Ihr linkes Bein gab unter ihr nach. »Mein Knöchel. Ich … ich glaube, ich habe mich am Knöchel verletzt.«

Alle starrten sie an. Verstört. Mit weißen Gesichtern. Was Deborah nur noch mehr Angst machte. Wind und Regen peitschten um sie herum.

»Monica und Nathan.« Stella übernahm das Kommando. »Können Sie beide Deborah in die Lodge helfen? Ich muss das Flugzeug sicher am Dock vertäuen. Bart, vielleicht können Sie mal nachsehen, ob in der nächsten Bucht das richtige Spa liegt oder ob es hier irgendein anderes Gebäude gibt?« Sie griff nach einem Seil. »Jackie, würden Sie mir bitte helfen und diese Strebe hier festhalten, während ich die Beaver am Dock vertäue?«

Jackie tat, worum sie gebeten wurde. Nathan und Monica schlangen die Arme um Deborahs Taille und halfen ihr dabei, vorsichtig das schräge Dock entlangzuhumpeln. Deborah hatte Angst davor, wieder ins Uferwasser abzurutschen – panische Angst –, und sie begann, unkontrolliert am ganzen Körper zu zittern. Steven stand einfach nur da und sah sie alle finster an, als würde er sich weigern, sein Schicksal anzuerkennen. Als würde er ihnen die Schuld dafür geben, dass er hier war. Katie filmte still. Donner grollte.

Mit Monicas und Nathans Hilfe erreichte Deborah schließlich festen Boden. Als sie den schmalen, überwucherten Pfad zum Gebäude betraten, hörte sie Jackies und Stellas erhobene Stimmen. Sie schienen zu streiten. Jackie sagte etwas darüber, dass sie über das Funkgerät nach Hilfe rufen sollten, doch Stella fiel ihr ärgerlich ins Wort. Dann senkte sie die Stimme. Deborah warf einen Blick über die Schulter.

Durch den prasselnden Regen sah sie, wie die Pilotin Jackie näher zog, woraufhin die beiden Frauen offenbar hitzig miteinander diskutierten. Auf einmal wurde Jackie ganz still und drehte den Kopf zum Flugzeug.

»Vorsicht, da kommt eine Stufe«, sagte Nathan.

Deborah richtete ihre Aufmerksamkeit wieder auf den Boden vor sich, während sie durch das Unwetter auf das drohend vor ihnen aufragende Haus zugingen.

Die Suche

CALLIE

Samstag, 31. Oktober

»Du hast es versprochen!«, jammerte Benjamin auf dem Beifahrersitz, während Callie ihren Allradwagen über den furchigen Weg zum Kommandoposten lenkte, den ihr SAR-Team gerade neben dem Fluss errichtete, um die Suche nach dem Flugzeugwrack zu beginnen. Sie war spät dran. Es war schon nach neun Uhr morgens, aber die Sonne war trotzdem noch nicht über den Bergen erschienen und würde es um diese Jahreszeit auch in den kommenden zwanzig Minuten nicht tun. Nicht, dass der Sonnenaufgang an einem so düsteren Tag wie diesem viel ändern würde. Die Wolken hingen dicht über den Gipfeln, und immer wieder gingen Graupelschauer über dem Wald nieder. Ihre Scheibenwischer zogen schlammige Schlieren über die Windschutzscheibe. Sie verspürte einen Anflug von Ärger dem neuen Cop gegenüber, der das Flugzeug in den Fluss befördert hatte.

»Ich weiß, Ben, ich *weiß*. Es tut mir leid.« Sie bremste vor einem schlammigen Schlagloch ab. »Ich mache es wieder gut, versprochen.« Mit einem Lächeln, nach dem ihr eigentlich nicht zumute war, sah sie ihn an. »Und wenn wir später zum Abendessen zu Dad fahren, gibt's einen Extranachtisch, okay?«

Tränen ließen die schwarze Schminke um Bens Augen zerlaufen und malten graue Spuren in die weiße Paste auf seinem Gesicht, während er auf dem Sitz herumgeschaukelt wurde. Die Tränenspuren endeten in dem blutroten Lippenstift, mit dem er sich ein gruseliges Grinsen um den Mund gemalt hatte. Auf dem Kopf trug er eine stachelige, psychedelisch grüne Perücke, die zu der grünen Weste unter dem lila Sakko passte. Ihr kleiner, acht Jahre alter Joker. Und sie hatte ihn enttäuscht. Schon wieder.

Callies Sicherheitsnetz hatte an diesem Morgen versagt. Gerade als sie dabei waren, die Haustür hinter sich zuzuziehen, hatte Rachel – die sich immer um Benjamin kümmerte, wenn Callie auf einem SAR-Einsatz war – angerufen und verkündet, ihre ganze Familie läge mit einer grässlichen Grippe flach. Callie hatte vergeblich versucht, auf die Schnelle einen anderen Babysitter aufzutreiben, irgendjemanden, der Ben zu der Halloweenparty fahren konnte, auf die er sich seit Wochen freute, doch nach mehreren Anrufen war sie gezwungen gewesen, Ben mitsamt iPad, Kopfhörern und Büchern in ihren Truck zu verfrachten. Ihr war nichts anderes übrig geblieben, als ihn mitzunehmen.

»Alle aus meiner Klasse sind da, nur ich nicht. Ich bin *mal wieder* die Lusche. So eine Halloweenparty gibt es erst in einem Jahr wieder.« Er weinte. »Du hast es *versprochen!*« Seine Wut zeigte sich in den kleinen, in Handschuhen steckenden Fäusten. Callie hatte ein furchtbar schlechtes Gewissen.

»Ich wette, ihr findet das Flugzeug nicht mal rechtzeitig! Und wir sehen Dad heute Abend überhaupt nicht. Und wir schauen uns auch keinen Film an. Und es gibt kein Fried Chicken und keinen Nachtisch. Weil du dich nämlich nie an deine Versprechen hältst.«

Callie atmete tief durch. Sie fühlte sich zerrissen. Wieder einmal schärfte sie sich ein, Ausdrücke wie »ich verspreche« nicht zu verwenden. »Wir finden das Flugzeug hoffentlich, bevor es dunkel wird, Ben. Dann können wir immer noch zu Dad fahren.«

»Wer sitzt überhaupt in dem blöden Flugzeug? Warum ist es abgestürzt?«

»Eine Pilotin.« Langsam fuhr sie um eine weitere scharfe Kurve den gewundenen Waldweg entlang. Ihre Reifen gerieten auf dem Schlamm ins Rutschen, und sie spürte, wie der Allradantrieb einsetzte. »Wir wissen noch nicht, wer sie ist oder wie und warum ihr Flugzeug abgestürzt ist. Aber wir haben eine Vermutung, wo es ein Stück weiter flussabwärts hängen geblieben sein könnte.«

Als die hiesige SAR-Leiterin hatte Callie am Abend zuvor einen offiziellen Aufruf gestartet und ihren vierzehn Teammitgliedern die Koordinaten für einen Treffpunkt in der Nähe des Taheese River durchgegeben. Näher kamen sie mit den Trucks nicht an den Fluss heran. Von diesem Punkt aus würden sich die Teams zu Fuß oder mit Quads durchschlagen müssen. Unter den Wetterbedingungen war eine Suche per Flugzeug nicht möglich, und sie konnten auch keine Drohnen einsetzen. Zu ihrem Team gehörte auch Oskar Johansson. Sie hatte Oskar damit beauftragt, ihren Einsatzwagen auf dem dafür vorgesehenen Parkplatz abzustellen. Callie würde die Suche von dort aus mit einem Officer der RCMP koordinieren. Da sie eine Gruppe ziviler SAR-Freiwilliger waren, arbeiteten sie unter der Leitung der Polizei. Immer.

Per Gesetz konnten nur Polizisten ein SAR-Team mit einer Suche beauftragen, und es war Callies Job, den Ball nach besagtem Auftrag ins Rollen zu bringen und sich mit dem zuständigen Emergency Coordination Centre in Verbindung zu setzen, das ihnen ihre Auftragsnummer zuteilte. Ohne diese Nummer waren die Freiwilligen nicht versichert, und es wurde auch kein Verdienstausfall gezahlt, falls sie sich bei der Suche verletzten.

Callie hatte die Leitung von ihrem Ehemann Peter übernommen. Sie hatte zugestimmt, zeitweise einzuspringen – um ihm den Platz warm zu halten, sozusagen. Es gefiel ihr. Sie hatte das Gefühl, dass dies zu ihr passte. Im Allgemeinen kam sie gut mit Menschen zurecht, ihre Führungsqualitäten waren ganz annehmbar, und sie hatte eine positive Einstellung. Außerdem hatte sie zahllose Stunden in der Ausbildung verbracht und mittlerweile so viele Einsätze hinter sich, dass man sie schon als Veteranin auf diesem Gebiet bezeichnen konnte. Sie hatte sich den Respekt ihres Teams verdient. Trotzdem warteten sie alle – inklusive ihr selbst – darauf, dass Peter endlich zurückkehrte. Unterschwellig war da ständig dieses Gefühl, als würde irgendwo eine Uhr ticken, als würde ihnen die Zeit durch die Finger rinnen.

Sie bog auf eine Lichtung ein. Unter den Bäumen standen bereits mehrere Fahrzeuge, darunter auch ein schlammverspritzter RCMP-Truck mit Streifen an den Seiten und einer Reihe Dachscheinwerfern. Oskar hatte den Einsatzwagen des Kluhane-Search-and-Rescue-Teams ganz hinten auf der Lichtung abgestellt, um den anderen Platz zum Parken zu lassen. An dem Transporter war ein Vordach angebracht, in dessen Schutz ein Tisch stand. Auf dem Tisch reihten sich gewaltige Thermoskannen, Tassen und Kekse. Daneben stand Sergeant Mason Deniaud und unterhielt sich mit Oskar, der einen dampfenden Teebecher in den Händen hielt. Oskar war ein großer Norweger mit weißblondem Haar. Ein passionierter Bergsteiger und Kajakfahrer, der Kanada während der vergangenen acht Jahre zu seiner Heimat gemacht hatte. Oskar war der KSAR-Experte für die Wildwasserrettung. Auch beim Abseilen war er gut. Callie verließ sich auf sein Können, genauso wie auf sein Durchhaltevermögen und seine schiere Körperkraft. Sein trockener Humor war ein Bonus.

Als sie zwischen zwei Bäumen rückwärts einparkte und nasse Zweige übers Dach kratzten, kehrten ihre Gedanken zu dem neuen Sergeant zurück. Wenn Mason Deniaud gestern nur ein paar Minuten länger abgewartet hätte, dann wäre ihnen dieser Einsatz bei immer grässlicher werdendem Wetter wahrscheinlich erspart geblieben. Benjamin hätte auf seine Halloweenparty gehen können.

Stattdessen schickte sie nun ihr Team aus, in einen Abschnitt des Taheese River, der bei Regen gefährlich und potenziell tödlich war, falls jemand ausrutschte und in die eiskalten Stromschnellen stürzte. Ihre Verärgerung wuchs noch weiter, als sie den Motor abstellte und sich nach hinten beugte, um nach ihrem SAR-Cap und der Dose voller Muffins zu greifen, die sie in der vergangenen Nacht gebacken hatte. Backen war Callies Art, mit der Schlaflosigkeit fertigzuwerden, die ihr in letzter Zeit zu einer unangenehmen Begleiterin geworden war.

»Komm, Ben.« Sie setzte sich das Cap auf und zog den Pferdeschwanz hinten durch die Öffnung. »Du kannst im Transporter bleiben. Dadrin ist es warm, wir haben einen Generator. Und du kannst dein Spiel auf dem iPad spielen oder was lesen. Wenn du magst, kannst du mir sogar dabei helfen, die Suche zu leiten.« Sie gab sich Mühe, aufmunternd zu klingen.

Ben zog eine finstere Miene und verschränkte die Arme fest vor der Brust. Er rutschte noch tiefer in den Beifahrersitz, ein bizarres und zorniges kleines Wesen unter seiner neongrünen Clownsperücke. Sorge wand sich in Callies Herz.

»Benny?«

»Ich will, dass er zurück nach Hause kommt.«

Die Worte trafen sie unvorbereitet. Ihre Gedanken rasten. Sie schluckte. »Das ... das wird er, Ben.«

»Wann?«

»Bald.« Sie räusperte sich. »Sehr bald, hoffe ich.«

Aus seinen schwarz umrandeten Augen sah ihr Sohn sie an. »*Versprochen?*«

Sie hörte den Zynismus in der Stimme ihres Sohnes heraus. Auf ihren Schmerz folgte Ärger. Wut. Alles kochte in ihr hoch, eine schreckliche, heiße, giftige Mischung. Wie konnte sie auch nur daran denken, ihm etwas zu versprechen, worauf sie keinerlei Einfluss hatte? Sie atmete tief durch und versuchte, zu der Ruhe und Konzentration zurückzufinden, die sie für diesen Einsatz so dringend brauchte.

»Warum fragst du ihn das nicht selbst, Ben?«, schlug sie ruhig vor.

Ihm klappte der rote Lippenstiftmund auf, und ungläubig starrte er sie an. »Du bist so blöd!«, knurrte er. »Er antwortet mir nicht … ich *weiß,* dass er nicht antwortet.«

Angesichts des beißenden Zorns, der in den Augen ihres Sohnes loderte, musste sie blinzeln. Sanft entgegnete sie: »Du musst ihn diese Dinge trotzdem fragen, Benny. Das müssen wir beide. Ich glaube, dass das gut ist. Vielleicht entschließt er sich dann dazu, es wahr werden zu lassen.«

»Du lügst.«

Ein Klopfen an der beschlagenen Fensterscheibe. Es war Oskar, er gestikulierte und deutete auf seine Uhr, dann auf den Einsatzwagen, wo Mason Deniaud wartete. Callie machte eine Geste, die ihm zeigen sollte, dass sie gleich dazukommen würde.

»Komm schon, Benny«, wiederholte sie.

»Ich will nicht.«

»Dein Daddy würde wollen, dass wir dieses Flugzeug finden, Benjamin. Dein Dad würde das wollen, okay? Er wird so stolz auf dich sein, wenn du ihm erzählst, dass du uns geholfen hast.«

»Ich helfe aber nicht. Ich sitze nur in dem blöden Transporter rum!«

»Und ob du hilfst, Benny. Du hilfst mir. Du hilfst mir damit, dass du einfach hier bist. Sonst könnte ich nämlich auch nicht hier sein.« Sie öffnete die Tür.

»Ich heiße *Ben*. Nicht Benny.« Seine Unterlippe bebte.

»Tut mir leid, Ben.«

Warum darf ich meinen kleinen Jungen nicht mehr Benny nennen? Er ist doch erst acht. Kann ich nicht einfach auf Stopp drücken, damit er mit dem Wachsen aufhört, bis Peter nach Hause kommt? Wie kann ich zulassen, dass Peter die vielen kleinen Meilensteine in Bennys Leben einfach verpasst? All die Tage, Wochen, Monate?

Würde es Jahre dauern, bis Peter wieder durch die Tür ihres Hauses trat? Wie lange noch, bis Callie wieder das Licht und die Liebe in den Augen ihres Ehemanns sehen, sein Lachen hören, seine Berührung fühlen konnte? Bis sie sich lieben konnten, nur noch ein einziges Mal?

Ben drehte ihr den Rücken zu, die Arme weiter fest verschränkt. Seine Schultern bebten. Er weinte.

»Ben?«

»Ich komm nicht. Ich bleib hier.«

Noch einmal atmete Callie tief durch. »Okay, Ben. Aber ich kann den Motor nicht laufen lassen. Wenn dir kalt wird, dann komm rüber in den Einsatzwagen, ja?«

Schweigen. Er hielt den Kopf abgewandt, nur der grüne Schopf war zu sehen.

Ihr tat das Herz weh. Sie stieg aus, schloss die Tür und eilte geduckt durch den Schneeregen auf das Vordach zu, wo Oskar mit Mason Deniaud wartete. Oskar hielt ein Clipboard mit dem KSAR-Registrierungsformular in der Hand.

»Oh, du hast Muffins mitgebracht«, sagte er.

»Guten Morgen, Sergeant Deniaud. Oskar. Tut mir leid, dass ich zu spät bin. Bens Babysitterin hat abgesagt.« Callie stellte ihre Muffindose auf dem Tisch ab und nahm den Deckel ab. »Bedient euch. Die da auf der Seite sind mit Sonnenblumen- und Kürbiskernen.« Sie deutete darauf. »Und die da mit Blaubeeren und Bananen. Kein Zucker, nur Datteln und Bananen.«

»Sagen Sie Mason zu mir«, bat der Sergeant. »Und danke noch mal für gestern.«

Sie sah auf und begegnete seinem Blick. Seine Augen waren grau. Auffallend hellgrau. Tiefe Falten in den Winkeln. Etwas an dem Ausdruck dieser Augen ließ sie innehalten, und auf einmal wollte sie ihm die Fehlentscheidung, die er am Vortag getroffen hatte, nicht mehr so übel nehmen.

»Tja, hoffen wir mal, dass wir die de Havilland bald finden«, sagte sie knapp, griff nach einem Becher und schenkte sich Kaffee aus einer der Thermoskannen ein. »Wollen wir anfangen?« Während sie sprach, bog ein weiteres Fahrzeug auf die Lichtung ein. Die Scheibenwischer zogen Schmutzstreifen über die Scheibe.

»Das ist Julia«, kommentierte Oskar. »Ich habe sie gebeten, Zipper mitzubringen. Ich dachte, dieser Einsatz wäre ein guter erster Versuch für die beiden als offizielles K9-Leichenspürhunde-Team. Ich hole mir schnell ihre Unterschrift, dann können wir loslegen.«

Callie und Mason sahen Oskar nach, der durch Matsch und Graupel zu Julias Wagen hinüberrannte. Julia stieg aus und öffnete den Kofferraum ihres SUV, um ihren schokobraunen Labrador aus der Transportbox zu lassen.

Mason wählte einen Muffin aus und biss hinein. »Das ist also Zipper?« Er nickte zu dem Labrador hinüber, der nun begeistert an der Leine zog.

»Ja.« Callie nippte an ihrem Kaffee und sah zu, wie Zipper umhersprang. Aus ihrem Becher stieg Dampf auf und strich ihr über die Wange. Sie wandte ihre Aufmerksamkeit den anderen Teammitgliedern zu, die bereits eingetroffen waren und entweder gerade ihre Ausrüstung überprüften, ihre Sachen packten oder in einer kleinen Gruppe unter den Bäumen zusammenstanden und sich unterhielten. Sie wussten, dass sie Oskar und sie in Ruhe lassen mussten, während sie die Suche planten.

Der Schneeregen trommelte stetig aufs Vordach. Wasser tropfte von den Schilden der SAR-Caps und den schweren, nassen Ästen der sie umgebenden Bäume. Bis zum Abend würde vermutlich Schnee daraus werden. Was die Sicht noch mieser machen würde. Callie war dankbar dafür, dass sie nicht nach Überlebenden suchten. In einer nassen Kälte wie dieser hielt niemand lange durch. Vielleicht ein, zwei Tage. Manchmal auch nur vier Stunden, je nach körperlicher Verfassung der Vermissten. Sie war Expertin im Profiling Vermisster geworden. Sie konnte recht gut vorhersagen, wer wohin gehen würde und warum und wie ihre Überlebenschancen je nach Situation standen. Darin war sie sogar so gut, dass sie oft gerufen wurde, um anderen SAR-Teams in der ganzen Provinz bei besonders herausfordernden Sucheinsätzen zu helfen.

»Wer ist Ben?«, fragte Mason.

Sie wandte sich zu ihm um. Er kaute nicht mehr. In der Hand hielt er eine Papierserviette, die er offenbar um den Bissen gewickelt hatte, den er vorhin von ihrem Muffin genommen hatte. Sie nickte in Richtung seiner Hand. »So schlimm, hm?«

Er verzog das Gesicht. »Echt grässlich.«

Sie schnaubte. »Das hat man davon, wenn man versucht, euch donutverliebten Cops etwas Gesundes zu servieren.«

»Wer sagt denn, dass ich Donuts mag?«

»Sie sind ein Cop, oder nicht?«

Er lächelte. Grübchen erschienen auf seinen hageren Wangen, und in ihr wurde es still. Sie schüttelte das Gefühl ab, doch irgendwo, tief in ihr, hatte es sie aus der Fassung gebracht.

»Ben ist mein Sohn«, antwortete sie. »Er ist acht, also schon fast achtzehn. Und es stinkt ihm, dass er seine Halloweenparty verpasst.«

Masons Lächeln verblasste. »Acht?«

»Na ja, gerade so. Er ist letzten Monat acht geworden.«

Masons Blick zuckte kurz zu ihrem Ringfinger, dann zu ihrem Geländewagen, wo man den dunklen Umriss von Bens Perückenkopf hinter der beschlagenen Windschutzscheibe erkannte.

»Ein schönes Alter«, sagte er leise, den Blick noch immer auf ihren Truck gerichtet. »Genießen Sie jeden Augenblick. Lassen Sie nicht zu, dass Ihnen die Zeit einfach durch die Finger rinnt.«

Sie runzelte die Stirn. »Haben Sie Kinder?«

»Nein.« Es klang scharf. Seine Miene war ausdruckslos. Ein Cop, durch und durch. Als wäre ihm auf einmal eine Rüstung gewachsen. Es machte sie neugierig.

Oskar duckte sich wieder unter das Vordach, das Clipboard in der Hand. »Okay, es sind alle da.« Seine Stimme war tief, und sein norwegischer Akzent klang wie ein Singsang. »Lasst uns loslegen.«

Sobald sie sich im Einsatzwagen befanden, breitete Callie eine topografische Karte auf dem Tisch aus. Die geschwungenen Linien zeigten ihnen ein schwieriges Terrain mit steilen Hängen und tiefen Tälern, durch die der Taheese River donnerte.

Callie legte einen Finger auf die Karte. »Die de Havilland Beaver Mk.1 wurde zuletzt hier gesehen, bei den Taheese-Stromschnellen. Die Pilotin – wahrscheinlich handelt es sich um eine Frau – war auf ihrem Sitz festgeschnallt, tot. Während der ersten Einsatzphase ist unser Ziel die Bergung der Leiche und des Flugzeugs.«

»Sind wir denn sicher, dass sie bei der ersten Sichtung tot war?«, fragte Oskar.

»Ich bin sicher«, gab Mason zurück.

Oskar rieb sich das kantige Kinn, während er die Karte studierte. »Und kein Anzeichen für weitere Passagiere?«

»Ich habe jedenfalls niemanden gesehen, aber ich hatte keinen guten Blickwinkel«, antwortete Mason.

»Eine de Havilland Beaver Mk.1 kann sechs bis acht Passagiere befördern«, erklärte Oskar. »Je nachdem, wie sie ausgebaut wurde. Solche Maschinen werden in der Gegend hier üblicherweise für Sightseeingflüge über die Berge verwendet. Bisher wurde jedoch kein Flugzeug als vermisst und auch kein Pilot als verspätet gemeldet.«

Callie warf ein: »Wir werden das Team anweisen, die Augen nach Anzeichen für weitere Passagiere offen zu halten. Die Beaver ist bei dieser Engstelle hier in die Stromschnellen gestürzt« – sie fuhr mit dem Finger über die gewundene Linie, die den Fluss darstellte – »und wenn man den Hochwasserstand und die Kraft des Flusses nach den Regenfällen und den verhältnismäßig warmen Temperaturen in den höheren Regionen in Betracht zieht, dann glaube ich, dass das Wrack über den ersten Wasserfall dieser Reihe mehrstufiger Wasserfälle da gespült worden sein könnte. Unsere höchste POD – vielleicht eine sechzigprozentige POD – hätten wir genau hier.« Sie tippte auf die Karte. »Das große Becken unter dem ersten Wasserfall.«

»POD?«, fragte Mason.

Callie sah ihn an, und wieder war da dieses seltsame Gefühl. Sie räusperte sich. »Probability of Detection – Auffindwahrscheinlichkeit. Wir arbeiten mit Wahrscheinlichkeiten und bündeln unsere Kräfte zuerst an den Orten mit den höchsten Werten. Wenn wir dort nichts finden, weiten wir die Suche aus.«

»Zu windig und zu neblig für die Drohne«, murmelte Oskar vor sich hin, während er sich über die Karte beugte.

»Das Infrarot der Drohne würde uns bei einer Leiche auch nicht weiterhelfen«, warf Callie ein.

»Schon, aber unter günstigen Bedingungen könnte die Kamera vielleicht auch Umrisse tief unter Wasser zeigen.« Er deutete auf das Becken unter dem Wasserfall. »Wir können das K9-Team dort einsetzen. Julia kann mit Zipper das Ufer absuchen. Der Wind kommt im Moment überwiegend aus Nordwest, also liegt dieses Gebiet windabwärts des Beckens. Von dort aus sind die Chancen, dass Zipper irgendeinen Geruch auffängt, der vom Wasser kommt, am besten.«

»Dann könnte der Hund also ein Flugzeug riechen, das unter Wasser in einem Fluss liegt?«, fragte Mason.

Callie und Oskar sahen beide zu ihm hinüber. Er mochte ein echter Großstadt-Cop gewesen sein, ein Mordermittler, doch dies hier war eindeutig seine erste Sucheinsatzleitung als RCMP-Officer. Sein Mangel an Erfahrung konnte zum Problem werden.

»Den Geruch der Leiche im Wrack«, erklärte Callie schlicht. »Julia Smith arbeitet seit zwei Jahren an Zippers Ausbildung zum Leichenspürhund. Sie geht dem Zahnarzt in Kluhane Bay gewaltig auf die Nerven, weil sie ihn ständig um gezogene Zähne bittet, mit denen sie Zipper auf menschliche Gerüche trainieren kann. Diese Hunde können auch von Booten aus arbeiten, aber der Hundeführer muss die Strömungsmuster der Gerüche verstehen, die in Luftblasen oder auf andere Weise aus dem Wasser an die Oberfläche steigen, um es richtig zu deuten, wenn ein Hund anschlägt.«

»Wenn sich Julia und Zipper bewähren, könnte uns das in Zukunft verdammt viel Zeit und Mühe sparen«, bekräftigte Oskar.

»Okay, dann setzen wir das K9-Team also an diesem großen Becken ein«, beschloss Callie. »Ein zweites Team geht mit Quads ein Stück flussabwärts rein, entlang dieser alten Holzstraße da.«

Sie deutete darauf. »Das dritte Team schicken wir zur höchsten Ebene der Wasserfälle, für den Fall, dass das Wrack zwischen den Felsen hängen geblieben und nicht über den Wasserfall gestürzt ist. Wir legen etappenweise Pausen ein und gruppieren dann um oder stocken auf, je nachdem, was wir finden, aber wir brechen ab, bevor das Tageslicht zu schwach wird.« Sie sah auf. »Das hier wird nicht als dringender Einsatz gewertet. Es ist sehr unwahrscheinlich, dass es Überlebende gibt, und meine Hauptaufgabe besteht darin, keine weiteren Leben zu gefährden.« Diese Worte waren an Mason gerichtet.

Mason erwiderte: »Von unserer Seite aus kann ich berichten, dass Nav Canada keine Meldungen über verspätete Flüge oder vermisste Flugzeuge von irgendeinem Fluginformationszentrum verzeichnet. Es wurde auch kein Notfallsignal aufgefangen. Darüber hinaus gibt es bei Transport Canada keine Aufzeichnungen über ein Flugzeug mit der Registrierung C-FABC im Canadian Civil Aircraft Register.«

»Sind Sie sich denn sicher, dass die Registrierung korrekt ist?«, hakte Oskar nach.

»Ich habe sie mir korrekt gemerkt«, entgegnete Mason kühl.

Callie und Oskar wechselten einen Blick. Oskar zog eine Braue hoch.

»Das CAR hat tatsächlich eine de Havilland Beaver mit dieser Registrierung geführt«, ergänzte Mason. »Allerdings wurde sie vor zehn Jahren aus dem Register gelöscht.«

»Was heißt das?«, wollte Oskar wissen.

»Das CAR stimmt einer Löschung aus dem Register zu, wenn das Flugzeug zerstört wurde, wenn es dauerhaft aus dem Verkehr gezogen wird oder wenn es als vermisst gemeldet und die Suche bereits beendet wurde«, erklärte Manson. »Oder wenn das Flugzeug seit sechzig Tagen oder länger vermisst wird.«

»Dann wurde die Beaver also aus dem Verkehr gezogen?«, fragte Callie. »Sie hatte gar keine Flugerlaubnis?«

»Das CAR verwendet die Registrierungen für andere Flugzeuge wieder, nachdem eine Maschine abgemeldet wurde, aber es gibt keinerlei Aufzeichnungen, die darauf hinweisen, dass dies in diesem Fall geschehen ist.«

»*Faen.*« Oskar fluchte leise in seiner Muttersprache, während er sich über das kurz geschorene Haar rieb. »Dann suchen wir also nach einer illegalen Maschine?«

»Vielleicht«, antwortete Mason.

Adrenalin rauschte durch Callies Adern, während sie Mason betrachtete. Abrupt stand sie auf und griff nach ihrer Jacke, die sie sich im warmen Transporter zuvor ausgezogen hatte. »Ich frage mich, was sie wohl geladen hatte – Schmuggelgut?«

»Wahrscheinlich Drogen«, warf Oskar ein und zog sich ebenfalls die Jacke über. Die beiden Männer folgten Callie in den Wind hinaus, wo sie ihr Team zum Briefing zusammenrief.

Die Suche

MASON

Mason sah zu, wie Callie nach dem Briefing ihrer Truppe knapp und effektiv auf ein paar Fragen antwortete. Diese Frau war selbstsicher, sie fühlte sich wohl in der Rolle als Anführerin. Callie Sutton verfügte über eine fesselnde Präsenz, um die sie jeder Cop beneiden würde. Masons Aufmerksamkeit richtete sich auf die Gruppe von Freiwilligen, die im Regen standen. Der Älteste von ihnen musste Ende fünfzig sein, vielleicht auch Anfang sechzig. Die Jüngste war eine etwa neunzehnjährige Frau. Raue Bergleute. Mason hatte sein ganzes Leben mit zähen, abgehärteten Menschen zusammengearbeitet, aber dies hier war eine andere Art von Zähigkeit. Diese Leute wollte man definitiv an seiner Seite haben, wenn man sich verirrt hatte oder weit jenseits der Zivilisation Hilfe brauchte. Leute, die sich auf sich selbst verließen anstatt auf irgendeine Technologie.

»Haltet nach Öl- oder Benzinschlieren auf dem Wasser Ausschau«, wies Callie ihr Team an. Der Regen lief ihnen über die Jacken und tropfte von den Schirmen ihrer Caps. »Und sucht nach Zeichen entlang des Flussufers, die euch irgendwie ungewöhnlich vorkommen. Bleibt aufmerksam.« Sie hielt inne und sah jedem ihrer Teammitglieder in die Augen. »Bei einer Suche gibt es so etwas wie Zufall nicht, und nichts ist so unwichtig oder belanglos, dass es nicht registriert, gemeldet und aufgezeichnet werden sollte. Es besteht immer die Chance, dass etwas offenbar Unbedeutendes später zum Schlüssel für das Gesamtbild wird.« Ihr Blick streifte Mason. »Bisher sieht es so aus, als wäre das Flugzeug unautorisiert geflogen, und wir wissen noch nicht, worin die Ladung bestanden haben könnte oder ob es überhaupt eine gegeben hat. Behaltet beim Sammeln von Hinweisen im Hinterkopf, dass dies eine strafrechtliche Ermittlung werden könnte.« Sie machte eine kurze Pause. »Noch Fragen?«

Kopfschütteln.

»Okay, legen wir los«, rief Callie. »Und an alle – passt da draußen auf euch auf.«

Die SAR-Freiwilligen schlossen sich zu Teams zusammen und verteilten sich, als die Beifahrertür von Callies Truck aufschwang. Masons Aufmerksamkeit wurde von einer Bewegung abgelenkt. Ein kleines, menschenähnliches, grünhaariges Wesen in einem langen lila Mantel sprang aus dem Truck in den Matsch. Jedes Molekül in Masons Körper erstarrte.

Er sah zu, wie der kleine Junge durch den Schneeregen auf den KSAR-Einsatzwagen zurannte. Ein Teil seines Verstands rief: *Das ist Callies Sohn.*

Ein anderer Teil blickte jedoch durch einen Tunnel, bis zurück zu einem vergangenen Halloween. Dem Halloween vor zwei Jahren. Luke. Der das gleiche Jokerkostüm getragen hatte. Jenny hatte es einmal für ihn im Schlussverkauf bei Walmart gekauft, nachdem gefühlt jedes zweite Kind der Nachbarschaft damit herumgelaufen war. Alles Blut strömte Mason aus dem Kopf. Die Geräusche um ihn herum wurden zu einem Summen.

Er spürte eine Hand auf der Schulter, und als er herumfuhr, blickte er direkt in Callies Augen.

»Sergeant? Alles in Ordnung?«

Er schüttelte sich, um in die Gegenwart zurückzukehren. »Bestens. Ich … ich bin in meinem Wagen, falls Sie mich brauchen. Ich muss … Hubble informieren.«

Rasch eilte er zu seinem Truck zurück, wobei er Callies Blick im Rücken spürte. Sein Herz raste. Es war ein brutaler Schock gewesen. Etwas vollkommen Unerwartetes. Doch der kleine Ben Sutton war fast im selben Alter, wie es sein Luke gewesen war. Gleich groß. Mason hätte nie gedacht, dass sein Geist ihm bis hier heraus folgen würde, nicht so.

Mason stieg ein und ließ den Motor an, damit es im Wagen etwas wärmer wurde. Via Satellitentelefon rief er Hubble an.

»Sir?«, meldete sie sich. »Haben Sie etwas gefunden?«

»Die Suche geht gerade erst los. Ich möchte, dass Sie sich mit der Abteilung für Schwerverbrechen im Hauptquartier des RCMP North District in Prince George in Verbindung setzen. Berichten Sie alles, was wir bis jetzt wissen, und halten Sie sich bereit, falls weitere Details reinkommen.«

»Sie glauben also, dass der Flieger Schmuggelware geladen hatte?«

»Es ist eine Möglichkeit, die wir noch nicht ausschließen können.« Drogen, die durch die ausgedehnte Wildnis in den Norden geschmuggelt wurden, waren ein Problem und eine Herausforderung für die örtliche Polizei. »Halten Sie die Abteilung auf dem Laufenden – es könnte sein, dass diese Sache mit einem ihrer Fälle in Verbindung steht.«

»Bestätigt. Ich rufe zurück, falls es von dieser Seite neue Informationen gibt.«

Er legte auf. Eigentlich hätte er Hubb nicht unbedingt anrufen müssen, doch er hatte das Gefühl haben wollen, dass er hier draußen nicht vollkommen überflüssig war. Durch das Fenster sah er, wie Callie vor dem SAR-Transporter mit Ben sprach. Der Junge schien mit seiner Mutter zu streiten. Die Scheibe beschlug, als sich die Fahrerkabine erwärmte und

Wasserdampf aus Masons Kleidung aufstieg. Er wischte über das Glas, um weiter zusehen zu können. Callie ging im Matsch in die Hocke und zog Ben an sich, umarmte ihn fest. Der kleine grüne Perückenschopf ruhte kurz auf Callies Schulter, und sie legte die Hand darauf. Regen prasselte herab.

Diese bittersüße Szene traf ihn mitten ins Herz.

Auf einmal fühlte er sich Jenny sehr nah.

Er konnte ihre Gegenwart fast neben sich im Truck spüren – so deutlich, dass es wehtat. Eine weitere Erinnerung tauchte in verblassten Farben vor ihm auf wie ein altes Foto: sie drei, gemeinsam an Weihnachten. Ihr letztes Weihnachten als Familie. Schmerz erfasste ihn. Körperlich. Er kam tief aus seinem Bauch und ballte sich in seiner Brust zusammen. Wer hätte ahnen können, dass Trauer eine so gottverdammt körperliche Angelegenheit war. So dunkel und heimtückisch, dass sie einen überwältigte, wenn man gerade einmal nicht an den Verlust dachte, und dann konnte man plötzlich an nichts anderes mehr denken. Etwas traf klatschend auf sein Dach, und eine Ladung Schneematsch rutschte an der Windschutzscheibe hinab. Der Wald dort draußen schien noch düsterer zu werden, Nebelfinger kräuselten sich um seinen Truck. Es war unheimlich. Eindringlich. Unfreundlich. Er holte tief Luft und sah auf die Uhr. Er konnte hier draußen in den Wäldern gerade nicht viel mehr tun, als zu warten. Zu Callie und Ben in den Einsatzwagen wollte er nicht.

Wieder fragte er sich, ob es vielleicht eine ganz miese Idee gewesen war, diese Stelle anzunehmen und sich in die wilden Berge zu begeben, weit entfernt von allem, was ihm vertraut war. In gewisser Weise ein kaltes Gefängnis, aus dem er mindestens zwei Jahre lang nicht mehr entkommen konnte. Jedenfalls nicht, wenn er weiter als Polizist arbeiten wollte. Manchmal war er sich da nicht so sicher. Manchmal war er sich nicht einmal sicher, ob er überhaupt weiterleben wollte.

Callie nahm Ben mit in den Transporter. Allmählich beschlugen Masons Scheiben aufs Neue. Er saß in einem Kokon und zwang sich dazu, an das umgedrehte Gesicht der toten Pilotin zu denken, an die milchigen toten Augen, die ihm blicklos entgegengestarrt hatten. An die Registrierung, die in schwarzen Großbuchstaben auf dem Rumpf gestanden hatte. Er *hatte* sie doch korrekt in Erinnerung, oder? Die Lettern hatten auf dem Kopf gestanden, doch er hatte sich schon immer auf seine Fähigkeit, sich Ziffern und Buchstabenreihen einzuprägen, verlassen können. Verlor er den Verstand?

Die Zeit verticktte. Wieder sah er auf die Uhr.

Ein Satellitenanruf von Hubb kam herein. Sie berichtete ihm, dass es in den Akten in Prince George nichts gab, was mit dem abgestürzten Flugzeug in Verbindung stehen könnte.

Wieder rief er sich das Wrack vor Augen. Die in die Luft ragenden Schwimmkörper, die zerbrochenen Flügel. Die in ihrem Gurt hängende Pilotin mit dem aufgerissenen Mund.

Schließlich beschloss er, zurück zum Einsatzwagen zu gehen und Callie zu fragen, ob es etwas Neues gab. Doch gerade als er die Trucktür aufstieß, kam Callie aus dem Transporter gesprungen. In einer Hand trug sie einen Helm, mit der anderen zog sie sich die Kapuze über das Cap. Sie kam ihm entgegengeeilt.

»Sie haben es gefunden!«, rief sie, während er ausstieg. »Das K9-Team. Sie haben das Wrack am seichten Ende des großen Beckens in dem Gebiet mit unserem höchsten POD-Wert entdeckt.« Ihre Wangen waren gerötet und ihre Augen leuchteten vor Aufregung. »Oskar und seine Seiltruppe haben es geschafft, es einzuhaken. Im Moment sind sie dabei, es mit der Winde aus dem Wasser zu ziehen. Kommen Sie.« Sie warf ihm den Helm zu. »Mit den Quads kommen wir bis zum Becken. Sie müssen allerdings selbst fahren – ich habe niemanden, bei dem ich Ben lassen könnte. Er muss auch mitkommen.«

Ben kam aus dem Einsatzwagen geklettert. Er wirkte winzig in seiner übergroßen, geliehenen KSAR-Jacke. Die Perücke hatte er gegen einen Helm eingetauscht, und seine Arme, von deren Enden Erwachsenenhandschuhe baumelten, sahen viel zu lang aus. *Komisch* war das Wort, das Mason in den Sinn kam. Und rührend. Ben eilte seiner Mutter nach, die auf zwei Quads zuhielt, die hinter dem SAR-Transporter abgestellt worden waren. Mason folgte ihnen und versuchte sich zu erinnern, wann er zuletzt so ein Ding gefahren hatte. Hauptsächlich war er erleichtert. Sie hatten das Wrack gefunden. Sehr schnell. Gott sei Dank. Das sprach ihn von seiner Dummheit frei. Jedenfalls ein bisschen.

»Sie wissen doch, wie man ein Quad fährt, oder?«, fragte Callie, während sie Ben beim Aufsteigen half.

»Ja.« Er schwang sich auf den Sitz und startete den Motor. Hustend erwachte er unter ihm zum Leben. Ein angenehm tiefes Grollen. Mason setzte den Helm auf.

Auch Callie streifte den Helm über. Ben saß hinter seiner Mutter und schlang fest beide Arme um sie. Sie startete den Motor, gab per Funk etwas durch und war kurz darauf schon fast im Wald verschwunden.

Mason folgte ihr den gewundenen Pfad entlang, der sich durch die Bäume hindurch immer weiter hinaufschwang. Callie fuhr schnell. Mason musste seine gesamte Konzentration aufbringen, um mit ihr mitzuhalten und dabei nicht umzukippen. Doch nach etwa zwanzig Minuten bekam er allmählich ein Gefühl für die Maschine, und er spürte Begeisterung durch seine Adern rauschen. Freiheit fühlte sich ganz ähnlich an. Die Konzentration auf den Weg, die Geschwindigkeit, die Neuheit all dessen – ein paar Herzschläge lang hatte er seinen Geistern davonlaufen können.

Vielleicht war Kluhane Bay ja doch keine so schlechte Wahl gewesen.

Sie erreichten einen Hügelkamm, und Callie bremste ab. Er tat es ihr nach. In vorsichtigem Tempo fuhr Callie einen steilen, rutschigen Hang hinab. Kurz blieb sie stehen, um mit einem Blick über die Schulter nachzusehen, wie sich Mason schlug. Er zeigte ihr den hochgereckten Daumen. Sie fuhr weiter.

Auf einmal tauchten durch eine Lücke zwischen den Bäumen und dem wabernden Wolkenvorhang die Wasserbecken unter ihnen auf. Das Brüllen der Wasserfälle ein Stück flussaufwärts war zu hören. Er hielt sein Quad an. Einen Moment lang sog er das alles einfach in sich auf. Es war atemberaubend. Wild und vollkommen, von einer rauen Schönheit. Im Nebel am Uferrand des größten der Becken erkannte er die hellroten Jacken der KSAR-Mitglieder, die mit Seilen und einem Riemenscheibensystem daran arbeiteten, das Wrack aus dem Wasser zu ziehen.

Er folgte Callie zu ihnen hinunter.

Sie parkten auf dem Weg, ein Stück entfernt. Ben blieb auf dem Quad sitzen. Mason und Callie nahmen die Helme ab und kletterten den steilen Hang weiter hinab bis zu den Felsen entlang des Flusses.

Gerade als sie das Ufer erreichten, brach das Wrack durch die Wasseroberfläche. Es ächzte und knarrte, während die Männer es auf eine flache Felszunge zogen. Das Flugzeug hatte beide Schwimmkörper verloren, die Flügel waren noch beschädigter als zuvor, und der Rumpf war auf einer Seite gebrochen.

Oskar watete ins seichte Wasser hinaus und warf einen Blick hinein, um nach der Pilotin zu suchen. Er wurde starr. Auch Mason und Callie wateten in den Fluss. Oskar straffte die Schultern. Als er sich umdrehte, wandte er sich an Mason, nicht an Callie. Sein Gesicht war kreideweiß.

»Das müssen Sie sich ansehen, Sergeant.«

Mason ging weiter in das eisige Wasserbecken hinein und löste die Taschenlampe von seinem Gürtel. Dann beugte er sich in die dunklen Schatten des zerstörten Cockpits. Die Pilotin war noch immer auf ihrem Platz festgeschnallt. Doch ihr Gesicht war zerschlagen und zerfetzt. Übelkeit stieg in Masons Kehle auf. Er hatte das getan, indem er sie über die Wasserfälle geschickt hatte. Ihr Kopf hing in einem seltsamen Winkel herab. Mason ließ den Lichtstrahl über sie gleiten. Dann sah er es. Das Messer.

Sein Puls ging schneller.

Er beugte sich noch weiter vor.

»Scheiße«, flüsterte er.

Das Messer steckte auf der rechten Seite im Hals der Pilotin. Jemand hatte es bis zum Heft hineingerammt. Aus der Position der Klinge schloss Mason, dass die Halsschlagader durchtrennt worden sein könnte. Neben dem Messer gab es eine weitere Stichwunde. Blutlos, rautenförmig, weit aufklaffend. Wer auch immer dies getan hatte, er hatte vielleicht zweimal zustechen müssen. Möglicherweise war er beim ersten Versuch zu zaghaft gewesen, oder er hatte nicht richtig getroffen. Der zweite Stich war sehr wahrscheinlich tödlich gewesen. Die Pilotin musste binnen weniger Minuten verblutet sein. Seine Gedanken rasten. Konnte es sein, dass sie oben in der Luft erstochen worden war? War dies der Grund für den Absturz der Beaver gewesen? Wo war dann der Angreifer?

»Sieht aus wie ein Schrade«, sagte Callie leise.

Er hatte nicht einmal bemerkt, dass sie neben ihn getreten war.

»Ein was?«

»Ein Schrade. Ein altes Jagdmesser. Man nennt es auch ›Sharpfinger‹ wegen der scharfen, nach oben geneigten Spitze der Klinge. Es ist alt – sehen Sie diese verschiedenfarbigen Lederringe am Griff?« Sie deutete darauf. »Und an der Klinge sind Oxidationsspuren zu erkennen, direkt unterhalb des

Schilds. Es ist aus Karbonstahl gemacht, der diese hübsche Patina entwickelt. Edelstahl ist neuer, da passiert das nicht.«

Er warf ihr einen durchdringenden Blick zu. »*Hübsche Patina?*«

»Mein Vater war Sammler. Ich habe seine Sammlung noch.«

»Ihr Team muss sich zurückziehen, Callie. Das hier ist jetzt eine Mordermittlung.«

Die Lodge-Gruppe

MONICA

Sonntag, 25. Oktober

Monica ließ zu, dass sich Deborah schwer auf Nathan und sie stützte, während sie ihr halfen, den Pfad vom Dock hinaufzuhumpeln. Sie tat Monica leid. Der See war kalt, und das seichte Uferwasser war brackig, schleimig und voller Schilf. Ein fauliger Geruch stieg aus Deborahs durchnässten Kleidern auf, und ihr Haar und ihr Gesicht waren mit einer feinen Schlammschicht überzogen und voller Pflanzenstückchen.

Sie gingen langsam durch den prasselnden Regen, denn der überwucherte Pfad zur Lodge hinauf war schlammig und rutschig. Von totem Herbstlaub bedeckte Brombeerbüsche überwucherten den baumlosen Bereich um die Lodge herum, und überall sprossen Pilze aus dem Moos – dieser Ort bekam nicht viel Sonnenlicht ab.

Ein seltsamer Platz, um ein Haus zu bauen, dachte Monica. Hier in den nasskalten, pilzbefallenen Schatten des Granitbergs.

Jenseits des Brombeergestrüpps schlossen sich die Bäume um die Lichtung. Aus der Luft hatten sie gesehen, dass sich diese Wälder grenzenlos über die unpassierbaren Bergketten erstreckten, die sich scheinbar bis ins Unendliche ausdehnten. Zweige schwangen im Wind, und der Wald ächzte und stöhnte. Dicke Nebelschwaden griffen nach der Lodge. Es war ein großes Gebäude. Zweistöckig. Aus gewaltigen Baumstämmen erbaut, die im Laufe der Jahre verwittert waren. Die Fenster im oberen Stockwerk kamen ihr vor wie vom Alter getrübte Augen, deren Blick auf ihnen ruhte.

Als sie sich den Totempfählen näherten, sah Monica auf.

Moos und Flechten krochen an den Pfählen empor. Auf einer der Rabenschwingen saß eine echte Krähe, geduckt wie ein Richter in einer schwarzen Robe. Monica blickte zu Nathan hinüber und erkannte, dass auch er die Totempfähle musterte. Seine Miene wirkte angespannt. Ihr Ehemann sah so verängstigt aus, wie sie sich fühlte. Seltsamerweise machte dieser Gedanke sie wütend. Sie wollte, dass Nathan alles wieder in Ordnung brachte. Dass er dazu fähig war. Dass er sie rettete wie ein Ritter in schimmernder Rüstung. Auf irgendeiner Ebene wusste sie, tief in sich, dass sie sich wünschte, Nathan würde Steven beeindrucken. Sie wollte, dass Steven eifersüchtig auf Nathan war, nicht, dass er auf ihn herabsah. Ihre traurige Lebenswahrheit war, dass sie ihr Ehemann zwar verehrte, dass er sie aber manchmal beschämte, einfach dadurch, dass er so war, wie er war. Sie hatte das Gefühl, dass er nicht gut für ihr Image war. Dass sie eigentlich in der Lage hätte sein sollen, einen Mann als Lebenspartner anzulocken, der mehr dem Bild eines Alphamännchens entsprach. Dass die Leute sie weniger ernst nahmen, weil sie mit dem Pilzprofessor verheiratet war, der nicht mehr viele Haare hatte und rund um die Taille zu werden begann.

Auf einmal breitete die Krähe die Flügel aus und flog davon, ein dunkler Schatten im Regen. Sie verschwand in den dichten Wolken, die von den Granitbergen herabrollten.

Monica warf einen Blick über die Schulter, um zu sehen, ob sich Stella und Jackie immer noch stritten. Doch Stella war mittlerweile in das Flugzeug geklettert und reichte nun Taschen an Jackie weiter, die sie ihrerseits an Steven weitergab, der sie zum Ende des Docks trug.

»Das Gepäck wird schon aus dem Flugzeug geholt«, erklärte sie Deborah. »Sie sind im Handumdrehen wieder trocken und sauber. Und Steve kann sich Ihren Knöchel ansehen. Er ist Arzt – er kann Ihnen sicher helfen.«

»Dann ist er jetzt also schon Steve?«, kommentierte Nathan über Deborahs Kopf hinweg. »Nicht Steven?«

Monica warf ihm einen warnenden Blick zu.

Ein Geräusch erklang im Wald. Ein Knacken, gefolgt von einem scharfen Rascheln. Sie alle drei erstarrten und spähten in die Schatten.

Der Wald um sie herum rauschte und wisperte. Monicas Herz schlug schneller. Der Wald schien ein fühlendes Wesen zu sein, dem es nicht gefiel, dass sie da waren. Nathan dachte gern auf diese vermenschlichende Weise an die Bäume. Er erinnerte Monica mit Vorliebe daran, dass sie alle unter der Erde miteinander verbunden waren, durch ein Myzelnetzwerk, eine Informationsleitung, durch die sie sich miteinander unterhalten konnten. Durch die sie einander vor Gefahren, Tod oder drohenden Seuchen warnen konnten. Monica fand das gruselig. So sehr, dass sie sich weigerte, Nathan auf seine Pilzstreifzüge durch die Wälder in der Nähe ihres Hauses zu begleiten. Er hatte es geschafft, dass ihr die Wälder bösartig vorkamen.

»Was war das?«, wisperte Deborah ängstlich.

Durch verengte Augen starrte Monica in die Schatten zwischen den Stämmen. Sie glaubte, etwas Dunkles zu sehen, das durch die Bäume huschte, dann war es verschwunden.

»Wahrscheinlich nur der Wind«, sagte sie knapp. »Kommt, schauen wir mal, ob wir irgendwie in die Lodge kommen.«

Steven kam hinter ihnen den Pfad entlanggestampft, er trug zwei Taschen. »Ich sehe nach, ob die Tür offen ist.« Er schob sich an ihnen vorbei.

»Was, wenn jemand dadrin ist?«, rief Deborah ihm nach.

»Dann können sie uns den Kamin anmachen und Abendessen kochen«, antwortete er laut, ohne sich umzudrehen. »Aber ich bezweifle es – das Haus sieht aus, als wäre es seit Jahren verlassen.«

Er erklomm die breiten Stufen zur Eingangstür mit dem Geweih darüber.

Nathan senkte die Stimme. »Was zum Teufel macht *er* überhaupt hier?«

»Du hast Amanda doch gehört«, gab Monica kurz angebunden zurück. »Er wurde eingeladen, damit er sich vom Potenzial der Lodge überzeugen kann, genau wie wir.«

»Es ist seltsam.«

»Es ist nicht meine Schuld, okay? Hör auf, dich zu benehmen, als hätte ich ihn eingeladen. Ich hatte keine Ahnung.«

Deborah begann heftig zu zittern, Monica spürte es.

»Ich habe nicht behauptet, dass es deine Schuld ist«, zischte er über Deborahs Kopf hinweg. »Ich habe nur gesagt, dass es seltsam ist. Ein *seltsamer* Zufall, dass er auch hier ist.«

»Ein Zufall, dass Steven eine Klinik für kosmetische Chirurgie leitet? Und dass ich eine Biomarktkette mit Catering besitze? Sowohl sein Unternehmen als auch meines gehört zu den besten seiner Branche, Nathan. Was ist so seltsam an der Tatsache, dass wir beide dazu eingeladen wurden, ein exklusives Vertragsangebot zu erstellen? Du reagierst über.«

»Es geht hier aber eindeutig nicht um ein exklusives Vertragsangebot. Das da« – er deutete auf das vor ihnen kauernde schwarze Haus – »ist ganz offensichtlich nicht das Forest Shadow Wilderness Resort & Spa. Es war schon von Anfang an eigenartig – die Vorstellung, dass die Patienten einer

Schönheitsklinik erst so weit reisen sollten, um sich dann zu ›erholen‹. Wenn du mich fragst, dann hätte sich das auch Dr. Steven denken können. Es sei denn, er hat irgendetwas vor.«

Sie sah ihrem Mann in die Augen, und da begriff sie, woher seine Angst kam.

Ihre Unterhaltung vom Vorabend hallte in ihren Gedanken wider. Das, was Nathan zu ihr gesagt hatte.

»*Ich kenne Bart Kundera von irgendwo, aber ich weiß nicht mehr, woher. Ich habe kein gutes Gefühl dabei.*«

»*Hast du ihn gefragt?*«

»*Er hat gesagt, dass er nicht glaubt, mich schon mal gesehen zu haben, dass er sich da aber nicht sicher ist.*«

An diesem Morgen hatte Monica beobachtet, wie Bart ihren Mann beim Frühstück intensiv gemustert und sich dabei wahrscheinlich vergeblich den Kopf zerbrochen hatte. Oder hatte er sich an etwas erinnert?

Katie Colbournes Gesicht kannten sie natürlich aus den Abendnachrichten aus der Zeit damals, als sie noch in Vancouver gelebt hatten. Das Bild von Katie Colbourne mit einem Mikrofon vor dem Mund war unauslöschlich in Monicas Gehirn eingebrannt. Fest verbunden mit jenem Albtraum, den sie so gern vergessen wollte, denn Katie hatte damals über *den Vorfall* berichtet. So bezeichnete Monica es in Gedanken. *Der Vorfall.* Indem sie es nicht benannte, konnte sie es von ihrem Gewissen fernhalten. Es ermöglichte ihr, es als etwas zu betrachten, das im Grunde nicht zu ihr gehörte.

Doch *der Vorfall* war nachrichtenwürdig gewesen, also war es kein Wunder, dass Katie darüber berichtet hatte.

Und Katie Colbourne weiß nichts von meiner Verbindung zu dem Vorfall. *Rein gar nichts. Es ist uns gelungen, es geheim zu halten. Wir sind davongekommen. Also gibt es nichts, worum wir uns Sorgen machen müssten.*

Allerdings war da noch Steven. Er war untrennbar an *den Vorfall* gebunden. Und er war hier.

Langsam breitete sich ein dunkles, kaltes Grauen in ihrer Brust aus. Etwas Unerwünschtes begann in der Tiefe an den Wänden ihres Bewusstseins zu klopfen, die sie um die alten und längst vergrabenen Erinnerungen errichtet hatte.

»Wenn ich gewusst hätte, dass er hier sein würde, wäre ich nicht mitgekommen«, murmelte Nathan. »Wie kannst du von mir erwarten, dass wir volle zehn Tage …«

»Das werden wir nicht!«, fiel ihm Deborah heftig ins Wort. Sie zitterte immer noch, und ihre Zähne schlugen aufeinander. »Sie … S-S-Stella w-wird uns wegfliegen. Wir f-f-fliegen morgen zurück nach Hause. Wir werden k-k-keine zehn Tage hierbleiben. Das ist alles ein großer, f-f-furchtbarer Fehler.«

Sie erreichten die Stufen. Katie Colbourne tauchte aus dem Nichts auf und filmte sie wieder. Monica wurde ärgerlich.

»Verdammt, können Sie das einfach sein lassen?«, fauchte sie.

Katie ließ die Kamera sinken und sah Monica in die Augen. »Tut mir leid«, entgegnete sie kühl. »Aber Sie haben alle unterschrieben …«

»Schwachsinn, wir haben für einen Luxus-Spa-Urlaub unterschrieben, Katie«, bellte Steven, hob die Faust und hämmerte an die Tür. »Also kommen Sie von Ihrem hohen Ross runter.«

Katie zog eine finstere Miene. Steven schlug noch dreimal gegen die Tür und rief: »Irgendjemand zu Hause? Ist da jemand?«

Ein hohles Echo drang aus dem Inneren des Hauses.

Monicas Herz schlug schneller.

Wieder trommelte Steven gegen die Tür, dann drückte er versuchsweise die Klinke herunter.

Es war nicht abgeschlossen. Sie alle verstummten, als er die schwere Holztür knarrend aufdrückte. Sein triathlongestählter Körper war gespannt wie eine Feder, als wäre er bereit zurückzuspringen, falls jemand oder etwas auf ihn losging.

»Hallo?«, rief er ins dunkle Haus.

Stille. Das Haus schien durch die geöffnete Tür auszuatmen. Ein muffiger Geruch nach Schimmel drang heraus. Steven schob die Tür noch ein Stück weiter auf, dann nahm er die Taschen wieder hoch und ging hinein.

Monica, Nathan, Deborah und Katie folgten.

»Hallo! Ist jemand zu Hause?«, rief Steven ein weiteres Mal laut.

Staubflocken schwebten in der Düsternis herab. Während sich Monicas Augen an die Dunkelheit gewöhnten, nahmen die Schatten allmählich Gestalt an. Sie standen in einem gewaltigen, beide Stockwerke umfassenden Raum mit Gewölbedecke. Eine Holztreppe schwang sich zu einer Galerie empor, die vor einer Reihe Türen entlanglief. Ein riesiger steinerner Kamin erhob sich in der Mitte einer Wand. Ledersofa und Sessel mit Klauenfüßen waren um ein Kaffeetischchen vor dem Kamin herum gruppiert. Vor einem Türbogen, der in eine Küche führte, stand ein langer Esstisch. Auf dem Kaffeetischchen lag ein ledergebundenes Buch, daneben ein Schachbrett aus Stein mit geschnitzten Holzfiguren. Monica ließ Deborah los, die sich weiter auf Nathan stützte.

Sie ging tiefer in den Raum hinein.

Langsam drehte sie sich um die eigene Achse und betrachtete die Galerie, die in einer U-Form über ihnen entlanglief. Volkstümliche Masken – grässliche Dinger mit langem, drahtigem Haar und aufgerissenen Mündern – hingen neben der Treppe. Eine Flinte und ein alter Fischkorb zierten die Wand über einem antik wirkenden Tresen. Wuchtige Ölgemälde in schweren Rahmen, dazwischen ausgestopfte Tierköpfe. Ein

Reh. Ein fauchender Puma. Ein Elch. Es war fast wie in einem Museum. Monica kam es vor, als wäre sie durch ein Portal in eine frühere Zeit getreten oder in ein bizarres Alternativuniversum.

»Hallo!«, rief Steven wieder. Noch mehr Staubflocken schwebten herab und wurden von den durch ihr Eintreten verursachten Luftwirbel umhergeweht. Gleichzeitig hoben sie alle den Blick zu der Quelle des Staubs. Über ihnen hing ein aus Geweihen gefertigter Kronleuchter von der Größe eines VW Käfers.

»Ist da jemand?« Ein kaum wahrnehmbares Beben hatte sich in Stevens Stimme geschlichen.

Das Echo hallte um sie herum. Das Haus gab ein Knarren von sich. Oder war es nur der an Kraft gewinnende Wind, der durch die Dachsparren fegte?

»Herrgott, Steven, hören Sie mit dem Gebrüll auf«, fuhr Nathan ihn an. »Hier ist niemand.«

Ein Scharren kam vom Kamin. Sie fuhren zu dem Geräusch herum. Da war es wieder – winzige Krallen, die über Stein kratzten. Monicas Herz schlug heftiger.

Sie tauschten Blicke.

»Nur eine Ratte oder so«, sagte Steven ruhig.

Monica trat zu einer Tür, die vom großen Raum abging. Vorsichtig drückte sie die Klinke herunter. »Oh, schaut mal«, rief sie. »Hier ist ein großes Badezimmer. Mit Wanne und allem.« Sie ging hinein und beugte sich über die Wanne, dann drehte sie an einem der Kupferknäufe. Es gluckerte und hustete in den Rohren. Wasser schoss in einem teefarbenen Schwall aus dem Hahn. Noch einmal. Allmählich wurde das Wasser klar, die Rohre knackten, als irgendwo in den Eingeweiden des Gebäudes eine Pumpe zu arbeiten begann.

»Das Wasser muss aus einem Brunnen kommen«, sagte Steven, der in der Tür stand. Nathan folgte hinter ihm,

Deborah an der Seite, die er immer noch stützte. Katie blieb in der Eingangshalle zurück und filmte wieder.

»Oder es wird direkt aus dem See gepumpt«, konterte Nathan.

Steven warf ihm einen finsteren Blick zu.

»Über der Wanne ist eine Art Gasboiler«, sagte Monica. »Es sieht aus, als würde er das Wasser direkt erwärmen, wenn es durch die Rohre kommt.« Sie drehte an den Knöpfen des Boilers und ein kleines blaues Flämmchen züngelte hoch. »Wenigstens haben wir warmes Wasser.«

»Aber trinkt es lieber nicht, bevor es nicht gründlich abgekocht wurde«, sagte Nathan.

»Deborah, kommen Sie rein, Liebes.« Monica streckte ihr den Arm entgegen. »Hier drinnen können Sie sich waschen und aufwärmen. Nathan, kannst du Deborahs Tasche holen? Steven, vielleicht kannst du mal nachsehen, ob es irgendwo eine Küche mit Vorräten gibt, und uns einen Tee oder Kaffee oder so machen.«

Monica half Deborah dabei, zu einem Holzhocker hinüberzuhinken, über dem in einem Rahmen an der Wand ein gestickter Vers hing.

Auf einer Halterung lagen sogar Handtücher. Sie schnupperte an einem. Es roch muffig, als hätte es lange Zeit in einem Schrank gelegen, aber es war zumindest sauber. »Seht zu, dass ihr ein Kaminfeuer in die Gänge bekommt, ja?«, rief sie den Männern nach, als Nathan die Tür hinter sich schloss.

Monica half Deborah dabei, ihre nasse Jacke auszuziehen, dann streifte sie ihr die Schuhe und Socken von den Füßen. Nathan kehrte mit Deborahs Tasche zurück.

Er stellte sie zu ihren Füßen ab und zögerte. »Es tut mir leid, Schatz«, sagte er leise.

Monica nickte. »Schon gut.«

Er legte ihr eine Hand an die Wange und zwang sie, ihm direkt in die Augen zu sehen. Er war nicht sanft, was Monica verblüffte. »Das wird schon wieder«, sagte er fest.

Sie hielt seinen Blick, schluckte.

»Das wird es«, sagte er. »Wir schaffen das.«

Unerwarteterweise ließen ihr seine Worte Tränen in die Augen steigen. Sie blinzelte sie zurück. Er liebte sie. Immer schon. Er würde Himmel und Hölle für sie in Bewegung setzen, und er hatte es schon getan. Vielleicht liebte sie ihn umgekehrt nicht genug, und das schmerzte ihn. Sie wusste es. Vielleicht hatte sie ihn zu weit getrieben, war zu selbstgefällig geworden. Doch hier zu sein, mit Steven und mit Katie Colbourne, die Erinnerungen an jene schreckliche Zeit zurückbrachten, ließ sie begreifen, dass sie ihn brauchte. Sie brauchte ihn, und er brauchte sie. Weil sie ein Geheimnis teilten, das sie beide zerstören konnte. Zusammen mit Steven. Die Last, dieses Geheimnis all die Jahre zu hüten, wäre für einen allein zu viel gewesen.

Nathan wandte sich zum Gehen, doch als er die Badezimmertür gerade hinter sich schließen wollte, rief sie ihm nach.

»Lass sie angelehnt, ja? Nur … einen Spaltbreit.«

Ihre Blicke trafen sich. Er nickte.

Monica wandte sich wieder an Deborah. Da erst fiel ihr auf, wie der Vers über Deborahs Kopf lautete.

Verflucht sind jene, die gesündigt haben im Leben
Und gelogen, bis ihre Taten verblassen
Denn im Innern wird sich ein Monster erheben
Und sie alle bezahlen lassen.

Sie erstarrte und erhaschte einen Blick auf ihr eigenes Abbild in dem mit Rostflecken durchsetzten Spiegel über dem alten Waschbecken.

»Was ist los?«, fragte Deborah, der die plötzliche Veränderung an Monica aufgefallen war.

»Ich … äh, nichts. Gar nichts. Brauchen Sie Hilfe beim Reinsteigen?«, fragte sie und beugte sich über die Wanne, um das Wasser abzudrehen.

Doch Unruhe hatte sich in ihr Herz geschlichen.

Die Lodge-Gruppe

NATHAN

Nathan fand Steven – den goldhaarigen, athletischen, vermögenden, jederzeit flirtbereiten plastischen Chirurgen – in der gewaltigen Küche der Lodge, wo er sich an einem alten Gasherd zu schaffen machte.

Die Küche wirkte düster und rußig. Eine klobige Kücheninsel mit einem Hackbrett stand in der Mitte. Über der Insel hingen angelaufene Kupferpfannen, gusseiserne Töpfe und weitere Kochutensilien. Auf der steinernen Arbeitsfläche der Kücheninsel stand ein Holzblock mit Messern in verschiedenen Größen. Ein Fleischerbeil von der Größe eines Männerschuhs lag auf einem Hackbrett neben einem Fleischklopfer, der Nathan an ein mittelalterliches Folterinstrument erinnerte.

»Herrgott«, murmelte er. »Wie aus einer anderen Zeit oder aus einem Horrorfilm.«

Steven sah auf. »Gas«, sagte er und klopfte gegen den Herd. »Sieht aus, als würde die Gasleitung aus einem großen Propantank hinter dem Haus hierherführen.« Er wischte Schmutz von der Fensterscheibe, durch die man auf den rückwärtigen Teil der Lodge blickte. »Da drüben.« Er deutete darauf.

Nathan kam zu ihm und spähte durch den frei gewischten Fleck. Bart stand dort draußen im Nebel und schien unter dem Dach eines Holzverschlags an der Wand nach etwas zu suchen. Er erblickte sie. Dann hob er eine Axt hoch über den Kopf und grinste breit. Er deutete auf einen Holzstapel. In der anderen Hand hielt er ein großes Messer mit einer gefährlich aussehenden, nach oben gezogenen Spitze.

»Was zum Teufel macht er denn da?«, fragte Nathan.

Steven öffnete das Fenster.

»Das Holz ist trocken«, rief Bart. »Ich habe eine Axt und Werkzeug und alles. Wir können Feuer machen.« Er schob das brutal aussehende Messer in eine Tasche, die er an seinem Gürtel befestigt hatte. Dann warf er ihnen ein weiteres triumphierendes Kriegerlächeln zu und positionierte ein großes Holzstück auf einem Hackklotz. Er stellte sich breitbeinig davor, schwang die Axt hoch über den Kopf und ließ sie herabsausen. Mit einem dumpfen Splittern wurde das Holz in zwei Teile gespalten. Nathan durchlief ein Schauer.

»Der reinste Pfadfinder, dieser Typ, als wären wir hier in einem Abenteuercamp«, murmelte Steven und zog das Fenster wieder zu. »Viel zu fröhlich für meinen Geschmack. Irgendwie merkwürdig.«

Durch die verschmierte Scheibe sah Nathan dabei zu, wie Bart weiter Holz hackte. Der Kerl stand in der Blüte seiner Jahre. Muskulös, fit. *Kraftstrotzend.* Er betrachtete das Leben wohl als eine Art großes, aufregendes Abenteuer, und er hatte den Mut, es in vollen Zügen zu genießen. Wann hatte Nathan aufgehört, so zu leben? Hatte er es überhaupt jemals getan?

Vielleicht war genau das sein Problem. Während er zusah, zerbrach er sich ein weiteres Mal den Kopf darüber, woher er Bart Kundera kannte. Je länger er ihn musterte, desto bekannter kam er ihm vor.

»Es funktioniert!«, rief Steven triumphierend.

Nathan zuckte zusammen. Steven deutete auf den Gasherd. Kleine blaue Flämmchen tanzten auf einer der Platten. »Der Herd funktioniert.« Er griff nach einem altmodischen Wasserkessel, der neben dem Herd stand, und trat ans Spülbecken. Er drehte das Wasser auf. Wieder gurgelte es in der Leitung und die Pumpen begannen zu arbeiten. Wasser schoss hervor. Steven ließ es laufen, bis es klar war, dann wusch er den Kessel aus und stellte ihn auf den Herd.

Nathan sah ihm zu. Er kam sich vor, als wäre er in eine Art Alternativuniversum gerutscht.

»Sagen Sie mal, Steven, wie sind Sie bloß auf die Idee gekommen, diese Wildniserholungsgeschichte könnte mit Ihrer Klinik funktionieren?«, fragte er.

Steven zögerte. Einen Moment lang sah er Nathan nicht an. Dann antwortete er leise: »Ich war nicht sicher. Schönheitstourismus ist ein Markt. Es hätte eine Partnerschaft daraus werden können, eine Werbemöglichkeit. Ich wollte es mir einfach mal ansehen.«

»Warum? Weil Sie wussten, dass Monica auch hier sein würde?«

Finster sah Steven ihn an. Gefahr hing in der Luft. Nathan wurde sich der Messer und des Fleischerbeils und der schweren gusseisernen Töpfe bewusst, die sie umgaben.

»Suchen Sie mal die Tassen, ja?«, forderte Steven ihn schließlich auf und wandte sich zum Tresen um.

Nathan war hin- und hergerissen. Er traute dem Kerl nicht, aber er beschloss, das Thema fallen zu lassen. Fürs Erste. Alles an dieser Situation war skurril. Er öffnete der Reihe nach mehrere der Küchenschränke, bis er schließlich in einem davon Gläser und Tontassen fand. Er nahm eine der Tassen heraus.

»Was soll das denn, zum Teufel?«, brummte Steven.

Nathan wandte sich zu ihm um, mit der Tasse in der Hand.

Steven hielt einen bunten Karton mit Frühstücks-Crispies hoch, die er aus einer Supermarkt-Papiertüte geholt hatte. Die Tüte stand auf dem Tresen neben dem Herd. Steven hatte die Stirn gerunzelt.

»Tooty-Pops?«, sagte er. »Erdbeergeschmack?« Er kramte in der Tüte herum und zog einen Kassenbon heraus. »Vor etwas über einem Monat gekauft. Irgendjemand war vor noch gar nicht langer Zeit hier.« Er sah sich den Kassenbon näher an. Auf einmal wurde er kreideweiß im Gesicht. »Das ist doch verrückt«, flüsterte er. »Total verrückt.«

»Was ist los?«

Er hielt Nathan den Zettel hin. »Sehen Sie mal, wo die Packung da gekauft wurde.«

Nathan nahm den Kassenbon. Er las den Namen des Lebensmittelgeschäfts. Sein Herz zog sich schmerzhaft zusammen. Ein Summen hob in seinen Ohren an. Langsam blickte er auf. Stevens Blick traf den seinen, und sie sahen einander an.

»Der Kits Corner Store«, sagte Steven. »An der West Fourth.«

Ein Bild schnitt sengend heiß durch Nathans Gedanken. Monica, die weinend in ihrem früheren Schlafzimmer saß. Ihr Gesicht gerötet, fleckig, die Worte zwischen abgehackten Schluchzern hervorstoßend. »*Ich ... ich habe eine Crispies-Packung gesehen, Nathan. Sie war ganz zerdrückt, und die Crispies sind herausgerollt ... kleine bunte Farbtupfer im Regen. Und Eier, zerbrochene Eier.*«

»Was ist sonst noch in der Tüte?«, wollte Nathan wissen. Seine Stimme klang leise, heiser.

Steven nahm einen Karton mit zwölf Bioeiern heraus, gefolgt von einem Snickers-Riegel.

Nathans Knie knickten ein. Die Zeit dehnte sich. Das war nicht in den Nachrichten gekommen. Der Teil über die Eier und die Crispies und den Schokoriegel. Die Cops hatten diese Information aus irgendeinem Grund zurückgehalten. Nur Monica und er hatten es gewusst. Und Steven. Ihm war schlecht. Gleich würde er sich übergeben müssen.

Steven war verstummt. Er starrte den Kassenbon an.

»Wir … haben früher in dieser Straße gewohnt«, flüsterte Nathan. »Zwei Blocks von diesem Laden entfernt.«

Doch das wusste Dr. Steven Bodine schon. Er wusste es ganz genau.

Erinnerungen stiegen zwischen den beiden Männern auf. Geteilte und zugleich nicht geteilte Erinnerungen. Sie wurden zu einem greifbaren Ding in der rußgeschwärzten Küche. Das Ding, das sie aneinanderband und trennte. Das Ding, von dem Nathan geglaubt hatte, er hätte es vor vielen Jahren begraben und vergessen können. Das Ding, das Monica und ihn letztendlich dazu gezwungen hatte, in den Osten zu ziehen. Um zu entkommen. Um zu versuchen, noch einmal neu anzufangen. Er versuchte, sich auf die Crispies-Packung zu konzentrieren. Tooty, der Pelikan, der Tooty-Pops aß. Steven, der dort stand und die Packung in Händen hielt. Verknüpfungen und Ketten der Vergangenheit, die sich klickend und klirrend um sie schlossen.

Keiner von ihnen beiden wollte dieses amorphe Ding in Worte fassen. Keiner von ihnen konnte auch nur ansatzweise erfassen, was hier geschah, geschweige denn konnten sie es aussprechen.

Bart platzte durch die Hintertür mit einem Arm voll Feuerholz herein. Beide Männer zuckten zusammen.

»Was ist los?« Bart sah von einem zum anderen.

»Nichts.« Steven räusperte sich.

»Der Gasherd und die Boiler funktionieren«, erklärte Nathan. »Und wir haben fließendes Wasser.« Er drehte den anderen beiden den Rücken zu und beschäftigte sich übertrieben ausführlich damit, Tassen aus dem Schrank zu holen. Sein Herz hämmerte. Schweiß prickelte auf seiner Oberlippe.

»Und hier sind Tee, Kaffee, Thunfischdosen und Suppe«, verkündete Steven und öffnete eilig weitere Schränke.

Bart wirkte immer noch etwas argwöhnisch. »Tja, dann verhungern wir wenigstens erst mal nicht.« Er ging los in Richtung Eingangshalle, doch dann hielt er noch einmal inne. »Ich habe einen Pfad gefunden. Sieht aus, als würde er in die nächste Bucht führen, aber es war schon zu dunkel, um da ohne Taschenlampe rauszugehen.«

»Meinen Sie, er könnte zur richtigen Lodge führen?«, fragte Steven.

Nathan blinzelte. Es war, als würde sich Steven mit dieser Frage an den letzten Strohhalm klammern – als würde er immer noch hoffen, dass ihre Pilotin nur irgendein schreckliches Durcheinander mit den Koordinaten veranstaltet hatte.

Bart sagte: »Wir können den Weg ja morgen früh ausprobieren und nachsehen, ob …«

»Es gibt keine richtige Lodge.« Jackie tauchte im Durchgang aus der Eingangshalle auf.

Sie wandten sich zu der Frau mit dem durchdringenden Blick um.

»Das hier ist kein Fehler«, sagte sie knapp. »Es ist ein Schwindel, irgendein krankes Spiel.«

»Was soll das heißen?«, fragte Bart.

»Ist Ihnen die Plakette draußen neben der Eingangstür nicht aufgefallen? Dieses Haus ist die Forest Shadow Lodge. Also das Forest Shadow Resort & Spa. Hier, sehen Sie sich das an.« Sie zog eine Broschüre aus der Tasche und strich sie auf der Kücheninsel glatt.

»Das hier habe ich zu Hause noch von der Website ausgedruckt, bevor ich losgefahren bin.« Sie tippte auf ein Foto der Luxuslodge. »Das ist nicht echt. Fotomontage. Der Ort ist nämlich derselbe. Sehen Sie diese Bucht hier? Und die Form von dieser Bucht dort? Den Berg da? Genauso sieht das Terrain hier aus der Luft aus. Es ist *dieser* Ort, aber irgendjemand hat das Spa per Photoshop hier eingefügt. Ein Teil des Waldes wurde gelöscht und dafür sind die Hütten und Wege hinzugefügt worden. Dazu noch ein paar Innenaufnahmen von anderen Spas und Lodges.« Sie sah die Männer an. »Diese ganze Sache war von Anfang an nur vorgetäuscht. Wir wurden hierhergelockt. Wir alle. Und jetzt sitzen wir in der Falle.«

Eine düstere Kälte schien die Küche zu erfüllen. Oben klapperte ein Fensterladen, und der Wind heulte. Nebel, klebrig feucht, drückte gegen die Fenster. Es wurde dunkler.

»Warum?«, fragte Bart, der noch immer sein Holz auf den Armen trug.

»Weiß Gott.« Jackie fuhr sich übers Haar. »Aber im Augenblick sitzen wir hier fest. Wir wurden geködert und in irgendein gruseliges Wildnisgefängnis gelockt.«

»Wir sitzen nicht hier fest.« Stella betrat die Küche. »Wir haben ein Flugzeug. Und ihr habt eine Pilotin – mich. Wir haben Benzin. Wir …«

»Wir haben verdammt noch mal kein Funkgerät!«, knurrte Jackie und fuhr mit zornsprühendem Blick zu Stella herum.

»*Was?*«, rief Steven.

»Es stimmt«, sagte Jackie. »Na los, Stella, sagen Sie es ihnen.«

Stellas graue Augen blitzten, und ihr Blick schien Jackie zu durchbohren.

»Na los. Sagen Sie es ihnen. Das Funkgerät ist kaputt. Sabotiert, die Kabel wurden durchtrennt.«

»Ich habe doch gehört, wie Sie Funksprüche durchgegeben haben«, warf Nathan ein.

»Es hat aber nicht funktioniert, nicht wahr, Stella?«, sagte Jackie. »Ihre Zentrale konnte Sie nicht hören. Niemand weiß, wo wir sind, richtig?«

Stellas Miene wurde verschlossen.

»Wann genau wollten Sie uns das mitteilen, Stella?«, fragte Steven.

»Ich wollte es Ihnen nicht sofort sagen. Angst, Sorge, das ist nicht gut, wenn …«

»Wenn *was?* Herrgott. Wer sind Sie, dass Sie sich einbilden, Sie könnten darüber entscheiden, was falsch und was richtig ist?«, schnauzte Steven. »Sie sind nur die Pilotin, Sie entscheiden nicht über unser Leben, verdammt noch mal.«

»Es ist durchaus möglich, dass ich das Funkgerät morgen früh reparieren kann. Wenn das klappt – wenn es eine einfache Reparatur ist –, dann hätten Sie gar nicht erst davon erfahren müssen.«

»Also haben Sie sich gedacht, dass Sie einfach ein bisschen Gott spielen können?«, knurrte Steven. »Weil wir sonst alle total *durchdrehen* würden.« Er wackelte mit den Fingern neben seinem Gesicht herum.

»Drehen Sie denn nicht gerade durch?«, gab sie zurück.

Stille senkte sich auf den Raum herab. Einen bizarren Moment lang fühlte es sich so an, als würde das Haus lauschen. Lebendig. Feindselig. Eine Gänsehaut überzog Nathans Arme. Er war empfänglich für so etwas. Er konnte spüren, wie die Bäume im Wald ihn beobachteten und ihm zuhörten.

Bart brach das Schweigen. »Wann haben Sie herausgefunden, dass das Funkgerät kaputt ist?«

Stella holte tief Luft und streifte sich ihr nasses Cap vom Kopf. »Es hat noch funktioniert, als ich gestern Nachmittag nach Thunderbird Ridge geflogen bin. Dass es ausgefallen ist, habe ich heute Morgen festgestellt, direkt nach dem Start.«

Alle starrten sie fassungslos an.

Bart räusperte sich. »Dann hat es also jemand während der Nacht in Thunderbird sabotiert?«

»Sieht so aus«, bestätigte Stella.

»Dann haben wir keine Möglichkeit, jemanden zu informieren?«, fragte Steven. »Gar keine? Außerdem erwartet niemand, dass wir uns melden, weil wir unseren Familien und Freunden gesagt haben, dass wir zehn Tage lang an irgendeinem Ort ohne Handyempfang verbringen werden.«

Nathan sagte: »Wenn wir in zehn Tagen nicht zurück sind, werden die Leute bei West Air wenigstens wissen, wohin sie die Suchmannschaft schicken müssen.«

»Nein, das werden sie nicht«, widersprach Stella. »Ich habe die GPS-Koordinaten erst gestern Abend per SMS zugeschickt bekommen. Ich habe sie heute Morgen beim Start per Funk an die Zentrale durchgegeben, aber da habe ich bemerkt, dass das Funkgerät nicht mehr funktioniert.«

»Ja«, mischte sich Jackie ein. »Ist denn niemandem aufgefallen, dass wir durch die Kopfhörer immer nur ihren Teil der Konversation gehört haben? Keine Antwort von West Air. Eigentlich sollte es bei so etwas zwei Gesprächsteilnehmer geben.«

Das war es also gewesen, womit Jackie die Pilotin am Dock konfrontiert hatte, dachte Nathan. Darüber hatten sie gestritten.

»Was ist mit Amanda Gunn?«, warf Bart ein. »Hat sie die Koordinaten?«

»Nein. Wie gesagt, ich habe sie per SMS direkt von der RAKAM Group bekommen.«

»Dann weiß die RAKAM Group also Bescheid«, schloss Nathan. »Sie werden jemanden losschicken.«

»Ja, klar.« Jackie schnaubte. »Die RAKAM Group, die ganz offensichtlich hinter dieser ganzen Sache steckt. Glauben

Sie wirklich, die werden jemanden losschicken, um uns rauszuholen?«

»Verdammt«, fluchte Bart. »Warum sollte jemand so was tun? *Was* zum Teufel soll das? Was ist hier los?« Sein Blick wanderte von einem zum nächsten, seine Armmuskeln schienen allmählich unter der schweren Last der Holzscheite nachzugeben.

»Wir müssen erst einmal die Lage richtig einschätzen«, sagte Stella. »Diese Sturmfront legt uns vorübergehend lahm. Im Augenblick regnet es nur heftig, aber heute Nacht könnte Schnee daraus werden. Wir haben unser Gepäck, warme Kleider. Wir haben Holz. Wir können Feuer machen.« Sie nickte in Richtung der offen stehenden Schränke hinter Steven. »Ganz offensichtlich werden wir auch so schnell nicht hungern müssen. Also werden wir erst einmal etwas essen, uns im Haus verbarrikadieren und uns warm halten, bis der Sturm vorbei ist. Dann fliegen wir nach Hause und erstatten Bericht.«

»Nein … nein, ich nehme diese Situation *nicht* einfach hin.« Wut pulsierte in Stevens Worten. Wut, untermalt von Panik. Es verschaffte Nathan eine selbstgefällige Zufriedenheit, den Chirurgen derart verstört zu sehen. Verängstigt.

»Hören Sie auf sie, Steven«, riet Nathan. »Das klingt alles sinnvoll. Vielleicht können wir das Funkgerät beim ersten Tageslicht reparieren, dann ist die Sache morgen erledigt. Im Dunkeln und bei Sturm können wir nicht viel tun. Monica steckt Deborah in die Badewanne und packt sie warm ein. Sie sind Arzt – Sie können sich ihren Knöchel ansehen. Wir öffnen ein paar von diesen Dosen und machen uns etwas Warmes zu essen. Dann überlegen wir uns, was wir als Nächstes tun.«

»Wie lange soll der Sturm denn anhalten?«, fragte Jackie an Stella gewandt.

»Ein paar Tage.« Stella rieb sich über den Mund. »Vielleicht eine ganze Woche.«

Wieder senkte sich Schweigen herab. Der Wind ließ Äste über die Hausfassade kratzen. Ein seltsames Stöhnen erklang von den felsigen Bergen.

Ein schrilles Pfeifen erhob sich. Alle zuckten zusammen. Der Kessel. Das Wasser kochte.

Sie lachten, aus Nervosität. Ein hässliches Geräusch. Alle außer Jackie, die sie nur finster ansah.

Steven nahm den Kessel vom Herd, das Spiel seiner Muskeln war unter dem Hemd deutlich zu erkennen.

»Nathan«, sagte Stella, »könnten Sie Monica dabei helfen, Deborah zum Sofa vor dem Kamin zu bringen? Bart, würden Sie das Feuer anzünden?«

Auf einmal schien Bart wieder einzufallen, dass er einen Armvoll Feuerholz trug. »Ja. Ja, klar.« Dann ging er hinaus.

»Wo ist Katie?«, fragte Stella.

»Sie filmt draußen die Eingangstür«, antwortete Jackie knapp, wandte sich ab und verließ die Küche ebenfalls.

Steven goss heißes Wasser über einen Teebeutel und sagte zu Nathan: »Für wen hält sich diese Pilotin eigentlich, dass sie glaubt, uns herumkommandieren zu können? Wer hat *sie* hier zum Boss gemacht? Wer hat ihr die Verantwortung …«

»Halten Sie die Klappe, Steven, sie geht die Sache hier vernünftig an«, gab Nathan knapp zurück. Doch auch ihn beunruhigte irgendetwas an Stella, da war etwas, doch er konnte den Finger nicht darauflegen.

»Und ich vielleicht nicht?«, blaffte Steven. »Das soll das doch heißen?«

Nathan hatte einen bitteren Geschmack im Mund. Er senkte die Stimme. »Ich *kenne* Sie, Steven.«

Stevens Augen wurden schmal. In seinem Blick lag das reinste Gift. In diesem Moment sah Dr. Steven Bodine aus wie jemand, der einen anderen Menschen töten könnte. Und

Nathan wusste nur zu genau, dass er es schon einmal getan hatte.

»Ach, tatsächlich?«, gab Steven zurück.

»Allerdings.« Nathan sprach langsam, nachdrücklich, er hielt Stevens Blick. »Monica hat mir eine Menge über Sie erzählt. Wir haben einander *alles* gesagt.«

Steven schluckte.

»Stella Daguerre geht Ihnen nur deswegen gegen den Strich, weil sie vor Ihrer goldenen, ärztlichen Göttlichkeit nicht in die Knie geht – habe ich recht? Sie haben das Gefühl, dass Stella Sie nicht respektiert und Ihre Autorität untergräbt. Es ärgert Sie, dass sie die Lage besser im Griff hat als Sie und dass sie obendrein auch noch eine Frau ist. Eine Frau, die niemals die Beine für Sie breitmachen würde.«

»Fick dich, Nathan«, flüsterte Steven. Hitze schien zwischen den beiden Männern zu knistern. »Apropos.« Er sah zur Tür und senkte die Stimme noch weiter. »Es gibt einen Grund dafür, dass deine Frau dich betrogen hat.«

»Ich könnte Sie zerstören, Steven. Ich könnte Ihre Klinik vernichten.«

»Aber wenn du das tust, dann gehst du mit mir unter. Wir *beide*.« Eine Pause. Ein träges Lächeln. »Außerdem fehlen dir dazu die Eier. Weißt du, was dein Problem ist, Pilzprofessor? Dein Problem ist, dass du sie tatsächlich liebst.«

Nathans Nackenmuskeln spannten sich. Seine Hände ballten sich zu Fäusten. Er sah zu den Messern im Block auf dem Tresen hinüber. Für die Dauer eines wilden Augenblicks wollte er einfach eines davon packen und es tief in Steven Bodines Bauch rammen. Er wollte ihn töten. Ja, das wollte er.

Stevens Grinsen wurde breiter. Er griff nach der Teetasse. »Sie hat dich im Griff, Prof. Du frisst ihr aus der Hand.« Er trug die Tasse an Nathan vorbei, stieß mit der Schulter heftig gegen ihn und flüsterte ihm dabei ins Ohr: »Professor Pantoffelheld hat nicht die Eier, um es mit mir aufzunehmen, alles klar, Nathan?«

Die Worte hingen wie eine Herausforderung in der leeren Küche.

Nathan schlug das Herz gegen die Rippen. Seine Finger zuckten.

Wieder wanderte sein Blick zu den Messern.

Die Lodge-Gruppe

KATIE

Katie Colbourne half Stella dabei, das Gepäck in die Räume nach oben zu bringen, während sich die anderen unten darum kümmerten, dass im Kamin ein Feuer brannte. Stella trug eine Stirnlampe, die sie mitgebracht hatte – Teil des Notfallsets im Flugzeug. Außerdem hatten sie eine der Petroleumlampen angezündet, die sie in einem Vorratsraum neben der Küche gefunden hatten.

Im ersten Stock gab es sieben Schlafzimmer, die von der u-förmigen Galerie abgingen, von der aus man in die große Wohn- und Eingangshalle darunter blicken konnte. Vier der Zimmer gingen zum See hinaus, aus den Fenstern der anderen drei konnte man den Fuß der nebelverhangenen Berge sehen, die sich hinter der Lodge erhoben. In jedem der Zimmer standen ein Doppelbett, ein Holzschrank und eine Kommode. Darüber hinaus verfügte jedes über ein eigenes kleines Badezimmer. Die Möbel waren altertümlich, eine Mischung verschiedener Epochen.

»Es gibt genug Zimmer für uns alle«, stellte Katie fest, als Stella und sie die Taschen vor den Türen abstellten.

»Jedenfalls, solange sich das verheiratete Paar ein Bett teilt«, antwortete Stella und betrat einen der Räume mit Blick auf den See. »Wollen Sie dieses Zimmer hier?«

Katie trat hinter Stella ein. Sie stellte ihr Gepäck neben einem dunklen Himmelbett ab. Die weiße Bettwäsche war leicht vergilbt. Sie strich über die Decke und hob dann eine Ecke an, um daran zu schnuppern. Sie roch muffig. Ein leiser Schauer lief Katie über den Rücken.

Stella stellte ihr eigenes Gepäck in das angrenzende Zimmer und kehrte dann zu Katie zurück.

»Ich habe noch eine Petroleumlampe gefunden.« Die Pilotin hielt eine alte Kupferlaterne hoch, in der ein Flämmchen flackerte. Schatten sprangen und zuckten im Zimmer umher, während sich Stella bewegte. Ein Geräusch drang von draußen herein. Ein rhythmisches Hacken. Bart, der noch mehr Feuerholz spaltete.

Katie sah zu, wie Stella zum Fenster ging und ins Zwielicht hinausspähte. Sie sah zu ihrem Flugzeug hinüber. Katie trat zu ihr.

»Was glauben Sie, was wirklich mit dem Funkgerät passiert ist?«, fragte Katie leise.

Stella holte tief Luft. Das Gesicht der Pilotin war blass und kantig im Laternenschein. Sie wirkte sogar noch hagerer, müde. Ganz kurz glitzerten ihre Augen feucht.

»Ich weiß es nicht. Ich kann nur vermuten, dass sich irgendjemand letzte Nacht oder sehr früh am Morgen in die Beaver geschlichen und die Antennenkabel durchtrennt hat. Das Funkgerät ist eine Nachrüstung.« Sie zögerte. »Da wusste jemand, was er zu tun hatte. Wer auch immer das war, er ist vorsätzlich an die Sache herangegangen.«

»Aber *warum?*«

»Das ist die Preisfrage, nicht wahr? Warum sind wir alle hier? Warum wir?«

»Was glauben Sie, was hier vorgeht?«

Die Pilotin schürzte die Lippen, nachdenklich. »Ich weiß es einfach nicht. Es könnte nur ein furchtbarer Fehler sein, und mir wurden die falschen Koordinaten geschickt.«

Überzeugt klang sie jedoch nicht.

Leise sagte Katie: »Sprechen Sie mit mir, Stella. Sagen Sie mir, was Sie denken.«

Die Pilotin strich sich mit der flachen Hand übers Haar. »Ich hätte vor der Routineuntersuchung vor dem Abflug auch das Funkgerät überprüfen sollen. Aber ich habe gestern gearbeitet, also habe ich … *Verdammt.* Es tut mir leid, Katie. Es ist meine Schuld.«

»Nein, ist es nicht. Sie sind aus denselben Gründen hier wie wir alle – wegen der Aussicht auf einen Vertrag. Sie wurden genauso reingelegt wie wir.«

»Abgesehen von Nathan«, warf Stella ein.

»Was?«

»Nathan. Er ist nur als Begleitperson seiner Frau hergekommen. Er wurde nicht als potenzieller Vertragspartner eingeladen.«

Katie hielt den Blick der Pilotin. »Glauben Sie, dass das wichtig ist?«

»Ich weiß es nicht.« Einen Moment lang schwieg sie, ihre Miene wirkte betroffen. »Ich habe das Gefühl, dass ich Jackie Blunt von irgendwoher kenne. Und dass sie mich auch kennt, aber sie sagt, es sei nicht so. Und … vielleicht habe ich auch Dr. Steven Bodine schon einmal gesehen. Aber …« Sie fluchte wieder. »Diese ganze Sache ist doch total verrückt.«

Katie spürte, wie sich in ihrem Bauch ein Knoten zusammenzog. Ihr kam Stella ebenfalls bekannt vor, auch wenn sie die Pilotin nicht einordnen konnte. Irgendwas Größeres und Dunkleres, als sie erfassen konnte, schien über ihnen allen zu hängen und sie auf unterbewusste Weise miteinander zu verbinden, auf eine Weise, die sie noch nicht begriffen.

»Haben Sie das Gefühl, irgendjemanden hier zu kennen?«, fragte Stella.

Katies Herz schlug schneller. Sie wandte sich dem Fenster zu, während sie über ihre Antwort nachdachte, doch draußen war es mittlerweile vollkommen dunkel geworden, und sie konnte nur noch die flackernden Spiegelbilder von sich selbst und Stella sehen, die immer noch die Laterne in der Hand hielt. Kälte strahlte von den Fenstern ab. Das Glas war dünn.

»Ich erkenne natürlich die Supermarkterbin und Geschäftsführerin von Holistic Foods Monica McNeill«, sagte Katie bedächtig. »Sie war eine große Nummer damals, als ich noch über die Nachrichten in Vancouver berichtet habe. Sie hat sich sehr für wohltätige Zwecke eingesetzt und für die ganze Biobewegung.«

»Monica stammt aus *Vancouver*?«, fragte Stella.

»Ja. Sie und ihr Ehemann haben damals in Kitsilano gelebt.« Eine Erinnerung blitzte auf bei dem Gedanken an die piekfeine Nobelgegend in Vancouver, direkt auf der anderen Seite der Brücke vom Stadtzentrum. Sie hatte über einige brandheiße Storys in diesem Gebiet berichtet. Trotzdem fiel ihr kein konkreter Anlass ein, bei dem sie Monica McNeill persönlich hätte begegnen können. Doch das Gefühl, dass sie Stella von irgendwoher kannte, regte sich immer heftiger inmitten des Knäuels aus vergessenen Erinnerungen in ihrem Kopf. Als sie noch beim Fernsehen gearbeitet hatte, waren ihr so viele Menschen begegnet, so viele Geschichten, und es war alles so lange her, dass die Dinge wie zu einem Strudel zusammenzulaufen schienen.

»Sind wir beide uns schon mal begegnet?«, fragte sie Stella.

Stella neigte den Kopf. »Ich … glaube nicht. Ich meine, ich kenne Ihr Gesicht aus den Nachrichten, aber ich würde mich sicher daran erinnern, wenn ich einen echten Fernsehstar einmal persönlich getroffen hätte.«

Angst kroch in Katie hoch.

Stella legte ihr eine Hand auf den Arm. »Das wird schon. Wir kriegen das schon hin. Kommen Sie, sehen wir uns noch das letzte Zimmer an, dann gehen wir runter, setzen uns ans Feuer und essen etwas.«

Sie trug die Laterne zur Tür. Katie folgte ihr. Schatten sprangen und huschten über die Wände, und unwillkürlich drehte Katie den Kopf in Richtung der Bewegung. Da sah sie es – ein riesiges Gemälde. Als sie vorhin in das Zimmer gekommen waren, hatte es ein großer, antiker Schrank vor ihren Blicken verborgen.

Es war so groß, dass es die halbe Wand einnahm. In dunklen Ölfarben gehalten. Es zeigte das lebensgroße Abbild eines kleinen Mädchens, das eine Laterne in der Hand hielt. Das Mädchen war ungefähr sechs Jahre alt. Es trug ein lichtdurchlässiges weißes Nachthemd, die Füße waren barfuß. Das Gesicht hatte es dem Betrachter zugewandt. Das blonde Haar wurde ihm wie eine weiche Wolke um das Gesicht geweht. In der anderen Hand hielt das Mädchen eine kleine Goldwaage mit zwei flachen Schalen. Eine der Schalen wurde von etwas beschwert, das darin lag und aussah wie ein winziges menschliches Herz. Auf dem Gesicht des Kindes lag ein spitzbübisches Lächeln.

Katie schmeckte Galle. Ihr Herz begann wild zu hämmern. Sie konnte sich nicht rühren. Nicht atmen.

Stella war in der Tür stehen geblieben und hatte sich zu ihr umgedreht. »Katie? Was ist los?«

»Ich … ich …« Katie deutete auf das Gemälde. »Da.«

Stella runzelte die Stirn und kehrte eilig zu ihr zurück, um zu sehen, worauf Katie da deutete.

»Ein Gemälde?«, fragte Stella.

»Wer … wer hat es gemalt? *Woher* kommt es?« Katies Stimme klang rau, heiser vor plötzlicher Angst.

»Ich weiß es nicht.«

»Lesen Sie es – können Sie die Signatur unten am Rand lesen?«

Stella musterte sie ein wenig ratlos, trat dann aber zu dem Bild des kleinen Mädchens. Sie hielt die Laterne hoch und beugte sich zu der Signatur unten rechts vor.

»Da steht ›Gerechtigkeit‹.«

»Können Sie den Namen lesen?«

Stella sah sie an. »Da steht kein Name. Nur ›Gerechtigkeit‹.«

Die Sekunden schienen sich zu dehnen. Wie in Zeitlupe stolperte Katie auf das Himmelbett zu und sank auf die Matratze. Ihre Beine trugen sie nicht mehr. Sie starrte das Gemälde an. Sie glaubte, sich übergeben zu müssen.

Rasch stellte Stella die Laterne neben dem Bett ab und setzte sich neben Katie. Sie nahm ihre Hand. »Katie, schauen Sie mich an. Was ist los?«

»Das Gemälde …« Die Worte blieben ihr in der Kehle stecken. Die Angst schloss ihre Klauen um ihr Herz.

»Es ist wunderschön«, sagte Stella. »Ein antikes Stück, wie es aussieht.«

»Das ist Gabby.«

»Was?«

»Das … das ist Gabby. Meine Tochter.« Es fühlte sich fatal an, dies auszusprechen.

»Was soll das heißen?«

»Ich …« Tränen stiegen ihr in die Augen. Sie war so verwirrt. Mit zitternden Fingern suchte sie in der Jackentasche nach ihrem Handy und zog es hervor. Sie schaltete es ein und öffnete die Foto-App. »Sehen Sie?« Sie zeigte Stella eines der Bilder.

Stella nahm das Handy. Schweigend starrte sie das Foto an, dann wieder das Gemälde. Schließlich traf ihr Blick den von Katie. Sie wirkte erschrocken. »Das ist genau dasselbe Bild«, flüsterte sie. »Die Haltung, das Nachthemd, die nackten Füße, die Haare und das Lächeln – alles genau gleich.«

Katie wischte die Tränen weg, die ihr über das Gesicht strömten. »Abgesehen von der Waage und dem Herzen. Was … was ist das für ein … Ding? Was hat das zu bedeuten?« Sie begann heftig zu zittern. Das kostbarste Geschöpf in ihrem Leben war ihr kleines Mädchen. Gabby. Das Kind, das sie verändert hatte. Alles an ihr. Das sie dazu gebracht hatte, die Welt neu zu beurteilen und selbst ihre Ehe mit einem treulosen Mann anders zu bewerten.

»Haben Sie … Wer könnte dieses Foto gesehen haben?«, fragte Stella. »Haben Sie es in irgendeinem sozialen Netzwerk veröffentlicht?«

»Ich … ich weiß, das hätte ich nicht tun sollen. Ich wusste, dass es nicht besonders klug war, Fotos von meiner Tochter zu veröffentlichen, wo jeder sie sehen kann. Besonders weil ich in den Medien ja nicht unbekannt bin. Aber … es ist so ein wunderschönes Bild.« Sie hielt Stellas Blick. »Glauben Sie, ich habe meine Tochter in Gefahr gebracht? O Gott.« Sie schlug sich die Hände vor den Mund. »Was, wenn ihr etwas passiert, während ich hier festsitze? Was, wenn …«

Stella legte ihr die Hand auf den Arm. »Katie, bitte, so dürfen Sie nicht denken. Versuchen Sie, sich zu beruhigen. Hysterie hilft keinem. Wir müssen einen kühlen Kopf bewahren und das alles erst einmal durchdenken.«

Mit zitternden Händen wischte sich Katie weitere Tränen ab.

»Überlegen Sie mal einen Moment«, fuhr Stella fort. »Bei wem ist Gabby jetzt?«

»Bei ihrem Vater.«

»Und Sie vertrauen ihm, was Gabby betrifft?«

»O Gott, ja. Was Gabby betrifft, auf jeden Fall. Er … er hat mich zwar betrogen, aber seine kleine Tochter vergöttert er. Er würde für sie töten.«

Stella runzelte die Stirn. Kurz musterte sie Katies Miene.

»Ich meine nicht wirklich *töten*. Nur dass … wenn sie bedroht werden würde …« Ihre Stimme verlor sich.

»Dann ist sie bei ihm sicher.« Doch als Stellas Blick wieder zu dem Gemälde huschte, war Katie nicht mehr überzeugt, ob die so kompetente Pilotin selbst daran glaubte, was sie sagte. Vielleicht war ihre Gefasstheit nicht ganz echt.

»Haben Sie Kinder, Stella?«

»Nein. Ich … ich kann keine bekommen.«

»Das tut mir leid, ich …«

Stella winkte ab. »Schon gut. Das ist nun mal eine Tatsache.«

»Sind Sie verheiratet?«

»Geschieden.«

»Warum?«

Stella gab ein leises Schnauben von sich und schwieg einen Moment. »Wegen der Kindersache«, antwortete sie schließlich, wandte sich ab und griff nach der Laterne.

»O Gott. Das tut mir leid.«

Stella stand auf, die Laterne in der Hand. »So ist das nun mal im Leben. Kommen Sie, gehen wir wieder runter. Ich glaube, wir sollten uns dringend alle zusammensetzen und versuchen, die Sache hier aufzuklären.«

Die Lodge-Gruppe

Jackie

Der Wind pfiff um das Haus, und die Fensterläden schlugen krachend gegen die Fassade, während der Sturm draußen an Kraft gewann. Bäume knarrten und Zweige kratzten über die Fenster. Seltsame Geräusche drangen aus dem Rauchabzug. Jackie kam es vor, als wäre der Wald lebendig und würde versuchen, ins Haus einzudringen.

Die Gruppe hatte sich um ein prasselndes Feuer im Kamin versammelt, das Bart entzündet hatte. Noch mehr Holzscheite lagen hoch aufgestapelt vor dem Steinsims des Kamins bereit. Um die Flammen zu füttern und die Dunkelheit die ganze Nacht hindurch fernzuhalten.

Katie hatte ihnen von dem Gemälde erzählt. Die ehemalige TV-Journalistin war zu einem Schatten ihrer selbst geworden, seit sie es gesehen hatte. Sie war kreidebleich, und ihre verdammte Digitalkamera lag endlich vergessen auf ihrem Schoß.

Eine Standuhr tickte laut. Bart war dumm genug gewesen, sie mit einem gewaltigen Uhrschlüssel aufzuziehen, und jetzt schwang das Pendel mit einem durchdringenden, missbilligenden *Ticktack, Ticktack, Ticktack* hin und her.

Nathan reichte jedem eine Schale Suppe. Steven und er hatten in der Küche ein paar Konserven gefunden und sie aufgewärmt. Niemand hatte Appetit, doch sie alle legten die Hände um die warme Schüssel, so als wäre das heiße Essen für sie eine Verbindung zur zivilisierten Normalität, zu ihrem Zuhause, das sie zurückgelassen hatten. Und nun waren sie hier, an diesem gottverlassenen Ort weit abseits aller Menschen tief im Wald.

Das Feuer knackte. Ein Scheit stürzte in sich zusammen. Rauch waberte im Raum umher – der Schornstein war eindeutig seit einer ganzen Weile nicht mehr gesäubert worden.

Abrupt stellte Jackie ihre Schüssel auf dem Kaffeetisch ab und sprang auf die Füße. Sie konnte nichts essen, sie konnte nicht still sitzen. Die beunruhigenden Verbindungen, die sich in ihrem Unterbewusstsein zu formen begannen, trieben sie vorwärts. Sie streifte am äußersten Rand des um den Kamin versammelten Menschenkreises entlang. Schließlich zog sie ein paar Bücher aus den schweren Bücherregalen, die sich an der Wand reihten. Massenweise Bücher. Alte Einbände. Ein paar davon aus Leder. Ein paar Erstausgaben, ein paar signierte Exemplare. Traditionelle Sagen wie »Die Schöne und das Biest« oder »Hänsel und Gretel«. Mit Illustrationen versehen, die kein bisschen an die Disneyversionen dieser Sagen erinnerten, sondern eher aussahen wie etwas aus Carl Jungs Keller.

»Was schauen Sie sich da an?«, fragte Steven, dessen Augen im Feuerschein glommen.

»Grimms Märchen.« Jackie öffnete eine Ausgabe aus dem Jahr 1940, eine bebilderte Märchensammlung.

»Wem auch immer dieses Haus gehört, er hatte jedenfalls Geld zu verschleudern«, kommentierte Nathan zwischen zwei Löffeln Suppe. Er war offenbar der Einzige, der das Essen runterbekam. »Gott weiß, warum sie diesen ganzen Mist einfach hiergelassen haben, als Staubfänger im Schatten dieser grässlichen Berge.«

Jackie schlug ein weiteres Buch auf. Eine Staubwolke erhob sich. Es roch wie in den alten Bücherläden in Toronto, die sie so gern besuchte. Das war ihr Ding. Bücher. Obwohl man ihr das vermutlich nicht ansah. Sie machte sich auch nicht die Mühe, es irgendjemandem auf die Nase zu binden. Es war ihr nicht wichtig, was die Leute von ihr hielten. Nicht mehr. Sie schätzte ihre Privatsphäre. Die Intimitäten des Lebens und ihre Leidenschaften teilte sie nur mit ihrer Partnerin.

Es war ein alter Band von Agatha Christie. *Mord im Orientexpress.* Diese Kriminalgeschichten in abgeschlossenen Räumen mochte Jackie besonders gern. Schon als kleines Mädchen hatte sie solche Geschichten geliebt. Vielleicht war es das gewesen, was sie zur Gesetzeshüterin gemacht hatte: Rätsel.

Sie sah auf und beobachtete Katie über den Rand des Buchs hinweg. Jemand hatte sich viel Mühe damit gemacht, ein Abbild von Katies Tochter auf die Leinwand zu bringen. Erst hatte derjenige das Foto in den sozialen Netzwerken finden müssen, um es entweder selbst abzumalen oder als Porträt in Auftrag zu geben. Dann hatte er das Gemälde noch irgendwie hergebracht und es oben aufgehängt. Es war groß. Schwer. Und schließlich war Katie auf eine falsche Reise gelockt worden, um es hier zu sehen. Jackie hatte keinen Zweifel daran, dass man sie alle aus irgendeinem perversen Grund hier versammelt hatte. Irgendetwas verband sie alle miteinander. Aber was? Und warum?

Schon im Bus hatte sie Dan Whitlock erkannt. Allerdings hatte es eine Weile gedauert. Es war fast vierzehn Jahre her, und Dan war gealtert. Und wie. Er hatte eine Glatze bekommen. Seine Haut war faltig, das Gesicht rot und verschwollen, die Kinnlinie schlaff. Er musste gute fünfundzwanzig Kilo zugenommen haben. Doppelkinn und Tränensäcke unter den Augen. Da war es keine Überraschung, dass sie eine Weile gebraucht hatte, um den zwielichtigen Privatdetektiv wiederzuerkennen, der sie früher einmal angeheuert hatte, damit sie sich um seine schmutzigsten Aufträge kümmerte. Damals war sie am Boden gewesen und hatte selbst eine gewisse Schwäche für Schnaps entwickelt. Sie hatte Geld gebraucht. Es war eine dunkle Zeit in ihrem Leben gewesen.

Auf einmal sprang Bart auf. Auch er konnte nicht still sitzen. Er zog den Feuerrost zurück, legte ein weiteres Holzscheit in die Flammen. Es prasselte und knallte. Bart schürte das Feuer, dann setzte er sich wieder, nur um gleich erneut aufzuspringen. Er ging um das Sofa herum und trat zum Treppenaufgang, wo er eine der Masken von der Wand nahm. Er hielt sie sich vors Gesicht und fuhr zu ihnen herum.

»Buuh!«

»Lass den Scheiß, Bart!«, fauchte Katie.

Er ließ die Maske sinken, wirkte aber gekränkt. Er hängte die Maske zurück und griff stattdessen nach der Flinte, die ebenfalls an der Wand hing. Er öffnete sie, hielt den Lauf vor das Licht und sah hinein. Jackie ließ ihn nicht aus den Augen, als er die Flinte zurückhängte. Ihr Blick senkte sich auf das offenbar schon sehr alte Messer, das an seinem Gürtel hing. Er trat an den alten Schreibtisch und begann, Schubladen aufzuziehen und wieder zu schließen.

»Hey, hier drin ist eine Packung mit Munition.« Er holte eine Schachtel mit Gewehrkugeln aus einer der Schubladen. Sein Blick wanderte zurück zur Flinte an der Wand.

»Lassen Sie das sein, Bart«, sagte Steven.

Alle Blicke wanderten zu ihm.

»Lassen Sie die Waffe einfach, wo sie ist, okay?«

Bart legte den Kopf schief. Er hielt Stevens Blick. Jackie spürte, wie sich die Provokation zwischen den Männern aufbaute. Schließlich legte Bart die Schachtel zurück, doch die Stimmung hatte sich verändert.

Jackies Aufmerksamkeit richtete sich auf Stella, die mit den glatt geschliffenen, geschnitzten Holzfiguren spielte, die auf dem großen steinernen Schachbrett auf dem Tisch standen. Sie hob eine nach der anderen hoch und betrachtete sie genauer. Jede sah ein wenig anders aus als die übrigen.

Deborah saß auf dem Sofa. Ihren verbundenen Knöchel hatte sie hochgelegt. Sie war blass und still und versuchte, ihre Suppe herunterzubekommen. Steven hatte verkündet, ihr Knöchel sei wohl verstaucht, allerdings nicht schlimm. Wenn sie das Bein hochlegte und einen Druckverband trug, sollte die Schwellung seiner Ansicht nach rasch zurückgehen. Deborah schien Jackies Musterung zu spüren. Sie sah auf, und ihre Blicke trafen sich.

Wo habe ich dich und dieses Schwalbentattoo schon einmal gesehen, Deborah Strong? Warum bringe ich dich mit dem Namen Katarina in Verbindung? Ich kenne dich von irgendwoher. Du weißt, dass ich dich kenne. Du bist nicht diejenige, die du zu sein vorgibst. Was hast du zu verbergen? Weshalb hat es dich so nervös gemacht, dass ich mir deine Tätowierung angesehen habe?

Da fiel es ihr wieder ein. Verdammt. Wie ein Blitz aus einer schwarzen Vergangenheit – einer Vergangenheit, die sie wieder zurück in Dan Whitlocks Orbit katapultierte. Sie wusste genau, wer Deborah Strong war. Katarina. *Katarina »Kitty Kat« Vasiliev.* Eine junge Prostituierte. Damals noch viel zu jung. Das Schwalbentattoo und die Gedanken an Dan Whitlock hatten diese verschüttete Erinnerung ausgegraben. Ihr Herz hämmerte. Hitze prickelte auf ihrer Haut. Ihr Blick schoss von einem zum anderen, während sie versuchte, auch den Rest der Gruppe in das Bild einzupassen, das sich langsam zusammenfügte. Doch es war wie bei einem Zauberwürfel. Sobald sie eine Ideenreihe im Kopf verschob, geriet das Muster an anderer Stelle durcheinander.

Monica und Nathan saßen nebeneinander auf dem Sofa, sie wirkten angespannt. Am Flugzeugdock hatte Jackie mitgehört, dass das Paar aus Toronto Dr. Steven Bodine von früher kannte, was offenbar zu Reibungen zwischen den beiden geführt hatte. Schweiß glänzte auf Monicas Oberlippe. Und Nathan – er sah immer wieder zu Bart. Jackie fragte sich, ob das Paar ihn vielleicht von irgendwoher kannte.

Jackies Aufmerksamkeit richtete sich wieder auf Katie. Die TV-Journalistin hatte über alles Mögliche berichtet. Sie könnte durch ihre Nachrichtenkarriere mit praktisch jedem hier im Raum in Verbindung stehen. Was war mit Stella Daguerre? Auch sie kam Jackie vage bekannt vor. Da war etwas an ihrem Blick, an der Art, wie sie beim Sprechen den Mund bewegte.

Jackie klappte *Mord im Orientexpress* wieder zu und stellte das Buch zurück ins Regal. Da fiel ihr auf, dass das Buch auf dem Kaffeetisch ebenfalls ein Roman von Agatha Christie war. Sie runzelte die Stirn, hob es hoch und wischte den Staub vom Einband.

Zehn kleine Negerlein.

Es war ein alter Hardcoverband – aus den 1930ern. War Agatha Christies Buch in Nordamerika überhaupt unter diesem Titel erschienen? Der Name, den Christie dem Roman gegeben hatte, war völlig zu Recht als politisch nicht korrekt bewertet und schließlich in *Und dann gabs keines mehr* umbenannt worden.

Eine seltsame, düstere Vorahnung ergriff Jackie, weitere Verbindungen formten sich irgendwo weit hinten in ihrem Verstand. Wieder sah sie Stella an. Die Pilotin hielt eine der geschnitzten Figuren in der Hand und musterte ihrerseits Jackie. Der Ausdruck auf ihrem Gesicht war nicht zu deuten. Jackie schlug das Buch auf, woraufhin ein Blatt Papier auf den Steinboden segelte. Jackie ging in die Hocke, um es aufzuheben, und hielt das Blatt dann an die Laterne, um die getippten Worte lesen zu können.

Es war eine Art Gedicht.

Neun kleine Lügner haben gedacht, sie hätten sich davongemacht.

Einer hat den Flug verpasst, dann waren's nur noch acht.

Acht kleine Lügner sind in den Himmel gestiegen.
Einer hat die Wahrheit gesehen, da waren's nur noch sieben.

Sieben kleine Lügner sitzen fest, sind voll des Schrecks.
Einer, der hat durchgedreht, da waren's nur noch sechs.

Sechs kleine Lügner wollen leben, machen sich auf die Strümpf.
Einer hat den Richter erkannt, da waren's nur noch fünf.

Fünf kleine Lügner gingen hinaus zur Tür.
Einen hat die Axt erwischt, da waren's nur noch vier.

Vier kleine Lügner glaubten, im Wald sind sie frei.
Einer ist erstochen worden, da waren's nur noch drei.

Drei kleine Lügner begreifen nach langer Sucherei.
Einer hat sich aufgehängt, da waren's nur noch zwei.

Zwei kleine Lügner rennen über Stock und Stein.
Einer feuert die Waffe ab, dann ist einer ganz allein.

*Ein kleiner Lügner glaubt, er dürfe leben.
Denn am Ende kann es nur einen geben.
Aber vielleicht …
Stirbt er eben. Und keiner wird leben.*

Jackies Blick flog zu den Figuren.

Ach, du Scheiße.

»Geben Sie mal her«, verlangte Jackie und hielt Stella auffordernd die Hand hin.

Alle starrten sie an. Ein Fensterladen schlug krachend zu. Noch ein Holzscheit zerfiel im Kamin zu Glut, woraufhin noch mehr Rauch durch den Raum getrieben wurde. Langsam legte Stella die Holzfigur in Jackies Hand.

Jackie untersuchte sie genau. Sie setzte sich auf das niedrige Steinsims vor dem Kamin, mit dem Rücken zum Feuer. Nacheinander nahm sie jede der Figuren vom Schachbrett und musterte sie.

Neun Stück. *Neun kleine Lügner.*

»Das ist doch krank«, sagte sie laut. »Verdammt, das ist total verrückt.«

»Was ist los, Jackie?«, fragte Nathan. »Was haben Sie gesehen?«

Sie stand auf und hielt das Blatt mit dem Gedicht hoch.

Sie las es den anderen vor.

»Neun kleine Lügner haben gedacht, sie hätten sich davongemacht. Einer hat den Flug verpasst, dann waren's nur noch acht …« Bis sie zum letzten Vers kam. »Denn am Ende kann es nur einen geben. Aber vielleicht … stirbt er eben. Und keiner wird leben.«

Die Augen der anderen schimmerten im Feuerschein. Ihre Mienen wirkten hart. Die Gesichter blass. Sie schwiegen.

»Das lag in dem Agatha-Christie-Roman«, erklärte Jackie. »Das Blatt mit dem Gedicht hat in einem Buch gesteckt, in dem es um eine Gruppe von Menschen geht – die sich untereinander nicht kennen –, die von einem anonymen Gastgeber auf eine abgelegene Insel eingeladen wurden. Sie alle sterben, einer nach dem anderen.«

»Weil sie bestraft werden«, warf Deborah ein. »Ich habe die Fernsehserie gesehen.«

»Genau. Weil einer der Charaktere der Geschichte – der Richter – der Meinung war, dass sie ihrer gerechten Strafe entkommen sind«, berichtete Jackie. »Also bringt der Richter sie um. Einen nach dem anderen. Bis sie alle tot sind.« Sie deutete auf die Figuren. »Da – es stehen acht geschnitzte Figuren auf dem Schachbrett.« Sie hob eine weitere Figur auf, die umgekippt neben dem Brett lag. Der Kopf fehlte. »Und die hier? Eine neunte. Neun kleine Lügner. Das hier muss Dan Whitlock sein.« Jackie wackelte mit der kopflosen Figur und sah die anderen an.

»Warum?«, fragte Bart.

»Weil sein Kopf fehlt, du Idiot«, antwortete Jackie.

Barts Miene verfinsterte sich. »Und? Was zum Teufel soll das bedeuten?«

»Dass Dan tot ist«, antwortete Jackie.

Stille erfüllte den Raum. Nur das *Ticktack, Ticktack, Ticktack* der Standuhr war zu hören.

Katie sprang auf. »Das können Sie nicht wissen!« Ihre Stimme klang schrill. Sie wedelte mit der Hand in Richtung des Schachbretts und der Figuren. »Das ... das ist doch lächerlich! Sie wissen gar nichts – das kann alles nicht stimmen.«

Sie fuhr zu den anderen herum und deutete mit wildem Blick auf Jackie. »Sagt es ihr. Sagt ihr, dass sie verrückt ist.«

»Ist sie das denn?«, fragte Deborah.

Alle verstummten und wandten sich an sie.

»Wie soll man das hier sonst erklären? Unsere Einladungen, diese Lodge, die GPS-Koordinaten, das Gemälde oben, das abgetippte Gedicht in einem Roman von Agatha Christie? Das Buch wurde absichtlich auf dem Tisch neben dem Schachbrett liegen gelassen, damit wir es finden.«

»Wir werden alle für irgendetwas bestraft«, murmelte Monica leise, und ihr Blick bekam etwas Seltsames. »Jeder von uns wurde extra hergelockt. Wir wurden mit potenziellen lukrativen Aufträgen geködert, die zu unserem jeweiligen Unternehmen passen. Die unsere Gier ansprechen. Und jetzt sitzen wir hier fest wegen … wegen irgendeinem kranken Spiel, das sich jemand ausgedacht hat. Dieser … dieser Agatha-Christie-Reim da ist nicht das einzige Gedicht im Haus. Im Badezimmer hängt noch eines über Sünder. Da steht, dass diejenigen, die lügen, um zu vertuschen, was sie getan haben, dafür bezahlen müssen.« Mit zittriger Hand deutete sie auf das Schachbrett. »Wer auch immer das getan hat, er hat sich viel Mühe gemacht. Er ist geisteskrank, und er hat vor, uns zu töten. Wie in der Geschichte. Einen nach dem anderen. Und ich wette, Jackie hat recht. Ich wette, dass Dan Whitlock tot ist.«

Katie begann zu weinen.

Steven sprang auf. »Ach, kommt schon, das ist doch lächerlich. Das hier« – er machte eine Geste zu den Figuren hin – »ist doch kein Realitykrimi, zum Henker. Keiner wird hier sterben. Reißt euch zusammen. Wenn überhaupt, dann ist das hier … eine Art Streich.«

»Hast *du* mit jemandem von der RAKAM Group gesprochen, Steven?«, fragte Monica.

Finster sah er sie an.

»Und, *hast* du?«

»Ich habe nur mit Amanda Gunn gesprochen. Sie war meine Kontaktperson.«

Monica wandte sich an die anderen. »Wie sieht es mit euch anderen aus? Hat irgendjemand hier mit jemandem von der

RAKAM Group gesprochen? Mit jemand anderem als Amanda Gunn?«

Niemand antwortete.

Eine Sturmböe traf die Lodge. Das ganze Gebäude knarrte. Flammen flackerten im Kamin und in den Laternen.

»Vielleicht steckt Amanda ja hinter allem«, schlug Bart vor.

»Oder vielleicht wurde Amanda nur von einem anonymen Vertreter der sogenannten RAKAM Group per Mail angeheuert, woraufhin sie wiederum uns kontaktiert hat.«

»Sie haben eine Website«, warf Bart ein. »Ich habe sie mir angeschaut.«

»Klar«, gab Jackie zurück. »Eine Seite voller unechter Fotos, dieselben gefälschten Bilder, die man uns in den gefälschten E-Mail-Broschüren zugeschickt hat.«

Steven riss sein Handy aus der Tasche und versuchte, die Website aufzurufen.

»Hier gibt es keinen Empfang, Steven«, sagte Monica. »Du kannst dich nicht einfach aus der Sache herauskämpfen. Dieses Mal nicht.«

Mit loderndem Blick sah er Monica an.

»Zum Teufel damit«, flüsterte er. »Ich gehe schlafen.« Damit wandte er sich ab.

»Schließen Sie lieber die Tür ab, Steven«, rief Nathan dem Chirurgen nach, als dieser immer mehrere Stufen auf einmal nehmend die Treppe hinaufeilte.

»Wir sollten lieber alle unsere Tür abschließen«, sagte Deborah so leise, dass sie kaum zu hören war. Ihr harter Blick ruhte auf Jackie.

Und an dem Ausdruck in den hellblauen Augen der Frau erkannte Jackie, dass Deborah Katarina »Kitty Kat« Vasiliev gerade eingefallen war, woher sie einander kannten.

Die Suche

CALLIE

Sonntag, 31. Oktober

»Wir haben das abgestürzte Flugzeug gefunden, Dad. Es ist eine gelbe de Havirand.« Benny biss von seiner Pizza ab und sprach mit vollem Mund weiter. Callie beschloss, ihren Sohn wegen des Namens des Flugzeugs nicht zu verbessern. Sie war einfach glücklich zu sehen und zu hören, wie er mit seinem Vater plauderte. Das Restaurant mit den Fried Chicken hatte bereits geschlossen gehabt, als sie beide es endlich durch den Schneesturm geschafft hatten und in Silvercreek angekommen waren. Die Stadt lag eine etwa einstündige Autofahrt durch die Berge von Kluhane Bay entfernt. Nachdem sie alles Weitere am Taheese River schließlich Mason und Oskar überlassen hatte, war der Schnee gekommen. Wegen der Wetterbedingungen hatte die Fahrt über den Pass viel länger gedauert als sonst, und sie hatte Benny schon wieder enttäuscht. Dieses Mal hatte sie ihr Versprechen, dass sie bei seinem Vater gemeinsam Fried Chicken essen würden, nicht halten können.

»Und *ich* habe dabei geholfen, Dad. Mom hat mich gelassen.« Rasch warf er ihr einen Blick zu. Callie lächelte und nickte ihm ermutigend zu.

»Oskar und die Jungs haben die abgestürzte de Havirand aus dem Fluss gezogen, mit Seilen und so. Sie hat verkehrt rum gelegen und war total *zermatscht.* Und die Schwimmkörper haben gefehlt, und ein Flügel war fast komplett weg. Und die Pilotin war *tot.*« Ein weiterer Blick zu seiner Mom. »Jemand hat gesagt, dass sie ein Messer im Hals hat, das hab ich gehört.«

Benny betrachtete das Gesicht seines Vaters, wartete offenbar auf eine Reaktion. Peters Augen waren offen. Er sah seinen Sohn an – hörte ihm vielleicht sogar zu –, doch er zeigte keine Reaktion. Im Gegensatz zu einem Komapatienten, der nicht bei Bewusstsein war und tief zu schlafen schien, hatte Peter einen Wach-und-Schlaf-Rhythmus. Er öffnete die Augen, atmete selbstständig, hustete, nieste. Seine Finger zuckten. Trotz seiner traumatischen Gehirnverletzung war Callie sicher, dass sie in seinen Augen eine Regung erkannte, wenn Benny mit ihm sprach.

Er lag mit aufgerichtetem Oberkörper in seinem Krankenhausbett, doch an diesem Abend kam er ihr irgendwie dünner vor als sonst. Seine Haut war blass, fast durchscheinend vom Mangel an Sonnenlicht. Er war so braun gebrannt, so kräftig gewesen. Ihr tat das Herz weh.

Auf dem Fernseher, der in einer Ecke von der Decke hing, lief »Wolfsblut«. Draußen war es dunkel, und Callie sah ihr Spiegelbild in der Fensterscheibe, dazu das flackernde blaue Licht des Fernsehers. Eine kleine Familie. Sowohl das Einzelzimmer als auch der Fernseher kostete einen täglichen Aufpreis. Callie wusste nicht, wie lange sie sich diese kleinen Extras noch würde leisten können. Während der Tourismussaison von Mai bis Ende Oktober arbeitete sie als Guide bei einem Unternehmen, das Outdoor-Abenteuer organisierte. Während der Wintermonate erledigte sie Verwaltungsarbeit, allerdings würde sie sich auf lange Sicht vielleicht nach einer lukrativeren Anstellung umsehen müssen. Peter war Förster, und seine Invaliditätsleistungen reichten nicht aus, um die Kosten zu decken. Sie strich sich übers Haar und zog das Zopfband heraus. Sie bekam Kopfschmerzen davon. Sie war mehr als müde. Die Such- und Rettungsarbeit beruhte auf Freiwilligkeit. Es war ihre Leidenschaft und Peters, und es gab ihr Gelegenheit, rauszukommen und mit Menschen zusammen zu sein, die tickten wie sie, auch wenn die Einsatzzeiten alles andere als ideal waren. Sie würde einige schwere Entscheidungen treffen müssen.

Aufmerksam suchte sie in Peters Gesicht nach einer Reaktion, während ihr Sohn über die Schule redete, über seine verpasste Halloweenparty und über den lustigen kleinen Welpen, den die Familie seines Freundes aus dem Tierheim geholt hatte. Sie wusste, dass Peter zuhörte, sie wusste es tief im Herzen, mit jeder Faser ihres Seins. Es gefiel Peter, wenn die Musiktherapeutin ihm leise etwas vorsang – man sah es in seinen Augen. Kinderfilme mit viel Action und Abenteuer mochte er auch.

Genau deshalb bezahlte sie weiterhin dafür, dass er einen Fernseher im Zimmer hatte.

Sie beugte sich vor und nahm die Hand ihres Ehemanns. Seine Haut war kühl. Jemand hatte ihm die Nägel geschnitten. Ihr Herz fühlte sich an, als wäre es im Griff eines Schraubstocks gefangen. Diese Hand hatte ihr auf so viele Berge geholfen. Sie war so schwielig und stark gewesen. Mit dem Daumen strich Callie sanft darüber, während sie sagte: »Keine Sorge, Pete. Ben hat die tote Pilotin nicht richtig gesehen.« Sie blickte ihren Sohn an. »Benny – Ben – hat hauptsächlich von der Kommandozentrale aus geholfen.« Sie lächelte Ben an. »Und als Oskar den Fund gemeldet hat, sind wir mit dem Quad rausgefahren. Wir haben Oskar die Leitung übertragen, während alle auf das Team der Forensiker und auf den Coroner gewartet haben. Über die Bergung können wir erst nachdenken, wenn sie dort fertig sind. Aber Benny und ich wollten unseren Besuch bei dir nicht verpassen, also hat Oskar uns losgeschickt.« Sie hielt inne. »Ich soll dich von ihm grüßen. Von allen. Sie warten darauf, dass du zurückkommst.«

Sie erstarrte. Hatte er gerade ihre Hand gedrückt? Sie hob den Blick und sah Peter an. Ihr Herz schlug schneller.

»Da ist ein neuer Polizist, Dad.« Ben schob seinen Pizzakarton beiseite und griff nach seinem Saftpäckchen. »Er ist mit uns mit den Quads gefahren. Er ist größer als Officer Ted. Und er hat schwarze Haare, nicht blonde wie Officer Ted.«

Callie fühlte einen seltsamen Druck um die Brust. Sie hatte Peter nicht sofort von dem neuen Sergeant erzählt, der das Wrack in den Taheese gestoßen hatte. Sie hatte ihm nicht erzählt, wie komisch sie es fand, dass ein erfahrener Mordermittler so grün hinter den Ohren sein konnte, wenn es um das Verhalten in der Wildnis ging, und dass er dazu noch Angst vor Höhen hatte. Vor Peters Unfall hätten sie an einem Abend wie diesem nach einem Fund eine Flasche Wein geöffnet, sobald Benny schlief. Sie hätten vor dem Kamin gesessen und gelacht und Witze über die fröhlicheren Abschnitte der Suche gemacht, wobei sie sich nicht sonderlich politisch korrekt ausgedrückt hätten. Sie waren beide leidenschaftliche Kletterer, die für den Kick der großen Höhen lebten, und sie hätten selbstgefällig über den schreckensbleichen neuen Cop gelacht. Darüber, wie fehl am Platz er hier wirkte. Wie bei der Polizeiarbeit war man auch beim SAR nicht zimperlich, was Galgenhumor und schmutzige Witze anging, und es gab ganz ähnliche hierarchische Strukturen.

Dann hätten sie sich aneinandergekuschelt. Sich vielleicht geliebt.

Doch irgendetwas hatte Callie davon abgehalten, Mason Deniaud zu erwähnen.

»Es ist jetzt eine Mordermittlung«, erklärte sie Peter. Auf einmal erfasste sie ein Anflug von Sorge. Sah er sogar noch blasser aus als sonst? Wirkten seine Wangen an diesem Abend noch eingefallener?

Es liegt nur am Licht. Mit mir geht mal wieder die Fantasie durch. Ich muss mich zusammenreißen. Für Peter und für Ben. Sie beide müssen glauben, dass wir wieder eine Familie sein werden. Bald.

»Ja.« Benny nickte eifrig, und sein grüner Schopf wackelte – er hatte seine Perücke wieder aufgesetzt. Allerdings war der Großteil der Schminke auf seinem Gesicht mittlerweile abgewischt worden, was seiner Haut einen unnatürlichen Farbton verlieh. »Ein böser Mensch hat das getan, aber die Polizei kriegt ihn schon noch!« Er klatschte in die Hände. »Zack. Genau so. Und ich habe dabei geholfen.«

Beim Anblick von Bennys stolzer Miene fühlte Callie eine Woge der Liebe in sich aufsteigen. Ganz so, als hätte er tatsächlich einen wichtigen Beitrag geleistet. Sie sagte sich, dass sie sich mehr darauf konzentrieren sollte, ihm das Gefühl zu geben, er würde bei ihrer Arbeit auch einen Teil der Verantwortung mittragen. Ben sollte das Gefühl haben, seine Mom und er wären ein Team.

»Hoffentlich kann der Coroner die Tote bald identifizieren.« Sie biss in ihre Pizza und kaute ein wenig halbherzig darauf herum. »Oder die Spurensicherung findet irgendetwas.«

Jemand kam hinter ihr ins Zimmer – sie sah die Reflexion in der Fensterscheibe.

»Mrs Sutton?«

Callie sah sich um.

»Dr. Stewart?« Rasch stand sie auf und legte ihr Pizzastück ab. »Ich … habe nicht erwartet, Sie heute Abend hier zu sehen.«

Er lächelte, doch da war etwas in seiner Miene. Etwas, das bewirkte, dass sich ihr der Magen zusammenkrampfte. »Was ist los?«

»Kann ich Sie kurz sprechen?« Er sah zu Ben hinüber. »Ein Stück den Gang runter. Ich hole eine der Krankenschwestern, damit sie ein Auge auf Benjamin hat.«

»Ich … ähm, klar. Ben, ich bin gleich wieder da, ja?« Sie zögerte. »Fang nicht ohne mich mit dem Käsekuchen an, hast du gehört?« Sie machte eine übertrieben strenge Miene.

»Klar, Mom.« Er ließ die Füße unter dem Stuhl baumeln und richtete seine Aufmerksamkeit auf den Fernseher.

Callie folgte dem Arzt zu einem Familienwartezimmer.

»Bei Peter gibt es eine neue Entwicklung, Callie. Ich habe gerade die Ergebnisse der letzten Blutuntersuchung bekommen, und es gibt Anzeichen dafür, dass die bakterielle Infektion in seinem Blut nicht auf die Behandlung anspricht. Wir wechseln zu einem stärkeren Antibiotikum, aber wenn es aussieht, als könnten sich die Dinge während der Nacht verschlechtern, verlegen wir ihn vielleicht auf die Intensivstation, wo wir schneller reagieren können.«

Callies Haut wurde heiß.

Nicht schon wieder.

Sie hatten das bereits zweimal durchgemacht. Infektionen. Wenn man seit über einem Jahr bettlägerig war und sich in einem vegetativen Zustand befand, blieb das nicht ohne Folgen. Es gab alle möglichen Risiken, doch Peter hatte sich jedes Mal wieder erholt.

»Er ist stark«, sagte sie.

»Das ist er.«

»Würden Sie oder jemand aus dem Team mich anrufen, falls sich irgendetwas verändert? Ich … ich habe für heute Nacht ein Zimmer in einem Motel gebucht, wegen dem Wetter. Wir sind also in der Nähe.«

»Natürlich.«

Callie dankte dem Arzt, woraufhin dieser den Raum verließ. Sie starrte ihm nach, dann ging sie langsam zur Fensterfront des Raums und blickte auf den Krankenhausparkplatz hinaus. Im Licht der Straßenlaternen tanzten Schneeflocken. Allmählich deckte der Schnee Autos und Straßen zu. Sanft und schön. Eine friedliche Winterwelt, friedlich und trügerisch. Callie dachte an die schwierige einstündige Fahrt über den Gebirgspass von Kluhane Bay hierher, wo es ein Krankenhaus gab, das groß genug war und über die speziellen Möglichkeiten verfügte, um jemanden in Peters Zustand versorgen zu können. Sie rieb sich fest über das Gesicht.

Vierzehn Monate waren seit Peters Arbeitsunfall vergangen. Während der ersten Tage hatte sie nicht gewusst, ob er wieder aus dem Koma erwachen würde. Zwei Wochen lang hatte er durchgehalten. Schließlich war er tatsächlich aus dem Koma erwacht, und ihre Freude und Hoffnung war berauschend gewesen. Dann hatte sie erfahren, dass Peter zwar die Augen öffnen konnte und möglicherweise auch bis zu einem gewissen Grad wahrnahm, was um ihn herum geschah, dass er jedoch aufgrund seiner schweren Hirnverletzungen weiterhin nicht ansprechbar war. Die Ärzte hatten ihr erklärt, dass er sich in einem vegetativen Zustand befand. Auf ihrem Freudenflug war sie hart mit der Wirklichkeit kollidiert, und der Absturz war schlimm gewesen. Und nun … Es konnte noch jahrelang so weitergehen. Sie hatte von einem Polizisten auf Vancouver Island gelesen, der über dreißig Jahre in diesem Zustand verbracht hatte, nachdem bei einer Verfolgungsjagd das Auto eines Kollegen in seinen Wagen gekracht war. Vielleicht sollten Ben und sie nach Silvercreek ziehen, um immer in der Nähe sein zu können. Das würde bedeuten, dass Ben die Schule wechseln und seine Freunde verlassen musste. Dass sie beide ihre vertraute Gemeinschaft hinter sich lassen mussten. Callies SAR-Team. Das für sie wie eine zweite

Familie war. Sie wünschte sich nichts sehnlicher, als dass es Peter wieder besser gehen und er heimkommen würde. Es *war* möglich – sie glaubte daran, sie wollte daran glauben. Es konnte jeden Tag passieren, einfach so. Er würde eines Morgens richtig aufwachen und sie alle wiedersehen. Mit ihnen sprechen. Was hatte es für einen Sinn umzuziehen, wenn Peter wieder gesund werden würde? Vielleicht konnte sie hier für eine Weile eine Wohnung mieten und sehen, wie sich Ben einlebte.

Callie riss sich zusammen und kehrte zu Ben und Peter zurück.

»Wie ist der Film?«, fragte sie ihren Sohn.

»Gut. Können wir jetzt den Käsekuchen essen?«

»Klar.« Sie legte Peter die Hand auf die Stirn. Wenigstens würden sie in dieser Nacht in einem Motel in der Nähe untergebracht sein. Und morgen war Sonntag. Also würde Benny keinen Unterricht versäumen. Wenn es sein musste, konnten sie die ganze Woche bleiben, und Ben würde den Stoff eben später nachholen müssen.

»Wenn wir morgen hier in der Stadt sind, können wir dann zwischen den Besuchen bei Dad zum Bowling gehen, Mom?«, fragte Benny und öffnete die Styroporbox, in der ihre Käsekuchenstücke lagen.

»Natürlich.« Sie versuchte zu lächeln, obwohl sie eigentlich nur weinen wollte. Sie fühlte sich vollkommen ausgelaugt.

Ben sah seinen Vater an. »Ich möchte, dass Dad auch mitkommt.«

Sie nickte. »Ich weiß, Kleiner. Ich auch.«

* * *

Nachdem Ben gebadet hatte und im Motelzimmer fest schlief, saß Callie im Halbdunkel auf dem zweiten Bett.

Sie fühlte sich so allein. Was albern war, schließlich hatte sie Ben. Es gab viele gute Menschen in ihrem Leben. Freunde. Sie alle besuchten Peter abwechselnd. Genau wie seine Kollegen. Es verstrich kein Tag, an dem Peter niemanden an seiner Seite gehabt hätte. Das war es, was zählte.

Ihre Gedanken wanderten zu der toten Pilotin. Wie sie ausgesehen hatte, mit dem Messer im Hals. Wer war sie?

Wie war sie dorthin gekommen?

Hatte sie auch jemanden, der darauf wartete, dass sie nach Hause kam?

Callie stand auf und sah nach Ben. Er schlief tief und fest. Sie zog ihm die Decke ein Stück höher unters Kinn und schlich auf Zehenspitzen aus dem Zimmer. Sie ging den Korridor entlang bis zu einer Fensternische in der Nähe der Treppe. Es gab Handyempfang in Silvercreek, also holte sie ihr Handy hervor und rief auf Oskars Festnetzanschluss an. Nach dem dritten Klingeln wurde abgehoben.

»Hallo?«

Callie war ein wenig enttäuscht. Es war Oskars Freundin Melinda.

»Hey, Mel, hier ist Callie. Ist Oskar schon vom Sucheinsatz zurück? Ich hoffe sehr, dass man inzwischen mehr über diese Pilotin herausgefunden hat.«

»Noch nicht. Aber ich habe vor etwa einer Stunde Hubb im Diner getroffen, und sie hat gesagt, dass Oskar und die Spurensicherer den Coroner und die anderen Polizisten zur Fundstelle am Fluss geführt haben. Sie wollte heute Abend noch anfangen und die Zelte und alles aufbauen, bevor es noch mehr schneit und sie weitere Beweise verlieren. Hubb sagt, sie glaubt, dass die Leute vom Transportation Safety Board morgen früh einfliegen werden.«

»Dann weiß also noch niemand, wer die Pilotin ist?«

»Noch nicht, jedenfalls, soweit ich es gehört habe.«

»Danke, Mel. Ich rufe Oskar morgen an.«

»Seid Benny und du in Silvercreek?«

»Ja. Vielleicht bleiben wir für ein, zwei Tage hier.«

»Geht es Peter gut? Oder sind die Straßen gesperrt?«

»Er hat wieder eine Infektion. Und ja, ich habe gerade die Warnmeldung bekommen, dass der Highway wegen eines Unfalls abgeriegelt wurde.«

»Das tut mir leid, Callie.«

Ihre Worte verursachten einen Riss in Callies mühsam gewahrter Fassung. Bebend atmete sie durch und schob sich das Haar aus dem Gesicht. Einen Moment lang konnte sie nicht sprechen, jedenfalls nicht, wenn sie sich nicht verraten wollte.

»Alles in Ordnung, Cal?«

Nein. Eigentlich nicht. Es ist schon sehr lange nicht mehr alles in Ordnung, und ich glaube nicht, dass mir bisher wirklich klar war, was das für einen Tribut von mir fordert.

»Ja. Ja, alles okay«, antwortete sie und versuchte, optimistisch zu klingen. »Ich wollte nur wissen, wie es weitergegangen ist, nachdem wir abgefahren sind.«

Sie beendete das Gespräch. Nun war es ohnehin die Angelegenheit der Polizei.

Schließlich kehrte sie in ihr Zimmer zurück. Ben schlief immer noch ruhig. Schweigend musterte sie sein Profil und dachte, nicht zum ersten Mal, dass er Peter immer ähnlicher sah. Tränen brannten in ihren Augen. Sie küsste ihren Sohn federleicht auf die Wange und fühlte sich schuldig, weil sie sich fragte, was Mason wohl gerade tat.

Die Suche

MASON

Montag, 2. November

Mason sah zu, wie der Pathologe Dr. Caleb Skinner das Tuch zurückschlug.

Auf dem Stahltisch lag die Leiche der Verstorbenen. Unbekannte Pilotin. Eine Frau von durchschnittlicher Größe, wahrscheinlich Ende vierzig, vielleicht Anfang fünfzig. Muskulös. Der vernähte Y-Schnitt hob sich dunkel von der blassen, toten Haut ab.

Mason war in die Leichenhalle gekommen – die sich im Keller des Silvercreek Hospital befand –, um sich Skinners vorläufige Ergebnisse anzuhören und um sich die gesicherten Beweismittel anzusehen: die Mordwaffe, die Kleider der Pilotin und alles andere, was man noch am Körper der Verstorbenen gefunden hatte. Die Abteilung für Schwerverbrechen des RCMP North District hatte Ermittlungen in diesem Fall eingeleitet. Die Leitung hatte ein Detective namens Gord Fielding bei der Zentrale des North Districts in Prince George übernommen, in Zusammenarbeit mit Mason und der Polizei von Kluhane Bay. Dazu kam ein Team von Forensikspezialisten der

RCMP. Das Transportation Safety Board ermittelte ebenfalls, was bei Flugzeugabstürzen üblich war. Je mehr Informationen reinkamen, desto wahrscheinlicher war es, dass die Polizeistellen anderer Regionen etwas Hilfreiches beitragen konnten.

Man hatte bei der Verstorbenen nichts gefunden, was sie identifizieren konnte. Keinen Geldbeutel. Nur ein Handy in der hinteren Tasche der Jeans, das jedoch vom Wasser zerstört worden war. Das Handy befand sich bereits in der Obhut der Forensiker, die gerade versuchten, die Daten zu retten. Keine Registrierung oder andere Papiere, und bisher hatte man auch noch keine Fracht im Wrack gefunden. Kein Anzeichen auf weitere Passagiere. Es war möglich, dass einige Dinge beim Absturz oder später, als der Fluss das Flugzeug mit sich gerissen hatte, davongespült worden waren. Die SAR-Leute suchten mithilfe der Polizei und eines K9-Teams weiter das Flussufer ab.

Mason beugte sich vor, um besser sehen zu können, worauf Dr. Skinner deutete.

»Zwei Eintrittswunden am Hals«, sagte er. »Die erste hier passt zu Größe und Form der Klinge, die man in der anderen Wunde hier gefunden hat.«

»Dann ist die erste Wunde also weniger tief?«, fragte Mason.

Der Pathologe nickte. »Es ist auch ein abwärtsführender Eintrittswinkel, aber er verläuft etwas anders.« Skinner hob den Arm über den Kopf und ballte die Faust um einen imaginären Messergriff. Dann stieß er besagtes imaginäres Messer in einer schnellen Bewegung nach unten.

Angesichts dieser enthusiastischen Darstellung hob Mason eine Braue.

»Der erste Stich kam aus einem solchen Winkel. Nach unten. Allerdings weniger kräftig als der zweite. Vielleicht ist der dann von höher oben gekommen, in einem solchen Winkel …« Eifrig demonstrierte Skinner, was er meinte, und stieß noch einmal zu, dieses Mal mit mehr Wucht.

»Dann hat sich ihr Angreifer also wahrscheinlich irgendwo über ihr befunden«, schloss Mason daraus und untersuchte die Wunde. »Vor dem zweiten Stich hat sich entweder sie selbst oder der Angreifer bewegt.« Langsam ließ er den Blick über die Tote schweifen. Seine Aufmerksamkeit richtete sich auf ihren linken Arm.

»Sieht das hier nach einer möglichen Abwehrverletzung aus?« Er deutet auf einen Schnitt an der Außenseite des Arms.

»Er wurde ante mortem zugefügt, also vor dem Tod, und ja, das könnte zu einer Abwehrverletzung passen. Der Schnitt ist außerdem kompatibel mit der nach oben geneigten Spitze der Schrade-Klinge.«

Masons Blick wanderte zu den Händen der Frau. Ihre Nägel waren geschnitten. Sorgfältig. Kein Nagellack. Der einzige Schmuck hatte in den Ohrringen bestanden – winzige Silberringe, einer in jedem Ohrläppchen. Und sie hatte eine Uhr getragen, eine Garmin. Ihr silbrig blondes Haar war sehr kurz geschnitten, zu einer dieser trendigen Frisuren, die Mason aus irgendeinem Grund mit Designern und Architekten in Verbindung brachte.

Er hob ihre rechte Hand und drehte sie um. Sie war kalt. Keine Verletzungen. Er ging zu ihrer linken Hand. Über ihrer Handfläche verlief ein Schnitt.

»Noch eine mögliche Abwehrverletzung?«, fragte er.

»Wieder ja, sie passt zur Messerklinge.«

Ihm fiel wieder ein, was Callie gesagt hatte.

»*Man nennt es auch ›Sharpfinger‹ wegen der scharfen, nach oben geneigten Spitze der Klinge …*«

Mason versuchte, sich ein mögliches Szenario vorzustellen – die Pilotin auf ihrem Platz, die begriff, dass gleich jemand auf sie einstechen würde. Sie riss die Arme hoch, wollte mit der linken Hand ihren Kopf schützen und mit dem rechten Arm den Angreifer abwehren. Wieder sah er in ihr Gesicht. Ein Schnitt klaffte auf der Wange. Blutleer.

»Diese Wunde wurde post mortem zugefügt«, warf Skinner ein.

Mason nickte. Er fühlte sich schuldig. Noch einmal betrachtete er ihr Haar. »Ist es von Natur aus so blond, oder grau?«, fragte er.

»Auf keinen Fall. Unsere unbekannte Pilotin hatte dunkelbraunes Haar. Man sieht es an den Wurzeln.« Er deutete darauf. »Allerdings sind ein paar natürliche Silbersträhnen dazwischen, also hat sie sich die Haare vielleicht gefärbt, um das zu verbergen.«

Mason biss sich auf die Innenseite der Wange und dachte über dieses kleine Zeichen der Eitelkeit nach. Das und die Ohrringe. Alles andere an der Verstorbenen sprach von Effizienz, Funktionalität. Von den kurzen Nägeln bis zu dem praktischen Haarschnitt und dem ansonsten fehlenden Schmuck.

»Gibt es weitere Verletzungen?«, wollte er wissen.

»Stumpfe Gewalteinwirkung, post mortem, und eine Fraktur der Tibia und der Fibula, ebenfalls post mortem.«

»Dann passen die nach dem Tod zugefügten Verletzungen also alle dazu, dass die Leiche in einem Flugzeugwrack über einen Wasserfall gestürzt ist?«

Skinner nickte.

Mason wand sich innerlich.

»Dann war die eigentliche Todesursache …«

»Exsanguination«, erklärte Skinner. »Die erste Wunde wäre nicht sofort tödlich gewesen, aber die zweite hat die Halsschlagader verletzt. Sie ist verblutet. Es muss sehr schnell gegangen sein.«

Mason sah Dr. Skinner in die Augen. Dunkel und überschattet. Der Mann hatte ein schmales Gesicht. Dichtes, schwarzes Haar. Olivfarbene Haut. Er musste knapp ein Meter neunzig groß sein, genau wie Mason selbst. »Skinner«, was so viel wie Hautabzieher bedeutete, war kein sonderlich glücklicher Name für einen Pathologen.

Er wandte sich wieder der aufgebahrten Verstorbenen zu und umrundete langsam den Tisch, wobei er Gedanken im Kopf hin und her schob.

Wer bist du?

Warst du oben in der Luft, als dich dein messerschwingender Angreifer attackiert hat? War er ein Passagier? Warum ist dein Flugzeug nicht registriert? Woher kommt es? Wohin warst du unterwegs – wolltest du irgendwo deine Fracht abholen? Oder hattest du sie gerade abgeliefert? Vielleicht ist die Ladung auch im Fluss verloren gegangen.

Nun war Mason wieder in seinem Element. Auf vertrautem Terrain. Fast war er dieser unbekannten Pilotin dankbar, die hier auf der Leichenhausbahre vor ihm lag, weil sie ihn davor bewahrt hatte, sich unfähig zu fühlen, weil sie ihm die Energie gegeben hatte, an diesem Morgen aus dem Bett zu steigen. Weil er nun etwas hatte, in das er sich hineinsteigern konnte, damit er nicht über sich selbst und seinen Verlust nachdenken musste. Oder über die Geister, die ihm hier heraus gefolgt waren.

Er trat zu den eingetüteten Beweismitteln auf dem Tresen – das Schrade-Messer, die Ohrringe, die Uhr, die Kleider.

Wenn die Pilotin an ihrer Uhr die GPS-Tracking-Funktion eingeschaltet hatte, dann würden die Techniker vielleicht herausfinden können, wo sie gewesen war.

Sie hatte Kleidung einiger bekannter Outdoor-Ausstatter getragen, und sie sahen neu aus. Es gab keine offensichtlichen Hinweise darauf, wo sie die Sachen gekauft haben könnte. Ein Simms-Shirt, vorn geknöpft. Eine dünne Jacke von North Face, wasserdicht. Eine dicke Fleecedaunenjacke von Patagonia. Jeans von Eddie Bauer. Jockey-Unterwäsche. Socken von Icebreaker. Mason zog einen Handschuh über und nahm einen der

Wanderstiefel hoch. Er drehte ihn um. Nach der minimalen Abnutzung der Sohle zu urteilen waren sie brandneu. Größe 40. Von Merrell. Sie war bestens ausgestattet. Eine klassische Wildnisausrüstung. Er hatte den Eindruck, als wären die Sachen erst kürzlich erworben worden, wie für einen bestimmten Anlass. Es war nur eine Vermutung, keine Tatsache, aber er hatte gelernt, seinem Bauchgefühl zu vertrauen. Es zeigte ihm mögliche Ermittlungsrichtungen auf, Fragen, die gestellt werden konnten.

Wieder stellte er sich vor, wie die unbekannte Pilotin in diesen Kleidern am Steuer der de Havilland Beaver saß. Eine rätselhafte Frau mit kurzem, gebleichtem, silbergrauem Haar. Sie konnte durch die Wildnis fliegen. Sie war fit. Fähig. Er hörte das laute Grollen des Flugzeugmotors. Sah das Handy in der Jeanstasche. Bei diesem Bild hielt er inne.

Die hintere Tasche einer recht eng sitzenden Jeans war nicht die Stelle, wo eine Frau ihr Handy üblicherweise trug. Beim Fliegen musste sie gesessen haben. Allerdings war es wiederum auch nicht allzu unüblich, dass man das Handy dort trug, besonders bei Männern nicht. Er stellte sich noch jemanden im Flugzeug vor, der sich der Pilotin von hinten näherte. Ihr Angreifer wäre vielleicht den Mittelgang heraufgekommen, zwischen dem Pilotensitz und dem Platz des Kopiloten. Er sah vor sich, wie sie sich umdrehte. Den Schrecken auf ihrem Gesicht, als sie begriff, was geschah. Wie sie das Steuer losließ, um die Hände schützend hochzureißen. Die niedergehende Klinge. Das Flugzeug, das vielleicht nach unten wegsackte. Schmerz. Tiefer Schock. Panik. Die Pilotin, die versuchte, in der kleinen Pilotenkabine auszuweichen, sich nach hinten drängte. Der Angreifer, der das Messer wieder herausriss und noch einmal zustieß, fester dieses Mal. Der tödliche Stich.

Es war ein Nahkampf. Persönlich. Blutig. Chaotisch. Das genaue Gegenteil dessen, was in Romanen beschrieben oder im Fernsehen gezeigt wurde, es sei denn, der Angreifer wusste, wie man tötete. Einen Menschen auf diese kurze Entfernung zu ermorden war schwer. Unnatürlich, für die meisten jedenfalls. Es lief jedem Instinkt des Körpers zuwider. Nicht einmal Polizisten waren zum Töten ausgebildet. Cops wurden darauf trainiert, drohende Gefahren durch den Einsatz potenziell tödlicher Gewalt abzuwenden, aber das Töten selbst gehörte nicht zu ihrer Ausbildung, nicht wie bei Soldaten.

War dieser Angriff also aus Wut geschehen? Ein heißer, zorniger Impuls, der über die Logik triumphiert hatte? Oder war der Angreifer ein geübter Killer gewesen – ein Armeeveteran oder jemand, der im Militärdienst gestanden hatte? Hatte der Angreifer eine Ausstiegsstrategie gehabt?

Er wartete gespannt darauf, was das TSB darüber herausfinden würde, warum genau das Flugzeug abgestürzt war.

Er griff nach dem Beutel mit der Mordwaffe und musterte das Messer genau. Eine stumpf wirkende Klinge, abgesehen von der Spitze. Kerben entlang der Schneide. Und Oxidationsspuren. Dieses Messer war häufig und zu unterschiedlichen Zwecken genutzt worden, allerdings nicht mehr in letzter Zeit, was die Patina auf dem Karbonstahl nahelegte.

Es machte einen aggressiven Eindruck. Die Lederriemen waren geschrumpft und hatten sich eng um den Griff zusammengezogen. Die Farben rangierten zwischen Rostbraun und fast Schwarz. Einige der Lederringe lösten sich bereits. *Gute Bedingungen, um DNS darunter zu finden,* dachte Mason.

Seit Callies Erwähnung, dass es sich um ein Schrade handelte, hatte er mehr über diese Messer in Erfahrung gebracht. Die Sharpfinger waren über eine Zeitdauer von fünfzig Jahren in den Vereinigten Staaten hergestellt worden. Es gab buchstäblich Millionen davon. Für Sammler hatten sie kaum einen Wert, weil es so viele waren. Man konnte sie für einen Preis zwischen fünf und zwanzig Dollar kaufen. Die älteren Messer hatten einen Zapfenstempel – ein Markenzeichen auf dem unteren Teil der Klinge. Die Tatsache, dass der Angreifer dieses Messer – die Mordwaffe – im Hals der Verstorbenen zurückgelassen hatte, deutete darauf hin, dass er hastig hatte fliehen müssen. Der Mord war geschehen, ohne dass sich der Täter vorher viele Gedanken um seine Flucht hatte machen können. Womit sie wieder bei einem Mord aus Affekt waren – aus Zorn oder Angst. Aus der Hitze des Moments entstanden.

»Gibt es irgendeine Möglichkeit, anhand der Spuren auf der Leiche zu erkennen, ob die Pilotin gerade geflogen ist und sich in der Luft befunden hat, als sie erstochen wurde?«

»Nein«, antwortete Skinner. »Abgesehen von der Tatsache, dass ich keine der Verletzungen erkenne, die ich bei einem Flugzeugabsturz erwarten würde. Allerdings habe ich mittlerweile gelernt, bei dieser Arbeit das Unerwartete zu erwarten.« Der Pathologe griff nach dem Laken. »Sind Sie fertig?«

Mason nickte.

Skinner zog den weißen Stoff wieder über das Gesicht der unbekannten Pilotin. »Ich habe schon gesehen, dass Menschen einen Absturz mit einem Wasserflugzeug relativ unbeschadet überlebt haben, obwohl aller Wahrscheinlichkeit nach alle an Bord hätten tot sein müssen. Ich kenne so einige abgefahrene Überlebensgeschichten. Wie die von dieser Jugendlichen, die in einem Verkehrsflugzeug saß, das über dem Amazonasdschungel explodiert ist. Alle waren tot, aber ihr Sitz wurde bei der Explosion weggeschleudert, und sie ist aus über zehntausend Metern Höhe auf ihrem Sitz festgeschnallt abgestürzt. Wie einer von diesen Ahornsamen, immer um die eigene Achse wirbelnd. Die Drehbewegung und die Form des Sitzes haben ihren Fall abgebremst. Dann ist sie durch die Baumkronen gestürzt, und die Äste haben sie noch weiter verlangsamt, bevor sie auf dem Boden aufgeschlagen ist. Der Sitz hat sie geschützt. Sie hat noch wochenlang ganz auf sich allein gestellt im Dschungel überlebt, bevor ein indigener Stamm sie gefunden hat und sie nach Hause zurückkehren konnte. Kommt auf die Mechanik des Absturzes an.« Der Pathologe reichte Mason ein Clipboard mit einem Formular darauf, das er unterschreiben sollte. »Die Ermittlung des TSB sollten da weiterhelfen.«

Mason unterschrieb das Blatt. »Ja. Ich bin gespannt auf die vorläufigen Einschätzungen. Bis die Untersuchung abgeschlossen werden kann und wir den abschließenden Bericht bekommen, wird es noch eine Weile dauern.« Er reichte Skinner das Clipboard zurück. »Schicken Sie den Autopsiebericht direkt an Fielding?«

Skinner nickte.

Die Lodge-Gruppe

Bart

Sonntag, 25. Oktober

»Karma«, sagte Bart laut, als es ihm plötzlich klar wurde. »Scheiße, es ist Karma!«

Steven blieb auf der Treppe stehen. Langsam drehte er sich um und starrte ihn an.

Bart fühlte sich wie unter Strom. »Kapiert ihr es nicht?«

»Was sollen wir kapieren?«, fragte Steven und stellte sich wieder in den vor dem Kamin versammelten Menschenkreis.

»Die RAKAM Group – RAKAM ist ein Anagramm von KARMA.« Barts Herz schlug in einem langsamen, gleichmäßigen Rhythmus gegen seine Rippen, im Gleichtakt mit dem *Ticktack, Ticktack, Ticktack* der alten Standuhr. Sein Blick schoss zu den Regalen voller feuchter, modernder Bücher. Dann zu den Zedernholzfiguren auf dem Tisch. Das polierte Holz schimmerte im Feuerschein. Schließlich betrachtete er das Blatt Papier in Jackies Hand, auf dem das Gedicht stand.

Kurz nach der Landung hatte er das alles noch für ein tolles, wildes Abenteuer gehalten, aber jetzt …

Mit zwei raschen Schritten war er beim Tisch und hob die kopflose Figur auf, die Jackie neben das Schachbrett gelegt hatte. Sorgfältig untersuchte er den hölzernen Torso. »Er wurde abgehackt, und zwar erst vor Kurzem«, sagte er. »Seht ihr diese Stelle hier? Das Holz ist heller, keine Alterungsspuren, und die Kanten sind rau.« Er hielt die Figur hoch, damit es alle sehen konnten.

»Wenn diese Figur tatsächlich für Dan Whitlock steht«, sagte er, »dann wusste jemand, dass es einer von uns nicht ins Flugzeug schaffen würde, und das hier wurde bereitgestellt, damit es der Rest von uns findet.«

»Das bedeutet aber noch nicht, dass Dan Whitlock tot ist«, warf Monica ein. »Vielleicht soll das nur angedeutet werden, um uns Angst zu machen.«

»Tja, wir haben jedenfalls keine Möglichkeit herauszufinden, ob er tot ist oder nicht, oder sehe ich das falsch?«, mischte sich Steven ein.

»Die Sache ist die«, Stella beugte sich vor, »dass Dan Whitlock auf meiner Passagierliste stand. In meinem Flugzeug gibt es nur Platz für acht Personen. Wenn Dan Whitlock den Flug *nicht* abgesagt hätte, dann wäre für Steven kein Platz mehr gewesen. Bart hat recht. Irgendjemand *musste* den Flug verpassen. Allerdings sehe ich es wie Monica, ich … ich kann mir einfach nicht vorstellen, dass er tot ist.«

»Vielleicht ist *er* ja der kranke Psychopath, der hinter allem steckt«, sagte Bart. »Vielleicht hat Dan Whitlock nur so getan, als wäre er sturzbetrunken, damit wir glauben, er wäre zu nichts anderem mehr in der Lage, als nach oben in sein Zimmer zu wanken und seinen Rausch auszuschlafen. Dabei hat er sich in Wahrheit nachts rausgeschlichen, um das Funkgerät im Flugzeug zu sabotieren, dann hat er am Morgen Amanda angerufen, um zu sagen, dass er zu verkatert ist, um fliegen zu können.«

Stille senkte sich über die Gruppe, während alle über diesen Einwurf nachdachten.

»Stella«, mischte sich Deborah leise ein, »wie kommt es, dass Sie nicht gleich bemerkt haben, dass zu viele Passagiere auf der Liste stehen, als Sie sie bekommen haben?«

»Weil Steven nicht darauf stand. Auf meiner Liste standen nur sieben Personen plus ich selbst.«

»Was ist mit Amanda? Stand auf ihrer Liste denn sowohl Dan als auch Steven?«, hakte Deborah nach.

»Ja«, bestätigte Stella. »Allerdings hat sie behauptet, nicht gewusst zu haben, dass in meinem Flugzeug nur insgesamt acht Personen Platz haben.«

»Dann wurden Sie also auch hereingelegt«, schloss Bart. »Genau wie wir alle.«

»In Agatha Christies Geschichte«, setzte Jackie in gedämpftem Ton an, »ist der Mörder eine der Personen auf der Insel. Es ist einer aus der Gruppe, der die Morde begeht.«

»Wollen Sie damit sagen, dass es einer von *uns* ist?« Stevens Stimme hallte von der Gewölbedecke wider. Staub und Dreck rieselten vom Kronleuchter herab. Finster sah Nathan ihn an, und Monica griff nach der Hand ihres Ehemanns und schien sie zu drücken, eine stumme Warnung. Bart beobachtete die beiden.

Er traute Nathan nicht.

Besonders jetzt nicht, im Angesicht dieses düsteren Spiels. Nathan musterte ihn, wenn er glaubte, dass Bart nicht hinsah – Nathan, der ihn gefragt hatte, ob sie einander vielleicht kannten.

Die Spannung im Raum wuchs.

»Dann ist also der Richter in der Geschichte auch der Mörder?«, fragte Katie.

»Ja«, bestätigte Jackie. »Der Richter wusste, dass jeder in der Gruppe mit einem Mord davongekommen war, und hat alles eingefädelt. Nachdem die Gruppe auf der einsamen Insel eingetroffen ist, versammeln sich alle zu einer Dinnerparty und erwarten, dass sich dort auch ihr Gastgeber zeigen wird.

Stattdessen wird eine Aufnahme abgespielt, in der jeder beschuldigt wird, einen Mord begangen zu haben, der nie gesühnt wurde.« Sie hielt inne. Gelblicher Feuerschein erhellte flackernd eine Seite ihres Gesichts, während die andere Seite im Schatten lag. Ihre Augen funkelten wie schwarze Kohlen. »Es ist eine Abrechnung.«

»Wollen Sie damit andeuten, dass jeder von uns jemanden umgebracht hat?«, fragte Stella. Ihre Stimme klang höher, und ein seltsamer Ausdruck, den Bart nicht richtig deuten konnte, huschte über ihr Gesicht.

Ticktack, ticktack, ticktack machte die Uhr. Wieder schlug irgendwo ein Fensterladen im Wind. Alle zuckten zusammen. Weit aufgerissene Augen und weiße Gesichter. Jeder war nervös.

»Nein, das ist absurd«, verkündete Bart. »Weil ich nämlich *weiß,* dass ich nie jemanden umgebracht habe. Das ist … Diese Vorstellung ist einfach irre.«

»Wenn irgendeine Logik hinter allem steckt«, spann Jackie den Faden weiter, »dann beschuldigt das Gedicht uns nur, gelogen zu haben. *Neun kleine Lügner.* Eingeladen in diese Lodge.«

»Lügner *und* Sünder«, flüsterte Monica. »Jedenfalls, wenn der gestickte Vers im Badezimmer irgendetwas zu bedeuten hat.«

»Unser mysteriöser KARMA-RAKAM-Gastgeber scheint Gerechtigkeit zu wollen«, fügte Nathan an. »Wenn dieses Gemälde in Katies Zimmer mit der Waagschale für die Gerechtigkeit stehen soll.«

»Also, was haben wir alle getan?« Jackie musterte die Gruppe. »In welchem Punkt haben wir gelogen? Wer da draußen könnte glauben, dass wir alle Sünder sind? Wie stehen wir acht mit diesem verrückten Drahtzieher in Verbindung? Welche Person kennen wir alle?«

»Ich weiß nicht, was es für einen Sinn haben soll, uns diesen Mist zu fragen«, fauchte Deborah. Ihr scharfer Tonfall überraschte

Bart. Ihr Blick loderte, und ihr Gesicht war gerötet. »Ihr nehmt das alles einfach hin.« Sie winkte zum Schachbrett mit den Figuren hinüber. »Vielleicht ist es ja ganz anders! Vielleicht habt ihr alle ein schlechtes Gewissen wegen irgendetwas und *glaubt* deshalb, dass ihr für eure Sünden bestraft werdet.«

»Denn im Innern wird sich ein Monster erheben«, murmelte Monica.

»Was?«, fragte Jackie.

»Ach, nichts«, gab Monica zurück.

Langsam ließ sich Steven wieder auf seinen vorherigen Platz neben Deborah sinken. Die Haltung des Chirurgen wirkte auf Äußerste angespannt. Bart hatte den Eindruck, dass er jeden Moment einfach durchknallen konnte. Bei so einem würde er sich jedenfalls nicht unters Messer legen.

»Wenn wir diese Fragen beantworten, dann könnte uns das vielleicht dabei helfen, hier herauszukommen. Wir müssen wissen, womit wir es zu tun haben.«

Bart sah zur Decke hinauf, dann musterte er die vertäfelte Wand mit den freakigen Masken und Gemälden. Einen Moment lang fragte er sich, ob hier irgendwo Kameras versteckt waren. Ob das hier vielleicht irgendeine irre Realityshow war, in die man sie gelockt hatte. Vielleicht würde in ein paar Tagen irgendjemand mit einer ganzen Truppe Kameraleuten auftauchen und ihnen einen Haufen Geld anbieten, wenn sie zustimmten, dass das Filmmaterial für eine Fernsehshow verwendet werden durfte.

Oder suchte sein Verstand nur verzweifelt nach einem Ausweg? Nach einer Möglichkeit, die Situation als etwas *anderes* zu betrachten als das kranke Spiel eines Psychopathen, der sie einen nach dem anderen ausschalten wollte? Er wanderte in Gedanken zurück, versuchte sich zu erinnern, ob es etwas in seinem Leben gegeben hatte, das Grund genug wäre, ihn zu diesem kranken Spiel herzulocken. In welchem Punkt hatte er gelogen?

Es hatte eine Zeit gegeben – mehr als zehn Jahre waren seither verstrichen –, in der Bart Jobs für einige zwielichtige Gestalten erledigt hatte. Die Leute seines Bruders – meistens mit Verbindungen zu Motorradgangs.

Bart war Mechaniker gewesen, und er hatte Barzahlungen unterm Tisch angenommen. Er hatte nie Fragen gestellt. Ganz gleich, wer ihm einen Auftrag gab. Manchmal waren die Fahrzeuge polizeilich gesucht. Manchmal musste er schnell etwas umlackieren. Oder gestohlene Fahrzeuge ausschlachten. Manchmal kam ein ganzer Haufen Aufträge auf einmal. Manchmal nur stückchenweise. Doch er hatte im Austausch für sein Schweigen einen hohen Preis verlangen können, weshalb diese Jobs unglaublich gut bezahlt gewesen waren. Das Geld war steuerfrei und äußerst willkommen gewesen. Sein älterer Bruder und er hatten ihre Eltern früh verloren. Sie waren arm gewesen und hatten ums Überleben kämpfen müssen. Das waren diese Unter-der-Hand-Jobs für ihn gewesen. Überleben. Sobald er genug Schwarzgeld auf die Seite geschafft hatte, konnte er sich davon seine ersten beiden Shuttlebusse kaufen. Dann einen dritten, gefolgt von einer Limousine. Und er hatte Fahrer eingestellt. Das war der Anfang von Executive Transit gewesen. Er war zu Geld gekommen. Er hatte seine fragwürdige Vergangenheit hinter sich gelassen. Ging es darum? Hatte sein Karma ihn irgendwie eingeholt?

Erneut huschte sein Blick zu Nathan. Ihm fiel wieder ein, was Nathan ihn beim Abendessen gefragt hatte.

»Kenne ich Sie? Sind wir einander schon einmal begegnet?«

Bart hatte verneint, er glaubte es nicht.

Doch vor diesem neuen Kontext grub er tiefer nach dem leise nagenden Zweifel, den Nathans Frage tief in sein Hirn gepflanzt hatte. Konnte Nathan McNeill irgendwie mit den Leuten seines Bruders in Verbindung stehen? Das konnte er sich wirklich nicht vorstellen – doch nicht dieser nerdige Professor für Mykologie.

Könnte ich in einem anderen Zusammenhang irgendeinen Mechanikerjob für Nathan erledigt haben?

Etwas zupfte an den verblichenen Rändern seiner Erinnerung, etwas, das zusehends penetranter wurde.

»Jackie hat recht«, sagte Bart ruhig. »Wir müssen herausfinden, wo sich unsere Wege in der Vergangenheit gekreuzt haben könnten. Wir müssen aussprechen, in welcher Hinsicht wir nach eigener Einschätzung gelogen haben könnten, dann finden wir vielleicht heraus, wie das alles zusammenhängen könnte.«

»Ich bin keine Lügnerin«, sagte Katie und schnäuzte sich.

»Wir sind alle Lügner«, widersprach Deborah. »Und wer behauptet, er wäre es nicht, lügt genau in diesem Moment.«

Steven fuhr hoch. »Das ist eine Unverschämt …«

»Das hilft niemandem weiter, Steven«, warnte Monica.

»Okay«, übernahm Bart wieder das Wort. »Ich fange an. Nathan, Sie hatten das Gefühl, dass Sie mich von irgendwoher kennen, und je länger ich darüber nachdenke, desto mehr glaube ich, dass Sie recht haben. Wir könnten uns schon einmal begegnet sein. Aber ich weiß nicht mehr, wo.« Er zögerte. Ihm war nicht wohl dabei, diese Menschen in seine düstere Vergangenheit zu lassen. »Ich habe als Mechaniker in Burnaby gearbeitet, bevor ich mit Executive Transit angefangen habe. Ich bin nicht stolz darauf, aber ich habe einige Aufträge unter der Hand angenommen, um gestohlene oder gesuchte Fahrzeuge in Ordnung zu bringen.« Er sah Nathan direkt in die Augen. »Kann es sein, dass ich einmal einen Job für Sie übernommen habe?«

Alles Blut wich aus Nathans Gesicht.

Wieder griff Monica nach der Hand ihres Ehemanns und drückte sie fest. Steven wurde gespenstisch still.

Bart war nicht der Einzige, dem diese sich wellenartig ausbreitende Reaktion auffiel. Er sah, dass auch Deborah das Trio musterte und dass Stella und Jackie einen Blick wechselten.

»Ich habe nie irgendwelche Mechanikerarbeiten draußen in Burnaby erledigen lassen«, antwortete Nathan.

»Monica und Sie haben früher in Kitsilano gelebt, richtig?« Katie wandte sich direkt an Nathan. »Das weiß ich, weil Monica während der Zeit, in der ich für CRTV gearbeitet habe, immer wegen der Veranstaltungen für die Kinderstiftung in den Nachrichten erschienen ist. Genau wie Steven. Sie saßen im Vorstand der Stiftung, nicht wahr, Steven?«

Der Chirurg räusperte sich. »Es war eine gute Werbung für die Klinik.«

Katie wischte sich mit ihrem zerknitterten Taschentuch über die Nase. »Nathan, wo haben Sie unterrichtet, bevor Monica und Sie nach Toronto gezogen sind?«

Nathan zögerte, dann sagte er jedoch leise: »An der Simon Fraser University.«

»Das ist in Burnaby«, warf Bart ein. »Ich habe in Burnaby gearbeitet.«

»Genau wie die Hälfte aller Leute im Lower Mainland«, gab Steven knapp zurück. »Ich sehe nicht, wie das irgendetwas beweisen sollte.«

»Geben Sie der Sache doch eine Chance«, sagte Stella. »Vielleicht finden wir auf diese Weise eine Verbindung. Was sollen wir denn sonst tun?«

»Also, Monica und Nathan, Sie beide kennen Steven von irgendwoher, richtig?«

»Natürlich kennen sie sich«, mischte sich Jackie wieder ein. »Ich habe sie miteinander sprechen gehört, bevor sie an Bord des Flugzeugs gegangen sind. Nathan hat Steven daran erinnert, dass sie einander bei einer Wohltätigkeitsveranstaltung begegnet sind.«

Wieder räusperte sich Steven. »Das stimmt. Wie Katie schon gesagt hat, die Kinderhilfsstiftung. Eine Weile war ich bei praktisch allen Veranstaltungen anwesend. So habe ich Monica kennengelernt und bin das eine Mal auch Nathan begegnet.«

Monica wurde rot.

Bart hockte sich auf die Armlehne des Sofas, auf dem Monica und Nathan saßen. »Wer kennt sich sonst noch von früher?«

»Ich habe Deborah schon einmal gesehen«, verriet Jackie. »Ich habe das Tattoo auf ihrem Handgelenk wiedererkannt. Eine Schwalbe. Das kenne ich von irgendwoher. Und mit ihr gesprochen habe ich auch schon einmal. Ihre Stimme kommt mir bekannt vor.«

Sie alle wandten sich Deborah zu.

Sie saß da wie zu Stein erstarrt, ihr Blick war auf Jackie gerichtet.

»Deborah?«, hakte Stella nach. »Woher kennen Sie Jackie?«

»Ich kenne sie nicht.« Sie sprach mit fester Stimme, doch ihre Hände zitterten, obwohl sie ihre Knie umklammert hielt, um es zu verstecken.

»Solche Dinge bleiben mir im Gedächtnis«, konterte Jackie.

»Na, dann sagen *Sie* mir doch, woher wir uns kennen«, gab Deborah herausfordernd zurück. »Ich glaube, dass Sie sich irren.«

Jackie musterte Deborah, und Spannung schien zwischen ihnen zu knistern. Bart hatte das ungute Gefühl, dass die beiden einander tatsächlich von früher kannten, dass aber keine von beiden verraten wollte, von woher. *Ein geteiltes Geheimnis,* dachte er. *Wahrscheinlich ein dunkles. Und vielleicht auch der Grund dafür, warum sie beide hier sind.*

»Was ist mit Ihnen, Stella?«, fragte Bart. »Erkennen Sie irgendjemanden von uns?«

»Tja, nur Katie. Aus dem Fernsehen.«

Alle murmelten zustimmend. Jeder kannte ihr Gesicht aus den Nachrichten.

Stella wandte sich an Jackie. »Dann kennen Sie Katie also auch aus dem Fernsehen?«

»Ja.«

»CRTV ist ein Nachrichtensender aus British Columbia«, fuhr Stella fort und sah Jackie an. »In Ontario wird er nicht ausgestrahlt. Wenn Sie aus Ontario kommen, wie können Sie dann Katie aus dem Fernsehen kennen?«

Schweigend erwiderte Jackie den Blick. Langsam, ruhig antwortete sie: »Ich habe früher in West Vancouver gearbeitet. Strafverfolgung.«

»Sie waren *Polizistin?*«, fragte Stella.

»Genau wie Dan Whitlock«, verkündete Jackie. »Er ist ein Ex-Cop.«

»Woher wissen Sie das?«, wollte Bart wissen.

»Gleichgesinnte erkennen einander. Es stand ihm praktisch auf die Stirn geschrieben. Außerdem habe ich ihn beim Büfett gestern Abend gefragt. Er ist ein ehemaliger Ermittler des VPD, dann ist er Privatdetektiv geworden.«

»*Vancouver* Police Department?«, hakte Monica nach. Diese Nachricht schien sie zu erschüttern. Sie warf Katie einen Blick zu. »Kannten *Sie* Dan Whitlock aus der Zeit, als er Polizist war, Katie? Haben Sie ihn vielleicht einmal in Verbindung mit irgendeinem Verbrechen interviewt?«

»Ich … Gott, ich weiß es nicht«, antwortete Katie. »Ich habe während meiner Zeit bei CRTV ein Menge VPD Officers interviewt. Whitlock könnte einer davon gewesen sein.«

»Kitsilano, der Vorort, in dem Nathan und Monica gewohnt haben, gehört zum Zuständigkeitsbereich des VPD«, meldete sich Bart wieder zu Wort. »Da hätten wir eine Verbindung.«

»Kleine-Welt-Phänomen und so«, warf Steven ein. Auf einmal wirkte er erschöpft, als hätte er einfach nicht mehr genug

Energie für diesen Tag oder für diese Befragung. »Es ist kaum überraschend, dass sich bei denjenigen unter uns, die im Lower Mainland gelebt haben, ein paar vage Verbindungen finden.«

»Wann haben Sie bei der Polizei aufgehört, Jackie, und warum?«, fragte Stella.

»Ich hatte genug.« Eine Weile starrte Jackie reglos in die Flammen. Bart musterte ihr Profil. Harte Züge. Taffe Frau. Allerdings war da auch etwas Verletzliches an ihr. Wenn er ein Spieler gewesen wäre, dann hätte er darauf gewettet, dass irgendetwas an ihrem Job sie umgehauen hatte. Er hätte auch darauf gewettet, dass sie ein guter Cop gewesen war.

»Und Sie sind direkt vom West Van PD in die Securitybranche gewechselt?«, hakte Stella nach.

Jackie holte tief Luft, zögerte, dann antwortete sie: »Ich hatte eine alte Freundin, die bei der OPP war – Ontario Provincial Police. Sie hat dort aufgehört und ein Sicherheitsunternehmen gegründet. Dann hat sie mich angerufen und mir einen Job angeboten.«

»Sie haben also direkt nach dem Polizeidienst bei einem Sicherheitsunternehmen angefangen?«, stellte Stella dieselbe Frage noch einmal in leicht abgewandelter Form.

Jackie sah die Pilotin an. Ihre Augen wurden schmal. Die Spannung wurde dichter. Im Kamin knackte ein Holzscheit, und die Flammen loderten auf. »Dazwischen gab es eine Lücke von zwei Jahren«, räumte Jackie schließlich ausdruckslos ein.

»Und was haben Sie in dieser Zeit getan?«

»Herrgott, Stella«, mischte sich Steven ein. »Was ist *los* mit Ihnen? Begreifen Sie denn nicht, dass das ganz offensichtlich persönlich ist?«

»Was mit *mir* los ist?« Stella sprang auf. »Das hier – das *alles* –, das ist los mit mir. Ich will wissen, warum ausgerechnet ich den Auftrag bekommen habe, euch herzubringen. Leute, die ich nicht kenne. Zu dieser falschen Lodge. Was habt ihr alle mit *mir* zu tun? Wenn ich herausfinde, wer ihr seid, dann verstehe ich vielleicht auch, was *ich* hier soll.« Wut blitzte in ihren grauen Augen auf.

Stille. *Ticktack, ticktack, ticktack* machte die Uhr. Dann donnerte ein Schlag durchs Haus.

Deborah keuchte auf, und Monica stieß einen leisen Schrei aus, während alle anderen zusammenzuckten.

Ein weiterer Schlag. Das Echo hallte im dunklen Haus wider. Und noch einer. Und noch einer. Elfmal.

»Scheißuhr! Warum musstest du das blöde Ding überhaupt aufziehen, Bart?«, fuhr Jackie ihn an.

»Woher sollte ich denn wissen, dass sie um elf zu schlagen anfängt?«

Sie alle sahen auf ihre eigenen Uhren. Erschrocken und verstört. Nervös musterten sie einander. Das Feuer brannte allmählich zu glimmenden Kohlen nieder, und Dunkelheit und Kälte drängten von außen in ihren kleinen Kreis, während die Flammen immer kleiner wurden. Bart spürte, wie ihm die unter der Tür hindurchkriechende Kälte um die Knöchel strich.

Jackie brach das unbehagliche Schweigen, als hätte das tadelnde Schlagen der Standuhr sie davon überzeugt, dass sie auf Stellas Frage antworten sollte. »In der Zeit zwischen meiner Kündigung bei der West Van Police und meinem Umzug nach Ontario habe ich gegen Barzahlung für einen miesen, zwielichtigen Privatdetektiv gearbeitet, der wiederum schmutzige Jobs für größere private Ermittlungsagenturen übernommen hat, die wiederum bei den ganz großen Anwaltskanzleien der Stadt unter Vertrag standen, wo man sich die manikürten Hände nicht schmutzig machen wollte. Und dieser miese kleine Privatdetektiv war Dan Whitlock. Okay, Stella? Zufrieden?« Sie stand auf und legte das Blatt Papier mit dem Mördergedicht auf den Tisch neben die Figuren.

Bei dieser Enthüllung schlug Barts Herz schneller. Das war eine sehr spezifische Verbindung.

Jackie stellte sich der Gruppe. »Man hat mich gebeten, meinen Dienst beim West Van PD zu quittieren. Entweder das, oder ich hätte mich einem Disziplinarverfahren stellen müssen, weil ich zu viel getrunken habe. Was allmählich zu einem Problem bei der Arbeit wurde. Ich war am Ende, okay? Ich bin so tief gesunken, wie es nur ging. Ich habe getan, was ich konnte, um zu überleben. Dann kam der Anruf von meiner Freundin, und das hat mir dabei geholfen, wieder aus meinem Loch herauszukriechen. Es hat mir einen Grund gegeben, mein Leben wieder auf die Reihe zu kriegen. Ich bin in den Osten gezogen. Bin trocken geworden.« Sie hielt die schockierten Blicke der anderen. »Und ich bin verdammt gut darin, was ich jetzt tue. Mein Problem« – sie stieß sich den Finger vor die Brust – »ist, dass ich alles zu nah an mich herangelassen habe. Ich habe gelernt, ein bisschen gleichgültiger zu werden. Und jetzt gehe ich ins Bett. Mir reicht es für heute.« Sie trat an den Esstisch, nahm die Taschenlampe, die dort lag, und ging schweren Schritts die Treppe hinauf.

Sie hinterließ Überraschung und Unsicherheit.

»Sie können doch nicht so eine Bombe platzen lassen und dann einfach gehen, Jackie«, rief Bart ihr nach. »Sie wussten, wer Dan Whitlock war!«

Auf halbem Weg nach oben blieb sie stehen. »Ja, und jetzt verstehen sicher auch alle, warum ich mich nicht gerade vor Freude darüber überschlagen habe, euch zu erzählen, woher ich ihn kenne.«

»Aber Sie haben ihn zur Rede gestellt?«, hakte Bart nach. »Beim Büfett? Ich habe gesehen, wie Sie sich mit ihm unterhalten haben.«

»Ihn zur Rede gestellt? Gott, nein. Er hat mich auch erkannt. Wir haben uns nur darauf geeinigt, dass wir die Vergangenheit am besten unerwähnt lassen.«

Eine Bewegung draußen vor dem Fenster, gefolgt von einem lauten Klopfen. Sämtliche Blicke huschten zur Tür.

»Das ist nur der Wind in den Bäumen«, versicherte Stella. »Da fliegt alles Mögliche herum. Am besten verriegeln wir die Türen und gehen jetzt ins Bett.« Sie griff nach einer der Laternen. »Es sind genug Petroleumlampen für alle da, und auf dem Tisch liegen noch ein paar Taschenlampen. Außerdem haben wir noch einen Strahler aus dem Flugzeug.« Sie zögerte. »Schließen Sie Ihre Türen ab. Das tue ich jedenfalls ganz sicher.«

Sie stieg hinter Jackie die Treppe hinauf, der Laternenschein warf flackernde Schatten über die hässlichen Masken, die im Licht-und-Schatten-Spiel zum Leben zu erwachen schienen.

Bart tastete nach dem Messer, das er aus dem Schuppen geholt und an seinem Gürtel befestigt hatte. Das Gefühl des Ledergriffs unter seinen Fingerspitzen beruhigte ihn. Wieder wanderte sein Blick zu der Flinte an der Wand. Der Lauf hatte sauber ausgesehen, als er ihn vorhin genauer unter die Lupe genommen hatte. Er wusste, wo die Munition war.

»Ich schließe die Eingangstür ab«, sagte er und stand auf, um den schweren, angelaufenen Metallriegel vorzuschieben. »Mein Zimmer ist das erste oben an der Treppe.« Der Raum, von dem aus er am schnellsten bei der Flinte sein würde.

Wenn das hier ein krankes Spiel war, dann hatte er fest vor, es zu gewinnen. Und zu überleben.

Die anderen folgten ihm rasch. Nathan ging zur Hintertür, die zum Schuppen hinausging, und verriegelte sie ebenfalls. Monica und Katie halfen Deborah dabei, die Treppe hinaufzuhumpeln. Steven wartete, bis Nathan wieder aus der Küche kam – niemand traute den anderen über den Weg.

DIE LODGE-GRUPPE

NATHAN

Nathan kam im Schlafanzug aus dem kleinen angrenzenden Badezimmer und fand Monica am Fenster stehend vor, die Arme eng um sich geschlungen.

»Mach die Laterne aus«, sagte sie leise. »Ich möchte sehen, was da draußen ist.«

Er drehte am Knopf der Petroleumlampe, bis die Flamme fast erlosch. Fast, aber nicht ganz. Dann stellte er sich im Dunkeln neben sie. Er legte ihr den Arm um die Schultern. Sie zitterte. Der Wind draußen heulte von Norden heran, von den Bergen hinter der Lodge. Er blies auf den See hinaus. Nebel waberte um die gespenstischen Totempfähle herum, und die Bäume bogen sich, Äste peitschten umher. Der Regen hatte sich in Schnee verwandelt, und allmählich wurde alles weiß. Draußen auf dem schwarzen Wasser des Sees leuchteten die Schaumkronen der Wellen. Durch eine Lücke im wirbelnden Vorhang des Nebels erhaschte Nathan einen Blick auf das kleine Flugzeug, das am Anleger schaukelte.

Eine alternative Realität. Eine Albtraumdimension. Ein Horrorfilm. Wir sind in einem Horrorfilm gelandet.

»Es ist, als würde es aus uns herauskommen«, flüsterte Monica. »Aus unserm Innern. Genau wie in dem Vers.«

»Was meinst du?«

»Dunkelheit. Schwärze. ›Denn im Innern wird sich ein Monster erheben.‹« Sie sah zu Nathan auf. Bei dem, was er in ihrem Gesicht erkannte, wurde ihm das Herz schwer.

»Ich liebe dich, Monica.« Er schob ihr eine Haarsträhne hinters Ohr. Dabei hörte er wieder, was Steven vorhin gesagt hatte.

»Weißt du, was dein Problem ist, Pilzprofessor? Dein Problem ist, dass du sie tatsächlich liebst.«

Nathan zog sich der Magen zusammen, als ihn eine weitere Woge der Wut erfasste. Er wollte dieses selbstgefällige Arschloch wirklich am liebsten umbringen.

»Außerdem fehlen dir dazu die Eier.«

Er verdrängte das Echo von Stevens Worten und zog stattdessen seine Frau an sich. Ihr Körper fühlte sich warm an seinem an, obwohl sie zitterte. Sein Herz tat es schon wieder – es vollführte diesen komischen kleinen Schlingertanz. Er hatte Monica von dem Moment an geliebt, als er sie in der Cafeteria auf dem Campus zum ersten Mal gesehen hatte. Vor so vielen Jahren, als sie beide in ihrem ersten Semester an der Uni waren. Sie war für ihn ein goldenes Geschöpf. Erhaben. Eine schöne Erbin, etwas Besonderes unter allen Frauen. Es erstaunte ihn noch immer, dass sie sich am Ende tatsächlich für ihn entschieden hatte.

»Es gibt einen Grund dafür, dass deine Frau dich betrogen hat.«

Zorn packte ihn. Wieder schluckte er ihn rasch hinunter. Es gab etwas, was er Steven voraushatte. Er konnte seine Gefühle kontrollieren. Wenn Nathan wollte, konnte er ein Buch mit sieben Siegeln sein.

»Ich weiß nicht, was hier los ist, Monica«, sagte er sanft. »Ich habe keine Ahnung, was das alles soll, aber wir beide müssen stark sein. Wenn wir nach Hause kommen – und wir *werden* nach Hause kommen –, dann darf niemand etwas davon wissen, was damals passiert ist mit dir, mir und Steven.« Er spürte, wie sie bei der Erwähnung erschauderte. Er drückte sie noch fester an sich. »Wir dürfen hier *nichts* sagen, was uns nach Hause verfolgen wird, denn sonst wird es uns zerstören. Dich, mich, die Kinder. *Alles,* was wir uns aufgebaut haben – dein Unternehmen, meine Festanstellung.«

»Und Steven? Was, wenn *er* redet?«

»Das wird er nicht. Er hat sogar noch mehr zu verlieren als wir.«

»Er ist eine tickende Zeitbombe, Nathan.«

»Er ist aber auch ein Chirurg, der an seinem Lebensstil und seinem Status hängt. In dieser Hinsicht ist er ein Überlebenskünstler.«

»Irgendjemand weiß es schon. Deshalb sind wir alle hier. Da bin ich mir jetzt sicher.« Wieder sah sie zu ihm hoch. »Bart war der Mechaniker, nicht wahr? Daher kennst du ihn. Du hast gesagt, du bist zu irgendjemandem in Burnaby gegangen, der solche Jobs gegen Schwarzgeld macht. Das war Bart Kundera, richtig?«

Er holte tief Luft und blies sie langsam wieder aus. Dann nickte er. Er hatte es begriffen, sobald Bart seine frühere Tätigkeit erwähnt hatte. Allmählich fügten sich die Puzzleteile zusammen.

»Und Dan Whitlock? Er könnte der Polizist gewesen sein, der *den Vorfall* untersucht hat. Er war ein VPD Officer.«

»Das glaube ich nicht, Monica. Du hast Jackie doch gehört. Dan Whitlock ist ein schäbiger Privatdetektiv.«

»Vielleicht hat er erst nach *dem Vorfall* bei der Polizei aufgehört. Das wissen wir nicht. Und Katie – sie hat über *den Vorfall* berichtet. Du weißt es, und ich weiß es, und Steven erinnert sich ganz sicher auch daran. Es ist nur eine Frage der Zeit, bis Katie die Verbindungen erkennt. Ihr ist schon wieder eingefallen, dass wir in Kitsilano gelebt haben, und jetzt weiß auch jeder, dass du in Burnaby an der SFU unterrichtet hast, wo Barts Autowerkstatt war. *Siehst* du es denn nicht, Nathan? Hier geht es um uns und darum, was vor vierzehn Jahren passiert ist.«

Er konnte ihr nicht von der Einkaufstüte in der Küche erzählen, davon, dass die Sachen darin im Kits Corner Store gekauft worden waren. Nicht jetzt. Das wäre zu viel für sie. Aber er konnte es auch nicht vor ihr verheimlichen, oder?

»Wie stehen dann die anderen damit in Verbindung?«, fragte er stattdessen. »Stella und Jackie und Deborah?«

Sie ließ einen Moment lang den Kopf in die Hände sinken. Sie zitterte immer noch wie Espenlaub. »Bei Jackie und Deborah weiß ich es nicht. Aber Stella … ich … ich glaube, sie ist es.«

»*Wer?*«

Sie sah ihn an. »Ich glaube, sie war die Mutter dieses kleinen Jungen.«

Alles Blut wich aus Nathans Kopf. »Nein«, flüsterte er. »Nein, auf keinen Fall. Das kann nicht sein. Sie ist es nicht.«

»Man sieht es an ihren Augen. Sie sieht anders aus, ganz anders, aber ihre Augen sind dieselben.«

»Du irrst dich.«

»Bist du sicher?«

Nathan blickte durch das Fenster in die Dunkelheit und den wirbelnden Schnee hinaus. Er überlegte. »Die Mutter war eine Brünette«, sagte er schließlich leise. »Dichtes, langes braunes Haar.«

»Sie könnte sich die Haare gefärbt haben. Vielleicht sind ihre Haare inzwischen auch einfach grau geworden, oder sie hat chemisch nachgeholfen, und sie hat sie abgeschnitten.«

»Und sie war rundlich. Die Mutter hatte ein volleres Gesicht. Weicher.«

»Sie hat abgenommen. Eine ganze Menge. Sie ist hager geworden. Und braun gebrannt, weil sie so viel Zeit im Freien verbringt oder so. Wie eine sonnengebräunte, drahtige Vegetarierin. Damals war sie viel jünger, Nathan. Es ist *vierzehn Jahre* her. So eine Tragödie kann Menschen altern und verhärmen lassen, so sehr, dass sie am Ende kaum noch wiederzuerkennen sind.« Sie schwieg.

Winzige Eiskristalle tickten gegen die Scheibe.

»Ich habe Angst«, flüsterte Monica. »Wirklich Angst.«

Nathan starrte noch lange aus dem Fenster, nachdem seine Frau ins Bett gegangen war.

Er rief sich wieder ins Gedächtnis, was er in den Nachrichten gesehen hatte. Die Mutter. Er dachte an die Fotos, die er von Obdachlosen gesehen hatte – Vorher-nachher-Bilder. Wie sie ausgesehen hatten, bevor das Leben sie gebrochen hatte, bevor sie drogensüchtig geworden waren und begonnen hatten, unter schlechter Ernährung und mangelnder Hygiene zu leiden. Unerkennbar, es sei denn, man wusste, wo man nach Ähnlichkeiten suchen musste. Unerkennbar, besonders in einem anderen Kontext.

Doch nun hatten sie den Kontext.

Vielleicht war sie es. Vielleicht war sie es, und der Teil seines Hirns, der fürs Überleben zuständig war, wollte es einfach nicht sehen.

Ein widerlicher Geschmack nach Galle stieg ihm die Kehle hinauf.

Kommen wir jetzt doch noch ins Gefängnis? Wegen Mord – Totschlag? Strafvereitelung? So oder so?

Er schwitzte. Ihm wurde schwindlig. Hart fuhr er sich mit der Hand über den Mund.

Es wird alles gut. Das Wetter wird sich beruhigen, und dann fliegen wir hier weg. Wir werden aus diesem Albtraum erwachen und begreifen, dass es nur eine Illusion war, hervorgerufen von unserem eigenen schlechten Gewissen. Wer hat schließlich nicht schon mal gelogen? Jeder lügt. Notlügen, kleine Lügen, gute und schlechte Lügen. Große Lügen. Es könnte um alles Mögliche gehen – vielleicht irrt sich Monica, und Stella ist doch nicht die Mutter. Vielleicht gaukelt die Schuld uns etwas vor, verwandelt Menschen in etwas, was sie nicht sind …

Eine Bewegung draußen weckte seine Aufmerksamkeit und unterbrach diesen Gedankengang.

Nathan drehte die Lampe ganz aus und beugte sich näher zum Fenster vor. Er wischte über die beschlagene Scheibe, um besser sehen zu können.

Ein winziger Lichtfleck schoss zwischen den Bäumen umher. Nebel wogte heran, und das Licht war wieder weg. Nathans Herz schlug schneller. Hatte er es sich nur eingebildet? Oder war da draußen irgendjemand?

Kälte kroch ihm den Nacken hinauf.

Da sah er es wieder. Einen Schatten. Mit einem winzigen Licht, das zwischen den Baumstämmen umherschwankte. Wer auch immer da draußen war, hatte nicht den direkten Pfad hinunter zum Wasser gewählt. Versteckte er sich? Vor wem?

Dann war das Licht wieder fort, verschwunden hinter dichten Nebelschwaden und Schneeflocken.

Die Lodge-Gruppe

STEVEN

Mit zu Schlitzen verengten Augen spähte Steven aus dem Fenster seines Zimmers, von dem aus man den See sehen konnte. Schlich da jemand mit einer Taschenlampe durch die Bäume?

Sein Herz schlug schneller, als er sah, wie eine zweite Gestalt der ersten folgte. Oder doch nicht? Mit dem Ärmel wischte er über das beschlagene, schmutzige Glas. Doch die Umrisse und das Licht waren verschwunden, verborgen vom Schnee und den gewaltigen schwankenden Bäumen. Der feuchte Dunst kroch bereits wieder an der Fensterscheibe hinauf.

Erneut wischte er ihn weg, trotzdem konnte er durch den Vorhang aus Schnee und Dunkelheit dort draußen nichts mehr erkennen. Nicht einmal das Dock oder ihr Flugzeug.

Etwas an diesem Flugzeug ließ ihm keine Ruhe.

Und etwas an Bart.

Und Jackie. Und dieser Pilotin – je länger er darüber nachdachte, desto sicherer war er, dass er sie kannte. Diese Augen …

Allmählich begann er, Verbindungen zu sehen, die er nicht sehen wollte.

Konnte er es noch aufhalten? Im Keim ersticken – bevor alles herauskam?

Bevor er alles verlor?

Eilig trat er vom Fenster zurück, wobei er vorsichtig auftrat, damit die hölzernen Bodendielen nicht knarrten. Er zog sich seine schwarze Wollmütze über und griff nach seiner Jacke, nach seinen Stiefeln und den Handschuhen.

DIE LODGE-GRUPPE

JACKIE

Rasch warf Jackie einen Blick über die Schulter, um sich zu vergewissern, dass ihr niemand durch die Hintertür gefolgt war. Von ihrem Standpunkt zwischen den Bäumen konnte sie niemanden sehen, der sich durch den wabernden Nebel und den umherwirbelnden Schnee bewegte. Die Flocken legten sich auf das Brombeerdickicht und die ausgestreckten Flügel und den Kopf dieses grässlichen Raben ganz oben auf dem größeren der beiden Totempfähle. Der Rabe schien sie durch die schneehelle Dunkelheit anzustarren. Jackie erschauerte, während sie noch ein paar Herzschläge länger auf die sie umgebenden Geräusche des Waldes lauschte. Nichts als ächzende Stämme und schwingende Äste und das Plätschern der Wellen, die ans Ufer schlugen.

Sie ging weiter durch die großen Bäume am Rand der Brombeerlichtung entlang, wobei sie sich im Schatten hielt und den Lichtkegel ihrer Taschenlampe zum Teil mit der Hand abdeckte. Der Boden unter ihren Füßen war weich.

Ein Knacken erklang.

Sie blieb stehen. Hielt den Atem an. Lauschte. Ein Rascheln, dann der leise Ruf einer Eule und das Rauschen ausgebreiteter

Schwingen. Noch ein Geräusch, wie Schritte auf schneebedeckten Blättern. Wieder ein Knacken – ein brechender Zweig. Sie schaltete ihr Licht aus und spähte vorsichtig in die Schatten zwischen den schwankenden Ästen. Doch es blieb still. Sie schluckte und ging weiter, schneller jetzt, hinunter zum Dock.

Neben dem Anleger schaukelte die de Havilland Beaver auf kleinen, vom Wind getriebenen Wellen. Schnee sammelte sich auf den Flügeln, und das Wasser gluckerte um die Schwimmkörper. Das Dock knarrte, als Jackie es betrat, und es wankte und schlenkerte unter ihren Füßen. Vorsichtig bewegte sie sich voran. Auf keinen Fall wollte sie im eiskalten See zwischen dem stinkenden Schilf landen so wie Deborah Strong an diesem Nachmittag.

Als sie beim Flugzeug ankam, versuchte sie, den Griff an der Pilotentür zu bewegen. Sofort gab er nach. Sie öffnete die Tür und hielt inne, als beim Aufschwingen ein leises metallisches Quietschen zu hören war. Sie wartete, lauschte wieder, das seltsame Gefühl, beobachtet zu werden, erfasste sie. Ein rascher Blick zum Haus zeigte ihr, dass die Laternen im oberen Stockwerk alle erloschen waren.

Sie trat auf den Schwimmkörper, setzte einen Fuß auf die Trittsprosse zwischen den vorderen Streben und kletterte auf den Pilotensitz. Vorsichtig schloss sie die Tür und legte ihre Taschenlampe auf das Instrumentenbrett, wobei sie darauf achtete, dass der Lichtstrahl nicht aus dem Fenster fiel und vielleicht die Aufmerksamkeit von irgendjemandem in der Lodge weckte. Sie fand, wonach sie gesucht hatte – das Funkgerät.

Jackie beugte sich vor. Es sah schlicht aus. Sie wusste praktisch nichts über Flugzeugtechnik, wollte aber sehen, ob die Kabel wirklich durchtrennt worden waren, wie Stella Daguerre behauptet hatte. Jackie traute niemandem, nicht einmal der Pilotin. Irgendetwas an Stella machte ihr zu schaffen. Es leuchtete ihr nicht ein, dass irgendein unbekannter Drahtzieher sie hier herausgelockt hatte und einfach davon ausgegangen war, dass sie aufgrund des Wetters sofort an diesem Ort festsitzen würden.

Sicher, es war später Oktober, und man musste mit den einsetzenden Novemberregenfällen und den ersten frühen Winterstürmen rechnen. Und ja, diese Lodge duckte sich in den Wetterschatten dieses unheimlichen, monolithischen schwarzen Granitbergs, aber trotzdem konnte niemand einfach davon ausgehen, dass direkt nach der Landung ein Sturm losbrechen und ihre Gruppe vielleicht für mehrere Tage hier einsperren würde. Jackie hegte den dunklen Verdacht, dass Stella sie angelogen hatte, was das Funkgerät betraf. Dass sie durchaus Hilfe holen *könnte,* wenn sie wollte.

Das Funkgerät sah wirklich nicht allzu kompliziert aus. Man hatte es offensichtlich nachträglich in das Instrumentenbrett eingefügt. Jackie nahm die kleine Taschenlampe zwischen die Zähne, streifte die Handschuhe ab und versuchte, das Funkgerät aus der Halterung zu ruckeln. Zu ihrem Schrecken löste es sich ganz leicht. Die Schrauben, die es an Ort und Stelle halten sollten, waren verschwunden. Jackies Puls beschleunigte sich. Sie drehte das Funkgerät um.

Scheiße.

Das Kabelbündel auf der Rückseite war mit einer scharfen Klinge sauber durchtrennt worden. Stella hatte also tatsächlich die Wahrheit gesagt.

Oder hatte Stella das selbst getan?

Stella Daguerre war diejenige, die über sie alle am meisten Kontrolle hatte. Stella war die Einzige, die über die Mittel und Fähigkeiten verfügte, die nötig waren, um sie alle hierherzubringen, und die Einzige, die sie auch wieder wegbringen konnte. Allerdings hätte die Pilotin genauso gut von der sogenannten RAKAM Group angeheuert werden können, genau wie Amanda Gunn. Sie hätte genauso hereingelegt worden sein können wie sie alle. Jeder der Leute in der Lodge konnte ein Lügner sein.

Plötzlich hatte sich das Geräusch der Wellen, die gegen das Dock plätscherten, verändert. Ein anderes Geräusch drang an ihre Ohren. Das Knarren von Planken.

Dann spürte sie, wie sich das Flugzeug zur Seite neigte, als jemand auf den Schwimmkörper am Dock trat. Knarrend öffnete sich die Pilotentür. Jackie fuhr in ihrer geduckten Haltung herum und sah auf. Ihr blieb das Herz stehen, als das Licht der kleinen Taschenlampe zwischen ihren Zähnen auf ein weißes Gesicht unter einer schwarzen Wollmütze fiel.

Du?

Es geschah so schnell, so unerwartet. Jackie sah das Aufblitzen von Metall in der erhobenen Hand zu spät. Sie versuchte, vom Pilotensitz auf den Kopilotenplatz auszuweichen, wobei ihr die Taschenlampe aus dem Mund fiel. Sie stieß gegen das Instrumentenbrett und verfing sich im Gurt. Dann warf sie sich in die andere Richtung und versuchte, in den hinteren Teil des Flugzeugs zu gelangen, doch das Messer wurde schnell und hart hinabgestoßen. Sie spürte, wie die Klinge in ihren Hals drang. Tief. Der Schock raste durch ihren Körper. Sie hob die Hände zum Messer.

Doch da wurde es schon wieder herausgerissen. Jackie fühlte, wie ihr das Blut über den Hals floss, noch bevor sie den Schmerz wahrnahm. Ein weiteres Mal blitzte die Klinge über ihr auf. Abwehrend riss sie die Arme hoch.

Das Messer fuhr herab, mit mehr Wucht.

Ein letzter Gedanke schoss ihr durch den Kopf, bevor sie das Bewusstsein verlor ...

Acht kleine Lügner sind in den Himmel gestiegen.
Einer hat die Wahrheit gesehen, dann waren's nur noch sieben.

Die Suche

MASON

Montag, 2. November

Mason verließ die Leichenhalle und fuhr mit dem Fahrstuhl hinauf ins Erdgeschoss des Silvercreek Hospital. Er stieg aus der Kabine und zog sein Handy hervor, um einen Anruf zu erledigen, solange er sich noch in einem Gebiet mit Mobilfunkabdeckung befand. Da stieß er mit Callie zusammen.

Beim Anblick des vertrauten Gesichts fuhr er leicht zusammen.

»Callie?«

Sie wirkte durcheinander, ihre Augen waren gerötet und geschwollen. Es schien ihr peinlich zu sein, und sie machte den Eindruck, als wäre sie am liebsten einfach geflohen. »Ich … ähm, hi. Ich habe nicht erwartet … jemanden zu treffen. Was machen Sie denn hier?«

»Pathologie«, antwortete er. »Die tote Pilotin. Heute Morgen wurde die Autopsie durchgeführt.«

»Ach, richtig. Ich … Normalerweise haben wir nichts mit Mordfällen zu tun. Ich habe nicht daran gedacht, dass die Autopsie hier gemacht wird.« Sie blickte ihn an, und fast konnte er sehen, wie ihre Gedanken von jenem Ort zurückkehrten, um den sie gerade noch gekreist hatten. »Wissen Sie schon, wer das Opfer ist … oder war?«

Er trat aus dem Weg, um einige Leute durchzulassen, die in den Fahrstuhl steigen wollten, und berührte sie leicht am Ellbogen, damit auch sie ein Stück beiseiteging.

»Noch nicht.« Er sprach gedämpft an diesem öffentlichen Ort. »Die Forensiker schauen sich gerade das Handy in ihrer Tasche an und versuchen, noch irgendetwas zu retten.«

»Tja, ich … Sagen Sie einfach Bescheid, wenn ich helfen kann.« Sie beugte sich an ihm vorbei und drückte auf den Rufknopf des Fahrstuhls.

Mason fiel wieder ein, was Oskar zu ihr gesagt hatte, kurz bevor sie den Fundort mit Ben zusammen verlassen hatte.

»*Geh schon, Callie. Sonst schaffst du es nicht mehr über den Pass. Wir haben hier alles im Griff. Grüß ihn von uns, ja?*«

»Callie?«

Sie drehte sich zu ihm um.

»Ist alles in Ordnung?«

Sie presste die Lippen aufeinander, als müsste sie die Tränen zurückhalten. Ihre Augen schimmerten. Sie machte eine Handbewegung, als sollte er es einfach gut sein lassen.

»Wo ist Ben?«, fragte er.

Sie nahm sich einen Moment Zeit. Die Fahrstuhltüren öffneten sich hinter ihr und schlossen sich dann wieder, ohne dass sie eingestiegen war. Jemand stellte sich neben sie, um auf den Rufknopf zu drücken.

Sanft nahm Mason sie am Ellbogen. »Kommen Sie, wir gehen kurz ein Stück zur Seite.«

»Mir geht's gut. Wirklich.«

»Wie wär's mit einem Kaffee? Kann ich Ihnen wenigstens einen Kaffee bringen?«

Sie zögerte.

»Kommen Sie schon. Ich könnte jedenfalls einen vertragen.«
Sie blickte zum Fahrstuhl hinüber, dann nickte sie. »Nur ganz kurz.«

Sie fanden einen Tisch in einer ruhigen Ecke der Krankenhaus-Cafeteria, vor einem Fenster, durch das man in einen winterlichen Steingarten hinausblicken konnte. Die Leute an den anderen Tischen musterten Mason interessiert, als er zum Tresen ging, um den Kaffee zu holen. Er würde sich erst noch daran gewöhnen müssen, wieder Uniform zu tragen.

Er kaufte zwei Kaffee und zwei Gebäckstücke. Als er zum Tisch zurückkehrte, hatte sich Callie gefasst und wirkte wieder mehr wie die effiziente Kletterexpertin und SAR-Leiterin, die ihm den Arsch gerettet hatte. Er schätzte, dass Callie Sutton nicht daran gewöhnt war, in einem emotional verwundbaren Zustand ertappt zu werden.

»Tut mir leid«, sagte sie, als sie den Becher von ihm entgegennahm. »Sie haben mich in einem ungünstigen Moment erwischt. Benjamin ist oben bei seinem Vater. Peter. Mein Ehemann. Ich ... Wir haben nur noch ein paar Minuten Zeit, dann muss ich ins Motel zurück und auschecken.«

Ein nicht einzuordnendes Gefühl erfasste ihn, als Callie einen Ehemann erwähnte, und sein Blick huschte kurz zu dem Ring an ihrem Finger, als sie den Becher an den Mund hob. Er trank ebenfalls einen Schluck.

»Ist Peter krank? Oder ... entschuldigen Sie, vielleicht arbeitet er ja auch einfach hier.«

Sie holte tief Luft, nippte an ihrem Kaffee, während sie vielleicht überlegte, wie sie ihre Antwort formulieren sollte. »Peter ist Förster«, sagte sie dann langsam und stellte den Becher ab. »In der Nähe von Kluhane Bay – unser Haus steht in der großen Bucht östlich des Orts. Wir ... haben es gebaut ...«

Mason sah, wie schwer es ihr fiel, und am liebsten hätte er sie einfach unterbrochen, um ihr den Schmerz dieser Antwort zu ersparen. Doch der selbstsüchtige Teil in ihm, der neugierige Teil, ließ sie weitersprechen, denn nun wollte er mehr erfahren.

»Er hatte einen Unfall bei der Arbeit. Ein Baum ist bei heftigem Wind umgestürzt. Kernfäule, eine große Tanne. Einer der Äste hat ihn getroffen und ihn einen Abhang hinuntergestoßen. Er hat sich den Kopf an einem Felsen aufgeschlagen.« Sie legte beide Hände um den Becher, als wollte sie sich wärmen oder genug Mut sammeln, um gefasst weitersprechen zu können.

»Er ist ins Koma gefallen.« Wieder hielt sie eine Weile inne und sah aus dem Fenster. Ihr Gesicht war blass. Er mochte ihr Gesicht. Er fühlte mit ihr. Er wartete ruhig ab, allmählich bekam er Gewissensbisse, weil er ihr dies hier zumutete.

Unvermittelt wandte sie sich wieder an ihn. Ihre moosgrünen Augen waren klar, traurig. Die Art, wie sie ihn ansah, in ihn hineinsah, brachte ihn aus der Fassung. Ihr Blick war so direkt, dass es sich intim anfühlte. Als hätte sie eine unsichtbare Hand unter sein Hemd geschoben.

»Zwei Wochen lang hat er im Koma gelegen. Die Ärzte dachten, er würde es nicht schaffen.« Ein leises Schnauben. Sie hob das Kinn. Ihre Stimme wurde ein wenig selbstsicherer, lauter. »Aber er ist ein Kämpfer, mein Peter. Ein Kletterer. Ein Überlebenskünstler. Er war der Leiter des SAR-Teams in Kluhane Bay. Stark. Geistig und körperlich. Er ist aus dem Koma aufgewacht. Hat jeden überrascht, aber jetzt … jetzt befindet er sich in einem sogenannten vegetativen Zustand.«

Die Anspannung und die Gefühle waren in ihrer Stimme fast greifbar. Er dachte an ihren kleinen Jungen im Jokerkostüm, und die Heftigkeit seiner eigenen Reaktion überraschte ihn. Trotzdem verstand er, warum er so fühlte. Weil er wusste, wie sich dieser Verlust anfühlte. Er *kannte* diesen Schmerz. Andererseits auch wieder nicht, denn theoretisch hatte sein Schmerz ein Ende. Tod. Sie hingegen hing in der Schwebe.

Inmitten der Qual. Zwischen Hoffnung und Verzweiflung. Weder hier noch dort. Doch er wollte nichts Falsches sagen.

»Ich hasse diesen Ausdruck.« Scharfer Zorn hatte sich in ihren Blick geschlichen. »Vegetativer Zustand. Er ist doch keine Pflanze, er vegetiert nicht. Er hat ein Bewusstsein, da bin ich mir sicher.«

»Wie lange ist es schon so, Callie?«

»Vierzehn Monate. Und es werden immer mehr.« Sie beugte sich vor, auf einmal erfüllt von Energie. »Man hat mir gesagt, dass dieser Zustand Jahrzehnte dauern kann, oder in sehr seltenen Fällen verbessert sich das Befinden des Patienten mit der Zeit. Ich weiß, dass das Gehirn Schaden genommen hat, aber es ist frustrierend, nicht zu verstehen, wie weit Peters mentale Kapazitäten reichen. Nicht zu wissen, ob er über ein gewisses Bewusstsein verfügt. Und … es gibt Momente, in denen wir wirklich spüren, dass er bei uns ist und alles versteht, was wir sagen. Ich glaube, dass er seine Umgebung und seine Familie erkennt. Und es *gibt* wissenschaftliche Grundlagen dafür«, betonte sie. »Kognitive Neurowissenschaft, laut der einer von fünf Patienten, die sich in einem vegetativen Zustand befinden, tatsächlich ein gewisses Bewusstsein hat.«

Sie schwieg. Dann senkte sie den Blick. Tippte mit einem Finger auf die Krümel ihres unberührten Gebäckstücks.

»Es tut mir leid, Callie.«

Sie nickte. An ihrem Mundwinkel zuckte ein Muskel. »Das Gehirn ist so komplex«, fuhr sie leise fort. »In vielen medizinischen Bereichen sind wir so weit gekommen, aber das Gehirn ist immer noch Neuland, wenn es um solche Verletzungen geht.« Sie schluckte. »Jetzt hat er eine bakterielle Infektion. Sein Immunsystem ist geschwächt, und am Samstag hat sich sein Zustand verschlechtert, deshalb sind Benny und ich hier in der Stadt geblieben. Seit heute geht es Peter aber wieder besser.« Sie sah auf. »Die Antibiotika helfen. Seine Blutwerte stabilisieren sich. Es ist … es ist nur … Verstehen Sie, wenn man einfach nicht weiß, wann er wieder zurückkommen könnte, wann er zu Ben und mir nach Hause kommt.«

»Meine Frau lag im Koma.«

Ihr Kopf ruckte hoch, sie sah ihn an. Hielt seinen Blick. Es war, als würde elektrische Spannung in ihrem Körper knistern, während sie darauf wartete, dass er noch mehr sagte.

Nun war Mason ihr in gewisser Weise verbunden. »Ein Autounfall. Sie hieß Jenny. Sie lag drei Tage im Koma, bevor sie gestorben ist.«

»Ich … Das wusste ich nicht.« Er sah, wie ihre Gedanken rasten, wie sie ihn neu einschätzte, alles noch einmal überdachte.

»Es ist jetzt fast zwei Jahre her, dass ich Jenny und Luke verloren habe, meinen kleinen Sohn. In einem einzigen furchtbaren Augenblick. Ein Fahrer hat versucht, zwei Autos hintereinander zu überholen. Er hat Jenny geschnitten. Sie hat die Kontrolle über den Wagen verloren und ist frontal gegen eine Felswand gefahren.« Pause. »Ich wollte ihn umbringen. Den Fahrer.«

»Mason …« Sie hob die Hand, als wollte sie ihn berühren, tat es dann jedoch nicht. Ihre Augen schimmerten. Gott, diese Frau hatte seine Gefühle an die Oberfläche gerufen, ihn Dinge sagen lassen, die er bisher zu niemandem hatte sagen können.

Er lächelte schief. »Tatsächlich hätte ich ihn fast umgebracht. Ich habe ihn aufgespürt. Bin zu seinem Haus gefahren. Habe draußen gewartet.«

»Und?«

»Sagen wir einfach, dass ich ein paar sehr, sehr gute Kollegen habe bei der Polizei, die mich vor mir selbst gerettet haben. Ich habe mir eine Weile freigenommen, bin auf eine Buschwanderung gegangen – bin mit dem Fahrrad quer durch Australien gefahren. Als ich dann aber wieder nach Hause zurückgekommen bin, konnte ich mich in der Stadt nicht mehr richtig einfinden und auch nicht in meinem Job. Ich konnte die Geister nicht abschütteln. Eigentlich wollte ich das nicht einmal. Ich habe angefangen, Mist zu bauen.«

Er senkte den Blick auf seine Hände. Inzwischen hatte er seinen Ehering abgenommen, weil er die Fragen leid war. Nun trug er ihn an einem Lederband unter seiner Uniform um den Hals. Zusammen mit Jennys Ring. Immer noch zusammen. Ein Paar. Fragen gab es trotzdem noch, aber nicht mehr so unverhohlen wie früher, wenn jemand den Ring gesehen hatte: »*Wo ist denn Ihre Frau? Wie geht es ihr?*«

»War der Fahrer betrunken?«, fragte Callie. »War Alkohol im Spiel?«

Er schüttelte den Kopf. »Er war fast noch ein Junge. Hatte gerade erst seinen Führerschein bekommen. Unerfahrenheit.« Er schnaubte. »Trotzdem hätte ich den kleinen Scheißer damals am liebsten umgebracht für seine Unfähigkeit. Für seinen Fehler. Er musste per richterlicher Anordnung einen Verkehrserziehungskurs belegen. Es hat ihm leidgetan. Er war selbst am Boden zerstört, genau wie seine Eltern.«

»Sind Sie deshalb hier in den Norden gekommen?«

»So ungefähr.«

Sie musterte ihn. Callie war die Erste, der er das erzählt hatte – jedenfalls die Erste, der er in so knappen Worten so viel erzählt hatte. Irgendwie schien es eine Last von ihm zu nehmen. Seinen Verstand etwas klarer zu machen. Er fühlte sich schuldig, weil eigentlich sie diejenige gewesen war, die seine Unterstützung gebraucht hatte, und nun hatte er selbst einen Vorteil aus der Situation gezogen.

»Es ist eine lange Fahrt von Kluhane Bay nach Silvercreek«, sagte sie und schob ihren Becher beiseite. »Ben und ich sollten uns besser mal auf den Weg machen. Er muss morgen wieder in die Schule – heute hat er den Unterricht schon verpasst.«

»Wie oft fahren Sie die Strecke?«

»Ben und ich kommen dreimal die Woche her, normalerweise. Aber Peter hat ständig Besuch. Die anderen vom SAR-Team schauen immer vorbei, wenn sie gerade zum Einkaufen in der Stadt sind oder beruflich hier zu tun haben oder so. Manchmal reist auch seine Familie an, er hat eine große Familie. Seine Kollegen kommen regelmäßig. Er ist sehr beliebt.« Ein trauriges Lächeln zupfte an ihren Mundwinkeln. »Vielleicht sollte ich über einen Umzug nachdenken. Aber Bens Schule und meine Arbeit …«

»Und die Ungewissheit.« Er nickte. »Ob sich nicht vielleicht morgen alles ändert und Sie vielleicht doch nicht alles aufgeben müssen. Er könnte ja nach Hause kommen.«

Überrascht sah sie ihn an. Schweigend musterte sie ihn einen Moment. »Ja«, antwortete sie schließlich leise. Dann stand sie auf. »Danke, Mason.«

Er erhob sich ebenfalls. »Ich habe doch gar nichts gemacht.«

»Sie haben mir geholfen. Ich … Danke. Vielen Dank.« Sie wandte sich zum Gehen, zögerte dann jedoch noch einen Moment. »Wie alt war Ihr Sohn, als Sie ihn verloren haben?«

»Sieben.«

Er sah, wie sie nachdachte. Ben. Fast im selben Alter.

»Er hatte ein Jokerkostüm«, fuhr Mason fort. »An Halloween, bevor er gestorben ist, hat Jenny ihm eins bei Walmart gekauft. Sie hatte ein schlechtes Gewissen deswegen – sie hat gesagt, dass ein ganzes Regal davon im Angebot war –, aber sie hatte einfach nicht die Zeit und die Energie, Luke irgendetwas Originelles selbst zu machen.«

Ihre Nase wurde rot. Sie hob die Hand an den Mund.

»Schon gut.«

»Es tut mir so leid.«

Er nickte.

Sie wandte sich zum Gehen, und Mason sah ihr nach. Es gefiel ihm, wie sie sich bewegte, und sofort nahm er sich diesen

Gedanken übel. Beim Fahrstuhl blieb sie stehen, sah noch einmal über die Schulter zurück.

Er nickte.

Sie betrat den Fahrstuhl.

Eine Weile saß Mason einfach da. Er hatte das Gefühl, etwas Entscheidendes wäre gerade passiert … dabei war überhaupt nichts passiert.

Das Klingeln seines Handys ließ ihn zusammenzucken. Dann fiel ihm wieder ein, dass er sich in einem Gebiet mit Netzabdeckung befand. Er warf einen Blick auf das Display. Es war die Nummer der RCMP-Zentrale in Prince George. Er nahm den Anruf an.

»Deniaud«, meldete er sich.

»Hier spricht Gord Fielding. Sieht aus, als hätten wir die Tote aus dem Flugzeug vorläufig identifiziert.«

»Durch das Handy des Opfers?«

»Genau. Wir müssen das alles noch durch einen DNS-Abgleich oder durch zahnärztliche Unterlagen bestätigen lassen, aber unsere Techniker konnten einige Daten retten. Bisher haben wir die Kontakte, eine unvollständige Anrufliste, ein paar SMS-Nachrichten, E-Mails und auch ein paar Fotos. Nach dem Zeitstempel der Fotos zu urteilen, wurden die beiden neuesten in Thunderbird Ridge aufgenommen – das ist ein neues Ski- und Golfgebiet ein Stück nördlich von Squamish. Die Fotos wurden um elf Uhr einunddreißig und um elf Uhr sechsunddreißig am Sonntagvormittag, dem fünfundzwanzigsten Oktober aufgenommen. Ich leite sie Ihnen gerade weiter.«

Das erste Foto kam an.

Mason öffnete es. Darauf war eine Frau auf einem Dock zu sehen – das lebendige Abbild der Leiche, die er gerade unten auf der Bahre gesehen hatte. Dieselben Kleider.

»Jaqueline Blunt«, erklärte Detective Fielding. »Aus den E-Mails schließen wir, dass sie eher als Jackie Blunt bekannt war.

Ihr gehörte Security Solutions, ein Sicherheitsunternehmen in Burlington, Ontario.«

Ein weiteres Foto kam an, und auch dieses öffnete Mason. Es zeigte eine Gruppe von acht Personen, alle ähnlich gekleidet. Fünf Frauen, darunter auch Jackie Blunt. Und drei Männer. Sie standen vor einer gelb-blauen de Havilland Canada DHC-2 Beaver Mk.1, auf deren Rumpf dieselbe falsche Registrierungsnummer prangte wie auf dem Wrack, das sie gefunden hatten. Im Hintergrund des Bildes erhob sich ein recht markanter schwarzer Berggipfel. Die acht Personen auf dem Bild lächelten.

Masons Puls ging schneller.

Wenn acht Menschen in das Flugzeug eingestiegen sind, wo sind dann die anderen sieben?

Die Suche

CALLIE

Dienstag, 3. November

Callie lauschte den morgendlichen Nachrichten, während sie sich Kaffee kochte. Sie liebte ihre Küche. Peter und sie hatten dieses Haus gebaut, während sie in einem kleinen Wohnwagen auf dem Grundstück gewohnt hatten, als Ben gerade erst zwei gewesen war. Es war ihr Traumhaus, ein Stück nach hinten versetzt am Ufer des Lake Kluhane. Jenseits des Fjords erhoben sich schneebedeckte Gipfel. Im Sommer konnten sie von ihrem Dock aus schwimmen gehen, mit dem Paddelbrett fahren oder Kajaken, im Winter gingen sie auf dem zugefrorenen See Schlittschuhlaufen oder sie nahmen die Langlaufski. An den Wohnzimmerwänden hingen gerahmte Fotografien von ihrer kleinen Familie. Aufnahmen, die im Laufe der Jahre entstanden waren – sie drei beim Campen oder auf dem Pferderücken. Benny, wie er Schwimmen, Skifahren und Eislaufen lernte. Benny mit Peter an Bennys erstem Schultag. Peter, der mit Helm und Seilen an einer Granitwand emporkletterte. Peter in seinem neuen Truck, der nun still in der Garage auf Peters Rückkehr wartete, weil sich Callie weigerte, ihn zu fahren.

Ben saß auf einem Hocker am Tresen und plapperte munter vor sich hin, während er seine Müslischale leer löffelte. Vor ihm stand eine Packung Tooty-Pops, und er las gerade, welche Überraschungen sich in den neuen Packungen versteckten. Callie warf einen Blick zur Uhr.

»Rachel ist in zehn Minuten hier. Ben, iss jetzt lieber schnell auf und putz dir die Zähne.« Sie schob seine Brotzeitbox in die knallrote Schultasche.

»Ich will heute nicht in die Schule.«

»Klar gehst du. Wenn du erst mal da bist, gefällt es dir doch immer, stimmt's? Und du warst gestern schon nicht da …«

»Und ich hab die Halloweenparty verpasst.«

Sie zerstrubbelte ihm das Haar. »Ja, Kleiner, aber dafür konnten wir ein bisschen länger bei Dad sein, hm?«

Er nickte, sprang von seinem Hocker und eilte auf Sockenfüßen durch den Flur zum Badezimmer. Vor der Ecke legte er einen dramatischen Rutschstopp hin. Callie lächelte. Sie nahm seine Schüssel und den Löffel und goss die übrige Milch in den Abfluss. Von dem Erdbeeraroma war die Milch ganz pink geworden. Eigentlich wollte sie Ben nicht so ein Zuckerzeug zum Frühstück geben. Sie sollte ihm das wirklich abgewöhnen, aber es war eines der wenigen Dinge, die Ben gerade richtig Freude machten, und sie wollte, dass es im Leben ihres Sohnes auch in Peters Abwesenheit ein paar »Glücksmomente« gab. Kurz hielt sie inne, während sie dabei zusah, wie die rosa Milch im Ausguss verschwand. Schmerz und Einsamkeit spülten über sie hinweg. Manchmal passierte das, einfach so, völlig unerwartet und aus dem Blauen heraus. Hervorgerufen von irgendeiner Kleinigkeit. Manchmal war es auch eine Flut, die aus ihrem Bauch aufstieg, wenn sie mit einer direkten Frage konfrontiert wurde. Wie bei Mason gestern. Die Erinnerung an ihre Unterhaltung sickerte in ihre Gedanken. Wieder sah sie das Verständnis und die Freundlichkeit in seinen grauen Augen.

»Sagen wir einfach, dass ich ein paar sehr, sehr gute Kollegen habe bei der Polizei, die mich vor mir selbst gerettet haben. Ich habe mir eine Weile freigenommen, bin auf eine Buschwanderung gegangen – bin mit dem Fahrrad quer durch Australien gefahren. Als ich dann aber wieder nach Hause zurückgekommen bin, konnte ich mich in der Stadt nicht mehr richtig einfinden und auch nicht in meinem Job. Ich konnte die Geister nicht abschütteln. Eigentlich wollte ich das nicht einmal.«

Sie atmete tief durch und griff nach Bens Rucksack, als ihr auch wieder einfiel, was Mason vor ein paar Tagen gesagt hatte.

»Ein schönes Alter. Genießen Sie jeden Augenblick. Lassen Sie nicht zu, dass Ihnen die Zeit einfach durch die Finger rinnt.«

Wir alle haben unsere Geschichten, dachte sie, während sie Bens Jacke vom Haken neben der Tür nahm. *Wir alle kennen Schmerz.* Ihr Festnetztelefon klingelte. Callie warf einen Blick auf das Display und runzelte die Stirn. Während der Nebensaison erledigte sie Lohnaufträge, wahrscheinlich war es das Outdoor-Tourunternehmen, für das sie arbeitete. Vielleicht hatte ihr Chef eine Frage zu den Etats, die sie in der vergangenen Woche eingereicht hatte. Das Telefon hing neben der Küchentür an der Wand. Sie griff nach dem Hörer.

»Hallo, Callie hier.«

»Callie, hier ist Mason. Gestern haben wir die Tote aus dem Flugzeug identifiziert. Den Beweismitteln zufolge, die wir bisher haben, könnte es sieben weitere verschollene Personen da draußen in der Wildnis geben. Wir brauchen das SAR-Team für eine Suchaktion.«

Ben kam den Flur wieder heruntergeschlittert und stieß gegen ihr Bein. Sie reichte ihm seine Jacke und machte ihm ein Zeichen, dass er sich die Stiefel anziehen sollte. »Wer ist die Pilotin denn?«, fragte sie.

»Eine Frau aus Ontario namens Jackie Blunt. Wir müssen das allerdings noch durch einen DNS-Abgleich oder Unterlagen der Zähne bestätigen.« Eine Pause entstand, während der Mason die Hand über das Mikrofon gelegt zu haben schien und gedämpft mit jemandem an seinem Ende der Leitung sprach. Dann war er wieder dran. »Wir behandeln es als einen Mordfall. Außerdem ist sie keine Pilotin.«

Das musste Callie kurz wirken lassen. »Wie meinen Sie das?«

»Die Beaver war eine West-Air-Chartermaschine, deren Pilotin eine gewisse Stella Daguerre ist. Jackie Blunt besitzt ein Sicherheitsunternehmen – sie war eine Passagierin. Das Flugzeug ist von Thunderbird Ridge aus abgeflogen, nördlich von Squamish, gegen Viertel vor zwölf mittags am Sonntag, dem fünfundzwanzigsten Oktober. Also vor zehn Tagen. Insgesamt waren acht Personen an Bord, darunter Blunt und die Pilotin. Das Flugziel ist unbekannt. Die Zentrale des North District hat den Fall übernommen, mich aber gebeten, das SAR-Team von Kluhane Bay zu verständigen und mit der Suche der Vermissten zu beauftragen. Vielleicht brauchen wir auch weitere Unterstützung aus anderen Gebieten, es kommen immer noch neue Informationen rein.« Eine weitere Unterbrechung, während der er mit jemand anderem sprach. Adrenalin erblühte in Callies Blut, und sie war ganz Ohr. Ihr Verstand versuchte fieberhaft, die Fakten zusammenzufügen.

Zehn Tage waren eine lange Zeit, wenn man bei diesem Wetter allein in der Wildnis verloren war. Besonders falls es bei dem Absturz zu Verletzungen gekommen war. Die Chancen, noch jemanden lebendig zu finden, waren gering. Sehr gering. Dies hier würde vermutlich eher auf einen Bergungseinsatz hinauslaufen.

»Können Sie zur Polizeistelle kommen?«, fragte Mason. »Ich möchte mich mit meinen Officers abstimmen, und es wäre gut, wenn wir von Anfang an auch die Ansichten des SAR-Teams miteinbeziehen könnten.«

»Mom, Rachel und Ty sind da!«, rief Ben, der gerade aus dem länglichen Fenster neben der Haustür spähte.

Callie deutete auf seine Handschuhe und formte mit den Lippen das Wort »anziehen«.

»Können Sie mir einen Moment Zeit geben?«, sagte sie in den Hörer. Sie musste Rachel fragen, ob sie Ben am Nachmittag zusammen mit Ty von der Schule abholen konnte. Falls sich dieser Ruf zu einem mehrtägigen Sucheinsatz auswachsen würde, müsste Benny ein paar Tage bei Rachels Familie bleiben, wie er es in solchen Fällen immer tat. Rachel und ihr Mann halfen in diesem Punkt nur zu gern, und Ty und Ben waren die dicksten Freunde.

Außerdem hatte Callie den Eindruck, dass es Ben guttat, auf diese Weise eine heile Familie zu erleben, mitsamt Mutter und Vater. Normalerweise kam er gut gelaunt wieder nach Hause, nachdem er ein paar Tage bei Rachel verbracht hatte.

»Ich kann in zwanzig Minuten da sein«, sagte sie.

Es wurde aufgelegt.

Callie starrte den Hörer in ihrer Hand an. *Okay.* Sie hängte den Hörer ein und eilte in den Vorraum, in dem die schmutzigen Stiefel und Jacken an- und ausgezogen wurden. Vor dem Fenster ließ Rachels SUV Kondenswolken in die frische Morgenluft aufsteigen. Der Niederschlag hatte nachgelassen, doch der Himmel hing tief und der Tag hatte geradezu unheilvoll düster begonnen. Der Wind blies trockene Schneeflocken durch den Vorgarten – eine weitere Front zog auf. Die Wahrscheinlichkeit, noch Überlebende zu finden, war in Callies Gedanken soeben noch weiter gesunken. Sie schnappte sich ihre Daunenjacke, schlüpfte in die Sorel-Boots und öffnete die Haustür. Benny schoss auf den wartenden SUV zu. Ty winkte hinter dem beschlagenen Fenster des Wagens. Callie folgte ihrem Sohn, während Rachel ihre Scheibe herunterließ, um mit ihr sprechen zu können.

Der kalte Wind biss Callie in die Wangen, und rasch zog sie den Reißverschluss ihrer Jacke ganz hoch.

Wie zum Teufel ist die Besitzerin eines Securityunternehmens tot und mit einem alten Messer im Hals auf einem Pilotensitz gelandet?

Und wo sind die anderen?

Die Lodge-Gruppe

STELLA

Montag, 26. Oktober

Der Morgen dämmerte trostlos und stahlgrau herauf. Vor Stellas Fenster wirbelten Schneeflocken umher, doch anscheinend hatte wenigstens der Wind nachgelassen. Das alte Haus knarrte und knackste wie eine arthritische alte Frau, die an einem kalten Morgen erwachte, während sich Stella ihre Daunenjacke überstreifte und den Reißverschluss bis zum Hals zuzog. Sie rieb ein Guckloch in den Frost, der sich auf der Innenseite der Fensterscheibe gebildet hatte, doch sie konnte nicht mehr sehen als den Holzschuppen hinter dem Haus. Jenseits des Schuppens erklomm dichter Wald die Hänge des Granitbergs. Gewaltige, zerrissene Wolkenfetzen trieben an den Bergflanken herab.

Stella zog sich ihre Wollmütze über, fand ihre Handschuhe und verließ das Zimmer. Die Holzdielen knarrten unter ihren Füßen, während sie über abgetretene Perserteppiche zur Treppe ging.

Unten in der großen Halle hing der Geruch nach Holzrauch in der Luft. Die Kohlen im Kamin waren kalt und schwarz geworden. Das Gefühl, beobachtet zu werden, beschlich

Stella, während sie an den Gemälden und den ausgestopften Tierköpfen vorbeiging, die sie aus ihren Glasaugen anstarrten.

Sie blieb stehen und sah zur Galerie hinauf, doch dort war niemand. Für die anderen war es wohl noch zu früh. Sie zögerte, dann schritt sie rasch zum Ausgang. Sie schob den Riegel zurück, öffnete die schwere Tür und glitt nach draußen.

Die Kälte raubte ihr den Atem. Zu dieser Jahreszeit hatte sie nicht mit so niedrigen Temperaturen gerechnet, obwohl sie sich vor dem Abflug die Wettervorhersage angesehen hatte. Genauso wenig hatte sie so viel Schnee erwartet oder so schlechte Sichtbedingungen. Von der Veranda der alten Lodge aus konnte sie nicht einmal den See und ihr Flugzeug sehen.

Sie zog sich die Mütze tiefer über die Ohren und kämpfte sich durch Schnee und dichten Nebel den Pfad zum Dock hinab.

Als sie an den Totempfählen vorbeikam, sah sie auf. Schneeflocken fielen ihr nass aufs Gesicht. Sie erstarrte. Sie hätte schwören können, dass der Rabe bei ihrer Ankunft in Richtung See geblickt hatte. Nun sah er zur Lodge hinauf. Sie schluckte, und eine ungute Vorahnung breitete sich in ihrer Brust aus. Der Wind rauschte, und Kopf und Flügel des Raben knarrten leise, als die Böe den Pfahl ergriff.

Es war nur der Wind. Sonst nichts. Der obere Teil des Pfahls ist locker. Wahrscheinlich wurde er erst im Nachhinein auf den Pfahl gesetzt.

Sie folgte dem Pfad weiter, doch sie konnte das Gefühl drohender Bosheit nicht abschütteln, das sie beim Anblick des Rabenkopfes überkommen hatte. Eine weitere Böe fegte heran, und der Totempfahl ächzte. Stella sah über die Schulter zurück. Der Rabe hatte sich zu ihr umgedreht, als wollte er sie im Blick behalten. Ihr ging durch den Kopf, was Monica und Nathan im Flugzeug zueinander gesagt hatten.

»*Sieht aus wie das Overlook Hotel.*«

»*Das was?*«

»*Dieses Gruselhotel aus dem Buch von Steven King.*«

Stella schüttelte die Vorstellung ab, doch sie konnte nicht verhindern, dass sie kurz vor sich sah, wie das Brombeergestrüpp unter dem Schnee immer näher an die Lodge heranrückte. Und dass es die Totempfähle waren, die dies bewirkten.

Am Ufer wurde der Nebel sogar noch dichter. Er schluckte den See. Da hörte sie etwas, links von sich. Sie fuhr herum und erkannte eine schwarze Gestalt, die sich aus Schnee und Nebel löste.

»Hallo?«, rief sie. Ihr Herz hämmerte. »Wer ist da?«

Die Gestalt kam näher. Es war der Chirurg. Schnee hatte sich auf seiner schwarzen Mütze gesammelt.

»Verdammt, haben Sie mich erschreckt.« Stella fühlte sich seltsam zittrig. »Was machen Sie denn hier draußen, Steven?«

Er wirkte nervös. Aufgewühlt.

»Ich … ich konnte nicht schlafen. Ich dachte, ich schaue mir mal den Pfad an, von dem Bart uns gestern erzählt hat, bevor zu viel Schnee liegt. Ich wollte nachsehen, ob er wirklich in die nächste Bucht führt.« Er wischte sich Schnee von der Schulter und klopfte ein paar Eisklumpen von seiner Mütze. In diesem Moment wirkte er kein bisschen wie der aalglatte Schönheitschirurg, der erst gestern in seinem brüllenden Jaguar auf den Parkplatz des Thunderbird-Docks gerauscht war. Das sollte sie eigentlich nicht auch noch freuen, aber Stella konnte das kurze Aufflackern von Genugtuung darüber, dass dieser Widerling etwas zurechtgestutzt worden war, nicht unterdrücken.

»Und, haben Sie irgendwas gefunden?«, wollte sie wissen.

Er schüttelte den Kopf. »Ich bin zwar wirklich zur nächsten Bucht gekommen, aber es ist eben nur eine Bucht. Sonst nichts. Von dort aus führt der Pfad in die Wälder. Was ist mit Ihnen? Was machen *Sie* so früh hier draußen, Stella?«

»Ich wollte runter zur Beaver und mir jetzt, wo es hell ist, noch einmal das Funkgerät anschauen. Mal sehen, ob ich es reparieren kann.«

Steven wischte sich über das nasse Gesicht. Seine Nase war rot und sie lief. »Glauben Sie, dass Sie das hinkriegen?«

»Kommt drauf an, was genau kaputt ist.«

Sorge zeichnete seine Züge. »Vielleicht kann Bart es reparieren«, sagte der Mann, der menschliche Körper reparieren konnte, im Augenblick aber vollkommen machtlos und eingeschüchtert vor ihr stand. »Er hat gesagt, dass er früher Mechaniker war.«

»Klar. Vielleicht. Immerhin kennt er sich mit Autos aus, und ich bin ja nur eine Pilotin, die sich mit Flugzeugen auskennt. Ich frage ihn mal.« Sie wandte sich zum Gehen, doch der Arzt zögerte, als wollte er noch mehr sagen.

»Schon gut, Steven, das wird schon wieder«, sagte sie. »Selbst wenn wir das Funkgerät nicht reparieren können, funktioniert noch alles andere am Flugzeug. Wir haben genug Benzin. Wir haben Vorräte für eine ganze Weile in der Lodge. Wir haben Wasser, Feuer und ein Dach über dem Kopf. Sobald sich dieser Sturm legt, fliegen wir zurück.«

Etwas, das fast nach Dankbarkeit aussah, huschte über sein Gesicht. »Kann ich irgendwie helfen?«

»Kaffee wäre fantastisch.«

Seine Miene verdunkelte sich, und der herausfordernde Ausdruck kehrte in seine Augen zurück.

»Für die ganze Gruppe«, fügte Stella hinzu. »Für die Moral. Wenn sie beim Aufwachen frischen, heißen Kaffee vorfinden, ist das wirklich eine Hilfe.«

Er nickte. »Ja. Ja, ich schätze, da haben Sie recht. Dann setze ich mal den Kessel auf – im Regal habe ich eine Dose mit Instantpulver gesehen.«

Stella ging weiter auf das im Nebel verborgene Ufer zu.

»Und ich schaue auch mal nach, ob ich etwas fürs Frühstück finden kann!«, rief er ihr nach.

»Kaffee!«, rief sie über die Schulter zurück und winkte, dann verschwanden Steven und die Lodge hinter einem Vorhang aus Nebel und Schnee.

Als sich Stella allmählich dem Wasser näherte, fühlte sie, wie sich eine gewaltige Faust um ihre Brust schloss. Vor ihr erstreckte sich das schiefe Dock in den See hinaus, doch sie konnte die Silhouette ihres Flugzeugs nicht sehen. Rasch eilte sie auf das Dock, rutschte auf Schneematsch und Moos aus und wäre beinahe gestürzt. Sie konnte sich gerade noch fangen.

Dann war sie an der Stelle, wo sie ihr Flugzeug vertäut hatte. Nichts.

Ihr Herz hämmerte ihr schmerzhaft gegen die Rippen.

Nur noch die rot-gelben Seile, die von den Planken ins Wasser hingen, zeigten, dass ihre de Havilland Beaver je hier gewesen war. Der ablandige Wind war stark gewesen in der Nacht. Konnte sich das Flugzeug losgerissen haben, begünstigt von dem Schaukeln auf den Wellen und der Schräglage des Docks? Nein. Auf keinen Fall. Sie wusste, wie man Knoten band, wie man ein Flugzeug sicherte.

Adrenalin rauschte durch ihre Adern. Hastig streifte sie die Handschuhe ab und steckte sie in die Tasche. Sie hockte sich in den Schneematsch und begann, die Seile aus dem See zu ziehen. Ihre Hände wurden starr von dem eiskalten Wasser. Das erste Seilende tauchte auf. Es war mit einer scharfen Klinge glatt durchtrennt worden. Stella zog das zweite Seil herauf. Bis zum Ende.

Scheiße.

Auch durchgeschnitten.

Plötzlich spürte sie, wie sich das Dock bewegte. Sie fuhr herum. Es war Bart, der auf sie zukam.

»Sie haben mich erschreckt.«

»Wo ist das Flugzeug?«, fragte er.

Stella stand auf. »Es ist weg.« Sie hob die nassen durchtrennten Seilenden hoch. »Das Flugzeug ist weg. Jemand hat es losgeschnitten, und dieser Wind letzte Nacht muss es meilenweit auf den See hinausgetrieben haben. Wir kommen hier nicht mehr weg.«

Er sah die Seilenden an, wirkte verwirrt. Schließlich strich er sich mit der Hand über die Stirn und spähte auf den See hinaus, so als würde sich der Nebel jeden Moment teilen und den Blick auf das auf den Wellen treibende Flugzeug freigeben. »Es kann nicht weit gekommen sein.«

Stella fluchte und ließ die Seile wieder ins Wasser fallen. »Der war gut, Bart. Guter Witz. Das da gestern Nacht war ein verdammter Sturm! Haben Sie aus der Luft nicht gesehen, wie lang dieser See ist? Dieser Wind« – sie deutete aufs Wasser hinaus – »ist direkt aus dem Norden gekommen, wahrscheinlich hat er das Flugzeug genau in die Mitte dieser fünfzig Kilometer langen Wasserfläche getrieben.«

»Warum sollte jemand so was tun?«

»Wegen diesem Gedicht in der Lodge, deshalb. Haben Sie schon vergessen, was wir gestern Abend besprochen haben? Irgendjemand will uns bestrafen. Als ich aufgewacht bin, habe ich noch gehofft, dass es doch nicht stimmt, aber jetzt ist es verdammt noch mal ernst. Wir sitzen fest. Wir haben keinen Handyempfang, kein Funkgerät und keine Möglichkeit, hier wegzukommen.«

Bart sah zur Lodge hinauf. »Ich meine«, sagte er langsam, »wer aus unserer Gruppe würde so etwas tun? Wenn außer uns nämlich nicht noch jemand hier ist und sich in den Wäldern da rumtreibt, dann hat einer von uns die Seile durchgeschnitten.«

Eis rann Stella den Nacken hinab, als sie begriff – als ihr klar wurde, was Barts Worte bedeuteten. Ihre Gedanken überschlugen sich, sie versuchte sich vorzustellen, wer aus ihrer Gruppe das getan haben könnte, denn dies änderte alles. Bis jetzt hatten sie einen Ausweg gehabt, einen Weg zurück nach Hause. Eine Verbindung zur Normalität. Nun war das alles verschwunden.

»Wie Jackie gesagt hat, unter uns könnte ein Mörder sein – einer von *uns* hat das da getan.«

Wütend wischte sich Stella Schnee vom Gesicht. Ihre Hände zitterten leicht. »Scheiße. Dann gibt es für ihn oder sie aber kein Endspiel mehr, oder? Wenn es einen Mörder gibt, der uns hier alle erledigt, wie kommt er dann selbst hier weg? Ohne Funkgerät und ohne Flugzeug?«

»Vielleicht ist das hier ja das Endspiel, Stella. Wie bei dem Richter in Agatha Christies Geschichte, er bringt sich selbst um.«

Auf einmal brannten ihr Tränen in den Augen.

Reiß dich zusammen, Stella, reiß dich verdammt noch mal zusammen. Du bist diejenige, die immer allen sagt, dass sie keine Panik kriegen sollen.

Sie holte tief Luft und spähte wieder auf den See hinaus, dann wanderte ihr Blick zu den ins Wasser hängenden Seilen. Sie versuchte, sich zu erden, klar zu denken. Einen Plan zu machen. Doch ihr Flugzeug, ihre Rettungsleine, ihr sicherer Hafen – es war fort. Einfach weg. Und diese Erkenntnis trieb ihr die Furcht wie einen Speer mitten ins Herz. Ihr Flugzeug war ihr Leben. Es definierte sie – Stella, die Wasserflugzeugpilotin. Es war ihre Freiheit. Es stand für Kontrolle. Nun saßen sie wirklich und unwiderruflich in der Falle, und sie sah keinen Ausweg mehr. Ihr Selbstvertrauen war mitsamt ihrem Flugzeug davongetrieben.

Sie sah Bart an. Doch er schien abgelenkt zu sein, sein Blick ging an ihr vorbei auf das Dock hinaus.

Langsam drehte sie sich um, sie wollte sehen, was seine Aufmerksamkeit so fesselte.

Der Schnee am Ende des Docks war rosa und rot gefleckt.

Blut?

Sie eilte auf das Rot in all dem Weiß zu, hockte sich hin, berührte die dunkle Stelle mit den Fingerspitzen. Unter der obersten Schneeschicht war noch mehr. Viel mehr. Sie hob die Finger an die Nase.

»Ist das Blut?«, fragte Bart.

»Ich … ich glaube schon.« Sie stand auf. »Bart, wir müssen die anderen zusammenrufen. Wir müssen herausfinden, ob es allen gut geht.«

Sie lief, so schnell sie es auf dem glitschigen, schwankenden Dock wagte, und sobald sie den Pfad erreicht hatte, rannte sie zur Lodge hinauf.

Die Suche

CALLIE

Dienstag, 3. November

Die zivile Verwaltungsassistentin führte Callie in den Besprechungsraum im Revier der Kluhane Bay RCMP.

»Sie werden schon erwartet«, sagte die Frau und hielt ihr die Tür auf.

Callie betrat den Besprechungsraum. Die Tür schwang hinter ihr zu. Mason stand vor einem Whiteboard, das an der hinteren Wand hing. Er trug Uniform, wirkte Respekt einflößend. Neben ihm stand ein Gestell mit einem Bildschirm, der durch ein Kabel mit einem Laptop auf dem Schreibtisch vor Mason verbunden war. Hubb saß am Fenster an einem der drei im Raum verteilten Metalltische. Sie wirkte unförmig in ihrer kugelsicheren Weste. Masons zweiter Officer Jake Podgorsky saß neben ihr, die langen Beine vor sich ausgestreckt.

»Callie, danke, dass Sie gekommen sind.« Mason deutete auf einen der Tische, damit sie sich setzte. Sie zog ihre Jacke aus, hängte sie über die Stuhllehne. Dann setzte sie sich halb auf den Tisch und verschränkte die Arme vor der Brust. An der

Wand zu ihrer Linken hing eine riesige topografische Karte des Gebiets.

Hubb warf ihr ein Grinsen zu, und Podgorsky hob in seiner schwermütigen Manier eine Augenbraue. Sie nickte beiden zu.

Mason drückte ein paar Tasten auf dem Laptop, woraufhin auf dem Bildschirm das Foto einer Frau erschien. Gebleichtes, weißblondes, sehr kurz geschnittenes Haar und durchdringende dunkle Augen. Kantiges Gesicht, kräftiger Nacken. Raue, rotfleckige Gesichtshaut, wie bei einer Trinkerin und vielleicht auch Raucherin, dachte Callie. Sie schätzte die Frau auf Mitte fünfzig.

»Jaqueline – Jackie – Blunt«, erläuterte Mason mit einem Nicken in Richtung Foto. »Unsere Tote aus der abgestürzten de Havilland Beaver Mk.1. Siebenundvierzig Jahre alt. Eine der beiden Geschäftspartnerinnen von Security Solutions, einem Sicherheitsunternehmen in Burlington, Ontario. Verheiratet mit Elizabeth Krimmer, der anderen Hälfte von Security Solutions. Die Ontario Provincial Police hilft uns im Osten mit den Ermittlungen. Krimmer ist gestern Abend hergeflogen und hat die Verstorbene heute Morgen identifiziert. Krimmer hat ausgesagt, dass Jackie Blunt keine Pilotin ist und auch nie gelernt hat, wie man ein Flugzeug fliegt.«

»Wie ist sie dann tot auf dem Pilotensitz dieser Beaver gelandet?«, fragte Hubb.

»Und Sie haben sie anhand der Daten auf ihrem Handy identifiziert?«, wollte Callie wissen. Alles, was sie über die möglichen Vermissten erfahren konnte, würde ihr dabei helfen, ein Profil zu erstellen, wodurch sie wiederum die Orte mit der höchsten POD bestimmen, eine Suchstrategie entwerfen und ihre SAR-Kräfte so gezielt wie möglich einsetzen konnte.

»Unsere Forensiker haben damit begonnen, einen Teil der Handydaten wiederherzustellen«, bestätigte Mason. »Darunter auch ein paar Fotos und E-Mails. Aus den E-Mails haben wir geschlossen, dass es sich bei der Toten um Jackie Blunt von Security Solutions handeln muss. Die OPP hat sowohl zu diesem Unternehmen als auch zu den nächsten Angehörigen Kontakt aufgenommen. Von beiden Seiten wurde uns bestätigt, dass Blunt zu einer Reise an einen unbekannten Ort in den Westen aufgebrochen ist.«

Mason rief ein weiteres Foto auf. »Blunt hat einen Facebook-Account. Aus den wiedergewonnenen Daten schließen wir, dass sie dieses Foto um elf Uhr dreiunddreißig am Sonntagvormittag gepostet hat. Am fünfundzwanzigsten Oktober. Kurz vor dem bestätigten Start vor der Thunderbird Lodge.«

Das Foto, das den Bildschirm ausfüllte, zeigte eine Gruppe von acht Personen – fünf Frauen und drei Männer –, die sich auf einem Dock versammelt hatten. Sie trugen bunte Jacken und lächelten in die Kamera. Hinter ihnen war ein narzissengelbes Wasserflugzeug mit blauem Muster zu erkennen. Der Propeller lief bereits. Offensichtlich wurde die Beaver gerade für den Start bereit gemacht. Im Hintergrund war eine markante dunkle Felsnadel zu erkennen, ein kohlschwarzer Bergkegel. Callie erkannte die Formation sofort. Es war der Black Tusk oder der Landeplatz des Donnervogels, wie er in der Sprache der Squamish genannt wurde. Ihr Herz schlug schneller. »Und wer sind die anderen? Wissen wir das schon?«

Mason nickte. »Von Krimmer haben wir erfahren, dass Jackie Blunt am Samstag, dem vierundzwanzigsten Oktober, von zu Hause abgereist und auf dem Vancouver International Airport gelandet ist. Flug 49 der Air Canada. Blunt hat Krimmer an diesem Abend aus dem Hotel am Flughafen angerufen. Im Hotel hat sie sich außerdem mit dem Rest dieser Gruppe getroffen, abgesehen von der Pilotin und einem der Männer.« Er deutete auf das Foto. »Von den Hotelangestellten haben wir die Namen der anderen Passagiere und ihrer Reiseleiterin erfahren. Alle Kosten, inklusive der Flüge nach Vancouver, wurden mit der Kreditkarte eines in Malaysia angesiedelten Unternehmens bezahlt – die RAKAM Group. Die Ermittlungen laufen mit Unterstützung der Lower Mainland RCMP weiter, aber bisher wissen wir immerhin, dass die Gruppe zu einem bezahlten Urlaub in einer neuen Luxuslodge mitten in der Wildnis eingeladen wurde, die sich an einem ›geheimen‹ Ort irgendwo im Inland von British Columbia befindet. Das Forest Shadow Wilderness Resort & Spa. Die Gruppe wurde per Shuttle zum neu erbauten Thunderbird Hotel gebracht, wo alle übernachtet haben. Am folgenden Morgen haben sie sich mit der Pilotin und einem weiteren Passagier getroffen. Sie sind mit dieser de Havilland Beaver Mk.1 zu besagtem geheimen Ort aufgebrochen, dessen Koordinaten nur der Pilotin vor dem Start per SMS mitgeteilt worden sind.«

»Woher wissen wir das?«, hakte Podgorsky nach. Er kaute an seinem Stift, während er die Gruppe musterte.

»Von Amanda Gunn. Sie steht bei einer Zeitarbeitsfirma unter Vertrag, die von einem Repräsentanten der RAKAM Group kontaktiert worden ist. Sie wurde damit beauftragt, die Reise zu organisieren. Jeder der Gäste ist in einem Bereich tätig, der für die RAKAM Group zu Dienstleistungszwecken interessant sein könnte. Amanda Gunn hat den Ermittlern des Lower Mainland erzählt, dass die Gäste dazu aufgefordert worden waren, der RAKAM Group ein Angebot zu machen, falls ihnen gefiel, was sie zu sehen bekommen würden. Ihren Informationen nach wollte sich ein Vertreter der RAKAM Group in der Lodge mit den Gästen treffen. Gunn selbst hat auf eine Vollzeitstelle gehofft.«

»Was genau ist denn diese RAKAM Group?«, fragte Hubb.

»Anscheinend nichts weiter als eine Tarnung, ein Schwindel.«

»*Was?*« Hubb beugte sich vor.

»Alles, was wir bisher haben, führt zu einer nummerierten Firma mit Konten im Ausland. Die Ermittlungen an dieser Front laufen noch. Im Moment konzentrieren wir uns hier in Kluhane Bay hauptsächlich auf die Vermissten.« Mason deutete auf den Bildschirm. »Die Pilotin Stella Daguerre. Achtundvierzig. Inhaberin und Geschäftsführerin von West Air, ansässig auf Galiano Island; Dr. Nathan McNeill, sechsundfünfzig, Professor für Mykologie an der Toronto University; seine Frau Monica McNeill, sechsundfünfzig, Erbin einer Supermarktkette und CEO von Holistic Foods.«

Von Hubb kam ein Pfiff. »Die wird Schlagzeilen machen.«

»Die Nächste auch.« Mason deutete auf eine Blondine in der Gruppe. »Katie Colbourne, Reisedokumentationsfilmerin, ehemalige TV-Moderatorin.«

Callie betrachtete das vergrößerte Foto auf dem Bildschirm. Das Gesicht der Frau kam ihr bekannt vor. Katie Colbourne war vor ein paar Jahren regelmäßig auf CRTV zu sehen gewesen.

Mason deutete auf einen großen Mann inmitten der lächelnden Menschen. »Dr. Steven Bodine, der kosmetische Chirurg hinter der berühmten Oak Street Surgical Clinic; Bart Kundera, neununddreißig, Eigentümer und Geschäftsführer von Executive Transit in Burnaby. Hier haben wir Deborah Strong, einunddreißig, sie leitet das Unternehmen Boutique Housekeeping in Surrey. Und Jackie Blunt.« Nacheinander sah Mason ihnen in die Augen.

»Amanda Gunn zufolge gab es noch einen weiteren Gast, der an diesem Tag mitfliegen sollte. Dan Whitlock. Ein Privatdetektiv, der in East Van ein Ein-Mann-Unternehmen geführt hat. Whitlock hat es nicht bis ins Flugzeug geschafft. Am Morgen des Abflugs hat er einen anaphylaktischen Schock erlitten. Whitlock wurde kurz nach dem Start des Flugzeugs vom zuständigen Coroner für tot erklärt. Er war hochallergisch auf Schalentiere. Beim Büfett am Abend zuvor wurden

Meeresfrüchte serviert, doch das Hotelpersonal hat nach eigener Aussage sorgfältig darauf geachtet, dass die anderen Speisen nicht mit den Meeresfrüchten in Kontakt gekommen sind. Der Coroner hat die Fallakte ursprünglich nicht an das RCMP weitergegeben, mittlerweile hat das RCMP angesichts des Kontextes allerdings Ermittlungen eingeleitet, um Whitlocks Tod zu untersuchen.«

»Dann sollten also eigentlich neun Leute fliegen?«, fragte Callie. »Die abgestürzte de Havilland konnte nur acht Personen transportieren – soweit ich das beurteilen kann –, inklusive der Pilotin.«

»Korrekt.«

»Dann *sollte* er also gar nicht mitfliegen?«, hakte Hubb ein. Mason sagte nichts.

Hubb und Podgorsky tauschten einen Blick. »Verdammt«, sagte Hubb und ließ ihren Kugelschreiber mehrmals klicken. »Und diese Pilotin, Stella Daguerre, hat Chartermaschinen mit falschen Registrierungsnummern geflogen?«

»West Air besitzt zwei Wasserflugzeuge, beide wurden am Dock des Unternehmens in Galiano gefunden«, erläuterte Mason. »Beide sind vorschriftsmäßig registriert. Entweder besitzt Daguerre noch ein weiteres, nicht registriertes Flugzeug, oder diese sogenannte RAKAM Group hat ihr die de Havilland Beaver zur Verfügung gestellt. Die Ermittlung weitet sich zu einer äußerst komplexen Angelegenheit aus, und in allen Bereichen laufen die Nachforschungen weiter. Wir werden fortdauernd über neue Erkenntnisse informiert. Im Augenblick ist es unsere dringlichste Aufgabe, die vermissten Passagiere ausfindig zu machen, falls sie sich in der Gegend befinden.« Er wandte sich an Callie. »Und an dieser Stelle kommt das SAR ins Spiel.«

Nachdenklich rieb sie sich das Kinn, während sie darüber nachdachte, was sie gerade erfahren hatte. »Ich weiß, dass sich die Ermittlungen des Transportation Safety Board über Monate, wenn nicht Jahre hinziehen können, aber gibt es schon irgendwelche vorläufigen Informationen?«

Mason rief ein weiteres Foto der abgestürzten de Havilland Beaver auf. Die Stimmung im Raum wurde noch ernster. Dieses Bild des Wracks mit der toten Jackie Blunt darin stand im harschen Kontrast zu dem Foto des intakten Flugzeugs mit den lächelnden Menschen, die sich davor versammelt hatten.

»Die erste Einschätzung des TSB lautet, dass dieses Flugzeug weder auf dem festen Land noch auf dem Wasser aufgeschlagen ist«, antwortete Mason.

Schweigen breitete sich aus. Draußen fegte eine Windböe den Schnee von einem Baum und schleuderte eine weiße Kaskade gegen die Glasscheibe. Callie spürte, wie Dringlichkeit sie erfasste. Das Wetterfenster, das ihnen zur Verfügung stand, schloss sich rasch wieder.

»Dem TSB zufolge sehen die Schäden am Flugzeug eher danach aus, als wäre die de Havilland Beaver erst durch die Stromschnellen und später die Wasserfälle hinuntergespült worden.« Mason räusperte sich, und Callie fing seinen Blick auf.

Sie beide wussten, wer dieses Flugzeug über die Wasserfälle geschickt hatte.

»Außerdem hat sich der Pathologe darauf festgelegt, dass Jackie Blunt an Exsanguination gestorben ist. Sie ist verblutet, nachdem die Klinge ihre Halsschlagader verletzt hat. Es muss schnell gegangen sein. Das wahrscheinlichste Szenario sieht so aus, dass sie auf dem Wasser gestorben ist, nicht in der Luft.«

»Besonders weil sie keine Pilotin war und wahrscheinlich gar nicht fliegen konnte«, warf Hubb ein und klickte wieder mit ihrem Kugelschreiber. »Was wiederum die Frage aufwirft: Was hat sie überhaupt auf dem Pilotensitz gemacht?«

Callie ergriff das Wort. »Und bisher gibt es keinen Hinweis darauf, wo ihr Zielort gewesen sein könnte?«

Mason drückte auf eine Taste seines Laptops, und eine Luftaufnahme erschien auf dem Bildschirm. Sie zeigte ein Bauprojekt am Ufer eines lang gezogenen Sees, an dessen Ende sich zwei kleine Buchten befanden. Ein großes Hauptgebäude, viele kleinere Hütten, dazwischen beleuchtete Wege. Ein Netzwerk aus Docks. Ein mit einem großen X gekennzeichneter Hubschrauberlandeplatz. Das Bild war offenbar im Herbst aufgenommen worden, wie man aus den goldgelb verfärbten Blättern der wenigen Laubbäume schließen konnte, die zwischen den Tannen standen. Hinter den Gebäuden erhob sich ein gewaltiger Granitberg. Callie spürte ein Kribbeln auf der Haut.

Mason sagte: »Das hier ist angeblich das Forest Shadow Wilderness Resort & Spa. Die Website des ›Unternehmens‹ wurde vom Netz genommen, aber dieses Bild stammt von einer zwischengespeicherten Version. Der Standort dieses Bauprojekts ist bisher noch unbekannt.«

Callie stieß sich vom Schreibtisch ab und schritt langsam auf das Foto zu, ihr wurde heiß. Sie musterte es genau, um ganz sicher zu sein, dann gab sie ein ironisches Schnauben von sich. »Es ist eine Fälschung.« Sie wandte sich zu Mason um. »Das ist das Nordufer des Taheese Lake. Die Lodge da gibt es nicht.«

»Sind Sie sich da sicher?«

»Natürlich bin ich sicher.« Sie deutete auf das Foto. »Dieser Granitblock da hinter der Baustelle ist der Mount Warden. Ich kenne ihn. Ich bin die Westroute schon mit Peter geklettert. Und diese beiden kleinen Buchten erkenne ich auch wieder. Es steht tatsächlich eine alte Lodge am Nordende des Sees, aber die sieht ganz anders aus. Und die anderen Gebäude da? Die sind alle per Photoshop eingefügt worden. Sehen Sie die Bäume dort? Das sind Roteichen – Quercus rubra.« Sie sah Mason an. »Peter ist Förster. Mit Bäumen kenne ich mich aus. Er redet ständig nur – er hat ständig nur … über Bäume geredet.« Callie wankte einen Moment. Sie holte tief Luft, doch als sie weitersprach, klang sie nicht mehr so fest, weniger selbstsicher.

»Die nordamerikanische Roteiche, auch Spitzeiche genannt, wächst im Osten und im Mittelteil der Vereinigten Staaten sowie im Südosten und dem südlichen Zentralkanada. In dieser Region gibt es sie nicht.«

»Eine gefälschte Lodge«, sagte Hubb. »Ein gefälschtes Unternehmen. Ein nicht registriertes Flugzeug – dieser ganze Trip war also eine Art Trick? Aber *warum?*«

Mason fuhr fort: »Unsere Aufgabe besteht darin, uns auf das Auffinden der Vermissten zu konzentrieren.« In seinem Blick erkannte Callie allerdings, dass er mehr daran gewöhnt war, eine so große Ermittlung wie diese zu leiten, anstatt zum Aufseher der SAR-Einheit abgestempelt zu werden. Das musste ihm zu schaffen machen, zumindest ein bisschen.

»Leben zu retten ist meiner Ansicht nach das Wichtigste«, sagte Callie leise. »Ganz egal, wer bei welcher Seite der Ermittlung mitarbeitet.«

»Schwer vorstellbar, dass die sieben anderen noch am Leben sind«, warf Podgorsky ein. »Wenn man an den offenkundigen Mord denkt und an die Zeit, die seit dem Start verstrichen ist. Dazu das Wetter.«

Wie aufs Stichwort peitschte draußen eine Windböe durch die Bäume, wie um sie daran zu erinnern, wer hier das Sagen hatte. Mutter Natur. Nicht sie.

Callie nahm sich ein Lineal vom Tisch und trat zu der topografischen Karte an der Wand. Mit dem Ende des Lineals tippte sie darauf. »Das hier ist der Taheese Lake. Fünfzig Kilometer vom Nordende bis zu der Stelle am Südende, wo der See in den Taheese River fließt. Wo wir die Beaver gefunden haben.« Sie wandte sich an die drei Polizisten. »Vor etwa fünf Jahren war ich an einem See namens Mahood zelten, im Wells Gray Provincial Park. Dort hat es einen Zwischenfall mit einem Wasserflugzeug gegeben, bei dem der Pilot den Motor nicht starten konnte. Der Wind hat kräftig seeabwärts geblasen. Während der Pilot noch versucht hat, den Motor anzubekommen, ist das Flugzeug immer schneller Richtung Flussausströmung getrieben worden. Schließlich ist es in die Strudel geraten und noch schneller geworden. Pilot und Flugzeug wurden in den Fluss und in die Stromschnellen gezogen. Das Flugzeug ist umgekippt und gegen die Felsen geschmettert worden. Wenn es laut TSB keinen zwingenden Hinweis darauf gibt, dass die Beaver abgestürzt ist, dann würde ich zunächst vermuten, dass sie aus dem Taheese Lake gekommen ist. Mein Interessensschwerpunkt wäre in diesem Fall das Lodge-Gebäude am Nordufer. Der Wind ist während der vergangenen zwei Wochen ununterbrochen aus Norden gekommen, und es war ein kräftiger Wind. Der Taheese Lake ist schmal. Die Berge zu beiden Seiten kanalisieren den Wind und verstärken ihn dadurch noch.« Sie deutete auf eine der Buchten am Nordufer.

»Dort ist die POD meiner Meinung nach am höchsten. Hier würde ich mit der Suche beginnen. Die Beaver könnte über den ganzen See bis in den Fluss getrieben worden sein. Ab hier wird der Fluss tiefer und schneller, und hier beginnen die Stromschnellen der Taheese Narrows.« Betont sah sie Mason an. »Hier haben die Jäger die Beaver entdeckt. Sie könnte durch die Stromschnellen getragen worden und hier hängen geblieben sein, an der Felszunge, wo das Wasser wieder seichter wird. Danach hat das Flugzeug weiteren Schaden genommen, als es wieder in den Fluss gerutscht und über den ersten Wasserfall gestürzt ist. Wenn die Beaver zu dieser Lodge geflogen ist, dann könnten die übrigen sieben Passagiere dort Unterschlupf gesucht haben. Sie könnten alle noch am Leben sein.«

»Und vielleicht ist einer von ihnen ein Mörder«, schlussfolgerte Podgorsky. »Schließlich hat irgendjemand Jackie Blunt in den Hals gestochen.«

»Was ist das für eine Lodge?«, fragte Mason.

»Das Grundstück hat so einem exzentrischen alten Kauz aus den Staaten gehört«, antwortete Hubb. »Den Gerüchten im Ort zufolge hatte er eine Menge Geld. Früher hatte er einmal etwas mit Hollywood zu tun. Er ist immer selbst hergeflogen.«

»Es *hat* ihm gehört?«, hakte Mason nach.

»Seit einer ganzen Weile hat ihn schon niemand mehr hier gesehen«, sagte Podgorsky.

»Ist er sein eigenes Flugzeug geflogen?«, wollte Mason wissen.

»Das weiß ich nicht«, antwortete Hubb.

Mason sah Podgorsky an. Der zuckte mit den Schultern.

»Wie heißt er?«, fragte Mason.

»Franz irgendwas«, sagte Podgorsky.

»Callie? Kennen Sie ihn?«

Sie schüttelte den Kopf. »Ich habe ihn zwar mal gesehen, aber nur einmal. Vor etwa drei Jahren, als er nach Kluhane Bay gekommen ist. Er muss jetzt über achtzig sein, falls er noch lebt. Normalerweise ist er da draußen für sich geblieben, wenn er hier war.«

»Wir müssen also da raus, und zwar sofort.« Mason klappte seinen Laptop zu.

»Aber nicht mit dem Flugzeug«, warf Callie ein. »Nicht bei diesem Wetter. Und es wird noch schlimmer werden, besonders in höherem Terrain. Der Taheese Lake liegt noch etwa sechshundert Meter über Kluhane Bay. Wir brauchen Quads und die SAR-Boote, um die Lodge zu erreichen.«

Mason griff nach seiner Jacke und wandte sich an Hubb. »Finden Sie heraus, wem das Grundstück jetzt gehört.« Er zog die Jacke über. »Podgorsky, Sie sind für die Verbindung zur Zentrale zuständig. Geben Sie alle Hinweise weiter, die reinkommen. Ich bin per Satellitentelefon und Funkgerät zu erreichen.« Er hielt inne und sah seinen Officers in die Augen. »Das hier wird in den Medien landen, wahrscheinlich eher früher als später. Ich bin die Kontaktperson für die Medien von Kluhane, und zwar nur ich. Sollte ich gerade nicht verfügbar sein, dann leiten Sie alle Anfragen nach Prince George weiter. Callie, dasselbe gilt für das SAR-Team. Keine Kommentare den Reportern gegenüber.« Er hielt ihren Blick.

Sie spürte, wie sich zwischen Mason und ihr eine kühle Mauer erhob. Wenn es um SAR-Einsätze ging, hatte Masons Vorgänger die Kommunikation mit den Medien immer den Leitern des SAR überlassen. Sie war gut darin. Sie traf vor der Kamera den richtigen Ton. Allerdings musste man zu Sergeant Mason Deniauds Verteidigung sagen, dass es die KSAR-Truppe auch noch nie mit der Suche nach einer prominenten Supermarkterbin, einem Schönheitschirurgen und einer bekannten Fernsehmoderatorin zu tun gehabt hatte. Und bisher hatte es bei ihren Einsätzen auch noch nie eine Tote auf einem Pilotensitz mit einem Messer im Hals gegeben.

»Mein Team weiß, was es zu tun hat«, gab sie ausdruckslos zurück. Sie schnappte sich ihre eigene Jacke von der Stuhllehne und verließ den Raum, um den Einsatz des KSAR-Teams offiziell in die Wege zu leiten.

DIE LODGE-GRUPPE

DEBORAH

Montag, 26. Oktober

Deborah saß mit den anderen in der großen Halle. Sie hatten sich unter dem vorwurfsvollen Blick der räudigen ausgestopften Jagdtrophäen an den Wänden hier versammelt.

Ihr Flugzeug war weg.

Und Jackie wurde vermisst.

Als Stella und Bart alle heruntergerufen hatten, war Jackie nicht zu finden gewesen.

Ihr Gepäck lag noch in ihrem Zimmer, alles sah so aus, als könnte sie jeden Moment zurückkommen. Ein Nachthemd und eine Leggins lagen auf dem Bett. Zahnpasta, Zahnbürste und eine Gesichtscreme standen ordentlich auf der Ablage ihres Badezimmers. Doch in ihrem Bett hatte niemand geschlafen. Stiefel und Jacke fehlten.

Das Furchteinflößendste daran war jedoch, dass eine zweite Figur vom Schachbrett gefegt worden war. Nun lag sie auf dem Kaffeetisch vor ihnen, der Kopf fehlte. Deborah starrte sie an.

Wer hatte das getan? Einer der Menschen, mit denen sie nun zusammensaß? Oder beobachtete sie jemand aus den Wäldern? War jemand von draußen hereingekommen?

Das Holz hinter dem Kamingitter knackte, und Deborah zuckte zusammen. Ihre Nerven waren zum Zerreißen gespannt. Wie bei den anderen auch. Sie waren unruhig und verängstigt. Nathan hatte schon früh am Morgen ein prasselndes Feuer angefacht, während Steven Kaffee gekocht hatte. Beide behaupteten, sie hätten nicht mehr schlafen können. Nathan musste sehr früh draußen gewesen sein, um Feuerholz zu holen.

Steven verteilte Tassen mit Instantkaffee, die er auf einem Tablett trug. Bart tigerte hinter dem Sofa auf und ab, was alle nur noch nervöser machte. Zum ersten Mal, seit Deborah ihn auf dem Flughafen in Vancouver kennengelernt hatte, wirkte er gereizt. Immer wieder rieb er sich über den linken Handrücken, wo er sich verletzt hatte. Er hatte ihr erzählt, dass es passiert war, als er an diesem Morgen im Schneematsch ausgerutscht war. Auch er hatte behauptet, er hätte nicht mehr schlafen können und sei sehr früh hinausgegangen, um sich umzusehen.

Auf dem Pfad in die nächste Bucht war er Steven über den Weg gelaufen, und beide hatten später Stella getroffen. Offenbar war die halbe Gruppe in den dunklen, nebligen Morgenstunden draußen unterwegs gewesen, während sich Deborah in die Toilette übergeben hatte.

Kopfschüttelnd lehnte sie den Kaffee ab, den Steven ihr anbot, aus Sorge, ihn sonst nur wieder erbrechen zu müssen. Entweder war ihr schlecht, weil Jackie sie offenbar erkannt hatte, oder es war immer noch die Morgenübelkeit der Schwangerschaft, obwohl sie die ersten zwölf Wochen und damit das erste Trimester inzwischen hinter sich hatte. Ihr Baby. *Und* Ewans Baby. Daran *musste* sie festhalten. Eine Zukunft. Sie würde dies hier durchstehen. Sie würde zurück nach Hause kommen. Sie würde am Flughafen warten, um ihren Militärhelden zu begrüßen, wenn er von seinem Einsatz zurückkehrte. Sie würde einen Strauß aus Heliumballons dabeihaben und ihm die wundervolle Nachricht enthüllen, dass sie die Dreimonatsmarke schon überschritten hatte.

Ihr fiel wieder ein, was Jackie im Flugzeug gesagt hatte.

»Sie erinnern mich an irgendjemanden. Kat… Kata… Katarina, hieß sie, glaube ich.«

Deborah war froh, dass Jackie fort war. Sehr froh. Nun war ihr Geheimnis sicher.

Sie senkte den Blick auf das grässliche Gedicht, das auf dem Tisch neben dem Schachbrett mit den Figuren lag.

Acht kleine Lügner sind in den Himmel gestiegen.
Einer hat die Wahrheit gesehen, dann waren's nur noch sieben.

Nathan ergriff das Wort. »Okay, Stella, erzählen Sie. Sagen Sie uns genau, was Sie vorgefunden haben, Schritt für Schritt.«

Stella strich sich über das feuchte Haar. Deborah bemerkte, dass ihre Finger zitterten. Selbst ihre unerschütterliche Pilotin wirkte eingeschüchtert. Sie alle gingen in die Knie, langsam, aber unabänderlich.

»Ich bin den Pfad zum See hinuntergegangen«, antwortete sie langsam. »Es waren keine Abdrücke im frischen Schnee, jedenfalls keine, die zum See hinuntergeführt haben. Am Ufer bin ich Steven begegnet.«

»Ich habe nach der anderen Bucht gesucht«, fiel ihr Steven ins Wort.

Skeptisch sah Nathan ihn an. »So früh?«

»Da scheine ich ja nicht der Einzige gewesen zu sein«, knurrte Steven. »Du warst ganz offensichtlich auch draußen und hast Feuerholz geholt. Und Bart war auch auf den Beinen.«

»Ja«, bestätigte Bart, der sich noch immer nervös über den Handrücken rieb. »Ich … habe jemanden am Dock gehört und einen Umriss im Nebel gesehen, also wollte ich mal nachschauen.«

»Was wollten Sie überhaupt da draußen, Bart?«, fragte Deborah, die sein Hin-und-her-Gelaufe und das ständige Reiben über seine Hand immer unruhiger machte.

»Dasselbe wie Steven. Ich wollte mir den Weg noch mal bei Tageslicht ansehen. Aber dann sind mir die Spuren auf dem Dock aufgefallen, also bin ich stattdessen denen gefolgt. Dann habe ich Stella getroffen. Sie war gerade dabei, die Stricke zu untersuchen, und das Flugzeug war weg.«

»Stella?«, forderte Nathan die Pilotin auf.

Sie rieb sich über den Mund. »Die Seile, mit denen das Flugzeug vertäut war, wurden durchgeschnitten. Irgendjemand hat das mit Absicht getan. Er wusste, dass das Flugzeug von dem ablandigen Wind in der Nacht schnell weggetrieben werden würde. Und dass wir dann hier festsitzen.«

»Erst das Funkgerät«, flüsterte Katie, die auf dem Sofa saß und sich leicht vor und zurück wiegte. »Und jetzt das.« Der Reihe nach sah sie ihnen allen in die Augen. »Und wer auch immer das war – wer auch immer unser Flugzeug losgeschnitten hat, der hat auch das da getan …« Sie deutete auf die zweite kopflose Figur. »Er ist hier. Er war im Haus. Während wir entweder oben geschlafen haben oder draußen waren.«

»Oder sie«, gab Steven zu bedenken. »Was macht euch so sicher, dass es nicht auch eine Frau gewesen sein kann? Mir kommt das sehr weiblich vor. Passiv-aggressiv und der ganze Mist.«

Der Ärger schnürte Deborah die Brust zu, aber sie hütete ihre Zunge und schluckte die Wut hinunter. Sie sah, wie Katie den Chirurgen zornig anfunkelte. Die ehemalige Moderatorin sah wild aus, ein Bild der Verzweiflung. Sie war ungeschminkt, und ihr Haar war zerzaust. Nichts erinnerte mehr an die gepflegte Fernsehpersönlichkeit, die sie noch vor einem Tag gewesen war.

»Eine Frau würde nicht so mit den Gefühlen einer Mutter spielen, die sich Sorgen um ihr Kind macht«, schoss Katie zurück, womit sie auf das unheimliche Gemälde in ihrem Zimmer anspielte.

»Ach, nicht?«, fauchte Deborah, die sich einfach nicht mehr beherrschen konnte.

Köpfe wurden zu ihr umgedreht. Überraschung angesichts ihres scharfen Tonfalls spiegelte sich in den Gesichtern.

Komm runter, Deborah. Du musst im Hintergrund bleiben und darfst keine Aufmerksamkeit auf dich lenken. Bleib in Deckung. Konzentrier dich. Dann kommst du hier raus, ohne deine Vergangenheit enthüllen zu müssen. Ewan darf nichts davon erfahren. Mein Baby, unser Kind, darf es nie wissen. Jeder hat eine zweite Chance verdient. Ich habe eine zweite Chance verdient.

Sie räusperte sich, konnte jedoch die Erinnerung an einige der Frauen, unter denen sie im Gefängnis gelitten hatte, nicht abschütteln. »Frauen sind zu viel schlimmeren Dingen fähig als Männer«, sagte sie leise.

Monica schluckte, sie wurde noch blasser.

»Dann glauben Sie also, dass Jackie das Flugzeug genommen hat?«, fragte Nathan an Stella gewandt.

»Warum sollte sie das tun?«, fragte Steven. »Ich meine, kann sie überhaupt fliegen?«

»Nicht bei diesem Wetter«, versicherte Stella. »Ob sie nun Pilotin ist oder nicht, niemand kann bei diesen Sichtverhältnissen fliegen.«

»Außerdem war da Blut«, warf Bart ein, den Blick fest auf Stella gerichtet. »Ganz schön viel Blut. Was bedeutet, dass Jackie vielleicht verletzt ist.«

»Oder dass irgendjemand anderes verletzt ist«, gab Stella zu bedenken. »Es könnte immer noch sein, dass jemand da draußen im Wald ist und uns beobachtet. Er könnte sich unbemerkt ins Haus geschlichen haben.«

»Glauben Sie, Jackie könnte vielleicht verletzt sein und *trotzdem* das Flugzeug genommen haben?«, fragte Monica.

»Wenn sie an Bord ist, dann ist sie mit dem Flugzeug nach Süden den See hinuntergetrieben, nachdem die Seile durchgeschnitten worden sind. Ich weiß nicht, wie lange sie da draußen überleben könnte, selbst wenn die Beaver irgendwo an Land getrieben sein sollte. Wenn Jackie verletzt in diesem Flugzeug sitzt, dann ist sie vermutlich so gut wie tot.«

»Ich glaube nicht, dass sie im Flugzeug ist«, sagte Steven. »Als ich heute Morgen den Weg entlanggelaufen bin, habe ich am Ende der zweiten Bucht einen schmaleren Pfad entdeckt, der in den Wald hinaufführt. Da waren Spuren im Schlamm und im Schnee. Als wäre da etwas entlanggeschleift worden.«

»Warum haben Sie das nicht gesagt?«, fragte Bart.

»Ich *sage* es doch gerade. Ich dachte, es könnte irgendein Tier gewesen sein, das seine Beute in den Wald geschleppt hat, oder so. Bis jetzt ist es mir nicht wichtig vorgekommen.«

»Dann ist also wirklich jemand da draußen?«, fragte Katie.

»Ich habe letzte Nacht etwas gesehen«, verkündete Nathan leise. Er rieb sich das Kinn. »Durch das Fenster. Es sah aus, als wäre da jemand mit einer winzigen Taschenlampe zwischen den Bäumen hindurchgelaufen.«

»Herrgott, Nathan, warum haben Sie das nicht früher gesagt?«, fuhr Katie ihn an.

»Ich dachte, es wäre vielleicht Stella, die nach dem Flugzeug sehen wollte. Aber jetzt glaube ich, es könnte Jackie gewesen sein.«

Steven sah Nathan an, seine Miene wirkte skeptisch – oder vielleicht auch ungläubig, misstrauisch. »Wann war das?«, wollte er wissen.

»Ich … ich weiß es nicht genau«, antwortete Nathan. »Wir sind hochgegangen, kurz nachdem die Uhr elf geschlagen hat.

Wir haben uns bettfertig gemacht – Monica und ich. Wir haben noch eine Weile geredet, und dann habe ich durch das Fenster das Licht gesehen.«

»Ich habe auch etwas gesehen«, sagte Steven. »Und jetzt glaube ich, dass du das gewesen sein könntest, Nathan.« Der Chirurg wandte sich an die ganze Gruppe. »Das muss gegen elf Uhr fünfzig gewesen sein. Ich habe auch jemanden durch die Bäume schleichen sehen. Jemanden, der lieber im Wald geblieben ist, als einfach den Pfad zu nehmen. Dann habe ich noch eine zweite Gestalt gesehen, die der ersten gefolgt ist. Ich würde auf dich tippen, Nathan.«

»Was zum Teufel sollte ich denn im Dunkeln da unten beim Flugzeug wollen?«, gab Nathan zurück.

»Sag du es mir«, konterte Steven.

Stille legte sich wie eine Decke über den Raum, abgesehen vom Knistern des Feuers.

Deborah musterte die anderen. Ihr Blick ruhte auf Bart. Da fiel ihr etwas auf. »Bart, wo ist das Messer?«, fragte sie.

Seine Hand wanderte zu der Messertasche an seinem Gürtel. »Tja … da wäre noch etwas«, sagte er und sah auf. »Als ich heute Morgen aufgewacht bin, war das Messer weg. Es hatte auf meiner Jeans auf dem Stuhl gelegen.«

Niemand sagte ein Wort.

Barts Miene verfinsterte sich. »Was? Glaubt ihr mir nicht?«

»Wo kommt die Wunde auf Ihrer Hand her?« Steven deutete auf den zornig roten Schnitt auf Barts linker Hand, die nun auf der leeren Messertasche ruhte.

»Ich bin im Schnee ausgerutscht, habe versucht, mich abzufangen, und mich an irgendetwas Scharfem geschnitten.«

Stille. Alle versuchten zu begreifen, was Bart da gesagt hatte. Abzuschätzen, ob es wahr sein konnte. Das Haus knarrte unter der zunehmenden Last des Schnees.

Barts Blick wurde wütend. »Herrgott, was *soll* das? Wollt ihr *mich* wegen irgendetwas beschuldigen?«

»Da war Blut auf dem Dock«, sagte Stella und sah Bart fest in die Augen. »Es könnte von der Wunde an Ihrer Hand stammen. Waren Sie auf dem Dock, bevor ich gekommen bin, Bart? Als das Flugzeug noch sicher dort vertäut war? Haben Sie es mit dem Messer losgeschnitten?«

»Verdammt noch mal!«, fluchte Bart. »Seht ihr denn nicht, was hier passiert? Wir haben Angst. Wir werden brutal. Wir wenden uns gegeneinander. Waren Sie nicht diejenige, die gesagt hat, wir können es nur als Team hier rausschaffen, Stella? Haben Sie uns während der Sicherheitseinweisung nicht gesagt, wie gefährlich Panik ist?« Wütend sah er sie an, seine Augen funkelten finster.

Dann fuhr er sich durch sein kurzes, dunkles Haar. »Hört mal, vielleicht ist Jackie wirklich im Flugzeug. Dann ist sie weg. Aber denkt mal an die Schleifspuren, die Steven gesehen hat. Sie könnte auch noch hier sein, irgendwo im Wald. Vielleicht verletzt. Wir müssen sie suchen, vielleicht braucht sie Hilfe. Ich finde, wir sollten jetzt zuerst eine Suchmannschaft auf die Beine stellen.«

»Diese Wälder sind endlos«, gab Nathan zu bedenken.

»Aber wenn wirklich jemand da draußen ist, der sich Jackie geholt hat, dann ist es ein Mensch«, gab Bart energisch zurück. »Und ein Mensch kann eine große Frau wie Jackie nicht besonders weit ziehen. Wir suchen sie, bis es wieder dunkel wird.«

Schweigen. Sie sahen einander an. Das Feuer prasselte, als ein weiteres Scheit umfiel, und die Augen der Tiere schienen im Flammenschein und den umherhuschenden Schatten auf einmal zum Leben zu erwachen.

»Wir müssen«, sagte Bart ruhig. »Was macht es aus uns, wenn wir es nicht tun?«

Stella stand auf. »Er hat recht.«

»O nein, ich gehe nicht in diesen Wald da raus«, widersprach Steven. »Was, wenn es doch einer von uns ist? Was, wenn es Bart ist und er uns in eine Falle lockt?«

»Herrgott, Steven«, zischte Monica. »Sollen wir Jackie einfach da draußen verbluten lassen? Ist es das, was aus uns geworden ist?«

»Was, wenn es Jackie selbst ist?«, warf Deborah unvermittelt ein.

Wieder drehten sich alle zu ihr um.

Ihre Wangen brannten unter den musternden Blicken. »Jackie könnte das hier inszeniert haben. Vielleicht hat sie das Flugzeug losgeschnitten und wartet jetzt da draußen im Wald, um uns zu erledigen. Einen nach dem anderen. Vielleicht hat sie es die ganze Zeit geplant.«

Wieder blieb es totenstill.

Stella begann, vor dem Feuer auf und ab zu gehen. Dann blieb sie stehen. »Wie auch immer, sind wir denn sicherer, wenn wir hier drin hocken? Wie Ratten in einem Fass, die darauf warten, dass man sie schnappt? Ich finde, wir sollten uns auf die Suche machen. Ich glaube, wir haben gar keine andere Wahl, als nach ihr zu suchen. Wenn sie nämlich unschuldig ist und da draußen liegt, dann braucht sie unsere Hilfe. Bart hat recht. Wenn sie über Nacht im Wald liegen bleibt, dann stirbt sie.«

Katie richtete sich auf, ihre Gesichtszüge wirkten verkrampft, die Muskeln an ihrem Hals spannten sich. »Hören Sie sofort auf, Stella. Nur weil Jackie weg ist, nur weil Dan Whitlock nicht zum Flugzeugdock gekommen ist, heißt das noch lange nicht, dass sie ›geschnappt‹ wurden. Es heißt noch lange nicht, dass sie *tot* sind. Vielleicht ziehen wir hier die völlig falschen Schlüsse. Vielleicht geht unsere Fantasie mit uns durch, nur wegen irgendeinem … irgendeinem Psychospiel mit diesem Buch und dem Gedicht und den Figuren. Vielleicht ist die Situation überhaupt nicht so gefährlich, wie wir glauben.«

»Das ist doch Wunschdenken, Katie«, antwortete Deborah. »Was ist mit den abgeschnittenen Köpfen? Die zweite Figur wurde irgendwann zwischen gestern Abend und jetzt geköpft.«

Nathan sah zu Steven hinüber, dann zu Monica, als würde er über etwas nachdenken. »Ich … ich wollte es eigentlich nicht erwähnen, weil …« Wieder sah er Steven an. »Ich dachte nicht, dass es wichtig ist, aber es war jemand hier in der Lodge, nicht lange, bevor wir hergekommen sind. Steven und ich haben eine Tüte mit Einkäufen in der Küche gefunden. Laut Kassenbon wurden die Sachen vor etwas über vier Wochen gekauft.«

»Und wo wurden sie gekauft?«, fragte Katie.

Ein weiterer Blick zu Steven, dann antwortete Nathan: »Im Kits Corner Store. In Kitsilano.«

Stella erstarrte. »Was … was war in der Tüte?« Ihre Stimme klang seltsam weich, fremd.

Alle sahen sie an. Die Stimmung im Raum veränderte sich, und ein Gefühl aufsteigenden Grauens breitete sich aus. Angst.

»Eine Packung Bioeier«, sagte Nathan. »Ein Snickers und eine Schachtel mit Frühstückscrispies – Tooty-Pops, Erdbeer.«

Stella wurde kreidebleich. Sie öffnete den Mund. Schloss ihn wieder. Langsam ließ sie sich auf das Steinsims vor dem Kamin sinken. Sie drückte sich beide Hände vor den Mund.

»Was ist los, Stella?« Monica fuhr hoch, auf einmal schien sie zum Bersten gespannt zu sein.

»Es … es ist nichts … es …« Zittrig holte sie tief Luft. »Es … ist nur eine schlimme Erinnerung. Es geht mir gut. Es ist nichts.«

Ruckartig stand sie auf und fuhr sich mit beiden Händen übers Haar. »Wir sollten in Zweiergruppen suchen. Wir … wir sollten uns mit irgendetwas bewaffnen, für den Fall …«

»Stella!«, fiel ihr Monica ins Wort. Ihr Gesicht war verkniffen und blass, an der Grenze zur Hysterie. »Sie *müssen* es uns sagen. Was haben diese Einkäufe zu bedeuten?«

Doch Stella stand einfach da. Wie benommen. Die Sekunden dehnten sich. Die verdammte Uhr machte *ticktack, ticktack, ticktack.*

Tränen glitzerten in Stellas Augen. Als sie wieder sprach, klang ihre Stimme belegt. »Ich habe einmal einen Fehler gemacht«, sagte sie leise. »Ich war einmal Mutter. Ich habe mein Kind verloren, weil ich ... weil ich eine schlechte Mutter war. Ich ... Er ...« Wütend wischte sie sich eine Träne von der Wange, dann noch eine. »Er hat diese Crispies geliebt. Tooty-Pops. Die mit Erdbeergeschmack mochte er am liebsten.« Auf einmal fluchte sie. »Ich habe dafür bezahlt. Gott, ich habe bezahlt. Ich wurde von der öffentlichen Meinung dafür angeklagt und bestraft. Sogar mein Ehemann hat mir die Schuld am Tod unseres Kindes gegeben. Meine Ehe ist zerbrochen. Ich habe meinen Job verloren. Alle da draußen dachten, sie könnten über mein Leben urteilen und richten, aber keiner, kein Einziger hat je in meiner Haut gesteckt. Keiner hatte das Recht dazu. *Niemand* ...« Ihre Stimme brach. Sie wankte. Dann setzte sie sich langsam wieder und blickte auf ihre Hände hinab.

»Sie haben gesagt, eine Frau wie ich hätte kein Recht, überhaupt Kinder zu bekommen. Und ich *konnte* auch keine mehr bekommen. Es war eine schwere Geburt.« Sie schwieg, die Uhr tickte. »Sie haben gesagt, ich hätte mein Kind umgebracht«, flüsterte sie.

»*Wer* hat das gesagt?«, verlangte Katie zu wissen. »Was genau haben Sie getan – *was ist passiert?*«

»Sie haben gesagt, dass ich es verdient habe, alles zu verlieren. Mir wurde das Herz herausgeschnitten, und sie haben gesagt ...« Auf einmal wurde Stella kalkweiß. Sie sah auf. »Karma«, wisperte sie. »Sie haben gesagt, es sei Karma.« Ihre Augen verdunkelten sich, und in die Furcht in ihrem Blick mischte sich Resignation. »Das muss der Grund sein, warum ich hergelockt wurde. Ich bin eine Mörderin. Wie die Menschen in diesem Buch. Ich bin hier in diesen Wäldern, um Rechenschaft abzulegen.«

Alle starrten sie an. Deborah sah, wie sich unverhohlenes Entsetzen in Monicas Züge schlich. Katie begann, sich aufs Knie zu klopfen und mit dem Fuß zu wippen, der Blick ihrer blauen Augen schoss wild im Raum umher, als würde sie Geister in den Schatten und auf der dunklen Wandvertäfelung sehen.

Tief aus dem Bauch heraus begann Deborah zu zittern. Ihr war wieder schlecht. Langsam begann sie zu verstehen – ein Bild tauchte auf, und sie würde sich gleich noch einmal übergeben müssen.

»*Was* haben Sie Ihrem Sohn angetan?«, fragte Katie wieder. »Was ist passiert?«

Stella schüttelte den Kopf, als würde sie allmählich begreifen. »Ihr könnt mir keine Schuld mehr geben. Niemand kann mich mehr dafür bestrafen, was passiert ist. Ich muss damit leben, und ich werde nicht darüber sprechen. Ich schulde niemandem mehr eine Erklärung.«

Katies Blick schoss zurück zu den Figuren. Ihr Fuß wippte schneller, das Klopfen auf ihrem Knie wurde stärker. »Wenn … wenn wir diesem Reim glauben, dann sind wir alle schuldig, weil wir irgendein Verbrechen oder eine Sünde begangen haben oder weil wir gelogen haben. Und allmählich glaube ich, dass es wirklich dumm von uns wäre – von uns allen –, dieses Gedicht nicht sehr, sehr ernst zu nehmen.«

Wieder holte Stella bebend Luft, dann richtete sie sich auf und straffte die Schultern. Doch sie wirkte älter, dünner, die Kuhlen unter ihren Wangenknochen tiefer. Die grauen Augen waren nicht mehr klar, dunkle Schatten lagen darunter, und ihr Blick war erschöpft. Es war, als wäre die Erscheinung der kompetenten Pilotin nur eine dünne Fassade gewesen, die nun fortgerissen worden war, um Stellas Innerstes vor der ganzen Gruppe zu entblößen.

Deborah schluckte. Sie spürte Stellas Schmerz, als wäre es ihr eigener. Sie konnte sich nicht einmal vorstellen, ihrem Baby etwas anzutun und dafür angeklagt zu werden. Sie beugte sich vor und griff nach Stellas Hand. »Ist schon gut. Es wird wieder gut.«

Wieder schimmerten Tränen in Stellas Augen, als sie Deborah ansah.

»Wir schaffen das schon«, sagte Deborah.

»Das werden wir«, bekräftigte Bart. »Stella hat recht. Wir teilen uns in Zweierteams ein …«

»Wir sind zu siebt, Bart«, sagte Steven. »Das geht nicht auf.«

»Ich gehe allein«, entgegnete Bart. »Ich nehme das Gewehr mit.« Er deutete auf die Flinte an der Wand.

»Nein, das werden Sie nicht«, widersprach Steven. »Ich traue Ihnen nicht genug, um Sie allein mit der Waffe losziehen zu lassen. Entweder nehme ich das Gewehr, oder ich komme mit.«

»Wissen Sie überhaupt, wie man eine Flinte abfeuert?«, fragte Nathan an Steven gewandt. »Oder haben Sie nur Angst und hoffen, dass Bart Sie beschützt?«

»Ich habe schon Tontauben geschossen. Und leg dich nicht mit mir an, Nathan.«

Finster sah Nathan ihn an, sein Körper schien zu vibrieren. »Gleichfalls, Steven.«

Steven hielt den Blick des Professors. Etwas Unausgesprochenes spielte sich zwischen den Männern ab. Monica griff nach der Hand ihres Ehemanns, als wollte sie ihn wieder davon abhalten, etwas zu tun – oder zu sagen.

Diese drei da teilen ein Geheimnis. Die Situation hat sich verschärft, als Nathan die Einkäufe erwähnt hat. Das hat Steven wütend gemacht. Und es hat auch Monica getroffen. Es hat sie furchtbar erschreckt. Wahrscheinlich hat ihr Ehemann ihr bisher nichts davon erzählt. Warum nicht?

Den Blick auf die drei gerichtet, sagte Deborah: »Ich bleibe hier. Ihr sechs teilt euch in Zweiergruppen auf. Mit meinem Knöchel würde ich sowieso nicht gut vorankommen. Und so ist jemand hier, falls Jackie zurückkommt. Ich schließe die Türen ab, und wenn sie anklopft, dann sehe ich erst durchs Fenster nach, ob sie es auch ist, bevor ich die Tür aufmache.«

»Ich weiß nicht, ob es klug wäre, sie überhaupt hereinzulassen«, warf Monica ein. »Vielleicht ist sie es, die hinter allem steckt, und Sie wären dann allein mit ihr.«

»Auf dem Regalbrett neben der Hintertür liegt ein Lufthorn«, sagte Stella und riss sich sichtbar zusammen. »Und ja, verschließen Sie die Türen. Wenn jemand, egal wer, herkommt und Sie Grund dazu haben, beunruhigt zu sein, dann gehen Sie nach oben und lassen das Lufthorn aus einem der Fenster tönen. Das ist dann für uns das Signal, zurückzukehren.«

»Vorsichtig zurückzukehren«, warf Bart ein.

Niemand widersprach.

Während sich die anderen auf den Aufbruch vorbereiteten, verkündete Deborah, dass es ihr nicht gut gehe, und hinkte die Treppe hinauf in ihr Zimmer. Sie ging in ihr kleines Badezimmer und übergab sich in die Toilette. Zweimal. Magensäure brannte ihr in der Kehle, während sie sich, den Kopf über der Kloschüssel, schwer atmend die Haare aus dem Gesicht hielt. Immer und immer wieder ging ihr Stellas Eingeständnis durch den Kopf. Sie legte sich eine Hand auf den Bauch und spürte, wie die Gefühle in ihrer Brust tobten. Jetzt gab es kein Zurück mehr – seit ihr Flugzeug, ihre Rettungsleine fort war. Was auch immer dies hier war, sie steckten gemeinsam drin. Und ganz gleich, wie dringend Deborah ihre Vergangenheit vor diesen Menschen verbergen wollte, sie fürchtete, dass es nun keinen Ausweg mehr geben würde. Es würde alles nur noch schlimmer werden.

Die Suche

MASON

Dienstag, 3. November

Mason saß auf dem Beifahrersitz des SAR-Trucks, Callie fuhr. Sie zogen einen Anhänger mit einem acht Meter langen SAR-Jetboot, das Platz für eine zweiköpfige Mannschaft plus bis zu zwölf Gerettete bot. Callie steuerte das schwere Fahrzeuggespann sicher und ruhig die steile, zerfurchte und schlammige Holzstraße entlang.

Vor ihnen, durch die tief hängenden Wolken kaum zu sehen, leuchteten verschwommen die Rücklichter eines noch etwas größeren Zugfahrzeugs, an dessen Steuer Callies Stellvertreter Oskar Johansson saß. Im Boot auf dem Anhänger vor ihnen konnte eine sechsköpfige Mannschaft untergebracht werden. Sowohl Callie als auch Oskar war im Umgang mit den Booten ausgebildet – immerhin lag Kluhane Bay am Ufer eines der größten und nördlichsten Seen British Columbias. Das Gebiet lockte im Sommer eine Menge wildnisbegeisterte Erholungssuchende an, was sich in der großen Anzahl von SAR-Einsätzen auf dem Wasser widerspiegelte. Mason hatte die Berichte gelesen. Vermisste Bootsführer, Kajakfahrer, Wanderer und Jäger sowie Schwimmer in Not – solche Fälle bildeten den Großteil der SAR-Einsätze in der wärmeren Jahreszeit.

Mason sah auf die Uhr. Nachdem er die Einsatzleitung in Prince George auf den neuesten Stand gebracht hatte, nachdem die KSAR-Mitglieder ihrer Zentrale Bericht erstattet hatten und die Ausrüstung in Boote, Trucks und Anhänger eingeladen worden war – darunter Seile, Funkgeräte, Karabiner, Helme, Jagdscheinwerfer, Taschenlampen, Essen, Wasser, Zelte, Bärenabwehr-Spray, Erste-Hilfe-Sets für die Wildnis und Rettungskörbe, um darin Verletzte oder Tote transportieren zu können –, war es bereits elf Uhr vormittags gewesen. Seither fuhren sie hinauf in die dicht bewaldeten Berge. Ihr Ziel war ein Anleger etwas nördlich von der Stelle, wo der Taheese Lake in den Taheese River floss. Dort wollten sie die Boote zu Wasser lassen. Callie hatte ihm erklärt, dass die Strömung im Augenblick zu stark war, um es weiter unten zu versuchen, weshalb sie eine längere Strecke mit den Autos zurücklegen mussten.

Er sah Callie an. Ihre Hände steckten in Handschuhen, und man merkte ihr an, dass sie sich hinter dem Steuer wohlfühlte. Ihr Profil war schön, stark. Klare Haut. Kein Make-up. Ihr dunkelblondes, schulterlanges Haar war dicht und glänzend, und sie hatte es ordentlich zurückgebunden. Darüber trug sie eine Wollmütze mit dem KSAR-Logo.

Sie wirkte durch und durch kompetent. Effizient. Konzentriert. Sie strahlte eine Energie aus, die Mason ansteckend fand. Callie Sutton war jemand, den man in seinem Team haben wollte, weil sie das Beste aus dem Rest der Crew herausholte. Sie machte einen zuversichtlichen, aber gleichzeitig professionellen Eindruck, und sie schien die Herausforderung dieser Freiwilligenarbeit zu genießen. Mason dachte an das Gespräch, das sie im Krankenhaus in Silvercreek geführt hatten – die lange Fahrt, dreimal wöchentlich, um ihren Ehemann zu besuchen. Die Anstrengungen, als alleinerziehende Mutter zurechtzukommen, ohne wirklich eine alleinerziehende Mutter zu sein. Vierzehn Monate war eine lange, lange Zeit, um auf seinen Lebenspartner zu warten. Trotz Callies Überzeugung, dass Peter zurückkehren würde, schätzte Mason, dass die Chancen für diese kleine Familie nicht gut standen. Und selbst wenn Peter Sutton tatsächlich aus seinem vegetativen Zustand erwachte, würde das Leben für ihn, Callie und ihren kleinen Sohn weiterhin eine Reihe monumentaler Herausforderungen bleiben.

Während sie immer höher hinauffuhren, tauchte Schnee auf den Ästen der Tannen auf. Callie schaltete den Allradantrieb ein, als die Reifen immer öfter den Halt verloren und auf einer Seite des Wagens ein steiler Abgrund auftauchte. In seiner städtischen Umgebung kannte sich Mason aus. In den dunklen Straßen. Die Gangs, das organisierte Verbrechen, Nachtclubs und andere zwielichtige Ecken. Er kannte die Staatsanwälte, die Spitzel, die Mechanismen vor Gericht.

Doch diese Wildnis war Callies Territorium. Er musste ihr die Autorität überlassen. Er musste sich ihre Erfahrung zunutze machen, um während seiner Amtszeit hier gemeinsam mit den abgehärteten Freiwilligen von Kluhane seine Arbeit zu erledigen. Eine andere Art der Polizeiarbeit. Durch die beschlagene Scheibe betrachtete er die nebelverhangenen Bäume. Es begann wieder zu regnen.

»Wenn wir das Nordende des Taheese Lake erreichen, wird es schon dunkel werden«, sagte sie und warf ihm einen raschen Blick zu. »Je nachdem, was wir dort vorfinden, müssen wir vielleicht im Freien übernachten. Wir haben die nötige Ausrüstung dabei. Vielleicht werden wir auch mehrere Tage da draußen bleiben.«

»Wer kümmert sich um Ben?«

Wieder sah Callie ihn kurz an, eindeutig überrascht von seiner Frage.

»Ich … normalerweise bin ich für solche Fälle gut gerüstet«, antwortete sie und fuhr um eine weitere scharfe Kurve. »Er ist bei Rachel. Meiner Freundin. Rachel und ihr Ehemann Ricardo haben einen Sohn, Ty, er ist in Bennys Alter. Sie waren von Anfang an Peters und mein Unterstützungsteam für unsere SAR-Arbeit. Praktisch seit Bennys Geburt. Jedes Teammitglied braucht ein solches Unterstützungsteam. Damit man schnell abrufbar ist. Man braucht einen verständnisvollen Chef, der einem erlaubt, bei Notfällen vielleicht sogar mehrere Tage am Stück auszufallen, man braucht jemanden, der sich um die Kinder kümmert und dafür sorgt, dass sie zur Schule kommen. Es hat keinen Sinn, Leben zu retten, wenn man dabei seine eigene Familie und seinen Job aufs Spiel setzt. Dieser Punkt ist mir immer sehr wichtig, wenn ich neue Teammitglieder ausbilde.«

Mason nahm einen leichten Trotz in Callies Tonfall wahr, einen Anflug von mütterlichen Gewissensbissen. Er kannte diese Reaktion. Jenny hatte genauso reagiert, wenn man sie danach fragte, wie sie ihre Arbeit als Anwältin mit ihrer Mutterrolle unter einen Hut brachte. Obwohl Mason selbst sich nie mit Fragen konfrontiert gesehen hatte, wie er gleichzeitig als Mordermittler tätig und Luke ein Vater sein konnte, verstand er, was in Callie vorging. Nun ja, jedenfalls, so gut er es eben verstehen konnte – Jenny hatte oft mit ihm über dieses Missverhältnis der Geschlechterrollen gesprochen.

»Wie war das bei Ihrer Frau?«, fragte Callie. »War sie berufstätig?«

Ein leises Vibrieren setzte in seiner Brust an, als sie den Spieß umdrehte, und auf einmal war er sich nicht mehr so sicher, ob er ihr wirklich mehr über sein Leben erzählen wollte. Aber er hatte schließlich damit angefangen.

»Jenny war Anwältin. Familienrecht.«

Sie befeuchtete sich die Lippen. Nickte. Die Augen fest auf die Straße gerichtet. Ihre Hände schlossen sich etwas fester um das Lenkrad.

»Sie hatte Schuldgefühle«, fuhr er fort. »Als berufstätige Mutter hatte Jenny ein schlechtes Gewissen. Genau wie ich.« Seine Worte überraschten sogar ihn selbst. Er räusperte sich. »Jetzt im Nachhinein wünsche ich mir, dass ich mehr Zeit mit Luke gehabt hätte. Ich wünsche mir, dass Jenny und ich einander mehr Zeit geschenkt hätten, dass wir uns mehr darauf eingelassen hätten, eine Familie zu sein – dass wir einfach … die kleinen Dinge genossen hätten.«

Sie warf ihm einen harten Blick zu. Er las etwas in ihren Augen. Mason war ein begabter Vernehmer, und in Callies Gesicht erkannte er einen Konflikt.

»Und wenn Sie die Chance hätten, noch einmal von vorn anzufangen, würden Sie dann bei der Arbeit zurückstecken und mehr Zeit zu Hause verbringen? Würden Sie den Job wechseln?«

Mason stieß ein tonloses Schnauben aus und starrte durch die regennasse Windschutzscheibe hinaus. »Hinterher weiß man alles besser, nicht wahr? Ich war Feuer und Flamme für meine Arbeit in der Abteilung für Schwerverbrechen. Ein großer Mordfall kann einen vollkommen einnehmen. So etwas kann süchtig machen. Bei Jenny war es genauso, wenn sie mitten in einem wichtigen Scheidungsfall steckte oder wenn es um einen Ehevertrag ging. Das konnte emotional sehr belastend sein. Familien einfach so zu trennen, sich mit der harten, formellen Rechtslage zu befassen und um Vermögenswerte zu kämpfen, während man es gleichzeitig mit so tiefgreifenden Gefühlen wie Liebe oder Hass zu tun hat. Mit Verlust oder Verrat.« Kurz hielt er inne. »Am Ende sind es die Kinder, die darunter leiden müssen. Immer die Kinder.«

Sie biss sich auf die Unterlippe, sagte jedoch nichts. Schweigend fuhren sie weiter.

Unvermittelt sagte Mason: »Jen war gestresst.«

Callie sah ihn an. Ihm war heiß. Er wollte nicht über Jen und Luke reden, doch auf einmal musste es sein. Es fühlte sich sicher an, mit Callie zu sprechen. Sie war vergeben. Also gab es dort keinen unterschwelligen Druck. Sie litt genau wie er, also würde sie ihn verstehen. Sie würde ihn nicht verurteilen. Er fragte sich, ob es ihr vielleicht genauso ging. Ob das der Grund war, warum sie ihm im Krankenhaus ein wenig über sich erzählt hatte. Oder ob sie im Allgemeinen eben offen mit anderen Menschen war.

Er räusperte sich. »Jen war immer in Eile, sie hat immer versucht, alles gleichzeitig zu machen. Und Luke hatte immer Hunger, war müde, wollte irgendwo hinfahren, etwas Süßes haben, mehr lustige Dinge unternehmen, Freunde sehen oder zum Strand gehen.« Er zögerte. Dann fügte er leise hinzu: »Manchmal frage ich mich … Wenn ich diese frühen Warnsignale vielleicht ernster genommen hätte, vielleicht hätte ich dann verhindern können, was passiert ist. Vielleicht wäre Jenny dann in diesem einen Moment nicht auf der Straße gewesen, oder vielleicht wäre sie früher an dieser Stelle auf dem Highway vorbeigefahren, wenn sie Luke nicht noch schnell zwischen zwei Terminen zum Karatetraining hätte fahren müssen. Oder vielleicht wäre sie dann entspannter gewesen, wachsamer, vielleicht wäre sie aufmerksamer gefahren. Vielleicht hätte sie den unberechenbaren Fahrer früher gesehen und …«

»Stopp«, fiel ihm Callie fest ins Wort. »So dürfen Sie nicht denken, Mason.«

Überrumpelt von ihrem scharfen Tonfall verstummte Mason und sah sie an.

»Ich habe mir dieselben Fragen in Bezug auf Peter mindestens eine Million Mal gestellt. Was, wenn er *nicht* so müde gewesen wäre, wenn er nicht so hart gearbeitet hätte …« Plötzlich klang ihre Stimme belegt. Sie atmete tief durch. »Was, wenn wir uns nicht gestritten hätten, bevor er zur Arbeit gefahren ist, wäre er dann an diesem Tag aufmerksamer gewesen …? Man will jemanden oder etwas, *irgendetwas,* das man dafür verantwortlich machen kann, dem man die Schuld geben kann. Das man beschimpfen und verfluchen kann, und wenn man so etwas nicht findet, dann gibt man eben sich selbst die Schuld. Damit dürfen Sie nicht weitermachen, Mason. Hören Sie auf.«

»Ja«, sagte er leise.

Wieder fuhren sie eine Weile stumm dahin und lauschten dem unablässigen Prasseln des Regens auf dem Autodach, dem Quietschen und Knarren der Räder. Dem Klacken der Scheibenwischer. Ab und zu pfiff der Wind durch den Dachträger. Es wurde dunkler, während sie allmählich höher hinauffuhren, in die schweren, nassen Wolken hinein, die gegen den Truck drückten und sich hinter ihnen wieder schlossen. Sie verloren das Fahrzeug vor ihnen aus dem Blick.

»Es ist noch etwa ein Kilometer diesen Hang hinauf«, sagte sie nach ein paar Minuten.

Er warf einen Blick auf die Uhr. »Sie haben erwähnt, dass der Besitzer der Lodge, dieser Franz, irgendetwas mit Hollywood zu tun hatte – wissen Sie darüber noch mehr?«

»Ich weiß nur, was im Dorf so geredet wird. Franz soll in der Film- und Fernsehbranche aktiv gewesen sein, bevor er in den Ruhestand gegangen ist. Er hat früher in Kalifornien gelebt. Ich glaube, er hat ein paar sehr erfolgreiche Realityshows entwickelt, kurz nach dem Sendestart von *Survivor.* Aber ich habe nie groß darüber nachgedacht oder nachgefragt, ob das auch wirklich stimmt. Wie gesagt, mittlerweile ist er vielleicht gestorben, und möglicherweise hat er keine Familie, die das Grundstück mit der Lodge geerbt haben könnte. Soweit ich weiß, wurde nämlich schon lange niemand mehr dort draußen gesehen. Es ist ja auch weit abseits. Isoliert. Einfach … irgendwo im Nichts. Dorthin verirrt sich niemand.«

»Abgesehen von den Kletterern auf dem Mount Warden.«
»Sehr selten mal.«
»Also keine Camper, keine Jugendlichen oder Leute, die auf dem See ein bisschen Spaß haben oder Partys in der Wildnis feiern wollen?«
»Nicht dass ich wüsste. Ehrlich gesagt meiden die Leute den Ort eher. Es ist irgendwie gruselig dort. Der See ist sehr lang, und der Weg bis zu der Stelle, an der man ein Boot zu Wasser lassen kann, ist weit. Wenn man also zufällig kein Flugzeug zur Verfügung hat, ist es gar nicht so leicht, dorthin zu kommen. Sobald man dann mal da ist, ist man praktisch zwischen dem See und dem Granitberg eingeklemmt. Es regnet ziemlich oft in diesem Gebiet. Ich habe wirklich keine Ahnung, warum sich jemand überhaupt an dieser Stelle ein Haus bauen sollte – ist ja nicht so, als gäbe es hier nicht auch jede Menge andere Orte, an denen man verloren gehen kann.« Sie warf ihm einen Blick zu. »Manchmal für immer. Wie diese zwei Frauen, die letztes Jahr in die Berge gegangen und nie wieder zurückgekommen sind. Man hat sie immer noch nicht gefunden. Und die Frau aus dem Vorjahr, die allein zu ihrer Hütte im Wald aufgebrochen ist und nie wieder gesehen wurde.«
Er hatte ein paar der Berichte gelesen. Es war nicht ungewöhnlich, dass Wanderer in der Wildnis von British Columbia verloren gingen. Manchmal wurden ihre Überreste erst nach Jahren oder Jahrzehnten gefunden. Manchmal auch nie.
»Wissen Sie noch, was für ein Flugzeug dieser Franz geflogen hat?«
»Auch eine de Havilland Beaver, aber in anderen Farben – Blau und Weiß. Allerdings fliegt hier im kanadischen Hinterland praktisch jeder Pilot eine Beaver. Aus gutem Grund. Kurze Flügelspannweite, damit man besser durch die Berge navigieren und auch auf kleineren Seen starten und landen kann. Kräftiger Motor. Stämmiger Rumpf. Zuverlässig auf Wasser, trockenem

Untergrund, Eis, Schnee. Die Ersatzteile sind schlicht, damit Reparaturen und Anpassungen leicht durchgeführt werden können.«

Sie kamen an eine Lichtung am Seeufer. Schlamm und halb getaute Schneereste. Oskar und sein Team waren bereits dabei, ihr Boot über eine Betonrampe in das stahlgraue Wasser des Taheese Lake gleiten zu lassen. Nebelschwaden umwirbelten sie, und das Wasser war kabbelig. Mason konnte nur zwischen fünfzig und hundert Meter weit sehen.

Als Callie ihren Truck neben dem von Oskar parkte, erfasste ihn eine seltsame Nervosität. Bisher hatten die Hinweise, die sie in diesem Fall gesammelt hatten, darauf hingedeutet, dass hier etwas zutiefst Ungewöhnliches geschah. Etwas Finsteres. Sie mussten so schnell wie möglich zur Lodge.

Die Lodge-Gruppe

MONICA

Montag, 26. Oktober

»Nathan«, zischte Monica, packte ihren Ehemann am Arm und hielt ihn in der Küche zurück, während die anderen durch die Hintertür zum Schuppen gingen.

Sie warf einen Blick über die Schulter, um sich davon zu überzeugen, dass Deborah nicht mehr da war. Die junge Frau hatte sich dafür entschieden, in der Lodge zurückzubleiben, obwohl sich ihr Hinken Monicas Meinung nach deutlich gebessert hatte. Vielleicht nutzte sie ihre Verletzung aus, was Monica ärgerte.

»Was ist los?«, fragte Nathan.

»Du hast mir nichts davon gesagt. Von den Tooty-Pops. Von der Tüte mit den Einkäufen aus dem Kits Corner Store. Verdammt, du hast es mir nicht gesagt. *Warum nicht?*«

»Weil ich wusste, dass es dich aufregen würde, Monica. Ich habe gehofft, dass ich es gar nicht erwähnen müsste. Aber jetzt, nachdem Jackie verschwunden ist, nachdem das Flugzeug verschwunden ist …« Auch er sah sich um und senkte dann die Stimme, bevor er fortfuhr: »Steven war derjenige, der die Tüte gefunden hat. Mir war es lieber, dass die Information von uns kommt, Monica. Damit zeigen wir Steven, dass wir hier die Kontrolle haben, nicht er. Ich wollte ihm vor den anderen zu verstehen geben, dass ich ihn zerstören kann, wenn er sich nicht benimmt. Endgültig.«

»Das würde auch uns zerstören!«

»Genau deswegen tun wir so, als wüssten wir nichts über die Symbolik dieser Einkaufstüte.«

Sie vergrub das Gesicht in den Händen. »Herrgott, was wird nur aus uns?« Sie sah auf. »Sie ist es, Nathan. Ich habe es dir doch gesagt. O Gott, sie *ist* es – die Mutter. Ich wusste gleich, dass sie es ist.«

»Die Mutter hieß aber nicht Stella Daguerre.«

»Weigerst du dich einfach, es zu sehen? Die Mutter hieß Estelle Marshall. Es war der Name ihres Ehemanns – sie hat gesagt, ihre Ehe ist in die Brüche gegangen. Estelle Marshall war Pilotin bei einer Luftfahrtgesellschaft, von Pacific Air. Sie ist die Route zwischen Singapur und Vancouver geflogen. Als die Öffentlichkeit sie für ihre Rolle beim Tod ihres Sohnes in der Luft zerrissen hat, ist sie zusammengebrochen, ihr Leben ist völlig entgleist. Man hat sie halb nackt und betrunken gefunden, als sie bei den Spanish Banks durchs Wasser gewatet ist, während sie sich eigentlich zum Dienst für einen Flug hätte melden sollen, weißt du noch? Sie hat in die Kameras geschrien. Die Airline musste sie feuern, wegen diesem Zwischenfall und wegen dem, was die Medien über ihre Vergangenheit ausgegraben hatten.«

Nathan schluckte. Sein Blick wanderte zum Küchenfenster. Durch die schmutzigen Scheiben konnte er sehen, wie sich die anderen um eine Werkbank im Schuppen versammelten. Monica erkannte, dass er es leugnen wollte. Mit jeder Faser seines Seins. Genau wie sie. Doch es würde immer deutlicher an die Oberfläche steigen, je länger sie hier zusammen gefangen waren. Sie waren verdammt.

Sehr leise fuhr sie fort: »Stella ist die Kurzform für Estelle. Daguerre ist entweder ihr Mädchenname oder ein falscher Name. Du hast sie gehört, Nathan. *Der Vorfall* hat sie ihre Ehe und ihren Job gekostet. Sie hat alles verloren.«

»Sie sieht so anders aus … sie hatte langes Haar. Dunkel und dicht. Sie war viel runder. Hübscher.«

»Oh, um Himmels willen, Nathan! Hörst du dir überhaupt selbst zu? Trauer – so eine Tragödie kann das bewirken. Sie höhlt einen von innen aus, bis man nur noch eine menschliche Hülle ist.« Tränen des Mitgefühls stachen in ihren Augen. Begleitet von würgenden Schuldgefühlen. Mit dem Daumenballen wischte sie sich über die laufende Nase. »Und du weißt auch, wer diese Geschichten aus ihrer Vergangenheit ausgegraben hat, oder? Du weißt, wer Estelle Marshall ausgeschlachtet hat, um auch noch den letzten Emotionstropfen aus der Öffentlichkeit herauszuwringen. Wer damals in allen möglichen Foren und auf Facebook pausenlos darüber geschrieben hat? Und sogar auf Twitter, obwohl das gerade erst im Kommen war? Du weißt, wer sein Image und seine Popularität unter anderem auf dieser Geschichte aufgebaut hat?«

In den Augen ihres Mannes sah sie, wie die Wahrheit einschlug.

»Katie Colbourne«, sagte er leise. Dann fluchte er.

»Katie hat diese arme, trauernde Frau in der Luft zerrissen, Nathan. Katie hat in ihrer Vergangenheit herumgewühlt – in der Geschichte ihrer fragilen mentalen Gesundheit, die sie vor ihren Arbeitgebern verheimlicht hatte. Katie hat herausgefunden, dass Estelle vor *dem Vorfall* zweimal in einer privaten Einrichtung und das Jugendamt einmal bei ihr gewesen war, nachdem eine Nachbarin gemeldet hatte, sie sei als Mutter ungeeignet. Verstehst du? Wir sind alle wegen *dem Vorfall* hier. Wegen *dem Vorfall,* den Steven verursacht hat.«

»Und du – du trägst genauso viel Schuld.«

Ihr Gesicht wurde heiß. »*Der Vorfall,* über den Katie berichtet hat. Den du mit Barts Hilfe vertuscht hast …«

»Für dich, Monica. Ich habe es für *dich* getan.«

»Jedenfalls ist Bart die Verbindung. Zwischen dem Auto, dir und mir. Er ist derjenige, der uns entlarven könnte.«

»Er weiß nicht, dass er die Verbindung ist, Monica.«

»Noch nicht. Aber das ist nur eine Frage der Zeit. Er hat dich schon direkt gefragt, ob er einmal unter der Hand einen Auftrag für dich erledigt hat, und jetzt wissen auch alle, dass du in Burnaby unterrichtet hast. Dass seine Werkstatt direkt neben der Universität lag. Sie wissen alle, dass wir in Kitsilano gelebt haben. Wenn das mit dem Auto rauskommt … wenn Stella es erwähnt …«

Mit beiden Händen packte Nathan sie an den Schultern und sah ihr direkt in die Augen. »Reiß dich zusammen. Du darfst jetzt nicht zusammenbrechen. Auf keinen Fall. Wir müssen das, was wir wissen, jetzt für uns behalten, wir müssen unser Geheimnis wahren, sonst ist alles vorbei.«

»*Wir* haben ihr das angetan. Wir haben das getan.« Sie wandte das Gesicht ab.

Er hob die Hand und wischte ihr sanft eine Träne von der Wange. »Monica, schau mich an.«

Sie sah in seine warmen Augen.

»Ich liebe dich, Monica. Wir schaffen das. Zusammen. Wir sind schon so weit gekommen. Wir geben jetzt nicht auf.«

Zum ersten Mal seit einer sehr, sehr langen Zeit spürte Monica einen Anflug von Liebe in der Brust. Damit kam Erleichterung. Er übernahm die Kontrolle. Er wies Steven in die Schranken. Er tat es für sie … Es war von Anfang an nur um sie gegangen. In diesem Moment liebte sie Nathan dafür, dass er Nathan war. Ihr zerstreuter Professor, ihr Pilzliebhaber. Wenn es hart auf hart kam, war er da. Er hatte immer hinter ihr gestanden. Sie hatte ihn furchtbar behandelt, sie hatte ihn betrogen, doch er hatte ihr vergeben und war bei ihr geblieben.

Er zog sie an sich und sie schlang die Arme um ihn. Sie lehnte sich gegen ihn.

»Hör mir zu, Monica.« Er streichelte ihr übers Haar. »Es könnte immer noch nur eine zufällige, verrückte Verbindung sein. Vielleicht geht es gar nicht um diesen Tag. Niemand weiß über uns Bescheid. Nicht einmal die Polizei hat etwas herausfinden können.«

Auf einmal kam Monica ein Gedanke und sie richtete sich abrupt auf. »Glaubst du, sie ist es? Könnte *sie* uns hergelockt haben?«

»Stella?«

»Aus Rache.«

Er zögerte, schüttelte dann jedoch den Kopf. »Du hast doch gesehen, wie sie reagiert hat, als ich die Einkaufstüte erwähnt habe. Es war ein Schock für sie.«

»Vielleicht hat sie das nur vorgetäuscht. Vielleicht hat sie ihr Flugzeug letzte Nacht versteckt. Vielleicht …«

»Nein. Es weiß doch niemand von uns. Nicht einmal die Polizei.«

»Jackie Blunt hat gesagt, dass sie für Dan Whitlock gearbeitet hat. Er war Privatdetektiv. Vielleicht wissen die beiden Bescheid. Vielleicht haben sie ihren eigenen Tod vorgetäuscht und warten jetzt darauf, dass wir gestehen.«

»Das reicht«, sagte er. »Sei still. Genau deshalb müssen wir den Mund halten. Wir müssen nur durchhalten. Ich. Du. Steven. Kein Wort. Selbst wenn irgendjemand etwas vermutet, gibt es keinen Beweis. Unmöglich. Nicht nach so vielen Jahren.«

»Bart. *Er* ist der Beweis. Die Verbindung zwischen dir, mir und meinem kaputten blauen BMW, nach dem die Polizei gefahndet hat.« Monica fluchte und strich sich das Haar aus dem Gesicht. Sie war es so verdammt leid, dieses Geheimnis wahren zu müssen, dass sie fast gestehen *wollte.* Sie *wollte,* dass alles herauskam. Endlich. Sie wollte sehen, wie Steven in Handschellen abgeführt wurde. Sie fand den Gedanken unerträglich, dass sie ihn gevögelt hatte. Dass sie zugelassen hatte, dass er in ihrem Auto vom Tatort geflohen war. Sie war so entsetzt, so starr vor Angst gewesen, dass sie nur reglos auf dem Beifahrersitz gesessen hatte. Sie hätte sich auch später noch stellen können, aber sie hatte sich gefürchtet. Davor, dass die Kinder von ihrer Affäre erfahren könnten. Dass Stevens Frau davon hören könnte. Dass die Polizei sie abholen würde. Sie hatte Angst davor gehabt, was aus ihrem Unternehmen, ihren Angestellten, ihrem Leben werden würde. Ihren Freunden. Ihrem schicken Haus in Kitsilano. Also hatte sie sich in den Schatten geduckt, und während man Stella – das Opfer – öffentlich ausgeschlachtet hatte, waren Steven und sie damit davongekommen, dass sie einen unschuldigen, wunderschönen sechsjährigen Jungen getötet hatten, dessen Name Ezekiel Marshall gewesen war und der Tooty-Pops und Snickers geliebt hatte. Seine Mutter hatte ihn kurz vor einem Spirituosengeschäft allein gelassen, weil Minderjährigen und Hunden der Zutritt verboten war. Sie hatte ihr Kind mit der Hundeleine in einer und der Einkaufstüte in der anderen Hand auf dem Bürgersteig einer sicheren Nobelwohngegend an einem düsteren, verregneten Nachmittag allein gelassen. Während Ezekiels Mutter gerade an der Kasse für eine Flasche Chardonnay bezahlt hatte, war dem kleinen Jungen, der die Einkaufstüte an sich gedrückt hielt, die Hundeleine aus der Hand gerutscht. Der Welpe hatte irgendetwas gesehen und war losgesprungen. Ezekiel war ihm hinterhergelaufen. Der Welpe hatte sich zwischen zwei geparkten Autos hindurchgeschlängelt und war über die Straße gerannt. Der Junge hinterher.

Die Erinnerung an den Aufprall erschütterte Monicas ganzen Körper.

Vor ihrem inneren Auge sah sie wieder, wie Estella Marshall schreiend und mit panischem, weißem Gesicht aus dem Spirituosengeschäft gestürzt war. Wie sie ihre Flasche Chardonnay fallen gelassen hatte und auf die Straße hinausgerannt war. Monica sah ihr Gesicht – diese *Augen,* diese gebrochenen Augen –, als sie auf CRTV darum gefleht hatte, dass sich derjenige melden sollte, der gesehen hatte, wie der blaue BMW ihren Sohn getötet hatte. Schluchzend und weinend hatte sie darum gebeten, dass wer auch immer den kleinen roten Rucksack ihres Sohnes mitgenommen hatte, das Richtige tun und sich an die Polizei wenden sollte.

Doch niemand hatte es getan.

Niemand schien den blauen BMW gesehen zu haben.

Den BMW, den Nathan eingedellt und mit nur noch einem Nummernschild in seiner Garage gefunden hatte. Nach den Nachrichtenberichten hatte er gewusst, was passiert war. Er hatte Monica direkt gefragt, und sie war gezwungen gewesen, ihm von Steven zu erzählen. Dass sie eine Affäre hatten. Dass sie an diesem Nachmittag beschwipst gewesen waren. Dass sie in dem Bett, das Monica mit Nathan teilte, miteinander geschlafen hatten.

Nathan hatte geschwiegen und den BMW in der Nacht zu einer bestimmten Adresse in Burnaby gefahren. Monica hatte das Auto nie wiedergesehen. Es war repariert worden, hatte Nathan ihr erzählt. Danach war es an einen Käufer aus Alberta gegangen.

Die Küchentür schwang auf, und ein Schwall eisige, nasskalte Luft drang herein.

»Hey, ihr beiden …« Steven erstarrte, die Hand auf dem Türgriff, als er ihre Gesichter sah. »Was macht ihr denn hier? Was ist los?«, fragte er leise.

Nathan und Monica tauschten einen Blick

»Sie ist es«, antwortete Monica gedämpft. »Die Mutter. Stella ist die Mutter des toten Jungen, den du mit meinem Auto überfahren hast. Bart ist derjenige, der meinen BMW repariert und verkauft hat. Er ist die Verbindung … Er kann uns alle auffliegen lassen. Wir können immer noch dafür ins Gefängnis kommen.«

Steven schluckte, dann warf er einen Blick über die Schulter zum Schuppen, wo die anderen warteten. »Kennen Stella und Bart einander?«

»Ich wüsste nicht, woher«, flüsterte Nathan.

»Steven!« Stellas Ruf drang an ihre Ohren. Sie hörten, wie sie vom Schuppen herüberkam. Ihre Stiefelschritte knirschten über Steine und Schnee. Schwer atmend erschien sie hinter Steven. »Haben Sie Monica und Nathan gefunden …« Ihr Blick wanderte von Steven zu Monica und Nathan. Sie runzelte die Stirn. »Was ist denn hier los?«

»Nichts«, gab Monica hastig zurück. »Ich … mache mir nur Sorgen.«

Stella musterte sie einen Moment zu lange. »Wir müssen los«, sagte sie dann. »Es wird schon bald wieder dunkel. Wir haben Taschen- und Stirnlampen, und im Schuppen sind ein paar Sachen, die wir als Waffen verwenden können. Kommt und sucht euch etwas aus.«

Die Lodge-Gruppe

DEBORAH

Deborah trat noch einen Schritt zurück hinter die Wand, die den Wohnraum von der Küche trennte. Sie war heruntergekommen, um den Kessel aufzusetzen. Sie war dehydriert vom vielen Erbrechen, aber sie hatte Angst davor, das Wasser zu trinken, das aus den Hähnen kam, ohne es vorher abzukochen. Dann hatte sie Monica und Nathan flüstern gehört. Und schließlich war Steven hereingekommen.

Nachdem sich die Küchentür hinter ihnen geschlossen hatte, jagte ihr Puls so schnell, dass sie schon fürchtete, sie würde einen Herzanfall bekommen.

Die gezackten Teile dieses splittrigen Puzzles fügten sich ineinander, und was sie sah, erschreckte sie zutiefst.

Sie wartete, bis sie sicher war, dass sich niemand mehr in der Küche aufhielt, dann trat sie vorsichtig ein.

Es war ein dunkler, unheimlicher Raum. Die Messer, Hackbeile und Fleischklopfer wirkten auf einmal gefährlich. Langsam ging sie zum Fenster. Ihrem Knöchel ging es schon viel besser. Sie spähte hinaus.

Der Rest der Gruppe war um eine Werkbank im Schuppen versammelt. Sie teilten Dosen mit Bärenabwehr-Spray, ein weiteres Lufthorn und mehrere Messer unter sich auf. Bart lud das Gewehr und steckte sich ein paar Patronen in die Taschen. Steven sah zum Haus hinüber, und sie wich lautlos zurück, um nicht gesehen zu werden.

Die Suche

CALLIE

Callie lenkte ihr Boot auf das aufgewühlte Wasser des Taheese Lake hinaus. Sobald sie aus der Deckung heraus waren, traf sie der Wind mit voller Wucht, und Regen schlug gegen die Glasscheiben. Mason stellte sich neben sie ans Steuer unter das Schutzdach. Sie ließ den Motor leerlaufen und wartete, bis auch Oskar und seine Mannschaft aus drei Männern und einer Frau aus der geschützten Bucht fuhren. Dann gab sie Gas. So schnell es die schlechte Sicht erlaubte, ließ sie den Bug durch die Wellen pflügen, während sie durch den Vorhang aus Schneeregen schnitten. Manchmal trieben so dichte Wolken über das Wasser, dass sie nicht einmal die Bergflanken sehen konnte, die sich zu beiden Seiten des schmalen Sees steil erhoben.

»Jetzt verstehe ich, was Sie damit gemeint haben, dass der See der reinste Windkanal ist.« Mit einer Hand hielt Mason sein Cap fest, mit der anderen umklammerte er die Reling.

»Was?«

Er wiederholte lauter, was er gesagt hatte.

Sie lachte. Es wäre gelogen, wenn sie behaupten würde, dass sie die Aufregung dieser Arbeit nicht genoss. Sie liebte den stechend kalten Wind, das Peitschen des Regens auf der Haut, den Widerstand der Wellen vor dem Bug. Ab und zu erhaschte sie einen Blick auf die Berge, die dichten Wälder, die schwarzen Felsen, die brutalen Lawinennarben mit den gewaltigen Wurzelknäueln umgestürzter Bäume und den Felsbrocken. Für Callie war dies Gottes Land. Sie lebte, um es in sich aufzusaugen und seine tödliche Majestät zu bewundern.

Oskar folgte mit seinem größeren Boot in ihrem Kielwasser. Nach etwa vierzig Minuten sah sie wieder auf ihre Instrumente. Sie hatten vom Bootsableger eine Strecke von etwa dreißig Kilometern hinter sich gebracht. Sie verlangsamte das Tempo. Oskar tat es ihr nach. Das Geräusch der Motoren veränderte sich, während sie sich langsam in die nebelverhangene Düsternis vorantasteten. Callie konnte weder den Mount Warden noch das Nordende des Sees sehen, doch sie konnte es spüren. Etwas Großes und Massiges lauerte hinter dem Wolkenvorhang. »Wir müssten jeden Moment da sein«, sagte sie zu Mason.

»Ich sehe es!« Er deutete auf etwas, als sich der Schleier vor ihnen teilte.

Auf einmal kam die Lodge in Sicht. Wie ein schwarzes Tier kauerte sie auf einer Lichtung, zu beiden Seiten eingefasst von dichtem Nadelwald, der direkt bis ans Seeufer heranreichte. Fenster glänzten wie Augen. Mahnend erhoben sich die Totempfähle davor.

Callie schüttelte das Gefühl der Bedrohung ab, das wie die Nebelschwaden um das Haus zu wabern schien. Seit sie damals mit Peter und ein paar anderen Kletterern die Südseite des Warden erklommen hatte, war sie nicht mehr hier gewesen. Vier Jahre waren seither vergangen. Der Ort war ihr immer schon gruselig vorgekommen, doch nun wirkte er unheilvoller denn je.

Sie erreichten das alte Dock, und sie lenkte das Boot längs neben die mit Moos und Schneematsch bedeckten Planken. Das Dock knarrte, die Wellen schlugen gegen das Holz und zogen sich schlürfend wieder zurück. Oskar lenkte sein Boot hinter ihres.

Sie konnten kein Lebenszeichen an Land erkennen.

Aus dem Schornstein stieg kein Rauch auf. Kein Laternenlicht schimmerte hinter den Fenstern. Den einzigen Hinweis darauf, dass jemand hier gewesen war, lieferten die beiden Seile, die am Dock festgebunden worden waren. Die Enden hingen ins Wasser.

Callie deutete mit dem Kinn in Richtung der Seile und schaltete den Motor aus. »Die da sehen neu aus.«

Mason nickte.

Sie holten die Jagdscheinwerfer und die Taschenlampen hervor und stiegen schweigend aus. Während die SAR-Mannschaft die Boote sicherte, ging Mason neben dem nassen Dock in die Hocke, streifte Handschuhe über und zog die Seile aus dem Wasser.

Sofort fiel Callie auf, dass die Enden durchgeschnitten worden waren. Schweigend sah sie zu, wie Mason Fotos von den Seilenden schoss, während Oskar und die anderen bereits auf die Lodge zugingen. Die Lichtkegel der Taschenlampen huschten durch den Nebel.

»Glauben Sie, dass das vor Kurzem passiert ist?« Sie deutete auf die durchtrennten Seilenden. Masons stand auf und sah sich um.

»Ja«, antwortete er leise. »Die Beaver mit der Toten an Bord hatte auch solche Seile an den Streben. Die Schnittflächen könnten passen.«

»Dann könnte das Flugzeug also hier vertäut und dann losgeschnitten worden sein?«

»Das ist zum jetzigen Zeitpunkt zumindest eine plausible Theorie.« Er schaltete seine eigene Taschenlampe ein und ließ ihren Strahl langsam über die Planken wandern. »Könnten Sie

Ihren Leuten bitte sagen, dass sie einen Moment warten sollen?«, fragte er.

Callie fluchte innerlich, als sie sah, dass Oskar und die anderen die nasse Schneewasserschicht auf dem Dock zertreten hatten.

»Hey!«, rief sie in den Nebel. »Oskar! Leute! Wartet, bis die RCMP euch das Okay gibt!«

Oskar hob bestätigend die Hand.

Mason trat zum Ende des schiefen Docks. Wieder ging er in die Hocke. Vorsichtig wischte er den halb getauten Schnee beiseite. Da sah Callie, was seine Aufmerksamkeit erregt hatte – rosa Flecken im Matsch. Adrenalin rauschte durch ihre Adern. Sie warf einen Blick in Richtung Lodge. Oskar und die anderen warteten neben den Totempfählen. Mit der Taschenlampe leuchtete Oskar den Boden ab. Er war ein ausgezeichneter Spurenleser. Vielleicht hatte er auch etwas entdeckt.

Mason schoss ein paar weitere Fotos und stand auf. »Sehen wir uns das mal an. Zum jetzigen Zeitpunkt können wir nicht ausschließen, dass dies hier ein Tatort ist. Ich möchte, dass sich Ihre Leute zurückhalten und auf meine Befehle warten. Immer.«

»Verstanden.«

Sie folgte Mason den schmalen, überwucherten Pfad zu den Totempfählen hinauf, wo die anderen warteten.

Ein lautes Knarren erklang. Callie zuckte zusammen und sah hoch. Der Kopf und die Flügel des Raben bewegten sich, als der Wind die Richtung änderte. Die Härchen in ihrem Nacken stellten sich auf. Die Spitze des Totempfahls diente offenbar als eine Art primitiver Windsack, trotzdem konnte Callie das Gefühl nicht abschütteln, dass der Rabe lebendig war und sie beobachtete. Irgendetwas an diesem Ort kam ihr unheimlich vor, als würde ihr sechster Sinn sie warnen. Und Callie traute ihrem Bauchgefühl. Schon mehr als einmal hatte es ihr in der Wildnis das Leben gerettet.

Was haben die Holzaugen dieses Raben hier alles gesehen?
Als sie die Stufen erreichten, die zur vorderen Veranda hinaufführten, hob Mason die Hand. »Bleiben Sie einen Moment zurück. Warten Sie hier.«

Er zog seine Waffe und ging vorsichtig die Stufen hinauf, dann klopfte er an die Tür. »Hallo! Ist hier jemand?«

Die Stille lastete schwer auf ihnen, während sie auf eine Antwort warteten. Abgesehen vom stetigen Trommeln des Regens und dem Rauschen des Windes in den Bäumen war nichts zu hören. Mason versuchte, die Türklinke hinunterzudrücken. Die Tür schwang auf. Er machte eine Geste, mit der er ihnen zu verstehen gab, zur Seite zu treten, runter vom Pfad und aus der direkten Schusslinie. Sie gehorchten, wechselten Blicke und sahen zu, wie Mason die Tür mit dem Fuß aufstieß, die Waffe in beiden Händen, einsatzbereit.

»Hallo?«, rief er noch einmal. Er wartete einen Moment. »Hier ist Sergeant Mason Deniaud von der Kluhane RCMP. Ich komme jetzt rein!«

Er betrat das Haus in Polizeimanier, die Waffe voraus. Er hielt sich neben der Tür und bewegte sich dann rasch und geschickt auf die andere Seite.

Dann verschwand er im Haus.

Sie hörten, wie er in der Lodge ein weiteres Mal rief.

»Da ist Blut auf dem Dock«, flüsterte sie Oskar zu.

»Bist du sicher, dass es Blut ist?«

»Ich nehme es an«, präzisierte Callie. Doch das Opfer, Jackie Blunt, war schließlich irgendwo erstochen worden, und Callie hätte darauf gewettet, dass das da auf dem Dock Menschenblut war.

Oskar nickte, dann ließ er den Lichtstrahl seiner Lampe wieder über den Boden um sie herumgleiten. Auf einmal deutete er auf etwas.

»Da drüben«, sagte er leise. »Im Schlamm neben den Beerenbüschen. Sieht nach Fußspuren aus.«

Sie hielt sich die Hand über die Augen, um sie vor dem Regen zu schützen, und spähte in den Nebel hinaus. Er hatte recht. Dort waren Spuren im aufgewühlten Schlamm und Schnee. Vor einer Lücke in den Brombeerbüschen, vielleicht ein Weg, der zwischen die Bäume führte.

Die Zeit vertickte, während sie auf Mason warteten. Die Wolken hingen noch tiefer. Der Regen wurde stärker, er perlte von ihren Jacken und tropfte von den Schirmen ihrer Caps. Dunkelheit senkte sich herab.

»Er lässt sich Zeit«, sagte Oskar. »Glaubst du, es ist alles in Ordnung?«

Allmählich machte sich Callie Sorgen, doch dann sah sie den Lichtkegel einer Lampe hinter einem der oberen Fenster. »Er ist da oben.« Sie deutete auf den Schein.

Kurz darauf erschien Mason wieder in der Tür. Gespannt wartete die Gruppe, während er schweigend zu ihnen zurückkam.

»Das Haus scheint leer zu sein«, sagte er und steckte die Waffe ein. »Aber sie waren hier.«

»Sicher?«, hakte Callie nach.

»Ein paar Tage, den Konservendosen und den Tellern in der Küchenspüle und auf dem Esstisch nach zu schließen. Sie haben in den oberen Zimmern geschlafen. Ein paar Besitztümer befinden sich noch dort, darunter auch eine Brieftasche mit Jackie Blunts Ausweis.«

Die Lodge-Gruppe

STEVEN

Montag, 26. Oktober

Steven folgte Monica und Nathan zum Schuppen. Bevor er jedoch hineinging, brachte ihn irgendetwas dazu, sich noch einmal zur Lodge umzudrehen.

Da war jemand – ein Umriss hinter den mit Raureif überzogenen Küchenfenstern. Deborah Strong. Die ihnen nachsah.

Rasch wich sie zurück.

Die Frau war still, unnahbar. Sie machte Steven nervös. Sie war jemand, der beobachtete. Der alles in sich einsog. Der nahm.

Nebel trieb vor dem Küchenfenster vorüber, und Kälte sickerte in seinen Körper. *Jemand, der beobachtet ... bezeugt ...*

Er erstarrte.

Zeuge.

Ein geflüstertes Wort in seinen Gedanken. Sein Herz schlug schneller. Er dachte an das, was Jackie Blunt gesagt hatte.

»Ich habe Deborah schon einmal gesehen. Ich habe das Tattoo auf ihrem Handgelenk wiedererkannt. Eine Schwalbe. Das kenne ich von irgendwoher. Und mit ihr gesprochen habe ich auch schon

einmal. Ihre Stimme kommt mir bekannt vor … Solche Dinge bleiben mir im Gedächtnis.«

Deborahs Antwort: *»Ich glaube, dass Sie sich irren.«*

Er erinnerte sich an die knisternde Spannung zwischen ihnen. Sie kannten einander tatsächlich. Aber sie hatten es nicht enthüllt – stattdessen hatten sie sich dafür entschieden, es geheim zu halten. Warum? Monicas schockierende Enthüllung, dass Stella die Mutter des Jungen war, den er getötet hatte, ging ihm durch den Kopf.

Ihm wurde heiß, während er weiter das dunkle Lodge-Gebäude und die undurchsichtigen Fenster anstarrte. Er erinnerte sich an die flehenden Augen der Mutter im Fernsehen. Er wusste, dass Monica recht hatte. Sie war es. Vielleicht hatte er es unterbewusst längst begriffen, doch sein aufs Überleben ausgerichtetes Hirn hatte es nicht wahrhaben wollen.

Weil er dieses Kind überfahren hatte. Weil er den kleinen Ezekiel Marshall umgebracht hatte.

Die Erinnerung durchlief ihn wie ein Schauer.

Als es passiert war, hatte er es einfach nicht für möglich gehalten. Doch er hatte zu viel getrunken, um noch fahren zu dürfen. Er war abgelenkt gewesen – Monicas Kopf in seinem Schoß, während sie seinen Schwanz lutschte. Ihr Kichern. Dann der Schlag.

Trotz der Kälte brach ihm der Schweiß aus.

Er hatte kehrtgemacht. Er hatte sichergehen wollen. Das Blut auf dem Gesicht des Kindes … Dann war die Panik da gewesen und er hatte Gas gegeben, war mit quietschenden Reifen um eine Kurve und eine dunkle Seitenstraße hinaufgerast.

Doch jemand hatte gesehen, was er getan hatte. Eine Frau. Sie hatte an einer Ecke auf dem Bürgersteig im Regen gestanden. Ein Stück weiter, wo es keine Geschäfte mehr gab und wo es ruhiger und dunkler war. Hochhackige Stiefel, kurzer Rock. Glänzender schwarzer Trenchcoat. Regen war von ihrem Schirm getropft. Die traumatischen Umstände dieses Augenblicks hatten dafür gesorgt, dass sich ihr Bild tief in Stevens Hirn eingebrannt hatte. Eine Prostituierte, hatte er gedacht. Die direkt in das Auto geblickt hatte – direkt in sein Gesicht, den Mund vor Schreck und Entsetzen zu einem O geformt.

Die Zeugin.

Sie war zu dem am Boden liegenden Jungen gerannt, als Steven gerade um die Ecke verschwand.

Doch die Zeugin hatte sich nie gemeldet. Niemand wusste, was aus ihr geworden war oder ob es sie überhaupt gab. Sie hatte ihre eigenen Geheimnisse zu hüten. Wahrscheinlich hatte sie auf den ersten Blick erkannt, dass sie dem Jungen nicht mehr helfen konnte, dann hatte sie sich seinen Rucksack und das auf der Straße liegende vordere Nummernschild des BMW geschnappt und war ebenfalls vom Unfallort geflohen.

Die Mutter hatte gesehen, wie die Zeugin mit dem kleinen roten Rucksack davongerannt war. Die Mutter hatte den Polizisten und den Medien erzählt, dass es eine Zeugin gegeben und dass sie Ezekiels Rucksack mitgenommen hatte. Allerdings hatte die Mutter eindeutig nicht gesehen, dass sich die Frau auch das zerbeulte Nummernschild geschnappt hatte.

Die Polizei hatte nach ihr gefahndet. Man hatte Zettel an Laternenmasten geklebt und Aufrufe in Radio und Fernsehen gestartet, mit der Bitte, dass sich die mögliche Zeugin melden solle. Doch niemand hatte es getan. Und niemand schien etwas von dem Nummernschild zu wissen.

Während die Zeit verging und Katie Colbourne enthüllte, dass es in Estelle Marshalls Vergangenheit Episoden von psychischen Erkrankungen und Depressionen gegeben hatte, wegen derer sie in Behandlung gewesen war. Nach und nach kamen alle zum Schluss, dass sich Estelle die Zeugin vielleicht nur eingebildet hatte. Besonders in Anbetracht des traumatischen Erlebnisses, dass ihr kleiner Junge überfahren worden war.

Ein Zeuge beobachtet.

Es fühlte sich an, als würde eine kalte, harte Kugel durch seinen Magen hinab in seine Eingeweide sinken. Das Gespräch mit seinem Anwalt – seinem Problemlöser, seinem Fixer – kroch aus den Tiefen seiner Erinnerungen empor.

»*Ich habe da jemanden, Steven. Einen Ex-Cop. Jetzt ist er Privatdetektiv. Der erledigt so was. Wenn jemand das Nummernschild finden und diese Zeugin zum Schweigen bringen kann, dann er.*«

»*Wer ist er?*«

»*Das lassen wir lieber unausgesprochen. Es ist besser, solche Dinge getrennt voneinander zu halten, falls etwas schiefgeht. Je weniger Sie wissen, je weniger wir alle wissen, desto besser.*«

»*Aber dieser Privatdetektiv kann das erledigen?*«

»*Wenn der Preis stimmt.*«

»*Wie?*«

»*Noch mal, je weniger Sie wissen, desto weniger kann passieren.*«

»*Sie meinen also … dass diese Zeugin bestochen wird?*«

»*So was in der Art.*«

Steven versuchte, Luft zu holen. Er versuchte, der wilden Panik, die ihn zu überfallen drohte, die ihn verwirrte, mit Logik zu begegnen. Es war alles da. Alle Verbindungen.

War Dan Whitlock der Privatdetektiv gewesen? Hatte er wiederum jemanden bezahlt, der die Zeugin in die Mangel hatte nehmen sollen?

Könnte vielleicht … nur vielleicht … Deborah Strong die Zeugin gewesen sein?

Nein. Nein. Scheiße, nein. Der Stress stieg ihm zu Kopf. Er sah Verbindungen, wo keine waren. Seine Schuldgefühle, seine Angst ließen überall Monster auftauchen.

»Steven?«

Er keuchte und fuhr erschrocken herum. Die Mitglieder der Gruppe – sie alle – musterten ihn mit argwöhnischer Miene, so als wäre er durchgedreht oder so.

»Alles klar, Mann?«, fragte Bart.

Monicas Worte hallten in seinem Kopf wider.

Bart. Er ist der Beweis. Die Verbindung zwischen dir, mir und meinem kaputten blauen BMW, nach dem die Polizei gefahndet hat.

»Ja … ja, alles klar.« Er betrat den düsteren, spinnwebenverhangenen Schuppen. Dort drin sah es aus wie in einer ländlichen Folterkammer voller von Staub und Schmutz überzogener Werkzeuge und Geräte. Es roch nach Sägemehl und etwas, was er nicht zuordnen konnte. Hinten an der Wand stand eine Gefriertruhe neben einem Generator. Auf den Regalbrettern daneben reihten sich Benzinkanister mit Tüllen.

»Nichts drin«, sagte Bart, der bemerkt hatte, wie Steven die Gefriertruhe musterte. Demonstrativ hob er den Deckel. »Wenn wir hier noch ein paar Tage festsitzen, dann können wir vielleicht jagen und das Zeug dann hier lagern. Die Truhe ist an den Generator angeschlossen, und die Kanister da sind voll.«

Steven sah ihm in die Augen. Dann wanderte sein Blick zu der Messertasche, die er immer noch am Gürtel trug. Leer.

»Ich habe einige Aufträge unter der Hand angenommen, um gestohlene oder gesuchte Fahrzeuge in Ordnung zu bringen.«

Leute, die für Schwarzgeld heiße Fahrzeuge reparierten, standen meistens mit Leuten in Verbindung, die Fahrzeuge klauten. Kriminelle. Gangs. Manchmal bewahrten Leute wie Bart auch Beweismittel auf. Fotos, Aufnahmen von Überwachungskameras, als Druckmittel für den Fall, dass etwas schiefging. Könnte Bart Aufnahmen davon haben, wie Nathan ihm Monicas beschädigtes Auto gebracht hatte? Könnte es sein, dass es noch alte Fotos des BMW gab?

Die Vancouver News waren damals vor vierzehn Jahren voller Meldungen über die Fahrerflucht gewesen, voller Zeugenaufrufe und Fragen, ob jemand einen vorne beschädigten blauen BMW gesehen hatte. Bart musste gewusst haben, dass der blaue BMW, den er für Nathan in Ordnung brachte, höchstwahrscheinlich damit in Verbindung stand. Es musste doch sicher Blut am Auto gewesen sein? Vielleicht waren sogar Haare oder etwas anderes von dem Jungen zu sehen gewesen?

Wenn Bart die Verbindung zog und sich dazu entschloss, Monica und Nathan zu enttarnen, dann würde Monica ihn selbst mit absoluter Sicherheit auch ans Messer liefern.

Panik schloss sich wie eine Schlinge um Stevens Hals. Er konnte nicht atmen.

Gibt es einen Weg, wie ich verhindern kann, dass alles herauskommt? Wie ich Bart davon abhalten kann, hier, in dieser erzwungenen Nähe, die richtigen Schlüsse zu ziehen?

Kann ich immer noch alles ... totschweigen?

Tot.

Dieser Gedanke – dieses Wort – traf Steven mitten zwischen die Augen, als er in Barts ockerfarbenes Gesicht blickte.

Tot.

Um mich selbst zu retten.

Könnte ich mich dazu bringen?

Wer würde es je erfahren? Wenn es dort draußen in den Wäldern passieren würde, während alle nach Jackie Blunt suchen?

»Ich habe die hier gefunden«, sagte Katie und legte mehrere Rollen eines fluoreszierenden Markierungsbands neben den Messern, einer kleinen Axt, dem Pfefferspray und dem Lufthorn auf die Werkbank. »Wir können unterwegs Stücke davon an Zweige binden, damit wir den Rückweg auf jeden Fall wiederfinden.«

»Fantastisch, wie die Brotkrümel bei Hänsel und Gretel«, kommentierte Monica sarkastisch.

»Mit dem Unterschied, dass Raben und Krähen und andere Waldtiere keine Markierungsbänder fressen«, schoss Katie zurück.

Die Frauen funkelten einander an. Steven spürte die Spannung zwischen ihnen vibrieren.

Wie viel hat Katie erraten? Die Stella-Estelle-Verbindung muss sie mittlerweile doch erkannt haben. Wenn man daran denkt, wie manisch sie Stella vorhin ausgefragt hat und wie ihr Fuß dabei gewippt hat. Allerdings kann Katie Colbourne unmöglich wissen, dass Monica, Nathan und ich mit Stella in Verbindung stehen. Nicht einmal die Polizei hat uns damals gefunden.

Bart wirkte nervös. Immer wieder überzeugte er sich davon, dass das Gewehr auch geladen war.

»Okay«, sagte Stella. »Sucht euch eure Abwehrwaffen aus, dann bilden wir Paare …«

»Ich gehe mit Bart«, verkündete Steven.

Alle verstummten.

»Was? Ich traue Bart nicht, besonders nicht mit dem Gewehr in der Hand«, erklärte Steven. »Ich weiß nicht, was aus seinem Messer geworden ist. Ich habe keine Ahnung, wie er sich die Hand verletzt hat oder warum da Blut auf dem Dock war, okay?«

»Das habe ich euch doch gesagt. Jemand hat sich mein Messer genommen.«

»Klar, und wer soll das gewesen sein?«

Finster sah Bart ihn an. Die Stimmung drohte zu kippen.

»Gut«, sagte Stella. »Dann gehen Sie mit Bart. Katie, wollen Sie mit …«

»Ich komme mit Ihnen, Stella«, fiel ihr Monica ins Wort. »Nathan kann mit Katie gehen.«

Katies Augen blitzten auf. »Mir trauen Sie also auch nicht?«

»Ich traue mir selbst und meinem Mann«, gab Monica zurück. »Ich fühle mich wohler, wenn wir uns aufteilen und

Nathan und ich jeweils jemand anderen im Auge behalten können.«

Auf einmal fegte ein Windstoß den Berghang herab und pfiff durch die Ritzen des Schuppens.

»Wir müssen los«, sagte Stella. »Bevor der Sturm wieder loslegt und bevor es dunkel wird. Jede Gruppe nimmt eine Taschenlampe mit, für den Fall, dass wir es vor Einbruch der Dunkelheit nicht zurückschaffen.«

»Und wie wollen wir es angehen?«, fragte Bart. »Wir brauchen eine Strategie. Wo sind denn diese Schleifspuren, Steven?«

»Ich bin dem Pfad in die nächste Bucht gefolgt«, erklärte Steven. »Irgendwann kommt man zu einer Art Lichtung, dahinter wird der Wald dann wieder dichter. Dort führen die Schleifspuren in den Wald hinein, neben einem noch schmaleren Pfad am Ende der Lichtung.«

»Wer könnte diese Pfade denn gemacht haben?«, fragte Monica.

»Wahrscheinlich die Leute, die früher in dieser Lodge gewohnt oder ihren Urlaub dort verbracht haben«, vermutete Katie.

»Oder Tiere«, schlug Bart vor. »Es könnten Wildwechsel sein.«

»Bart hat recht«, sagte Stella. »Wir könnten auf Tiere stoßen. Und vielleicht wollen diese Tiere ihre Beute beschützen. Zwei der Teams nehmen je eine Dose mit Bärenabwehr-Spray mit. Es sind leider nur zwei. Das dritte Team muss sich mit dem Lufthorn begnügen.«

»Ich finde, das Team mit dem Gewehr sollte das Lufthorn nehmen«, sagte Katie und griff nach einer der Spraydosen. »Sonst haben wir anderen nichts, mit dem wir uns gegen wilde Tiere verteidigen können.«

»Mit Lufthörnern kann man Bären vertreiben.« Steven nahm das Horn an sich.

»Angeblich«, kommentierte Monica und griff nach der zweiten Spraydose.

Jeder nahm sich eines der Messer, die sie aus der Küche geholt hatten. Stella nahm die Axt.

Steven ging voraus, und alle folgten ihm in einer Reihe. Raschen Schritts folgten sie dem Pfad durch die Bäume in die andere Bucht. Monica ging am Ende. Der Wald, durch den sich der Pfad schlängelte, war alt. Gewaltige, hoch aufragende Nadelbäume. Ein dichtes Dach über ihnen, dicke Stämme. Unter den Bäumen lag kein Schnee. Kiefernnadeln und federndes, smaragdgrünes Moos bedeckten den Boden. Weiße, orangerote und hellgrüne Flechten wuchsen auf alten, verrottenden Stümpfen. Überall sprossen Pilze aus der Erde, und an einigen der Stämme wucherten Baumschwämme wie Krebsgeschwüre. Steven war nur froh, dass sich Nathan jeden Kommentar über die Pilzvielfalt verbiss. Nebelschwaden wehten wie Gespenster zwischen den Bäumen hindurch. Ab und zu knoteten sie einen Streifen des Markierungsbands an tief hängende Äste oder Büsche.

»Auf diesem Pfad hier brauchen wir noch keine Markierungen«, knurrte Steven, der immer gereizter wurde. »Dass der hier zur Lodge führt, ist doch klar.«

»Nicht bei dichtem Nebel oder Dunkelheit«, widersprach Stella hinter ihm. »Unter solchen Umständen kann man leicht vollkommen die Orientierung verlieren.«

»Ach, und das wissen Sie?«, rief er über die Schulter zurück.

»Ja, das weiß ich. Ich habe schon zahllose Charterflüge an so entlegene Orte wie diesen hier hinter mir. Oder auf die Gulf Islands oder auch zu Orten entlang der Inside Passage.«

»Wie lange sind Sie denn schon Charterpilotin, Stella?«, rief Monica vom Ende der Reihe. Steven begriff, was Monica da tat: Sie versuchte, die Wahrheit über Stella Daguerre herauszufinden.

»Seit etwa fünfzehn Jahren, vielleicht auch schon etwas länger«, antwortete Stella.

Sie lügt. Wenn sie wirklich Estelle Marshall ist, dann war sie vor vierzehn Jahren noch bei einer Airline angestellt und ist die Route nach Singapur geflogen.

Neun kleine Lügner haben gedacht, sie hätten sich davongemacht …

»Hier.« Er hob den Arm und deutete ein Stück voraus. »Da drüben sind die Schleifspuren. Man kann sie unter dem Schneematsch noch erkennen.«

»Ich sehe nichts«, gab Katie zurück und trat an seine Seite.

Der Pilzprofessor machte einen auf Waldspezialist und ging in die Hocke. Mit bloßen Händen wischte er den halb geschmolzenen Schnee vorsichtig beiseite.

»Blut«, sagte er dann. »Das sieht nach Blut aus.« Er spähte in die schmale Lücke zwischen den dunklen Bäumen, in die der Pfad mündete. Ein anderer Weg führte etwas tiefer an der Bergflanke entlang in den Wald. Näher am See.

Ein Wolf heulte. Alle verstummten.

Wieder das Heulen, irgendwo in den fernen Bergen. Katie zitterte, als das Heulen zu einem Crescendo anhob und schließlich im Antwortgejaule aus einer anderen Richtung unterging.

Steven schluckte. Er hatte Angst. Und das gefiel ihm nicht. In seiner Klinik kannte er sich aus. In der Stadt kannte er sich aus. Mit Geld und schicken Autos und gutem Wein und Erster-Klasse-Flügen kannte er sich aus. Mit Weinbergen und Europa und London und New York. Mit Luxushotels. Das hier wollte er nicht.

Der Nebel verdichtete sich und wurde von einer Brise umhergewirbelt, die rauschend durch die Zweige der alten Bäume fuhr.

»Ich finde, wir sollten umkehren«, sagte Monica.

»Wir teilen uns hier auf«, entschied Bart. Steven fragte sich unwillkürlich, ob er sie vielleicht in eine Falle locken wollte. Bart könnte Jackie verletzt und dabei das Blut auf dem Dock hinterlassen haben. Vielleicht hatte er sich so auch die Hand verletzt. Steven dachte an die vermisste Jackie. Er dachte an Wölfe.

»Mir gehen diese Figuren nicht aus dem Kopf.« Katies Stimme klang gepresst. »Und das Gedicht. Monica hat recht. Wir sollten zur Lodge zurückgehen.«

»Wir müssen nach ihr suchen, Katie«, widersprach Stella. »Das da könnte ihr Blut sein. Etwas könnte sie zwischen die Bäume geschleift haben.«

»Ich weiß, genau das ist ja das Problem«, gab Katie zurück.

»Wir müssen das tun«, sagte Bart.

»Nein, das müssen wir nicht«, fauchte Monica. »Das müssen wir überhaupt nicht.«

»Und wenn Sie es wären, die verletzt irgendwo dort draußen verloren wäre?«, gab Bart zurück.

»Wer sind wir, wenn wir es nicht wenigstens versuchen?«, warf Stella ein.

Bart ging los, seine Miene wirkte entschlossen. Der Wind zerzauste ihm das schwarze Haar. Seine Wangen waren rot von der Kälte. »Steven, wir beide nehmen den Pfad mit dem Blut. Wir haben das Gewehr. Monica, Stella, Nathan, Katie – ihr nehmt den Weg weiter unten und teilt euch auf, wenn ihr an eine Gabelung kommt. Etwa alle zehn Minuten rufen wir nacheinander. Wir sollten in Hörweite bleiben.«

»Das ist doch bescheuert«, schimpfte Katie. Sie zitterte immer noch und war blass.

Bart ignorierte sie. »Wir suchen höchstens eine Stunde lang. Haltet nach irgendwelchen Spuren Ausschau. Und markiert euren Weg, damit ihr auch sicher wieder zurückfindet.«

Kurz sahen Steven und Bart den anderen noch nach, während diese in den unteren der beiden Wege einbogen.

»Das sieht wirklich nach einem Wildwechsel aus, oder?«, fragte Bart und wandte seine Aufmerksamkeit wieder dem schmalen, überwucherten Pfad zu. »Jedenfalls glaube ich nicht, dass er menschengemacht ist.«

»Und woher soll ich das wissen?«, knurrte Steven. »Na los, gehen Sie vor. Sie sind hier der Pfadfinder.«

Für einen Moment hielt Bart seinen Blick, dann wandte er sich ab und ging in den dunklen Wald hinein.

Die Suche

CALLIE

»Anscheinend haben sie eine Nachricht in einem Notizbuch zurückgelassen, in der stand, dass sie die Lodge verlassen haben«, erklärte Mason an Callie und ihr Team gewandt. »Aber die Nachricht wurde herausgerissen. Nur der erste Teil ist noch lesbar.«

Callie sah zu dem großen, dunklen Haus hinauf.

»Sie hatten hier Schutz«, sagte sie. »Sie konnten Wasser kochen, sie hatten Holz zum Feuermachen. Wahrscheinlich haben sie gewusst, dass sie draußen im Wald in diesen Bergen kaum eine Chance hätten. Besonders bei diesem Wetter nicht.«

»Was eine Frage aufwirft«, schlussfolgerte Oskar. »Warum sind sie dann gegangen?«

»Vielleicht waren sie verzweifelt«, schlug ein Mitglied der Suchmannschaft vor. »Aus irgendeinem Grund haben sie geglaubt, bessere Chancen zu haben, wenn sie draußen in der Wildnis ihr Leben riskieren, als wenn sie hierbleiben.«

»Wenn wir mehr über diese Menschen herausfinden, dann wird uns das vielleicht dabei helfen, diese Fragen zu beantworten«, erklärte Callie.

»Callie«, sagte Mason. »Sie kommen mit mir. Ich möchte wissen, welchen ersten Eindruck Sie haben, nachdem Sie sich das Haus von innen angesehen haben.« Er wandte sich den anderen zu. »Dies hier ist ein Tatort. Niemand berührt irgendetwas, wenn es nicht unbedingt sein muss. Verwenden Sie Handschuhe. Halten Sie sich an das Protokoll und nehmen Sie denselben Weg hinaus wie hinein. Oskar, können Sie mit Ihren Leuten vorsichtig auf beiden Seiten um das Gebäude herumgehen und auch hinten nachsehen? Wir müssen sichergehen, dass sich niemand mehr hier befindet.«

Oskar nickte.

»Und gehen Sie kein Risiko ein«, ermahnte sie Mason. »Eine Frau wurde ermordet. Der Mörder könnte noch irgendwo da draußen sein.«

Oskar nahm seine Mannschaft beiseite und teilte sie in zwei Gruppen ein.

Callie betrat die Lodge hinter Mason, während die beiden SAR-Gruppen zu beiden Seiten um das Gebäude herumgingen.

Die Dunkelheit im Haus lastete auf ihnen wie ein körperliches Gewicht. Mason und sie leuchteten mit ihren Taschenlampen durch den großen Raum. Die Dunkelheit huschte vor den Lichtstrahlen davon, krabbelte in Ecken, versteckte sich unter Gegenständen, abwartend, nur um wieder hervorzuspringen, sobald sie in eine andere Richtung leuchteten. Es kam Callie so vor, als würde das Haus Kälte und alten Feuerrauch ausatmen. Ein leicht fauliger, undefinierbarer Geruch. *Ein böser Hauch.*

Reiß dich zusammen. Es war verschlossen, muffig, Dinge verrotten hier – Callie erschrak, als der Strahl ihrer Taschenlampe von den glühenden, gelben Augen eines Rehkopfes an der vertäfelten Wand zurückgeworfen wurde.

Reiß dich zusammen.

An den Wänden hingen dunkle Ölgemälde, Regale voller modrig wirkender Bücher, indigene Masken mit wilden schwarzen Haaren und zu einem breiten Grinsen verzerrten Mündern.

Mason fand eine kleine Petroleumlaterne. Goldenes Licht breitete sich in der leeren Finsternis aus. Auf einmal machte alles einen etwas weniger feindseligen Eindruck. Der Raum war riesig, der steinerne Kamin wirkte gotisch, sowohl was den Stil als auch was die Größe betraf.

»Wo ist die Nachricht?«, fragte sie Mason. Ihre Stimme schien von den Wänden zurückgeworfen zu werden und einen Moment hin und her zu springen, bevor sie zum Deckengewölbe emporstieg. Sie sah hoch und erblickte einen gewaltigen Kronleuchter aus Geweihen, der über ihnen hing wie ein Damoklesschwert.

Mason deutete auf einen Kaffeetisch vor dem Kamin, wo neben einem großen, steinernen Schachbrett ein Notizbuch lag. Auf dem Brett standen fünf geschnitzte Holzfiguren. Für Callie sahen sie aus wie die traditionelle Kunst der First Nations, ein Echo der Totempfähle draußen vor der Lodge.

Drei weitere Figuren waren umgestürzt. Offenbar war ihnen der Kopf abgeschnitten worden, und das erst kürzlich, denn das Holz an den Schnittkanten war noch sehr hell. Callie runzelte die Stirn und fing Masons Blick auf.

Doch die Augen des Sergeants waren im Schatten seines Kappenschirms verborgen, und sie konnte den Ausdruck darin nicht lesen. Er zog ein paar blaue Nitrilhandschuhe aus der Tasche und reichte sie ihr. Er selbst trug bereits Handschuhe.

»Ziehen Sie die an, bevor Sie irgendetwas berühren.«

Sie streifte ihre dicken Handschuhe ab und die neuen über, dann griff sie nach dem Notizbuch auf dem Tisch.

Jemand hatte in blauer Tinte darauf geschrieben:

An den Finder dieser Nachricht,
wir haben diese Lodge verlassen, um …

Die Seite war diagonal aus dem Buch gerissen worden. Übrig war nur noch die Ecke mit diesen wenigen Worten. Als wäre es in großer Hast geschehen.

Callie sah zu Mason auf. Er musterte sie, sein Gesicht sah im flackernden gelben Laternenlicht aus, als würde es nur aus Winkeln und schroffen Flächen bestehen.

»Wollten sie möglichen Rettern eine Botschaft hinterlassen, haben es sich dann aber anders überlegt?«

»Oder einer von ihnen wollte nicht, dass diese Nachricht gefunden wird«, kommentierte Mason.

Ein Schauer lief ihr über den Rücken. »Sie meinen, wer auch immer Jackie Blunt umgebracht hat, könnte ein Mitglied der Gruppe sein? Der Mörder könnte die Seiten herausgerissen haben, weil er nicht wollte, dass ihnen irgendjemand folgt? Und weil er vielleicht verhindern wollte, dass Hilfe kommt?«

»Irgendjemand hat die Seile am Flugzeug durchgeschnitten und es mit Jackie Blunts Leiche darin auf den See hinausgeschickt.«

»Die Mitglieder der Gruppe müssen gewusst haben, dass die Beaver vom Wind von der Lodge weggetrieben werden würde. Oder vielleicht haben sie auch nicht klar gedacht. Panik kann so etwas verursachen …« Ein Blatt Papier auf dem Boden unter dem Tisch weckte ihre Aufmerksamkeit. Sie legte das Notizbuch ab, kniete sich hin und fischte das Blatt unter dem Tisch hervor.

»Es wurde getippt«, sagte sie und stand wieder auf. »Eine Art Vers, ein Gedicht.«

Mason stellte sich neben sie und hielt die Laterne hoch. Gemeinsam lasen sie.

Neun kleine Lügner haben gedacht, sie hätten sich davongemacht.

Einer hat den Flug verpasst, dann waren's nur noch acht.

Acht kleine Lügner sind in den Himmel gestiegen.
Einer hat die Wahrheit gesehen, dann waren's nur noch sieben.

Sieben kleine Lügner sitzen fest, sind voll des Schrecks.
Einer, der hat durchgedreht, da waren's nur noch sechs.

Sechs kleine Lügner wollen leben, machen sich auf die Strümpf.
Einer hat den Richter erkannt, da waren's nur noch fünf.

Fünf kleine Lügner gingen hinaus zur Tür.
Einen hat die Axt erwischt, da waren's nur noch vier.

Vier kleine Lügner glaubten, im Wald sind sie frei.
Einer ist erstochen worden, da waren's nur noch drei.

Drei kleine Lügner begreifen nach langer Sucherei.
Einer hat sich aufgehängt, da waren's nur noch zwei.

Zwei kleine Lügner rennen über Stock und Stein.
Einer feuert die Waffe ab, dann ist einer ganz allein.

Ein kleiner Lügner glaubt, er dürfe leben.
Denn am Ende kann es nur einen geben.
Aber vielleicht …
Stirbt er eben. Und keiner wird leben.

»*Neun* kleine Lügner?«, fragte Callie. »Und einer hat den Flug verpasst?« Sie sah Mason an. »Die Reisegruppe der RAKAM Group hat ursprünglich auch aus neun Mitgliedern bestanden.«

»Bevor Dan Whitlock gestorben ist.«

»Da waren's nur noch acht«, wiederholte Callie die Worte des Gedichts leise. Ihre Aufmerksamkeit wanderte zurück zu den fünf Figuren auf dem Brett, dann zu den dreien, die ohne Kopf auf der Seite lagen.

Ein Krachen hallte wie eine dumpfe Explosion durch die Stille des Hauses. Callie fuhr zusammen und wirbelte herum, doch es war nur die Tür, die aufgestoßen worden war.

»Sergeant!« Oskar kam schwer atmend hereingeeilt. In der Hand hielt er einen Jagdscheinwerfer, und seine Miene wirkte hart. »Sie müssen mitkommen und sich das ansehen.«

»Was ist los?«, fragte Callie und trat vor.

»Da ist … eine Gefriertruhe in dem Schuppen hinter dem Haus. Sie ist an einen Generator angeschlossen, dem vor einer Weile das Benzin ausgegangen sein muss.« Er zögerte. »In der Truhe liegen Leichen. Zwei.«

»Führen Sie mich hin«, verlangte Mason und eilte Oskar entgegen. Oskar machte auf dem Absatz kehrt und verließ die Lodge wieder. Callie eilte ihnen nach.

Draußen, am Rand des dichten Waldes, der am Fuß des Mount Warden wuchs, befand sich ein zu einer Seite offener Schuppen. Knapp unter dem Vordach stand ein Holzstumpf mit einer Axt, die eindeutig verwendet worden war, um Feuerholz zu hacken. Fertige Scheite waren an der Wand gestapelt. In der Mitte des Schuppens befand sich eine klobige Werkbank. Die SAR-Mitglieder standen vor einer großen Gefriertruhe, an deren Seite dunkle Flecken zu sehen waren. Im unsteten Laternenlicht wirkten ihre Gesichter blass. Irgendjemand übergab sich geräuschvoll hinter dem Schuppen. Einer der Männer hielt den Truhendeckel hoch.

Callie und Mason kamen näher. Oskar leuchtete mit der Taschenlampe hinein. Das, was sich in der Truhe befand, kam grell und scharf umrissen zum Vorschein. Das Gesicht einer Frau, eine Hand, beides halb verdeckt von dem Laken, in das man sie eingewickelt hatte. Ein Auge starrte ihnen blicklos entgegen. Callie zog sich der Magen zusammen und sie spürte, wie Galle in ihrer Kehle aufstieg. Es stank nach Aas.

Sie hielt sich die Hand vor Mund und Nase.

»Verdammt«, fluchte Mason leise. Er stand ganz still, den Blick auf den makabren Fund in der Gefriertruhe gerichtet. Die Zeit schien sich zu dehnen. Der Wind raschelte und wisperte in den Bäumen. Regen prasselte auf das Blechdach des Schuppens.

»Treten Sie alle zurück. Weg von dem Schuppen und weg von der Lodge.« Er zog sein Satellitentelefon hervor. »Wir müssen das gesamte Gebiet bis hinunter zum Strand und dem Dock absperren. Das hier ist jetzt offiziell ein Tatort.«

Damit verließ er den Schuppen, um den Fund zu melden.

Die Lodge-Gruppe

NATHAN

Nathan ging vor Katie den Pfad entlang. Ein Stück weiter hinten hatten sie sich an einer Weggabelung von Monica und Stella getrennt. Seine Gedanken rasten. Allmählich gewann die Panik die Oberhand über seinen sonst so rationalen, umsichtigen, bedachten Wissenschaftlerverstand. Seine akademische Objektivität. Normalerweise konnte er sich von einem Problem distanzieren, menschliche Emotionen wie Wut oder Eifersucht aufgliedern und sich von ihnen abschotten, während er die Dinge ganz logisch betrachtete.

Doch nun, hier draußen, wieder mit Steven konfrontiert, waren seine Gefühle auf einmal roh und ungezügelt. Er kämpfte mit der Nervosität. Komplexe Empfindungen rangen in seinem Herzen um die Oberhand – Schmerz, Liebe, Zorn. Rhythmisch ballten sich seine Hände an seinen Seiten zu Fäusten und lösten sich wieder, während er blindlings in den dunklen Wald hineinlief.

»Alles in Ordnung?«

Er fuhr zu Katie herum. Seine Augen brannten. Seine Gedanken verharrten in der Vergangenheit – er erlebte noch einmal, wie es ihm den Boden unter den Füßen wegzog, als Monica ihm enthüllte, dass sie mit Steven geschlafen hatte.

In meinem Bett.

Katie wich einen Schritt zurück, als sein Blick sie traf. Sie stolperte und musste sich an einer jungen Hemlocktanne abstützen.

»Warum?«, fragte er.

Sie sah auf seine Hände hinab. Er erkannte, dass sie sich immer noch wie von selbst zu Fäusten ballten und wieder lösten.

Er hob die Hände und spreizte nachdrücklich die Finger, um das Fäusteballen zu stoppen. Er lachte laut, ein harscher, seltsamer Klang, sogar in seinen eigenen Ohren. »Tut mir leid.«

»Schon … schon gut.« Doch ihre Augen und ihre Haltung sagten etwas anderes. »Es ist … Das alles macht uns nervös. Ich … ich glaube, wir sollten lieber umkehren.«

Sie hatte Angst. Vor *ihm*. Es traf ihn wie ein Schlag. Es gefiel ihm, dass sie sich vor ihm fürchtete – es gefiel ihm tatsächlich. Dr. McNeill, der Pilzprofessor, konnte Frauen zum Zittern und Stolpern bringen. Es erfüllte ihn mit einem Gefühl von Stärke, Potenz. Das war es, was seine Frau in Dr. Steven Bodine sah. *Macht.* Alphamännchenverhalten. Kontrolle. Ein geschliffener Körperbau. Dichtes Haar. Männlichkeit. Grundlegende biologische Programmierung. Es lockte das andere Geschlecht an. Erregte sie, ließ das Blut zirkulieren, bis ihre Körper Pheromone verströmten und begannen, sich auf den Geschlechtsverkehr vorzubereiten. Sex, um sich fortzupflanzen. Um Eizellen zu befruchten. Um die Spezies zu erhalten.

Steven Bodine war ein Bulle unter Kühen. Vollgepumpt mit Testosteron und darauf programmiert, jede Kuh zu bespringen, die ihn ließ.

Grundlagenforschung. Das egoistische Gen. Ein Ausdruck der Evolution. Er wusste das alles. Seine Frau hatte ihre femininen Signale ausgesandt, ohne es kontrollieren zu können – große

Brüste, ein schöner runder Arsch, bei dem ein Mann einen Ständer bekam, bevor er auch nur darüber nachdenken konnte, ob sie vielleicht verheiratet und verboten war. Es war einfach da. Harter Schwanz. Begehren. Tu, worauf du programmiert bist. Wir machen uns etwas vor, wir Menschen, mit unseren romantischen Vorstellungen von Liebe und Treue …

»Nathan?«

Er riss sich zusammen. Sah sie an – sah sie wirklich an. Auch Katie sandte Signale aus, doch ihre Unreife gefiel ihm nicht. Sie mochte Ende dreißig sein, aber manche Frauen blieben einfach so. Kindlich. Hilflos. Sie hielt sich für etwas Besonderes, weil sie ein Mikrofon halten und vor einer Kamera hineinsprechen konnte. Ein künstlich blondes dummes Gänschen. Und sie glaubte ernsthaft, ausgerechnet *sie* könnte eine Frau wie Estelle Marshall verurteilen, eine Pilotin einer kommerziellen Airline. Katie Colbourne von CRTV hatte geglaubt, es würde sie beliebt machen, wenn sie Estelle Marshall zu Fall brachte. Wenn sie enthüllte, dass Estelle Marshall psychische Probleme gehabt hatte, damit ihre Befähigung, eine Mutter zu sein, öffentlich in Zweifel gezogen wurde. Damit sie *noch* schonungsloser dafür verurteilt wurde, dass sie ihren sechsjährigen Sohn an einem düsteren und regnerischen Nachmittag kurz vor einem Spirituosengeschäft hatte warten lassen. *Und jetzt schau sie dir an.* Selbst eine verängstigte Mutter. Endlich erfuhr sie, wie das war.

»Nathan«, sagte sie noch einmal, nachdrücklicher dieses Mal. Sie wich zurück, ihre Hand wanderte zögerlich zu der Dose mit dem Pfefferspray gegen die Bären an ihrer Hüfte.

»Noch eine halbe Stunde.« Endlich kam er wieder zu sich und sah auf die Uhr. »Dann können wir umkehren.«

Sie warf einen Blick über die Schulter. Zurück zu einem Fetzen des fluoreszierenden orangeroten Markierungsbands, das in der Ferne an einem Ast hing.

»Ich gehe zurück.« Abrupt machte sie kehrt und eilte den Pfad entlang.

»Katie!«

Sie hob die Hand, blieb nicht stehen. »Nein … nein. Bleiben Sie mir vom Leib!« Sie stolperte über eine Wurzel und stürzte der Länge nach in den Schlamm. Panisch rappelte sie sich auf alle viere auf, sah wieder über die Schulter zurück zu ihm. Nathan erkannte das Entsetzen auf ihrem Gesicht. Sie sprang auf und rannte los, brach durch den Wald.

»Scheiße«, flüsterte er.

Er drehte sich in einem kleinen Kreis und fragte sich, was er jetzt tun sollte.

Da hörte er Stimmen, die durch den Nebel drangen. Jemand war in der Nähe.

Die Lodge-Gruppe

MONICA

Während sich der Pfad immer tiefer und tiefer in den Wald hineinwand, wobei er manchmal die eine oder andere Kehrtwendung vollführte, kam es Monica so vor, als würden die Bäume gemeinsame Sache machen, um sie zu verwirren. Sie rückten hinter ihr und Stella wieder zusammen, schlossen ihre Reihen. Stella und sie gingen weiter, mussten Zweige beiseitebiegen, um noch tiefer in den Wald vorzudringen.

Vor etwa einer Viertelstunde hatten sie sich von Nathan und Katie getrennt. Penibel knotete Monica alle paar Meter ein Stück des leuchtend orangeroten Markierungsbands an die Äste, voller Angst, sie könnten den Rückweg vielleicht nicht mehr finden. Mit jedem Schritt wurde das Ziehen in ihrem Bauch stärker, das sie dazu drängte, zurück in die vergleichsweise sichere Lodge zu fliehen.

Stella blieb vor ihr stehen.

»Halooooo«, rief sie in den nebelverhangenen Wald. »Hey. Hallooo!«

Sie warteten.

Von links kam ein Antwortruf. »Hey, hallooooo!«

Ein weiterer Antwortruf von oben, aus Richtung des Granitbergs. »Halloooo! Alles guuuut!«

Stella ging weiter.

Es raschelte im Gebüsch. Sie blieben stehen, lauschten. Monica sah, wie Stellas Hand über dem Bärenspray an ihrer Hüfte schwebte. Ein Rabe krächzte, ein harter, trockener Laut.

Stille.

Monica lachte nervös.

Weitere neun Minuten gingen sie weiter. Monica zählte die Sekunden, bis sie wieder umdrehen und schleunigst zur Lodge zurückkehren konnten. Es wurde immer dunkler im Wald. Kälter, feuchter. Es roch modrig, moosig. Fremd. Sie hatte das Gefühl, an diesem Ort allmählich den Verstand zu verlieren. Es fiel ihr schwer zu begreifen, dass sie tatsächlich hier waren und dies erlebten. Es war, als würden Stella und sie immer tiefer in eine alternative Wirklichkeit eintauchen. Monica musste nur aufwachen, dann würde alles wieder normal sein. Alles wieder gut.

Sie erschrak vor einem Schatten. Ihre Nerven lagen blank. Wieder sah sie den kleinen Jungen vor sich. Ezekiel Marshall. In ihrer Vorstellung war er hier, bei ihnen, ein Geisterschatten inmitten des Gespensternebels, der ihnen ins Herz des Waldes folgte und sich in den Baumschatten verbarg, wenn sie sich nach ihm umdrehte.

Ihre Gedanken drehten sich im Kreis. Erinnerungen verhedderten sich.

Wie sie sich über Stevens Schoß gebeugt hatte, während er ihr Auto fuhr. Sie hatten beide ein paar Gläser Wein getrunken. Nathan war nicht zu Hause. Es war Herbst und wurde früh dunkel. Regen, jede Menge Regen. Glänzend schwarze Straßen. Verwischte Autolichter und die verschwommene Stadt hinter der nassen Fensterscheibe. Gekicher. Es war so wunderbar ... sie fühlte sich jung. Der Rausch der beginnenden sexuellen Erregung, die Aufregung, eine verbotene Affäre zu haben. Dieser brillante plastische Chirurg mit seinem Geld und seinem Status, so selbstbewusst, so männlich im Vergleich zu ihrem farblosen und streberhaften Nathan. Sex. Mit Nathan waren die Nächte zur Routine geworden. Beide rollten an ihren jeweiligen Bettrand, um sich das Theater zu ersparen, so tun zu müssen, als wären sie daran interessiert, miteinander zu vögeln.

Das Kreischen der Bremsen. Der Aufprall.

Monica blieb stehen. Sie keuchte und schwitzte auf einmal. Sie zitterte.

»Machen Sie schlapp?«, fragte Stella und blieb stehen, um sich nach ihr umzusehen.

»Ja.« Monica hielt sich die Seiten. Sie konnte Stella nicht in die Augen sehen. Sie konnte die Erinnerung an die Mutter nicht abschütteln, die schreiend aus dem Spirituosengeschäft gerannt war, ihre Flasche fallen gelassen hatte. Das Splittern. Ihr zerschlagenes Kind. Die zerbrochenen Eier und die zerdrückte Packung Tooty-Pops auf der nassen Straße. Der verlorene Ausdruck auf ihrem Gesicht, als sie die Hand gehoben und ihnen nachgerufen und sie *angefleht* hatte, stehen zu bleiben.

»Brauchen Sie einen Moment Pause?«, fragte Stella.

Monica schüttelte den Kopf. Sie gingen weiter. Monicas Blick war auf Stella vor ihr gerichtet. Die Haltung der Schultern, die Kurve des Halses. Ihre Arme. In Monicas Vorstellung wurde Stella runder und verwandelte sich in die jüngere Frau von früher. Wieder sah Monica, wie sie aus dem Spirituosengeschäft gerannt kam, schreiend. Wie sie die Weinflasche fallen ließ und zu dem blutenden kleinen Jungen stürzte, der auf der Straße lag. Die Worte waren heraus, bevor Monica auch nur begriff, was sie sagte.

»Was ist passiert, Stella? Als Sie Ihren kleinen Jungen verloren haben? Wie können Sie nur glauben, dass Sie ihn umgebracht haben?«

Stella blieb stehen. Drehte sich um. Starrte Monica an. Auf einmal schwieg der Wind, wurde zu einem leisen zischelnden Wispern.

»Habe ich gesagt, dass mein Kind ein Junge war?«

Monicas Herz stolperte

Hatte sie? Oh, verdammt.

»Ich … ich dachte … Ich bin sicher, Sie haben gesagt, dass *er* … Tooty-Pops mochte. Sie haben gesagt, dass alle geglaubt haben, Sie hätten Ihren Sohn getötet, dass Sie eine ungeeignete Mutter wären, weil Sie in einer Klinik gewesen waren.«

Stellas Gesicht veränderte sich. Ihre Augen wurden schmal. »Ich habe nichts davon gesagt, dass ich in einer Klinik gewesen bin.«

»Kitsilano …« Panik packte sie. »Davon sprechen wir doch, oder? Die Einkäufe. Der Kits Corner Store in Kitsilano.«

Stellas Miene wurde finster.

»Es kam in den Nachrichten, nicht wahr? Ich … Wir haben die Nachrichten gesehen. Wir alle. Es war furchtbar. Da war eine Aufnahme von den Tooty-Pops auf der Straße, die vielen bunten Punkte im Regen, die zerbrochenen Eier …« Ihre Stimme versagte. Tränen verschleierten ihr die Sicht. »Ich … ich habe einfach eins und eins zusammengezählt, Stella. Es wurde ständig darüber berichtet, Abend für Abend, und wir haben ganz in der Nähe gewohnt, also erinnerte ich mich daran. Es war ein einschneidender Vorfall.«

Hör auf, Monica, hör mit dem bescheuerten Gefasel auf, bevor du ihr alles sagst.

»Es war Katie Colbourne, nicht wahr? Sie war es, die behauptet hat, sie wären eine schlechte Mutter. Mental labil und daher nicht geeignet, Kinder zu haben. Dass Sie Ihren kleinen Jungen nie allein auf einer düsteren Straße hätten lassen dürfen, nicht einmal für eine Minute. Und dann ist Ezekiels

Hund losgerannt ... ich ... o Gott, Stella, es tut mir so leid. So leid.«

»Ezekiel. *Sie wissen, wie er hieß?*«

Monica schluckte. Der Wald rückte näher. Der Himmel senkte sich über ihr herab. Sie bekam keine Luft mehr. »Ich ... ich erinnere mich daran«, flüsterte sie. »Aus den Nachrichten. Es ... es tut mir so leid, Stella.«

»Es tut *Ihnen* leid?«

»Alles, was Sie durchmachen mussten. Ich habe im Fernsehen verfolgt, wie sich die Geschichte entwickelt hat, ich ... Sie waren das, die Pilotin. Sie sehen anders aus, aber jetzt erkenne ich Sie.« Tränen liefen ihr über die Wangen. »Ich erinnere mich an Ihre Augen.« Sie wischte die Tränen weg. »Ich erinnere mich daran, wie Sie vor der Kamera darum gebeten haben, dass sich jemand stellen sollte.«

Stella fluchte. Sie sah weg, in den Wald hinein, als müsste sie nach Worten suchen. »Trotzdem hat es niemand getan, nicht wahr, Monica? *Niemand* hat sich gestellt.« Sie blickte Monica direkt in die Augen. »Stattdessen hat man mich gekreuzigt. Weil die Leute immer jemanden brauchen, dem sie die Schuld geben, den sie zum Schurken machen können. Damit sie sich besser damit fühlen, was passiert ist, und es hinter sich lassen können.«

»Sie müssen Katie Colbourne doch erkannt haben, als Sie sie auf dem Dock gesehen haben, oder vielleicht schon, als Sie ihren Namen auf der Passagierliste gelesen haben.«

Stella schniefte leise. »Natürlich habe ich das.«

»Trotzdem haben Sie nichts gesagt? Sie haben sie nicht zur Rede gestellt?«

»Hätten Sie das denn getan? Wenn Sie einfach nur alles vergessen wollten? Wenn Sie niemand erkennen würde, würden Sie dann selbst alles wieder hervorzerren?«

Ein feiner Nadelstich der Angst durchlief Monica. Eine Warnung. Sie hörte es im Wispern der Bäume.

»Warum sind wir alle hier, Stella?«

Mit einer zornigen Geste wischte sich Stella die Mütze vom Kopf und schüttelte das Wasser ab. Mit dem Handrücken fuhr sie sich über die Stirn. »Ich weiß es nicht. Ich weiß es einfach nicht. Ständig denke ich über dieses Gedicht nach. Über Agatha Christies Geschichte. Ein Richter. Jemand mit einem verdrehten Gerechtigkeitssinn. Verbrechen, die irgendein verrückter Strippenzieher gesühnt sehen will. Vermeintliche Verbrechen, die jeder von uns begangen hat. Wir wurden für eine Art Abrechnung hergerufen.« Sie wandte den Blick ab. Holte tief Luft. »Und es gibt da eine Figur – eine Frau in dieser Agatha-Christie-Geschichte, die den kleinen Jungen umgebracht hat, der ihr anvertraut wurde. Ein kleiner Junge, genau wie mein Sohn. Die junge Frau war Kinderbetreuerin gewesen, aber sie hat das Kind im Stich gelassen. Erwachsene, Mütter, Väter, Betreuer, sie *müssen* unschuldige Kinder beschützen. Vielleicht glaubt irgendein kranker ›Richter‹, dass ich noch nicht genug gestraft bin, Monica.«

Die Qual in ihren Augen war unverhüllt. Sie zerschnitt Monica das Herz.

»Das ist also mein Teil«, fuhr Stella fort. »Meine Sünde. Und *Sie?* Warum sind Sie hier, Monica? Was glauben Sie, was ist *Ihre* Sünde? Wie lautet Ihre Lüge?«

Verwirrt und erschrocken wich Monica einen Schritt zurück. Ihre Gedanken überschlugen sich, ihr Herz schlug so schnell, dass sie glaubte, gleich in Ohnmacht zu fallen. »Ich ... habe meinen Mann betrogen.«

Stella starrte sie an. Schluckte. Es begann zu regnen. Kalte Tropfen fanden einen Weg durch das dichte Baumdach.

»Ich habe meinen Mann mit Dr. Steven Bodine betrogen.«

Stella klappte der Mund auf. Sie schloss ihn wieder, schien nicht zu wissen, was sie sagen sollte.

»Und Nathan?«, fragte sie schließlich. »Warum ist Nathan hier? Was hat er getan?«

Monica rieb sich über das nasse Gesicht. »Er hat mich geliebt. Das ist alles. Nathan liebt mich. Und er hat mir einfach verziehen. Und … vielleicht hätte er das nicht tun sollen. Vielleicht hätte er mich konfrontieren sollen. Und Steven. Damit wir dafür bezahlen.«

Anstatt uns dabei zu helfen, unser Verbrechen zu vertuschen. Den Mord an einem sechsjährigen Jungen, die Fahrerflucht. Er hätte zur Polizei gehen sollen.

»Er weiß von der Affäre?«

Monica nickte, noch mehr Tränen liefen ihr über die Wangen.

»Sie sind zusammengeblieben?«

Schweigen.

»Lieben Sie ihn denn?«

»Manchmal.«

»Und er … wollte Sie nie dafür bestrafen? Nie?«

Da begriff Monica auf einmal, was Stella da fragte. Übelkeit überkam sie. »Er ist es nicht. Er hat das hier nicht inszeniert. Uns hierhergelockt. Das … das würde er nie tun.«

»Und da sind Sie sich ganz sicher?«

Auf einmal war sie es nicht mehr. Sie war sich bei nichts mehr sicher, in keinem einzigen gottverdammten Punkt.

Könnte Nathan das getan haben? Könnte er mich und Steven zusammengebracht haben, damit wir uns Stella stellen? Gemeinsam mit Bart? Um uns in die Irre zu führen? Könnte es ein kranker Versuch sein, sich von seiner eigenen Schuld reinzuwaschen? Nein. Unmöglich. Auf keinen Fall. Das ist ein verrückter Gedanke. Aber alles an dieser Situation ist verrückt … und er hat sich in letzter Zeit irgendwie seltsam benommen …

Sie schmeckte Galle. Ihr wurde schlecht. Sie dachte an Nathans passiv-aggressive Art. An seinen brillanten Verstand. Er liebte es, komplizierte Krimis zu lesen, wahre Geschichten über wahnsinnige Verbrecher. Er war ein Einzelgänger, der zu langen Spaziergängen in den feindseligen Wäldern verschwand und der glaubte, er könnte mit Bäumen sprechen. Der glaubte, sie würden mit ihm kommunizieren. Er hasste Steven Bodine. Manchmal, obwohl alles an seinem Verhalten dafürsprach, dass er sie liebte, überkam sie eine leise Ahnung, dass ein tief in seinem Innern vergrabener Teil von ihm sie vielleicht auch hasste. Weil sie Steven in ihr Ehebett gebracht hatte, weil sie ihn auf diese Weise gehört hatte. In seinem eigenen Zuhause. Weil sie ihn dazu gezwungen hatte, ihr Verbrechen zu vertuschen, um sich selbst und seine Familie zu schützen.

Könnte Nathan auf seine passive Art sogar wütend auf Bart Kundera sein, weil er ihm dabei geholfen hatte, dieses Verbrechen zu verheimlichen?

Könnte Nathan vor vierzehn Jahren im Grunde *gewollt* haben, dass sich jemand meldete, damit er selbst diese schwere Entscheidung nicht treffen musste? Damit er seine eigene Frau nicht der Strafe für Totschlag ausliefern musste? Für Fahrerflucht?

Hoffte er, dass irgendein *anderer* Steven und sie zerstören würde, damit die Kinder ihn weiterhin lieben würden?

Ein scharfes Krachen hallte durch den Wald. Dann noch einmal. Vögel flogen auf.

»Schüsse!« Stellas Augen waren weit aufgerissen.

Ein Schrei durchschnitt die Luft. Männlich. Animalisch. Monica gefror das Blut in den Adern. Ein weiterer Schrei.

Stella rannte los, brach sich einen Weg durch den Wald, auf die Schreie zu.

»Stella!«, kreischte Monica. »*Stella!*«

Doch Stella war schon zwischen den Bäumen verschwunden.

Monica fuhr herum und rannte in die entgegengesetzte Richtung. Schieres Grauen trieb sie vorwärts, ließ ihre Beine pumpen, ihre Arme rudern. Panisch flog ihr Blick durch den Wald, von einem orangeroten Fetzen des Markierungsbands zum nächsten, zurück zur Lodge.

Die Lodge-Gruppe

KATIE

Mit beiden Fäusten schlug Katie gegen die Hintertür der Lodge.
Keine Antwort.
Sie ruckelte und riss am Türgriff.
Verschlossen.
Deborah sollte alle Türen verschließen …
Doch Katie war jenseits aller Vernunft, sie wollte nur ins Haus. Ihr einziges Ziel war, einen Weg hinein zu finden, irgendeinen. Wieder riss sie an der Tür, ihr Gesicht war schweißnass. Ein Krachen hallte hinter ihr durch den Wald. Sie erstarrte. Ein weiterer Knall, der die Luft zerriss.
Schüsse!
Sie hörte Schreie. Männer. Das wilde, grauenerfüllte Brüllen von Männern. Es war zu viel.
Sie wandte sich von der Tür ab und hastete stolpernd durch den Schlamm um die Lodge herum. Sie stürzte, stand wieder auf und fiel gleich noch einmal hin. Sie erreichte die Vorderseite. Rannte die Stufen auf die Veranda hoch. Schluchzend und wimmernd hämmerte sie gegen die Eingangstür, nass und schlammüberzogen.
Keine Antwort.

Sie drückte die Klinke herunter, und zu ihrer Überraschung schwang die Tür auf. Katie zögerte, dann stürzte sie hinein, warf die Tür hinter sich zu und drückte mit beiden Händen dagegen. Sie legte die Wange an das raue Holz, keuchend.

Es dauerte einen Moment, bis sie wieder klar denken konnte. Es war dunkel im Haus. Still. Zu still.

Deborah?

Katie trat von der Tür weg und schritt zum Treppenaufgang. Sie legte eine Hand auf das Geländer und horchte.

»Deborah«, rief sie.

Das Haus atmete kalten Rauch. Es knarrte.

Katie eilte die Treppen hinauf. Am oberen Ende blieb sie stehen. Deborahs Tür war geschlossen. Vorsichtig ging Katie darauf zu, hob die Hand, um zu klopfen, zögerte dann.

»Deborah?«, rief sie.

Stille. Das Haus knackte, das Eis in den Holzbalken taute allmählich auf. Ein Schauer durchlief sie. Vorsichtig klopfte sie, dann griff sie nach der Klinke. Langsam schob sie die Tür einen Spalt auf, spähte in das Zimmer dahinter. »Deborah?«

Der Raum war leer.

Ein weiteres Geräusch drang von draußen heran. Das Lufthorn. Wie eine Sirene, ein endlos langes Jaulen. Dann erstarb es. Und erklang von Neuem.

War das Deborah gewesen? Sie hatten sie mit einem Lufthorn hier zurückgelassen. War sie nach draußen gegangen?

Was ist mit Steven? Bart? Sie haben auch ein Lufthorn dabei, und das Gewehr.

Eilig verließ sie das Zimmer wieder, lief die Galerie entlang und rannte in ihr eigenes Zimmer. Sie schlug die Tür hinter sich zu und verschloss sie. Dann lehnte sie sich schwer atmend dagegen.

Sie war verrückt – sie war vollkommen durchgedreht. Nathan war nicht böse ... oder? Sie hatte sich das alles nur eingebildet. Was zum Teufel passierte hier mit ihnen? Auf einmal spürte sie es.

Jemand war im Zimmer. Sie fühlte eine Präsenz. Zögerlich trat sie vor und spähte um den Schrank herum.

Das Gemälde.

Es wirkte lebendig.

Gabby.

Der Blick ihrer Tochter schien sie zu durchbohren. Dieses kleine Lächeln, listig, gerissen. *Schlechte Mutter,* schien es zu sagen. *Du bist eine schlechte Mutter. Du hast eine gute Frau beschuldigt, eine schlechte Mutter zu sein …*

Katie trat zu dem Gemälde und betrachtete das Abbild der goldenen Waage in »Gabbys« runder Kinderhand. Das kleine Menschenherz, das eine der Waagschalen beschwerte. Die Erinnerung an Stellas Worte traf sie mitten in die Brust.

»Mir wurde das Herz herausgeschnitten, und sie haben gesagt … es sei Karma.«

Das Herz herausgeschnitten … Das Menschenherz, das die Waage der Gerechtigkeit kippte. Katie wurde von ihrem eigenen lächelnden Kind verurteilt.

Sie schmeckte bittere Schuld und drückte sich fest die Hand auf die Stirn. Jetzt wusste sie, wer Stella war. Die furchtbare Erkenntnis war wie Gift in sie gesickert, als Stella ihre Geschichte erzählt hatte, auch wenn ein Teil von Katies Verstand versucht hatte, sich gegen das Begreifen zu wehren. Stella war Estelle Marshall. Ezekiel Marshalls Mutter. Die Frau, die sie selbst mit ihrer rabiaten Berichterstattung zu Fall gebracht hatte. Ungerechterweise. Nun, da sie selbst Mutter und älter war, begriff sie glasklar, wie unfair sie gewesen war.

Hatte sie nicht selbst einmal etwas ganz Ähnliches getan? Aus genau demselben Impuls heraus – nur eine rasche egozentrische Ablenkung, die zu einer Tragödie hätte werden können. Sie hatte ein paar Dinge aus dem Supermarkt gebraucht. Sie hatte geglaubt, dass sie gleich wieder da sein würde, also hatte sie ihr Auto auf den Kurzzeitparkplatz direkt neben der Tür abgestellt und Gabby für eine Minute darin allein gelassen. Die Türen verschlossen, das Fenster nur einen Spaltbreit geöffnet, damit niemand hineingreifen und Gabby herausziehen konnte. Aus einer Minute waren zwanzig geworden, weil die Schlange an der Kasse hinter einer alten Frau ins Stocken geraten war, die die PIN ihrer Kreditkarte vergessen und aus lauter Nervosität schließlich ihre Schale mit Erdbeeren umgeworfen hatte. Es war ein heißer Sommertag gewesen. Nachdem Katie endlich hatte bezahlen können, hatte sie die alte Frau im Vorbeigehen mit Schimpf und Schande überschüttet.

Als sie schließlich mit ihren Einkäufen aus dem Supermarkt geeilt war, hatte eine junge Frau neben ihrem Auto gestanden und mit dem Boden eines kleinen Feuerlöschers gegen die Fensterscheibe geschlagen.

»Stopp! Hören Sie auf – weg von meinem Auto!«

»*Sie haben ein Kind dadrin gelassen! Was für eine Mutter sind Sie denn? Wissen Sie, wie heiß es ist? Schauen Sie sich mal ihre Wangen an. Ganz rot, und sie weint. Das ist kriminell. Ich rufe die Polizei.*«

Die Frau hatte den Feuerlöscher auf den Boden gelegt und begonnen, in ihrer Handtasche nach dem Handy zu suchen.

Katie war ins Auto gestiegen. Sie hatte den Motor angelassen und war davongerast, wobei sie über den verdammten Feuerlöscher geholpert war. Das Herz hatte ihr bis zum Hals geschlagen. Wenn die Medien davon Wind bekommen hätten – Katie Colbourne hatte ihr Kind im Auto eingeschlossen … Katie Colbourne hatte eine halb senile alte Frau beschimpft, die stattdessen ihre Hilfe hätte brauchen können.

»*Mummy! Mummy!*«

»*Schon gut, Schatz. Es ist alles in Ordnung. Mummy hat es nur ein bisschen eilig …*«

Gott sei Dank war es Gabby gut gegangen. Wenn das in den Zeitungen gelandet wäre, wenn es in den sozialen Medien viral gegangen wäre … Da hatte sie wieder an Estelle Marshall gedacht und daran, welche Rolle sie selbst beim Untergang dieser Frau gespielt hatte. Das war der wahre Grund, warum sie ihren Job gekündigt hatte. Sie hatte am eigenen Leib erfahren, wie ein dummer, selbstsüchtiger Fehler – eine Anklage, eine Beschuldigung, eine Enthüllung – ein ganzes Leben zerstören konnte. Oder mehrere Leben. Sie hatte aus dem Scheinwerferlicht herausgewollt. Sie hatte eine gute Mutter sein wollen.

Nun wusste sie es. Stella war Estelle.

Wir werden alle bestraft … eine Abrechnung.

Mit beiden Händen fuhr sie sich übers Haar, strich es sich aus dem Gesicht. Sie starrte das kleine Mädchen an. Es sah genauso aus wie Gabby.

Gabby, die nun im selben Alter war wie der kleine Ezekiel Marshall damals.

Warum sollte sie nicht genauso bestraft werden wie Stella? Sie war an jenem Tag einfach nur davongekommen. Sie hatte Glück gehabt. Es war verdammt noch mal reine Glückssache, die darüber entschied, welchen Weg man einschlagen musste und wo man endete.

Denn so wie ihr jetzt andere richtet, werdet auch ihr gerichtet werden.

Ein weiterer Schrei riss sie zurück in die Wirklichkeit.

Panisch wirbelte sie herum.

Der Schrei einer Frau. Er kam aus dem *Inneren* des Hauses. Das Echo prallte von den Wänden und der Decke ab, bis es war, als würde das Haus selbst schreien. Als würden die Töne aus den Poren des Holzes dringen.

Das Grauen kreiste sie ein, hielt sie gepackt.

Hierbleiben? Sich verstecken? Die Tür aufreißen und helfen? Die Unschlüssigkeit ließ sie wie festgewurzelt stehen bleiben.

Nach wenigen Sekunden war jedoch alles wieder ruhig.

Katie wartete noch etwas ab, doch dann ertrug sie es nicht länger.

Sie öffnete die Tür und spähte hinaus. Nichts. Vorsichtig schlich sie über die knarrenden Dielen, beugte sich über die Balustrade. Unten in der großen Halle, unter den Blicken der Tierköpfe, direkt unter dem Kronleuchter aus Geweihen, stand Deborah.

Wassertropfen hingen noch an ihrer Jacke, als wäre sie gerade erst von draußen gekommen. Sie hatte sich beide Hände über den Mund geschlagen und starrte auf den Kaffeetisch.

»Was ist los?«, rief Katie hinab.

Deborahs Blick schoss zu ihr hoch. Ihr Gesicht war weiß. Ihre Augen erinnerten an schwarze Höhlen. Mit zitternden Fingern deutete sie auf das Schachbrett.

»Noch eine«, flüsterte sie. Ihr Wispern stieg zur Gewölbedecke empor und verwandelte sich in ein umherkriechendes Zischeln. *Noch eine noch eine noch eine noch eine ...* Katie kämpfte den Drang nieder, sich die Ohren zuzuhalten.

Deborah hob zwei Teile vom Kaffeetisch auf. Ein Kopf. Ein Körper. Getrennt. Sie streckte die Arme nach oben, hob die zerstörte Figur Katie entgegen wie eine Opfergabe an die Götter.

»Der Kopf«, sagte Deborah leise. »Er ist abgeschlagen worden.«

Sechs kleine Lügner wollen leben, machen sich auf die Strümpf. Einer hat den Richter erkannt, da waren's nur noch fünf.

Katie konnte nicht anders. Sie musste es aussprechen. Es würde sowieso ans Licht kommen. Dieses Haus würde es aus ihnen herauskriegen. Es würde den schlafenden Dämon in jedem von ihnen wecken.

»Ich weiß jetzt wieder, wer Stella ist.«

Ausdruckslos starrte Deborah sie an, immer noch streckte sie den Kopf und den Körper der Figur nach oben.

»Vor vierzehn Jahren wurde ihr kleiner Sohn Ezekiel von einem blauen BMW überfahren und getötet. Vor dem Kits Corner Store. Er hatte eine Einkaufstüte in der Hand. In der Tüte waren eine Packung Tooty-Pops, ein Snickers und ein paar Eier. Und er hatte seinen kleinen Welpen an der Leine. Ich habe darüber berichtet. Ich habe Estelle Marshall, die Mutter, gefragt, warum sie diese Dinge gekauft hat. Sie wollte Spaghetti Carbonara zum Abendessen machen. Das mochte ihr Sohn. Und ihr Mann auch. Und … sie hatten keine Tooty-Pops mehr. Und Ezekiel wollte etwas Süßes, also hat sie ihm ein kleines Snickers gekauft, weil wenigstens die Erdnüsse gesund sind. Dann ist ihr eingefallen, dass ein Glas Wein zur Pasta schön wäre …«

Langsam ließ Deborah die Teile der Figur sinken. Sie sagte immer noch nichts, starrte nur zu Katie hinauf.

Katie räusperte sich, ihre Kehle war wie zugeschnürt. »Estelle Marshall hat mir erzählt, dass sie zwei Leute im Auto gesehen hat. Einen Mann und eine Frau. Wer überfährt einen kleinen Jungen, kehrt noch einmal um, sieht die Mutter schreiend auf die Straße rennen und gibt dann Gas, um in einer dunklen Seitengasse zu verschwinden?« Ihre Stimme drohte zu brechen. »Welche Frau würde eine andere in den Medien so an den Pranger stellen, wie ich es getan habe, nur um sich einen Namen zu machen? Wer, Deborah? Wer bin ich?«

»Katie, Sie dürfen nicht …«

»Wissen Sie, ich habe ihr nie geglaubt, dass eine Zeugin an der Straßenecke gestanden haben soll. Eine Zeugin, die den Rucksack ihres tödlich verwundeten Sohnes gestohlen hat, als er blutend auf der Straße lag. Weil, mal ehrlich, wer würde so etwas tun? Estelle – Stella – hat behauptet, dass es eine junge Frau war. Etwa ein Meter siebzig groß. Kurzer Rock. Regenschirm. Sehr dünn. Vielleicht eine Prostituierte. Sie hatte vorher schon Prostituierte an dieser Ecke gesehen. Aber ich habe ihr immer noch nicht geglaubt, weil sich niemand gemeldet hat. Und wer würde sich bei so etwas nicht melden?« Sie hielt inne, ihr eigener Herzschlag dröhnte ihr laut in den Ohren. »Aber wissen Sie was?«, fuhr sie leise fort. »Ich glaube, jetzt weiß ich, wer diese Frau ist.«

Die Lodge-Gruppe

MONICA

Monica stolperte den markierten Pfad entlang. In ihrem Kopf war nur noch Platz für zwei Gedanken: zurück in die Lodge. Türen verschließen, bis die anderen zurückkommen.

Sie war ein Feigling. Sie war immer schon feige gewesen. Sie hatte sich vor den Hässlichkeiten des Lebens versteckt. War davor geflohen.

Sie bahnte sich einen Weg durch das Brombeerdickicht. Nasse Äste klatschten ihr ins Gesicht. Sie rannte vor der Wahrheit davon, davor, als das entlarvt zu werden, was sie war. Sie floh vor sich selbst. Vor dem Geheimnis, das sie verfolgte und dessen heißen Atem sie seit vierzehn langen Jahren im Nacken spürte. Es hatte sie immer wieder aufgespürt, im Dunkeln der Nacht, in ihren Träumen. Schweißgebadet war sie jedes Mal hochgeschreckt. Sie stolperte und stürzte hart zu Boden. Die Erinnerung an den Ruck, der durch ihren BMW gegangen war, vibrierte in ihrem Körper nach. Die nie endende Schleife ihrer Erinnerungen wurde in Gang gesetzt …

»Scheiße! Was zum …« *Steven trat auf die Bremse.*

Sein steifes Glied wurde mit der Wucht der Kollision in Monicas Kehle gerammt. Sie würgte.

Ein Hund ... wir haben einen Hund überfahren!

Sie riss den Kopf hoch. Sie könnte es nicht ertragen, wenn sie einen Hund überfahren hätten ...

Schleudernd drehte Steven um. Seine Hose stand offen, sein Penis ragte heraus, noch immer hart. Sie hörte das Knirschen der Reifen auf dem nassen Asphalt. Durch die regenverschmierten Fenster sah sie die Lichter der Geschäfte, Reflexionen. Eine dünne Frau in Minirock und hochhackigen Stiefeln ... die neben einer kleinen, auf der Straße liegenden Gestalt kniete.

Panik ballte sich in ihrem Bauch zusammen.

Steven bremste ab. Die Frau blickte durch das Autofenster herein, ihr Gesicht war schneeweiß. Ihr Mund stand offen vor Schreck. Dann schnappte sie sich irgendetwas und rannte davon. Als Nächstes sah Monica die Einkaufstüte. Auf der Straße. Dann die zerdrückte Packung Tooty-Pops, die aus der Tüte hervorschaute – sie erkannte sofort, dass es Tooty-Pops waren. Die Verpackung war unverkennbar. Hellrot, gelb und grün. Ihre eigenen Kinder hatten früher, als sie noch kleiner gewesen waren, im Supermarkt immer lautstark danach verlangt. Daneben lag ein flacher Eierkarton. Eigelb und glänzendes rohes Eiweiß sickerten aus den zerschmetterten Schalen. Dann kam eine kleine weiße Hand in ihr Sichtfeld.

Mit der Handfläche nach oben lag sie auf dem nassen Asphalt, ein offener Schokoriegel zwischen den Fingerspitzen. Es fehlte ein Bissen. Blondes Haar. Blut lief ihm aus dem Mund. Seine Augen ... sie starrten in den fallenden Regen hinauf, der in die Pfütze prasselte, in der sein Kopf lag.

»Verdammte Scheiße!« *Steven schlug auf das Lenkrad.*

Er zögerte, dann gab er Gas. Die Reifen quietschten. Monica wurde auf dem Beifahrersitz nach hinten geschleudert. Eine weitere Frau kam aus einem Spirituosengeschäft gerannt, sie ließ ihre Weinflasche fallen und schrie. Sie stürzte auf das Kind zu, das reglos dalag, und hob die Hand, damit Seven stehen blieb. Monicas blauer BMW schleuderte um eine Straßenecke, in eine Seitengasse.

Steven umkurvte eine weitere Ecke, rammte einen geparkten Kleinbus. Der BMW geriet ins Schlingern und prallte fast mit einem entgegenkommenden SUV zusammen. Der Fahrer drückte auf die Hupe, wich aus.

»Steven! Du musst anhalten! Wir müssen zurück!«

»Halt's Maul.« Er fuhr weiter, die Hände fest um das Lenkrad geschlossen, den Blick stur geradeaus gerichtet. Ihr Herz donnerte. Sie konnte nicht atmen. Er sagte kein Wort mehr, wand sich immer weiter seinen Weg durch die ruhigen Seitenstraßen, bis er schließlich eine Hauptstraße erreichte und abbremste. Vorsichtig schlängelte er sich in den stockenden Verkehr hinein. Während sie sich vom Fahrzeugstrom mittreiben ließen, ließ er den Blick unentwegt über die anderen Autos schweifen, suchte nach Polizeiwagen, wartete auf die Sirenen. Der Regen wurde noch heftiger, das Klacken der Scheibenwischer schneller. Endlich setzte er den Blinker und bog auf eine Straße ab, die zum Meer führte.

»Steven, er könnte noch am Leben sein. Das Kind könnte noch leben ...«

»Halt die Klappe, Monica.«

Sie zitterte und schwitzte.

Er fuhr ihren BMW auf einen großen, ausgestorbenen Parkplatz vor dem regengepeitschten Strand. Langsam ließ er den Wagen hinter die Umkleidekabinen und den Kiosk rollen. Im Sommer war es hier voll und geschäftig. Umsichtig parkte er den BMW hinter dem Betongebäude. Ordentlich. Mittig zwischen den Markierungen. Das schwefelgelbe Licht einer Straßenlaterne fiel auf sein Gesicht. Es machte ihn hässlich.

Er saß da. Reglos. Sie packte den Türgriff.

Auf einmal schloss sich seine Faust wie ein Schraubstock um ihren Oberarm.

»Reiß dich zusammen, Monica.«

Sie starrte ihn an. »Wir ... wir müssen zurück. Du hast ein Kind überfahren.«

»*Wir.*«

»*Was?*«

»*Wir haben ein Kind überfahren, Monica. Du und ich. Zusammen. In deinem Auto.*«

Er stopfte seinen schlaffen Penis zurück in die Hose und zog den Reißverschluss hoch.

Allmählich sickerte die Realität ein, wie Tinte in raues Papier. Monica McNeill. Reiche Erbin. CEO einer großen Supermarktkette. Professor Nathan McNeills Frau. Die dem Lokalhelden Dr. Steven Bodine einen blies, dem Leiter der gefeierten Oak Street Surgical Clinic, in der sich sämtliche reichen Hausfrauen Vancouvers das Gesicht herrichten ließen. Dr. Bodine, der mit einem ehemaligen Model verheiratet war, der Besitzerin einer Nobelboutique in der Innenstadt.

»*Wir sind beide über dem Alkohollimit, Monica. Wir sind verheiratet. Mit jemand anderem. Wir haben beide Kinder. Dein Mann und meine Frau haben auch eine Karriere und einen Ruf zu verlieren.*« *Er sah sie an, ein harter, dunkler Ausdruck auf dem Gesicht.* »*Wir führen beide unser eigenes Unternehmen, wir müssen an unsere Angestellten denken.*«

Er ließ das nachwirken.

»*Die Medien, die Cops, das wird ein Albtraum*«, *sagte er.* »*Dafür wandern wir ins Gefängnis.*« *Er umfasste ihr Gesicht so plötzlich und hielt es so fest zwischen beiden Händen, dass sie sich auf einmal fragte, ob er sie vielleicht umbringen würde. Sein Blick bohrte sich in ihren. Seine Augen waren dunkle Teiche im kränklich gelben Schein der Straßenlaterne. Wahnsinnig.* »*Wir. Werden. Alles. Verlieren.*« *Er lockerte seinen Griff nicht.* »*Begreifst du das?*«

Sie versuchte zu nicken.

Er ließ sie los und ließ sich gegen die Lehne sinken. Sie konnte ihn riechen. Scharfer Schweiß. Angst. Alkohol. Sex.

»*Jemand hat uns gesehen*«, *sagte sie dumpf.*

»*Nur eine Nutte.*«

»Nur?«

»Ich kenne diese Ecke«, sagte Steven. »Ich habe da schon Prostituierte gesehen, vielleicht sogar schon genau diese. Selbst wenn sie sich meldet, sind diese Frauen bis oben hin vollgepumpt mit Drogen und Schnaps. Ich weiß das. Ich habe es während meiner Assistenzzeit in der Notfallaufnahme gesehen. Falls sie sich überhaupt erinnert. Außerdem würde sie mit der Polizei sprechen müssen, und das machen sie gar nicht gern. Es gefällt ihren Zuhältern nicht, und das könnte gefährlich für sie sein. Und selbst wenn sie redet, ist sie eine unzuverlässige Zeugin. Die können doch gar nicht klar denken. Völlig nutzlos – keine Chance vor Gericht.«

»Sie hat etwas mitgenommen. Von der Straße.«

»Na und? Umso mehr Grund, sich nicht zu melden.«

»Die Mutter hat uns gesehen. Sie hat mein Auto gesehen.«

»Park es. Lass es in der Garage. Halt das Garagentor geschlossen.«

»Ich kann doch nicht einfach …«

»Wir können nicht dorthin zurück. Jetzt nicht mehr. Nicht, nachdem wir geflohen sind.«

Er zitterte leicht. Dann war da also doch noch ein Rest Menschlichkeit in ihm.

Er drehte sich auf dem Sitz zu ihr. »Monica, hör mir zu. Wir müssen beide unauffällig bleiben. Wir dürfen uns nicht mehr sehen. Wir warten ab, was passiert.«

Dann würde er die Sache also ihr in die Schuhe schieben, wenn man das Auto fand. Oder wenn sich jemand das Nummernschild gemerkt hatte. Lackspuren des BMW mussten auch an dem Kleinbus zu finden sein, den sie gerammt hatten. Auf der Stoßstange klebte mit Sicherheit Blut. Tränen sammelten sich in ihren Augen.

»Es könnte noch andere Zeugen gegeben haben, Steven. Am Straßenrand standen überall geparkte Autos. Vielleicht saß jemand dadrin und hat genau in dem Moment aus dem Fenster geschaut. Oder vielleicht hat es ein Angestellter aus einem der Geschäfte

gesehen … dieser SUV, den du fast gerammt hast, der könnte eine Dashcam gehabt haben. Vielleicht gibt es Überwachungskameras vor den Geschäften …«

»Es hat stark geregnet, Monica, und es war schon ziemlich dunkel. In einem solchen Regen kann man nichts erkennen. Bei so einem Wetter werden ständig Fußgänger angefahren. Der Junge ist einfach auf die Straße gerannt, Herrgott noch mal. Was hat er auf der Straße gemacht? Allein? Das ist nicht unsere Schuld.«

»Nicht unsere Schuld? Auch wenn wir den Unfall vielleicht nicht verhindern konnten, haben wir Fahrerflucht begangen«, sagte sie sehr leise. »Du hast umgedreht, erkannt, was du getan hast, und bist erst dann davongerast. Du bist Arzt, Steven. Du hättest dem Jungen und seiner Mutter helfen können. Vielleicht hättest du ihm das Leben retten können.« Mittlerweile zitterte sie am ganzen Körper und ihr Gesicht war tränennass. Sie schmeckte schalen Wein im Mund. »Nathan wird den Schaden an meinem Auto sehen.«

»Dann musst du ihm eben sagen, dass du etwas gerammt hast. Lass es reparieren.«

»Du Arschloch«, flüsterte sie. »Ich hasse dich. Gott, ich hasse dich.«

»Ich steige jetzt aus, Monica. Ich gehe ein Stück die Straße runter und rufe mir ein Taxi. Du fährst dein Auto nach Hause.«

»Ich schwöre dir, wenn ich verhaftet werde, wenn sie mein Auto finden, dann sage ich ihnen, dass du gefahren bist – ich sage ihnen alles.«

Das Grauen jenes Abends verfolgte Monica, als sie sich nun schluchzend im Wald wieder auf die Beine kämpfte. Sie stolperte auf die Lodge zu, folgte der Spur aus Markierungsband entlang des schmalen Pfads.

Ich kann das nicht, ich kann nicht mehr weglaufen … nicht hier draußen. Sünderin, ich bin eine Sünderin, wir sind alle Sünder.

Neun kleine Lügner haben gedacht, sie hätten sich davongemacht.

Einer hat den Flug verpasst, dann waren's nur noch acht …

… Ein kleiner Lügner glaubt, er dürfe leben.
Denn am Ende kann es nur einen geben.
Aber vielleicht …
Stirbt er eben. Und keiner wird leben.

Verflucht sind jene, die gesündigt haben im Leben
Und gelogen, bis ihre Taten verblassen,
Denn im Innern wird sich ein Monster erheben
Und sie alle bezahlen lassen …

Monica war das Monster – es war in ihr. Es war aus ihrer Schuld geboren und hatte die Klauen tief in sie gegraben. Und es war in Nathan, weil er ihr mit dem Auto geholfen hatte. Es war in der Mutter, die aus dem Spirituosengeschäft auf die Straße hinausgerannt war, weil sie Chardonnay gekauft hatte, anstatt auf ihren kleinen Jungen aufzupassen, als er in sein Snickers gebissen und sein Welpe sich losgerissen hatte. Das Monster war in der dünnen Frau im Regenmantel, die sich Ezekiels Rucksack geschnappt hatte. Und das Nummernschild, wie Monica erst später herausgefunden hatte, nachdem das Auto schon wieder in der Garage stand und sie gesehen hatte, dass das Schild fehlte. Die Polizei hatte am Unfallort kein Nummernschild gefunden. Das Monster war in Steven, der ihr Gesicht in einem Schraubstockgriff gehalten hatte. Steven, der die Zeugin irgendwie für ihr Schweigen bezahlt, aber Monica nie gesagt hatte, wie. Es war in dem grellbunten Tooty-Pops-Pelikan auf dem Karton … Es war in Bart, weil er ihr Auto – die Mordwaffe – repariert hatte und es losgeworden war, obwohl er den Aufruf der Polizei gesehen haben *musste,* die nach Zeugen gesucht hatte … Wilder Wahnsinn stieg Monica zu Kopf. Sie rannte schneller.

Sünder … Alle … Lügner.

Sie brach durch die letzte Baumreihe vor der Lichtung. Einen Moment stand sie keuchend da und versuchte, sich im Nebel zu orientieren. Sie sah den Schatten der Lodge. Sie rannte darauf zu, an dem Totempfahl mit dem grässlichen Rabenkopf vorbei. Sie erreichte die Eingangstür, ihre Brust hob und senkte sich schwer, kalte Luft füllte ihre raue Kehle.

Sie versuchte, die Tür zu öffnen. Es war nicht abgeschlossen.

Sie zögerte. Auf einmal hatte sie ein ungutes Gefühl. Deborah hatte doch alle Türen verriegeln sollen.

Das Blut rauschte ihr in den Ohren, als sie die Tür leise einen Spaltbreit aufschob. Sie hörte Stimmen. Frauenstimmen.

Etwas am Tonfall ließ sie innehalten. Vorsichtig spähte sie durch den Spalt in die düstere Eingangshalle dahinter.

Deborah stand neben dem Kaffeetisch, das Gesicht zur Galerie erhoben. In den Händen hielt sie die Bruchstücke einer der Figuren.

Dann erkannte Monica die Stimme von Katie Colbourne.

»Wissen Sie, ich habe ihr nie geglaubt, dass eine Zeugin an der Straßenecke gestanden haben soll. Eine Zeugin, die den Rucksack ihres tödlich verwundeten Sohnes gestohlen hat, als er blutend auf der Straße lag. Mal ehrlich, wer würde so etwas tun? Estelle – Stella – hat behauptet, dass es eine junge Frau war. Etwa ein Meter siebzig groß. Kurzer Rock. Regenschirm. Sehr dünn. Vielleicht eine Prostituierte. Sie hatte an der Ecke vorher schon Prostituierte gesehen. Aber ich habe ihr immer noch nicht geglaubt, weil sich niemand gemeldet hat. Und wer würde sich bei so etwas nicht melden?«

Schweiß prickelte auf Monicas Haut. Sie war wie gebannt von Katies Worten, genau wie Deborah.

»Aber wissen Sie was?«, fuhr Katie fort. »Ich glaube, jetzt weiß ich, wer diese Frau ist. Ich glaube, wir sind alle hier. Die Fahrer des BMW, der Mechaniker, der dabei geholfen hat, alles zu vertuschen. In einer solchen Wohngegend? Irgendjemand musste Bescheid wissen. Sie haben es nicht allein vertuscht. Schweigen ist auch eine Sünde, wissen Sie?«

»Katie, stopp«, sagte Deborah.

Katie lachte, es klang wahnsinnig, schrill. »Warum? Warum soll ich es nicht aussprechen? Wir sitzen alle im selben Boot. Wir alle, die beim Tod des kleinen Ezekiel Marshall eine Rolle gespielt haben. Und wissen Sie auch, wer Estelle Marshall bezahlen lassen wollte, weil sie zugelassen hat, dass ihr Sohn vor den BMW gerannt ist? Der Mann, der mir genau das in einem Interview gesagt hat. Der Mann, der seinen Sohn verloren hat: Estelle Marshalls Ehemann – Stuart Marshall. Ich frage mich … ob vielleicht *er* hinter dem hier steckt?«

Auf einmal sah Deborah, dass Monica vor der Tür stand. Sie fuhr zu ihr herum. »Was machen Sie denn hier? Was ist passiert? Wo sind die anderen? Was sollten die Schüsse und das Lufthorn?«

Monica konnte sie nur anstarren. Langsam, ganz langsam trat sie in die große Halle. Sie sah hoch und erkannte Katie, die sich über die Brüstung lehnte. Ihr Blick wanderte zurück zu Deborah. Die Figur, die sie hielt, war geköpft worden.

Einer hat den Richter erkannt, da waren's nur noch fünf.

»Etwas … etwas Furchtbares ist passiert«, flüsterte Monica, selbst in ihren eigenen Ohren klang ihre Stimme fremd, ihr Blick ruhte wie erstarrt auf der kopflosen Figur in Deborahs Hand. »Ich … habe einen Mann schreien hören. Ich glaube, der Mörder ist da draußen. Wir müssen die Türen verriegeln.«

Abrupt schob sie sich an Deborah vorbei und stolperte die Treppe hinauf. »Lasst niemanden rein. Schließt euch in euren Zimmern ein!«

»Was ist mit den anderen?«, rief Deborah.

Doch Monica rannte einfach in ihr Zimmer und warf die Tür hinter sich zu. Mit wild hämmerndem Herzen drehte sie den Schlüssel im Schloss herum.

Die Lodge-Gruppe

STELLA

Stella brach durch die Zweige und rannte fast gleichzeitig mit Nathan, der aus der entgegengesetzten Richtung kam, auf eine kleine Lichtung hinaus. Sie erstarrte. Genau wie er.

In der Mitte der Lichtung stand Steven über dem Körper eines Menschen, das Gewehr in der Hand. Von einem tiefen Ast vor ihm hing ein totes Reh. Blutüberströmt. Die Eingeweide baumelten dem Tier in Schlaufen aus dem Bauch. Ein übler Gestank nach Aas und Verwesung lag in der Luft. Wasser tropfte von den Bäumen. Steven zitterte, sein Gesicht und seine Kleider waren mit Blut und Schlamm verschmiert. Er hatte etwas Animalisches an sich. Wie einer jener zutiefst verstörten Soldaten, die monatelang von Feinden umgeben durch den vietnamesischen Dschungel geirrt waren. Sowohl räumlich als auch geistig verloren.

Bäng, bäng, bäng. Die Details der Szene trafen sie wie körperliche Schläge. Ihr Blick fiel auf den Mann, über dem Steven stand. *Bart.*

Nathan gab ein leises Wimmern von sich, wie ein Tier. Seine Knie knickten kurz weg, und er stolperte zur Seite und musste sich an einem Baum abstützen. Er beugte sich vor und würgte. Dann noch einmal. Speichelfäden hingen ihm vom Mund. Er hielt das Gesicht abgewandt. Langsam trat Stella vor.

Bart lag mit dem Gesicht nach unten in Schlamm und Moos, die Arme zu beiden Seiten ausgestreckt. Wie ein Kreuz. Ein großes Fleischerbeil steckte in seinem Hinterkopf, der Schädel war gespalten. Blut und grauweiße Hirnmasse sickerten entlang der Klinge heraus. Das Beil war fast fünfunddreißig Zentimeter lang. Es war dasselbe, das zuvor noch auf dem Hackbrett in der Küche gelegen hatte.

Stella starrte darauf. Taub. Ein schrilles Kreischen setzte in ihrem Kopf ein.

»Was ist passiert?«, flüsterte sie.

Stille.

Sie sah Dr. Steven Bodine an. Er wirkte wie in Trance.

Gefährlich war das Wort, das Stella durch den Kopf geisterte. *Verrückt. Verwildert.* Ihre Aufmerksamkeit wanderte zurück zu der Waffe in seinen Händen. Sie hatte Schüsse gehört. Zwei. Schreie von Männern.

»Sind Sie verletzt, Steven? Was ist passiert?«

Haben Sie das getan? Wenn ja, dann muss ich ruhig bleiben, die Situation entschärfen.

»Steven?«

Er konnte sich scheinbar nicht bewegen, nicht sprechen. Sein Unterkiefer hing schlaff herab.

»Geben Sie mir die Waffe.« Sie streckte die Hand aus und machte einen Schritt auf ihn zu.

Er spannte sich, hob das Gewehr. Sowohl Stella als auch Nathan fuhren erschrocken zusammen. Stella wich zurück. Sie hob beide Hände, die Handflächen nach außen.

»Schon gut. Legen Sie das Gewehr einfach ab. Legen Sie es auf den Boden.«

Steven senkte den Kopf. Sah Bart an.

»Steven. Nehmen Sie das Gewehr runter. Wir müssen nach Bart sehen.«

Langsam ging er in die Hocke und legte die Flinte vorsichtig auf das Moos.

Mit ein paar Schritten war Stella da und nahm es. Dann ging sie zum anderen Ende der kleinen Lichtung hinüber und legte die Waffe auf einen Felsen.

Nathan trat vor, um nach Bart zu sehen. Steven packte ihn und drückte ihn an sich. Fest. Der Chirurg ließ den Kopf auf Nathans Schulter sinken und begann zu schluchzen. Nathan wirkte erschrocken, verwirrt. Er sah … irgendwie nicht in Ordnung aus.

Wir sind alle nicht in Ordnung. Wir werden verrückt. Wir verwildern. Eine kleine Stammesgruppe in Not. Die Wildnis nistet sich in unser Hirn ein, dort, wo früher einmal die Logik war.

Sie eilte zu Bart hinüber und ging neben ihm in die Hocke. Sie war in Erster Hilfe ausgebildet. Das war Teil ihres Pilotentrainings gewesen, und sie belegte regelmäßig Auffrischungskurse. Sie tastete nach einem Puls.

»Er ist tot«, sagte Steven hinter ihr. »Er ist tot. Tot. Tot.« Wieder begann er zu schluchzen. Unbeholfen schob Nathan ihn von sich weg.

Ein Gefühl der Vorwarnung überkam Stella. Sie ließ den Blick über die Schatten zwischen den Bäumen streifen. Auf einmal wurde es deutlich dunkler. Es regnete wieder stark, und der Wind regte sich erneut.

»Steven«, sagte sie fest, und Dringlichkeit nagte an ihren Nerven. »Was ist passiert? Haben … haben *Sie* das getan?«

Mit zitternder Hand wischte er sich über die Stirn, wobei er einen schwarzen Streifen aus Schlamm und Blut auf seiner Haut hinterließ.

»Ich … Bart und ich sind den Schleifspuren in den Wald gefolgt. Je tiefer wir in den Wald gegangen sind, umso mehr

Blut war da. Der Weg war unter den Bäumen, wo fast kein Schnee liegt, gut zu erkennen. Dann … haben wir es gerochen. Das … dieses Ding – wir sind auf die Lichtung gelaufen und haben gesehen, wie es da hängt, in den Ästen.«

Stella und Nathan sahen zu dem Rehkadaver im Baum hinüber. Möglicherweise die Beute eines Bären. Oder vielleicht hatte ein Puma das Reh gerissen und dann in den Baum hinaufgezogen, um es dort zu verstecken.

Steven sagte: »Bart ist näher rangegangen, um es sich anzusehen. Dann war da ein Geräusch im Unterholz. Ein Knacken, wie von Zweigen. Und dann ist es aus dem Wald gebrochen …« Er schluchzte markerschütternd auf und verschluckte sich an seinem eigenen Rotz. Er wischte sich über den Mund. »Es hat sich einfach auf uns gestürzt.«

»*Was* hat sich auf euch gestürzt?« Nervös sah Nathan zum Waldrand hinüber.

»Ich … ich weiß es nicht. Groß.«

»Ein Tier?«, fragte Stella.

»Ich weiß es nicht. Der Nebel. Ich habe mich weggedreht.« Er räusperte sich. »Ich habe Bart schreien gehört, dann hat er geschossen. Zweimal.«

Mit zu Schlitzen verengten Augen musterte Stella ihn.

Nathan ließ den Blick weiter über das Unterholz schweifen.

»Ein Bär?«, fragte Stella. »Ein Puma? Der seine Beute beschützen wollte?«

Er schüttelte den Kopf.

»Hat Bart das Tier getroffen?«

»Ich … ich habe es nicht einmal gesehen, weil ich mich weggedreht habe. Dann ist das Beil da durch die Luft geflogen. Es ist einfach aus dem Schatten und dem Nebel gekommen. Es … es hat ihn am Hinterkopf getroffen. Das Geräusch, der Aufprall und das Knacken von Knochen …« Er verstummte, stand nur da mit einem gehetzten Ausdruck in den Augen, als hätte der wahre Dr. Steven Bodine seinen Körper einfach verlassen. Seine Arme hingen schlaff und blutig herab.

»Und dann?«, drängte Stella. Furcht ballte sich in ihrer Brust zusammen, Angst prickelte auf ihrer Haut.

»Dann war er tot. Ich bin Arzt. Ich wusste es. Und ich habe mir das Gewehr geschnappt und bin weggerannt. Aber dann … Ich dachte, *es* ist vielleicht immer noch da draußen und wartet auf mich. Also … also bin ich zurückgekommen. Ich habe nach seinem Puls getastet, um sicherzugehen. Da war keiner.«

Stella wandte sich an Nathan. Auf einmal fiel ihr auf, dass er allein war, obwohl Katie Colbourne bei ihm gewesen war. »Wo ist Katie?«, fragte sie.

»Katie ist zur Lodge zurückgegangen.«

»Ihr solltet euch nicht aufteilen.«

»Was ist mit Monica?« Auf einmal schien er selbst auch zu begreifen, dass Stella allein war. »*Wo ist meine Frau?*«

»Sie … Ich habe sie auf dem Weg zurückgelassen.«

»*Was?* Wo?«

»Ich habe die Schreie und die Schüsse gehört, also bin ich losgerannt, aber sie nicht. Sie kommt schon zurecht, Nathan. Der Pfad zurück zur Lodge ist deutlich zu sehen, und wir haben ihn markiert.«

»Ihr habt euch getrennt? Wie konntet ihr das tun? Wie soll sie jetzt zurückfinden …«

»Nathan, ich habe es Ihnen doch gerade gesagt. Beruhigen Sie sich. Sie findet sicher zurück.«

Er sah Bart an, dann das tote Reh. »Nicht, wenn … wenn dieses *Ding* noch da draußen ist. Was, wenn es sich als Nächstes auf Monica stürzt? Was, wenn es sie gefunden hat, während sie unterwegs zurück zur Lodge war?«

»Hören Sie zu und konzentrieren Sie sich. Wir können gleich nach Monica sehen, aber zuerst müssen wir Bart zurückbringen. Wir müssen uns etwas einfallen lassen, wie wir ihn zur Lodge tragen können.«

»Herrgott, Stella«, flüsterte Nathan. Auf einmal wirkte er entsetzt. »Es wird schon dunkel. Wir ...«

»Und es wird bald wieder schneien. Welches Tier auch immer da draußen ist ...« Sie sah zu dem Kadaver hinauf. Kälte rieselte ihren Rücken hinab. Es schien wirklich so, als hätte etwas Unmenschliches das getan. Ein Monster. Ein *Es*. Sie erschauderte. »Wir können Bart nicht einfach für dieses Tier hier liegen lassen. Es wird ihn fressen, ihn davonschleifen.«

»Wir sollten zurückgehen. Ich mache mir Sorgen um Monica. Was, wenn sie nicht heil wieder zur Lodge gekommen ist? Im Dunkeln wird es schwieriger, sie zu suchen.«

»Nathan, dieser Mann wurde *ermordet*. Was verstehen Sie hier nicht? Irgendwann wird uns irgendjemand finden, und dann wird die Polizei Barts Leiche brauchen. Wir *müssen* ihn zurückbringen.«

Er zog sich die Mütze vom Kopf und fuhr sich durchs Haar. »Ich bin nicht so sicher, dass uns hier wirklich jemand finden wird.«

Bei der Erwähnung der Polizei räusperte sich Steven. Er schien sich zusammenzureißen. »Sie hat recht.« Seine Stimme klang belegt. »Wir müssen ihn zurücktragen.«

Während sich die Dunkelheit immer schneller herabsenkte und der Regen unablässig auf sie niederprasselte, schafften sie es, Bart ein kurzes Stück durch den Wald zu schleifen, bis sie den Wildpfad fanden, der Bart und Steven zur Lichtung geführt hatte. Stella war nun sicher, dass es ein Wildpfad war, angesichts des ausgeweideten Kadavers im Baum.

Sie zogen Bart noch ein Stück weiter den Weg entlang. Sein Gesicht schleifte über Schlamm und Steine. Er war schwer. Schwerer, als Stella gedacht hatte. Die Demütigung, die Grausamkeit, ihn mit dem Gesicht nach unten über den

Boden zu schleifen, setzte ihr zu. Sein Gesicht würde zerfetzt werden. Erde würde ihm in den Mund dringen, in die Nasenlöcher, unter die Augenlider. Doch wenn sie ihn umdrehten und auf dem Rücken liegend zogen, würde sich das Beil aus seinem Schädel lösen, und sie glaubte, dass es der Polizei vielleicht helfen konnte, wenn das Beil blieb, wo es war. Es war die Mordwaffe. Vielleicht waren Fingerabdrücke darauf. Also versuchten sie, Barts Leiche zwischen ihnen dreien zu tragen, den gewundenen Pfad entlang durch Gebüsch und Bäume, doch es war eine Tortur. Der Weg war zu schmal, der Leichnam zu schwer, ihr Ziel zu weit entfernt.

Stella stolperte und wäre fast gestürzt. Sie keuchte, unter der wasserdichten Jacke war sie schweißgetränkt.

»Ich brauche eine Pause«, sagte sie schließlich.

Sie ließen Bart wieder zu Boden sinken. Stellas Muskeln schmerzten. Allmählich drohten Hunger und Durst sie zu übermannen.

»So wird das nichts«, sagte Nathan. »Wir brauchen eine Plane oder irgendetwas, aus dem wir eine Trage machen können.«

Stella, Nathan und Steven sahen einander im Schein ihrer Stirnlampen an, die sie eingeschaltet hatten, als das Zwielicht immer undurchdringlicher geworden war. Der Wind strich wieder durch die Baumwipfel. Schnee mischte sich in den Regen. Obwohl sie durchgeschwitzt war, fühlten sich Stellas Hände taub vor Kälte an, und ihre Finger versagten ihr allmählich den Dienst. Ideale Bedingungen für eine Unterkühlung.

»Ich gehe zurück«, sagte sie. »Ich beeile mich und hole die Plane und die Seile, die wir im Schuppen gesehen haben. Und ich sehe auch nach, ob Monica da ist.«

»Und warum ausgerechnet *Sie?*«

»Möchte lieber einer von euch gehen? Wer auch immer geht, muss das Gewehr bei den beiden anderen und Barts

Leiche lassen, weil das Blut das Raubtier anlocken könnte, das dieses Reh getötet hat. Außerdem hat Bart noch mehr Munition in den Taschen. Wir haben alle gesehen, wie er sie eingesteckt hat. Derjenige, der geht, kann mein Bärenspray mitnehmen.«

Sie musterten einander misstrauisch. Keiner wusste, ob er den beiden anderen trauen konnte. Keiner wollte bei einer blutüberströmten Leiche bleiben, während Raubtiere zwischen den Bäumen lauerten. Allerdings wollte auch niemand allein einen dunklen Waldweg entlangrennen mit nichts als einer Stirnlampe. Ohne Gewehr. Ein Geräusch im Wald ließ sie zusammenschrecken.

»Ich glaube, das war nur der Schnee, der von einem Ast gerutscht ist«, sagte Stella leise. Der Strahl ihrer Stirnlampe schnitt durch die Dunkelheit und wurde vom Nebel zurückgeworfen.

»Okay«, sagte Steven leise, düster. »Sie gehen. Wir versuchen, ihn weiterzutragen.«

»Ich komme zurück, so schnell ich kann.«

Stella lief allein in den dunklen Wald. Er schloss sich hinter ihr. Im Wispern des Windes in den Bäumen hörte sie das Gedicht.

Sie blieb kurz stehen, übergab sich, während die Reimfetzen durch ihre Gedanken trieben.

Sechs kleine Lügner wollen leben ... Einen hat die Axt erwischt ...

* * *

Stella betrat die Lodge. Es war totenstill im Haus. Ihre Sinne waren geschärft.

»Hallo?«, rief sie. »Ist hier jemand?«

Die Tür zu Monicas Schlafzimmer oben öffnete sich, und jemand trat auf die Galerie hinaus.

Stella leuchtete mit der Taschenlampe nach oben. Monicas Haar wirkte feucht, und sie hatte sich saubere Kleider angezogen. Sie musste geduscht oder gebadet haben.

»Wo sind Katie und Deborah?«, fragte Stella.

»In ihren Zimmern.«

Monica hatte geweint, begriff Stella. Ihre Stimme klang belegt und ihre Augen waren geschwollen und rot. Außerdem wirkte sie desorientiert, so als hätte sie geschlafen.

»Wo ist Nathan?«, fragte sie, als sie langsam richtig zu sich zu kommen schien. »Und die anderen?« Nun sprach sie schneller. »Wo sind die anderen? Sind …« Sie hielt inne, als sie auf einmal zu begreifen schien, dass Stellas Arme und die Jeans voller Schlamm und Blut waren. »*Was ist passiert?*«

Stella zögerte. Der Wind ließ einen Fensterladen gegen die Hausseite krachen. Ein weiterer Sturm braute sich zusammen. Sie musste sich beeilen. »Monica, es geht Nathan gut. Er … ich … ich muss eine Plane und ein Seil holen. Bart ist … er ist …« Es fiel ihr schwer, es auszusprechen. »Bart ist tot. Wir müssen ihn irgendwie herbringen.«

»Was?«

»Er wurde – jemand … jemand hat ihn umgebracht.« Sie rang um diese Worte, die sich so unnatürlich anfühlten. »Er wurde mit dem Fleischerbeil getötet.«

Monica starrte sie an. Sie schien es nicht begreifen zu können. Ganz leise sagte sie: »Er ist also tot?«

Stella nickte. »Er ist tot.«

Monicas Knie knickten ein. Sie sank zu Boden, mit beiden Händen umklammerte sie die Streben des Geländers. Sie setzte zu einem leisen Wehklagen an und begann, sich vor und zurück zu wiegen. Wie ein zutiefst gequältes Tierweibchen in einem Zookäfig. Oder hinter Gefängnisgittern.

Eigentlich hatte Stella sie um Hilfe bitten wollen.

Aber was wäre sie in ihrem Zustand schon für eine Hilfe? Wie viel würde es uns auf diesem schmalen Weg überhaupt nützen, wenn wir einer mehr wären?

»Gehen Sie zurück in Ihr Zimmer, Monica. Schließen Sie die Tür ab. Bleiben Sie in Sicherheit. Ich gehe mit Taschenlampen und einer Plane zurück. Ich habe eine im Schuppen gesehen. Und Seile. Wir tragen ihn in einer Schlinge zwischen uns. Und falls wir ihn nicht tragen können, dann können wir ihn ziehen, wenn er in eine Plane gewickelt und alles mit Seilen zusammengebunden ist. So können wir Beweise sichern.«

Monica stöhnte.

Stella fluchte innerlich. Allmählich drehten alle durch. Auch sie selbst. Ihre Hände zitterten und Adrenalin peitschte durch ihr Blut, als sie sich in Richtung Küche wandte. Sie hörte, wie sich Monicas Zimmertür schloss.

Konzentrier dich. Konzentrier dich. Eins nach dem anderen.

Sie eilte in die riesige dunkle Küche. Dabei leuchtete sie mit ihrer Taschenlampe, da keine Laternen angezündet worden waren. Sie hielt inne, als ihr Blick auf die leeren Schlitze im Messerblock fiel. Sie hatten ein paar der Messer mit in den Schuppen hinausgenommen. Doch das Fleischerbeil – es war fort.

Das Bild, wie das Beil Barts Hinterkopf spaltete, blitzte vor ihrem inneren Auge auf.

Nun drohten auch ihre Knie nachzugeben. Sie stützte sich am Tresen ab.

Du bist Pilotin. Du hast Erfahrung mit Notsituationen. Du bist für Katastrophenszenarien ausgebildet. Du schaffst das. Du hast die mentale Stärke dafür … Du musst dich konzentrieren. Du wirst das hier durchstehen.

Als sie jedoch auf ihre grauenerregend blutigen Hände hinabsah, war sie sich nicht mehr so sicher.

Denn am Ende kann es nur einen geben.
Aber vielleicht …
Stirbt er eben. Und keiner wird leben.

Sie musste dafür sorgen, dass sie die Chance hatte, die eine zu sein.
Die eine, die vielleicht überlebte.

Die Lodge-Gruppe

DEBORAH

Durch das Küchenfenster sah Deborah zu, wie Stella, Steven und Nathan sich abmühten, Barts Leiche im Schuppen in die Tiefkühltruhe zu hieven. Sie hatten ihn in eine hellblaue Plane gewickelt, mitsamt Beil im Kopf und allem. Dann hatten sie ein Seil darum geschnürt. Er sah schwer aus, und die anderen wirkten erschöpft. Es war eindeutig Knochenarbeit, die das Trio da im flackernden, tanzenden gelben Laternenlicht leistete. Schweiß glänzte auf ihren Gesichtern. Sie warfen groteske, umherspringende Schatten an die Schuppenwände. Wie drei schwer schuftende Hexen. Schattenpuppen.

Monster.

Deborah erschauderte. Sie wollte nicht, dass die drei hereinkamen, dass sie auch die Übriggebliebenen in der Lodge mit dem Grauen dessen berührten, was sie gesehen, was sie getan hatten.

Schließlich fiel Bart mit einem dumpfen Plumps in die Truhe. Sie konnte es nicht hören, aber es musste einen Aufschlag gegeben haben, der in den Gestalten der drei widerzuhallen schien. Das Einzige, was Deborah durch das schmutzige Fenster hören konnte, war das Rattern des Generators. Sie hatten ihn mit Benzin aus den Kanistern aufgefüllt und die Tiefkühltruhe eingeschaltet, um Barts Leiche so lange wie möglich für die Polizei zu bewahren. Bis das Benzin leer war also.

Das raue Brummen des Motors klang seltsam in dieser Wildnis. Deborah fragte sich, ob die Kühltruhe und das Benzin zu genau diesem Zweck im Schuppen gelassen worden waren.

Sie fragte sich, ob auch das Fleischerbeil genau deswegen auf dem Hackbrett positioniert worden war, neben all den Messern. Und das Gewehr an der Wand mitsamt der vollen Patronenpackung in der Schreibtischschublade. Vielleicht hatte das Gedicht ihnen Angst einjagen sollen, vielleicht sollten sie isoliert hier draußen den Verstand verlieren und sich vor Furcht schließlich gegeneinander wenden, angestachelt von ihrer eigenen Schuld. Von ihrem eigenen Monster, das in jedem von ihnen lebte.

All diese Dinge waren einfach als Verlockung im Haus verteilt worden, und es war ihnen überlassen, was sie damit taten.

Die Uhr schlug zur vollen Stunde. Deborah zuckte zusammen. Sieben Schläge. In der Lodge war es dunkel, nur eine einzige flackernde Laterne in der Eingangshalle spendete etwas Licht. Kein Feuer im Kamin. Niemand hatte eines angezündet. Die Kälte kroch unter den Türen hindurch und drückte gegen die dünnen Fensterscheiben.

Sie könnte ein Feuer anzünden. Doch sie fühlte sich unfähig, sich vom Fenster fortzubewegen, gebannt von dem in orangerotes Licht getauchten Puppenspiel in der Schwärze dort draußen. Das Entsetzen hielt ihr Herz gepackt.

»*Sie erinnern mich an irgendjemanden. Kat... Kata... Katarina, hieß sie, glaube ich ... Ich habe das Tattoo auf ihrem Handgelenk wiedererkannt ... Eine Schwalbe. Das kenne ich von irgendwoher ... Und mit ihr gesprochen habe ich auch schon einmal. Ihre Stimme kommt mir bekannt vor.*«

Sie sah, wie Nathan auf einem der Regale im Schuppen eine Schnapsflasche fand. Er zeigte sie den anderen beiden. Sie diskutierten wohl, ob sie gefahrlos daraus trinken konnten. Nathan zeigte ihnen das Siegel am Verschluss, dann öffnete er die Flasche.

Der Reihe nach tranken sie je einen großen Schluck. Wischten sich den Mund mit dem Handrücken ab. Diese drei. Stella, Steven, Nathan. Durch etwas Grauenvolles verbunden, als wären sie nun unrein, als könnten sie nie wieder zu den normalen Menschen auf dieser Welt gehören. Noch einmal ließen sie die Flasche kreisen.

Deborahs Gedanken schweiften noch weiter zurück. Zu der schwarzhaarigen, stämmigen Frau mit der unreinen Haut und den roten Wangen. Zu dem Gestank nach Zigarren, der von ihren Kleidern aufstieg. Die Frau, die Deborah über ihren Zuhälter gefunden hatte, über den Mann, der die Prostituierten kontrollierte, die in diesem Stadtteil ihre Dienste feilboten. Es war eine elegante Gegend, die direkt an die Innenstadt grenzte, eine Gegend, in der Männer mit Geld wohnten. Einige von ihnen standen insgeheim auf Schläge und Peitschen beim Sex. Männer, die vorgaben, ganz normale Väter, Söhne, Ehemänner zu sein, die aber kein bisschen besser waren als alle anderen. Die Worte der Frau krochen aus einem dunklen Winkel in Deborahs Erinnerungen hervor.

»Ich weiß, dass du das warst, die an diesem Abend an der Straßenecke gestanden hat, Katarina. Dein Zuhälter hat es bestätigt. Er hat dem Privatdetektiv, der mich angeheuert hat, gesagt, wo ich dich finden kann. Er hat gesagt, dass es deine Schicht an dieser Ecke war. Ja, Kitty Kat, jeder hat seinen Preis. Sogar dein Zuhälter. Er hat mir gesagt, dass du es warst, die mitangesehen hat, wie das Kind überrollt worden ist. Du hast den blauen BMW gesehen. Du hast zwei Leute darin gesehen – einen Mann und eine Frau. Du hast das Nummernschild mitgenommen. Und du hast

dir den Rucksack des kleinen Ezekiel Marshall geschnappt, nicht wahr?«

Sie hatte einen Schuss gebraucht. Dringend. So dringend. Niemand wusste, wie das war, wenn er es nicht selbst erlebt hatte. Man konnte es sich einfach nicht vorstellen. Deborah war bereit gewesen, für den Stoff zu töten, den die Frau mit der schlechten Haut ihr an jenem Tag vor die Nase gehalten hatte. Sie hatte ihn gebraucht, um einfach nur lange genug zu überleben, um sich irgendetwas einfallen zu lassen, wie sie an mehr herankommen konnte.

»Dein Zuhälter lässt dich fallen, Katarina. Aber du kannst das hier haben, und diesen Umschlag voller Geld – unmarkierte Scheine, sauber und jede Menge davon. Aber du musst mir das Nummernschild geben, und dann musst du dich aus der Stadt verpissen, und zwar noch heute Nacht. Du nimmst das Geld und lebst ab heute irgendwo anders. Hast du das kapiert? Wenn du mit deinen beschissenen Stilettostiefeln auch nur einen Schritt zurück in das Gebiet von Vancouver machst, dann bist du tot, ist das klar? Wenn ich herausfinde, dass sich jemand mit diesem Tattoo in der Stadt aufhält, dann stirbst du. Okay? Und ich werde es herausfinden. Ich werde es hören. Weil dein Zuhälter es mir erzählen wird. Weil es noch einen ganzen Haufen mehr Geld und Drogen gibt, wenn er dich sieht oder von dir hört, und dann kommt er zu mir und sagt es mir. So etwas nennt man einen Ansporn.«

»Wer sind Sie?«

»Ich bin hier, um dafür zu sorgen, dass du den Mund hältst, Kitty Kat.«

»Ich … ich rede nicht. Versprochen. Ich habe bis jetzt ja auch nicht mit der Polizei gesprochen, oder?«

»Weil sie dich noch nicht gefunden haben. Mach, dass du hier verschwindest, dann bleibt das auch so.«

»Warum tun Sie das?«

»*Weil derjenige, der den BMW gefahren hat, jemanden bezahlt, der jemanden bezahlt, der mich bezahlt, damit ich dich zum Schweigen bringe.*« Die Frau lächelte und legte den Kopf schief. »*Ganz einfach, oder? So was nennt man Aufgliederung. Alles klar?*«

Deborah hatte so heftig gezittert, so dringend diesen Schuss gebraucht, dass sie die Hände kaum ruhig genug hatte halten können, um in ihrem Schrank nach dem zerbeulten Wunschkennzeichen zu suchen und es der Frau zu überreichen. Sie hatte den dicken Umschlag entgegengenommen und ihn geöffnet. Sie war schockiert gewesen. In dem Umschlag war mehr Geld gewesen, als sie in ihrem ganzen Leben gesehen hatte. Sie hatte nach den Drogen gegriffen, doch die Frau hatte sie zurückgezogen.

»*Wenn die Polizei …*«

»*Ich rede nicht mit der Polizei.*« *Ihr Zuhälter würde sie umbringen lassen, wenn sie das tat. Sie war minderjährig. Ein anderes Mädchen war einfach verschwunden, und Deborah war sicher, dass er dahintersteckte.*

»*Woher kommt das Geld?*«, *fragte sie.* »*Vom Fahrer?*«

»*Nimm es oder lass es.*«

Deborah nahm es.

»*Und jetzt lauf, du kleine Nutte. Verpiss dich aus der Stadt.*«

Deborahs Augen brannten, als sie nun an diesen Tag aus ihrer Vergangenheit dachte, als Jackie Blunt sie besucht hatte, mit einem Umschlag voller Geld und einem Päckchen Drogen. Damals, als Jackie Blunts Haar noch voll und glänzend schwarz gewesen war. Doch Deborah war leer geweint. Sie hatte keine Tränen mehr. Sie legte sich die Hand auf den Bauch, wo ihr unschuldiges Baby schlief. Ihr eigenes Kind. Ein Leben, das sie nie für möglich gehalten hatte. Sie war damals am Boden gewesen. Ein Wrack. Es überraschte sie, dass sie sich überhaupt noch daran erinnerte, wie die Frau ausgesehen hatte, die damals an ihre Tür gekommen war.

Doch nachdem Jackie Blunt sie im Wasserflugzeug so angestarrt und gesagt hatte, sie würde das Tattoo wiedererkennen … nachdem sie den Namen Katarina erwähnt hatte, da hatte Deborah es gewusst. Sie hatte sich erinnert.

Durch eine bizarre Wendung des Schicksals war sie mitsamt ihrer Nemesis in diesem Wasserflugzeug und schließlich hier draußen gelandet. Um hier festzusitzen, gefangen. Wie Katie Colbourne gesagt hatte – mit all den anderen, die in Ezekiel Marshalls Tod verwickelt waren. Während sie dem Trio im Schuppen zusah, kam sie zu dem Schluss, dass Steven Bodine der Fahrer des Wagens gewesen sein musste.

Er war der Mann, den sie hinter dem Steuer gesehen hatte. Außerdem verfügte er über das Geld und die Verbindungen, um einen Privatdetektiv anzuheuern, der sie ausfindig machte. Einen Privatdetektiv wie Dan Whitlock, der wiederum eine Frau wie Jackie Blunt damit beauftragt hatte, dafür zu sorgen, dass Deborah schweigen würde.

Die Frau auf dem Beifahrersitz musste Monica gewesen sein, denn Katie Colbourne war es nicht gewesen, und Stella war die Mutter.

An jenem Tag hatte sie die Mutter nicht richtig gesehen. Sie hatte später auch keine Nachrichten geschaut. Sie hatte sich an jenem Abend einfach den Rucksack und das Nummernschild geschnappt, weil sie die Gelegenheit dazu gehabt hatte und weil der Junge schon tot aussah. Es hätte etwas Wertvolles in dem Rucksack sein können – etwas, wofür sie Bargeld hätte bekommen können. Und mit Bargeld konnte man Drogen kaufen. Das Nummernschild hatte sie mitgenommen, weil sie so etwas damals eben getan hatte. Dinge mitnehmen. Dinge, die man vielleicht als Druckmittel verwenden konnte. Erpressung.

Sie hatte recht gehabt. Jemand hatte eine Menge Geld dafür bezahlt, dieses Nummernschild zurückzubekommen.

Nach Jackie Blunts Besuch war sie nach Victoria geflohen, auf die Insel, aber natürlich hatte es nicht lange gedauert, bis Katarina auch dort in Schwierigkeiten geraten war. Sie hatte eine andere Prostituierte mit einem Messer verletzt, die versucht hatte, Deborah ihr Territorium streitig zu machen. Sie hatte die Frau ziemlich übel zugerichtet. Dafür war sie im Gefängnis gelandet.

Das Beste, was ihr je hätte passieren können, das Gefängnis. Zuerst war es hart gewesen. Doch dann hatte eine der anderen Frauen sie gegen gewisse »Gefälligkeiten« unter ihre Fittiche genommen, und danach hatte sie ihre Ruhe gehabt. Hinter Gittern war es ihr gelungen, clean zu werden. Sie hatte Unterrichtskurse belegt. Nachdem sie wieder rausgekommen war, hatte sie sich bei einem Sozialprogramm gemeldet, das frühere Sträflinge für Putzjobs einstellte, und allmählich war sie wieder auf die richtige Spur gekommen. Als sie ihrer Vorgeschichte wegen einfach keinen Job in einem guten Hotel hatte bekommen können, hatte sie ihren Namen geändert, ihr eigenes Unternehmen gegründet und Leute eingestellt. Ein Unternehmen, in dem sie der Boss war und kein potenzieller Arbeitgeber sie je wieder nach ihrer Strafakte fragen würde.

Als die Erinnerungen, die Deborah so hart zu unterdrücken, zu begraben versucht hatte, nun mit der Gewalt eines Tsunami an die Oberfläche drängten, begann sie, am ganzen Körper zu zittern.

Sie drückte sich die Hand fest auf den Bauch.

Ihr eigenes Baby.

Sie musste überleben. Alles dafür tun.

Nun kamen die drei auf die Lodge zu, sie liefen durch Schnee und Regen zur Küchentür. Panisch fuhr sie herum, riss hastig Schränke auf, fand ein paar Dosen. Eintopf. Chili. Sie holte einen Topf hervor und schaltete den Gasherd ein.

Sie mussten hungrig sein. Sie würden Nahrung brauchen. Deborah musste nur so tun, als wüsste sie von nichts, dann wäre sie sicher. Sie war nie dort gewesen. Sie hatte den Fahrer und die Beifahrerin nicht gesehen. Sie hatte nicht gesehen, wie der kleine Junge überfahren worden oder wie die Mutter schreiend aus dem Geschäft gerannt war. Sie hatte nie die Nachrichten gesehen. Sie wusste nicht, dass Stella die Mutter war.

Stella, die ihren kleinen Jungen verloren hatte. Ihr Kind.

Ein Schluchzen schüttelte sie, und sie stemmte sich mit beiden Händen auf dem Tresen ab, kämpfte darum, sich wieder in den Griff zu bekommen.

Die Tür ging auf. Sie wischte sich über die Nase und drehte sich um. Schluckte.

Sie hatten etwas Apokalyptisches an sich. Die Überlebenden eines Zombiekriegs in der Wildnis. Deborah wand sich innerlich und wäre am liebsten einen Schritt zurückgewichen. Doch sie hatte den Tresen im Rücken.

Sie starrten Deborah an, als wäre sie ihnen auf einmal genauso fremd wie anders herum.

»Es … es tut mir leid, dass ich nicht rausgekommen bin, um zu helfen.« Ihre Stimme brach. Sie räusperte sich. »Ich … Monica hat mir gesagt, was passiert ist, und … ich habe noch nie eine Leiche gesehen«, log sie. »Also mache ich stattdessen Abendessen. Ich dachte, ihr … ihr habt bestimmt Hunger.«

Sie gingen an Deborah vorbei, Stella hielt die Flasche in der Hand. Es war Whiskey.

Auf einmal hörte Deborah wieder den dumpfen Schlag, mit dem der BMW den kleinen Jungen getroffen hatte. Seit über einem Jahrzehnt hatte sie das nicht mehr gehört. *Wumm. Wumm. Wumm.* Immer wieder. Es hörte einfach nicht auf. Sie drückte sich die Hände auf die Ohren.

Stopp. Stopp. Stopp.
Stella sah über die Schulter zurück. Ihre Blicke trafen sich.
Es tut mir leid. Es tut mir so leid.
»Ich bringe euch den Eintopf.«
»Danke, Deborah«, sagte Stella.

* * *

Deborah betrat den Wohnraum mit einem Tablett voller Schüsseln.

Nathan saß auf dem Sofa, er sah auf. Seine Augen waren rot. Er war schmutzig, voller Blut und Dreck, doch er hatte sich nicht die Mühe gemacht, etwas davon abzuwischen. Er saß da, die offene Whiskeyflasche zwischen den Schenkeln, die Hand um den Flaschenhals gelegt.

»Was macht der Knöchel?«, fragte er und senkte den Blick auf ihr Bein.

»Er ist … er ist schon viel besser. Wieder gut. Ich habe ihn fest bandagiert.«

Steven zündete gerade das Feuer an. Stella kam die Treppe herunter. Sie hatte versucht, sich sauber zu machen – sie hatte sich einen Teil des Bluts von Händen und Gesicht gewaschen und sich frische Kleider angezogen. Die Männer schienen sich darum keine Gedanken zu machen.

Monica und Katie waren oben.

Mit dem Tablett in den Händen stand Deborah da. Unsicher. Bis ins Innerste erschüttert. Ihr Leben war auf den Kopf gestellt, und eine furchtbare Angst davor, zu stürzen und wieder am Anfang zu landen, überkam sie. Wieder Katarina zu werden. Das konnte sie nicht. Das konnte sie einfach nicht.

Lieber sterbe ich.

Steven kam zu ihr und nahm ihr das Tablett ab.

»Danke.«

Er nickte, und fast hätte er ihr leidgetan. *Er leidet genauso wie ich. Auch er versucht, seine Vergangenheit zu verstecken. Dieses Kind ist zwischen zwei Autos hindurch auf die Straße gerannt, direkt vor ihm – er war dazu verdammt, Ezekiel zu überfahren.* Neun kleine Lügner haben gedacht, sie hätten sich davongemacht. Doch so war es nicht, und sie würden alle wieder in der Hölle landen.

Die Schüsseln und Löffel klirrten, als Steven das Tablett mit zitternden, müden Armen auf dem Kaffeetisch neben dem Schachbrett abstellte. Dann hielt er in der Bewegung inne.

»Die Figuren.« Es klang heiser. Deborah wurde kalt.

»Die Figuren. Zwei …« Er fuhr herum. Sein Gesicht wirkte ausgemergelt. Er deutete auf das Schachbrett.

»Noch zwei. Nicht nur eine für Bart. *Zwei.*«

Nathan ruckte hoch, als hätte ihn ein Stromschlag getroffen. »Monica?« Er drehte den Kopf. »Wo ist Monica?« Er sprang auf, wobei die Whiskeyflasche zu Boden fiel. Dann rannte er zur Treppe. »Monica!«, rief er und packte das Geländer.

Nichts.

Mit vom Alkohol unsicheren Schritten stürmte er die Treppe hinauf.

»Monica!«, schrie er noch einmal, lauter, als er die Galerie erreichte. Seine Stimme donnerte durch das Haus. Der Name wurde zu ihnen zurückgeschleudert, hallte in der Gewölbedecke und dem Dachgebälk wider. Staub schwebte herab.

Die anderen beiden ließen die Eintopfschalen stehen und eilten Nathan hinterher nach oben. Deborah folgte ihnen.

Gerade als Nathan seine und Monicas Schlafzimmertür erreicht hatte, schwang sie auf.

Monica stand dort, mit geschwollenen, rot geränderten Augen und wirrem Haar, offensichtlich verwirrt. »Ich … ich habe geschlafen. Was ist los, Nathan? Gott, wie siehst du denn aus. Geht es dir gut?«

Er stieß einen seltsamen Laut aus und umarmte sie. »Oh, danke, Gott, danke, danke. Es geht dir gut.«

Sie stieß ihn von sich, die Nasenflügel gebläht. Offensichtlich stank er. »Was ist los – was ist passiert?«

»Noch eine Figur wurde geköpft«, antwortete Steven.

Monica sah von einem zum anderen. »Du meinst für Bart.«

»Nein, noch eine.«

Sie begriffen alle gleichzeitig. Stella stürzte zu Katie Colbournes Tür. Sie war abgeschlossen.

»Katie!« Stella schlug gegen die Tür, rüttelte an der Klinke. »*Katie!*« Sie wandte sich an die anderen. »Helft mir. Helft mir dabei, die Tür aufzubrechen.«

Die Männer rammten mit aller Kraft ihre Schultern dagegen. Es krachte. Immer wieder. Bis schließlich das Holz am Schloss splitterte und die Tür aufflog. Die beiden Männer taumelten hinein, stolpernd und mit den Armen rudernd.

Deborah und Stella eilten hinter ihnen ins Zimmer.

Dann blieben sie alle wie angewurzelt stehen.

Katie hing an einem Seil von einem Deckenbalken. Ein umgekippter Stuhl neben ihren Füßen. Ihre Kamera lag auf dem Bett.

Sie schaukelte sacht hin und her, das Gesicht dem Ölgemälde mit dem kleinen Mädchen zugewandt, das die Waage der Gerechtigkeit in der Hand hielt. Die Leinwand war zerfetzt. Ein Küchenmesser lag unter dem Bild auf dem Holzboden.

Deborah sackte ohnmächtig zusammen.

Die Suche

MASON

Dienstag, 3. November

Sämtliche Mitglieder des SAR-Teams hatten sich bereits in ihre Zelte zurückgezogen, abgesehen von Mason und Callie, die immer noch wach waren. Sie saßen nebeneinander vor einem Lagerfeuer, das die SAR-Mannschaft in ihrem kleinen Lager inmitten des alten Waldes entzündet hatte. Ein gutes Stück entfernt von der Lodge. Die orangeroten Flammen knisterten und schickten gelbe Funken in die Nacht. Der Regen hatte nachgelassen, aber die dichten Wolken hingen noch immer tief über dem Wald. Keine Spur von Sternen oder Mondlicht. Ab und zu hörten sie den leisen Ruf einer Eule.

Fast sechs Stunden waren vergangen, seit Mason per Satellitentelefon im Hauptquartier in Prince George angerufen hatte. Die Spurensicherung, ein Coroner, die Mordermittler und weiteres Personal würden im ersten Morgenlicht eintreffen. Masons Aufgabe war es, dafür zu sorgen, dass der Tatort unberührt blieb, bis die Forensiker hier waren.

Oskar war der Letzte gewesen, der das Lagerfeuer verlassen hatte und in sein Zelt gekrochen war. Rasch waren Schnarchgeräusche aus der orangeroten Kuppel gedrungen.

»Er kann das«, sagte Callie leise und stocherte mit einem Ast in den Flammen herum. »Mir fällt es immer schwer einzuschlafen, wenn wir im Einsatz sind. Und das hier … Normalerweise suchen wir nach Menschen, die einen Unfall hatten oder einen dummen Fehler gemacht haben. Aber das hier – diese Bosheit, diese brutale Absicht, Mord …« Die Worte vergingen auf ihren Lippen. Es war eher eine rhetorische Bemerkung, und Mason ließ sie so stehen, erlaubte Callie, die Tatsache zu verarbeiten, dass sie nicht weit von zwei Mordopfern entfernt campierten, die man aus irgendeinem Grund in eine Tiefkühltruhe gelegt hatte.

Das weibliche Opfer, das in ein Bettlaken gewickelt auf der anderen Leiche ruhte, war nach Masons vorläufiger Einschätzung – danach, was er hatte erkennen können, ohne irgendetwas anzurühren – erhängt worden. Es gab Spuren wie von einem Seil am Hals, die Zunge quoll hervor, und Petechien – kleine rote Punkte wie Nadelstiche in den Augäpfeln – waren zu erkennen. Außerdem hatten sie ein Seil entdeckt, das in einem der Zimmer von einem Deckenbalken hing. Im Zimmer hatten sich Besitztümer befunden, die offensichtlich einer Frau gehört hatten. Mason hatte darunter zwar nichts gesehen, was die Bewohnerin dieses Raums hätte identifizieren können, doch von dem Foto, das die Reisegruppe vor dem Flugzeug zeigte, schloss er, dass es sich bei der Toten wahrscheinlich um Katie Colbourne handelte.

Die Leiche, die in der Kühltruhe unter dem weiblichen Opfer lag, hatte Mason unangetastet gelassen. Der Körper war in eine blutige und schlammverkrustete blaue Plane gewickelt und mit einem Seil verschnürt worden. Mason würde einfach alles so lassen, bis die Kriminaltechniker eintrafen.

Oskar hatte Mason Schleifspuren und Fußabdrücke gezeigt, die zu einem Wildpfad im Wald führten. Aus diesen

Spuren hatte Oskar geschlossen, dass die Leiche in der Plane aus einiger Entfernung durch den Wald zum Schuppen geschleift worden war. Die Fußabdrücke wiesen darauf hin, dass es drei Personen gewesen waren, die den Körper vorwärtsbewegt hatten. Bei Tageslicht würden sie die Spuren noch besser deuten können. Wahrscheinlich ließen sie sich zu einem möglichen Tatort zurückverfolgen. Oskar und seine Mannschaft hatten noch weitere Abdrücke auf einem zweiten Weg entdeckt, der näher am See verlief. Es war möglich, dass dies die Spuren der Überlebenden waren, die das Haus verlassen hatten. Callie hatte vor, ihnen am Morgen zu folgen.

Sie hatten ein Lager errichtet und dann im Militärstil etwas zu essen zubereitet, fertige Rationen, über dem Feuer erwärmt. Dann hatten sie hauptsächlich schweigend ihre Mahlzeiten zu sich genommen. Sie hatten gespürt, wie die gewaltige Wildnis um sie herum zusammenzurücken schien. Sie waren sich der Leichen im Tiefkühler bewusst gewesen, der Ernsthaftigkeit dieser Situation.

»Es ist bizarr«, fuhr Callie schließlich fort. Sie sah ihm direkt in die Augen, und Mason fühlte ein leises Ziehen im Bauch, als sich ihre Blicke trafen.

»Diese geschnitzten Figuren«, sagte sie. »Das Gedicht. Die gefälschten Fotos von der Lodge und dem Spa, die RAKAM Group, die es offensichtlich nicht gibt. Zwei Leichen in einer Tiefkühltruhe. Eine Frau, die keine Pilotin ist, auf dem Pilotensitz eines gecharterten Wasserflugzeugs mit einem antiken Messer im Hals. Warum hat sich überhaupt jemand die Mühe gemacht, diese beiden Toten in den Tiefkühler zu schaffen?«

Im Feuer stürzte ein Holzscheit um, und ein Funkenschauer erhob sich in die feuchte Nacht.

»Tja, es sieht so aus, als wäre der Generator eine Weile gelaufen«, sagte Mason. »Wahrscheinlich sollten die sterblichen Überreste so lange wie möglich gekühlt werden, bis das Benzin leer war. Daraus schließe ich, dass die Gruppe – oder ein Teil davon – die Leichen erhalten wollte, nicht nur verstecken.«

»Und wahrscheinlich war es mehr als einer«, schloss Callie. »Weil es eine schwere Aufgabe gewesen wäre, die beiden Toten allein in die Truhe zu hieven, richtig? Außerdem lässt sich aus den Spuren schließen, dass es möglicherweise drei Personen waren, die den Toten in der Plane hierhergeschleift haben.«

»Da haben Sie recht.« Er lächelte. »Sie wären eine gute Polizistin geworden.«

Sie hörte auf, im Feuer herumzustochern, und musterte ihn. »Sie machen sich über mich lustig.«

Er lachte. »Nein. Ich glaube wirklich, dass Sie eine richtig gute Polizistin abgeben würden.«

Sie betrachtete ihn noch einen Moment skeptisch, so als würde sie versuchen herauszufinden, wie ernst er das wirklich meinte. Dann wandte sie sich wieder dem Feuer zu und sagte leise: »Die SAR-Arbeit *ist* Ermittlungsarbeit. Meistens in der Wildnis. Das Profil eines Vermissten zu erstellen ist der Viktimologie sehr ähnlich. Wenn man eine Person versteht, dann kann das dabei helfen herauszufinden, was passiert ist und welche Entscheidung der Vermisste vielleicht getroffen hat, wenn er sich mit bestimmten Hindernissen in der Wildnis konfrontiert gesehen hat. Oder mit einem bestimmten Terrain oder den Wetterverhältnissen oder mit Verletzungen. So kann man auf den Ort schließen, wo man die Vermissten am wahrscheinlichsten finden kann. Hoffentlich lebendig. Aber sich mit einem Mord zu befassen – ich weiß nicht, wie Sie damit fertigwerden, mit dieser Absicht, jemanden zu verletzen, vorsätzlich oder nicht, immer wieder, und wie Sie dabei noch ganz normal bleiben können.«

»Genau deswegen sind das die meisten erfahrenen Mordermittler eben nicht.«

»Was nicht?«

»Normal.«

Sie lachte. Ein weicher, sanfter Klang. Mason merkte, dass er darauf reagierte. Was nicht gut war. Er wurde ein bisschen nervös.

Callie ist verheiratet. Sie ist verwundbar. Genau wie du. Denk nicht einmal daran.

Seine innere Stimme erschreckte ihn. Seit Jennys Tod hatte er nicht mehr »daran« gedacht. Callie, oder die Zeit oder beides, hatte etwas in ihm aufbrechen lassen. Die Vorstellung, dass er tatsächlich dazu in der Lage sein *könnte,* wieder etwas zu empfinden, ließ sein Herz ein kleines bisschen schneller schlagen. Wärme breitete sich in seinem Bauch aus. Und das war genug. Für den Moment. Sich einfach wieder ein bisschen lebendig zu fühlen. Weiterleben zu wollen. Und er war Callie dankbar dafür, dass sie ihm dies geschenkt hatte.

Er holte tief Luft und sagte: »Ich glaube, ich gehe jetzt mal schlafen.«

Sie nickte und stand auf. »Ja, ich auch.«

Er erhob sich ebenfalls, und für einen Moment waren sie einander ganz nah. Sie sah ihm in die Augen, und da spürte er es. Eine Woge, etwas, das man nicht sehen, aber fühlen konnte. Ein Verdichten der Luft, begleitet von so etwas wie elektrischer Spannung. Rasch wandte sie sich ab, schaltete ihre Stirnlampe ein und ging auf ihr Zelt zu.

Er stand einfach da und sah, wie der Lichtstrahl durch die Bäume tanzte und an dem undurchdringlichen Nebel abprallte. Seine Muskeln waren angespannt.

Zeit mit Callie Sutton zu verbringen würde ihm entweder sehr guttun oder sich als eine ganz schlechte Idee erweisen. Weil sie einem anderen gehörte, und er würde sich nur selbst belügen, wenn er behauptete, dass er sich nicht auch auf einer körperlichen Ebene zu ihr hingezogen fühlte.

Er atmete aus und ging auf sein eigenes Zelt zu.

Irgendwo in den Bäumen rief leise eine Eule.

Die Lodge-Gruppe

STELLA

Montag, 26. Oktober

In dieser Nacht lag Stella in ihrem Bett in einem der oberen Zimmer. Sie hatten Katie vom Deckenbalken geschnitten, sie in ihr Bettlaken gewickelt und hinaus in den Schuppen getragen. Es war ihnen gelungen, ihre Leiche zu Bart in die Kühltruhe zu legen.

Unsicher, was sie als Nächstes tun sollten, hatten sie schließlich den Eintopf wieder aufgewärmt, den Deborah vorbereitet hatte, ihn aus schierer Erschöpfung gegessen und beschlossen zu versuchen, etwas Schlaf zu bekommen, damit sie sich am Morgen hoffentlich mit einem klaren Kopf einen Plan zurechtlegen konnten.

Sie hatten einander dabei beobachtet, wie jeder in seinem Zimmer verschwunden war. Sie hatten ihre Türen abgeschlossen.

Draußen war der Wind verstummt, und Stella hörte auch den Regen nicht mehr herabprasseln. Vielleicht war er zu Schnee geworden. Was sie jedoch hörte, war das ferne Rattern des Generators. Sie konnte nicht entscheiden, ob dieses mechanische Geräusch nun tröstlich oder grässlich war, angesichts der Tatsache, was da in der Kühltruhe lag.

Zum tausendsten Mal ging sie die Ereignisse durch, die den Todesfällen vorangegangen waren. Eigentlich hatte jeder Gelegenheit gehabt, das Beil aus der Küche zu holen und Bart zu töten.

Dasselbe galt für Jackies Verschwinden mitsamt dem Flugzeug. Stella war sich nun sicher, dass Jackie tot sein musste.

Und Katie Colbourne? Es sah eindeutig so aus, als hätte sich Katie aus irgendeinem dunklen Grund, von dem sie nichts wussten, selbst das Leben genommen.

Stella wälzte sich im Bett herum, boxte ihr Kissen zurecht und legte sich wieder hin. Sie starrte zur Decke hinauf. Etwa eine Stunde später sah sie auf die Uhr.

Erst 1.45 Uhr.

Sie rollte sich noch ein paar Minuten unruhig hin und her, dann fuhr sie abrupt hoch. Jemand trommelte am anderen Ende des Gangs gegen eine Tür.

Sie hörte eine Frau schreien. »Hilfe, wir brauchen Hilfe! Kann uns jemand helfen?«

Stella schwang die Beine über den Bettrand, doch dann zögerte sie. Sie konnte niemandem trauen, oder?

»Bitte, helft uns. Steven übergibt sich! Er ist krank.«

Stella schnappte sich ihre Fleecejacke und zog eine Hose über. Sie schloss ihre Tür auf und spähte hinaus.

Monica stand in einen Bademantel gewickelt vor Stevens Tür.

Sie deutete hinein. »Nathan ist bei ihm im Badezimmer. Er muss sich ständig übergeben, und er hat schrecklichen Durchfall. Da ist Blut in seinem Erbrochenen.«

* * *

Dienstag, 27. Oktober

Am späten Morgen des nächsten Tages schlief Steven endlich ein. Sie hatten ihn mit einem Eimer nach unten gebracht und ihm dabei geholfen, sich aufs Sofa zu legen. Im Laufe der Nacht war immer mehr Blut in seinem Erbrochenen und dem Durchfall gewesen. Sie alle waren wach und bei ihm geblieben. Nathan hatte dafür gesorgt, dass das Feuer weiterbrannte. Nun saß Deborah an Stevens Seite und betupfte ihm immer wieder die Stirn mit einem kühlen, feuchten Tuch. Stella hatte in ihrem Erste-Hilfe-Set ein paar Elektrolyttabletten gefunden und sie Steven eingetrichtert, weil sein Blutdruck sehr niedrig geworden war und sie befürchtet hatten, er würde ernstlich dehydrieren. Eine Weile hatte er anscheinend auch deliriert. Sein Gesicht war aschfahl, und er hatte tiefe Schatten unter den Augen, die aussahen wie Blutergüsse.

Sie alle blickten immer wieder zum Schachbrett, fast, als würden sie erwarten, dass auf einmal eine weitere der Figuren den Kopf verlieren und umfallen würde. Tot.

»Es ist, als hätte er etwas Giftiges gegessen oder getrunken«, sagte Monica zum wiederholten Mal. Sie stand hinter dem Sofa und sah schrecklich aus. Stella erkannte kaum noch die gepflegte und maniküre Frau in dem teuren Outdoor-Outfit in ihr, die erst vor zwei Tagen ins Flugzeug gestiegen war.

»Aber wir haben doch alle das Gleiche gegessen«, warf Deborah ein. »Ich habe in jede unserer Schalen ein bisschen Eintopf und ein bisschen Chili geschöpft.«

Der Inhalt der Schalen war jedoch kalt geworden, während sie Katie vom Deckenbalken geschnitten, in ein Laken gewickelt und zur Tiefkühltruhe getragen hatten. Monica hatte alles wieder aufgewärmt.

»Vielleicht war es etwas anderes?«, überlegte Nathan laut. »Vielleicht hat er Tabletten genommen oder so.«

»In seinem Zimmer war nichts, was darauf hingedeutet hätte«, sagte Stella.

Steven stöhnte, seine Lider flatterten, und schließlich schlug er die Augen auf. Seine Lippen waren trocken.

»Hey«, sagte Stella und versuchte zu lächeln. »Sie leben noch, Doc.«

Ächzend hob er die Hand an die Stirn. »Brauche … etwas zu trinken. Durst, solchen Durst.«

Nathan stand auf. »Ich mache ihm einen süßen schwarzen Tee. Das könnte ihm guttun. Möchte noch jemand einen? Ich habe vorhin irgendwo Teebeutel und Zucker in den Regalen gesehen.«

Alle nickten.

Nathan ging in die Küche, während sich Steven aufsetzte. Stella wagte zu glauben, dass Dr. Steven Bodine das Schlimmste vielleicht überstanden hatte. Was auch immer ihn vergiftet hatte, es war offenbar wieder aus seinem Körper heraus.

Auf einmal hörten sie Nathans erschrockenen Ruf aus der Küche. »Leute! O Gott. Schaut euch das an!«

Stella sprang auf, als Nathan wieder in der Tür erschien. Er hielt eine flache Tonschale in der Hand, einen Ausdruck des Entsetzens auf dem Gesicht.

Er hielt ihnen die Schale hin.

Pilze.

»Wisst ihr, was das ist?«, fragte er.

Stella sah Monica an, die ihrerseits zu Deborah hinüberblickte. Steven starrte verwirrt auf die Schale in Nathans Hand.

»Grüne Knollenblätterpilze«, erklärte Nathan. »*Amanita phalloides.*« Er nahm einen Pilz aus der Schale und hielt ihn hoch, damit sie ihn sehen konnten. »Er ist für neunzig Prozent aller tödlich verlaufenden Pilzvergiftungen verantwortlich.«

Monica sprang auf. »Leg das Ding weg, Nathan! Fass es nicht an!«

Nathan legte den ganz gewöhnlich aussehenden Pilz zurück in die Schale. »Das Gift wirkt nicht bei Berührung, Monica. Nur wenn man den Pilz isst.«

»Da waren Pilze in dem Eintopf gestern Abend«, sagte Steven. Seine Stimme klang schwach, krächzend.

»Nicht in meinem«, sagte Deborah.

»Ich habe auch keine geschmeckt«, fügte Stella rasch hinzu.

»Ich auch nicht«, bekräftigte Monica.

»Und in meinem Eintopf waren ganz sicher auch keine Pilze«, schloss Nathan. Er sah Steven an. Sorgenfalten furchten seine Stirn.

»Glaubt ihr, jemand konnte Knollenblätterpilze nur in Stevens Eintopf gemischt haben?«, fragte Monica.

»Ich habe das Essen gemacht«, sagte Deborah. »Aber ich habe keine Pilze reingetan. Ich habe diese Schale mit den Pilzen nicht einmal in der Küche gesehen. Und Monica hat später die Schüsseln wieder eingesammelt und alles aufgewärmt.«

»Aber die Schüsseln mit dem Eintopf standen eine ganze Weile lang unbeobachtet hier unten auf dem Tisch, während wir uns alle oben um Katie gekümmert haben«, sagte Stella. Sie wandte sich an Nathan. »Wo genau war die Schale mit den Pilzen?«

»Direkt neben dem Hackblock in der Küche.«

Stille senkte sich herab. Das Feuer knisterte. Stella räusperte sich. »Jemand war hier drin.«

»Oder einer von uns hat die Pilze dorthin gebracht, während wir anderen oben waren und es nicht bemerkt haben«, warf Nathan ein.

Mit zu Schlitzen verengten Augen sah Steven ihn an. »Und wer von uns weiß ganz genau, welche Pilze tödlich sein können und wo man sie findet?«

»O nein, nein, das war ich nicht«, widersprach Nathan. Er wirkte erschöpft. »Gott, ich hasse dich, Steven, das weißt du ja, aber ich bin kein Mörder.«

Spannung knisterte zwischen den Männern.

»Wachsen die überhaupt hier?«, fragte Deborah.

Nathan stellte die Schale auf den Esstisch. »Sie werden inzwischen in ganz British Columbia gemeldet. Es hat auch bereits einige Todesfälle gegeben. Die Seuchenschutzbehörde hat schon Warnungen herausgegeben. Die hier sehen aus, als könnten sie schon vor ein paar Wochen geerntet worden sein. Grüne Knollenblätterpilze wachsen in British Columbia normalerweise von Juni bis November. Je nachdem, wie alt sie sind, kann man sie leicht mit Speisepilzen verwechseln.«

»Könnten die da vor der Lodge oder an den Wegen gewachsen sein, die wir gestern entlanggegangen sind?«, fragte Stella. »Ich habe da draußen eine ganze Menge Pilze gesehen.«

»Schon möglich«, sagte Nathan. »Aber ich persönlich habe keine Pilze bemerkt, die wie *Amanita phalloides* ausgesehen haben.«

»Tja, Gott sei Dank geht es Steven wieder besser«, sagte Deborah. »Was auch immer es wahr, das Schlimmste scheint vorbei zu sein.«

Doch Nathan schwieg und musterte Steven genauer. Stellas Brust wurde eng, und Spannung breitete sich im Raum aus. Nathan fuhr sich übers Haar, als wüsste er nicht, wie er etwas Bestimmtes sagen sollte.

»Was ist los, Nathan?«, fragte Monica leise. »Raus damit, bitte.«

»Er wird sterben.«

Seine Worte hingen in der Luft. Die Standuhr machte *ticktack, ticktack, ticktack.*

»Mir geht es besser«, sagte Steven. »Es wird schon wieder.«

»Das ist die Verzögerungsphase.«

»Nathan – jetzt sag schon!«, fuhr Monica ihn an. Ihr Blick wirkte wild. »*Bitte.*«

Umsichtig ließ er sich auf der Kante eines der Sessel nieder und sah ihnen der Reihe nach in die Augen.

»Falls Steven wirklich *Amanita phalloides* gegessen hat, dann hat er die sogenannte gastrointestinale Phase durchlaufen, die normalerweise sechs bis zehn Stunden nach Verzehr einsetzt. Der Körper versucht, die Toxine loszuwerden. Dann tritt scheinbar eine Besserung ein. Der Vergiftete fühlt sich, als würde er sich erholen. Das nennt man die Verzögerungsphase. Doch während dieser Zeit sind die Amatoxine damit beschäftigt, seine Leber zu zerstören.«

»Was heißt das?«, fragte Deborah.

»Das heißt, dass nach weiteren sechsunddreißig bis achtundvierzig Stunden die ersten Anzeichen einer Leberschädigung auftreten, die dann beständig schlimmer werden. Die Toxine zerstören Leber und Nieren vollständig. Darauf folgt ein Organversagen und nach weiteren ein bis drei Wochen der Tod, es sei denn, der Vergiftete bekommt schnell medizinische Hilfe oder eine Lebertransplantation.« Er zögerte. »Steven wird sterben, wenn er keine medizinische Hilfe bekommt. Und zwar bald. Es gibt nichts, womit man diesen Prozess stoppen könnte.«

Stellas Puls raste, als ihr Blick auf das Papier mit dem Gedicht fiel, das noch immer auf dem Tisch lag.

Fünf kleine Lügner gingen hinaus zur Tür.
Einen hat die Axt erwischt, da waren's nur noch vier.

Vier kleine Lügner glaubten, im Wald sind sie frei.
Einer ist erstochen worden, da waren's nur noch drei.

»Es ist nicht exakt«, sagte sie. »Die Dinge passieren nicht genau so, wie es das Gedicht vorschreibt. Es ist nicht gesetzt, dass wir alle sterben. Wir können es stoppen. Wir müssen es stoppen.«

Nathan sagte: »Aber Steven wird sterben, wenn wir ihn nicht schnell in ein Krankenhaus bekommen.«

Die Suche

CALLIE

Mittwoch, 4. November

Das Wummern von Helikopterrotoren näherte sich durch die dichte Wolkendecke an diesem grauen, regenverhangenen Morgen. Callie rief Ben via Satellitentelefon an, während sie das Hin und Her der Hubschrauber beobachtete, aus denen Militärzelte und weitere Ausrüstungsgegenstände abgeladen wurden. Kriminaltechniker, der Coroner, Polizisten in Zivil oder in Uniform und ein K9-Team waren bereits hier. Mason befand sich in der Lodge, wo er sich mit dem Leiter der Ermittlungen, Gord Fielding, besprach. Sie brachten einander gegenseitig auf den neuesten Stand der Dinge.

»Hey, Ben, ich bin's, Mom«, sagte Callie, hielt sich mit einer Hand das freie Ohr zu und trat tiefer zwischen die Bäume, um die Stimme ihres Sohnes besser hören zu können. »Hast du gut geschlafen?«

Benny erzählte ihr von dem Film, den er am vergangenen Abend gesehen hatte, und davon, dass seine Klasse heute die Feuerwehr besuchen würde. Während sie ihrem Sohn lauschte, sah sie zwei Polizisten zu, die an ihr vorbeigingen und dabei gelbes Absperrband zwischen den Bäumen spannten, bis hinab zum Seeufer. Es wehte und flatterte im Wind. Es kam ihr surreal vor. Doch sie war erleichtert, dass Benny so fröhlich klang.

»Hört sich toll an«, sagte sie. »Vielleicht kann Mason euch ja bald mal ins Polizeirevier einladen. Und ihr könntet euch auch die SAR-Zentrale anschauen.«

»Die hab ich doch schon gesehen, Mom.«

»Ja, du schon, aber deine Klassenkameraden nicht, oder? Du könntest mir dabei helfen, alle herumzuführen. Wir könnten auch eine gespielte Suche starten.«

»Das wär ja cool!«

Sie lächelte. »Okay. Sei brav. Ich bleibe vielleicht ein paar Tage lang weg, aber du kannst immer Rachel fragen, ob sie mich auf dem Satellitentelefon anrufen kann, wenn du mit mir reden willst, okay?«

»Okay, Mom. Tschüss!«

Und weg war er. Callie lächelte schief, als sie auflegte und ihr Telefon in die Gürteltasche steckte. Sie holte ein Clipboard, ein wasserfestes Notizbuch und einen Grafitstift, mit dem sie auch im Regen schreiben konnte, aus ihrer Tasche. Dann ging sie durch die Bäume zu Oskar und den anderen SAR-Mitgliedern hinüber. Sie arbeiteten mit dem K9-Team daran, die Spuren auszuwerten, die darauf hindeuteten, dass die restlichen Überlebenden nahe am Seeufer in den Wald gegangen waren. Die »Survivor Five«, wie man sie getauft hatte.

Alles sirrte vor Energie, Fragen flogen umher, während der mühsame Prozess voranschritt, jedes noch so winzige Beweisstückchen einzusammeln und zu dokumentieren. Callie hatte noch nie einen solchen Einsatz miterlebt – jedenfalls ganz sicher keinen, bei dem gleich mehrere Mordermittler eingeschaltet worden waren. Es war grauenhaft, schockierend, aber irgendwie auch aufregend.

Der Coroner, der früher einmal Pathologe gewesen war, schätzte, dass Bart Kundera und Katie Colbourne vor etwa einer Woche gestorben sein mussten. Nach seiner vorläufigen Untersuchung glaubte er, dass Bart Kundera mit einem Fleischerbeil ermordet worden war, das aus einiger Entfernung geschleudert worden sein musste. Es war mit beträchtlicher Wucht in Barts Hinterkopf eingedrungen. Callie kannte nicht viele Menschen, die eine Axt oder ein Beil so zielgenau werfen konnten, dass es jemanden exakt in den Hinterkopf traf. Die Frage war, ob einer unter den Survivor Five über solche Fähigkeiten verfügte.

Katie Colbourne hatte sich entweder selbst erhängt, oder jemand anderes hatte sie so getötet. Es musste große Kraft gekostet haben, Katie am Deckenbalken aufzuhängen. Oder es waren mehrere Personen daran beteiligt gewesen. Oder vielleicht hatte man ihr auch gedroht, damit sie sich auf den Stuhl stellte, der umgekippt unter den Seilresten am Balken gefunden worden war. Vielleicht hatte dieser Jemand ihr den Stuhl unter den Füßen weggetreten.

Mason hatte Callie auch gesagt, dass jemand in der Lodge krank gewesen sein musste. Sie hatten Erbrochenes und blutigen Durchfall gefunden. Aus den Gegenständen im betreffenden Zimmer schloss man, dass der Kranke Dr. Steven Bodine gewesen war. Vielleicht hatte auch jemand ein Gewehr dabei. An der Wand war eine entsprechende Aufhängung angebracht, und im Schuppen lag eine leere Patronenpackung.

Die Kleidung und die anderen Besitztümer aus den Zimmern wurden untersucht, und ständig kamen neue Informationen über die Survivor Five und die drei Verstorbenen herein, während die Ermittler mit den betroffenen Familien sprachen. Inzwischen wusste Callie, wie groß und wie schwer die Survivor Five waren und welche Schuhgröße sie hatten. Dazu kamen einige grundlegende Persönlichkeitsmerkmale.

Katie Colbourne war geschieden und die Mutter eines sechsjährigen Mädchens namens Gabby gewesen, wie Callie nun wusste. Nur ein bisschen jünger als Benny. Callie fand es furchtbar, sich vorzustellen, wie das Mädchen mit der schrecklichen Nachricht umgehen würde, wenn es erfuhr, dass seine Mutter nie wieder zurückkommen würde. Das Vermächtnis des Mordes an ihrer Mutter würde Gabby Colbourne für den Rest ihres Lebens verfolgen. Wenn es eines gab, was Callie die Fähigkeit verleihen würde, einfach alles zu überleben, dann ihr unbezähmbarer Antrieb, zu Ben und Peter nach Hause zurückzukehren. Sie niemals allein zu lassen.

»Hey!«, rief Oskar, als er sah, dass Callie sich ihnen auf dem schmalen Pfad näherte.

Er ließ das K9-Team und die SAR-Mannschaft zurück und kam, seinen Wanderstab in der Hand, zu ihr herüber. »Wir haben fünf verschiedene Stiefelabdruckpaare identifiziert«, sagte er in seinem tiefen Singsang-Tonfall. »Da drüben haben wir eine gute Stelle gefunden.« Er führte sie zu Spuren im dicken Schlamm unter den schweren Ästen einer Tanne, durch die sie gut geschützt gewesen waren. »Da«, sagte er.

Callie ging neben Oskar in die Hocke. Er deutete mit dem Stab auf einen Abdruck – er verwendete Gummibänder, genauer Kastrationsringe, die er über seinen Stock gestreift hatte, um die durchschnittliche Schrittlänge einer Person zu messen. Sobald er wusste, wie lang die Schritte der einzelnen Vermissten waren, konnte er daraus ableiten, wo er im Verhältnis zum vorherigen Abdruck nach dem nächsten suchen musste.

»Diese Sohle hier hat ein charakteristisches Strahlenkranzmuster am Fußballen. Und die hier ein Muster aus kleinen Rechtecken. Die da drüben hat Kreise an der Ferse und einen Riss vorn im Profil bei einer Zehe. Dieser Schuh hier ist an der Ferse schon recht abgelaufen. Der dort hat ein Profil aus Dreiecken.«

Callie begann, die fünf unterschiedlichen Abdrücke auszumessen und zu skizzieren, gleichgültig dem Regen gegenüber, der auf ihre Schultern prasselte und vom Schild ihres Caps tropfte. Ihre Finger wurden taub vor Kälte, ihr Atem stieg in Wolken in die Luft, während sie mit ihrem Maßband zum nächsten Abdruck weiterging.

»Der hier mit dem Strahlenkranzmuster sieht aus wie ein Stiefel von Outrigger«, sagte sie. »Schuhgröße 39.« Sie sah in ihrem Notizbuch nach. »Die nächsten Verwandten haben angegeben, dass sowohl Monica McNeill als auch Deborah Strong Schuhgröße 38,5 bis 39 getragen hat, je nach Hersteller.«

Dann begann sie, den nächsten Abdruck zu skizzieren. Sie schoss auch Fotos von den Spuren, doch in einem KSAR-Team wusste jeder, wie beschränkt akkubetriebene Hightechgeräte in der Wildnis einsetzbar waren. Weshalb sie sich auf Karten, Kompasse und wasserfeste Notizbücher und Stifte verließen.

Callie sah Oskar an. »Stella Daguerres nächste Angehörige konnten noch nicht ausfindig gemacht werden, aber sie hat ein Paar Laufschuhe in einer der Taschen in dem Zimmer zurückgelassen, das sie bewohnt hat. In der Tasche waren auch Ausweisdokumente, deswegen nehmen wir an, dass es ihr Zimmer ist. Die Laufschuhe sind Größe 41. Also gehören diese beiden kleineren Abdrücke – der mit dem Strahlenkranzmuster und der mit den Rechtecken – jeweils entweder zu Monica oder zu Deborah.« Sie beschriftete die Skizze der entsprechenden Abdrücke mit *Deb-Mon*. Den Abdruck der Schuhgröße 41 beschriftete sie mit *Stella*. Die Männer hatten größere Füße – Größe 43 und 45.

Der Suchhund der RCMP begann in der Nähe zu bellen. Der Hundeführer rief sie zu sich.

Callie klappte ihr Notizbuch zu und steckte es ein. Sie schoss ein letztes Foto und folgte Oskar dann zu der Schäferhündin, die eifrig an ihrer Leine zog. Der Hundeführer hielt sie fest.

»Sie hat die Fährte aufgenommen, sie sind da entlanggegangen.« Er deutete auf eine Lücke im Unterholz – kaum ein Pfad, der mehr oder weniger parallel zum Seeufer tiefer in den Wald hineinführte.

Oskar wandte sich an Callie: »Hast du alle Skizzen?«

Sie nickte und deutete mit dem Kinn in Richtung des Pfads. »Sieht aus, als sollte das nicht allzu schwer werden, wenn die Hündin die Fährte hat. Jedenfalls, solange wir sie nicht wieder verlieren. Wir sollten los. Wir haben genug. Suchen wir unsere Sachen zusammen. Ich sehe nach Mason und frage ihn, ob er bereit zum Aufbruch ist.«

Sie eilte den Pfad zur Lodge hinauf, Adrenalin rauschte durch ihre Adern. Sie wollte der Spur der Survivor Five genauso dringend folgen wie die K9-Hündin. Der Regen konnte sich jederzeit wieder in Schnee verwandeln, und dann würden sie die Vorteile, die sie jetzt noch hatten, verlieren.

Sie kam zu dem Bereich, der abgesperrt worden war, und wurde von einem Polizisten in Uniform aufgehalten.

»Callie Sutton, Kluhane Bay SAR«, sagte sie und zeigte ihren Ausweis vor. »Ich muss mit Sergeant Mason Deniaud sprechen.«

Sie sah Mason bei der Hintertür der Lodge stehen und mit einem der Forensiker reden. Allesamt trugen sie weiße Tyvek-Anzüge und Schuhüberzieher. Mason hielt eine Art Schale in den behandschuhten Fingern.

Sie beobachtete Mason und den Forensiker, während der Polizist zu ihnen hinüberging, um Mason zu holen. Die Leute von der Spurensicherung liefen in ihren Overalls um den Schuppen herum, stellten kleine Markierungsschilder auf und schossen Fotos. Eines der großen Militärzelte war über dem Bereich zwischen der Tür zur Lodge-Küche und dem Schuppen mit der Gefriertruhe errichtet worden.

Callie war fasziniert. Es war wie SAR-Arbeit, nur etwas anders. Doch die Aufregung, die Geschäftigkeit, die Dringlichkeit, ein großes Rätsel zu lösen, bei dem es um Leben und Tod ging, waren dieselben. Es war etwas, was sie aus ihren Alltagssorgen herausholte. Sie hatte dieses Erleben mit Peter geteilt, wann immer sie zu einem Einsatz gerufen worden waren. Als ihre Gedanken zu Peter zurückkehrten, traf sie eine Welle der Trauer mit voller Wucht. So heftig, dass ihr der Atem stockte.

Sie sah weg, versuchte erst einzuatmen, dann auszuatmen, sich neu zu zentrieren. Der Schmerz, der Verlust, die Angst – es erwischte einen aus dem Nichts. Das hatte sie mittlerweile gelernt. Sie hatte auch gelernt, es zu akzeptieren, dem nachzugeben, sich zu beugen, denn je entschlossener sie versuchte, es wegzuschieben, desto erbarmungsloser traf es sie beim nächsten Mal. Es konnte sie vollkommen lähmen.

Sie hatte viele gute Ratschläge bekommen, doch die meisten dieser Ratschläge waren für jemanden gedacht, der einen geliebten Menschen für immer verloren hatte.

Peter war noch da.

Sie glaubte immer noch, dass er zurückkommen könnte.

»Callie?«

Sie drehte sich wieder um. Mason kam zu ihr. In der Schale in seiner Hand waren Pilze.

Als er näher kam, erkannte sie, was das für Pilze waren. Scharf sah sie ihn an. »Hat irgendjemand etwas davon gegessen?«

»Wissen Sie, was das für welche sind?« Er hielt sie ihr hin.

»Sie sehen aus wie Grüne Knollenblätterpilze. Wo haben Sie die gefunden?«

»In der Küche.«

Ihre Blicke trafen sich. »Sie wachsen hier nicht. Oder jedenfalls haben wir bisher noch keine gesehen. Was nicht bedeutet, dass wir nicht vielleicht doch welche finden würden, wenn wir danach suchen. Aber sie wurden bisher noch von keinem Pilzkundigen hier gemeldet. Allerdings nehmen die Vergiftungsfälle mit *Amanita phalloides* in BC kontinuierlich zu. Letztes Jahr ist ein Kleinkind in der Nähe von Vancouver daran gestorben, und eine Frau im Skiresort von Whistler hat einen davon gegessen, der in ihrem Garten gewachsen ist, und sich schlimm vergiftet. Und das, obwohl sie dachte, sie würde sich mit Pilzen auskennen.« Während Callie sprach, sah sie plötzlich eine Verbindung.

»Sie haben doch gesagt, dass die Polizei Sie heute Morgen darüber informiert hat, dass Dr. Nathan McNeill Professor für Mykologie ist, richtig?«

»Ja.« Einer der Forensiker kam zu ihnen herüber, um die Pilze zu holen und als Beweismittel zu sichern. Mason reichte ihm die Schale.

»Nathan McNeill muss also gewusst haben, womit er es da zu tun hat«, erklärte Callie.

Interessiert sah Mason sie an. »Was heißt?«

»Was heißt, dass man mit diesem Pilzgift jemanden umbringen kann. Sie haben auch gesagt, dass es Anzeichen dafür gibt, dass jemand in der Lodge ernsthaft krank war.«

»Es weist alles darauf hin, dass Dr. Steven Bodine eine gastroenteritische Attacke durchlitten hat. Sowohl die Exkremente als auch das Erbrochene im Badezimmer, das an den Raum angrenzt, in dem wir seine Besitztümer gefunden haben, sind stark mit Blut versetzt.«

»Wenn diese Attacke dadurch hervorgerufen wurde, dass Dr. Bodine Teile eines Grünen Knollenblätterpilzes zu sich genommen hat … das könnte es sein.« Ein Energieschub durchfuhr sie.

»Dr. Nathan McNeill könnte ihn vergiftet haben«, sagte Mason. »Wenn die Pilze hier nicht wachsen, bleibt die

Möglichkeit, dass McNeill sie mit dieser Absicht mit auf die Reise genommen hat.«

»Außerdem«, warf Callie ein, »könnte es der Grund sein, warum die Survivor Five ihren Unterschlupf hier verlassen haben. Um Hilfe zu holen.«

Mason runzelte die Stirn. »Wie das?«

»Unser SAR-Team wurde im vergangenen Sommer über die Pathogenese einer Vergiftung mit dem Grünen Knollenblätterpilz gebrieft. Die Informationen sind von der Seuchenschutzbehörde gekommen, weil sich der Pilz allmählich zu einem ernsten Risiko in dieser Provinz entwickelt und man der Meinung war, dass die Search-and-Rescue-Einheiten darüber Bescheid wissen sollten. Wenn Dr. Bodine einen Grünen Knollenblätterpilz gegessen hat oder auch nur einen Teil des Pilzes, dann hätte er schlimme Verdauungsbeschwerden entwickelt, von denen er sich allerdings nach etwa sechs Stunden wieder erholt hätte. Das ist die Verzögerungsphase. Aber Dr. McNeill, ein Pilzexperte, könnte durchaus erkannt haben, dass der Schaden schon angerichtet war und dass das Gift immer noch im Stillen Dr. Bodines Leber zerstören würde. Wenn es tatsächlich so geschehen ist, dann hätte Dr. Bodine nur mit medizinischer Hilfe eine Überlebenschance. Sonst ist er mittlerweile so gut wie tot.«

»Dann verschlechtert sich sein Zustand also ständig, während die Gruppe unterwegs ist? Wenn er nicht bereits tot ist, in Anbetracht des Zeitrahmens?«

»Ja. Meine Vermutung ist, dass sie versuchen, den Taheese Lake an seiner Nordwestseite zu umrunden. Stella Daguerre muss als Pilotin aus der Luft einen guten Überblick bekommen haben. Ich halte es für sehr wahrscheinlich, dass sie die Gruppe in Richtung Kluhane Bay geführt hat.«

Der Wind frischte auf und brachte einen weiteren heftigen Regenschauer. Mason musterte sie voller Intensität, seine Augen waren so grau wie die Wolken.

»Wir müssen los, sofort«, sagte er. »Wir müssen uns mit der RCMP-Zentrale absprechen und mögliche Unterstützung aus der Luft koordinieren, aber das machen wir von unterwegs aus.«

Die Suche

MASON

Sie gingen in einer Reihe, und sie kamen schnell voran, dank der Schäferhündin Trudy und ihrem RCMP-Hundeführer Ray Gregson. Trudy folgte der Fährte immer noch.

Mason bildete das Schlusslicht, hinter Callie. Vor ihr liefen zwei weitere Mitglieder der SAR-Mannschaft. Oskar ging direkt hinter dem K9-Team und brummelte vor sich hin, der Polizeihund und sein Hundeführer würden ihm »seine« Fußabdrücke versauen. Doch Callie hatte angewiesen, dass sie der Nase des Hundes folgen würden, anstatt sich von Fußabdruck zu Fußabdruck vorzuarbeiten. Seit die Survivor Five die Lodge verlassen hatten, war offenbar bereits einige Zeit vergangen. Und im offenen Terrain, ohne den Schutz der Bäume, könnten die Abdrücke von Regen und Schnee verwischt worden sein.

Die anderen Mitglieder des SAR-Teams waren zurückgeblieben und hielten sich bereit, sie aus der Luft als Späher zu unterstützen, sobald sich das Wetter so weit verbesserte, dass sich ein Hubschrauber zwischen die Berggipfel an der Nordwestseite des Sees wagen konnte. Dorthin, wohin die Spuren sie führten.

Ihre Gruppe ging mehrere Stunden in diesem Tempo weiter. Sie atmeten schwer, Dunstwolken formten sich um ihre Gesichter. Mit jedem Kilometer, jeder Stunde, jeder verstreichenden Minute verstärkte sich in Mason das Bewusstsein, dass den Überlebenden der Lodge-Gruppe die Zeit davonlief. Besonders Dr. Steven Bodine, falls die Annahme, dass er Grünen Knollenblätterpilz gegessen hatte, korrekt war. Allein die Tatsache, dass man die Pilze in einer Schale auf dem Küchentresen zurückgelassen hatte, war rätselhaft. Eine Warnung? Ein Hinweis für mögliche Retter? Vielleicht waren sowohl die Pilze als auch die Vergiftung in der fehlenden Nachricht erwähnt worden?

Auch sie selbst mussten vorsichtig sein. Wahrscheinlich hatten die Survivor Five eine Waffe und Munition bei sich. Vielleicht, um sich vor wilden Tieren zu schützen oder um jagen zu können. Doch es blieb die finstere Tatsache, dass die Nachricht aus dem Notizbuch herausgerissen worden war.

Einer in der Gruppe könnte sich als feindselig erweisen.

Mason trug seine Dienstwaffe, dazu ein Gewehr, das er sich über dem Rucksack auf den Rücken geschnallt hatte. Dasselbe galt für den Hundeführer der RCMP. Oskar hatte eine Flinte dabei. Als Schutz gegen Raubtiere. Es gab Grizzlys in dieser Region, hatte er gesagt. Außerdem Wölfe und Pumas.

Mason sah auf die Uhr. Es war 13.34 Uhr, und ihre Truppe lief immer noch in zügigem, aber unregelmäßigem Tempo den überwucherten und unebenen Pfad entlang, der sie durch Wälder und über Schieferabhänge führte. Über Geröll und Lichtungen und durch gelegentliche Sumpfgebiete. Der Rucksack auf seinem Rücken, dazu die Stiefel, die Jacke und die kugelsichere Weste waren schwer, und allmählich spürte er die Grenzen seiner Fitness und Ausdauer, die nachgelassen hatten seit seiner Rückkehr aus Australien, nachdem Jennys und Lukes Unfall sein Leben auseinandergerissen hatte. Der Schweiß brach ihm aus, und seine Muskeln protestierten. Doch er hatte seinen Rhythmus gefunden. Seine Lungen brannten, während er tief die saubere, kalte Luft einsog. Es hatte etwas Meditatives. Ein sachtes Endorphinsirren in seinen Adern. Es lenkte ihn ab. Auf eine gute Art. Er fühlte sich lebendig.

Wahrscheinlich war es ein Wildpfad, dem sie hier folgten. Das hatte Callie ihm erklärt. Doch es konnte keinen Zweifel daran geben, dass die Überlebenden ebenfalls hier entlanggegangen waren, nicht nur wegen der Fährte, der Trudy folgte, sondern auch wegen der Fußabdrücke. Es gab Steine entlang des Wegs, die sich offensichtlich vor Kurzem gelöst hatten, zertretene Pflanzen und geknickte Zweige.

Er beobachtete Callie, die vor ihm ging. Wie sie sich bewegte, gefiel ihm. Er bewunderte ihre Fokussiertheit, ihre ansteckende Energie, die Art, wie sie sich ganz von ihrer Aufgabe und ihrer Umgebung vereinnahmen ließ. Sie achtete unablässig auf Geräusche, Zeichen, Veränderungen im Terrain oder Wetterwechsel. Eine leichte Röte war ihr in die Wangen gestiegen, und die Kälte ließ ihre Augen strahlen. Sie war an diese Umgebung angepasst. Es war ihre Welt. Wenn man Callie Sutton allein in dieser Wildnis aus einem Helikopter werfen würde, dann würde sie ihren Weg nach Hause finden. Da war er sicher.

Und er? In der Stadt konnte er sich anhand jener Landmarken orientieren, die jeder geübte Städter verwendete – ein McDonald's hier, ein Starbucks da, der Eingang zu einem Kaufhaus an der Ecke, eine winzige Sushi-Bar, ein Koreaner an einer belebten Kreuzung –, doch hier draußen gab es andere Orientierungspunkte: eine große Douglasfichte auf einem nach Norden ausgerichteten Abhang, ein Aufblitzen von Wasser oder ein bestimmter Berggipfel, der auf einmal zwischen den Wolken auftauchte, ein Wandel in der Flora, der die zunehmende Höhe anzeigte. Hier galten andere Regeln, was Raumgefühl und Orientierung betraf.

Auf einmal wich die Hündin vor ihm vom Weg ab und begann, die Nase am Boden, einen Hang hinaufzuklettern, der zu einer Lichtung auf einem Plateau zu führen schien.

»Stopp!« Officer Gregson hielt Trudy zurück und hob die Hand. Er deutete in die neue Richtung. »Ich schaue mir das mal an!«, rief er.

Oskar wies die Mannschaft an, stehen zu bleiben, und sie alle sahen zu, wie sich das K9-Team durchs Gestrüpp kämpfte.

»Mit Hunden ist das so eine Sache«, sagte Callie grinsend, während sie zusah, wie Gregson hinter seiner wie verrückt an der Leine ziehenden Hündin herstolperte und hin und wieder zu Boden ging. »Wenn sie nicht einer Fährte auf dem Boden nachgehen, sondern in der Luft eine Witterung aufnehmen, dann achten sie nicht darauf, wo der einfachste Weg verläuft, sondern folgen der Luftströmung, die den Geruch heranweht. Unsere Vermissten sind also vielleicht auf einem viel leichteren Weg auf den Bergkamm da geklettert.«

Wieder ließ der Hundeführer Trudy anhalten, als sie das Plateau erreicht hatten. »Sieht aus, als wäre hier ein Lager gewesen!«, rief er zu ihnen hinunter.

Woraufhin sie alle die Steigung zum Plateau erklommen. Oskar wies sie an, ein Stück zurückzubleiben, während er sich den Boden unter einer großen Tanne genauer ansah. Er hob etwas auf und hielt es hoch.

»Lippenpflegestift.«

Mason trat vor und nahm ihm den Pflegestift ab. Er zeigte ihn Callie.

»Ein üblicher Lippenbalsam«, sagte sie. Mason steckte ihn in eine Beweismitteltüte.

»Sieht so aus, als hätten die Survivor Five hier ihr erstes Lager aufgeschlagen«, sagte Oskar und deutete auf weitere

Spuren am Boden. »Hier haben sie gesessen und sich offenbar eine Weile ausgeruht. Vielleicht haben sie sich auch hingelegt, jedenfalls könnten die Anzeichen und die Veränderung des Bodenbewuchses darauf hinweisen. Außerdem liegt dort noch die Verpackung eines Müsliriegels.« Er hob sie auf.

Mason nahm sie ihm ab. »Wahrscheinlich aus einem der Regale in der Küche, oder jemand hatte den Riegel im Gepäck«, sagte er, tütete auch die Verpackung ein und protokollierte den Fund.

»Dann glaubst du also, dass sie die Nacht hier verbracht haben, Oskar?«, fragte Callie und sah zu der riesigen Tanne empor. »Dieser Baum muss etwas Schutz geboten haben.«

»Vielleicht«, antwortete Oskar und suchte weiter sorgfältig den Boden ab, während Gregson seiner Hündin Wasser gab und sie ausruhen ließ. »Falls das hier ihr erstes Nachtlager ist, dann würde das bedeuten, dass wir viel schneller vorankommen als sie.« Der Norweger sah auf, seine blauen Augen strahlten hell. »Das ist gut, weil wir sie so irgendwann einholen werden, aber nicht so gut, falls es Krankheiten oder Verletzungen sind, die sie aufhalten.«

Allerdings hatten sie keine Anzeichen dafür gefunden, dass sich jemand entlang des Weges hatte übergeben müssen, seit sie die Lodge verlassen hatten.

Mason schoss Fotos und zeichnete die GPS-Koordinaten für die Spurensicherung auf.

»Gehen wir weiter«, sagte Callie, schraubte ihre Wasserflasche auf und trank einen Schluck.

Oskar aß einen Riegel, und einer der anderen SAR-Leute reichte Nüsse herum.

Kauend sagte Oskar: »Ich kann immer noch fünf verschiedene Fußabdruck-Sets erkennen. Bis zu diesem Punkt waren sie jedenfalls noch alle auf den Beinen.«

Nachdem sie weitere zwei Stunden unterwegs gewesen waren, rief Oskar ihnen zu, sie sollten anhalten, damit er ein paar besonders deutliche Fußabdrücke in lehmiger Erde untersuchen konnte. Mithilfe seines Stabs und der Gummiringe maß er erneut die Schrittlänge. Er arbeitete sorgfältig und vorsichtig.

»Sie sind allmählich müde geworden«, sagte er. »Ihre Schritte werden kürzer.«

»Immer noch fünf Sets?«, hakte Mason nach.

»Richtig«, sagte Oskar.

»Nichts, was darauf hindeutet, dass sie verfolgt worden sein könnten?«

Schweigend untersuchte Oskar den Boden, wägte Spuren ab, die Mason kaum sehen konnte. Eine geheimnisvolle Kunst, dieses Spurenlesen, dachte er. Schließlich richtete sich Oskar wieder auf und schob sein Cap zurück.

»Ich habe das Strahlenkranzmuster. Ich habe die Schuhgröße 41 und die Abdrücke der anderen Frau mit Schuhgröße 39. Und die zwei größeren Abdruck-Sets der Männer. Sonst keine Abdrücke, die ich erkennen kann.«

Das Bild der beiden Leichen in der Gefriertruhe stand Mason wieder vor Augen. Wenn ein bisher unidentifiziertes Subjekt außerhalb der Fünfergruppe Bart Kundera und Katie Colbourne getötet hatte, dann schien der Mörder den fliehenden Survivor Five nun jedenfalls nicht mehr zu folgen. Sie nicht zu jagen.

Blieb die Möglichkeit, dass einer oder mehrere in der Gruppe selbst Mörder waren.

Oder dass der Mörder sie nun aus irgendeinem Grund in Ruhe ließ.

Callie hob ihr Fernglas und folgte dem Weg, der vor ihnen anzusteigen begann.

»Von hier aus geht es bergauf«, sagte sie. »Schauen wir mal, ob wir diesen Bergkamm da erreichen können, bevor es dunkel wird.« Sie deutete darauf. »Von dort oben sollten wir einen sehr weiten Ausblick haben, und aus dem Terrain würde ich schließen, dass der Weg nach dem Bergkamm wieder zum See hinunterführt. Wir schlagen unser Nachtlager dort oben auf.«

Mason öffnete seine Wasserflasche und trank. Noch nie hatte kaltes Wasser so gut geschmeckt. Während er den Verschluss wieder aufschraubte, sagte er: »Dann mussten diese armen Menschen also auch noch Berge hinaufklettern.«

»Sieht so aus.« Callie steckte ihr Fernglas wieder ein. »Wenn ich mich richtig erinnere, dann gab es hier früher auch einen Wildpfad, der am See entlanggeführt hat. Darauf hätte man den Aufstieg vermeiden können, aber während der letzten paar Jahre ist der Wasserpegel des Taheese Lake gestiegen. Viel Schnee, wärmere Temperaturen, durch die Gletscher abgeschmolzen sind. Dazu der heftige Niederschlag der letzten Tage.« Sie schirmte mit der Hand die Augen ab, während sie die Berge um sie herum musterte. »Ich befürchte, dass uns Bäche oder Wasserfälle aus den Bergen vielleicht den Weg versperren könnten.«

»Das würde dann aber auch für unsere Vermissten gelten. Wenn das Wasser uns aufhält, dann muss es auch sie aufgehalten haben.«

Sie schürzte die Lippen und nickte. »Allerdings können sich die Wassermengen von Flüssen und Bächen praktisch stündlich verändern. Sturzfluten sind auch möglich. Und die Lawinenrinnen sind schwer zu überqueren – alles Faktoren, die zu ernsten Verletzungen oder Schlimmerem führen können. Aber Sie haben recht. Wenn es Hindernisse auf dem Weg gibt, dann waren die Vermissten hoffentlich so klug, abzuwarten oder umzudrehen.«

»Auf Dr. Bodines Kosten«, warf Oskar ein.

»Triage.« Callie zog sich den Rucksack wieder über die Schultern. »Aber Triage verlangt nach Logik und harten

Entscheidungen. Die meisten unerfahrenen Menschen reagieren in einer solchen Situation eher panisch und gehen weiter, egal wie. Und das kann sie das Leben kosten.«

Sie brachen wieder auf und schlugen nun sogar ein noch schnelleres Tempo an. Der Hang wurde steiler. In Masons Muskeln und Gelenken machte sich die Anstrengung langsam bemerkbar. Alle schwiegen. Nebel wehte heran, und der Regen wurde stärker. Allmählich mischte sich Schnee hinein.

Die Suche

CALLIE

Gegen sechzehn Uhr nachmittags musste sich ihre Gruppe einen Weg durch eine Lawinenrinne bahnen – ein Hindernisparcours aus gewaltigen Felsbrocken, Geröll, Schiefergestein, Schlamm, umgestürzten Bäumen und herausgerissenen Wurzelballen alter Bäume, so groß wie ein Kleinwagen.

Wolkenfetzen trieben durch das Tal und brachten Wogen aus Schneeregen mit. Trostlos. Kalt. Doch für Callie war es immer noch majestätisch schön. Vielleicht gerade, *weil* es so mächtig, so menschenfeindlich war. Um diese Art von Naturschönheit zu sehen zu bekommen – um sie zu erreichen und zu berühren –, musste man als Mensch an seine körperlichen und geistigen Grenzen gehen. Für Callie war der Lohn dafür unermesslich.

RCMP Officer Gregson trug seine Hündin in einem Geschirr über eine besonders steile und instabile Stelle am Hang. Wenn Trudys Pfote in eine der vielen tiefen Spalten zwischen den lockeren Steinen gerutscht wäre, hätte sie sich das Bein brechen können. Trotzdem kamen sie weiter gut voran, alle ermutigt von der Tatsache, dass Trudy die Fährte immer noch hatte. Außerdem fand Oskar wieder Spuren, die zeigten, dass die Gruppe hier entlanggekommen war, und Mason hatte über Satellitentelefon die Meldung bekommen, dass ein instrumentenflugfähiger Helikopter mit Wärmekamera – einem FLIR-System – von der Canadian Force Base Comox aus zu ihnen geschickt wurde, um sie aus der Luft zu unterstützen. Wenn der Helikopter eintraf, würde es bereits vollständig dunkel sein, doch Callie wusste, dass ein FLIR-System Wärmespuren oft am besten auffangen konnte, wenn die Temperaturen fielen. Trotzdem würde es Glück und großes Können voraussetzen, solche Spuren aufzufangen, falls die Vermissten in eine tiefe Schlucht gestürzt waren oder Schutz unter dem dichten alten Baumdach gesucht hatten. Da ihr Team allerdings immer noch Spuren fand, die darauf hindeuteten, dass alle fünf an dieser Stelle am Leben und auf den Beinen gewesen waren, standen die Chancen etwas besser. Denn Menschen, die schon lange tot waren, sandten keine Wärme mehr aus.

Als Callie und Mason das andere Ende der Lawinenrinne erreichten, wartete Oskar dort bereits auf sie.

»Ich habe wieder Spuren gefunden«, sagte er. »Die Survivor Five sind allmählich müde geworden. Sie schlurfen. Sieht aus, als hätten sie auf der anderen Seite der Rinne noch einmal Halt gemacht und sich eine Weile ausgeruht.«

Sie sah auf, musterte den Kletterpfad, der sich vor ihnen durch die Bäume hinaufwand. Mason folgte ihrem Blick.

»Ich höre Wasser rauschen«, sagte er.

Sie nickte und holte ihre Karte hervor. Sie musste ihre Taschenlampe anschalten, denn allmählich verdichtete sich das Zwielicht. »Dort ist eine tiefe Klamm am anderen Ende des Bergkamms, zu dem wir unterwegs sind.«

»Könnten die fünf da hinübergekommen sein?«, fragte Mason.

Callie wechselte einen Blick mit Oskar. Er sagte: »Wenn man an das Rauschen denkt … Wir werden sehen.«

Dringlichkeit ballte sich in Callie zusammen. »Wenn sie das Wasser und die Klamm nicht überqueren konnten, dann haben sie vielleicht eine Weile auf dem Bergkamm gelagert. Vielleicht finden wir sie da oben sogar. Die Survivor Five haben die Lodge mutmaßlich kurz nach dem Tod von Bart Kundera und Katie Colbourne verlassen. Nach der Schätzung des Coroners könnten sie also schon seit einer Woche hier draußen sein. Das ist eine lange Zeit in der nassen Kälte, besonders wenn man sich in der Wildnis nicht auskennt. Und Dr. Steven Bodine muss mittlerweile bereits Anzeichen von Leberversagen zeigen.«

»Falls er noch lebt«, kommentierte Oskar.

Callie faltete ihre Karte wieder zusammen. Gregson gab Trudy etwas Wasser, und alle schalteten ihre Stirnlampen ein, bevor sie in das letzte Waldstück zwischen ihnen und dem Bergrücken eintauchten.

Als sie die Bäume wieder hinter sich ließen und schwer atmend den Bergkamm erreicht hatten, sahen sie ein großes Felsplateau vor sich, halb von einem Felsüberhang überragt. Es war mittlerweile vollkommen dunkel, doch die Spuren zeigten, dass die Survivor Five tatsächlich hier ihr Lager aufgeschlagen hatten. Es war ihnen gelungen, aus trockenem Holz, das sie wahrscheinlich unter dem Felsüberhang gefunden hatten, ein kleines Feuer zu entzünden. Neben der Feuerstelle lag die Folie einer Konservendose; die Dose selbst, die vermutlich Suppe oder etwas Ähnliches enthalten hatte, lag verkohlt in der Asche.

Trudy zeigte ein blutiges Stück Stoff unter dem Felsüberhang an, und Gregson rief Mason zu sich.

Mason ging in die Hocke und untersuchte den Stoff im Schein seiner Stirnlampe. »Jemand hat sich verletzt«, sagte er, fotografierte das Beweisstück und steckte es zu den anderen Dingen, die er eingesammelt hatte, in seinen Beutel.

»Vielleicht ist es beim Überqueren dieser Lawinenrinne da unten passiert«, sagte Callie und ließ ihren Rucksack zu Boden sinken. Sie trank aus ihrer Wasserflasche und wischte sich über den Mund. »Würde mich nicht überraschen.«

Oskar meldete sich zu Wort. »Da sie nicht mehr hier sind, müssen sie wohl einen Weg gefunden haben, die Klamm zu überqueren.«

»Das müssen wir uns bei Tageslicht ansehen«, entgegnete Callie. »Vielleicht ist nicht viel Wasser durch die Klamm geflossen, als die fünf hier waren.«

Im Licht der Stirnlampen, der Jagdscheinwerfer und Petroleumlampen aus ihrem Gepäck errichteten sie ein Camp im Schutz des Felsüberhangs. Sie fanden weiteres trockenes Holz. Oskar und die SAR-Leute zündeten ein Lagerfeuer neben den Ascheresten an.

Sie aßen ihre militärischen Notfallrationen, untermalt wurde die Szene vom fernen Donnern tosenden Wassers, das sie in der Schwärze der Nacht jedoch nicht sehen konnten.

Als die Flammen allmählich herunterbrannten, stand Callie auf und machte sich auf die Suche nach mehr Holz tiefer unter dem Überhang. Ganz hinten, wo die Felsendecke tief hing und sich vom Wind herbeigeweher Schutt angesammelt hatte.

Als sie in die Hocke ging, um einen Armvoll kleiner Zweige und Äste aufzusammeln, blitzte etwas Weißes im Strahl ihrer Lampe auf. Sie hielt inne und beugte sich weiter vor. Es war ein zusammengeknülltes Blatt liniertes Papier.

Callie legte den kleinen Holzstapel beiseite und fischte das Papier unter dem Felsvorhang hervor, der dort so tief hing, dass sie kaum herankam. Vorsichtig glättete sie das Blatt.

Ihr Herz schlug schneller.

»Mason!«

Die Suche

MASON

Mason war sofort alarmiert, als er hörte, wie Callie seinen Namen rief. Er eilte auf ihre Stimme zu, der Strahl seiner Taschenlampe prallte von Felsformationen und dichtem Nebel ab. Er fand sie, als sie gerade aus dem hinteren Teil der Felshöhle herauskroch, wo der Überhang ein spitzes V bildete.

»Die Nachricht«, sagte sie, sobald sie sich endlich aufrichten konnte. Mit behandschuhten Fingern reichte sie ihm ein zusammengeknülltes Blatt Papier. »Ich habe den Rest der Nachricht gefunden. Sie lag ganz hinten unter dem Schutt, den der Wind da hineingeweht hat.«

Er zog ein Paar Handschuhe aus der Tasche, streifte sie über und nahm das Papier entgegen.

Im Licht seiner Stirnlampe las er, was dort stand. Die Nachricht setzte da ein, wo das Papier aus dem Notizbuch herausgerissen worden war, das sie in der Lodge gefunden hatten.

… Hilfe zu holen. Steven Bodine ist krank. Wir glauben, dass er Grünen Knollenblätterpilz gegessen hat. Wir wissen nicht, wie es passiert ist. Wir glauben, dass jemand in die Lodge gekommen ist und ein paar Stücke der Pilze in eine der Schüsseln getan hat, die wir im Wohnraum stehen gelassen hatten, während wir oben bei

Katie Colbourne waren, die wir erhängt in ihrem Zimmer gefunden haben. Steven befindet sich derzeit in der Verzögerungsphase. Ihm bleibt nicht viel Zeit. Seine Augen haben schon einen leichten Gelbstich.

Jackie Blunt und die de Havilland Beaver werden vermisst.
Bart Kundera und Katie Colbourne sind tot. Ermordet.
Wir werden gejagt.

Wir wurden hier in die Falle gelockt. Jetzt drängt die Zeit – wir haben darüber diskutiert, ob es klug ist zu gehen, Deborah hat sich am ersten Tag den Knöchel verstaucht und ist nicht sehr kräftig. Wir wissen nicht, ob der Mörder irgendwo dort draußen ist und uns verfolgen wird. Wir haben ein Gewehr. Wir haben Wasser und Vorräte mitgenommen. Wir können einander im Auge behalten, falls es einer von uns ist, der das alles getan hat. Aber ohne Hilfe wird Steven sterben.

Ihm bleibt vielleicht noch eine Woche, höchstens zwei. Wir versuchen, Kluhane Bay zu erreichen, das ist immer noch besser, als hier herumzusitzen, nichts zu tun und einer nach dem anderen umgebracht zu werden.

Wir haben versucht, die Leichen in der Gefriertruhe für die Polizei zu erhalten.

Bitte helft uns. Bitte beeilt euch. Wir umrunden den See auf seiner Westseite. Wir hoffen, dass wir es bis zum Krankenhaus in Kluhane schaffen. Wir beten, dass Hilfe kommt und dass wir schon vorher gefunden werden.

Gezeichnet:
Monica und Nathan McNeill
Stella Daguerre
Deborah Strong
Steven Bodine
Mittwoch, 28. Oktober

»Vor sieben Tagen«, sagte Mason. »Sie hatten recht mit Ihrer Vermutung, warum sie das Haus verlassen haben, Callie.«

Er las die Nachricht ein weiteres Mal.

»Warum hat man den Brief herausgerissen, was glauben Sie?«, fragte Callie. »Und warum wurde er dann hier liegen gelassen?«

Er blies den Atem aus, der sich im Strahl seiner Lampe zu Wolken formte. »Dass die Nachricht jetzt hier auftaucht, spricht dafür, dass jemand aus der Gruppe sie aus dem Notizbuch gerissen hat. Vielleicht hat er oder sie das Blatt einfach hier verloren oder versucht, es loszuwerden. Eine logische Schlussfolgerung wäre, dass einer unter den Survivor Five nicht will, dass Hilfe kommt.«

Callie fluchte leise. »Dann ist Ihre Theorie also, dass einer der Survivor Five hinter allem steckt – dass einer von ihnen die anderen in diese Lodge gelockt hat und irgendein Psychospielchen mit ihnen treibt.«

»Und sie umbringt, einen nach dem anderen«, schloss er.

Er las die Nachricht ein weiteres Mal. Er tippte darauf, dass eine der Frauen dies geschrieben hatte. Vielleicht Monica, da ihr Name der erste auf der Unterschriftenliste war.

»Wer auch immer das geschrieben hat, wusste offenbar nicht, dass Jackie Blunt im Flugzeug erstochen wurde«, warf Callie ein.

»Oder derjenige tut nur so, als wüsste er von nichts«, sagte Mason. »Ich muss das melden.«

Callie nickte und beugte sich hinab, um ihren Armvoll Zweige und Äste wieder aufzuheben. »Möchten Sie einen Kaffee?«, rief sie noch zurück, während sie das Holz zum Lagerfeuer trug. »Ich weiß, es ist spät, aber …«

»Das wäre fantastisch.«

Endlich hatte es aufgehört zu regnen, also entfernte sich Mason ein kleines Stück vom Camp und erklomm einen steinigen Hang, bis zu einer Stelle, an der weder Felsen noch Bäume den Satellitenempfang störten. Außerdem war er nun fast außer Hörweite der Gruppe, die am Lagefeuer saß und plauderte.

Sergeant Gord Fielding nahm beim zweiten Klingelton ab. Er wartete auf die nach und nach eintreffenden Updates der Suchmannschaft.

Mason informierte Fielding über den Brief und gab ihm die Koordinaten des Camps durch. Diese Daten würden an den Helikopter weitergegeben werden, dessen leises Wummern Mason nun aus der Ferne von irgendwo hinter den Wolken vernehmen konnte. Fielding informierte Mason darüber, dass die Helikoptercrew westlich der Klamm mit ihrer Infrarotsuche begonnen hatte, dort, wo die Survivor Five vermutlich entlanggegangen sein mussten. Der Helikopter sollte sich in einem Rastermuster voranarbeiten, bis er an der Stelle ankam, wo sich Mason und die anderen nun befanden.

»Die Spuren weisen darauf hin, dass die Vermissten hier nur langsam vorangekommen sind«, sagte Mason. »Aber an dieser Stelle scheinen alle fünf noch immer lebendig und in der Lage gewesen zu sein, ihren Weg fortzusetzen. Es gibt nichts, das etwas Gegenteiliges annehmen lässt.«

Fielding gab ihm die Funkfrequenz durch, über die sie sich direkt mit dem Helikopter in Verbindung setzen konnten.

»Wir haben herausgefunden, dass Franz Gottman tatsächlich der Besitzer der Forest Shadow Lodge war und dass der Besitz über eine in BC ansässige nummerierte Firma läuft«, erklärte Fielding. »Gottman hatte sowohl die amerikanische als auch die kanadische Staatsbürgerschaft. Ihm gehörten mehrere Immobilien in Kalifornien und British Columbia, darunter auch die Lodge am Taheese Lake und mehrere Morgen Land im Wert von bis zu zehn Millionen Dollar auf Galiano Island.«

»Ihm *gehörten?*«, hakte Mason nach. »Vergangenheitsform?«

»Er lebt nicht mehr«, bestätigte Fielding. »Er ist am fünften August dieses Jahres verstorben. Krebs. Im Alter von dreiundachtzig Jahren.«

»Wird sein Nachlass testamentarisch verwaltet? Gibt es einen Erben?«

»Offenbar unterliegt sein gesamter Immobilienbesitz keinem gerichtlichen Nachlassverfahren. Die Steuern für seine Besitztümer in BC werden noch immer durch die nummerierte Firma bezahlt. Wir versuchen derzeit, eine Offenlegung der Erbverhältnisse zu erwirken, und wir haben heute am späten Nachmittag mit der Durchsuchung seines Anwesens auf Galiano begonnen. Dort scheint Gottmans letzter Hauptwohnsitz gewesen zu sein. Ich halte Sie über neue Entwicklungen auf dem Laufenden.«

»Was können Sie mir sonst noch über Gottman sagen? Hat er Familie?« Mason kletterte den Hang noch etwas höher hinauf, um die Empfangsqualität zu verbessern. Seine Haut war nass vom Nebel, und am Schirm seines Caps bildeten sich Wassertropfen.

»Er war Milliardär. Hat in der Film- und Fernsehbranche gearbeitet. Er hat zwei sehr erfolgreiche Realityshows entwickelt: *Wild Among Men* und *Tribal*. Außerdem hat er die Entwicklung von Computerspielen finanziert. Gottman ist zum Film gegangen, nachdem er sein Psychologiestudium abgeschlossen hatte. Erst einen Master-Abschluss, dann einen MBA. Harvard. Stanford.« Es entstand eine Pause, während der Fielding offenbar in seinen Unterlagen blätterte. »Hat nie geheiratet. Keine Kinder, soweit bekannt. In jüngeren Jahren hat er sich für die Rechte der Homosexuellen eingesetzt, er war ein Aktivist. Und er ist polizeibekannt. Vor fünfundzwanzig Jahren wurde er verhaftet und verurteilt, nachdem er während eines Protestmarschs einen Polizisten angegriffen hat. Außerdem gab es eine Anzeige wegen Stalkings gegen ihn. Offensichtlich hat er einige langjährige Beziehungen mit unterschiedlichen Männern geführt. Mit fünfundsechzig Jahren ist er in den Ruhestand gegangen. Danach war er viel auf Reisen und hat kleinere Pilotprojekte fürs Fernsehen und auch einige Independentfilme finanziert. Übers Jagen und Segeln zum Beispiel. Er ist sein eigenes Flugzeug geflogen. Eine de Havilland Beaver Mk.1.«

»Wo befindet sich Gottmans Flugzeug jetzt?«

»Jedenfalls nicht auf seinem Anwesen auf Galiano. Das Haus steht seit etwa sechs Monaten leer. Wir haben seine Haushälterin ausfindig gemacht, die sagt, dass sie noch immer jeden Monat von besagter nummerierter Firma bezahlt wird. Sie gibt an, dass sich Gottman im Februar in ein Hospiz begeben hat, dass er sie jedoch darum gebeten hat, ihre Tätigkeit fortzusetzen, bis sie weitere Anweisungen erhält.«

»Auch nach seinem Tod noch?«

»Sie wusste nicht, dass er gestorben ist. Nur dass sie weiterhin per Direktüberweisung bezahlt wird.«

Mason runzelte die Stirn.

»Haben Sie irgendwelche Verbindungen zwischen Gottmans nummerierter Firma und der sogenannten RAKAM Group gefunden?«

»In diesem Punkt laufen die Ermittlungen noch.«

»Sind irgendwelche Verbindungen zwischen Gottman und den vermissten und ermordeten RAKAM-Gästen aufgetaucht?«

»Bisher nicht. Das, was einer Verbindung noch am nächsten kommt, ist die Tatsache, dass sich der Sitz von Stella Daguerres Charterunternehmen ›West Air‹ ebenfalls auf Galiano Island befindet.«

»Das ist allerdings ein bemerkenswerter Zufall.«

»West Air besteht im Grunde aus einer Pilotin und einem Verwaltungsassistenten. Einem Mann, der ebenfalls auf Galiano lebt. Wir verhören ihn morgen. Bisher wissen wir nur, dass

Daguerres Ehe vor fünf Jahren geschieden wurde und dass sie mittlerweile wieder ihren Mädchennamen trägt.«

»Wie lautet ihr Ehename?«

»Marshall. Wir haben ihren Ex ausfindig gemacht. Stuart Marshall. Ein RCMP Officer wird ihm morgen einen Besuch abstatten, in seinem Haus in North Vancouver.«

Mason sah einen Lichtstrahl, der sich um die Felsen herumbewegte – Callie. Fast gleichzeitig roch er Kaffeeduft. Noch nie hatte Kaffee so gut gerochen wie in diesem Moment.

Callie reichte ihm einen dampfenden Becher aus Edelstahl, während er weiter Fielding lauschte. *Danke* formte er stumm mit den Lippen und machte eine Geste, damit sie kurz wartete. Er wollte sie unter vier Augen auf den neuesten Stand bringen, bevor sie zum Rest der Truppe zurückkehrten. Er vertraute Callie, was die sensiblen Informationen über diesen Fall betraf. Außerdem könnte irgendein noch so kleines Detail ihr vielleicht dabei helfen vorauszusagen, wie sich ihre Vermissten in der Wildnis verhalten würden.

»Gibt es noch irgendeine weitere Verbindung, irgendwelche möglichen Motive?«, fragte er Fielding, während sich Callie neben ihm gegen einen Felsen lehnte.

»Katie Colbourne war eine bekannte Fernsehmoderatorin«, antwortete Fielding. »Sie könnte sich Feinde gemacht haben. Wir gehen im Moment die Berichterstattungen durch, die sie während ihrer Zeit bei CRTV übernommen hat. Wir suchen nach Leuten, die sie dabei möglicherweise gegen sich aufgebracht hat.« Eine Pause, während Fielding mit irgendjemandem auf seiner Seite der Leitung sprach. Das Wummern des Helikopters in der Ferne wurde lauter. Dann war Fielding wieder dran.

»Amanda Gunn bleibt eine Schlüsselfigur und eine Person von besonderem polizeilichen Interesse. Sie war die Kontaktperson für jedes der Opfer, und sie hat die Reise organisiert. Darüber hinaus könnte sie auch beim Tod von Dan Whitlock eine Rolle gespielt haben – sie wusste von seiner Schalentierallergie. Bart Kundera … er hatte einen älteren Bruder, der mit dem organisierten Verbrechen in Verbindung stand. Der Bruder ist verstorben. Wir befragen Kunderas Frau morgen.« Eine weitere Pause, während Fielding wieder einen Blick in seine Akten warf.

»Die Ontario Provincial Police hat bisher mit einigen Kontaktpersonen der McNeills in Toronto gesprochen. Das Paar hat früher in BC gewohnt, in Kitsilano in Vancouver. Dr. Nathan McNeill hat an der Simon Fraser Uni…« Pause. »Da gibt es eine Verbindung zwischen Monica McNeill und Dr. Steven Bodine – beide waren im Vorstand derselben Kinderhilfsstiftung tätig. Sie könnten einander also durchaus schon vor dieser Reise gekannt haben. Wir fragen die erwachsenen Kinder der McNeills danach. Der ältere Sohn der McNeills hat einem der Officer heute Morgen am Telefon gesagt, dass seine Mutter vor etwa vierzehn Jahren vier Wochen in einer Klinik verbracht hat. Eine Art Nervenzusammenbruch. Danach haben die McNeills ihr Leben offenbar verändert und sind nach Toronto gezogen. Dr. Bodine ist geschieden. Seine Ex-Frau hat wieder geheiratet und lebt in Paris. Jackie Blunt – es gibt keinen Hinweis darauf, dass sie die McNeills kannte oder aus Ontario für sie gearbeitet hat. Sie war früher beim West Vancouver PD. Sie hat den Dienst quittiert, da es Gerüchte gab, sie würde unter einer Alkoholsucht leiden, die angeblich Auswirkungen auf ihre Arbeit hatte. Ein früherer Kollege von Blunt beim WVPD behauptet, dass sie vor ihrem Umzug nach Ontario für einen Privatdetektiv gearbeitet hat – Dan Whitlock.«

Mason pfiff leise. »Interessante Verbindung.«

»Ja. Wir gehen dem nach. Whitlock hat früher beim Vancouver PD gearbeitet. Er ist polizeibekannt. Offenbar hat er bei seiner Detektivarbeit ab und zu die Grenzen der Legalität übertreten.«

»Was ist mit Deborah Strong?«, fragte Mason.

»Bei dem Versuch, ihre nächsten Angehörigen ausfindig zu machen, haben wir erfahren, dass sie ihren Namen offiziell in Deborah Strong geändert hat. Davor war sie unter dem Namen Katarina Vasiliev bekannt. Tochter russischer Immigranten. Geboren in einer kleinen, ländlichen Gemeinde in Alberta. Vater, Mutter und zwei Brüder bereits verstorben. Ein älterer Bruder lebt noch, und er wohnt weiterhin auf der Familienfarm. Er hat der RCMP in Alberta erzählt, dass die Familie den Kontakt zu Katarina verloren hat, nachdem diese im Teenageralter von zu Hause weggelaufen ist. Die Angestellten in ihrem Haushaltsunternehmen haben uns allerdings den Namen ihres Verlobten genannt: Ewan Redmayne. Er dient derzeit bei der Canadian Air Force und befindet sich im Einsatz im Arabischen Meer – maritime Sicherheit und Terrorismusabwehr. Wir haben gestern über die Kanäle der CAF Kontakt mit ihm aufgenommen. Er befindet sich auf dem Heimweg.«

Mason bedankte sich bei Fielding und legte auf. Schweigend saß er einen Moment lang da und dachte darüber nach, was er soeben erfahren hatte, während er hörte, wie der Helikopter, hinter dunklen, tief hängenden Wolken verborgen, hin und her flog.

Callie setzte sich neben ihn. »Alles in Ordnung?«

Er nippte an seinem Kaffee. Lächelte. »Verdammt, tut das gut.«

Sie grinste. Wärme erfüllte ihn. Begleitet von einem Gefühl der Verbundenheit. Er brachte sie darüber auf den neuesten Stand, was Fielding ihm erzählt hatte.

»Wow«, sagte sie leise. »Das wird ja immer verquerer. Dann könnte Stella Daguerre, die früher einmal Marshall hieß, Franz Gottman also gekannt haben?«

»Galiano ist eine kleine Insel. Es wäre jedenfalls nicht leicht, dort zu wohnen und nicht wenigstens über einen exzentrischen Milliardär Bescheid zu wissen, der auf einem Zehn-Millionen-Dollar-Anwesen lebt.«

»Außerdem ist sie Pilotin. Und er hatte ein Flugzeug.« Sie verstummte. Wasser tropfte von Felsen und Bäumen. »Ich frage mich, wer sonst noch mit diesem Unternehmen in Verbindung steht, das weiterhin Franz Gottmans Rechnungen bezahlt«, fuhr sie dann fort. »Sein Vermögen ist sicherlich nicht vollständig in sein Anwesen oder in seinen Nachlass geflossen. Seine nummerierte Firma muss irgendeine Art von Hinterbliebenenrecht haben.«

Mason nickte und trank seinen Kaffee.

»Deborah Strong alias Katarina ist auch interessant. Und es ist bemerkenswert, dass sich Jackie Blunt und Dan Whitlock von früher kannten. Beide sind tot, und beide haben während einer gewissen Zeit in ihrer Vergangenheit als private Ermittler in Vancouver gearbeitet«, führte Mason aus.

»Tja, wenn sich jemand so ein bizarres Szenario ausdenken kann, in dem eine Gruppe Menschen in eine entlegene Lodge in der Wildnis gelockt, festgesetzt und in ein Psychospielchen verwickelt wird, dann würde ich mein Geld auf denjenigen setzen, der gleich zwei dieser Realityshows entwickelt hat. Haben Sie sich mal eine davon angeschaut?«

»Nein.«

»Die Voraussetzungen dabei sind im Grunde dieselben. Genau wie bei Survivor oder eigentlich auch bei den meisten anderen Shows. Man pfercht eine Gruppe von Menschen irgendwo zusammen, stellt sie vor gewisse Herausforderungen und sieht dann zu, wie sie sich gegeneinander wenden. Und es kann nur einen Gewinner geben. Einen, der alle anderen überlisten, überdauern und ausspielen kann.«

Mason stieß ein leises Schnauben aus. »Nur dass es in dem Gedicht in der Lodge heißt, dass vielleicht auch der Letzte stirbt.«

Die Suche

CALLIE

Donnerstag, 5. November

Der Funkspruch kam in den dunkelsten Stunden vor Tagesanbruch. Der Militärhubschrauber hatte Infrarotaktivität entdeckt.

Callie lauschte, als Mason den Funkspruch entgegennahm. Das taten sie alle. Einer nach dem anderen kamen die Gruppenmitglieder leise aus den Zelten gekrochen.

»Anzeichen von Wildtieren«, sagte der SAR-Späher aus dem Hubschrauber.

Ihr Puls wurde schneller. Sie wechselte einen Blick mit Oskar, der zum Schutz vor dem wieder eingesetzten Regen seine Kappe aufzog.

»Könnten Wölfe sein.« Die Stimme wurde von Rauschen untermalt. »Oder vielleicht auch Kojoten, aber wir glauben, dass es etwas Größeres ist. Ein ganzes Rudel. Wir können sieben davon ausmachen.«

»Irgendwelche Hinweise auf lebende Menschen?«, fragte Mason.

»Wir haben Umrisse, die sich von den Felsen in diesem Gebiet unterscheiden. Kein Lebenszeichen.«

»Scheiße«, flüsterte Callie.

»Wie lauten die GPS-Koordinaten?«, fragte Mason.

Callie schrieb mit, als ihnen der Späher die Koordinaten durchgab. Sie musste sich konzentrieren, denn die Stimme des SAR-Spähers war vor dem Rotorenlärm des Hubschraubers kaum zu verstehen.

»Die Tiere haben sich zerstreut, als der Pilot unseren Vogel ein Stück tiefer sinken lassen hat, aber es sieht aus, als könnten sie zurückkommen. Wir fliegen noch ein paar Mal über die Stelle hinweg und versuchen, das Rudel zu vertreiben, bis ihr da sein könnt, aber wir müssen bald tanken und die Crew austauschen. Außerdem kommen wir nicht sonderlich weit runter, wegen der Bäume.«

»Roger. Halten Sie uns auf dem Laufenden«, sagte Mason.

»Bestätigt. Over and out«, erwiderte der SAR-Späher.

Sie hörten, wie der Helikopter abdrehte.

»Baut das Lager ab«, wies Callie die anderen an und entzündete eine Gaslaterne. »Sobald es hell genug ist, versuchen wir, über die Klamm zu kommen. Wie bringen wir Trudy rüber?«, fragte sie Gregson.

»Ich trage sie im Gurt.«

Callie nickte, schaltete ihre Stirnlampe ein und glich die Karte mit den GPS-Koordinaten ab, die sie gerade erhalten hatten. Oskar trat zu ihr.

»Hier«, sagte sie und tippte auf ein Gebiet auf der Karte, in dem die Höhenlinien weit auseinandergingen. »Hinter dem Bergkamm auf der anderen Seite der Klamm erstreckt sich eine Ebene. Da sind die Wölfe oder Kojoten.«

Und vielleicht auch die Leichen, die sie angelockt haben.

Sie schwiegen und lauschten dem nahen Donnern des Wildwassers, das durch die Klamm rauschte. Ein Mitglied des

SAR-Teams entzündete einen kleinen Campingkocher, um Kaffee für alle zu machen. Das blau-weiße Flämmchen erwachte zischend zum Leben, und ein schwacher Propangeruch breitete sich aus.

Mason beugte sich über Callies Schulter und musterte die Karte. »Wie lange werden wir bis dorthin brauchen?«, fragte er.

»Der Helikopter kann uns aus der Luft leiten, wenn es nötig ist. Aus der Topografie würde ich schließen, dass wir etwa eine Stunde lang bergauf laufen müssen, nachdem wir die Klamm überquert haben.« Sie sah ihn an. »Falls wir die Klamm denn überqueren können. Dieser andauernde Niederschlag und die Schneeschmelze in den Bergen haben jede Menge Wasser gebracht.«

»Sieht nicht gut aus«, sagte Oskar leise. Er hielt inne und sprach dann aus, was sie alle dachten. »Es klingt, als hätten wir sie gefunden. Aber nicht vor den Wölfen.«

»Aber vielleicht … stirbt er eben«, flüsterte Callie fast.

Ihre Suche nach den Survivor Five hatte sich soeben möglicherweise in einen Bergungseinsatz verwandelt.

Die Suche

MASON

Blasses, silbernes Morgenlicht sickerte in das Tal. Mason stand neben Oskar, Callie und den anderen am Rand eines Felsenhangs, der vor ihnen steil zu einer Wasserrinne abfiel. Ehrfürchtig starrten sie das tosende Wildwasser an, das durch die enge Klamm zwischen den Bergen donnerte. Sprühnebel stieg in nassen, weißen Wolken auf und brach das Licht in Tausenden kleinen Regenbogen. Das Rauschen des Wassers übertönte fast das Dröhnen des Hubschraubers, der auf der anderen Seite der Klamm durch die Wolken flog.

Masons Herz hämmerte, während Gregson und Trudy weit unter ihnen den Rand der Schlucht absuchten. Regen fiel sanft auf ihn herab und Schweiß prickelte auf seiner Haut. Sein Atem ging flach. Er war nicht sicher, ob er es schaffen würde.

Aber er konnte es auch nicht *nicht* schaffen.

Vor Tagesanbruch war das Wummern des Hubschraubers eine Weile verstummt, da er nach Kluhane Bay zurückgeflogen war, um zu tanken und die Crew auszuwechseln. Als der Helikopter im frühen Morgengrauen zurückgekehrt war, hatte ein SAR-Mitglied an Bord berichtet, dass die Wölfe wieder da waren und dass der Pilot weiterhin versuchte, sie aus der Luft zu vertreiben und das Rudel in Schach zu halten. Doch das Baumdach machte diese Aufgabe schwierig, und die Wölfe verloren allmählich ihre Scheu.

Unter ihnen reckte Gregson auf einmal die Hand in die Luft und gab ihnen damit das Signal, dass Trudy in der Nähe einer Blockade aus Stämmen und Treibgut, die den schmalsten Teil der Klamm überspannte, einen Geruch aufgefangen hatte. Umgestürzte Bäume, Äste und schlammige, erdverkrustete Wurzelballen hatten sich zu einer Art schiefen Brücke über dem Wasser verkeilt.

»Ich schätze, diese Stämme hat eine frühere Flut hier angetrieben«, sagte Callie. »Sieht aus, als wären unsere Vermissten da drübergeklettert. Erstaunlich, wenn sie es alle ohne Seile geschafft haben. Ein Fehltritt, und es wäre vorbei gewesen.«

Oskar und die anderen suchten sich vorsichtig einen Weg über die von Moos und Sprühnebel glitschigen Steine.

Mason war wie erstarrt.

Sanft berührte Callie ihn am Arm. »Kriegen Sie das hin?«

Er sah sie an. »Ja.«

»Mason, hören Sie zu. Als Sie die de Havilland Beaver in den Fluss geschickt haben – da habe ich bemerkt, dass Sie Höhenangst haben. Das ist nichts, wofür man sich schämen müsste. Aber wenn Sie versuchen, über diese Klamm da zu kommen, und dabei zu angespannt oder starr vor Schreck sind, dann könnten Sie einen Fehler machen. Wir verwenden Seile und Karabiner, aber wenn Sie abrutschen, könnte das auch andere im Team in Gefahr bringen.«

Er holte tief Luft. Er *musste* es tun. Er musste sich dieser Angst in sich stellen. Aus Gründen, die er nicht einmal sich selbst erklären konnte. Auf einmal kam es ihm vor, als würde diese Klamm in seinem Leben die Vergangenheit von der Gegenwart trennen. Er war in den Norden, in die Wildnis gekommen, um sich dieser Sturzflut zu stellen. Entweder brachte er den Mut auf, sie zu überqueren, und machte sich damit zu einem von ihnen, von diesen Menschen hier – oder er würde nie weiterkommen. Er würde für immer in seinem Kopf und in seiner Trauer gefangen bleiben. Oder schlimmer. Bis er irgendwann einen Weg fand, um einfach auszusteigen.

»Es gibt keinen Grund, warum Sie nicht hier warten können«, sagte Callie. »Bis das nächste Team kommt oder bis der Helikopter Sie rausholt.«

»Es geht mir gut.« Entschlossen zog er die Riemen seines Rucksacks über der Brust fest, alle Aufmerksamkeit auf die Schlucht gerichtet.

Sie musterte ihn.

»Callie.« Er sah sie an. »Es geht mir gut.«

Weit unter ihnen schnallte Gregson seine Hündin in ihren Tragegurt. Oskar und die anderen waren gerade bei ihnen angekommen und machten sich daran, ein langes Seil an den Felsen zu befestigen.

Callie ließ ihn immer noch nicht aus den Augen.

»Sagen Sie mir einfach, was ich tun muss«, wies er sie an.

Sie leckte sich über die Lippen, dann nickte sie langsam. »Okay. Oskar sichert gerade das Seil an den Felsen auf dieser Seite. Dann wird er sich selbst an dem Seil festschnallen und auf die andere Seite klettern, wo er das zweite Ende des Seils anbindet. Damit zieht er eine Sicherungsleine über das Wasser. Jeder von uns schnallt sich selbst mit einem kurzen Seil und einem Karabiner an der Sicherungsleine fest. Dann tasten wir uns rüber. Wenn Sie ausrutschen, dann hängen Sie immer noch am Seil, und jemand wird kommen, um Sie wieder hochzuziehen.«

In der Theorie klang es ganz einfach. Doch Mason erkannte, dass jeder, der in die gewaltigen Fluten stürzte, unter Wasser gezogen und dort festgehalten werden würde. Ob man nun gesichert war oder nicht. Und selbst wenn jemand versuchte, den Gestürzten wieder hochzuziehen, gab es genug Stellen im

Gewirr aus Ästen und Wurzeln, an denen man hängen bleiben konnte. Außerdem, falls tatsächlich jemand abrutschte, könnte der Ruck am Seil ausreichen, um auch alle anderen zu Fall zu bringen.

Er wischte sich Regenwasser vom Gesicht. Sein Magen rumorte.

»Bereit?«, fragte Callie.

Er nickte.

Sie sahen nach unten. Die Felsen waren glitschig von Nebel und Regen, überzogen von einer Schleimschicht aus zersetzten Blättern und Tannennadeln.

Mit dem Stiefelabsatz rutschte Mason ab, konnte sich aber wieder fangen. Blut dröhnte in seinen Ohren. Er konnte kaum atmen.

Konzentrier dich.

Du wolltest doch sterben, schon vergessen? Aber jetzt darfst du die anderen nicht mit nach unten reißen. Sie verlassen sich auf dich. Du tust es für sie.

Sobald sie unten angelangt waren, legte ihm Callie erneut die Hand auf den Arm. Ihre Blicke trafen sich.

»Müssen Sie das tun?«

Er zögerte. »Ich muss das tun.«

Sie sah ihn an, las etwas in seinem Gesicht. Der Nebel formte kleine Tröpfchen auf ihren Wimpern. In diesem Licht waren ihre Augen moosgrün und schillernd.

»Helfen Sie mir, Callie«, sagte er ganz leise. »Zeigen Sie mir, was ich machen soll.«

Etwas in ihrem Blick veränderte sich, ihre Augen wurden dunkler, und er spürte, wie eine gewisse Energie zwischen ihnen entstand. Verstehen. Zusammengehörigkeit.

Sie schluckte und wandte sich der Klamm zu, wo sich Oskar gerade für die Querung bereit machte. Sie schien nachzudenken.

»Okay«, sagte sie schließlich. »Ich möchte, dass Sie sich auch an mir einhaken, nicht nur an dem Seil über dem Wasser.«

»Nein …«

»Doch.« Fest hielt sie seinen Blick. »Wir kommen auf die andere Seite, zusammen, und ich gehe nach Hause zu Ben, verstanden?«

Er hielt ihren Blick.

»So mache ich das mit Dingen, die mir Angst einjagen«, erklärte sie, die Stimme gesenkt, während sie ein zusammengerolltes Seil von ihrem Rucksack schnallte. »Ich sage mir, dass Ben auf mich wartet. Dass Peter wartet. Wenn Sie vorhaben, mich davon abzuhalten, zu den beiden zurückzukehren, dann machen Sie jetzt und hier einen Rückzieher.«

Er holte tief Luft.

»So schwer ist es nämlich gar nicht, Mason. Die Stammbrücke sieht stabil aus. Wir haben die Rettungsleine. Und die Survivor Five haben es sogar ohne Seile darüber geschafft. Jedenfalls ein paar von ihnen, schätze ich. Bevor die Wölfe sie gefunden haben.«

Er lächelte schief.

»Im Ernst, es ist eine todsichere Sache.«

»Sagen Sie nicht Tod.«

Sie lachte. Unerwartet. Etwas in ihm brach auf, veränderte sich. Er war bereit. Er würde es tun.

Sie seilten sich an und begannen vorsichtig mit dem Klettern. Sie testeten erst jeden Stamm, bevor sie Gewicht darauf verlagerten. Schritt für Schritt. Die Konzentration verlangte Mason eine Menge ab. Als Callie und er schließlich in der Mitte der Stammbrücke angekommen waren und das Wasser unter ihnen toste, hielt Callie an.

Mason erkannte, warum.

Das Sicherungsseil, das Oskar über die Klamm gespannt hatte, war hinter einen Ast gerutscht, und Callie konnte mit ihrem Karabiner nicht daran entlangfahren. Sie versuchte, das Seil freizubekommen, aber es klemmte fest. Noch einmal zog sie daran, und auf einmal glaubte Mason, eine Bewegung unter den Stiefeln zu spüren. Die Angst senkte ihre Klauen in sein Herz.

Er fühlte, wie ihm die Konzentration entglitt. Er trat von einem Fuß auf den anderen, sah auf seine Stiefel hinab, auf die Stämme und das strudelnde Wasser. Er konnte sich nicht mehr bewegen.

Konzentrier dich. Schau hoch. Konzentrier dich.

Aber er war wie gelähmt.

Das Wasser unter der Brücke schien immer höher zu steigen, der Nebel wirbelte heran, das Donnern der Fluten wurde lauter. Er hörte, wie riesige Felsbrocken unter der Oberfläche umhergetrieben wurden und gegeneinanderkrachten.

Schließlich zwang er sich dazu, langsam den Blick zu heben, zum anderen Ufer hinüberzusehen. Seine Gedanken wieder auf das Ziel zu richten. Genau in diesem Moment geriet der Stamm, auf dem Callie stand, plötzlich ins Rollen.

Im Bruchteil einer Sekunde begriff Mason außerdem, dass sie ihren Karabiner gelöst hatte, um ihn auf der anderen Seite des Astes, hinter dem das Seil klemmte, wieder einzuhaken.

Bevor er eine Warnung rufen konnte, rutschte sie in einem Strudel aus Farben ab. Mason packte ein Bündel Zweige und ging leicht in die Knie, wappnete sich für den Ruck an dem Seil, mit dem sie an ihm befestigt war.

Doch Callie gelang es, noch im Sturz einen Ast zu fassen zu kriegen, was verhinderte, dass sie Mason mit sich hinabriss. Sie hing in der leeren Luft, hielt sich mit einer Hand fest. Ihre Stiefel schwangen über den wilden Fluten, die unter ihr in einem Wasserfall hinabstürzten.

Mason hatte nur Sekunden, bis sie sich nicht mehr würde festhalten können. Und wenn sie fiel, dann würde sie mit ihrem ganzen Gewicht an dem Seil zwischen ihnen hängen. Er hatte keine Ahnung, wie lange die Sicherungsleine ihrer beider Gewicht aushalten würde.

Er hörte Oskar rufen, dass sie durchhalten sollten. Er kam zu ihnen.

Callie streckte den freien Arm nach Mason aus, rief, er solle ihre Hand nehmen. Die Zeit dehnte sich, zähflüssig, verzerrt. Die Geräusche in seinen Ohren wirkten seltsam schief, und er konnte nichts mehr sehen außer Callies Augen, außer ihrem Blick, der ihn festhielt – ihre ausgestreckte Hand. Ihre Worte hallten in seinem Kopf wider.

»*Wir kommen auf die andere Seite, zusammen, und ich gehe nach Hause zu Ben, verstanden? So mache ich das mit Dingen, die mir Angst einjagen. Ich sage mir, dass Ben auf mich wartet. Dass Peter wartet. Wenn Sie vorhaben, mich davon abzuhalten, zu den beiden zurückzukehren, dann machen Sie jetzt und hier einen Rückzieher.*«

Der Regen lief ihm übers Gesicht, über die Jacke.

Beweg dich. Na los.

Er dachte an Jenny, an Luke. An die anderen in seinem Team. Diese kleine Gruppe – besonders Callie, wie ihm nun bewusst wurde – hatte ihm bereits dabei geholfen, sich dem Abgrund der Trauer zu stellen. Diese Menschen und dieser Ort gaben ihm jetzt schon wieder einen Grund, morgens aufstehen zu wollen.

Er holte tief Luft, hielt sich mit einer Hand weiter an den Zweigen fest, und ohne auf seine Angst zu achten, ging er langsam und vorsichtig in die Hocke. Er streckte den Arm aus, griff nach unten. Sie packte seine Hand. Hielt sie fest. Endgültig. Verbunden. Genauso, wie sie ihn vor dem Taheese River gerettet hatte. Auf einer bestimmten Ebene hatte er gerade etwas sehr Bedeutendes gewonnen. Trotzdem konnte er in diesem einen Augenblick auch alles verlieren. Wenn sein Griff nachließ, wenn sein Mut wankte, war sie fort.

Er hielt sie fest. Die Schwerkraft und sein Gleichgewicht gestatteten es ihm nicht, sie allein wieder hochzuziehen. Seine Muskeln brannten. Er konnte nicht mehr tun, als durchzuhalten. Da spürte er, wie die Zweige in seiner anderen Hand allmählich nachgaben.

»Festhalten!«, rief der große Norweger, und auf einmal war Oskar an seiner Seite und hinter ihm einer der SAR-Leute mit weiteren Seilen.

Oskar legte sich flach mit dem Bauch auf einen der Stämme, und es gelang ihm, Callie einen Gurt umzulegen. Sie ließ Masons Hand los, und Oskar und der andere SAR-Mann übernahmen ihr Gewicht, als sich die Seile ihres Gurts strafften. Sie begannen, Callie heraufzuziehen.

Als Callie endlich wieder oben war, zitterte sie und war weiß wie ein Gespenst. Wasser glänzte auf ihrem Gesicht.

»Los … weiter«, sagte sie. Ihre Stimme klang heiser und war über das Brüllen des Strudels unter ihnen kaum zu verstehen. »Es wird immer mehr Wasser. Der Regen und die Schneeschmelze. Lange hält die Stammbrücke nicht mehr.«

Rasch hakte der SAR-Mann auch Mason an eine neue Sicherungsleine, damit er den Karabiner vom Führungsseil lösen und auf der anderen Seite des Astes, hinter dem sie verklemmt war, wieder einhaken konnte.

Sie bewegten sich vorsichtig. Stück für Stück schoben sie sich über die Stammbrücke, immer an der Sicherungsleine entlang, während die miteinander verhakten Wurzeln und Äste unter ihren Stiefeln knarrten und sich allmählich lösten.

Der SAR-Mann und Callie waren die Ersten, die auf festem Boden ankamen, Gregson und ihr zweites SAR-Teammitglied halfen ihnen die Böschung hinauf. Dann war Oskar drüben. Er drehte sich um und streckte Mason die Hand entgegen. Masons

Griff schloss sich in dem Moment um Oskars Hand, in dem die Stämme unter ihm wegzurutschen begannen. Er hatte es geschafft. Doch als er seinen Karabiner von der Sicherungsleine löste, erhob sich ein ohrenbetäubendes Krachen, und die Brücke brach in einem Strudel aus Stämmen, peitschenden Ästen und Erde in sich zusammen. Brüllend schluckten die Fluten alles und zermahlten die Trümmer zu einer schokoladenbraunen Masse.

Schweigend starrten sie hinab. Nass. Schwer atmend. Zitternd. Sie konnten es nicht fassen, dass ihre Brücke einfach verschwunden war, dass sie sich in einen braunen Mahlstrom verwandelt hatte.

Das Donnern von Felsen, die unter dem Wasser gegeneinanderkrachten, scholl zu ihnen herauf.

Mason drehte sich zu Callie um. Aus ihren grünen Augen sah sie ihn an. Ihre Brust hob und senkte sich. Ihre Hände zitterten immer noch.

»Danke«, flüsterte sie.

»Ben braucht dich«, sagte er leise. »Und Peter auch. Ich hätte nie zugelassen, dass du nicht nach Hause zurückkommst.«

Auf einmal schimmerten Tränen in ihren Augen.

Er beugte sich hinab, hob das zusammengerollte Seil auf und folgte Oskar zu einer Stelle im Schutz der Bäume, wo die anderen bereits ihre Rucksäcke abgelegt hatten.

Die Suche

CALLIE

Oskar deutete auf einen Pfotenabdruck im Schlamm. »Wolfsspur.«

Der Abdruck war so groß wie seine Handfläche, und Oskar hatte gewaltige Hände. Callie spürte, wie ihr ein Schauer über den Rücken lief. Urangst. Die Krallen lagen weit auseinander. Sie waren lang.

»Der hier ist groß«, sagte Oskar. »Canis lupus vielleicht – ein Timberwolf. Der größte der nordamerikanischen Kaniden.«

Trudy sog tief die Luft in die Nase. Ihre Haltung versteifte sich, und sie sträubte das Fell im Nacken. Tief aus ihrer Kehle drang ein Knurren. Die Stimmung in der Gruppe veränderte sich. Sie alle spürten es – das Rudel war in der Nähe.

Sie kletterten noch eine halbe Stunde weiter. Das Dröhnen des Suchhubschraubers schwoll an und ebbte wieder ab. Eine Brise strich durch die Baumwipfel. Es klang, als würde Wasser sanft durch den Wald rauschen. Stahlgraue Wolken wogten und rollten die Hänge hinab und zogen Regenschleier hinter sich her. Es wurde immer kälter, je höher sie hinaufstiegen.

Ab und zu blieb Oskar stehen und untersuchte den Boden. Er runzelte die Stirn.

Callie trat hinter ihn. »Was ist los?«, fragte sie in gedämpftem Tonfall.

»Sieht aus, als hätten die Wölfe sie verfolgt.«

»Sie gejagt?«

»Vielleicht haben sie auf ein Zeichen von Schwäche gewartet. Seit kurz hinter der Klamm schon.« Oskar ging in die Hocke und deutete mit der Spitze seines Stabs auf ein paar weitere Abdrücke in Moos und Lehm. »Die Survivor Five scheinen seit der Klamm immer wieder Halt gemacht zu haben. Vielleicht haben sie hier sogar noch einmal übernachtet.« Er spähte in den Wald hinein. »Ich glaube, dass sie ein, zwei Tage oder sogar mehr auf dem Plateau verbracht haben könnten, bevor sie einen Weg gefunden haben, über die Klamm zu kommen. Und von da an …« Seine Stimme verklang.

»Was, Oskar?«

»Ich kann nicht behaupten, dass es irgendwelche konkreten Anzeichen gibt, die direkt darauf hindeuten, aber es fühlt sich an, als hätten sie zu kämpfen gehabt. Sie waren langsam. Sehr langsam. Vielleicht haben sie auch etwas gezogen. Siehst du, da?« Er deutete auf eine Stelle, an der das Moos flach gedrückt wirkte. »Mittlerweile hat sich das Moos schon wieder etwas aufgerichtet, aber …« Er nahm die Unterlippe zwischen die Zähne. »Vielleicht hat sich Steven Bodines Zustand verschlechtert.«

Sie gingen weiter. Der Regen wurde zu Graupelschauern, dann wieder zu Regen.

Auf einmal blieben sie alle gleichzeitig stehen, als sich ein Heulen aus den Tiefen des nebelverhangenen Waldes erhob. Es stieg höher, immer höher hinauf, schwoll zu einem Crescendo an und verklang schließlich in einem langen klagenden Ton. Ein anderes Tier antwortete. Dann noch weitere. Das Geheul endete in Jaulen und Gebell.

Callie sah Mason an. Seine Miene wirkte grimmig.

Sie griff nach dem Funkgerät in ihrer Gürteltasche. Schaltete es ein. »SAR one, Callie hier. SAR one ruft Rescue one.«

»Wir hören, SAR one.«

»Wie weit sind wir vom Wolfsrudel entfernt? Könnt ihr uns sehen?«

Das Dröhnen der Rotoren wurde lauter, als der Hubschrauber durch die Wolken auf sie zukam. Auf einmal sahen sie ihn.

»Wir sehen euch. Ihr befindet euch in der Luftlinie etwa einen halben Kilometer von der Fundstelle und den Wölfen entfernt.«

»Roger, danke. Könnt ihr das Rudel wieder vertreiben, während wir uns nähern? Over.«

»Bestätigt. Over and out.«

Während sie sich weiter auf die GPS-Koordinaten zubewegten, die Callie eingegeben hatte, knisterte ihr Funkgerät erneut. »Rescue one an SAR one. Wir gehen runter, um das Rudel zu verscheuchen. Die Wärmebildkamera zeigt acht Tiere.«

»Roger. Irgendetwas, das auf lebende Menschen hindeutet?«, fragte sie.

»Negativ.«

Sie steckte das Funkgerät wieder in die Tasche und sah dabei, dass Mason den Sitz seiner Handfeuerwaffe kontrollierte. Die anderen überzeugten sich davon, dass sie gut und schnell an das Bärenspray an ihren Gürteln herankamen. Oskar nahm die Flinte vom Rücken, und Mason griff nach seinem Gewehr.

Der Helikopter senkte sich mit einem ohrenbetäubenden Brüllen über den Baumwipfeln herab. Äste peitschten und wirbelten umher, Tannenzapfen und kleine Zweige wurden in die Luft gerissen.

Der Helikopter stieg wieder und flog ein Stück nach Norden.

»Rescue one an SAR one. Ihr könnt weitergehen, SAR one. Für eine Weile sollte alles frei sein. Das Rudel hat sich etwa einen halben Kilometer zurückgezogen. Durch das Baumdach können wir nichts erkennen, aber es werden keine Infrarot-Signaturen mehr angezeigt.«

Langsam traten sie auf das bewaldete Hochplateau hinaus. Große, alte Tannen und gelbe Zedern boten ihnen Schutz, Deckung vor Wind und Regen. Kiefernnadeln bildeten einen weichen Teppich auf dem Waldboden.

Es war vor allem ein Gefühl – der Tod war nah. Vielleicht, dachte Callie, können wir es auf einer animalischen Ebene selbst riechen, ein nur noch rudimentärer Sinn.

Dann sahen sie es. Zwei Umrisse lagen ausgestreckt neben einem Steinkreis um die verkohlten Reste einer Feuerstelle. Callie spannte die Muskeln. Sie ließ den Blick durch den Wald um sie herum schweifen.

Trudy knurrte, und wieder sträubte sich das Fell in ihrem Nacken. Sie zog die Lefzen hoch, und Speichel glänzte auf ihren Reißzähnen.

»Ich halte sie zurück und warte hier«, sagte Gregson. »Sie weiß, dass die Wölfe da sind.« Seine Hand ruhte an seiner Waffe.

Callie nickte. Der Rest des Teams ging weiter, sie bildeten eine Reihe hinter Oskar. Nebelschwaden strichen wie Geister zwischen den Bäumen hindurch.

»*Helvete*«, stieß Oskar hervor, und seine Gestalt vor Callie erstarrte mit einem Mal. Sie kannte Oskar gut. Sie hatten schon einige gemeinsame Suchen hinter sich, und sie wusste, dass es ein wirklich schlechtes Zeichen war, wenn er in seiner Muttersprache fluchte. Dieses Wort bedeutete »Hölle«, was in seiner Sprache jedoch noch viel unheilvoller gemeint war als in ihrer. Ganz und gar nicht gut.

Mason trat neben Oskar. Er hob die Hand, um sie zum Stehenbleiben zu bringen. Callie versuchte, den dichten Nebel mit Blicken zu durchdringen. Noch einmal musterte sie die Bäume und hielt nach den gelben Augen eines Timberwolfs Ausschau. Ihr Herz klopfte schnell.

»Niemand fasst etwas an«, wies Mason sie an und streifte ein Paar Nitrilhandschuhe über.

Langsam, zögerlich trat Callie vor. Sie wollte es nicht sehen, aber sie musste.

Ihr Puls schoss in die Höhe. Zwei Leichen. Männlich. Wildtiere hatten sich an einem der Körper zu schaffen gemacht. Nicht jedoch an dem anderen.

Nur zwei Männer hatten die Forest Shadow Lodge verlassen. Dies hier mussten also Professor Nathan McNeill und Dr. Steven Bodine sein.

Sie wandte sich der Leiche zu, die ihr am nächsten war.

Mason schoss Fotos mit seinem RCMP-Handy.

Der Mann vor Callie lag auf dem Rücken, Arme und Beine ausgestreckt. Eines der Beine stand in einem seltsamen Winkel ab. Sein Gesicht war zerfleischt worden, die Hälfte fehlte. Keine Lippen. Doch die Kopfhaut war noch unversehrt. Braunes Haar. Schütter.

»Nathan McNeill«, flüsterte sie.

Mason nickte. Er durchsuchte die Taschen des Toten nach etwas, was ihn identifizieren konnte.

Callie trat zu der zweiten Leiche. Dieser Mann lag auf der Seite. Eine klaffende Wunde über der Wange, durch die man seine Zähne sehen konnte. Galle schoss ihr die Kehle hinauf. Sie schlug sich die behandschuhten Finger vor den Mund, um ein Würgen zu unterdrücken.

Die Haut des Toten wirkte gelblich, und auch das Weiße der weit offen stehenden Augen hatte einen dunklen Gelbstich. Er sah unheimlich, fast unmenschlich aus. Anzeichen für Leberschäden und Organversagen. Dies hier musste Steven

Bodine sein. Daraus, wie weit fortgeschritten die Zerstörung der Leber bereits gewesen sein musste, schloss Callie, dass er eine beträchtliche Menge des Grünen Knollenblätterpilzes verzehrt haben musste.

»Wo sind die Frauen?«, fragte sie und drehte sich im Kreis.

»Hier drüben!«, rief Oskar. Er hatte den Rand der Lichtung abgesucht. »Hier unter der ersten Baumreihe.«

Callie ging zu ihm.

Er deutete auf die Leiche einer Frau am Boden. Callie würgte.

Brünett. Schulterlanges Haar. Doch der Rest ihres Körpers war zerrissen und bis zur völligen Unkenntlichkeit verstümmelt.

»*Fy faen*«, fluchte Oskar ein weiteres Mal in seiner Muttersprache. *Verdammte Scheiße.* »Sieht aus, als hätte das Rudel sie von der Lichtung in den Wald gezerrt.«

Callie ging in die Hocke und untersuchte die Stiefelsohle der Frau. Sie hielt sich eine Hand vor Mund und Nase, abgestoßen von dem Gestank. Faulig. Metallisch. Kleine Maden wanden sich auf der Erde unter der Leiche. Daneben lag ein großer Fleischbrocken.

»Deborah oder Monica, jedenfalls sieht es anhand der Stiefel so aus«, sagte sie, stand auf und wich zurück. Ihr Magen rebellierte. »Aber wir wissen immer noch nicht, welche von ihnen welche Stiefel getragen hat. Und beim Anblick ihrer Leiche kann ich es nicht sagen. Du?«

»Sowohl Monica als auch Deborah war brünett«, antwortete Oskar. »Beide hatten etwa gleich langes Haar.«

»Vielleicht müssen wir ja nicht von beiden in der Vergangenheit sprechen. Es sei denn, die anderen zwei sind auch tot und die Tiere haben sie noch weiter weggeschleift.« Callie kehrte auf die Lichtung zurück, um Mason zu informieren, während Oskar die Suche spiralförmig ausdehnte, die

Flinte in den Händen. Er hielt nach den beiden anderen Frauen Ausschau.

Mason beugte sich über Nathans Körper.

»Wir haben …« Sie erstarrte.

Mason hatte Nathan auf den Bauch gerollt.

»Er wurde erschossen«, sagte er. »Durch den Hals.« Er deutete auf eine klaffende, blutige Wunde zwischen Nacken und Schultern. »Die Austrittswunde befindet sich hier.« Er sah zu der anderen Leiche hinüber. »Steven Bodine auch. Ins Gesicht. Und in die Brust. Die Tiere haben ihn nicht angerührt. Als hätten sie das Gift in ihm gewittert und gewusst, dass sie sein Fleisch nicht fressen durften.«

Callie spürte den Drang, von hier zu verschwinden. Fort von der Gewalt. Und dem, was auch immer sie zu bedeuten hatte.

»Keine Spur von dem Gewehr aus der Lodge«, sagte Mason, der sich nun auf der Lichtung umsah.

Sein Blick fiel auf etwas Glänzendes zwischen den Piniennadeln, ein Stück von den Leichen entfernt. Er lief hinüber, ging in die Hocke, fotografierte es. Dann hob er es auf. »Eine Patronenhülse«, erklärte er und steckte sie ein. Kurz darauf fand er eine weitere inmitten einiger hellgrüner Flechten. Er schoss noch mehr Fotos und steckte dann auch diese Hülse ein.

Callie überlegte fieberhaft, während sie Mason zusah. Ein Schuss war in Nathan McNeills Hals abgegeben worden, zwei weitere auf den kranken Steven Bodine. Einer in die Brust. Der andere direkt ins Gesicht. Die Männer hatten es kommen sehen. Sie hatten ihrem Mörder in die Augen geblickt.

Mason erhob sich wieder. »Wo sind die anderen?«

Es schien eine rhetorische Frage zu sein, doch Callie antwortete: »Bisher haben wir nur noch eine gefunden.« Sie führte ihn zurück zwischen die Bäume.

»Verdammt«, fluchte er gedämpft. Er fotografierte die Tote, dann drehte er sie auf den Rücken. Ihr Gesicht war vollkommen unkenntlich. Die Tiere hatten die Leiche so sehr zerfressen, dass es unmöglich war zu bestimmen, ob es sich um Monica oder um Deborah handelte. Nicht einmal das Alter war abschätzbar. Mit Sicherheit konnte man nur sagen, dass es nicht Stella war.

»Sieht aus, als könnte das hier eine Austrittswunde sein«, erklärte Mason und deutete auf einen dunklen blutgetränkten Fleck auf der Brust der Frau.

»Sicher?«

»Nein, aber es ist möglich.«

»Dann hat man ihr also in den Rücken geschossen?« Callie sah sich nach der Feuerstelle um, wo die Männer lagen. »Während sie weggerannt ist? Vor wem? Vor einem der Männer? Oder vor jemand anderem?«

»Vielleicht vor demjenigen, der immer noch das Gewehr hat«, antwortete er.

Zwischen den Bäumen tauchte Oskar aus dem Nebel auf, die Flinte in der Hand. Er schüttelte den Kopf. »Ich konnte keine Spuren finden, die darauf hindeuten, dass die anderen beiden Frauen in diese Richtung gelaufen sind. Nur Fährten der Wölfe.«

»Wir müssen den Piloten darüber informieren, dass er noch mal die Umgebung abfliegen und nach Infrarotspuren der anderen beiden Frauen suchen soll«, sagte Mason. »Sie müssen das Gebiet aus eigenem Willen verlassen haben. Auf der Lichtung liegt nur noch ein Rucksack. Ich nehme an, dass die fünf mehr als einen Rucksack dabeihatten, um Wasser und andere Vorräte zu transportieren.«

Callie griff nach dem Funkgerät und gab die Anweisung an den Piloten weiter.

»Roger, SAR one. Das Rudel nähert sich wieder eurem Standort. Die Tiere verlieren allmählich die Scheu vor dem Helikopter und lassen sich nicht mehr so leicht vertreiben.«

»Roger. Danke. Over and out.«

Mason suchte auf der Lichtung nach besserem Empfang für sein Satellitentelefon. Sie ging zu ihm.

»Ich muss den Fund melden«, sagte er. »Wir brauchen die Spurensicherung hier. Die Leichen müssen geborgen werden. Wir brauchen den Coroner.«

»Die Wölfe kommen zurück. Bis die Spurensicherung hier ist, könnte nicht mehr viel von den Leichen übrig sein.«

Gerade als der Anruf durchging, hörten sie einen Ruf von Gregson. »Ich habe hier eine Fährte! Trudy hat die Witterung wiedergefunden. Sieht aus, als würden zwei Spuren nach Westen führen, eine Art Wildpfad entlang.«

Mason gab seine Meldung durch und legte dann auf. Callie und er eilten zu Gregson und Trudy hinüber. Die Hündin wirkte ungeduldig und zog an ihrer Leine.

»Haben Sie zwei Spuren gesagt?«, vergewisserte sich Mason.

»Ja«, bestätigte Gregson. »Eine Größe 39, würde ich schätzen, die anderen Abdrücke sind etwas größer.«

»Stella und entweder Monica oder Deborah«, schloss Callie.

»Es gibt auch Blutspuren.« Gregson deutete auf ein paar kleine dunkle Punkte auf dem blättrigen Untergrund.

Auf einmal hatten sie es wieder eilig. Callie war hin- und hergerissen. Sie war darauf geeicht, möglichen Überlebenden zu folgen. Triage. Doch sobald sie weg waren, würden die Wölfe die Leichen auf der Lichtung endgültig zerfleischen.

»Wir können die Toten nicht einfach hierlassen«, sagte sie. »Die Wölfe werden das, was von den Beweisen vielleicht noch übrig ist, auch noch zerstören.«

»Ein RCMP-Team ist schon auf dem Weg«, sagte Mason »Sie kommen mit dem Helikopter. Wir können unseren Piloten bitten, hierzubleiben und weiterhin zu versuchen, die Wölfe in Schach zu halten, während wir den beiden Frauen folgen. Sie könnten noch am Leben sein. Und sie sind Zeuginnen.«

Callie hielt seinen Blick. Sie verstand auch das, was er nicht sagte.

Oder schlimmer. Eine von ihnen könnte die Mörderin sein.

Die Suche

CALLIE

Callie und ihr Team joggten in einer Reihe hinter Gregson und Trudy her. Die Hündin warf sich in ihr Geschirr, den frischen Geruch von etwas in der Nase, das sie anstachelte. Wahrscheinlich das Blut.

Während sie liefen, fühlte sich Callie, als würde sie ein kalter Hauch vorantreiben, als würde der Wald hinter ihnen Bosheit ausatmen. Als würde er nach ihnen greifen und sie zurück zu der Stelle ziehen wollen, an der die Morde geschehen waren und die entstellten Leichen lagen. Ihr Rucksack hüpfte auf ihrem Rücken auf und ab und wurde allmählich schwer. Ihre Oberschenkel brannten, und die Luft pfiff in ihren Lungen. Sie hörte Masons regelmäßige, dumpfe Stiefeltritte hinter sich. Es wurde bereits wieder dunkel. Die Wolken ballten sich zusammen, und der Regen verwandelte sich in sanft umherwirbelnde Schneeflocken, was die Lage noch verschärfte.

»Noch mehr Blut«, rief Oskar über die Schulter und deutete auf ein paar dunkelrot gefleckte Blätter. Doch sie blieben nicht stehen. Zeit war entscheidend. Jemand war nicht allzu weit vor ihnen, verletzt, aber den Spuren nach zu urteilen noch immer am Leben.

Callie schaltete ihre Taschenlampe ein. Die anderen taten es ihr nach. Fast zwei Stunden lang waren sie so unterwegs. Sie liefen parallel zum See, wenn auch viel weiter oben. Callie wusste, dass der See da war, obwohl er sich hinter den Wolken und dem wirbelnden Schnee vor ihren Blicken verbarg.

Sie trafen auf einen breiten Fluss und blieben schwer atmend am Ufer stehen. Gregson erlaubte Trudy, am Rand des schnellen Stroms auf und ab zu schnüffeln.

Callie nutzte die Pause, um ihre Feldflasche zu öffnen und ein paar Schlucke kaltes Wasser zu trinken. Dann reichte sie die Flasche an Mason weiter. Er nickte dankend und trank ebenfalls.

Sie betrachtete ihn. Er sah gut aus. Farbe in den Wangen. Die Augen hell. Energiegeladen.

Er ertappte sie bei ihrer Musterung, und rasch sah sie weg. Ihr Herz schlug schneller.

»Sieht nicht sehr tief aus«, sagte er und reichte ihr die Flasche zurück.

Sie schraubte den Deckel auf. »An der tiefsten Stelle reicht uns das Wasser etwa bis zu den Oberschenkeln, würde ich sagen, da drüben bei den Felsen wahrscheinlich.« Sie nickte mit dem Kinn in Richtung des kristallklaren Wassers.

Zu ihrer Linken konnten sie jedoch das Rauschen von Stromschnellen hören und etwas, das ganz nach einem Wasserfall klang, dort, wo das Terrain zum Taheese Lake hin abfiel.

»Hier drüben!«, rief Gregson. »Sieht aus, als wären sie hier reingegangen und auf die andere Seite gewatet.«

»Wir gehen rüber«, sagte Mason. »Wir müssen weiter.«

Gregson nahm Trudy wieder in ihren Tragegurt, und sie wateten in den eiskalten Fluss hinaus. Es verschlug Callie den Atem. Das Wasser lief ihr in die Stiefel. So durchnässt würden sie nicht mehr lange durchhalten. Die Strömung riss an ihnen, doch der Fluss war seichter, als sie vermutet hatten. Sie erreichten das andere Ufer.

Trudy fand die Fährte sofort wieder.

Im Laufschritt eilten sie weiter, das Wasser in ihren Stiefeln schmatzte unangenehm, der nasse Stoff rieb ihnen über die Beine.

Auf einmal blieb Oskar stehen und ging in die Hocke, um sich etwas auf dem Boden genauer anzusehen. Callie trat zu ihm.

»Was ist los?«

Er runzelte die Stirn, sah auf, lief ein paar Schritte weiter, ging wieder in die Hocke und musterte den Boden erneut. Allmählich blieb der Schnee liegen.

Er antwortete: »Bei dem Wetter und den Bedingungen der letzten Tage ist es schwer zu sagen, aber … ich glaube, wir haben ein Spurenpaar verloren.«

»Wie meinen Sie das?«, fragte Mason, als er sich zu ihnen stellte. Trudy und Gregson gingen weiter. Schnell.

»Ich sehe nur noch eine Spur. Glaube ich. Seit dem Fluss.« Er deutete auf einen vage erkennbaren Eindruck im Schlamm, dann auf einen weiteren. Beide hätte Callie nicht einmal bemerkt, wenn Oskar sie ihr nicht gezeigt hätte.

»Welche Stiefelabdrücke siehst du noch, welche Größe?«, fragte sie.

»Kann ich nicht sagen. Nicht unter diesen Bedingungen. Die Spur ist nicht mehr deutlich zu erkennen.«

Auf einmal begann Trudy vor ihnen, wild zu bellen. Gregson rief ihnen zu: »Wir haben einen Alarm. Sie schlägt an! Hier drüben!«

Callie und der Rest der Gruppe holten zu dem K9-Team auf. Trudy riss an ihrer Leine und wand sich in ihrem Geschirr.

»Da unten!«, rief Gregson. »Jemand ist da unten in der Schlucht.«

Verdammt. Sie hatten jemanden gefunden!

Eilig ließ Callie ihren Rucksack zu Boden sinken und legte sich auf den Bauch, um über den Felsrand in die Schlucht hinabzublicken.

»Hallo! Kann mich jemand hören? Ist da unten irgendjemand?«

Der Nebel war dick wie Erbsensuppe, und Callie konnte den Grund der Schlucht nicht sehen. Das Licht ihrer Stirnlampe prallte von der Nebelwand ab.

»Hallo!«, rief nun auch Oskar.

Sie schwiegen, lauschten. Gregson versuchte, Trudy zu beruhigen, indem er ein Spielzeug aus seinem Rucksack holte und es seiner K9-Partnerin zur Belohnung anbot. Trudys Schnüffeln und Winseln machten es schwer, etwas anderes zu hören. In der Ferne kreiste immer noch der Hubschrauber, und ein zweiter schien sich zu nähern.

»Hallo!«, donnerte Oskar, laut wie ein Nebelhorn. Seine imposante Stimme hallte von den Berghängen wider.

Stille. Nur Trudys Hecheln.

»Da unten ist definitiv jemand«, sagte Oskar, nachdem er die Büsche und die Spuren näher untersucht hatte. »Noch mehr Blut. Und Fußabdrücke. Und die abgebrochenen Zweige da. Wenn es dunkel oder so neblig war wie jetzt, dann konnte sie den Abgrund vielleicht überhaupt nicht sehen und ist direkt hineingelaufen.«

»Einer von uns muss da runter.« Callie löste ihr Seil vom Rucksack. »Ich mache das. Schauen wir mal, wie weit ich komme. Ihr helft mir von oben und lasst mich runter.«

Gregson bot Trudy Wasser an, und Mason gab die Meldung an die Zentrale durch und bat um Unterstützung aus der Luft, während sich Callie, Oskar und die anderen bereit zum Abseilen machten.

Callie sicherte ihren Gurt, setzte sich den Helm auf und kletterte die Schlucht hinab in den Nebel. Vorsichtig tastete sie sich an der Felswand entlang, während Oskar von oben Seil gab.

Sie war etwa zehn Meter tief gekommen, als ihr Fuß auf Stein stieß. Der Wind frischte auf und trieb den Nebel davon, woraufhin Callie ihre Umgebung besser erkennen konnte. Sie stand auf einem etwa drei Meter breiten und mehrere Meter langen Felsvorsprung. Ein Stück entfernt lag die reglose Gestalt einer Frau.

Callie griff nach ihrem Funkgerät. »SAR one, Oskar, bitte kommen, SAR two, bitte kommen.«

»SAR two, leg los, Callie, ich sehe dich.«

Sie hob den Blick. Oskars Stirnlampe schimmerte zwischen den wirbelnden Schneeflocken hindurch. Sie konnte auch die Umrisse der anderen im Zwielicht erkennen. Die Böen wurden stärker, was gut war, da es die Sicht weiter verbessern und den Rettungseinsatz erleichtern würde.

Callie hob ihr Funkgerät wieder an den Mund. »Eine Frau. Auf einem Felsvorsprung etwa zehn Meter weit unten. Sonst erkenne ich niemanden. Sie bewegt sich nicht. Ich sehe nach ihr.«

Vorsichtig schob sich Callie über den Felsvorsprung voran. Der Untergrund fühlte sich solide an. Sie erreichte die Frau. Eine Brünette – also eindeutig nicht Stella. Stella hatte kurz geschnittenes silberblondes Haar. Sie lag auf der Seite. Ein kleines Blutrinnsal lief ihr übers Gesicht. Callie tastete nach einem Puls. Ihr Herz machte einen Satz. Rasch griff sie wieder nach dem Funkgerät.

»SAR one an SAR two. Wir haben eine Überlebende. Ich wiederhole, wir haben eine Überlebende. Wir brauchen ein Backboard und eine Korbtrage, Luftrettung. Over.«

Sie strich der Frau das Haar aus dem Gesicht, um besser einschätzen zu können, wie schlimm ihre Verletzungen waren.

»Hey, Liebes, hey, können Sie mich hören? Mein Name ist Callie Sutton. Kluhane Search and Rescue. Wir kümmern uns jetzt um Sie. Wir holen Hilfe, okay?«

Flatternd öffneten sich die Augenlider der Frau, und sie stöhnte.

Callie drückte auf ihr Funkgerät. »Es ist Deborah Strong. Ich wiederhole, wir haben Deborah Strong gefunden. Keine Spur von Stella Daguerre.«

Sie wandte sich wieder der Überlebenden zu. »Halten Sie durch. Wir bringen Sie nach Hause, Deborah. Hilfe ist unterwegs.« Während sie sprach, hörte sie bereits, wie sich der zweite Hubschrauber näherte. Das Wummern wurde lauter.

»Gleich ist Hilfe da, Deborah. Halten Sie durch.«

Wieder stöhnte sie. Bewegte die Beine, dann einen Arm. Erleichterung erfasste Callie. Nicht gelähmt. Der Hubschrauber kam immer näher.

»Deborah, können Sie …«

»M… mm… mein Bay… Baby. Ist m… mein Baby okay?«

Verdammt!

Callie ließ den Blick über die Beine der Frau huschen. Kein Blut. Auch keine offensichtliche Rundung des Bauchs. Callie beugte sich vor und griff nach Deborahs Hand. »Die Sanitäter sind gleich hier. Halten Sie einfach durch.«

Auf einmal tauchten sie die Scheinwerfer des Helikopters in weißes Licht. Callie winkte.

»Baby?«

»Ich sehe keine Blutung, Deborah. Wie weit sind Sie denn?«

»Zwölf Wochen. Ich … habe …« Ein Wimmern. »Es … Ewan noch nicht … gesagt.«

Allmählich verlor sie das Bewusstsein wieder. Ihre Lider flatterten. Der Puls wurde schwächer.

Callie machte Meldung. »Deborah Strong ist schwanger. Zwölfte Woche.«

»Roger. Medizinisches Personal steht in Kluhane bereit.«

Ein SAR-Mitglied wurde vom Helikopter über ihnen abgeseilt. Callie blinzelte gegen den Abwind an, der auf sie niederging, und bemühte sich, Deborahs Gesicht und ihre Augen vor dem wirbelnden Sand und dem Schutt zu schützen, der auf sie herabregnete.

»Sie sind fast da, Deborah.« Callie verwendete immer wieder ihren Namen, damit sie möglichst lange bei Bewusstsein blieb. »Die Sanitäter sind gleich hier. Sie werden Sie stabilisieren. Sie auf ein Backboard schnallen und in eine Notfalldecke wickeln. Sie wärmen Sie auf, legen Sie in eine Korbtrage und ziehen Sie rauf in den Helikopter. Im Handumdrehen sind Sie in der Klinik in Kluhane. Da kümmert man sich um Ihr Baby.«

Ein weiteres Stöhnen.

»Können Sie mir sagen, wo Stella ist? Ist sie weitergegangen? Ist sie immer noch da draußen? Hat sie sich verletzt?«

Deborah bewegte den Kopf, verzog vor Schmerz das Gesicht.

»Nicht bewegen. Sprechen Sie einfach nur, wenn Sie können. Vielleicht braucht sie unsere Hilfe, Deborah.«

»Sie … Sst… Stella … weg.«

Callie beugte sich noch tiefer über sie, um sie über den ohrenbetäubenden Helikopterlärm verstehen zu können. Der SAR-Mann war fast bei ihnen, er schwang an seinem langen Seil hin und her.

»Weg? Wo ist sie?«

»In den Fluss gefallen … ausgerutscht. Ste… Stella … weggespült. Er… ertrunken. Tot.« Deborah klapperte vor Kälte mit den Zähnen. Der SAR-Mann landete auf dem Felsvorsprung. Er machte dem Hubschrauberpiloten ein Zeichen.

Callie wich zurück. Sie drückte den Rücken gegen den Felsen, um dem Sanitäter möglichst viel Raum zu geben und auf dem Felssims Platz für die Korbtrage zu machen, die nun aus dem Helikopter herabgelassen wurde. Sie begann zu zittern, da der Adrenalinrausch allmählich abebbte. Die Nachricht, dass Stella ertrunken war, fühlte sich wie ein Schlag in den Magen an. Bis jetzt hatte Callie nicht einmal begriffen, wie groß ihre Hoffnung gewesen war, auch Stella lebend zu finden, nachdem sie Deborah hatten retten können.

Sie kämpfte darum, den Gefühlsansturm zu bewältigen, die Tränen, die plötzlich und heftig in ihr aufstiegen. Sie wusste, dass es die Erschöpfung war. Wieder fragte sie sich, wie sich Menschen wie Mason immer und immer wieder dem Tod stellen konnten. Sie selbst lebte dafür, die Vermissten lebendig zu finden.

»Alles klar?«, fragte der Sanitäter.

»Ja, ja, ich … brauche nur eine Pause.«

Ihr Funkgerät knisterte. »Mason hier für Callie«, rief er über den Lärm hinweg.

Sie amtete tief durch. »Ich höre, Mason.«

»Irgendein Hinweis auf die Waffe da unten? Auf das Gewehr?«

Sie sah sich um. Die Felszunge war immer noch in helles Licht getaucht.

»Negativ, Mason. Keine Spur von dem Gewehr.« Dann begriff sie. Wenn Deborah Strong die letzte Überlebende war, wo war dann die Waffe?

Jetzt

DEBORAH

Sonntag, 8. November

Mason Deniaud sieht mir in die Augen, während ich ihm nun erzähle, wie wir alle beim Landeanflug des Wasserflugzeugs allmählich begriffen, dass etwas nicht so war, wie es zu sein schien. Dass die Lodge von oben nicht so aussah wie auf den Luftaufnahmen in der Broschüre oder auf den Fotos der Website des Forest Shadow Wilderness Resort & Spa.

Er macht sich eine weitere Notiz in seinem Buch. Aus diesem Winkel kann ich nicht lesen, was er schreibt. Ich zwinge mich dazu, nicht zur Kamera hinaufzublicken, doch Spannung knistert am Rand meiner Gedanken, als ich den Albtraum gezwungenermaßen noch einmal erleben muss. Die Falle, das kranke Spiel, in das wir alle hineingelockt wurden.

Ich rutsche auf dem Plastikstuhl herum und lege mir die Hand auf den Bauch. Wieder überflutet mich Erleichterung bei der Erkenntnis, dass es meinem Baby gut geht. Ich kann es fast nicht glauben. Auf die Erleichterung folgt wieder Anspannung. Ich muss die Geschichte richtig erzählen.

Für dich. Jeder verdient eine Chance … einen reinen, wunderbaren Start ins Leben. Eine Chance, die ich nie hatte …

»Das war also am Montag, den sechsundzwanzigsten Oktober … das war der Morgen, an dem Sie alle beim Aufwachen festgestellt haben, dass Jackie Blunt nicht mehr da war?«

Ich befeuchte mir die Lippen. »Ja.«

Er blättert ein paar Seiten zurück und geht seine Notizen noch einmal sorgfältig durch, prüft nach, was ich beim letzten Mal gesagt habe.

»Gehen Sie es noch einmal für mich durch. Bitte.«

»Aber ich habe Ihnen doch schon gesagt …«

»Wir müssen nur ein paar Ereignisabfolgen klären, außerdem ist es für die Aufzeichnungen.«

Ich hole tief Luft und nicke. »Wir sind aufgewacht, als Steven Bodine die Treppe hochgerufen hat, dass es Kaffee für alle gibt.«

»Wir?«

Ich hebe die Hand und berühre den Verband um meinen Kopf. Die Haut darunter juckt. »Ich, Monica und Nathan – wir waren zu diesem Zeitpunkt oben in unseren Zimmern.«

»Und Steven war unten?«

»Ja. Wie ich Ihnen gesagt habe. Er hat die Treppe hochgerufen, dass er Kaffee gemacht hat …«

»Sie haben gesagt, dass er davor schon draußen gewesen ist, in den frühen Morgenstunden?«

»Ja. Mit Bart und Stella. Bart hat gesagt, dass er herausfinden wollte, wohin der Pfad führt, den er am Vortag gefunden hatte, und Stella hat gesagt, dass sie nachsehen wollte, ob sie das sabotierte Funkgerät in ihrem Flugzeug wieder reparieren könnte. Dann hat sie entdeckt, dass ihre de Havilland Beaver verschwunden war. Dass jemand die Seile durchgeschnitten hat.«

»Warum sollte jemand so etwas tun?«

Ich starre ihn an, als hätte er den Verstand verloren. »*Warum?* Sagen *Sie* es mir doch. Genau das ist die Frage, die uns alle wahnsinnig gemacht hat. Da hat es angefangen.«

»Angefangen?«

»Die Psychospielchen. Die Zweifel. Das Misstrauen. Alles in dieser Lodge war darauf ausgerichtet, uns verrückt zu machen – das Schachbrett mit den Figuren wie in diesem Roman von Agatha Christie. Dieser alte Krimi, der extra neben das Schachbrett gelegt worden war. Das böse Gedicht in dem Buch, die Andeutung, dass unsere Reise zu der Lodge ein Echo dieser Geschichte werden würde.«

»Was für eine Geschichte?«

Meine Augen werden schmal. Das weiß er genau. Trotzdem bringt er mich dazu, es auszusprechen, und dafür hasse ich ihn. In diesem Moment hasse ich ihn so sehr. Mein Kopf beginnt an der Stelle zu pochen, an der ich ihn mir angeschlagen habe.

»In dieser Geschichte werden mehrere Gäste auf eine Insel eingeladen. Es ist eine Abrechnung. Sie werden umgebracht, einer nach dem anderen. Ich habe Ihnen schon von dem Buch erzählt.«

»Erzählen Sie mir von den anderen Requisiten.«

»Da waren Messer und ein Fleischerbeil in der Küche, die Schüssel mit den Pilzen, eine Einkaufstüte mit Tooty-Pops und Eiern, ein Gemälde von einem kleinen Mädchen mit einer Waagschale in Katies Zimmer, die Flinte an der Wand, Patronen in der Schublade …« Meine Hände zittern. Ich atme schwer. Mein Blutdruck steigt. Nicht gut, nicht gut für mein Baby. Und nicht gut für mich. Das hier muss aufhören, bevor es mich krank macht. Warum tut mir Mason Deniaud das an? Warum zwingt er mich in diese Lage, obwohl *ich* hier das Opfer bin? Obwohl es meinem Baby schaden könnte? Obwohl *ich* diejenige bin, die Mitgefühl braucht?

»Wann genau ist Ihnen aufgefallen, dass Jackie Blunt verschwunden war?«

»Als Jackie an dem Morgen nicht wie wir alle beim Kamin aufgetaucht ist, um sich ihren Kaffee zu holen. Als Stella uns zusammengerufen hat, um uns zu erzählen, dass das Flugzeug weg war und die Seile durchgeschnitten worden waren.«

Er lässt mich nicht aus den Augen. Wieder huscht mein Blick zur Kamera, ich kann nicht anders. Er sieht es, und es scheint ihn zu interessieren. Er macht mich nervös. Ich muss hier raus. Es kommt mir vor, als würden die Wände näher rücken. Nachdem ich dort draußen im Wald und in den Bergen gewesen bin … kommt mir dies hier vor wie eine Zelle, ein Gefängnis. Mit einem Dach drauf – wie der Deckel auf einer Kiste.

Ich will nicht an Zellen denken und auch nicht an Gefängnisse.

In Gedanken summe ich eine kleine Melodie vor mich hin, so wie es mir meine Therapeutin geraten hat, um negative Gedanken auszublenden.

Weißt du, wie viel Sternlein stehen an dem blauen Himmelszelt … Das werde ich dir vorsingen, mein Baby. Wir besorgen uns eine von diesen hübschen alten Wiegen, die man schaukeln kann. Wir werden all die schönen Dinge haben, die es in meiner Familie nie …

»Was genau ist mit Jackie Blunt passiert?«, fragt er.

»Ich weiß es nicht.«

Seine Augen werden etwas schmaler. Er hält meinen Blick. *Er misstraut dir … Weißt du, wie viel Sternlein stehen …*

»Da war Blut auf dem Dock. Es hat jedenfalls wie Blut ausgesehen.« Wider besseres Wissen fülle ich die Stille mit Worten. »Wir haben uns Sorgen gemacht, sie könnte verletzt worden sein. Wir haben einen Suchtrupp organisiert. Aber mein Knöchel hat immer noch wehgetan, weil ich am Tag davor auf dem Dock ausgerutscht bin, und außerdem war mir schlecht wegen der Schwangerschaft, also bin ich in der Lodge geblieben.«

»Wo?«

»In meinem Zimmer oben. Die anderen sechs haben sich zu Paaren zusammengetan. Stella mit Monica. Steven mit Bart. Nathan mit Katie.«

»Und dann?«

»Ich bin eingeschlafen. Irgendwann habe ich jemanden in die Lodge zurückkommen gehört.«

»Wann?«

»Ich bin mir nicht sicher. Ich bin mehrmals aufgewacht und wieder weggedämmert.«

»Wer war es?«

»Zwei von ihnen sind zurückgekommen. Monica und Katie. Ich … ich glaube, Katie war die Erste. Alle hatten Angst. Sie hatten Schüsse gehört. Ein Lufthorn im Wald. Ich habe das Horn und die Schüsse auch gehört, vom Haus aus. Ich kann mich nicht mehr genau an die Reihenfolge erinnern – wer zuerst zurückgekommen ist und ob die Schüsse vor dem Lufthorn zu hören waren.«

»Wie viele Schüsse?«

»Zwei. Ich hatte schreckliche Angst. Wir alle. Wir haben uns in unseren Zimmern eingeschlossen.«

»Getrennt voneinander?«

»Ja.«

»Anstatt zu helfen?«

»Sie müssen das verstehen, wir hatten Angst vor*einander*. Wir wussten nicht, ob dort draußen irgendjemand war, der diese ganzen Dinge in der Lodge zurückgelassen und die Figuren geköpft hatte, oder ob es einer von uns war. Dann ist Stella zurückgekommen. Sie sah furchtbar aus. Voller Blut und Schlamm. Sie hat mir gesagt, dass jemand Bart umgebracht hat.«

»Wo waren Monica und Katie zu diesem Zeitpunkt?«

»Immer noch in ihren Zimmern.«

»Hat Stella gesagt, wie Bart Kundera umgebracht worden ist?«

»Nein. Nur dass Steven, Nathan und sie ihn zurückbringen würden. Sie wollte nach einer Plane und nach Seilen suchen, damit sie ihn hinter sich herziehen konnten.«

»Warum wollten sie ihn zurückbringen?«

»Ich weiß es nicht.« Die Erinnerung an das, was ich durch das Küchenfenster beobachtet habe, treibt durch meine Gedanken – die drei Gestalten, die im flackernden gelben Licht im Schuppen arbeiten wie wilde Kreaturen, wie Hexen. Barts Körper, der in die Truhe fällt. Ich räuspere mich. »Ich habe gesehen, wie sie ihn in die Gefriertruhe gehievt und dann den Generator eingeschaltet haben. Dann haben sie eine Flasche Whiskey herumgehen lassen.«

»Warum haben sie das getan?«

»Ich weiß es nicht. Ich nehme an, sie wollten sich irgendwie beruhigen, und dann hat einer von ihnen die Flasche gefunden.«

»Nein, ich meine, warum haben sie Barts Leiche in die Gefriertruhe gelegt und den Generator eingeschaltet?«

Ich starre ihn an. Soll das ein Scherz sein? Wonach sucht er in mir?

Langsam sage ich: »Um die Leiche zu kühlen. Um sie zu konservieren.«

»Zu konservieren.«

»Ich … ich glaube, Steven hat etwas davon gesagt, dass die Leiche für die Polizei erhalten bleiben müsste. Weil es ein Mord war, und sie wollten die Beweise für die Polizei sichern.«

»Dann haben sie also gehofft, dass Hilfe kommen würde? Sie wollten nichts verbergen?«

»Jeder dort hatte etwas zu verbergen. Jeder dort war ein Lügner.«

»Auch Sie?«

»Jeder lügt. Wir alle. Sogar Sie.«

Seine Finger zucken. Er weiß, dass ich recht habe.

»In welcher Hinsicht haben Sie gelogen, Deborah? Welche Geheimnisse haben Sie zu verbergen?«

Ich sehe weg, werde noch nervöser, angespannter. Ich erkenne, was er da tut. Irreführung. Ein Taschenspielertrick. Er versucht mich hereinzulegen. Mich, ein unschuldiges Opfer. Ich spüre, wie Abwehrmauern um mich herum emporwachsen.

»Ich habe Durst.«

»Wasser, Saft, Kaffee, Tee?«

»Wasser.«

»Okay.« Er steht auf, öffnet die Tür. Bittet Hubb, die direkt vor der Tür wartet, darum, uns zwei Gläser Wasser zu bringen.

Sie tut, worum er sie gebeten hat, und reicht ihm zwei volle Gläser. Er kommt zurück ins Zimmer und stellt ein Glas vor mir ab, dann kehrt er mit dem zweiten Glas an seinen Platz zurück. Er setzt sich, trinkt einen Schluck. Stellt das Glas ab.

»Und Katie Colbourne?«, fragt er.

»Was ist mit Katie?« Ich nippe an meinem Wasser.

»Wann haben Sie sie gefunden?«

Noch ein Schluck, dann setze ich das Glas ab. Er sieht, dass meine Hand zittert. Ich hasse ihn. Ich hasse die Detectives, die aus dem Nebenraum zusehen. Aber ich verstehe, sie müssen wissen, was passiert ist. Das ist ihr Job. Und ich muss es ihnen sagen. So gut ich kann. Die anderen haben Hinterbliebene. Menschen, die sie geliebt haben und diesen Abschluss brauchen. Wenn ich ihnen genug sage, dann lassen sie mich vielleicht in Ruhe. Dann werde ich frei sein.

»Nachdem Nathan, Stella und Steven wieder hereingekommen sind, habe ich ein paar Dosen Eintopf aufgewärmt und die Schüsseln auf einem Tablett zum Kaffeetisch vor dem Kamin gebracht. Da haben wir gesehen, dass noch eine Figur umgeworfen und geköpft worden war.«

»Haben Sie in der Küche, als Sie das Essen zubereitet haben, irgendwelche Pilze gesehen?«

»Nein. Da war nichts.«

Er macht sich eine Notiz in seinem Buch.

»Was ist passiert, nachdem Sie gesehen haben, dass die Figur geköpft worden war?«

»Nathan hat sofort daran gedacht, dass Monica etwas passiert sein könnte – sie war nicht da. Wir sind ihm alle nachgelaufen.«

»Ihr Knöchel war zu diesem Zeitpunkt wieder in Ordnung?«

»Ich … ich denke schon. Es ging immer besser damit. Monica ist aus ihrem Zimmer gekommen, ganz zerzaust und verwirrt. Da haben wir es alle gleichzeitig begriffen. Katie Colbourne. Sie war nicht bei uns.« Ich greife nach meinem Glas und trinke noch einen Schluck. »Die Männer haben die Tür aufgebrochen, und … und wir haben sie gefunden.«

»Beschreiben Sie das.«

»Sie hing an einem Seil vom Deckenbalken. Das Seil war um ihren Hals gebunden. Sie war tot.«

»Was ist mit ihrem Camcorder passiert? Sie hat die ganze Reise gefilmt – im Krankenhaus haben Sie erwähnt, dass Katie immer gefilmt hat. Sie war in die Lodge eingeladen worden, weil sie angeblich die Reise dokumentieren sollte.«

Ein Kälteschauer jagt durch meinen Körper. »Ich … ich weiß nicht, was aus ihrer Kamera geworden ist.«

»War sie wasserfest? Klein?«

»Die Kamera? Ob sie wasserfest war, weiß ich nicht. Klein war sie, ja.«

Er macht sich eine weitere Notiz und sieht dann auf. »Gehen wir noch einmal den Moment durch, in dem Sie gemeinsam beschlossen haben, die Lodge zu verlassen. Bei unserem

Gespräch im Krankenhaus haben Sie gesagt, dass Sie darüber diskutiert haben, ob Sie gehen oder im Schutz der Lodge bleiben sollten.«

»Steven wäre gestorben. Er hatte offenbar giftige Pilze gegessen. Sie waren als eine Art Hinweis zurückgelassen worden, als eine Warnung.« Ich reibe mir über den Mund. »Es war grausam, Psychoterror. Nathan wusste natürlich genau, was das für Pilze waren. Er hat gesagt, dass er wüsste, wie das Gift wirkt, die Pathogenese hat er es, glaube ich, genannt. Er meinte, Steven würde ohne medizinische Hilfe innerhalb von zwei Wochen sterben. Wahrscheinlich hätte er es nicht ohne eine Lebertransplantation schaffen können.«

»Bevor Sie aufgebrochen sind, wurde eine Nachricht in einem Notizbuch verfasst«, sagt er. »Darin stand, wohin Sie unterwegs waren.«

»Monica hat die Nachricht geschrieben. Wir haben sie alle unterzeichnet.«

»Die Seite wurde aus dem Buch gerissen – irgendjemand hat diese Nachricht mitgenommen.« Er hält meinen Blick.

»Das ... das wusste ich nicht.«

»Wer könnte das getan haben?«

»Ich ... Stella war die Einzige, die noch einmal ins Haus zurückgekehrt ist, nachdem wir hinausgegangen waren. Sie hat gesagt, sie hätte etwas vergessen. Sie muss die Nachricht mitgenommen haben. Sie wollte, dass wir alle sterben. Sie wollte nicht, dass Hilfe kommt.«

Er mustert mich einen Moment lang. »Als Stella also zurück in die Lodge gegangen ist, könnte sie auch Katie Colbournes Kamera an sich genommen haben?«

Mir ist übel. Ich brauche Luft. Ich weiß nicht, warum er die Richtung der Befragung geändert hat. Die Polizei muss doch bereits wissen, wer Stella wirklich war – dass sie Estelle Marshall war. Sie müssen wissen, was mit ihrem kleinen Sohn passiert ist. Ich habe Angst. Er nähert sich Stellas Motiv – dem Grund, warum sie uns dort hinausgelockt hat. Dem, was wir vor vierzehn Jahren getan haben.

Vorsicht. Es kommt. Vergiss nicht, dass du nicht auf die Weise schuldig bist wie die anderen. Du hast Ezekiel Marshall nicht getötet. Du warst damals ein Opfer der Umstände. Du hattest Angst. Du warst jung. Du musst ihm jetzt so viel sagen, wie du kannst. Du musst so nah an der Wahrheit bleiben, wie du es wagst, sonst wird Ewan erfahren, dass du im Gefängnis gesessen hast. Dein Baby, dein Kind, wird im Schatten dieser Tatsache aufwachsen müssen. Ewan wird dich vielleicht nicht heiraten …

»Ich denke, sie könnte sich die Kamera geholt haben.«

»Warum hätte sie das tun sollen?«

Ich runzle die Stirn. »Weil Katie die ganze Reise gefilmt hat. Es könnten Beweise unter den Aufnahmen sein.«

Er nickt langsam. Er achtet auf meinen Mund, meine Körpersprache. Wieder höre ich ein Wispern in mir.

Er traut dir nicht. Er sucht nach etwas, das dich verrät. Sei vorsichtig.

»Wer hat Steven die Pilze gegeben?«

»Stella.«

»Hat sie das gestanden?«

Ich schlucke und nicke. »Ja, sie … sie hatte die Gelegenheit dazu. Die Schüsseln standen unbeobachtet unten auf dem Tisch. Dann hat sie einer von uns wieder aufgewärmt. Es … Ja, es war Stella, die das Essen wieder warm gemacht hat. Jetzt fällt es mir wieder ein.«

Er lehnt sich zurück und betrachtet mich bedächtig. Er lässt seinen Kugelschreiber klicken. *Klick klick klicketi-klick klick.*

Das Herz hämmert mir gegen die Rippen. So laut, dass er es sicher hören kann.

»Wann haben Sie herausgefunden, wer Stella Daguerre wirklich war, Deborah?«

Er weiß einiges. Er stellt mir Fragen, deren Antworten er zum Teil schon kennt. Pass auf.

Schweiß prickelt auf meiner Oberlippe.

»Als wir die Lodge verlassen haben, wussten wir alle fünf, dass Stella Daguerre in Wahrheit Estelle Marshall war – die Mutter des kleinen Jungen, der vor vierzehn Jahren bei einem Unfall mit Fahrerflucht getötet wurde. Ich glaube, Monica war die Erste, die sie erkannt hat, obwohl Stella ganz anders ausgesehen hat als früher. Monica hat gesagt, sie hätte sie an den Augen erkannt – sie hatte Stella in den Nachrichten gesehen. Stella hat die Zuschauer angefleht, sich doch zu melden, falls sie etwas über den blauen BMW wüssten, der ihren Sohn getötet hat.« Ich zögere.

Tu es. Du musst es ihm sagen. So viel Wahrheit, wie du dich traust.

»Es war Monicas BMW.«

Er blinzelt nicht einmal. Er weiß es. Natürlich weiß er es. Aber woher? Oder vielleicht hat er es auch nicht gewusst. Er spielt mit mir.

Schweiß sammelt sich zwischen meinen Brüsten und rinnt herab. Ich kann meine eigene Angst riechen.

»Und ich …« Meine Stimme wird heiser. Ich greife nach meinem Glas, trinke zwei gierige Schlucke. Dann stelle ich das Glas ab. Zittrig. Ich räuspere mich. »Von da an ist alles nach und nach herausgekommen. Dass Steven der Fahrer war. Dass Monica auf dem Beifahrersitz saß. Dass sie eine Affäre hatten.«

»Ach, ja?«

Ich sehe ihn an. »Ja. Nathan McNeill hat Monica dabei geholfen, alles zu vertuschen – den Unfall. Er hat den kaputten BMW zu Bart Kundera gebracht, der ihn unter der Hand repariert und es den Behörden gegenüber verschwiegen hat. Obwohl überall nach Zeugen gesucht wurde, die etwas über einen BMW mit einem Schaden vorne wussten.«

»Dann hat also Stella das alles geplant? Sie hat die falschen Einladungen verschickt und Sie in die Lodge gelockt?«

»Sie hat es zugegeben. Auf dem Weg.«

»Wer hat ihr geholfen, Deborah? Sie muss Hilfe gehabt haben.«

»Ich weiß es nicht.«

»Wie ist es dazu gekommen, dass Stella Ihnen das enthüllt hat?«

Ich hole tief Luft. Meine Gedanken jagen in den dunklen Bau meiner Erinnerungen hinab, zu den schrecklichen Ereignissen vor meinem Sturz in die Schlucht.

»Monica hat auf dem Weg irgendwann die Nerven verloren«, antworte ich vorsichtig. »Wir waren hungrig, müde. Steven ging es immer schlechter. Nathan war verletzt. Der Regen wollte einfach nicht aufhören und es war kalt. Wir haben die Wölfe gehört, die uns verfolgt haben. Nachts ist ihr Heulen immer näher gekommen. Wir würden sterben. Wir haben es gewusst. Wir würden nicht lebend da rauskommen. Da hat Monica es einfach gesagt – sie hat es zu Stella gesagt, am Lagerfeuer. Dass es ihr leidtut. Sie hat gesagt, es täte ihr so furchtbar leid, dass Steven und sie ihren kleinen Jungen überfahren und sich nie gestellt haben. Sie wollte nicht sterben, ohne Stella zu sagen, dass es ihr leidtut. Dann ist ein schlimmer Streit ausgebrochen. Steven hat Monica angebrüllt, dass sie verdammt noch mal die Klappe halten soll. Nathan hat sowohl Monica als auch Steven angeschrien, weil sie es ausgesprochen haben, und so ist alles herausgekommen. Alles. Stella hatte das Gewehr. Sie hat auf uns gezielt, sie hat gesagt, sie würde uns auf der Stelle erschießen, wenn wir ihr nicht *alle* in die Augen sehen und ihr sagen, dass es uns leidtut.«

»Ist das passiert, nachdem Sie die Klamm überquert hatten?«

Ich bin verwirrt. Ich versuche mich daran zu erinnern, was zuerst gekommen ist. Was danach. Wieder spüre ich das

Entsetzen. Und ich begreife, dass er die Taktik gewechselt hat. Weil er mich nämlich nicht gefragt hat, wie *ich* mit dem Unfall und der Fahrerflucht in Verbindung stehe. Warum *ich* mich bei Stella entschuldigen sollte. Oder wie Jackie Blunt, Bart Kundera, Katie Colbourne und Dan Whitlock darin verwickelt waren.

Er weiß es, gottverdammt, er weiß es.
Diese Polizisten im Nebenraum wissen es.
Du trägst keine Schuld. Bleib nah bei der Wahrheit, dann kannst du immer noch entkommen. Denk an Ewan … an zu Hause …

Doch Panik vibriert am Rand meines Verstands. Ich befinde mich auf dünnem Eis. Mein Mund ist ganz trocken. Mein Puls rast. *Konzentrier dich. Konzentrier dich einfach.*

»Ja. Das war, nachdem wir die Klamm überquert hatten.« Ich denke noch einen Moment nach. »Nathan hat sich am Bein verletzt, als wir über die Stammbrücke geklettert sind. Sein Fuß ist zwischen zwei Stämmen hängen geblieben. Er hat sich das Bein verdreht und zerschnitten. Steven hat gesagt, es könnte gebrochen sein. Steven hat es verbunden und geschient, sobald wir auf der anderen Seite waren, und wir haben Nathan den Wildpfad entlang in den Wald hinaufgeholfen. Wir sind nur sehr langsam vorangekommen, mussten immer wieder stehen bleiben. Nathan hat Fieber bekommen. Und Steven ging es auch schlechter. Seine Augen und seine Haut waren schon ganz dunkelgelb. Er ist schnell schwächer geworden. Er hat gezittert, ihm war abwechselnd heiß und kalt.« Ich greife nach meinem Glas und trinke das Wasser aus.

»Und dann?«, hakt Sergeant Deniaud nach. Sein Blick ist freundlich, aber er ist Polizist. Gerade spielt er eben den guten Cop. Während uns die anderen hinter der Kamera beobachten und mich prüfen.

»Dann haben wir die Wölfe gehört. Wir dachten, sie würden uns deshalb verfolgen und immer mehr einkreisen, weil sie spüren konnten, dass wir schwächer wurden. Wir hatten Angst. Nichts mehr zu essen. Es wurde immer kälter. Beim Überqueren der Klamm waren wir nass geworden. Schließlich sind wir zu einer flachen Stelle in einem alten Teil des Waldes gekommen. Das Laubdach war so dicht, dass es darunter etwas trockener war, ein bisschen wärmer und geschützter vor dem Wind und dem Regen. Wir haben sogar ein Feuer zustande gebracht. Zwei Tage lang sind wir dortgeblieben. Unter diesen Bäumen sind wir alle verrückt geworden. Wir sind zu wilden Tieren geworden. Wir haben uns gegeneinander gewandt. Irgendwann hat es Monica nicht mehr ausgehalten. Und dann ist Stella durchgedreht, sie hat uns mit dem Gewehr bedroht und gesagt, dass wir alle dafür büßen sollten und dass wir uns entschuldigen müssten. Sie hat gesagt, dass sie uns in die Lodge gelockt hat, damit wir da draußen sterben. Sie hat alles zugegeben.«

»Alles?«

Ich blinzle. Ich bin nicht sicher, was er will.

»Sie … Ja, sie hat zugegeben, dass sie Jackie Blunt umgebracht hat …«

»Dann wissen Sie also, dass Jackie Blunt tot ist?«

Panik. »Ich … Na ja, das hat Stella jedenfalls behauptet.«

»Und wie hat sie Jackie getötet?«

»Mit einem Messer, das sie aus Bart Kunderas Zimmer gestohlen hatte. Sie hat es Jackie in den Hals gerammt.« Ich halte inne. »Zweimal. Sie hat gesagt, sie hat zweimal zugestochen.«

Er hält meinen Blick.

Ich lege mir die Hand auf den Bauch.

»Was hat Stella sonst noch gestanden?«

»Dass sie das Flugzeug losgeschnitten hat. Dass sie Bart Kundera mit dem Fleischerbeil getötet hat. Dass sie die Pilze von der Insel mitgebracht hat, auf der sie gelebt hat. Dass sie die

Schale mit den Pilzen auf den Tresen gestellt hat, damit Nathan sie sieht und uns mit seinem Wissen Angst machen kann. Sie hat das Schachbrett auf dem Tisch platziert, und sie hat die Figuren geköpft. Sie hat das Gemälde in Katies Zimmer gehängt. Das Gedicht – das hat sie geschrieben. Sie hat das Buch dorthin gelegt.« Ich verstumme. Mein Blut dröhnt mir in den Ohren.

»Was ist mit Katie Colbourne?«

Ich nicke. »Ja. Sie hat Katie erhängt – sie hat gesagt, dass sie Katie erhängt hat.«

»Das muss schwer gewesen sein.«

Ich fange an zu zittern. Tief in meinem Innern. »Sie … sie hat gesagt, dass sie Katie dazu gezwungen hat, auf einen Stuhl zu steigen. Sie hat sie mit einem Messer bedroht. Sie hat gesagt, dass sie sonst ihrer Tochter etwas antun würde.«

»Wie? Womit genau hat Stella gedroht?«

»Das hat sie uns nicht gesagt.«

Er legt den Kopf etwas schief. »Dann hat Stella also allen erzählt, dass sie diese Dinge getan hat.«

Ich nicke.

»Und dann?«

»Dann hat sich Steven auf sie gestürzt, er wollte ihr das Gewehr wegreißen.«

»Was ist dann passiert?«

»Sie hat auf ihn geschossen.«

»Wo hat sie ihn getroffen?«

Ich hole tief Luft, Erinnerungen schneiden durch mein Gehirn. Ich zucke zurück, als ich die Schüsse noch einmal höre. Meine Augen füllen sich mit Tränen.

»Es tut mir leid, Deborah. Ich muss Sie das fragen.«

Ich nicke, lecke mir über die Lippen. »Im Gesicht – sie hat ihm direkt ins Gesicht geschossen. Dann noch einmal, in die Brust. Nathan hat versucht, rückwärts davonzukrabbeln, weg von ihr. Er hatte am nächsten beim Feuer gesessen. Ihn hat sie auch erschossen. Durch den Hals.« Ich räuspere mich. »Monica ist zwischen die Bäume geflohen. Sie ist gerannt, gestolpert, sie hat geschrien, und Stella hat noch einmal geschossen. Auf ihren Rücken. Monica ist gestürzt, und …« Meine Stimme bricht. Mit zitternden Fingern wische ich mir eine Haarsträhne aus dem Gesicht. »Monica ist weitergekrochen, weinend, in den Wald. Ich … ich habe nicht einmal überlegt. Ich habe einen Stein aufgehoben, der neben dem Feuer lag, und Stella damit auf den Kopf geschlagen.« Ich schlucke. »Fest.«

Die Zeit vertickt langsam. Mir ist heiß, meine Haut ist heiß. So heiß.

»Und dann?«

»Dann bin ich losgerannt. Weg. Ich habe sie da liegen lassen und bin einfach weggerannt.«

»Wo ist das Gewehr?«

Ich blinzle.

»Stella ist auf das Gewehr gefallen. Ich dachte, ich hätte sie umgebracht. Ich war in Panik, ich bin einfach immer weitergerannt, aber sie war nicht tot. Sie ist aufgestanden und mir nachgelaufen, mit dem Gewehr. Sie hat mich gejagt. Ich habe sie hinter mir gehört, nachdem ich schon ein ganzes Stück weit weg war. Sie war schneller als ich. Sie hat mich eingeholt. Dann sind wir zum Fluss gekommen.«

»Hat sie auf Sie geschossen, während Sie gerannt sind?«

»Ich … ich weiß es nicht.«

Denk nach. Denk genau nach, Deborah. Eine Waffe mit Kammerverschluss. Vier Patronen plus einer in der Patronenkammer, das macht zusammen fünf Schuss. Vier Schüsse wurden im Wald abgegeben. Zwei auf Steven, einer auf Nathan, einer auf Monica. Dort müssen Patronenhülsen liegen. Insgesamt vier Stück. Also bleibt noch eine Kugel in der Waffe, als Stella dich verfolgt hat …

»Nein. Ich glaube nicht. Vielleicht doch, aber ich war vollkommen panisch. Ich kann mich nicht daran erinnern, einen Schuss gehört zu haben.«

»Und als Sie am Fluss waren?«

»Da hatte sie mich eingeholt. Sie ist hinter mir in den Fluss gewatet.«

»Hat sie geblutet?«

Ich nicke. »Am Kopf, wo ich sie mit dem Stein getroffen hatte. Das Blut ist ihr über das Gesicht gelaufen, in ihre Augenhöhlen, vermischt mit dem Regen. Sie sah aus wie ein wildes Tier. Sie hat mich gepackt, und ich bin ins Wasser gestürzt. Wir haben gekämpft, und ich konnte ihr das Gewehr wegreißen. Ich … ich habe auf sie geschossen.«

Er blinzelt nicht. »Haben Sie sie getroffen?«, fragt er ruhig.

»Ja, in die Schulter. Glaube ich.«

»Was ist dann passiert?«

»Sie … Stella hat aufgehört zu kämpfen. Sie hat sich die Hand auf die Schulter gedrückt und ist gestolpert. Die Strömung war stark – das hat sie aus dem Gleichgewicht gebracht. Sie ist gestürzt. Ins Wasser. Ich …« Tränen laufen mir über das Gesicht. Ich kann nicht mehr sprechen.

Er schiebt mir eine Packung Taschentücher hin. Ich ziehe eines heraus und schnäuze mich.

»Lassen Sie sich Zeit.«

Ich nicke. Putze mir noch einmal die Nase. »Ich … habe gesehen, wie sie auf dem Wasser getrieben ist. Mit dem Gesicht nach unten. Ihre Haare sind ihr um den Kopf geschwommen. Da war Blut im Wasser um sie herum. Der Fluss hat sie mitgerissen. Schnell. In die Richtung, aus der das Rauschen der Stromschnellen gekommen ist. Oder vielleicht war es auch ein Wasserfall. Ich glaube, es muss ein Wasserfall gewesen sein. Ich war … ich konnte nicht denken. Ich habe das Gewehr gehalten und bin auf der anderen Seite aus dem Fluss geklettert. Ich bin einfach weitergerannt. Überall war dichter Nebel. Ich … ich habe nicht einmal gesehen, dass da eine Schlucht war. Ich bin gerannt, durch die Büsche, und dann war da plötzlich kein Boden mehr unter meinen Füßen.«

Schweigend betrachtet er mich. Es kommt mir vor wie eine Ewigkeit. Ein schrilles Summen setzt in meinem Kopf ein.

Er beugt sich vor und fragt leise: »Warum hat Stella Sie dorthin gelockt, Deborah? Wofür sollten Sie sich entschuldigen?«

Das ist es. Das ist der Moment.

»Ich habe den Unfall mitangesehen, bei dem ihr Kind gestorben ist.«

Er hält meinen Blick.

»Ich habe mich nie gemeldet«, fahre ich fort. Das Summen wird lauter. »Ich hatte Angst davor, mit der Polizei zu sprechen. Ich war eine Prostituierte, und mein Zuhälter hat mich an Straßenecken aufgestellt. Ich war minderjährig. Er hat gesagt, wenn wir – ich oder eines der anderen Mädchen – jemals, jemals mit der Polizei über irgendetwas sprechen, dann würde er uns umbringen. Wir haben ihm geglaubt. Eines der Mädchen war gerade tot aufgefunden worden, als er das gesagt hat. Sie hatte über irgendetwas mit der Polizei gesprochen.«

»Dann waren Sie also die vermisste Zeugin, die den Unfall gesehen und den Rucksack des Jungen mitgenommen hat?«

Ich sage nichts. Jetzt zittere ich am ganzen Körper.

»Haben Sie den Rucksack mitgenommen, Deborah? Den Rucksack, den nach Stellas, oder Estelles, Aussage jemand gestohlen hat?«

Ich nicke.

»Warum?«

»Ich habe damals dringend Geld gebraucht. Ich dachte, es könnte etwas Wertvolles drin sein. Ein iPad zum Bespiel.«

»War eines drin?«

Da fällt mir ein, dass es vor vierzehn Jahren vielleicht noch gar keine iPads gegeben hat. Die Angst schließt sich um meine Eingeweide. *Vorsicht. Vorsicht.*

»Nein. Nur ein Teddybär und ein Märchenbuch.«

Er hat nicht nach dem Nummernschild gefragt, also lasse ich es unerwähnt. Dass ich das Nummernschild genommen habe, würde mich noch schlechter dastehen lassen. So, als hätte ich wirklich etwas in der Hand gehabt, wodurch man dieses Verbrechen hätte aufklären können.

»Sie werden eine Aussage über jenen Tag machen müssen, Deborah. Ist das in Ordnung für Sie? Sie werden mit der Polizei in Vancouver sprechen müssen.«

»Wird man mich bestrafen?«

»Das Beste, was Sie jetzt tun können, ist, die ganze Wahrheit zu sagen, Deborah. Es wird leichter für Sie werden, wenn Sie das tun.«

Bebend hole ich Luft und reibe mir über den Arm. Er fragt mich immer noch nicht nach dem Nummernschild. Also hat die Polizei vielleicht nie erfahren, dass es vom BMW gefallen ist und vom Tatort entfernt wurde. Deshalb schweige ich.

»Was ist mit Jackie Blunt, Dan Whitlock, Katie Colbourne, Bart Kundera – warum hat Stella sie in die Lodge gelockt? Hat sie das gesagt?«

»Ja. Dan Whitlock war der Privatdetektiv, den Stevens Anwalt damit beauftragt hat, mich zu finden. Dan Whitlock hat wiederum Jackie Blunt angeheuert, damit sie mich bezahlt und bedroht. Jackie Blunt hat mich dazu gebracht, die Stadt zu verlassen. Katie Colbourne hat über die Story berichtet und Stellas frühere psychische Probleme ausgegraben. Stella hat Katie die Schuld daran gegeben, dass sie ihren Ehemann verloren hat und ihre Arbeit. Sie hat Katie dafür verantwortlich gemacht, dass sich die ganze Welt gegen sie gewandt, sie eine schlechte Mutter genannt und sie beschuldigt hat, ihren eigenen Sohn auf dem

Gewissen zu haben.« Schweigend sitze ich eine Weile da. »Sie hat alles verloren. Einfach alles.«

»Tut sie Ihnen leid?«

Wieder füllen sich meine Augen mit Tränen. Ich nicke.

»Obwohl sie versucht hat, Sie umzubringen.«

»Ich … ich weiß nicht, was ich tun könnte, wenn jemand versuchen würde, meinem Baby, meinem Kind etwas anzutun. Wenn man mir die Schuld geben würde …« Ich verstumme.

»Wie hat Stella Sie alle gefunden?«

»Ich weiß es nicht. Das hat sie nicht gesagt. Bitte, Sergeant Deniaud, Sie müssen meinem Verlobten doch nicht sagen, dass ich im Sexgewerbe gearbeitet habe, oder? *Bitte.* Ich … Unser Baby. Wir wollen heiraten, und wir bekommen dieses Kind, und ich möchte einen Neuanfang. Ich bin über dieses frühere Leben hinweggekommen. Ich habe gebüßt, Sergeant. Ich habe gearbeitet wie verrückt, und das musste ich auch, um da rauszukommen. Ich habe mein eigenes Unternehmen gegründet und meine eigenen Leute eingestellt, weil …« Ich halte inne.

Konzentrier dich.

»Bitte«, sagte ich dann einfach.

Wieder lässt er seinen Kugelschreiber klicken. *Klick klick klick klick.*

»Ist das der Grund, warum Sie Ihren Namen geändert haben?«

Furcht packt mich. Ich versuche zu schlucken.

»Ja.«

»Katarina Vasiliev«, sagt er ruhig.

In meinem Innern wird es eiskalt. Der ganze Mist, diese verfluchte Finsternis erhebt sich wie schwarze Tinte, die man in ein Gefäß voll Wasser gießt. Das Gefäß ist mein Körper, und die Schwärze steigt in wirbelnden Tentakeln auf, erfüllt mich ganz, krabbelt wie eine Spinne in mein Hirn.

»Ich wollte einen Neuanfang«, flüstere ich.

Er blättert in seinem Notizbuch. Er liest eine Schlagwortliste vor. »Sie stammen ursprünglich aus Alberta. Drei ältere Brüder. In den Polizeiakten steht, dass man Ihren mittleren Bruder ermordet an einem Feldweg gefunden hat, nicht weit vom Land Ihrer Familie entfernt. Ermittlungen wurden eingeleitet, aber der Fall konnte nie abgeschlossen werden.«

Ich schlucke, sage nichts. Mein Hass auf diesen Mann ist mit einem Mal grenzenlos. Ich habe einen widerlichen, bittern Geschmack im Mund.

»In den Akten steht auch, dass Sie Ihren Bruder acht Monate vor seiner Ermordung der Vergewaltigung beschuldigt haben. Sie haben dem zuständigen Ermittler gegenüber ausgesagt, dass auch Ihr eigener Vater sowie ein weiterer Bruder Sie sexuell missbraucht haben. Dass es nach dem Tod Ihrer Mutter begonnen hat, als Sie vierzehn Jahre alt gewesen waren.«

Ich schweige. Das Monster in mir erhebt sich. Groß und schwarz. Mit Reißzähnen. Schrecklichen Reißzähnen.

»Ihr Vater und Ihre Brüder haben Sie großgezogen …«

»Das haben sie nicht!« Ich schlage mit der flachen Hand auf den Tisch. »Ich habe mich selbst großgezogen, verdammte Scheiße!«

Er sieht mich an.

Beruhig dich. Beruhig dich, verdammt.

»Sie haben Sie missbraucht, Katarina. Nicht wahr? Zumindest zwei Ihrer Brüder und Ihr Vater. In der Schule ein stilles, nervöses Mädchen. Keine richtigen Freunde, weil Sie aus einer seltsamen Familie stammten. Die anderen haben sich in der Schule über Sie lustig gemacht.«

Ich zittere innerlich.

»Sergeant Gord Fielding, der leitende Ermittler im Forest-Lodge-Fall, hat mit dem Detective im Ruhestand gesprochen, der damals den Mord an Ihrem Bruder untersucht hat. Er meinte, dass es ein wirklich trauriger Fall war. Jahrelang hat ihm das zu schaffen gemacht. Niemand hat Ihnen geholfen. Sie haben auf einer entlegenen Farm gelebt, mit Ihrem Vater und drei älteren Brüdern. Brutale, kalte Winter. Isoliert. Arm. Sie haben von der Hand in den Mund gelebt. Ihr Vater war Alkoholiker. Nur Sie und diese Männer. Ihre Mutter tot, niemand, der Sie beschützen konnte.«

Finster starre ich ihn an.

Sei still. Sei still. Sag nichts.

Er wirft einen Blick auf seine Notizen. »Boris Vasiliev hieß Ihr Bruder. Dreiundzwanzig Jahre alt, als man ihn mit einem Handbeil im Nacken gefunden hat. Genau am Übergang zwischen Hals und Schädel. Man hat seine Leiche neben dem Feldweg entdeckt, zehn Tage nachdem er eines Abends nicht nach Hause gekommen war.« Er hielt inne. »Der Mord wurde nie aufgeklärt, nicht wahr?«

»Nein.«

»Haben Sie eine Ahnung, wer das getan haben könnte?«

»Er hatte viele Feinde.«

»Sie haben ihn nicht gemocht.«

»Er hat mich vergewaltigt.«

Er nickt nachdenklich. »Sie können auch jagen wie ein Profi. Erlegtes Wild aufbrechen. Sie kennen sich mit Waffen aus. Sie waren es, die früher die Schweine auf der Farm schlachten musste. Wie ich höre, waren Sie im Axtwerfsport ein großes Talent. Ist das so ähnlich, als würde man ein Fleischerbeil werfen?«

Mein Mund wird noch trockener.

»Ich ... ich weiß nicht.«

Er wartet.

Ruhig. Ganz ruhig. Bleib ruhig. Du bist Deborah. Du hast das Recht auf ein gutes Leben. Du hattest ein Recht darauf, deinen Namen zu ändern. Du musst dich nicht mehr über deine Vergangenheit definieren lassen.

»Sergeant, ich hatte eine sehr, sehr schwere Kindheit. Ja, ich habe getan, was ich tun musste, um zu überleben.«

»Das hat auch der pensionierte Officer gesagt. Nach dem Mord haben Sie Ihr Elternhaus verlassen. Im Alter von fünfzehn Jahren.«

»Ich bin nach Vancouver gegangen. Fast sofort habe ich dort einen Mann kennengelernt, von dem ich dachte, er wäre ein guter Mensch. Er hat mir ein Dach über dem Kopf und etwas zu essen gegeben. Er hat gesagt, er würde mich lieben. Er hat gesagt, er würde mir helfen, und er hat mich zu einem Zuhälter gebracht. Sie haben sich mit mir vergnügt und mich sexuell missbraucht, sie haben mich tagelang eingesperrt. In dieser Zeit haben sie mich angefixt, mich süchtig gemacht. Und ich bin schlimm süchtig geworden. Ich brauchte ständig den nächsten Schuss. Ich bin in ein schlimmes Leben hineingerutscht. Aber ich habe meinen Namen geändert, offiziell. Ich habe gebüßt. Ich … ich habe ein Recht auf Vergebung dafür, dass ich meinen Körper verkauft habe. Ich habe einen Mann gefunden. Einen wirklich guten Mann. Bitte … *bitte* sagen Sie es ihm nicht.«

Er wägt mich ab, sieht mir in die Augen.

»Ich wurde bedroht«, ergreife ich wieder das Wort. Leise. Ich sinke, trudle hinab. »Sie haben gesagt, sie würden mich umbringen – deshalb habe ich mich nie gemeldet, nachdem der kleine Junge getötet wurde. Stellas kleiner Junge.«

Seine Kiefermuskeln spannen sich, und an seinem Augenwinkel zuckt es. Er klappt das Notizbuch zu. Auf einmal frage ich mich, ob auch er einmal einen kleinen Jungen hatte.

»Müssen Sie es ihm sagen?«, frage ich.

»Diese Entscheidung überlasse ich Ihnen, Deborah.« Er fährt sich durchs Haar und steht auf.

»Kann ich gehen?«

»Fürs Erste schon. Es könnte sein, dass wir noch ein paar Fragen an Sie haben, bevor Sie die Stadt verlassen.«

Schnell stehe auch ich auf. Meine Jacke habe ich noch an. Ich schiebe die Hände in die Taschen und ertaste dort die Zuckerpäckchen und die Brotkruste.

»Was für Fragen?«

Er öffnet die Tür und hält sie weit auf, damit ich gehen kann.

»Vielleicht ergibt sich noch etwas, sobald wir mit Stella Daguerre gesprochen haben.«

Der Schock trifft mich hart. »Stella?«

Er nickt, hält immer noch die Tür auf, wartet darauf, dass ich gehe.

Ich kann mich nicht rühren. »Sie haben sie gefunden? Lebt … lebt sie noch?«

»Ja. Sie wurde gestern ins Krankenhaus gebracht. Ein Jäger hat sie in einer provisorischen Schutzhütte aufgefunden, die er manchmal benutzt. Nicht weit von den Stromschnellen entfernt, wo sie nach Ihrer Aussage in den Fluss gestürzt ist. Offenbar ist es ihr gelungen, sich aus dem Wasser zu kämpfen. Sie hat es bis zu dem Unterschlupf geschafft.«

»Wo ist sie? Kann sie sprechen? Wie … wie geht es ihr?«

»Man hat sie stabilisiert und auf den Transport in eine größere medizinische Einrichtung vorbereitet. Wir hoffen, dass sie durchkommt.«

Hubb steht immer noch im Flur hinter der Tür. Sie betrachtet mich mit einer seltsamen Intensität, dann sieht sie Sergeant Deniaud an. Irgendeine Art von Informationsaustausch vollzieht sich zwischen den beiden. Ich schlucke. Nervös. Sie führen etwas im Schilde.

Hubb sagt: »Ich bringe Sie zurück zum Motel.«

»Nein«, antworte ich. »Ich … ich möchte jetzt allein sein.«

Ich eile aus dem Befragungsraum und auf den Ausgang zu. Die Worte des grässlichen Gedichts hetzen mich wie tollwütige Hunde.

Zwei kleine Lügner rennen über Stock und Stein.
Einer feuert die Waffe ab, dann ist einer ganz allein.

Ein kleiner Lügner glaubt, er dürfe leben.
Denn am Ende kann es nur einen geben.
Aber vielleicht …
Stirbt er eben. Und keiner wird leben.

Jetzt

DEBORAH

Sonntag, 8. November

Die Hände tief in den Taschen vergraben laufe ich die vom Sturm gezeichnete Straße dieses gottverlassenen Städtchens entlang.

An die Stelle des schieren, berauschenden Glücksgefühls, das meine Schritte heute Morgen angetrieben hat, ist nun Furcht getreten. Heute Morgen hat mein Herz gesungen vor Freude darüber, am Leben zu sein, genug zu essen und einen warmen Unterschlupf zu haben. Vor Freunde darüber, gesund zu sein und mein Baby noch immer sicher in meinem Bauch heranwachsen zu fühlen. Nun spüre ich die Kälte bis ins Mark.

Meine Gedanken wandern zu Ewan.

Sie haben ihn aus dringenden familiären Gründen beurlaubt. Er soll an diesem Abend in Kluhane Bay landen.

Ich komme an einer kleinen Bäckerei vorbei. Das Schild schwingt knarrend im Wind. Dann folgt eine Tankstelle, in der es einen Coffeeshop gibt. Wenn ich mir eine Kleinstadt in Alaska ausmalen müsste, dann würde ich sie mir genau so vorstellen. Der einzige Unterschied sind die kanadischen

Firmenlogos und Werbungen. Die Feuerwehrstation taucht vor mir auf. Die Seitentür steht offen und zwei Männer sind dabei, das Einsatzfahrzeug zu waschen. Wasser läuft über das Pflaster, gefriert zu einer glatten Eisfläche.

Ich biege um eine Ecke. Der Wind pfeift vom See heran. Ich bleibe stehen und schiebe die Hände noch tiefer in die Taschen. Ich hebe das Gesicht in die beißend kalte Brise, als könnte sie irgendwie das Grauen fortwischen. Doch vielleicht lässt es sich einfach nicht vertreiben. Vielleicht wird mich meine Vergangenheit für immer und ewig verfolgen. Vielleicht wird Ewan so abgestoßen davon sein … Aber ich kann das Ruder immer noch herumreißen. Ich *glaube* daran, dass ich es kann – mein Neuanfang. Ich glaube, sie wissen noch nichts von meiner Haftstrafe. Von der Verurteilung. Sicherlich hätte es Sergeant Deniaud doch erwähnt, wenn sie davon wüssten. Besonders, da er offenbar von *Katarina* erfahren hat. Von den Vergewaltigungsvorwürfen. Dem Mord an meinem Bruder.

Meinem Antrag auf Begnadigung wurde vor fast drei Monaten stattgegeben, was bedeutet, dass meine Strafakte mittlerweile versiegelt sein müsste. Wenn ich also nicht erneut verhaftet und eines weiteren Verbrechens angeklagt werde, kann man meine Vorstrafe in der Datenbank der Canadian Criminal Real Time Identification Services nicht mehr finden. Ich habe das recherchiert. Ich *weiß* es. Ich habe so lange daran gearbeitet, alles wieder in Ordnung zu bringen …

Als ich um die nächste Ecke biege, sehe ich es. Das rote Zeichen der Notfallaufnahme. Die Klinik, in die man mich gebracht hat und in der ich behandelt worden bin, nachdem mir diese SAR-Frau aus der Schlucht geholfen hat. Ich bleibe stehen und starre das Gebäude an. Es ist ein Schindelhaus, ganz ähnlich wie das Polizeirevier von Kluhane Bay. Nur größer. Zu den Glastüren führen Treppen und eine hölzerne Rampe. Ich sehe die Fenster der Krankenstation, wo die Betten stehen – wohin man auch mich gebracht hat.

Wie an einer unsichtbaren Schnur gezogen, setze ich einen Fuß vor den anderen und finde mich schließlich vor den Stufen wieder.

»Sie wurde gestern ins Krankenhaus gebracht. Ein Jäger hat sie in einer provisorischen Schutzhütte aufgefunden, die er manchmal benutzt. Nicht weit von den Stromschnellen entfernt, wo sie nach Ihrer Aussage in den Fluss gestürzt ist. Offenbar ist es ihr gelungen, sich aus dem Wasser zu kämpfen. Sie hat es bis zu dem Unterschlupf geschafft ... Man hat sie stabilisiert und auf den Transport in eine größere medizinische Einrichtung vorbereitet. Wir hoffen, dass sie durchkommt.«

Ich steige die Stufen hinauf, schiebe die Tür auf. Es ist ein ganz normales kleines Krankenhaus. Ich sehe einen Empfangstresen hinter einer Glasscheibe. Einen Wartebereich. Einen Korridor, der in den hinteren Teil des Krankenhauses führt, dorthin, wo die Betten stehen.

Die Frau am Empfang ist mit einem gebeugten alten Mann beschäftigt, der offenbar halb taub und ein schwieriger Gesprächspartner ist. Auf den Stühlen im Wartebereich sitzen ein Mann und eine Frau. Er hat die Augen geschlossen, sie blättert in einer Zeitschrift.

Ich gehe den Korridor entlang, meine Stiefel quietschen leise auf dem glatten Linoleum. Es riecht, wie es in allen Kliniken riecht.

Ich erreiche das erste Krankenzimmer. Sehe hinein. Vier Betten. Hier ist sie nicht.

Dann komme ich an einem Büro vorbei, das im Grunde nur aus einem Schreibtisch besteht. Eine Krankenschwester sitzt vor einem Computer und tippt etwas. Sie hebt kaum den Blick. Ich gehe weiter, als würde ich hierhergehören. Als hätte ich nichts zu verbergen.

Ich werfe einen Blick in einen weiteren Raum, in dem zwei Betten stehen. Eines davon leer. Das andere ist hinter einem Vorhang verborgen. Ich höre Maschinen zischen und leise piepsen.

Ich ziehe den Vorhang ein kleines Stück zurück, um zu sehen, was er verbirgt. Mein Herz krampft sich zusammen.

Stella.

Um ihren Kopf ist ein Verband geschlungen. Die Nadel eines Tropfs steckt in ihrem Arm. Ein Schlauch führt in ihren Mund und ist dort festgeklebt. Ihre Schulter ist bandagiert. Ich frage mich, ob man die Kugel, die ich auf sie abgefeuert habe, schon entfernt hat. Oder vielleicht war es auch nur ein Streifschuss. Oder die Kugel steckt noch dort drinnen. Eine Erinnerung blitzt auf. Die anderen, die tot am Boden liegen. Monica, die davonzukriechen versucht, weinend und wimmernd. Es war meine letzte Chance. Monica hatte zu reden begonnen, und alles war herausgekommen. Von diesem Punkt an hatte es kein Zurück mehr gegeben, für keinen von uns. Niemals.

Doch Stella lebt noch.

Sie könnte immer noch reden und die Wahrheit erzählen. Die anders lauten wird als meine Wahrheit.

Weiche Handfesseln fixieren ihre Hände. Ihr Gesicht sieht aus wie das einer Porzellanpuppe. Weiß und fast durchscheinend. Unter dem Fenster steht ein Stuhl, der auf ihr Bett ausgerichtet ist. Die Maschinen zischen und keuchen, sie helfen ihr beim Atmen.

»Kann ich Ihnen helfen?«

Mein Herz setzt einen Schlag aus. Ich fahre herum. Es ist die Krankenschwester, die gerade noch am Schreibtisch gesessen hat. Sie ist mir nachgegangen.

»Ich … ich suche – ich war eine der Vermissten. Ich wollte nur sehen, wie es Stella geht.«

»Ach, herrje. Ich habe davon gehört – die anderen Krankenschwestern haben mir erzählt, dass Sie auch hier waren. Es tut mir so leid. Zum Glück geht es Ihnen gut. Und wie ich gehört habe, erwarten Sie ein Baby?«

Ich spüre einen Anflug von Wärme, ein Gefühl von Sicherheit. Ich nicke, lächle.

»Herzlichen Glückwunsch.«

»Ist ... Stella ... wird sie wieder gesund?«

»Die Antwort auf diese Frage überlasse ich lieber den Ärzten. Sie ist bewusstlos, aber sie hält durch.«

»Kann ich eine Weile bei ihr bleiben? Einfach hier sitzen?«

Die Krankenschwester zögert. »Na gut. Aber nur kurz.«

Sie geht.

Ich warte, um zu sehen, ob sie sich vielleicht direkt hinter dem Vorhang postiert. Als ich sicher bin, dass sie fort ist, trete ich neben das Bett und ziehe den Vorhang um uns zu. Ich sehe Stella an.

»Stella?«, flüstere ich nahe an ihrem Ohr.

Ihre Lider flattern ein wenig, und ich bekomme Angst. Als könnte sie jeden Moment aufspringen und meine Kehle umklammern.

Ich spanne die Muskeln an, was mir dabei hilft, meine Nerven zu beruhigen. Ich beuge mich näher zu ihr. »Stella, hörst du mich?«

Wieder ein Flattern der Lider, ein Zucken der Finger. Sie bewegt den Kopf.

Das Quietschen von Schuhen auf Linoleum. Ich blicke über die Schulter zurück. Die Krankenschwester ist wieder da. Sie schiebt den Vorhang zur Seite, lächelt mich an, überprüft das Krankenblatt, liest ein paar Daten von den Maschinen ab und hängt das Krankenblatt wieder zurück an das Fußende von Stellas Bett.

»Alles in Ordnung, Liebes?«, fragt sie mich.

Ich nicke. »Ich würde gern einfach ein bisschen hier sitzen.«

Wieder zögert sie, wirft einen Blick auf die Uhr. »Ich bin gleich dort drüben, ein Stück den Korridor hinunter.«

Ich weiß nicht, wie lange ich dort sitze und Stella ansehe. Die Maschinen. Eine klare Flüssigkeit tropft aus einem Beutel an einem Gestell neben ihrem Bett in den Schlauch, der in die Vene an ihrem Arm führt. Ich habe das Gefühl, wieder den Realitätssinn zu verlieren. Dunkle, tintenschwarze Gedanken erfüllen meinen Kopf. Allmählich glaube ich, die Krankenschwester könnte vergessen haben, dass ich noch da bin.

Wieder betrachte ich die Maschinen. Stellas Brust scheint sich kaum wahrnehmbar zu heben und zu senken, im Gleichtakt mit dem lauten Zischen und Blinken des Beatmungsgeräts. Ich stehe auf, trete ans Bett. Zögere. Ich denke an Ewan. Daran, dass er an diesem Abend ankommen wird. Um mich nach Hause zu holen. Ich denke an den Ausdruck auf seinem Gesicht, wenn ich ihm von unserem Baby erzähle. Wie glücklich er sein wird. Dann wird das alles vorbei sein. Fast alles … fast … Ich werfe einen Blick über die Schulter. Lausche.

Nur das Geräusch der Maschinen.

Ich beuge mich vor, mustere die Schläuche, auf der Suche nach einer Stelle, an der sich die Verbindung trennen lässt – damit keine Luft mehr in ihren Körper gelangt. Ich greife nach dem Schlauch, der ihre Kehle hinabführt. Ich zucke zusammen, als ich ein leises Rascheln höre. Es scheint von hinter dem Vorhang gekommen zu sein, auf der anderen Seite des Betts. Ich glaube einen Schatten zu erkennen.

Mein Puls rast. Ich horche, ich beobachte, sorgfältig, vorsichtig, jeder Muskel in meinem Körper ist fluchtbereit.

Doch nichts geschieht. Ich habe es mir nur eingebildet.

Ich beuge mich tief zu Stella hinab, bis mein Mund ganz nah an ihrem Ohr ist.

»Ich kann nicht zulassen, dass du mir alles wieder wegnimmst, Stella«, flüstere ich. »Ich kann nicht. Es tut mir leid.«

Ein leises Stöhnen dringt aus ihrer Brust. Ich glaube, sie kann mich hören. Oder bilde ich mir auch das ein?

Ist schon gut. Stella versteht das. Sie weiß, dass sie dasselbe für ihr eigenes Kind tun würde – es tut ihr leid. Sie hätte Ezekiel niemals mit einem Welpen auf einem Bürgersteig im Regen stehen lassen und ohne ihn in ein Geschäft gehen sollen. Um Wein zu kaufen. Sie hat ihren Sohn getötet. Sie würde es niemals wieder tun, wenn sie eine zweite Chance bekäme. Das weiß ich jetzt. Sie wird es verstehen …

Ich ziehe an dem Schlauch.

Jetzt

MASON

Mason kehrte in die Einsatzzentrale zurück, von wo aus Sergeant Gord Fielding und Constable Elise Jayne – die in psychologischem Profiling ausgebildet war – Deborah Strongs Befragung zugesehen hatten. Fielding hatte Elise Jayne aus dem Hauptquartier des RCMP North District in Prince George mitgebracht, um Strong mit ihrer Hilfe besser einschätzen zu können.

»Was meinen Sie?«, fragte Mason und legte sein Notizbuch auf den Tisch. Die Gedanken kreisten in seinem Kopf. Er sah auf die Uhr, er war nervös. Hoffentlich hatte er die richtige Entscheidung getroffen.

»Irgendetwas stimmt nicht mit ihr«, sagte Fielding. »Sie hat eindeutig etwas zu verbergen.«

»Das sehe ich auch so«, bestätigte Jayne. »Deborah Strong mag ein Opfer sein, aber sie trägt auch eine Mitschuld, oder sie lügt aus irgendeinem anderen Grund.«

»Gab es irgendwelche Veränderungen Stella Daguerres Zustand betreffend, während ich dadrin war?«, fragte Mason.

»Nein«, antwortete Fielding. »Sie ist immer noch bewusstlos und wird für den Transport bereit gemacht.«

Die Anspannung in Mason wuchs. Er prüfte nach, ob sein Satellitentelefon immer noch sicher an seinem Gürtel hing. Außerdem hatte er noch das Funkgerät. »Okay.« Er trat an das Crime Board vorn im Raum. »Gehen wir ein paar Schritte zurück und spielen noch einmal durch, was wir über Franz Gottman wissen.«

Er tippte auf ein Foto von Franz Gottman, das mittlerweile am Board hing. »Von unseren Kollegen im Lower Mainland und dem Vancouver Island District haben wir erfahren, dass sich Franz Gottman, dem die Lodge gehört, auf Galiano Island mit Stella Daguerre angefreundet hat, wohin Stella Daguerre gezogen ist und von wo aus sie ihr Charterflugunternehmen West Air leitete. Sie hat ihre Kunden auf den Inseln umhergeflogen, und sie war in Franz Gottmans späteren Jahren auch für ihn als Pilotin tätig. Mit ihrem eigenen Flugzeug – seines war abgemeldet worden.«

»Korrekt«, bestätigte Fielding, verschränkte die Arme vor der Brust und betrachtete das Board. »Den Ermittlern des TSB zufolge, die den vermeintlichen Absturz der registrierten de Havilland Beaver Mk.1 untersuchen, stimmt die Seriennummer auf dem Motor mit der von Franz Gottmans Flugzeug überein, das er vor mehreren Jahren abgemeldet hat. Stella Daguerre ist auf dem Trip in die Forest Shadow Lodge also Franz Gottmans nicht registrierte Beaver geflogen.«

»Sie wollte unter dem Radar bleiben. Unerkannt. Es sollte eine geheime Mission werden.« Jayne öffnete eine Fallakte, die sie gerade von den Ermittlern auf der Insel erhalten hatten. »Gottmans Haushälterin zufolge war Stella Daguerre ein häufiger Gast in Gottmans Anwesen auf Galiano. Die Haushälterin und andere Inselbewohner haben ausgesagt, dass sich Gottman und Daguerre sehr nahestanden. Ein Zeuge hat ihre Beziehung wie die zwischen Vater und Tochter beschrieben. Gottman war ein väterlicher Mentor, ein Ratgeber für Daguerre. Was zu dem passt, was Daguerres Ex-Mann ausgesagt hat. Er behauptet, dass Daguerre zwar eine kompetente und erfahrene Pilotin und hoch organisiert ist, dass sie in emotionaler Hinsicht aber auch damals schon extrem zerbrechlich war. Weshalb sie sich auch vor dem Tod ihres Sohnes zweimal in psychologische Behandlung begeben hat. Einmal wegen einer Depression und einmal nach einem bisher nicht näher definierten Zusammenbruch. Sie hat dies geheim gehalten, damit es ihr Arbeitgeber und ihre Versicherungsgesellschaft nicht erfahren.«

»Ein Umstand, den die CRTV-Reporterin Katie Colbourne ans Licht gebracht und über die Medien verbreitet hat«, führte Mason aus.

Jayne nickte. »Was ein noch schlechteres Licht auf ihre Fähigkeiten als Mutter geworfen hat. Auf ihren Geisteszustand im Allgemeinen. Ihren Charakter. Es hat die öffentliche Meinung gegen sie gewendet und zu einem weiteren Zusammenbruch geführt. Letztendlich hat dies Estelle Marshall ihre Karriere bei Pacific Air gekostet.«

»Und ihre Ehe«, ergänzte Fielding.

»Stellas Ex-Mann hat bestätigt, dass er seiner Frau immer die Schuld am Tod ihres Sohnes gegeben hat«, sagte Jayne. »Er hat ihr vorgeworfen, dass sie den sechsjährigen Ezekiel an jenem Tag vor dem Spirituosengeschäft allein gelassen hat. An einem düsteren und regnerischen Nachmittag, mit einem verspielten jungen Hund an der Leine. Die Medienberichterstattung hat seine Gefühle weiter intensiviert und alles noch verschlimmert. Gottman hatte anscheinend Mitgefühl mit Stella. Seiner Meinung nach war es grausam, dass sie alles verlieren musste. Dem Ex-Mann zufolge, der von Stellas Freundschaft zu Gottman wusste, hat dieser den Standpunkt vertreten, man hätte Stella psychologische Hilfe anbieten und ihr Empathie entgegenbringen sollen. Stattdessen wurde sie entlassen, obwohl sie eine gute Pilotin und eine loyale Arbeitnehmerin gewesen war.«

»Womit Gottman wahrscheinlich recht hatte«, warf Mason ein.

»Das Leben ist nicht fair«, sagte Fielding.

Mason sah den leitenden Ermittler an. Persönlich tat ihm Stella leid – er wusste nur zu genau, dass man daran zerbrechen konnte, wenn man ein Kind verlor. Auch er hatte nach Rache gedürstet. Er hatte den Scheißkerl umbringen wollen, der Jenny und Luke getötet hatte. Er hatte ihn mit bloßen Händen zerreißen wollen, obwohl es nur ein aus Unerfahrenheit geborener Unfall gewesen war. »Ja«, sagte er. »Manchmal bekommen gute Menschen einfach miese Karten.«

Und dann geraten sie mit dem Gesetz in Konflikt.

»Gottman war ein Spieler«, ergriff Jayne wieder das Wort. »Was wir auch aus dem schließen, was wir in seinem Haus gefunden haben. Schachbretter, Computerspiele, Puzzle, Skripte für weitere Realityshows, die nie produziert wurden. Seine Bücher zeigen, dass er offenbar ein besonderes Interesse an Tribalismus und Gruppenpsychologie hatte sowie an alten Krimis und True-Crime-Literatur.«

»Dann glauben Sie also, dass das alles *seine* Idee war?«, fragte Mason. »Dieser Plan, alle, die bei Ezekiel Marshalls Tod eine Rolle gespielt haben, mit einem vielversprechenden Angebot an einen entlegenen Ort zu locken, sie von der Zivilisation abzuschneiden und dann einen nach dem anderen zu töten? Ein ausgefeiltes Skript mit offenem Ende.«

»Es würde zu dem passen, was wir bisher über Gottman wissen«, bestätigte Jayne. »Daguerre hat sich von seinem Plan überzeugen lassen und ist dem Skript und der Idee gefolgt, obwohl Gottman vor wenigen Monaten an Krebs gestorben ist.«

»Es passt außerdem zu den Requisiten, die wir in der Lodge gefunden haben«, bekräftigte Fielding. »Der Roman von Agatha Christie neben dem Schachbrett. Das Gedicht darin.

Die Figuren auf dem Schachbrett, die eine nach der anderen geköpft wurden. Das Gemälde von Katie Colbournes Tochter in einem der Zimmer im ersten Stock.«

»Das ist alles klassisch Gottman«, sagte Jayne. »Besonders wenn man sich die Realityshows ansieht, die er entworfen hat. Er war ein exzentrischer Hollywoodveteran, dem Milliarden zur Verfügung standen. Sein letzter Partner hat Franz als kreatives Genie beschrieben, als Mann mit einem labilen – ›interessant‹ war das Wort, das er benutzt hat – Bezug zur Wirklichkeit. Ein Mann, der glaubte, er könne die Welt um sich herum lenken und umformen. Stella Daguerre war beeinflussbar, sie brauchte jemanden, der sie versteht. Sie brauchte das Gefühl von Vertraulichkeit, das zwangsläufig entsteht, wenn man gemeinsam eine solche Rache plant. Sie brauchte jemanden, der sie von ihrer Schuld losspricht.« Sie hielt kurz inne. »Stella Daguerre brauchte Liebe. Ein grundlegendes menschliches Bedürfnis und eine mächtige psychologische Antriebskraft. Ich nehme an, dass diese Co-Abhängigkeit der Nährboden ihrer Beziehung war. Vielleicht hatte Stella anfangs überhaupt nicht vor, den Plan wirklich durchzuführen. Vielleicht wollte sie Gottman nur gefallen. Doch die Krebsdiagnose und schließlich der Tod ihres nahen und väterlichen Freundes könnten der Auslöser dafür gewesen sein, dass sie Gottmans Vorhaben tatsächlich in die Tat umsetzte. Um sein Andenken zu ehren. Sie hatte ihren letzten guten Freund, vielleicht sogar ihren einzigen Freund verloren, und möglicherweise ist es ihr vorgekommen, als hätte sie sonst nichts mehr zu verlieren. Was dies gewissermaßen zum Endspiel ihres Lebens machte.«

Jayne trat zum Crime Board und betrachtete es nachdenklich, die Unterlippe zwischen den Zähnen. »Was allerdings meiner Meinung nach nicht ins Bild passt, ist das hier.« Sie deutete auf das Foto aus der Pathologie von Katie Colbournes Leiche mit der hervorquellenden Zunge. »Und das hier.« Sie tippte auf die Aufnahme von Bart Kunderas Leiche. Dann drehte sie sich zu Mason und Fielding um.

»Das Fleischerbeil im Hinterkopf dieses Mannes? Das Erhängen einer Mutter mit einem kleinen Kind, die einem dabei in die Augen sieht? Das Messer in Jackie Blunts Hals, nicht nur einmal, sondern zweimal hineingerammt?« Sie schüttelte den Kopf. »Das ist zu brachial. Zu blutig. Zu persönlich. Zu brutal. Aus nächster Nähe. Wenn man meine psychologische Einschätzung zugrunde legt, dann fühlt sich das nicht nach Stella Daguerres Modus Operandi an.«

»Trotz Deborah Strongs Aussage?«, vergewisserte sich Mason.

Jayne schürzte die Lippen und runzelte nachdenklich die Stirn. »Falls Stella Daguerre tatsächlich Dan Whitlock mit Krustentieren vergiftet hat, dann würde das meiner Meinung nach passen, und mittlerweile haben wir Aufnahmen der Überwachungskamera im Thunderbird Hotel, die zeigen, wie sich Stella Daguerre vor Whitlocks Zimmer an einem Teller mit Essen zu schaffen macht, bevor sie an die Tür klopft und ihm den Teller reicht.«

»Die Zeitangabe der Aufnahmen zeigt außerdem, dass Daguerre das mutmaßlich vergiftete Essen abgeliefert hat, kurz bevor sie sich mit dem Rest der Gruppe am Flugzeugdock traf«, ergänzte Fielding.

»Darüber hinaus haben die Pathologen bestätigt, dass die Ursache für Dan Whitlocks Tod ein anaphylaktischer Schock infolge des Verzehrs von Allergenen war. Das Hotelpersonal gibt allerdings an, dass keine Krustentiere für das Omelett verwendet wurden, das sie für Dan Whitlocks Frühstücksbestellung zubereitet haben«, ergänzte Mason.

Jayne nickte. »Wenn wir also annehmen, dass Stella Daguerre tatsächlich Dan Whitlock vergiftet hat, dann würde es zu ihrem MO passen, falls sie auch Dr. Steven Bodine die toxischen Pilze gegeben haben sollte. Allgemein sind Morde, in denen Gift zum Einsatz kommt, eher mit dem MO eines weiblichen Täters vereinbar. Die Gewalt ist dabei zurückgenommener.«

Deborah Strongs Worte hallten in Masons Kopf wider.

»Sie hat ihm direkt ins Gesicht geschossen. Dann noch einmal, in die Brust. Nathan hat versucht, rückwärts davonzukrabbeln, weg von ihr. Er hatte am nächsten beim Feuer gesessen. Ihn hat sie auch erschossen. Durch den Hals. Monica ist zwischen die Bäume geflohen … Stella hat noch einmal geschossen. Auf ihren Rücken. Monica ist weitergekrochen, weinend, in den Wald …«

»Dann glauben Sie also, dass Deborah Strong lügt, was Stellas Rolle bei den anderen Morden betrifft?«, fragte er die Profilerin.

»Deborah Strongs Aussage passt nicht zu meinem Profil von Stella Daguerre«, antwortete sie vorsichtig. »Einen Menschen mit eigenen Händen zu töten, ist viel schwerer, als allgemein angenommen wird. Als Spezies kämpfen wir meistens gegeneinander, wenn es um Dominanz geht, darum, eine bestimmte Hierarchie einzuhalten. Was bedeutet, dass der Kampf vorbei ist, sobald einer der Gegner aufgibt. Die meisten Spezies funktionieren nach diesem Muster. Wir lösen Rangordnungsfragen mit Gewalt, aber wir töten einander nicht, weil dies dem Überleben der Spezies als Ganzes schaden würde. Sogar Soldaten müssen extra ausgebildet werden – man muss sie darauf konditionieren, andere Menschen zu töten. Für die meisten von uns ist das kein natürliches Verhalten, und obwohl man es trainieren kann, fordert es einen hohen psychischen Preis.« Einen Moment lang betrachtete sie schweigend die Tatortfotos der Leichen.

»Jemanden mit einem Messer zu töten, ist in psychologischer Hinsicht besonders herausfordernd«, fuhr sie ruhig fort. »Es ist anstrengend. Es sei denn, man ist so zornig, dass das logische Denken ausgeschaltet ist. Es ist blutig, schmutzig.«

Mason musterte Deborah Strongs Foto am Board. Nachdenklich sagte er: »Wenn es also nicht Stella Daguerre war, die Nathan McNeill, Steven Bodine und Monica McNeill auf dieser Lichtung erschossen hat, wenn sie auch Jackie Blunt, Bart Kundera und Katie Colbourne nicht ermordet hat und wenn kein bisher Unbekannter die Gruppe verfolgt und einen nach dem anderen getötet hat …« Er wandte sich seinen Kollegen zu. »Dann bleibt noch Deborah Strong.«

»Die unbedingt die Wahrheit über ihre Vergangenheit geheim halten will«, ergänzte Jayne. »Außerdem könnte Strong schon einmal gemordet haben – wenn man an ihren Bruder denkt. Sie war daran gewöhnt, Schweine zu schlachten. In ihrer Jugend war sie eine geübte Axtwerferin, was es ihr leichter gemacht haben könnte, sich ein Fleischerbeil zu nehmen und es auf Bart Kunderas Hinterkopf zu schleudern. Sie war drogenabhängig und wurde ins Prostitutionsgewerbe gezwungen. Deborah Strong ist jemand, der Schlimmes durchgestanden hat, um zu überleben. Sie *musste* überleben, und sie muss es immer noch. Ich sehe nicht, dass Stella Daguerre mit dieser Leidenschaft überleben will.« Sie zögerte. Dann sah sie erst Fielding und schließlich Mason in die Augen. »In dem Gedicht heißt es, dass es nur einen geben kann. Vielleicht ist Deborah Strong in das ›Spiel‹ eingestiegen. Sie hat begriffen, was vor sich ging, und den Spieß umgedreht. Sie hat getan, was sie konnte, um die anderen zu überlisten, auszutricksen und auszuschalten. Bis es am Ende nur noch sie gegeben hat.«

Mason wurde kalt bei der Erinnerung daran, wie Deborah Strong ihm direkt in die Augen gesehen und ihm gesagt hatte, Stella hätte die anderen getötet.

Und keiner wird leben. Seine Anspannung wuchs noch weiter. Er sah auf die Uhr.

Fielding ergriff das Wort. »Der pensionierte Detective aus Alberta, mit dem ich über die Mordermittlungen im Fall Boris

Vasiliev gesprochen habe, war der Meinung, dass Deborah – Katarina Vasiliev – den Mord an ihrem Bruder durchaus begangen haben könnte. Man konnte nie etwas beweisen, und er hat schließlich auch nicht weiter nachgebohrt. Er meinte, im Nachhinein könnte es fast als eine Art Notwehr von Katarinas Seite aus gelten. Um sich zu rächen und die Vergewaltigungen zu stoppen. Er hat gesagt, vielleicht hat Boris Vasiliev bekommen, was er selbst hervorgerufen hat.«

»Notwehr.« Jayne nickte. »Deborah Strong ist eine Kämpferin. Sie würde alles tun, um zu überleben, um durchzuhalten. Vielleicht hat sie das Gefühl, dass jetzt, nachdem sie ihr Leben durch gewaltige Anstrengungen so vollkommen verändert hat, alles für sie auf dem Spiel steht.«

»Das müssen wir allerdings erst einmal beweisen«, warf Mason ein. »Solange Deborah Strong nicht gesteht oder einen Fehler macht, brauchen wir einen Beweis, um sie zu überführen. Wie steht es mit den DNS-Spuren am Griff des Schrade und mit den Teilfingerabdrücken am Fleischerbeil?«

Fielding sah auf die Uhr. »Mir wurde gesagt, dass die Ergebnisse heute reinkommen sollten. Inzwischen müssten sie eigentlich da sein.«

Masons Satellitentelefon klingelte. Ein Energiestoß durchfuhr ihn. Er trat beiseite und nahm den Anruf an.

»Mason, hier ist Callie.«

Wärme erfüllte ihn beim Klang ihrer Stimme. »Was gibt's, Callie?«

»Wir haben sie gefunden. Das K9-Team hat Katie Colbournes Kamera aufgespürt. Sie lag im Wasser, verkeilt zwischen ein paar Felsen am Flussufer.«

Das konnte es sein – das, was sie brauchten, um den Fall zu knacken. »In welchem Zustand ist sie?«

»Ziemlich zerbeult, aber sie sieht aus, als könnte sie noch funktionieren. Es ist eine echte Hardcore-Kamera, für den Outdoor-Markt bestimmt, und die müssen einiges aushalten.«

Masons Herz schlug schneller, am liebsten hätte er gelächelt. »Gute Arbeit, SAR one. Verdammt gute Arbeit. Danke.«

Callie lachte. »Over and out, Sergeant.«

Mason legte auf. Gespannt sahen Fielding und Jayne ihn an.

»Sie haben sie gefunden. Katie Colbournes Kamera. In dem Fluss, in den Stella Daguerre gestürzt ist.«

Während er sprach, knisterte sein Funkgerät. »Sergeant Deniaud. Sergeant!«

Es war Hubb.

Rasch nahm er das Funkgerät vom Gürtel. »Ich höre, Hubb.«

»Es gab einen Zwischenfall. Im Krankenhaus.«

Jetzt

STELLA

Ich befinde mich an einem dunklen, trüben Ort, aber es ist warm hier. Wie in einem milden Ozean, und ich treibe schwerelos auf den sanften Wellen dahin, auf und ab, während das Sonnenlicht rot durch meine geschlossenen Lider schimmert. Mein Körper wird von einer Woge emporgehoben, höher, höher, dann sinke ich in ein Wellental. Und auf einmal gehe ich unter. Hinab, hinab, hinab. Ich trudle kopfüber tiefer in den Ozean hinein, meine Haare schweben mir um den Kopf. Hier unten wird es immer dunkler. Kälter. Ich spüre den Druck in den Ohren und in der Brust. Panik flackert auf. Ich schlage um mich. Keine Luft.

Hilfe!

Ich sinke noch tiefer, immer schneller, ich rudere mit Armen und Beinen, versuche, mich wieder nach oben zu kämpfen, aber etwas hält mich an den Knöcheln fest. Etwas Kräftiges zieht mich hinunter auf den dunklen, tiefen Grund des Meeres.

Auf einmal taucht ein Umriss vor mir auf. Ich kann im Wasser nicht scharf sehen. Doch ich höre eine Stimme. Sie kommt aus meinem Inneren, aber es ist nicht meine Stimme.

Nein, nein, wehr dich nicht. Es ist schon gut, Stella.

Ich werde still.

Franz? Bist du das, Franz?

Entspann dich. Es ist alles gut. Lass es einfach zu.

Franz? Bist du das?

Ich beruhige mich, blinzle, versuche mich an diesem seltsamen Ort umzusehen.

Bin ich tot, Franz?

Ich höre ihn lachen – dieses schelmische, gutturale leise Lachen, das ich so liebe. Es dringt aus einer dunklen Ecke in seinem großen, fantastischen alten Studierzimmer in dem Anwesen auf Galiano. Fast kann ich den edlen Whiskey in seinem Glas riechen, den aromatischen Rauch seiner kubanischen Zigarre. Fast höre ich das leise Knistern des Feuers im Kamin. Ich lächle. Oder es fühlt sich zumindest so an. Mein Körper wird ein wenig leichter, weil Franz da ist. *Ich bin tot. So muss es sein. Weil Franz tot ist. Also muss ich es auch sein, wenn ich hier bei ihm bin. Wo ist* hier*?*

Ich versuche, den Kopf zu drehen, um mich umzusehen. Doch die Bewegung schickt mich in einen Kaleidoskopstrudel aus wirbelndem Wasser. Ein anderes Geräusch sickert in mein Bewusstsein. Wortfetzen. Maschinen. Der Geruch nach Desinfektionsmittel. Die Stimme einer Frau. Ein harter, kalter Lichtstrahl, der von weit, weit über mir zu kommen scheint, durchfährt mich.

Ich treibe wieder hinauf. Hoch. Hoch.

Ich höre Rufe. Einen Alarm.

Ich runzle die Stirn. Auf einmal halte ich an, dann sinke ich langsam wieder zurück, dorthin, wo Franz ist.

Eine Erinnerung entfaltet sich in mir – das Gefühl, als ich erkannt habe, dass mein Flugzeug weg ist, die durchtrennten Seilenden in meiner Hand.

Ich wollte nie irgendjemanden töten, Franz. Ich weiß nicht einmal, ob ich Dan Whitlock getötet habe – ob er letztendlich gestorben ist ...

Ich bin gegangen, bevor ich erfahren konnte, ob er gelitten hat oder wie krank er geworden ist ... In einem Punkt hattest du recht, Franz – wenn man eine Gruppe von Menschen zusammensperrt, die etwas zu verbergen haben, wenn man sie von der Welt abschneidet, ihnen Angst einjagt, dann kann niemand vorhersagen, wie sie außer Kontrolle geraten. Aber sie tun es, sie geraten außer Kontrolle, immer, genau wie du gesagt hast. Sie brechen angesichts ihrer eigenen Monster zusammen.

Und dann wenden sie sich gegeneinander.

Tränen steigen mir in die Augen. Wieder sehe ich den leblosen Körper meines kleinen Jungen vor mir. Zerbrochen auf der Straße. Regentropfen fallen auf sein unschuldiges Gesicht, in seine offenen, blicklosen Augen. Ich strecke die Hand aus, taste blind umher, an diesem seltsamen Ort, an dem ich in der Schwebe zu hängen scheine.

Mommy.

Mein Herzschlag setzt aus.

Ezekiel?

Mom.

Bist du hier, Schatz?

Ich will schon so lange tot sein. Ich war mehr als bereit dafür, dass dies mein Ende ist. Ich wollte mich im Wald erhängen oder einfach zulassen, dass mich die Wildnis holt. Nachdem sie mir alle in die Augen gesehen und gesagt haben, dass es ihnen leidtut, was sie meinem Sohn angetan haben.

Ezekiel, Schatz ... wo bist du?

Auf einmal ist er da. Vor dem Schattenumriss von Franz. Er sitzt auf einem Hocker am Küchentresen, futtert seine Tooty-Pops und schaut sich einen Trickfilm an. Er lässt die Beine unter dem Hocker baumeln. Es ist ein immerwährender

Samstagmorgen. Zitronengelbes Sonnenlicht fällt durch das Laub der Bäume in unser Haus in Kitsilano. Ich habe einen kurzen Aufenthalt zwischen zwei Flügen.

Schatz?

Er schaut auf und lächelt. Da ist das Grübchen, das ich so sehr liebe. Ich eile zu ihm und küsse meinen Jungen auf den Kopf. Sein Haar duftet nach Heu und Kätzchen und kleinen Hunden. Mein Herz singt. Ich schalte die Kaffeemaschine ein und mache Toast.

In der Küche duftet es nach Kaffee und frischem, geröstetem Brot. Nach fruchtigen Tooty-Pops in Milch. Ich rieche die Süße all dessen. Mein süßer kleiner Junge. Die schiere Süße des Lebens.

Ein Geräusch. Kalt. Schwarz. Wieder dieses Piepsen. Ein Alarm! Der Geruch nach Desinfektionsmittel. Lichtfetzen, so grell, dass es schmerzt. Stimmen – ein Mann und eine Frau –, die streiten, kämpfen? Dann verblasst alles wieder. Verwirrung in meinem Kopf, die mich wegzieht, fort von Ezekiel, fort von Franz … sie zerrt an mir, reißt mich weg.

Nein … nein! Ich will nach Ezekiels Hand greifen. Er streckt den Arm nach mir aus.

Mommy! Geh nicht weg! Mom!

Seine Hand … auf einmal liegt sie reglos auf der kalten, dunklen Straße. Blut sickert aus seinem Mund, und der Regen fällt in die Pfützen um sein Gesicht. Ich schluchze.

Mein Junge.

Ich höre Stimmen. Ich atme wieder, nicht mehr unter Wasser. Ein Mann sagt deutlich und tief: »Deborah Strong, treten Sie von dem Bett zurück. Sofort … Sie sind verhaftet … Sie haben das Recht, zu jeder Vernehmung einen Verteidiger hinzuzuziehen …«

Panik flackert in meinen Herzen.

Polizei? Hier? … Im Krankenhaus. Ich muss etwas sagen …

Doch ich schaffe es nicht, ich breche nicht durch. Ich kann mich nicht bewegen. Ich versuche zu sprechen, doch kein Ton dringt heraus.

Nein, Stella, keine Angst. Du brauchst keine Angst zu haben. Du kannst wählen. Ganz einfach. Triff deine Wahl.

Franz, bist du das, der da spricht?

Mommy.

Beim Klang der Stimme meines Sohnes werde ich ganz ruhig. Ich wende den Kopf ab, fort von den Krankenhausgeräuschen, von der Polizei und dem Gefühl, dass Deborah hier ist. Ich wende mich meinem Jungen und Franz zu.

Ich spüre, wie ich hinabsinke. Hinab, hinab, hinab. Und es ist nicht mehr kalt am Grund. Es ist weich. Warm. So muss sich ein Baby im Mutterleib fühlen.

Dieses Mal lasse ich mich noch weiter nach unten sinken, trudelnd, herrlich, sanft, und es ist so wunderschön.

Ezekiel ist hier. Er lächelt. Ich gehe in die Hocke und breite ganz weit die Arme aus.

Er rennt auf mich zu, auf seinen kleinen Beinen mit den aufgeschürften Knien. Er fliegt in meine Arme, und ich falle rückwärts in grünes Gras und gelbe Narzissen.

Ich lache und streichle sein Haar.

Du bist nach Hause gekommen, Mommy.

Ich kann nicht sprechen. Zu viel Gefühl. Tränen laufen mir über die Wangen. Ich nicke, streichle ihn. Finde meine Stimme wieder.

Ich lasse dich nie wieder allein.

Auf einmal steht Franz vor uns. Sein unergründliches, irgendwie geheimnisvolles halbes Lächeln auf den Lippen. Rauch steigt von seiner Zigarre auf.

Ich habe es geschafft, Franz. Mit beiden Händen umschließe ich die Schultern meines Sohnes und sehe ihm fest in die Augen, die dieselbe Farbe haben wie meine. *Ich habe es geschafft.*

Sie haben gelitten. *Ich* habe sie leiden lassen. Am Ende wussten sie alle, warum sie dort waren. War es das wert? War das Gerechtigkeit? Hat mir die Rache geholfen? Es hat mir nicht gefallen, sie zu verletzen. Sie waren nur Menschen, die irgendwie überleben wollten. Sogar Steven.

Vor allem bin ich jetzt frei, weil ich nichts mehr von ihnen brauche. Ich musste sie loslassen, das war es, was ich gebraucht habe.

Also habe ich ihnen vergeben.

Vergebung bedeutet in Wahrheit, sich selbst von dem Hass und dem Selbstmitleid zu befreien, die einem den Verstand zerfressen wie ein Krebsgeschwür, Tag und Nacht, Jahr für Jahr. Mehr können wir nicht wollen, nicht wahr? Loslassen, nicht mehr getrieben werden, endlich frei sein.

Ezekiel schlingt die Arme um meinen Hals.

Und ich ertrinke in seiner Liebe, in seiner Berührung. Ich bin zu Hause. Ich bin nach Hause gekommen. Endlich. Nach so langer Zeit. Nach so viel Schmerz.

Doch jetzt bin ich zu Hause. Ich bin bei meinem Sohn.

Und keiner wird leben.

Jetzt

MASON

Mit flackerndem Blaulicht fuhr Mason in seinen RCMP-Truck direkt vor den Eingang des Krankenhauses. Hubb lief vor der Rampe auf und ab, ihr Atem bildete eine weiße Wolke um ihr gerötetes Gesicht.

Sie kam auf den Truck zugeeilt, und Mason öffnete die Tür.

»Podgorsky hat sie aufgehalten, Sir!« Aufregung blitzte in ihren Augen. »Wie Sie gesagt haben, wir haben sie einfach nur beobachtet und uns nicht eingemischt. Podgorsky war in Stellung, er hat hinter dem Vorhang gewartet. Ich bin ihr gefolgt – sie ist direkt hierhergekommen, nachdem sie das Revier verlassen hat. Genau, wie Sie vermutet haben. Sie hat den Köder geschluckt – sie ist voll drauf reingefallen. Ich habe Podgorsky über Funk Bescheid gegeben, als sie das Krankenhaus betreten hat. Er ist außer Sicht geblieben, hat sie aber im Blick behalten, für den Fall, dass sie versuchen würde, Daguerre etwas anzutun. Sie wollte Daguerre extubieren, Sarge. Deborah Strong hat versucht, Stella Daguerre zu töten.«

»Wo ist sie jetzt? Wo ist Podgorsky?«

»Er hält Deborah Strong in der Klinik fest. Er hat sie verhaftet und in Handschellen gelegt.« Sie zögerte. »Sir?«

Bei ihrem Tonfall hielt Mason inne.

»Was ist los, Hubb?«

»Sie ist tot, Sir.«

»Strong?«

»Stella Daguerre. Die Ärzte haben sie für tot erklärt.«

»Sie haben doch gesagt, Strong hat versucht …«

»Ja … Podgorsky hat sie aufgehalten, bevor sie die Verbindung zum Beatmungsgerät trennen konnte, aber Daguerre ist trotzdem gestorben.«

Mason starrte Hubb an. Seine Gedanken überschlugen sich. Dafür könnte er verantwortlich sein. Man könnte Podgorsky die Schuld daran geben. Er schob sich an Hubb vorbei und eilte die Treppe hinauf, immer zwei Stufen auf einmal nehmend. Dann stieß er die Eingangstür auf.

»Da entlang, Sarge.« Hubb überholte ihn.

Sie watschelte zügig den Korridor entlang, wobei ihr Waffengürtel immer wieder ihren kurzen, schwingenden Armen in die Quere kam. Schließlich stieß sie die Tür zu einem kleinen Hauswirtschaftsraum auf. Podgorsky stand neben Deborah Strong, die auf einem Plastikstuhl saß, die Hände in Handschellen, der Blick wild.

Podgorsky wirkte angespannt. Mason sah seinen Officer an.

»Ich habe ihr ihre Recht vorgetragen, Sir«, sagte Podgorsky knapp und untypisch formell. »Sie hat nach einem Rechtsbeistand ihrer Wahl verlangt.«

Mason sah Deborah Strong in die Augen, und sie hielt seinen Blick, ohne ihm auszuweichen.

»Ich habe nichts Falsches getan. Ich habe sie nicht umgebracht. Sie war eine Mörderin. *Sie* war es.«

»Bringen Sie sie aufs Revier«, wies er Podgorsky an. »Hubble, gehen Sie mit. Lassen Sie sie keinen Moment allein.«

Über Satellitentelefon rief er Gord Fielding an. »Meine Officers bringen Deborah Strong ins Revier. Stella Daguerre ist verstorben. Ich spreche gleich mit ihrem Arzt.«

Mason legte auf und machte sich auf die Suche nach dem Arzt, den er schließlich bei Stella Daguerres Leiche fand. Auf dem Bettlaken und dem Kissen war Blut. Sein Puls schnellte in die Höhe.

Der Arzt sah hoch, als Mason eintrat. Der Mann wirkte angespannt.

»Es tut mir leid, Sergeant. Sie ist tot.«

»Was ist passiert?« Masons Blick schoss zu dem Beatmungsgerät, zu den Schläuchen.

»Schlaganfall – eine massive Hirnblutung, vielleicht hervorgerufen von ihrem Schädeltrauma. Es ging schnell. Wir konnten nichts mehr tun.«

Mason atmete tief, aber etwas zittrig ein. Dann trat er auf Stella Daguerre zu, sah ihr ins Gesicht. Auch an ihrem Mund klebte Blut. Unter ihrer Nase. Es befleckte das Kissen unter ihrem Kopf. Trotzdem sagte ihm etwas an ihren Zügen, dass sie endlich Frieden gefunden hatte.

Er schluckte. Eine seltsame Woge des Mitgefühls erfasste ihn, dicht gefolgt von heißem Zorn. Sie hatten ihre Schlüsselzeugin verloren.

»Hat die Verdächtige das getan? Ist Deborah Strong dafür verantwortlich?«, fragte Mason den Arzt.

»Wie gesagt, wahrscheinlich war es eine Folge des Schädeltraumas, das sie erlitten hat, bevor sie hier eingeliefert wurde.«

»Dann wäre es also auf jeden Fall passiert, unabhängig davon, was gerade in diesem Zimmer zwischen meinem Officer und der Verdächtigen geschehen ist?«

»Das wäre meine Theorie, ja.« Der Arzt griff nach einem Formular. »Eine Autopsie wird das wahrscheinlich bestätigen.«

Dann war es also nicht Podgorskys Schuld. Keine Fehleinschätzung auf Masons Seite. Er stieß den Atem aus, von dem er nicht einmal bemerkt hatte, dass er ihn angehalten hatte. Dann sah er zu, wie der Arzt das Laken über Stella Daguerres Gesicht zog.

Deborah Strong würde von jetzt an sehr wahrscheinlich nicht mehr kooperieren. Weshalb es nun darauf ankam, ob sie die Aufnahmen von Katie Colbournes beschädigter Kamera retten konnten.

Mason verließ das kleine Krankenhaus und trat in den frischen Wind hinaus. Einen Augenblick lang blieb er ganz still stehen. In Gedanken sah er Luke, der die gefrorene Straße herunter auf ihn zugerannt kam. Der Wind zerzauste ihm das Haar, und sein kleiner Schulranzen hüpfte auf seinem Rücken herum. Mason hörte Jennys Lachen. Er fühlte sie beide hier. Tief sog er die kühle Bergluft ein. Ja, sie waren ihm gefolgt, in dieses abgelegene Städtchen inmitten der Wildnis. Doch aus gutem Grund. Mason versuchte nicht mehr, vor ihnen davonzulaufen. Er fühlte sich wohl damit, sie hier bei sich zu haben. Seine Geister.

Er zog den Reißverschluss seiner Jacke ein Stück weiter zu und ging zu seinem Truck hinüber.

JETZT

MASON

Freitag, 13. November

Fünf Tage nachdem Stella Daguerre gestorben und Deborah Strong verhaftet worden war, saß Mason mit Fielding, Jayne und Hubb in der Einsatzzentrale, wo sie sich die Aufnahmen von Katie Colbournes Kamera ansahen.

Fielding und Jayne waren in Kluhane Bay geblieben, um weitere Verhöre mit Deborah Strong zu beaufsichtigen, doch Strong hatte sich einen Anwalt genommen und blieb während der Befragungen stumm. Sie weigerte sich, auf irgendeine Weise zu kooperieren. Früher am Morgen hatte man Strong abgeholt und sie ausgeflogen. Auch Fielding und Jayne würden noch an diesem Tag ins Flugzeug steigen, doch die Forensiker hatten mittlerweile einiges an gerettetem Bildmaterial geschickt, das sich die Ermittler noch vor dem Aufbruch ansehen wollten.

Angespanntes Schweigen erfüllte den Raum, während sie dabei zusahen, wie Stella leise direkt in die Kamera sprach, erleuchtet von einem kleinen Lichtkreis inmitten der Schwärze des Waldes – ein unheimlich wirkender Schattenriss, der Mason an die Abbildungen in düsteren Märchenbüchern denken ließ.

»Ich glaube nicht, dass wir noch lange durchhalten. Stevens Zustand verschlechtert sich. Schneller, als ich gedacht hätte. Ich … ich weiß nicht mal, ob dieses Ding hier richtig aufnimmt …« Sie beugte sich vor, ihr Gesicht wurde groß und weiß, als sie sich dem Licht näherte. Die Kamera wackelte. Stella setzte sich wieder auf ihren Platz auf einem umgestürzten Baum und blickte in die Kamera.

»Ich nehme das hier auf, weil ich dokumentieren will, was passiert ist. Ich bin nicht sicher, ob die Kamera oder unsere Überreste jemals gefunden werden oder ob jemals jemand erfahren wird, was passiert ist. Ich wusste nicht, wie sich das hier entwickeln würde. Franz hatte die Idee. Mein brillanter Franz …« Ihre Stimme klang erstickt. Sie wischte sich über die Nase und räusperte sich.

Mason spürte, wie ihm die Brust eng wurde, ein unwillkürlicher Anflug von Mitgefühl. Gleichzeitig begann sein Herz schneller zu schlagen. Er und die anderen Ermittler tauschten Blicke untereinander. Mason erkannte, dass Fielding, Jayne und Hubb ebenso angespannt waren wie er selbst. Ebenso erpicht darauf zu erfahren, was dort draußen in den Wäldern wirklich geschehen war.

Ein wenig heiser fuhr Stella fort: »Er hat gesagt, ich solle den Plan weiterverfolgen, obwohl er wusste, dass er sterben würde. Der Roman von Agatha Christie ›Und dann gab's keines mehr‹ hat ihn auf die Idee gebracht. In dem Buch stirbt der Richter auch. Er hinterlässt eine Flaschenpost, in der er erklärt, was passiert ist. Dies hier ist meine Flaschenpost.«

Sie hielt inne, schniefte und wischte sich wieder über die vor Kälte laufende Nase.

»Seit Ezekiel getötet wurde, wollte ich Gerechtigkeit. Für meinen Sohn. Für mich. Für unsere Familie. Ich wollte, dass der Fahrer gefasst wird, dass er sich einem Gerichtsverfahren stellen muss. Dass er bestraft wird. Ich wollte, dass sie alle dafür bezahlen, was sie getan haben. Aber es hat nie Gerechtigkeit gegeben. Niemand hat uns geholfen. Eine Verschwörung des Schweigens hat die Wahrheit verschleiert.«

Stella zog sich die Wollmütze tiefer über die Ohren.

»Ich weiß nicht mehr, was es bedeutet, Gerechtigkeit zu bekommen. Ich dachte, ich wüsste es. Ich dachte, ich wüsste, was ich will. Ich wollte, dass sie büßen. Dass sie leiden und dass sie wissen, *warum* sie leiden. Dass es ihnen leidtut. Doch was ich getan habe, wird mir meinen Jungen nicht zurückbringen. Vielleicht ist die Wahrheit an sich schon ein edles Ziel – ich weiß es nicht. Aber ja, im Interesse der Wahrheit habe ich getan, was Franz vorgeschlagen hat. Ich habe den Plan in die Tat umgesetzt, den er entworfen hat. Heute ist Dienstag, der dritte November, und das hier ist, was ich getan habe …«

Die Lodge-Gruppe

DEBORAH

Dienstag, 3. November

Deborah fuhr hoch, hellwach. Es war dunkel. Still. Kalt. Das Feuer glomm noch. Furcht blitzte auf – sie hatte nicht so fest einschlafen wollen, nicht solange die Wölfe so nah waren. Am vergangenen Abend hatten sie einen gesehen, im Zwielicht. Ein großer schwarzer Wolf mit gelben Augen. Er hatte zwischen den Bäumen gestanden und sie beobachtet. Nathan hatte einen Stein nach ihm geworfen, und er war wieder verschwunden. Doch sie wussten, dass das Rudel dort draußen wartete.

Lauerte.

Was hatte sie geweckt? Zitternd spähte sie in die schwarzen Schatten. Der Nebel spann einen dichten Schleier über die Dunkelheit. Die Bäume tropften. Sie konnte nichts erkennen. Sie wandte sich den schlafenden Gestalten am Feuer zu.

Stella war weg.

Deborahs Herz begann wild zu pochen. Aufmerksam lauschte sie auf die Geräusche des Waldes. Sie hörte den leisen Ruf einer Eule. Keine Wölfe. Wasser. Ein leichter Regen fiel auf das Baumdach über ihnen. Sie blieb ganz still. Da war etwas. Eine Stimme? Sprach da jemand?

Leise stand sie auf und griff nach einer Stirnlampe und nach dem geladenen Gewehr, das gegen einen umgestürzten Holzstamm lehnte. Die anderen wachten nicht auf. Steven war dem Tod nah. Nathan auch – er hatte Fieber, zitterte und schwitzte abwechselnd wegen der Infektion. Sein Bein war gebrochen. Manchmal delirierte er. Monica hatte alles verraten, sie war geistig am Ende. Und nun war Stella fort, und Deborah hörte Gemurmel irgendwo im Wald.

Sie stahl sich zum Rand einer Baumgruppe, schwenkte den kleinen Lichtstrahl ihrer Stirnlampe durch die Dunkelheit. Wieder lauschte sie. Voller Angst. Es gab Tiere dort draußen. Sie legte den Finger auf den Abzug des Gewehrs, sagte sich, dass sie wusste, wie man mit einer Waffe umging. Es war eine Weile her, aber sie wusste es trotzdem.

Langsam schlich sie über den weichen, von Nadeln und Lehm und Moos bedeckten Waldboden. Sie wagte sich tiefer unter die Bäume vor. Horchte wieder. Die Stimme wurde lauter. Deborah folgte ihr.

Auf einmal sah sie einen Lichtschimmer vor sich. Ein schwaches Glühen, das fast sofort wieder vom Nebel verschluckt wurde. Sie schaltete ihre Stirnlampe aus und näherte sich dem Licht. Folgte der Stimme. Stellas Stimme. Sie sprach mit jemandem.

Dann sah Deborah sie, nachdem sie einen dicken Baum umrundet hatte. Ihr Puls schnellte in die Höhe.

Stella saß auf einem umgestürzten Stamm, ihre Stirnlampe hatte sie auf einen Holzstumpf vor sich gelegt. Der Lichtstrahl erleuchtete ihr Gesicht. Neben der Stirnlampe stand eine Kamera – an der ein rotes Licht blinkte. Sie nahm auf.

Katie Colbournes Kamera. Stella hatte sie mitgenommen. Sie filmte sich selbst.

Deborahs Mund wurde trocken. Sie hielt das Gewehr bereit, schlich sich noch etwas näher heran und huschte in den Schatten eines Baums. Sie beobachtete. Sie lauschte.

»Ich glaube nicht, dass wir noch lange durchhalten. Stevens Zustand verschlechtert sich. Schneller, als ich gedacht hätte …«

Ein voyeuristisches, krankes, kaltes Gefühl senkte sich auf Deborah herab. Sie konnte sich nicht rühren, sie war wie gebannt von dieser leuchtenden kleinen Bühne im schwarzen Herzen des endlosen Waldes. Wie gelähmt, festgefroren sah sie zu, den Finger am Abzug.

»Ich habe den Plan in die Tat umgesetzt, den er entworfen hat. Ich bin seinem Skript gefolgt. Ich habe unsere Opfer in die Falle gelockt. Ich habe die Requisiten hergebracht, die Giftpilze und die Holzfiguren, die nach seinen Wünschen hergestellt wurden. Die Köpfe waren schon abgetrennt und so lose wieder angeklebt worden, dass ich sie einfach abbrechen konnte. Ich habe die Requisiten manipuliert und jedes Mal, wenn jemand gestorben oder verschwunden ist, eine weitere der Figuren geköpft, obwohl ich mit den Morden nichts zu tun hatte. Ich habe niemanden umgebracht. Nicht direkt.«

Deborah schlug das Herz bis zum Hals. Spannung wand sich durch ihre Brust. Sie beugte sich noch etwas weiter vor, den Mund geöffnet, schnell atmend.

»Ich habe die Schüssel mit den Pilzen in die Küche gestellt«, gab Stella vor der Kamera zu. »Um die mentalen Daumenschrauben anzuziehen. Um Nathan, den Mykologen, nervös zu machen. Um alle nervös zu machen, die wussten, dass er sich mit Pilzen auskennt. Ich habe die Bordelektronik sabotiert. Ich habe das Gemälde zur Lodge gebracht, das Franz in Auftrag gegeben hat. Das alles habe ich schon vor ein paar Wochen gemacht, dann habe ich die Tüte mit Lebensmitteln und das Buch und das Schachbrett und die Figuren im Haus platziert. Und das Gewehr mitsamt der Munition. Ich habe

Benzin für den Generator hergebracht und in den Schuppen gestellt. Dosen mit Lebensmitteln, die uns eine Weile ernähren sollten, so lange es eben dauern würde. Ich habe das Gedicht, das Franz geschrieben hat, in das Buch gelegt. Ich habe den Wildpfad ausgekundschaftet, zu dem ich schließlich alle gebracht habe, in dem Wissen, dass er nirgendwo hinführen würde. Dass er uns nicht nach Kluhane Bay bringen würde, jedenfalls nicht rechtzeitig. Nicht bevor der Schnee kommt. Ich weiß, dass auch keine Hilfe kommen wird. Weil ich die Nachricht, die wir an unsere möglichen Retter geschrieben haben, mitgenommen habe.«

Deborah beugte sich noch weiter vor. Heiße Wut erblühte in ihrem Herzen. Ihr Finger am Abzug zuckte. Sie hatte so lange durchgehalten, sie hatte so getan, als wäre sie unschuldig, sie hatte darauf gewartet, dass die anderen sterben würden, bis nur noch sie am Leben wäre. Und dann würde Hilfe kommen. Da war sie sicher gewesen. Weil sie die Nachricht zurückgelassen hatten.

»Folgendes habe ich jedoch nicht getan: Ich habe mein Flugzeug nicht losgeschnitten. Ich weiß nicht, was aus Jackie Blunt geworden ist. Ich habe Bart Kundera nicht getötet. Ich habe die Pilze nicht in Stevens Essen gemischt. Ich habe Katie Colbourne nicht erhängt. Aber ich weiß, wer es war. Und wenn ihr euch anschaut, was die Kamera vor dieser Aufzeichnung gefilmt hat, dann werdet ihr es auch wissen. Ihr werdet hören, wie Deborah Strong offenbar mit einem Messer in der Hand Katie Colbourne dazu zwingt, auf diesen Stuhl zu steigen. Ihr werdet hören, wie sie Katies Tochter bedroht, und dann werdet ihr hören, wie sie den Stuhl unter Katie wegtritt, weil Katie herausgefunden hat, wer sie ist. Und Deborah will nicht, dass die Wahrheit ans Licht kommt. Ihr werdet Katie Colbourne sterben hören.«

Scheiße! Scheißescheißescheiße! Das darf sie nicht tun. Wenn das jemand hört ... dann ist alles vorbei.

Deborah trat aus den Schatten. »Hör auf, Stella! Hör sofort auf.«

Stella fuhr herum, mit vor Schreck offenem Mund.

Deborah zielte mit dem Gewehr auf ihren Kopf und schaltete ihre eigene Stirnlampe an. »Weg von der Kamera. Sofort. Na los.«

Stella sprang auf, ihr Gesicht war gespenstisch weiß.

»Du bist doch krank«, fauchte Deborah. Sie zitterte am ganzen Körper. Unkontrolliert. »Weißt du das? Du bist eine scheißkranke Irre!«

Langsam hob Stella die Hände und wich einen kleinen Schritt zurück. »Deborah, nimm das Gewehr runter.«

»Warum? Weil sonst jemand sterben könnte?« Wild lachte sie auf. »Das hier wird nur einer überleben. Es *kann* nur einen geben, Stella. Wie es in dem Gedicht heißt. Und dieser Jemand werde ich sein.«

»Deborah. Bitte, leg das Gewehr weg.«

Das Knacken eines zerbrechenden Zweigs ertönte hinter ihr, gefolgt von einer Männerstimme.

»Was ist hier los?«

Deborah fuhr herum.

Steven. Vornübergebeugt stand er da und stützte sich mit einer Hand an einem Baumstamm ab.

»Tu, was Stella sagt, Deborah«, krächzte er schwach. »Nimm ... einfach das Gewehr runter. Wir ... brauchen die Kugeln ... für die Wölfe.« Er machte einen zögerlichen Schritt auf sie zu.

Deborahs Finger schloss sich fester um den Abzug, der Hass schwärzte ihr Herz.

»Bleib. Sofort. Stehen.«

Er ging noch einen Schritt auf sie zu.

»Bleib stehen, Steven, sonst erschieße ich dich. Und weißt du was? Ich will dich sogar töten. Wenn du Stellas Sohn nicht überfahren und umgebracht hättest, dann wären wir alle nicht hier, gefangen in diesem beschissenen Albtraum.«

Ein leiser Schmerzenslaut kam von Stella. Doch Deborah sah nur Steven an. Schussbereit. Das Rauschen ihres eigenen Bluts in den Ohren.

Schwankend, von dem Gift völlig entkräftet, stolperte Steven einen weiteren Schritt nach vorn.

Deborah hob das Gewehr und schoss.

Steven erstarrte. Sie hielt den Atem an. Er sah in das Licht ihrer Stirnlampe, direkt in ihre Augen. Ein dunkler Fleck erblühte auf seiner Brust. Seine Knie knickten ein. Er hob ihr eine Hand entgegen, als wollte er sie um Hilfe bitten.

Dann sank er zu Boden und fiel mit einem leisen, dumpfen Geräusch auf den Waldboden.

Die Lodge-Gruppe

STELLA

Stella zuckte zurück, als Deborah den Lauf der Waffe wieder zu ihr herüberschwang. Ihr Puls jagte, und ihr Blick schoss zu Steven. Zu dem dunklen Blutfleck, der sich auf seiner Brust ausbreitete.

»Mach die Kamera aus«, rief Deborah. »Sofort!«

Stella schluckte und bewegte sich vorsichtig auf die Kamera zu, den Blick auf Deborah und das Gewehr gerichtet. Sie schaltete den Camcorder aus. Das blinkende rote Licht erlosch.

Steven stöhnte und hob die Hand vom Boden. Stella stockte der Atem. Instinktiv bewegte sie sich auf ihn zu.

»Stopp!«, fuhr Deborah sie scharf an. »Bleib weg von ihm. Geh zurück zum Feuer, zu den anderen.«

Stella sah Deborah in die Augen. »Ich gehe zu Steven.«

»Dann bringe ich dich um, verlass dich drauf«, drohte Deborah.

Doch Stella ging weiter, zu Steven. Schweiß sammelte sich in ihren Achselhöhlen, ihr Mund wurde trocken, ihr Gehirn arbeitete fieberhaft. Sie ließ sich in die Hocke sinken.

»Steven?«, fragte sie leise.

In der Dunkelheit trafen sich ihre Blicke. Als sie den Schmerz in seinen Augen sah, krampfte sich ihr Herz zusammen. Auf einmal kniete sie wieder auf der nassen Straße und sah in die Augen ihres Sohnes. Dieser Mann hatte ihr Kind getötet. Und war dann geflohen.

»Stella«, flüsterte er, und eine dunkle Blutblase formte sich in einem Mundwinkel. »Ich … ich habe ihn getötet. Ich habe deinen Jungen getötet. Und … es tut mir leid.« Er hustete und holte pfeifend Luft. »Es tut mir so, so leid.«

Tränen stiegen ihr in die Augen und liefen ihr über die Wangen. Sie begann zu zittern. All ihr Hass … jede glühend rote, messerscharfe Scherbe davon zerbarst mit einem Mal. Es war so weit. Sie sah hinauf in die Baumkronen, während die Tränen ihr immer weiter über das Gesicht rannen. Sie blickte hinauf zu dem Dach aus den uralten Ästen dieses Waldes, der seit Jahrtausenden hier wuchs. Sie hörte das Heulen eines Wolfs und spürte die Ewigkeit der Wälder und des Universums um sie herum.

Sie fühlte Ezekiel bei sich.

Auf einmal war nichts mehr wichtig. Sie begann zu schluchzen, ihre Schultern bebten, als alles in ihr losließ.

Steven streckte die Finger nach ihrer Hand aus und strich über ihre Haut. Er war eiskalt. »Ich hatte … Angst, Stella.« Er hustete, keuchte, versuchte Luft zu holen. »Ich … bin selbstsüchtig. Und ich war … starr vor Schreck.« Wieder versuchte er einzuatmen. Blutiger Schaum sammelte sich auf seinen Lippen. »Ich … habe verdient, was du getan hast. Ich … verdiene es … zu sterben. Bitte … bitte verzeih … mir.« Er verstummte und sah sie an.

In der Dunkelheit sah das Blut, das ihm aus dem Mund lief, ganz schwarz aus.

Stella blickte zu Deborah hinüber. Reglos stand sie da, das Gesicht schneeweiß unter der Lampe, die wie das Auge eines Zyklopen mitten auf ihrer Stirn saß.

Auf einmal wollte Stella nur noch fliehen. Sie hatte von Steven bekommen, wofür sie all das getan hatte. Doch nun, konfrontiert mit Hunger, Erschöpfung, Schmerz, Abgeschiedenheit und mit den endlosen, ewigen Wäldern und Bergen, standen die Dinge auf einmal anders. Sie wollte nichts mehr mit diesem grauenvollen Albtraum zu tun haben, den sie zusammen mit Franz erschaffen hatte.

Ein anderer Teil von ihr konnte jedoch nicht fliehen. *Sie* hatte dies hier hervorgerufen. *Sie* war dafür verantwortlich. Außerdem konnte sie nirgendwo mehr hin – sie konnte nie wieder nach Hause zurückkehren. Wenn sie schon hier draußen sterben würde, dann würde sie es zu ihren eigenen Bedingungen tun. Nicht so, wie Deborah es ihr vorgab. Oder Steven. Oder sonst irgendjemand. Sie würde als ein Mensch sterben, der immer noch zu Mitgefühl fähig war.

»Ich bringe ihn zurück zum Feuer, in Ordnung?«, rief sie.

Ihre Worte schienen Deborah aus ihrer Starre zu reißen.

»Du bleibst, wo du bist.« Das Gewehr weiter auf Stella gerichtet, trat Deborah rückwärts zur Kamera. Sie griff danach und steckte sie in die Tasche.

Stella ignorierte ihren Befehl. Sie schob beide Hände unter Stevens Achseln, hob ihn an und zog ihn ein paar Zentimeter über den Boden. Er stöhnte vor Schmerz. Noch mehr Blut floss ihm aus dem Mund und strömte aus der Wunde auf seiner Brust. Stella spürte, wie es ihr heiß über die Hände lief.

Wieder stiegen ihr die Tränen in die Augen. Sie holte tief Luft, zog mit aller Kraft. Es gelang ihr, Steven noch ein Stück weiterzuzerren, die Absätze seiner Stiefel hinterließen Schleifspuren im Lehm.

Steven schrie auf vor Schmerz.

Stella, geschwächt vom Nahrungsmangel, fiel erschöpft auf die Knie. Sie keuchte, Verzweiflung packte sie.

»Lass ihn, Herrgott noch mal.« Deborah kam auf sie zu. »Lass ihn einfach liegen.«

Tränen schimmerten auf Stevens erdverschmierten Wangen. Sein Atem gurgelte. Grenzenloser Abscheu vor Deborah erfüllte Stella.

Noch einmal versuchte sie, Steven zum Feuer zu ziehen. Dieses Mal kam sie ein paar Meter weit. Dann rutschte sie im Schlamm aus und fiel in den Dreck. Ihr Atem ging schwer.

Auf einmal hörte sie wieder, was Franz gesagt hatte.

»Die Fassade der Zivilisiertheit ist nur sehr, sehr dünn, Stella. Wie die zarte Schale eines Vogeleis. Sie zerbricht unter dem leichtesten Druck. Und durch die Risse dringt kein Licht hinein. Dort sickert das Böse heraus. Dort leben die Monster, in der heraussickernden Masse. Meine Spiele, meine Skripte … Beides verursacht höchstens die Risse. Den Rest übernehmen die Spieler selbst. Sie zeigen uns, was wir alle wirklich sind, tief drinnen, in unserem Innersten. Bestien.«

Stella musterte diese Kreatur, diesen Zyklopen mit der Waffe vor sich. Dann räusperte sie sich.

»Ich tue es trotzdem, Deborah. Ich nehme ihn mit mir zurück zum Feuer. Ich bringe ihn zu Monica und Nathan zurück.«

»Er stirbt doch sowieso. Morgen wäre er tot gewesen. Wie ihr alle. Mit oder ohne meine Hilfe.«

»Lass … mich einfach sterben«, murmelte Steven. »Lass mich … sterben.« Er hustete einen dunklen Blutklumpen aus und begann nach Luft zu ringen.

Stella beugte sich über ihn und strich ihm sanft eine feuchte, blutige Haarsträhne aus der Stirn. »Ich bringe dich zurück zum Feuer. Zu den anderen. Da ist es wärmer.«

»Warum … warum, Stella? Warum … bist du … so gütig zu mir?«

»Weil ich nicht anders kann. Ich kann dich nicht hier draußen liegen lassen, damit dich die Wölfe bei lebendigem Leib auffressen, Steven.«

»Ich habe deinen Sohn getötet.«

Stella stockte für einen Moment der Atem. Sie blinzelte, holte sich wieder in die Gegenwart zurück. »Ich … ich weiß«, sagte sie leise. »Aber ich kann dich nicht sterbend hier liegen lassen, so wie du ihn sterbend auf der Straße liegen gelassen hast.« Ihre Kehle war wie zugeschnürt. »Weil … ich besser bin als das, Steven. Ich bin besser als du. Ich …«

Ein Rascheln drang aus den Schatten.

Stella verstummte.

Deborah fuhr herum, schwang die Waffe in Richtung des Geräuschs.

Monica trat aus der Dunkelheit und dem Nebel heraus.

»Was zum …?« Ihr Blick schoss von Steven zu Stella zu Deborah. »Was ist passiert? Was ist hier los?« Sie sah wieder Steven an. Ein unmenschlicher Laut drang aus ihrer Kehle, als sie neben ihm auf die Knie fiel.

»Hast du das getan?«, brüllte sie Deborah an. »Hast du auf ihn geschossen? Du verdammtes Miststück, du …«

»Halt's Maul«, zischte Deborah. Sie zielte auf Monica. »Und werd jetzt ja nicht hochnäsig, du reiche alte Schlampe. Ausgerechnet du. Weil du ein Kind getötet hast. Mit ihm.« Mit dem Kinn ruckte sie zu Steven hinüber, der am Boden lag. »Und dein Ehemann ihm Pilze ins Essen gemischt hat.«

Monica wurde kreidebleich. »Was?«

»Steh auf. Geh zurück zum Feuer.«

Monica sah Stella an. »Stimmt das? War es Nathan?«

»Hilf mir, Monica«, sagte Stella. »Hilf mir, ihn zum Feuer zurückzuziehen.«

Monica starrte sie nur an, stumm, mit offenem Mund – eine Wahnsinnige, deren Haar wirr in alle Richtungen abstand.

»Monica«, rief Stella.

»Ist das wahr?«

»Frag ihn selbst. Er ist dein Mann. Aber bitte … bitte hilf mir mit Steven. Wir können ihn nicht hierlassen. Die Wölfe werden kommen. Sie werden das Blut riechen.«

Es gelang ihnen, ihn zum Feuer zurückzuziehen. In ihrem hungrigen, durstigen, geschwächten Zustand kostete es sie übermenschliche Anstrengung. Monica und sie lehnten Steven an einen moosüberwachsenen umgestürzten Stamm. Er sah aus wie ein fremdartiges Wesen mit seiner gelben Haut, den gelben Augen und dem dunklen Blut, das ihm aus dem Mund lief.

»Drück deine Faust im Handschuh auf die Wunde«, sagte Stella. Ihr fiel sonst nichts ein, was sie verwenden konnten. Außer dem, was sie am Körper trugen, hatten sie nichts mitgenommen.

»Was ist los?«, fragte Nathan und setzte sich neben dem Feuer auf. Er zitterte. Im Licht der Flammen wirkte er fiebrig. Ein Schweißfilm bedeckte sein Gesicht.

Monica ließ sich neben Nathan zu Boden sinken.

Deborah stand auf der anderen Seite des kleinen, von Steinen eingefassten Feuers. Sie hielt das Gewehr vor sich. Stella blieb ebenfalls stehen. Sie musterte die Szene, versuchte fieberhaft, sich einen Ausweg einfallen zu lassen.

»Deborah hat auf Steven geschossen«, sagte Monica leise zu ihrem Mann.

»Was?«

»Nathan, hast du ihn vergiftet – warst du es?«, fragte Monica.

Er sah seiner Frau in die Augen. Sagte nichts.

Langsam hob sie die Hand vor den Mund. Dann sah sie Steven an. Tränen glitzerten in ihren Augen.

»Ich hasse ihn«, brachte Nathan mit klappernden Zähnen hervor. »Ich hasse ihn, und ich will, dass er stirbt.«

»Ich hasse dich auch, Nathan«, flüsterte Steven. »Keine ... Eier. Keine ... scheiß Eier.«

»Aber schau dir an, wer jetzt stirbt – *du* stirbst, Steven.«

»Ach, halt's Maul«, blaffte Deborah. »Ihr haltet jetzt alle die Klappe. Hinsetzen, Stella.«

Stella stürzte sich auf die Waffe.

Deborah sah sie kommen, wich aus, riss den Gewehrkolben hoch und schlug ihn hart gegen Stellas Kopf. Es krachte laut. Die Wucht des Aufpralls erschütterte ihren ganzen Schädel. Sie fühlte Knochen brechen. Der Schlag vibrierte in ihrem Kiefer, und sie biss sich auf die Zunge. Sie versuchte, das Gleichgewicht wiederzufinden, stolperte jedoch immer weiter nach vorn.

Schließlich fiel sie in den Schlamm. Der Wald drehte sich um sie wie ein schwindelerregendes Kaleidoskop. Übelkeit stieg aus ihrem Bauch auf. Der Wald wurde dunkler. Die Zeit schien sich zu dehnen. Die Rufe und Laute der anderen wurden immer leiser, bis sie aus einer anderen Dimension heranzudringen schienen. Stella lag flach auf dem Bauch. Das Gesicht zur Seite gedreht, die Wange auf den spitzen Kiefernnadeln. Durch halb geschlossene Lider sah sie den anderen zu, als würde sie sich einen Film ansehen, der nichts mit ihr zu tun hatte. Sie konnte sich nicht bewegen.

Wie in Zeitlupe drehte sich Deborah um. Sie hob das Gewehr an die Schulter und zielte auf Steven, der hilflos an seinem Stamm lehnte.

»Du bist ein Mörder. Sag auf Wiedersehen, Steven.«

Sie drückte ab. Der Rückstoß ließ den Gewehrkolben gegen ihre Schulter prallen, das Echo des Schusses breitete sich im Wald aus. Ein Vogel flog erschrocken auf und flatterte panisch durch die Zweige. Ein schwarzes Loch erschien zwischen Stevens Augen. Seine Hände fielen schlaff herab. Seine gelben Augen starrten auf einmal blicklos ins Leere. Sein Mund stand offen.

Monica kreischte wie verrückt.

Ganz ruhig ließ Deborah den Lauf der Waffe zu Nathan hinüberschwingen. Sie schoss. Die Kugel schlug in seinen Hals ein. Ein Schauer durchlief seinen Körper. Monica neben ihm sprang auf und rannte schreiend in die neblige Dunkelheit des Waldes hinein.

Das Drehen in Stellas Kopf ließ ein wenig nach. Sie konnte sich wieder bewegen. Sie kämpfte sich auf Hände und Knie hoch, dann gelang es ihr, auf die Beine zu kommen. Während sie schwankend und stolpernd in die entgegengesetzte Richtung von Monica davonlief, hörte sie einen weiteren Schuss.

Stella erreichte den Schutz einiger dichter stehender Bäume und drehte sich um. Monica kroch wimmernd und schluchzend voran. Die Kugel hatte sie in den Rücken getroffen.

Deborah fuhr herum, sah Stella.

Stella keuchte und duckte sich in den Schatten der Bäume.

Die Lodge-Gruppe

STELLA

Mittwoch, 4. November

Stella versteckte sich. Sie kauerte hinter dem Stamm einer alten Tanne, unter den schweren Ästen, still und zitternd. Blut sickerte aus der Wunde an ihrem Kopf. Sie lauschte auf die fernen Schreie eines Adlers und das Heulen der Wölfe, das immer lauter wurde. Sie versuchte, ihren Verstand vor dem Grauen zu verschließen, das sich wahrscheinlich in diesem Augenblick unter dem Dach der Bäume des Hains entfaltete, blutig und entsetzlich.

Sie hatte keine Ahnung, wie lange sie schon dort kauerte, unter den schützenden Armen des alten Baums. Meilenweit war sie blindlings durch Wälder und Unterholz gebrochen. Deborah war ihr nicht nachgekommen. Hatte sie Stellas Spur verloren? Wartete sie darauf, dass sich Stella aus ihrem Versteck wagte?

Das fahle, graue Morgenlicht eines neuen Tages sickerte in den Wald. Immer noch konnte man beinahe nichts sehen durch die Wolken, die dicht und tief von den Berghängen herabrollten. Aus dem Nebel schwebten weiche Schneeflocken.

Stella kroch unter den Ästen hervor und lauschte. Sie konnte Deborah nicht hören. Vielleicht war es ihr tatsächlich gelungen, sie abzuschütteln. Stella glaubte, dass sie mit dem Blick nach Westen stand. In Richtung des Sees. Sie begann, in die Richtung zu gehen, die sie für Norden hielt. Durch Bäume und Gebüsch bahnte sie sich ihren Weg, in der Hoffnung, den Wildpfad wiederzufinden. So könnte sie ihren Weg zurückverfolgen. Im Grunde wusste sie nicht einmal, warum sie überhaupt versuchte zu entkommen.

Zum Teil wurde sie von schierer Sturheit angetrieben. Sie wollte Deborah nicht erlauben zu gewinnen. Deborah, die Stella das richtige Ende des »Spiels« verwehrte. Deborah, die sich nie dafür entschuldigen würde, wie sie dazu beigetragen hatte, dass Steven und Monica mit ihrem Verbrechen davongekommen waren.

Sie biss die Zähne zusammen gegen die bis ins Mark dringende nasse Kälte und gegen den Schmerz in ihrem Kopf, und sie erkannte, dass es da noch etwas anderes gab, was sie vorantrieb, etwas, was noch tiefer ging: schierer Überlebenswille. Ursprünglich. Animalisch. In jede Zelle und Faser ihres Seins eingebrannt. Auf einmal begriff sie, dass sie nicht dafür geschaffen war, sich selbst das Leben zu nehmen.

Jemand anderes würde das für sie tun müssen.

Nur nicht Deborah. Auf keinen Fall Deborah. Sie weigerte sich, Deborah diese Macht zu geben.

Sie ging immer weiter, durch Erlenschösslinge, Brombeergebüsch und dichte Nadelholzwäldchen. Die Erinnerungen daran, was im Hain geschehen war, verfolgten sie wie tollwütige Bestien. Stevens Stimme.

»Ich habe deinen Sohn getötet … ich … verdiene es … zu sterben. Bitte … bitte verzeih … mir.«

Deborah, den Finger am Abzug. Das Krachen des Schusses. Der Ausdruck in Stevens Augen. Nathans fiebriges Krächzen.

Sie ging schneller, versuchte vor den Stimmen davonzulaufen. Ihre Muskeln brannten. Sie wurde noch schneller. Die kalte Luft verwandelte sich in ihrer Kehle in etwas Raues und Scharfes. Sie hörte ein Kratzen in der Brust. Sie begann zu weinen. Rannte los, Zweige schlugen ihr ins Gesicht.

Auf einmal war der Fluss da.

Stella blieb stehen. Schwer atmend starrte sie das Wasser an.

Es floss schnell und still zu ihren Füßen dahin, so klar wie Glas, über glatte Steine und Felsen. Doch rechts von sich hörte sie das Donnern und Rauschen von Stromschnellen. Irgendwo dort, verborgen hinter dem Nebel, stürzte das Wasser in die Tiefe.

Stella zögerte. Sie sah sich um. Sie konnte einen anderen Weg gehen.

Doch da knackte es plötzlich hinter ihr. Das Brechen von Zweigen. Sie fuhr herum. Wie eine Erscheinung tauchte Deborah aus dem Nebel auf, das Gewehr in den Händen. Sie rannte direkt auf Stella zu.

Das Herz schlug Stella bis zum Hals.

Sie drehte sich um und lief in den Fluss hinein. Die Eiseskälte raubte ihr den Atem. Sie watete weiter, tiefer hinein. Wasser floss in ihre Schuhe. Die Strömung zog an ihren Beinen. Je weiter sie ging, desto stärker zerrte das Wasser an ihr. Sie näherte sich der Flussmitte. Die Wellen reichten ihr bis zu den Oberschenkeln. Sie stemmte sich gegen die Kraft der Strömung.

Schnell. Schnell.

Sie hörte ein Platschen hinter sich. Das Gurgeln von Wasser.

Sie warf einen Blick über die Schulter.

Deborah holte auf, sie watete schneller als sie. Das Gewehr hielt sie nach oben, aus dem Wasser heraus. Stumm.

Dieses Schweigen war entsetzlich. Es machte sie zu einem verbissenen, stillen, unaufhaltbaren Monster.

Stella zwang sich dazu, noch schneller zu gehen, doch sie machte einen zu großen Schritt, und die rasante Strömung brachte sie aus dem Gleichgewicht. Sie stolperte, fiel. Der Schock der Kälte erfasste sie. Sie ruderte wild mit den Armen, Wasser spritzte umher, während der Fluss sie mitriss. Sie schlug gegen einen Felsen, packte ihn mit ertaubenden Händen, hielt sich fest. Sie kam zu Atem, und es gelang ihr, sich wieder auf die Füße zu kämpfen.

Sie sah auf.

Deborah stand in der Mitte des Flusses. Sie hob das Gewehr, schmiegte den Kolben an ihre Schulter, zielte, krümmte den Finger um den Abzug. Und drückte ab.

Fast gleichzeitig mit dem Krachen des Schusses spürte Stella den Einschlag – als hätte sie ein Hammer mit voller Wucht an der Schulter getroffen.

Langsam, wie in Zeitlupe, drehte sie den Kopf. Sah hinab auf ihre Schulter. Zerrissener Stoff. Zerrissenes Fleisch. Sie drückte die Hand auf die Wunde. Blut floss ihr warm über die eiskalten, geröteten Finger. Sie starrte Deborah an.

Deborah erwiderte den Blick, das Gewehr seitlich in einer Hand.

Ihr sind die Kugeln ausgegangen. Sie hat keine Munition mehr …

Doch Stella kam nicht mehr gegen die Stärke des Flusses an. Ihre Kraft war aufgebraucht. Frisches Blut strömte aus ihrer Kopfwunde. Sie sah, wie Deborah die Kamera aus der Tasche nahm und mehrmals gegen einen Felsen schlug. Einmal, zweimal, dreimal. Doch sie konnte das Krachen, das dabei entstehen musste, nicht hören. Das Brüllen der vom Nebel verborgenen Stromschnellen hinter ihr schluckte alle Laute.

Deborah hob die zerstörte Kamera hoch über den Kopf, winkte Stella damit zu und warf sie dann in den Fluss hinaus.

Stella versuchte, sich von dem Felsen abzustoßen, gegen den sie gedrückt wurde. Sie machte einen Schritt, versuchte davonzuwaten. Fast augenblicklich riss ihr der Fluss die Beine unter dem Körper weg, und sie stürzte. Kreiselnd und wirbelnd trieb das Wasser sie auf die Stromschnellen zu. Ihr Kopf schlug gegen einen Felsen. Hart. Schmerz breitete sich in ihr aus. Sie spürte, wie ihr erneut das Bewusstsein entglitt. Dann wurde alles schwarz, während sie mit dem Gesicht nach unten auf das Donnern des Wassers zugetrieben wurde.

JETZT

MASON

Freitag, 13. November

Mason fuhr zusammen, als Deborah auf Steven feuerte. Die Aufnahme der Kamera zeigte ihnen, wie Steven fiel. Masons Mund wurde trocken. Er warf den anderen einen Blick zu.

In angespanntem Schweigen saßen Fielding, Jayne und Hubb da, gebannt von den rohen, schockierenden Bildern, die Mienen starr, die Gesichter blass. Nur auf Hubbs Wangen hatten sich zwei kreisrunde rote Flecken gebildet.

Hubb begegnete seinem Blick. »Wir haben sie.« Ihre Stimme klang rau, leise, ungewohnt. »Wir haben Deborah Strong. Auf Band. Wie sie Steven umbringt. Wir haben Stellas Geständnis.«

Er schluckte, deutete ein Nicken an und wandte seine Aufmerksamkeit dann wieder dem Bildschirm zu.

»Mach die Kamera aus«, rief Deborah. »Sofort!«

Stella bewegte sich auf den Camcorder zu. Dann wurde der Bildschirm schwarz.

Fielding spulte zurück. Auf einmal sahen sie eines der Zimmer in der Lodge. Offenbar lag die Kamera auf dem Bett, denn eine Bettdecke nahm den Großteil des Bildes ein. Doch sie konnten hören, welches Grauen sich in diesem Raum abgespielt hatte.

Wie gelähmt lauschten sie Deborah, die Katie Colbourne mit einem Messer bedrohte und ihr schwor, sie würde ihre Tochter töten, wenn Katie nicht kooperierte. Sie brachte Katie dazu, den Kopf in eine Schlinge zu stecken, dann folgte das Klappern eines umgetretenen Stuhls.

Mason wurde übel, während er mit anhören musste, wie Katie keuchend und gurgelnd und mit den Füßen tretend um ihr Leben kämpfte.

Fielding spulte noch weiter zurück, bis sie sahen, wie die Gruppe im strömenden Regen an der Lodge ankam. Wie Deborah aus dem Wasser und dem Schilf gezogen wurde, nachdem sie in den See gefallen war. Dann, noch davor, wie sich alle lächelnd vor dem gelben Wasserflugzeug versammelten, an einem strahlend schönen Herbsttag in den Bergen von Thunderbird Ridge.

Schließlich beugte sich Fielding vor und beendete die Vorstellung. Hart rieb er sich über das Gesicht.

»Scheiße«, flüsterte Hubb und lehnte sich zurück. »Stella hat sie nicht umgebracht. Sie hatte es nicht einmal vor. Nicht direkt. Ich frage mich, ob sie am Ende das Gefühl hatte, ein wenig Gerechtigkeit bekommen zu haben.«

»Was ist überhaupt Gerechtigkeit?«, fragte Jayne. »Was ist Vergeltung? Man könnte sagen, dass sie beides am Ende bekommen hat. Sie hat alle leiden lassen. Und sie wussten, *warum* sie gelitten haben.«

»Ich glaube, ich brauche eine Dusche«, sagte Hubb, stand auf und streckte sich.

Mason stand ebenfalls auf. »Wir haben, was wir brauchen, um Deborah für eine lange, lange Zeit wegzusperren. Gehört jetzt alles euch«, sagte er an Fielding und Jayne gewandt. Wenn er ehrlich zu sich war, dann war er froh, dass es vorbei war. Auch er wusste im Grunde nicht, wer Gerechtigkeit bekommen hatte.

»Wie wäre es, wenn wir noch zusammen etwas essen, bevor wir abfliegen?«, fragte Jayne und begann, ihre Papiere einzusammeln, während Fielding die restliche Ausrüstung zusammensuchte.

Mason warf einen Blick auf die Uhr und schüttelte den Kopf. »Nein, vielen Dank, ich habe eine Verabredung. Mit Hubb und einer Schar Achtjähriger.«

»Oh, Mist«, rief Hubb. »Das hätte ich fast vergessen. So spät ist es schon? Podgorsky müsste jeden Moment mit der ganzen Bande hier sein.« Eilig schüttelte sie Fielding und Jayne die Hand. »Es war mir eine Ehre, mit Ihnen beiden zu arbeiten, Detectives«, sagte sie.

»Ich hoffe, wir sehen uns wieder, Hubble«, antwortete Fielding. »Nächstes Jahr werden ein paar unserer Officers versetzt, und irgendwann in naher Zukunft möchten wir unser Ermittlerteam verstärken.«

Hubb lief rot an und grinste breit. »Danke, Sir. Ja, Sir.« Und damit eilte sie hinaus.

Jayne hielt einen Moment lang Masons Blick, als sie einander ebenfalls die Hände schüttelten.

»Geht es Ihnen gut hier draußen?«, fragte sie. »Haben Sie sich schon etwas eingelebt?«

Er dachte an Callie. Und an Benny und die anderen Kinder, die auf ihn warteten, und er lächelte. Ein aufrichtiges Lächeln. »Es geht mir hier im Moment besser als an jedem anderen Ort der Welt.«

Jetzt

CALLIE

Callie grinste, als Benny und seine Klassenkameraden lachend auf den Tisch zurannten, auf dem ihr Mittagessen bereitstand, großzügig spendiert von der Kluhane Bay RCMP und serviert in einer der Garagen des Reviers.

Mason hatte Wort gehalten. Er hatte Bens Klasse, die zusammengelegte zweite und dritte Jahrgangsstufe, die insgesamt aus nur neun Schülern bestand, zu einem Besuch in die Polizeidienststelle eingeladen.

»Sie sehen zufrieden aus«, kommentierte Mason, der Callie dabei half, Pappteller an die Kinder zu verteilen, die bergeweise Fried Chicken und Pommes darauf türmten, begleitet von winzigen Krautsalatportionen.

Callie verzog das Gesicht, als sie zusah, wie die Kinder über ihr Essen herfielen. »Warum wollen Kinder und Gemüse einfach nicht zusammenpassen?«

»Hey, ich mag auch kein Grünzeug.« Mason zögerte, woraufhin sie ihn ansah. »Und Luke mochte es auch nicht.« Er hielt ihr einen Teller hin. »Was ist mit dir? Wie wär's mit Hühnchen?«

Einen Moment musterte sie ihn und dachte an seinen Verlust, daran, wie es ihn treffen musste, Ben und die anderen

Kinder zu sehen. Dann schnitt sie eine Grimasse. »Echt jetzt? Weißt du, um wie viele Jahre eine einzige Portion davon deine Lebenserwartung verkürzen kann?«

»Colonel Sanders hat Kentucky Fried Chicken gegründet und ist neunzig geworden.« Er lächelte. Etwas blitzte in seinen Augen auf.

Callie hielt inne, fasziniert davon, wie dieses Lächeln sein Gesicht, sein ganzes Wesen veränderte. Bis jetzt hatte sie ihn nicht lächeln sehen, jedenfalls nicht so. Er hielt ihren Blick, und ein leises Knistern schien in der Luft zwischen ihnen zu liegen. Sie nahm ihm den Teller aus der Hand, sah weg, zögerte, dann nahm sie sich ein Stück von dem Fried Chicken, nur um die seltsame Spannung dieses Augenblicks zu brechen.

Sie setzte sich an einen der Picknicktische, die von den Polizisten extra für diesen Anlass hergebracht worden waren. Hubb saß mit ein paar der Kinder an dem Tisch, an dem Benny Hof hielt. Gerade lachte sie ihm zu. Callies Herz erblühte, als sie ihren Sohn so sah. Er war einfach er selbst. Glücklich. Zuversichtlich. Zusammen mit seinen Freunden.

Mason setzte sich ihr gegenüber. Er biss in einen Pommesschnitz, während sein Blick dem ihren zu dem Tisch voller Kinder folgte.

»Woher wusstest du, dass das Hühnchen so ein Volltreffer ist?«, fragte sie und biss in ihr eigenes Stück.

»Hat Ben mir gesagt.«

Sie sah ihn an. »Wann hast du ihn denn danach gefragt?«, brachte sie mit vollem Mund heraus.

»Als ich in der Schule war, um die Kids einzuladen. Er ist zu mir gekommen und hat mir Hallo gesagt, und wir haben uns ein bisschen unterhalten. Da hat er mir verraten, dass er am liebsten das Fried Chicken aus dem Restaurant neben dem Krankenhaus isst.«

»Du bist extra den ganzen weiten Weg bis nach Silvercreek gefahren, um Hühnchen zu holen?«

»Nein.« Er steckte sich den Rest des Kartoffelschnitzes in den Mund und kaute. »Ich habe Podgorsky geschickt. Hab ihm gesagt, dass er irgendwas Isoliertes mitnehmen soll, damit das Essen auf der Rückfahrt warm bleibt.«

Silvercreek. Krankenhaus. Peter. Callies Gedanken kehrten zu dem Tag zurück, an dem sie das Wasserflugzeug gesucht hatten. Wie unbedingt Ben dieses Hühnchen hatte haben wollen, als sie zu Peter gefahren waren, nachdem sie die Beaver mit der Toten auf dem Pilotensitz gefunden hatten. Ihre Stimmung kippte. Sie hatte keinen Hunger mehr. Es war auch so schon schwer genug, dass Peter nicht da war, und mit Mason zusammen zu sein machte es nicht gerade leichter. Weil es gelogen wäre, wenn sie behauptete, dass sie sich nicht zu ihm hingezogen fühlte.

»Alles okay, Callie?«

Sie atmete tief durch. »Ja, ich bin immer okay.« Sie brachte ein Lächeln zustande. »Du weißt schon. So ist das Leben.« Sie zuckte mit den Schultern.

»Peter?«

Sie nickte.

»Wenn du darüber reden willst, dann …«

»Will ich nicht.«

Er hielt kurz inne, das Hühnchen in Händen. »Okay«, sagte er ruhig.

»Mason … ich liebe ihn. Ich liebe meinen Mann.« Ihre Wangen brannten, als sie das sagte.

»Ich weiß.«

Sie fluchte leise und legte ihr Hühnchen zurück auf den Teller. »Es tut mir leid. Ich … ich weiß auch nicht, woher das gerade gekommen ist. Gott, ich komme mir so blöd vor.« Sie wollte aufstehen.

Doch er legte seine Hand auf ihre. »Callie, hör auf. Ich verstehe schon.«

Sie schluckte, auf einmal hatte sie einen Kloß im Hals.

»Es ist alles klar, Callie. Nur … vergiss nicht, dass ich da bin, falls du mal jemanden zum Reden brauchst. Du hast mir geholfen. Einfach, indem du mir zugehört hast. Du hast mir bei den Taheese Narrows den Arsch gerettet. Du hast mir über die Stammbrücke bei der Klamm geholfen.« Er schien kurz zu zögern, dann sprach er leiser weiter. »Du hast mir mehr geholfen, als du wissen kannst. Kluhane ist ein kleiner Ort, und es wäre toll, ein paar Freunde hier zu haben. Das wäre ich gern – einfach dein Freund. Und Bens.« Er lächelte. Es war ein weiches Lächeln. Ein wunderschönes Lächeln. Es löste ein Ziehen in ihrem Bauch aus, obwohl es das wirklich nicht sollte. Sie tastete nach ihrem Ehering, während sie seinen Blick hielt.

»Außerdem geben wir zwei ein ziemlich gutes Team ab.«

»Ja, stimmt wohl.«

Ben kam zu ihnen herüber, mit leuchtend roten Wangen. »Wir haben die Polizeiwaffen gesehen, Mom!« Rasch sah er zu Mason. »Nur anschauen, nicht anfassen.« Er grinste. »Und die Schneemobile und die Büros und die Gefängniszelle und die Dusche und die Überdachungskameras.«

»Überwachungskameras«, verbesserte Callie ihn.

Ben nickte. »Und da war sogar ein K9-Team. Officer Gregson hat gesagt, dass er aus der Polizeizentrale in Prince George kommt und mit seiner Hündin zu Besuch hier ist.«

Einer von Bens Freunden rief nach ihm, und er rannte zurück zum Tisch.

»Gregson ist also noch in der Stadt?«, fragte Callie.

»Er hatte ein paar Tage frei und hat beschlossen, noch ein bisschen hierzubleiben.«

»In *Kluhane Bay*? Zu dieser Jahreszeit?«

Masons Blick huschte zu Hubb hinüber, die immer noch am anderen Tisch saß und mit den Kindern lachte. »Ich schätze, gewisse Reize des Städtchens haben sein Interesse geweckt.«

»Hubb? Im Ernst?«

»Scheint so.«

Callie musterte Birken Hubble einen Moment. Die Vorstellung, dass sich Hubb mit Gregson traf, freute sie aufrichtig. Hubbs letzter Freund hatte sie völlig aus dem Blauen heraus verlassen, und sie war am Boden zerstört gewesen. Seither war sie, was Männer anging, ziemlich misstrauisch gewesen. Sie würde Callie fehlen, wenn sie schließlich versetzt wurde, wie es bei der RCMP üblich war.

»Seit sie bei Deborah Strongs Verhaftung mitgeholfen hat, schwebt sie auf Wolke sieben«, erzählte Mason. »Sie ist eine gute Polizistin. Sie wird es noch weit bringen.«

Callie zögerte. »Apropos Deborah Strong, was wird jetzt aus ihr? Wird sie wegen der Morde angeklagt?«

»Das übernehmen jetzt Fielding und der Crown Counsel. Ab jetzt läuft alles Weitere von Prince George aus. Aber ja, für die meisten der Morde wird sie wohl unter Anklage gestellt werden. Wir haben auf den Aufnahmen gesehen, wie sie Dr. Steven Bodine erschossen hat. Wir haben gehört, wie sie Katie Colbourne erhängt hat. Sie wurde dabei ertappt, wie sie im Krankenhaus versucht hat, Stella Daguerre umzubringen.«

»Oder wie sie versucht hat, die Sache zu Ende zu bringen.«

Er nickte. »Wahrscheinlich. Außerdem passen die DNS-Spuren auf dem Schrade-Messer zu Deborah oder besser zu Katarina Vasiliev, genau wie die Teilfingerabdrücke auf dem Fleischerbeil. Was sie sowohl mit Bart Kundera als auch mit Jackie Blunts Tod in Verbindung bringt. Als wir nach ihrer Verhaftung einen Suchlauf mit ihren Fingerabdrücken gestartet haben, hat sich herausgestellt, dass Deborah-Katarina erst vor Kurzem ihr Strafregister versiegeln lassen hat. Vor dreizehn

Jahren hat man sie verurteilt, weil sie eine andere Prostituierte in Victoria angegriffen hat, die sich in ihr Revier drängen wollte. Sie hat die Frau mit einem Messer verletzt. Ziemlich übel. Die Frau ist fast daran gestorben. Deborah saß neun Monate wegen Körperverletzung und Drogenbesitz im Gefängnis. Gewalt ist ihr nicht fremd.«

Callie hob die Brauen. »Dann ist sie also ein Ex-Häftling?«

Mason nickte und griff nach zwei weiteren Pommes. »Sie ist im Gefängnis clean geworden, wurde entlassen, hat ein Ausbildungsprogramm durchlaufen, ist clean geblieben, hat die erforderliche Zeit abgewartet und dann einen Antrag auf Begnadigung gestellt, die ihr gewährt wurde. Allerdings bleiben Strafakten nur versiegelt, solange man nicht wegen eines weiteren Verbrechens angeklagt wird.«

»Als du sie verhört hast, hat sie nichts von ihrer früheren Verurteilung gesagt?«

»Sie ist eine gute Lügnerin.«

»Was ist mit den anderen Morden? Mit denen an Nathan und Monica McNeill?«

»Solange Deborah nicht gesteht, Nathan und Monica erschossen zu haben, könnte es schwer werden, ihr das vor Gericht nachzuweisen. Zumindest wenn keine weiteren Beweise gefunden werden. Allerdings sind die Forensiker immer noch damit beschäftigt, im Hain Spuren zu sichern. Und in der Lodge. Außerdem gehen sie sämtliches Bildmaterial von der Kamera durch. Die Staatsanwaltschaft ist insgesamt ziemlich zuversichtlich. Deborah Strong geht zurück ins Gefängnis. Dieses Mal für eine sehr lange Zeit.«

»Warum hat sie Jackie Blunt auf dem Pilotensitz festgeschnallt und dann das Flugzeug losgeschnitten?«

Er schüttelte den Kopf. »Vielleicht verrät sie uns das irgendwann einmal. Im Moment lautet die allgemeine Theorie, dass sie glaubte, das Flugzeug würde auf den See hinausgetrieben werden und dann in dem Sturm irgendwo sinken. Sie wollte, dass Blunts Leiche mit der Maschine untergeht und nicht irgendwo an Land getrieben wird.«

»Die sprichwörtlichen Zementschuhe.«

Er grinste schief. »Vielleicht hat sie auch gehofft, dass man das Flugzeug nie findet. Oder dass es erst Jahrzehnte später entdeckt wird und es dann so aussehen würde, als wäre eine Pilotin mit ihrer Maschine abgestürzt.«

»Sie wird ihr Baby dadrinnen bekommen – im Gefängnis«, sagte Callie.

Er seufzte und nickte.

Sie sah weg. »Die Vorstellung bricht mir fast das Herz. Wegen dem Baby. Deborah hat versucht, ihr Leben in Ordnung zu bringen, und fast hätte sie es geschafft. Sie hätte die Vergangenheit hinter sich lassen können.«

»Bis diese Vergangenheit sie in Gestalt von Stella Daguerre doch wieder eingeholt hat.«

»Wie es klingt, hatte sie einen sehr schweren Start ins Leben. Offensichtlich ist es fast unmöglich, sich wieder freizukämpfen, wenn man einmal mit bösen Menschen in Berührung gekommen ist. Und jetzt gibt es da draußen einen Mann – einen unschuldigen Vater –, dessen Kind im Gefängnis zur Welt kommen wird. Durch dieses Kind wird er für immer mit Deborah Strong verbunden sein. Mit einer Verbrecherin. Das Kind wird in dem Wissen aufwachsen, dass seine Mutter eine Mörderin ist.«

»Guten Menschen passieren ständig schlimme Dinge. Babys kommen wohl kaum als böse Menschen zur Welt. Kindergartenkinder sagen wahrscheinlich selten, dass sie später einmal Verbrecher oder Häftlinge werden wollen, wenn man sie danach fragt.«

Callie sah ihm in die Augen. Sie hörte Masons Worte auf zwei Ebenen. Auch er hätte diesen jungen Mann vielleicht umbringen können, dessen Dummheit seine Frau und seinen Sohn das Leben gekostet hatte. Sie hatte keine Ahnung, wozu sie selbst fähig wäre, wenn jemand Benny bedrohen würde. Oder Peter.

»Manchmal ist das Einzige, was zwischen einem selbst und einer schlechten Entscheidung steht, nur ein guter Freund, Callie.«

Wie die Freunde, die Mason aufgehalten hatten, als er mit vor Wut kochendem Blut zum Haus des jungen Mannes gefahren war, der seine Frau und seinen Sohn gegen eine Felswand gedrängt hatte.

»Allerdings gibt es da auch Freunde wie Franz Gottman, der Stella Daguerre letztendlich über den Abgrund gestoßen hat«, konterte Callie.

Mason stieß ein leises Lachen aus »Ja, Gottman war … speziell.«

»Wie haben es Franz und Stella überhaupt geschafft, alle ausfindig zu machen, die bei Ezekiel Marshalls Tod eine Rolle gespielt haben?«, fragte Callie. »Wie ist ihren Privatdetektiven das gelungen, obwohl die Ermittlungen der Polizei damals nichts ergeben haben?«

Mason schob seinen Teller beiseite und wischte sich mit einer Serviette über den Mund. »Stella Daguerre hat den Bericht ihrer Privatdetektivin zurückgelassen, damit wir ihn lesen können. Er lag in einem Safe. Die Zeit hat geholfen. Wie dir jeder Cop, der sich mit Cold Cases auskennt, bestätigen wird, verändert die Zeit die Dinge. Allianzen verschieben sich. Menschen sterben. Alte Drohungen und alte Ängste verlieren auf einmal ihre Wirksamkeit. Leute, die geschwiegen haben, fangen aus unterschiedlichen Gründen plötzlich an zu reden. Jedenfalls haben sie die Zeugin des Unfalls ungefähr auf dieselbe Weise gefunden wie damals Dan Whitlock. Die Laufarbeit wurde größtenteils von einer Ermittlerin übernommen. Sie hat mit früheren Eigentümern der Geschäfte entlang der Straße gesprochen, wo Ezekiel Marshall überfahren wurde, und sie hat auch einige der Hausbesitzer befragt, die dort gewohnt haben oder immer noch dort wohnen. Sie alle haben bestätigt, dass vor vierzehn Jahren regelmäßig Prostituierte an dieser Straßenecke gestanden haben …«

»Aber wenn Dan Whitlock das damals getan hat und diese Ermittlerin es jetzt auch wieder tun konnte, warum konnte es die Polizei dann nicht?«

»Die Polizei hat genau das getan, aber als die Detectives des VPD den Zuhälter ausfindig gemacht haben, der den Sexhandel in dieser Gegend damals kontrolliert hat, wollte niemand mit ihnen sprechen. Niemand hat ihnen gesagt, welches Mädchen an jenem Abend dort stand. Besagter Zuhälter sitzt mittlerweile wegen Mordes und Menschenhandels hinter Gittern, und da wird er auch noch eine sehr lange Zeit bleiben. Die Privatdetektivin hat ihn besucht, und da er nichts mehr zu verlieren, aber einiges zu gewinnen hatte, wenn er sich hilfsbereit gibt, hat er ihr erzählt, dass eine junge Frau namens Katarina Vasiliev den Unfall damals gesehen hat. Er hat der Privatdetektivin außerdem gesagt, dass Dan Whitlock ihn dafür bezahlt hat, dass er Katarina fallen lässt. Dan Whitlock hat eine ehemalige Polizistin mit einem Alkoholproblem damit beauftragt, Katarina zu bedrohen und sie dazu zu zwingen, die Stadt zu verlassen.«

»Jackie Blunt«, schloss Callie.

Mason nickte. »Der Zuhälter wusste, dass Katarina ein Nummernschild und einen Rucksack vom Unfallort mitgenommen hat. Er hat der Privatdetektivin erzählt, dass es ein Wunschkennzeichen war, und er hat auch gesagt, dass Katarinas ehemalige Mitbewohnerin sowohl das Nummernschild als auch Jackie Blunt gesehen hat. Daraufhin hat die Ermittlerin die Frau ausfindig gemacht, die mittlerweile in einer alten Pension in East Vancouver lebt. Sie hängt am Sauerstoffgerät und wartet mehr oder weniger auf den Tod. Sie hat der Ermittlerin erzählt, dass sie sich noch an das Nummernschild erinnert. Darauf stand MONEAL.«

»Sie hat sich erinnert? Nach so langer Zeit?«

Er griff nach seinem Becher mit Saft, trank einen Schluck und verzog das Gesicht.

Callie lächelte trocken. »Ich weiß. Schmeckt grässlich. Ist wahrscheinlich nur was für Kindergeschmacksknospen.«

»Allerdings.« Er stellte den Becher wieder ab. »Und ja, sie hat sich erinnert. Sie hat gesagt, dass Katarina damals schreckliche Angst hatte, sie hat ihr das Nummernschild gezeigt. Die Frau, die damals auch eine minderjährige, drogenabhängige Prostituierte war, hatte nie Geld und war ständig auf der Suche nach einer Möglichkeit, an welches heranzukommen, weshalb sie bei dem Wort MONEAL an ›Moneten für einen Deal‹ denken musste. Das hat sie sich gemerkt, weil Katarina schließlich einen ganzen Haufen Geld dafür kassiert hat, dass sie Jackie Blunt das Nummernschild aushändigt.«

»Katarina hat also Moneten für diesen Deal bekommen.«

»Genau. Nur hat sich Katarina in Victoria wieder in Schwierigkeiten gebracht. Sie wurde verhaftet. Verurteilt. Hat ihre Zeit abgesessen und ihr Leben umgekrempelt. Die Privatdetektivin hat eine Namenssuche gestartet und ist schließlich auf einen offiziellen Antrag auf Namensänderung gestoßen.«

»Damit hatte sie Deborah Strong.«

»Bingo.«

»Und die Suche nach dem Nummernschild hat ergeben, dass MONEAL das Wunschkennzeichen von Monica McNeill war? Moneal?«

»Genau. Nach weiteren Nachforschungen kam ans Licht, dass damals ein BMW aus BC nach Alberta verkauft worden war, und zwar von einem Kerl, den die Polizei bereits wegen der Verbindungen seines Bruders zum organisierten Verbrechen auf dem Radar hatte. Er hat damals gestohlene Fahrzeuge für eine Biker-Gang ausgeschlachtet.«

»Bart Kundera.«

»Die Ermittlerin hat sogar den BMW aufgespürt – er wird noch gefahren, allerdings hat er eine andere Farbe. Sie konnte die Seriennummer des Herstellers zu dem BMW zurückverfolgen, den Monica damals als Neuwagen gekauft hat. Die Reparaturarbeiten, die an der Front des BMW durchgeführt worden waren, passten zu der Annahme, dass das Auto in den Unfall verwickelt gewesen war.«

»Diese Detektei ist offenbar richtig gut.«

»Sie wird von einer Truppe ehemaliger Polizisten geführt. Jede Menge Quellen auf beiden Seiten der nordamerikanisch-kanadischen Grenze. Außerdem hatten sie reichlich Zeit und eine ganze Menge von Franz Gottmans Geld zur Verfügung.«

»Was ist mit Nathan und Steven – wie hat die Detektei die beiden aufgespürt?«

»Aus dem Bericht im Safe wissen wir, dass es den Ermittlern bis zum Schluss tatsächlich nicht gelungen ist, Nathan McNeill mit dem Unfall in Verbindung zu bringen, aber Franz Gottman und Stella Daguerre haben angenommen, dass er irgendetwas damit zu tun haben *muss*. Monica hätte allein nicht alles vertuschen können, und sie hat Hilfe dabei gebraucht, das Auto verschwinden zu lassen. Nathan hat ganz in der Nähe von Bart Kunderas Werkstatt gearbeitet. Außerdem hatte einer seiner Kollegen schon einmal Kunderas Dienste in Anspruch genommen. Er hätte Nathan den Tipp geben oder Bart Kundera zumindest einmal erwähnt haben können. Jedenfalls wurde Nathan als Monicas Begleitperson ebenfalls in die Forest Lodge eingeladen.«

»Wahrscheinlich hat sich Franz gedacht, dass das für eine erwünschte Spannung zwischen Nathan und Steven sorgen könnte«, warf Callie ein.

Mason nickte. »Wahrscheinlich hat Nathan die Situation in der Lodge tatsächlich weiter verschärft.«

»Er hat Steven die Pilze ins Essen gemischt?«

»Wir sind uns noch nicht sicher. Allerdings hat es Stella nach ihrer eigenen Aussage auf dem Camcorder nicht getan.«

»Sobald Franz Gottmans Detektivin also Whitlock ausfindig gemacht hat, ist sie einfach der Spur des Geldes gefolgt?«

»Genau. Weil irgendjemand Whitlock eine ganze Menge dafür gezahlt haben muss, damit der das Nummernschild des BMW zurückholt und die Zeugin zum Schweigen bringt. Die Ermittlerin hat herausgefunden, dass Whitlock früher die Drecksarbeit für einen der Topanwälte in Vancouver gemacht hat. Der wiederum ein bekannter ›Fixer‹ für gut betuchte Kunden war. Schweigegeldzahlungen, solche Sachen. Der Anwalt war Richard Ormond von Bates, Ormond, Rhys and Associates. Die Kanzlei hat damals auch mit einer vollkommen rechtskonformen Detektei namens BCI Limited zusammengearbeitet, die wiederum die Zusammenarbeit mit der Kanzlei wegen Ormonds zwielichtigen Geschäften mit Whitlock aufgekündigt hat. Sie wollten auf keinen Fall, dass man ihre privaten Ermittler mit Whitlocks Machenschaften in Verbindung bringt.«

»Dann war Dan Whitlock also bei der Polizei bekannt?«

»Dafür, dass er gern gewisse Grenzen überschreitet, ja. Er hat sich häufig am Rande der Legalität bewegt. Franz Gottmans Privatdetektivin hat einen der damaligen Ermittler von BCI Limited ausfindig gemacht, und der hat ihr die Namen einiger von Ormonds wichtigsten ›Drecksarbeitsklienten‹ verraten.«

»War das denn ethisch vertretbar?«, fragte Callie. »Diese Namen preiszugeben?«

»Anscheinend hat er Franz Gottmans Ermittlerin gesagt, dass er deswegen kein schlechtes Gewissen habe. Seiner Meinung nach war das alles ohnehin nicht sauber. Einer der Namen, die dabei gefallen sind, war der von Dr. Steven Bodine von der Oak Street Surgical Clinic. Sie hat alle genannten Personen überprüft, aber nur bei Steven Bodine gab es eine Verbindung zu Monica McNeill. Durch eine Kinderhilfsstiftung. Die Ermittlerin hat weiter nachgeforscht und von einer Freundin von Bodines Ex-Frau erfahren, dass Bodine mehrere Affären hatte. Eine davon den Gerüchten nach mit der Supermarkterbin Monica McNeill. Diese Affäre soll sich angeblich in der Zeit vor dem Unfall entwickelt haben, und sie hat direkt danach abrupt geendet. Die Ermittlerin war der Meinung, dass sie ihn hatte – dass der männliche Fahrer des BMW Steven Bodine war. Estelle Marshall hat der Polizei damals gesagt, dass sie an jenem Nachmittag zwei Leute im BMW gesehen hat. Einen männlichen Fahrer und eine Beifahrerin.«

Callie fluchte leise. »Der Mann, der Ezekiel Marshall überfahren hat, war also Arzt. Vielleicht hätte er dem Jungen helfen können. Vielleicht hätte er ihm sogar das Leben retten können.«

»Stattdessen ist er geflohen.«

»Und Stella ist nicht aufgefallen, dass der BMW ein Wunschkennzeichen hatte?«

»Sie hat nur ihr Kind gesehen und das Gesicht des Fahrers, bevor der BMW davongerast ist.«

»Aber warum hat die Ermittlerin dann angenommen, dass Steven der Fahrer war und nicht Nathan McNeill? Er hätte doch auch das Auto seiner Frau fahren können.«

»Weil es Steven Bodine war, der keine Kosten und Mühen gescheut hat, Monicas Nummernschild zurückzubekommen und die Zeugin durch seinen persönlichen Fixer zum Schweigen zu bringen.«

»Ach, ja. Verdammt.« Sie strich sich über den Pferdeschwanz. »Siehst du, genau deshalb wäre ich keine gute Polizistin. Und keine gute Verbrecherin.«

Er lachte.

Callie dachte an Stella. Daran, wie es sein musste, als Mutter ein Kind zu verlieren und dafür verfolgt und geächtet zu werden. Einfach alles zu verlieren. »Glaubst du, Stella hat am Ende bekommen, was sie wollte?«, fragte sie leise.

»Ich glaube, Stella hat ihren Frieden gefunden.«

Langsam nickte Callie. »Da möchte man seine eigenen Kinder am liebsten gar nicht mehr loslassen.« Sofort bereute sie, was sie da gesagt hatte. »Oh … es tut mir so leid. Ich …«

Er lächelte traurig. »Schon gut. Benny hat Glück, dass er dich hat.« Er hielt kurz inne. »Und Peter auch.«

Sie spürte, wie ihr die Hitze in die Wangen stieg. »Ich … Wir machen hier jetzt lieber Feierabend und scheuchen alle zurück in den Bus.« Sie sah ihn an. »Danke, Mason. Dass du das für die Kinder gemacht hast.«

»Es braucht ein ganzes Dorf, um ein Kind großzuziehen und so.« Er stand auf, zögerte. »Und wie gesagt, wir geben ein ziemlich gutes Team ab.«

»Ja. Tun wir.«

Während sie ihm dabei zusah, wie er an den Tisch voller lachender Kinder trat, dachte sie daran, was für ein Glück Kluhane Bay gehabt hatte, Mason Deniaud zu bekommen. Seinetwegen war auch ein kleiner Teil ihrer selbst wieder zum Leben erwacht.

Ganz gleich, was vor ihnen lag, es war gut, einen Freund zu haben. Einen Mann wie Mason – er würde hinter ihr stehen, wann immer sie ihn brauchte. Er würde auch für Benny da sein.

Und ganz gleich, was Stella dabei empfunden haben mochte, sie hatte Gerechtigkeit für den kleinen Ezekiel Marshall gefunden. Die Wahrheit war erzählt, im Namen ihres Sohnes.

Danksagung

Es ist der Traum eines jeden Autors, mit einem Team wie dem von Alison Dasho, Charlotte Herscher und der Agentin Amy Tannenbaum zusammenzuarbeiten – ich kann euch gar nicht genug danken für eure editorische Anleitung, eure Erfahrung im Verlagswesen und eure Unterstützung. Was für ein Glück für mich, dass ich euch über den Weg gelaufen bin. Ein herzliches Dankeschön an das ganze Team von Montlake und an die Jane Rotrosen Agency.

Dieses Buch wurde während einer für meine Familie äußerst herausfordernden Zeit geschrieben, und ich danke meinem Bruder John J. White – weil du dir irgendwie in deinem vollen Terminplan Zeit dafür freigeschaufelt hast, aus Australien herzufliegen und dich darum zu kümmern, dass die Herdfeuer weiterbrennen, während ich irgendwie versucht habe, trotz täglicher Krankenhausbesuche meine Deadlines zu halten. Melanie White, danke, dass du so lange auf ihn verzichtet hast und dass du früh genug aufgewacht bist, um Skittle zu befreien! Roxy Tamboline und Joanne White – ohne eure Unterstützung hätte es auch nicht funktioniert. Und ich kann mich gar nicht genug bei den Ärzten und Krankenschwestern dafür bedanken, dass sie meinem Mann dabei geholfen haben, eine lebensbedrohliche Krankheit zu überstehen, und dass sie sich immer noch um meine Mutter kümmern.

Ein großes Dankeschön geht auch an meine jüngste Tochter Marlin Beswetherick für das Brainstorming während unserer Waldspaziergänge. Ich kann es gar nicht erwarten, dass du eines Tages selbst Romane schreibst, Kleine. Du hast ein Gespür für Geschichten, das ich nur von sehr wenigen kenne! Und ich wünschte, ich könnte Bücher auch nur halb so schnell lesen, wie du sie verschlingst.

Printed in Great Britain
by Amazon